Michael G. Manning
Der Bund

PIPER

Zu diesem Buch

Finstere Mächte sind am Werk. Die Toten erheben sich aus ihren Gräbern und verbreiten sich wie eine Seuche im Reich. Auch Mort weiß nicht, wie er der Invasion begegnen soll, die seine Grafschaft überrollt. Kann ihm seine neu gewonnene Gabe helfen? Oder bedeutet sie vielmehr seinen Untergang? Denn die Wege der Magie sind voller Gefahren: Mächtige Zauberer, deren Kraft nicht durch einen magischen Bund mit einem Gott oder einer Person kanalisiert wird, können sehr gefährlich und unberechenbar, ja sogar wahnsinnig werden. Doch der Preis eines Bundes ist hoch und Mort schreckt vor einer Entscheidung zurück. Selbst wenn die Stimmen in seinem Kopf immer lauter werden …

Michael G. Manning liest seit seiner Jugend Science Fiction und Fantasy. Er hat sich in der Kunst des Software Designs ebenso wie im Fantasy Artwork umgetan und ist außerdem ein begeisterter Baumkletterer. Er lebt in Texas, gemeinsam mit seiner Frau, zwei Kindern und zahlreichen phantastischen Mitbewohnern, wie einem Elchpudel, einem bösartigen Terrier und einer gigantischen urzeitlichen Schildkröte. Seine Romane um die »Dunklen Götter«, die er selbst als eBooks veröffentlichte, wurden zu Bestsellern. Weiteres zum Autor: facebook.com/MagebornAuthor

Michael G. Manning

DUNKLE GÖTTER

Der Bund

Aus dem Amerikanischen
von Jürgen Langowski

Piper München Berlin Zürich

Entdecke die Welt der Piper Fantasy:

Piper-Fantasy.de

Von Michael G. Manning liegen bei Piper vor:
Das Erwachen. Dunkle Götter 1
Der Bund. Dunkle Götter 2
Der Erzmagier. Dunkle Götter 3

MIX
Papier aus verantwortungsvollen Quellen
FSC® C083411
FSC www.fsc.org

Ungekürzte Taschenbuchausgabe
April 2015

Titel der amerikanischen Originalausgabe:
»Mageborn. The Line of Illeniel«, Gwalchmai Press, 2011

Umschlaggestaltung: Guter Punkt, München | www.guter-punkt.de
Umschlagabbildung: Sabine Dunst unter Verwendung von Motiven von Shutterstock und Thinkstock
Satz: psb, Berlin
Papier: Pamo Super von Arctic Paper Mochenwangen GmbH, Deutschland
Druck und Bindung: CPI books GmbH, Leck
Printed in Germany ISBN 978-3-492-28012-9

1

Leise schlich ich durch die Dunkelheit, bis ich die richtige Tür erreicht hatte. In der ganzen Umgebung gab es keinerlei Licht, und ich hatte auch keine Lichtquelle mitgebracht. Für dieses Vorhaben wollte ich lieber den Magierblick einsetzen. Sichtbares Licht hätte die Gefahr nur vergrößert. Also griff ich mit meinem Geist hinüber und erforschte den Raum hinter der Tür. Meine Aufgabe wäre leichter gewesen, wenn sich dort niemand aufgehalten hätte, doch ich spürte sofort ein Wesen, von dem eine gefährliche Aura ausging. Mir brach der Schweiß aus, als ich über meine Möglichkeiten nachdachte. Noch einmal überprüfte ich meinen Schild und vergewisserte mich, dass mir der Spruch vollständigen Schutz gewährte. Einen Moment lang spielte ich mit dem Gedanken, das Schwert zu ziehen, doch das war bei diesem Gegner sinnlos.

Vorsichtig streckte ich die Hand zum Türgriff aus und prüfte, ob abgesperrt war. Das war natürlich nicht der Fall … denn das Wesen in diesem Raum erwartete mich bereits. Die Jägerin verschließt den Käfig erst, wenn die Beute gefangen ist. Langsam öffnete ich die Tür und hoffte, drinnen sei es dunkel. Im Gegensatz zu mir brauchte mein Gegner nämlich das Licht, um etwas zu erkennen. Möglicherweise war dies mein einziger Vorteil.

Der Raum war hell erleuchtet. Verdammt!

»Hallo, meine Süße, ich hatte gar nicht erwartet, dass du so spät noch auf bist. Du hast doch nicht etwa auf mich gewartet?« Ich sprach betont fröhlich und wusste sofort, dass sie nicht darauf hereinfiel.

»Wo, zum Teufel, hast du dich herumgetrieben?«, schimpfte Penny. Dabei hatte sie diesen müden, unwirschen Gesichtsausdruck, den manche Menschen bekommen, wenn sie die halbe Nacht wach gelegen haben. Ich bewertete dies als ein schlechtes Vorzeichen.

Bislang hatte mir noch nie jemand bescheinigt, ich sei im Umgang mit Frauen besonders gewitzt. Also versuchte ich es lieber mit Ehrlichkeit. »Ich bin heimlich losgezogen«, gab ich zu. Das klang, laut ausgesprochen, sogar noch schlimmer als gedacht.

Penny riss der Geduldsfaden. »Hättest du das wirklich getan, könnte ich es vielleicht sogar noch verstehen.« Ihr Blick wanderte nach oben zu einer Stelle über meiner Stirn. »Übrigens, du hast einen Zweig in den Haaren.«

»Ich bin aber tatsächlich losgezogen!«, beharrte ich. »Du musst wissen, es gibt da so ein Mädchen ... sie lässt mir einfach keine Ruhe. Also bin ich nach draußen geschlichen ...« Das war ein mehr als fadenscheiniger Versuch, sie zum Lachen zu bringen. Sie lachte ... nicht.

»Hör doch auf! Sicherlich gibt es ein paar Mädchen, die dir schöne Augen machen, aber du hast nicht einmal genug Verstand im Kopf, um sie zu erkennen. Und komm mir nicht mit deinen dummen Ausreden. Du bist im Haus des Müllers gewesen, nicht wahr?« Offensichtlich hatte sie zu viel Zeit mit Rose Hightower verbracht. Diese Frau übte einen schrecklichen Einfluss aus. Der Haushalt, den sie meinte, hatte in der vergangenen Nacht ein Kind verloren. Es war der dritte verschwundene Einwohner binnen einer Woche, und so langsam gerieten die Leute in Panik.

Die Erste war eine junge Frau namens Sadie Tanner gewesen. Dabei hatten sich die meisten Leute noch nicht viel gedacht. Es gab Gerüchte, sie sei mit einem Burschen aus einem Nachbardorf durchgebrannt. Etwas besorgter reagierten die Menschen allerdings, als zwei Tage später ein kleiner Junge verschwand. Manche behaupteten, er sei aus seinem Bett heraus verschleppt worden, doch ich nahm an, dass er in der Nacht auf dem Weg zum Abtritt verschwunden war. Wie auch immer, jetzt war er fort. Die Letzte war Rebecca, die Müllerstochter. Sie war erst dreizehn, und nun glaubte niemand mehr an einen Zufall.

»Um ganz ehrlich zu sein«, leitete ich meine Lüge ein, »ich bin nicht direkt zum Müllerhaus gegangen, aber ich bin zufällig dort vorbeigekommen.«

»Ziemlich nahe sogar, würde ich vermuten. An deinen Stiefeln klebt Schlamm.« Missbilligend starrte sie das Schuhwerk an. Tatsächlich, auf dem Lehmboden hatte ich eine Spur hinterlassen. Ich werde wohl nie verstehen, warum sie sich darüber empörte, dass ich Erde hereinschleppte – auf unseren Lehmboden. Im Augenblick lebten wir nämlich in einer baufälligen Hütte in der Nähe der Ruinen von Burg Cameron. Ah, das war das luxuriöse Leben eines wahren Aristokraten!

»Nun, ich bin tatsächlich am Fluss spazieren gegangen ...« Den Versuch, mein Tun vor ihr zu verheimlichen, hatte ich längst aufgegeben, aber Penny liebte hin und wieder ein scharfes Verhör.

»Du hast ja sogar am Hinterteil Dreck!« Sie stand jetzt dicht vor mir und schien besorgt. »Warum musstest du dich überhaupt hinausschleichen?«

»Ich wollte nicht, dass du dir Sorgen machst.«

»Und wenn ich aufwache und dich nicht im Bett finde, nachdem drei andere Leute verschwunden sind, und dann warte ich bis fast zur Morgendämmerung und hoffe inbrünstig, dass du zurückkommst ... das soll mir keine Sorgen machen?« Anscheinend nahm sie es doch ganz gut auf.

»Hm ... aus diesem Blickwinkel hatte ich es noch gar nicht betrachtet. Ich hatte es mir so gedacht, dass du nicht wach wirst, und wenn ich am Morgen einfach wieder da wäre, hättest du dir überhaupt keine Sorgen machen müssen.« Als ich am Vortag den Entschluss gefasst hatte, war er mir ganz und gar vernünftig vorgekommen. Am Abend hatte ich bis nach neun Uhr gewartet und war dann aus dem Bett geschlüpft, sobald ich Pennys vertrautes Schnarchen gehört hatte. Den größten Teil der Nacht war ich durch die Wälder in der Nähe des Dorfs gewandert oder hatte vor dem Müllerhaus auf der Bank gesessen. Daher stammte auch der Dreck an meinen Hosen.

Penny umarmte mich und schmiegte den Kopf an meine Brust. Sie war zwar aufgebracht, aber doch nicht so sehr, dass sie alle möglichen Gerätschaften nach mir geworfen hätte, wie ich es zunächst befürchtet hatte. »Ich wäre doch mitgekommen, wenn du etwas gesagt hättest.«

Aber gewiss würde ich meine Verlobte zu einer nächtlichen Jagd auf den schwarzen Mann einladen, der Leute verschleppte ... sobald Schweine fliegen konnten. »Hör mal, Penny, ich weiß doch, dass du mich begleitet hättest, aber ich kann dich auf keinen Fall in so etwas hineinziehen. Ich wüsste gar nicht, was ich tun sollte, wenn dir dabei etwas zustößt.«

»Dreh es doch mal um und betrachte es aus meiner Warte«, antwortete sie. Danach verlief das Gespräch eher unergiebig, bis wir es schließlich aufgaben und zu Bett gingen. Trotz meines klugen Plans hatte sie so wenig geschlafen wie ich, weshalb wir am nächsten Morgen erst spät aufstanden.

Wie man unschwer erraten kann, war das Leben des vornehmen Grafen Cameron nicht ganz das märchenhafte Dasein, das ich erwartet hatte. Genau genommen sah es sogar immer mehr nach einem großen Haufen Arbeit aus. Nach dem vorzeitigen Tod meines Großvaters war das Anwesen verfallen. Ein Brand hatte die alte Burg zerstört; dem Vernehmen nach war mein Vater dafür verantwortlich gewesen. Mein Onkel, der Herzog von Lancaster, hatte weiter die Pacht eingetrieben und sich bemüht, alles halbwegs am Laufen zu halten, aber keine Notwendigkeit gesehen, die Burg selbst wieder instand zu setzen.

Der Besitz der Camerons bestand nun vor allem aus einem

kleinen Dorf, für das selbst diese Bezeichnung schon beinahe eine Übertreibung gewesen wäre. Eigentlich war es nur die Ansammlung einiger Gebäude. Die meisten Bauern reisten nach Lancaster, um ihre Waren dort feilzubieten und zu handeln. Penny und ich waren hierher umgezogen, kurz nachdem ich meinen Titel erhalten hatte, und nun hausten wir im vornehmsten Gebäude, das sich hatte finden lassen. Glücklicherweise hatte der gute Herzog im Verlauf der letzten sechzehn Jahre die Pacht und die Steuern eingetrieben. Abzüglich seines Anteils bedeutete dies, dass mir nun etwas mehr als neunhundert Goldmark zur Verfügung standen. Zuerst war mir dies wie ein unermessliches Vermögen erschienen, zumal ich bereits zweihundert Goldmark von dem verstorbenen Devon Tremont gewonnen hatte. Wie naiv ich doch gewesen war! Natürlich bedeutete dies eine große Geldsumme, aber der Unterhalt einer Burg kostete eben auch eine Menge Geld. Ich wäre schon damit zufrieden gewesen, unsere Hütte gegen eine traditionelle Behausung aus Balken, Flechtwerk und Lehm auf einem Fundament aus Feldstein einzutauschen. Ein Steinboden und massive Wände, was will man mehr? Aber zu meinem Entsetzen hatte Penny bei Rose Hightower Unterricht genommen und gelernt, dass dies keinesfalls ausreichen werde.

Andererseits gab es auch eine Reihe angenehmer Entwicklungen. Meine Eltern waren nach Washbrook umgezogen. So hieß unser Dorf. Sie widerstanden meinen Versuchen, ihnen Geld zu schenken, waren aber mehr als bereit, beim Wiederaufbau der Burg Cameron mitzuhelfen. Allein die Tatsache, dass es nun einen fähigen Schmied in der Gegend gab, brachte die Wirtschaft schon in Gang. Außerdem hatte ich eine Reihe Steinmetze und Zimmerleute eingestellt und gab mir Mühe, nicht allzu oft an die Kosten zu denken, die damit verbunden waren.

Auch Pennys Vater war nach Washbrook umgezogen. Ich hatte viel Zeit damit verbracht, meine neuen Fähigkeiten zu erforschen und seinen verletzten Rücken zu heilen, daher konnte er jetzt wieder arbeiten. Außerdem hatte der Lohn, den ich den verschiedenen Arbeitern in Washbrook zahlte, offenbar einen Funken entfacht.

Im Laufe der letzten sechzehn Jahre schienen die im Ort erhobenen Steuern einfach versickert zu sein, und es war nichts zurückgekommen, das die Wirtschaft angeregt hätte. Jetzt war ich hierher gezogen und gab den größten Teil des Geldes, das sie in all den Jahren bezahlt hatten, für den Wiederaufbau aus – und die Menschen schöpften neue Hoffnung. Wenigstens hatten sie dies getan, bis die ersten Einwohner verschwanden.

Als ihr Lehnsherr war ich dafür verantwortlich, sie zu beschützen. Normalerweise bedeutete das, ihnen in Kriegszeiten Zuflucht in der Burg zu gewähren und Wächter einzuteilen, die die Straße bewachten und im Namen des Königs für Frieden sorgten. Die Burg war noch lange nicht fertig und derzeit unbewohnbar. Wachen? Ha! Ich konnte mir kaum die Arbeiter leisten, die schon jetzt in meinen Diensten standen.

Das soll nicht heißen, dass ich bankrott war. In einer gut versteckten Kiste hatte ich immer noch eine beträchtliche Summe gelagert, sogar mehr als die Hälfte dessen, was ich ursprünglich erhalten hatte. Doch meine Berechnungen hatten mir bereits gezeigt, was die Restaurierung insgesamt kosten würde, und ich musste am Ende sehr sparsam sein, damit mir nicht das Geld ausging.

Da ich gerade dabei bin: Die besagte Kiste war stabil und das Werk eines guten Handwerkers. Mein Vater Royce Eldridge hatte sie selbst hergestellt. Es war keine mit Eisen beschlagene Kiste, sondern buchstäblich eine Eisenkiste. Das ist kein Witz, er hatte das ganze Ding tatsächlich aus Eisen geschmiedet. Außerdem hatte ich magische Schutzsprüche studiert, und mein Versuch, den Kasten noch widerstandsfähiger zu machen, war auch geglückt. Ich bedauerte jeden, der mich zu bestehlen versuchte. Beladen wog das gute Stück mehr als sechshundert Pfund. Es aufzubrechen hätte eine ganze Gruppe von Männern mit gutem Werkzeug und reichlich Zeit erfordert. Mit Schutzsprüchen verstärktes Eisen ist erstaunlich widerstandsfähig. Und falls tatsächlich jemand den Kasten aufbekommen hätte, wären alle Menschen in einem weiten Umkreis für längere Zeit in den Schlaf gesunken. Manchmal ist es durchaus von Vorteil, ein Magier zu sein.

Wie schon gesagt, ich musste mich persönlich um den Schutz der Einwohner kümmern, da ich weder über Wächter noch einen Bergfried verfügte. Zudem war mir völlig unklar, wer oder was hinter den Entführungen stecken mochte. Andererseits war ich ziemlich sicher, mit den Übeltätern fertig zu werden, wenn ich sie erst einmal ausfindig gemacht hatte. Im Verlauf des letzten Jahres hatten meine Kräfte zugenommen. Jeden Tag verbrachte ich mehrere Stunden mit dem Studium der Bücher, die ich entdeckt hatte, und die restliche Zeit übte ich die Anwendung meines Wissens.

Man mag sich fragen, wie ich das alles schaffen konnte, da ich doch auch die Burg wiederaufbauen und mich außerdem um zahlreiche andere Dinge kümmern musste, um so viele Belange, deretwegen ich mich ins Zeug zu legen hatte … der Mordecai, der ich ein Jahr zuvor noch gewesen war, hätte sich womöglich verzettelt, aber die Dinge lagen nun ein wenig anders. Jedes Mal, wenn ich den Arbeitern bei irgendeiner Tätigkeit half, entdeckte ich einen neuen Weg, wie die Magie von Nutzen sein konnte.

Da waren beispielsweise die Zimmerleute, die einen großen Teil ihrer Zeit darauf verwandten, Löcher für Dübel zu bohren. Mit einem gewöhnlichen Handbohrer brauchte man dafür recht lange. Nachdem ich ihnen weniger als eine Stunde geholfen hatte, versuchte ich, Devons Spruch auf das Bohren der Löcher anzuwenden. Es war ebenjener Spruch, mit dem er bei unserem Kampf in der Burg von Lancaster meinen

Schild durchbohrt hatte. Es gelang ausgezeichnet, und bald bohrte ich die Löcher so schnell, wie ein heißes Messer Butter schneidet.

Das erregte die Aufmerksamkeit eines Gesellen, der mich prompt fragte, ob ich nicht auch für ihn etwas tun könnte. Es dauerte nicht lange, bis ich all ihre Werkzeuge verzaubern musste. Das Problem war nur, dass der Zauber nicht lange hielt, daher war ich wieder darauf angewiesen, die Bücher zu konsultieren. Etwas zusätzliche Forschung war nötig, bis ich lernte, Schutzsprüche zu wirken. Schutzsprüche erforderten einen niedergeschriebenen Zauber, bei dem man natürlich die lycianische Sprache verwendete. Das Ergebnis hielt viel länger, als eine nur mit Worten gewirkte Magie das vermag, aber auch diese Sprüche verschlissen nach einer Weile. Manchmal ist es freilich durchaus von Vorteil, wenn man sich alles selbst beibringt. Ich wusste nicht, dass die Kunst der Verzauberung schon mehrere Jahrhunderte vorher verloren gegangen war.

Teufel auch, ich hatte nicht einmal gewusst, was eine Verzauberung überhaupt war, obwohl ich doch genau dies versuchte. Die Verzauberungen waren den Schutzsprüchen sehr ähnlich, erforderten aber mehr Anstrengung und hielten ewig. Jedes Kind hatte schon einmal von magischen Schwertern, sagenhaften Kelchen, unzerstörbaren Rüstungen und so weiter gehört. Das Problem war nur, dass schon seit langer Zeit niemand mehr wusste, wie man so etwas herstellte.

Da ich ein blutiger Anfänger war und keine Erfahrungen hatte, was die möglichen Gefahren solcher Experimente betraf, probierte ich es einfach aus. Meine ersten Versuche waren recht einfach. Ich belegte einige Dinge mit einem Spruch und ließ die Magie so stark werden, wie es mir nur möglich war. Eines der Küchenmesser, die ich damals behandelte, ist heute noch recht scharf, doch nach ein paar Wochen konnte ich spüren, dass die Magie allmählich nachließ.

Meine nächste Idee bestand darin, einen zweiten Spruch zu

wirken, der die Energie aus der Umgebung bezog, etwa aus dem Sonnenlicht oder der Wärme. Das gelang sogar noch besser, aber auch der Spruch, der die Energie abzog, verlor im Laufe der Zeit an Kraft. Sobald er ausgelaugt war, versagte selbst der ursprüngliche Spruch, der auf die Zufuhr angewiesen war. Der Spruch, der Wärme verbrauchte, hatte den schönen Nebeneffekt, alles in der Nähe zu kühlen. Beizeiten wollte ich eine große Lagerkiste für Lebensmittel bauen, die … aber ich schweife ab.

Wie sich schließlich herausstellte, war die Lösung verblüffend einfach. Die Sprüche mussten kreisförmig gewirkt werden, sodass Beginn und Ende miteinander verknüpft waren. Wenn man dies auf die richtige Weise tat, wurde die eingebrachte Magie unendlich lange festgehalten. Einmal beging ich einen schweren Fehler. Sobald ich begriffen hatte, wie man die Magie in einem Kreis aus Symbolen hielt, versuchte ich, die Energie mit einem Spruch aus der Wärme zu beziehen. Diese Kombination war jedoch eine schlechte Idee. Nach einem Tag hatte der Gegenstand mehr Energie gespeichert, als der Zauber halten konnte, und das Ganze explodierte mit mächtigem Getöse. Glücklicherweise wurde das fragliche Objekt, ein kleines Schälmesser, zu diesem Zeitpunkt nicht benutzt. Es läuft mir jetzt noch kalt über den Rücken, wenn ich mir vorstelle, was dabei hätte geschehen können.

Wie auch immer, ich habe jetzt wohl ausführlich genug erklärt, dass ich im Laufe des vergangenen Jahres eine Menge gelernt hatte. Jede neue Idee brachte außerdem neue Verfahren und noch mehr neue Ideen mit sich. Das Werkzeug der Zimmerleute war besser denn je, und außerdem verbrachte ich viel Zeit in der neuen Schmiede meines Vaters. Er war eine unerschöpfliche Quelle von Ideen für Verbesserungsmöglichkeiten, und bald hatten auch die Steinmetze besseres Werkzeug, um den Stein zu zerteilen und zuzuhauen.

Natürlich war ich in der vergangenen Nacht nicht unbewaffnet ausgezogen. Ich hatte das Schwert mitgenommen, das mein Vater für mich geschmiedet hatte – und das obendrein verzaubert war. Außerdem war es so verdammt scharf, dass ich regelrecht Angst davor bekam. Mühelos konnte es dickes Holz und sogar Metall zerschneiden. Dorian hatte mich in seinem Gebrauch unterwiesen, und dank der Übung und meiner eigenen magischen Schutzvorkehrungen war ich recht sicher, dass ich von Banditen oder nächtlichen Entführern nicht viel zu befürchten hatte.

Den größten Teil der Nacht über verhielt ich mich sehr still. Ich schlief nicht, auch wenn ich einige Male in Versuchung geriet. Vielmehr harrte ich so leise aus, wie es ein Jäger eben tat, der auf die Beute wartete. Im Dunkeln waren meine Augen weitgehend nutzlos, aber das Gehör wurde sehr scharf, und ich hatte ja auch noch meine anderen Sinne. Mit dem Bewusstsein tastete ich mich so weit hinaus, wie es mir nur möglich war, und achtete auf ungewöhnliche Eindrücke. Ich konnte die Tiere spüren, die in ihrem Bau schliefen, und bemerkte nächtliche Jäger wie Eulen, die in der Dunkelheit nach Beute suchten. Die Bäume wiegten sich leise im Wind und beruhigten meinen wachsamen Geist, und das Plätschern des Flusses, der langsam an der Mühle vorbeiströmte, war Balsam in meinen Ohren.

Ich fand nichts heraus. Ob das bedeutete, dass die Schurken in einer anderen Nacht auf eine Gelegenheit lauerten, oder ob sie ahnten, dass ich aufpasste, konnte ich nicht wissen.

Der Mittag kam zu früh und war viel zu hell. Überraschenderweise lag Penny immer noch schlafend neben mir, und ich bekam schon Schuldgefühle, weil sie meinetwegen so viel Schlaf versäumt hatte. Sie trug ein Nachthemd aus weichem Leinen, was mich störte, obwohl es im Grunde nur eine geringfügige Barriere darstellte. Da hatte ich eine brillante Idee: Vielleicht konnte ich meine Verfehlungen der letzten Nacht wiedergutmachen.

Sie schlug die Augen auf, als meine Hand über ihr Hinterteil fuhr. »Was tust du da?«, fragte sie.

Das war eine verdammt dumme Frage, aber ich hatte im Laufe des vergangenen Jahres eine Menge über Gespräche mit Frauen gelernt. »Na ja, als ich aufwachte, kam es mir wie ein Traum vor, weil eine so schöne Frau neben mir lag. Aber jetzt sagen mir meine Sinne, dass du wirklich sein musst.« Ich fuhr mit der Hand ihren Rücken hinauf.

»So leicht wirst du mich aber nicht rumkriegen.« Damit stand sie auf und begann sich anzukleiden. Sie tat mir allerdings den Gefallen, mich dabei zusehen zu lassen … diese Frau war ein Teufel.

»Ich verstehe immer noch nicht, was das soll … in ein paar Monaten heiraten wir doch ohnehin, und es ist ja nicht so, als hätten wir noch nie … du weißt schon.« Nach den Ereignissen vor einem Jahr hatte Penny hinsichtlich unserer körperlichen Beziehung eine neue Regel eingeführt, die vor allem darin bestand, dass es diese Beziehung nicht gab.

»Mordecai Eldridge!«, rief sie. Wenn sie mir Vorhaltungen machte, nannte mich Penny oft bei meinem alten Namen. »Glaubst du, ich will auf meiner Hochzeit in einem Kleid erscheinen, das einer trächtigen Stute passen würde?«

»Ich sagte doch schon, ich könnte höchstwahrscheinlich verhindern, dass etwas passiert, wenn du mich nur …«

»Wage es ja nicht! Ich will nicht, dass du … dass du damit experimentierst. Wenn ich nun unfruchtbar werde?«

»Nein, nein, so etwas würde ich dir doch nicht antun. Es wäre rein mechanisch, eine Art Schild, damit ich …«

»Auch daran fummelst du mir nicht herum! Ich mag dein Werkzeug, wie es ist, und ich trau dir zu, dass du doch noch etwas durcheinanderbringst. Schließlich will ich irgendwann wirklich Kinder haben.«

Offenbar hatten wir, was meine Magie anging, ein Vertrauensproblem.

»Na gut, na gut, ich kann warten«, antwortete ich. In dieser Hinsicht war ich zwar keineswegs sicher, aber das war ein alter Streit. Es schien mir nicht nötig, das alles noch einmal aufzuwärmen. Ich musste einfach abwarten und sie in einem passenden Augenblick erwischen. Die Hoffnung stirbt zuletzt. »Ich gehe heute Nacht wieder raus«, fügte ich hinzu, weil es mir besser schien, dies gleich von vornherein zu klären.

»Ich weiß«, antwortete sie ganz unbefangen, was bei mir eine Alarmglocke in Gang setzte.

»Ich verstehe ja, wie du dich fühlst, aber ich bin für die Leute verantwortlich und kann nicht einfach herumsitzen und gar nichts tun«, rechtfertigte ich mich.

»Du hast völlig recht.«

»Ich werde alle nötigen Vorsichtsmaßnahmen ergreifen und mich so gut bewaffnen, dass ich kaum in Gefahr geraten kann«, fuhr ich fort.

»Ich bin sicher, dass du alles tun wirst, was erforderlich ist.«

Misstrauisch beäugte ich sie. »Irgendetwas sagt mir, dass deine Worte und deine Absichten nicht im Einklang sind.«

»Unfug«, widersprach sie. »Mir ist klar, dass ich dich nicht hier halten kann, solange nachts etwas Finsteres umgeht.« Sie gab sich große Mühe, mit tiefer, unheilschwangerer Stimme zu sprechen.

»Ja ... also, na schön.« So ungewöhnlich es auch war, es fühlte sich gut an, hin und wieder mal in einem Streit die Oberhand zu behalten. Nachdem wir uns angekleidet hatten, trennten sich unsere Wege. Sie hatte sich in der letzten Zeit oft mit dem Architekten unterhalten und den Bau der Küche und der Wohnquartiere beaufsichtigt. Am Nachmittag half ich meinem Vater. Er arbeitete schon seit einer ganzen Weile an einem stabilen Fallgatter für das Torhaus.

Der Tag verging wie im Fluge, und am Abend bereitete ich

mich gemächlich auf meinen nächtlichen Ausflug vor. Eine richtige Rüstung besaß ich zwar nicht, aber dank meiner magischen Schilde brauchte ich auch keine. So zog ich die Jagdkluft aus dunklem Leder an und gürtete das Schwert darüber. Außerdem nahm ich einen Stab mit.

Über diesen Stab sollte ich noch etwas erzählen. Nachdem ich das Geheimnis gelüftet hatte, wie man Gegenstände dauerhaft verzaubert, kam ich auf die Idee, etwas nachzubilden, das ich in Vestrius' Tagebuch entdeckt hatte. Niemand wusste, wie die Stäbe der Magier vor langer Zeit beschaffen waren, und auch die Kunst der Verzauberung war verloren gegangen. Trotzdem ließ mich diese Idee nicht mehr los, und ich beschloss, etwas zu erschaffen, das den Beschreibungen in Vestrius' Tagebuch zumindest ähnelte.

Angeblich hatten unsere Vorgänger die Stäbe benutzt, um ihre Kräfte zu bündeln und auf diese Weise eine größere Wirkung zu erzielen. Ich hatte zwar keine Ahnung, wie sie das getan hatten, aber ich führte einige eigene Experimente durch. Zunächst verzauberte ich die Spitze des Stabes, damit sie jeden Spruch, den ich dort einbrachte, beliebig lange halten konnte. So entstand eine Art wandlungsfähige Verzauberung. Ich konnte die Spitze entfachen und musste mir keine Gedanken mehr darüber machen, den Spruch zu erhalten. Möglicherweise konnte ich damit auch andere Dinge tun, aber mehr war mir bis zu diesem Zeitpunkt noch nicht eingefallen. Zweitens hatte ich den ganzen Stab mit einer Art Hülse aus Schutzsprüchen und Runen umgeben. Wenn ich meine Kraft an diesem präparierten Stab entlanglaufen ließ, war es möglich, die Energie über größere Entfernungen auszusenden oder auf kurze Entfernung viel stärker zu bündeln.

Um ehrlich zu sein, bisher war beides noch gar nicht nötig geworden, aber ich hatte eine ungute Vorahnung, dass sich diese Vorrichtung früher oder später als nützlich erweisen würde. Außerdem sah es ziemlich schick aus. »Liebste, ich werde jetzt ausziehen, das Dorf zu retten«, rief ich zu unserem Schlafzimmer hinüber und hoffte, ihr damit ein Lachen zu entlocken.

»Schön, und sei vorsichtig!«, rief sie äußerst gelassen zurück. Sie machte sich nicht einmal die Mühe, herüberzukommen und sich mit einem Kuss zu verabschieden. Offenbar hatte sie sich mit der Situation abgefunden. Ich trat nach draußen, sah mich um und überlegte mir, in welche Richtung ich zuerst gehen wollte. Gleich darauf tauchte Penny auf, die offenbar hinten um das Haus herumgegangen war.

Sie trug ein weiches Gambeson und ein langes Kettenhemd. Außerdem war sie mit einem Bogen und einem leichten Schwert bewaffnet. »Äh, Penny, was tust du denn da?«, fragte ich sie.

»Ich gehe auf die Jagd nach Bösewichtern«, antwortete sie gelassen.

»Du wirst aber nicht mitkommen«, erwiderte ich energisch. Ab und zu muss ein Mann ja mal seinen Standpunkt deutlich machen.

»Schön. Geh du nur dort entlang, und ich wende mich nach Süden.« Das Lächeln, das sie jetzt aufsetzte, konnte man nur diabolisch nennen.

Ich formulierte meinen Einwand etwas anders. »Nein, ich meine, du bleibst hier.«

»Nö«, antwortete sie.

Da meine Argumente offenbar nicht genügend Überzeugungskraft besaßen, war ein direkteres Vorgehen notwendig. »*Shibal*«, sagte ich. Das war ein Spruch, der sie in einen tiefen Schlaf versetzen sollte.

Penny hob das Amulett, das ich ihr ein paar Monate vorher gefertigt hatte. »Hast du das vergessen?« Ich hatte es ihr geschenkt, damit sie vor magischen Angriffen sicher war, nachdem sie einige üble Erfahrungen gemacht hatte. Leider wirkte der Schutz auch gegen meine eigenen Sprüche.

»Verdammt, du kannst doch nicht allein da rausgehen!«

»Na gut, du darfst mich begleiten, aber mach bitte keinen Lärm. Ich will sie nicht zu früh warnen.« Sie tat so, als sei ihr das alles herzlich gleichgültig.

»Das ist nicht deine Aufgabe, Penny«, wandte ich störrisch ein.

»Hast du eine Ahnung! Du bist vielleicht der verdammte Graf, aber ich werde deine Frau sein. Wenn du verantwortlich bist, dann stecke ich mindestens genauso tief drin wie du. Entweder du gehst jetzt allein los, oder wir gehen zusammen. Wie hättest du es gern?« Sie war nicht umzustimmen. Wenn sie so energisch auftrat, konnte sie wirklich wunderschön sein, aber das verriet ihr hoffentlich niemand. Sie war auch so schon schwer genug zu nehmen.

Schließlich ließ ich sie mitkommen. Eine andere Möglichkeit gab es ja nicht, wenn man einmal davon absah, sie zu fesseln, was ich mir einen Augenblick lang tatsächlich überlegte. Wir verließen das Dorf in nördlicher Richtung, da alle Vermissten auf dieser Seite gelebt hatten, und liefen zu einem schönen stillen Plätzchen im Wald. Sobald wir zwischen den Bäumen waren, wurde die Dunkelheit fast undurchdringlich. Weder Mond noch Sterne ließen sich blicken.

»Uff!« Penny war über eine Wurzel gestolpert und wäre beinahe hingefallen. Ich unterdrückte mein Lachen. Natürlich hätte ich Licht machen können, aber ich hatte die wundervolle Ausrede, dass wir unsere Beute nicht zu früh warnen durften. Im Dunkeln verschaffte mir der Magierblick einen großen Vorteil.

»Hör auf damit«, sagte sie.

»Was meinst du?«

»Du lachst mich aus. Ich weiß das ganz genau«, antwortete sie.

»Ich frage mich nur, wie du etwas sehen und mit deinem Bogen Pfeile abschießen willst, wenn es nötig wird.« Tatsächlich war es so dunkel, dass man nicht einmal Schatten erkennen konnte. Sie antwortete nicht, also ließ ich das Thema fallen, und wir gingen weiter. Bald hatten wir meine Lieblingsstelle erreicht.

Der Ort hatte nichts Besonderes an sich, es war hier nicht einmal besonders bequem, aber von dieser Stelle aus konnte ich, wenn ich meine Sinne hinausgreifen ließ, den größten Teil des Gebiets abdecken, in dem Menschen verschwunden waren. Rücken an Rücken setzten wir uns hin, und ich entspannte mich. Zwar war es anstrengend, ein so großes Gebiet zu erkunden, aber die Schwierigkeit bestand vor allem darin, mich nicht anzuspannen. Ich musste ganz ruhig werden und meinen Geist erweitern, um die gesamte Umgebung abzutasten.

Die erste Stunde war die schlimmste. Danach hörten wir auf, an unser Alltagsleben zu denken, und es wurde leichter. Ich war mir nicht ganz sicher, aber ich dachte sogar, Penny sei eingeschlafen. Sie hatte ja sonst nichts zu tun, und es bestand auch nicht die Gefahr, dass sich jemand anschlich. Ich konnte in einer halben Meile Entfernung noch eine Maus aufspüren.

Zäh verging eine weitere Stunde, und ich fragte mich schon, ob diese Nacht so ereignislos verlaufen würde wie die letzte. Meine Gedanken streiften ziellos umher, doch mein Geist blieb wachsam. Wenn sich etwas bewegt hätte, dann hätte ich es gespürt, aber ich hatte ja nicht einmal eine Ahnung, wonach ich suchte … das sollte ich erst später herausfinden. Penny schnarchte inzwischen, was vermutlich die Geräusche überdeckte, die entstanden, als es sich anschlich. Ich bin nicht einmal sicher, ob ich etwas gehört hätte, wenn Penny leise gewesen wäre. Es bewegte sich fast lautlos.

Der erste Hinweis, dass nicht alles so war, wie es sein sollte, war ein Zweig, der keine drei Schritte hinter mir brach. Das Geräusch wäre an sich nicht sehr überraschend gewesen, allerdings wusste ich, dass sich dort nichts befand, überhaupt nichts. Kein Tier und nichts Lebendiges. Schlagartig war ich hellwach, und dann spürte ich es. Es war eine ungeheure Leere, als hätte jemand hinter mir ein Loch in die Luft geschnitten, in dem nichts existieren konnte.

Sofort sprang ich auf und fuhr herum. Die Dunkelheit wirkte so umfassend, dass meine Augen nutzlos waren, doch mit meinem Magiersinn konnte ich die leere Stelle spüren. Ich griff nach dem Schwert, wurde aber von einer Hand aufgehalten, die mich am Arm packte. Sie durchdrang meinen Schild, als sei er gar nicht vorhanden, und als sie mich berührte, veränderte sich die ganze Welt. Alles verschwand ... mein Augenlicht war verloren, und ich spürte nichts mehr außer einer großen Leere, die mich aufsog. Dieses Nichts sog auch das Licht auf, das in mir brannte, und zerstörte nichts weniger als das Licht der ganzen Welt. Hätte es noch einige Augenblicke länger gedauert, ich wäre verloren gewesen.

Auf einmal stieß mich etwas zur Seite, und der Kontakt wurde unterbrochen. Die gewohnte Welt war schlagartig wieder da. Penny rang mit etwas, das völlig schwarz und auch mit meinen besonderen Sinnen nicht richtig zu erfassen war. Jedenfalls raubte es ihr die Energie. Ihre Lebenskraft schwand zusehends dahin und verging wie eine Kerze, die in einem starken Luftzug flackerte.

»*Lyet*«, sprach ich und beschwor damit eine Lichtkugel herauf. Dann konnte ich es sehen. In dem hellen Lichtschein kämpfte Penny mit Sadie Tanner. Normalerweise hätte Penny die kleinere Angreiferin mühelos überwältigt, aber inzwischen hatte sie viel Kraft verloren. Was das auch für ein Wesen sein mochte, es hatte nichts mehr mit dem Mädchen zu tun, das wir gekannt hatten. Äußerlich sah es zwar wie Sadie aus, aber die Leere, die mir der Magierblick zeigte, verriet, dass in dem Wesen, das uns angegriffen hatte, keine Spur der früheren Persönlichkeit mehr zu finden war.

»Sadie?«, rief Penny.

»Ich weiß nicht, was das ist, aber es ist nicht Sadie«, rief ich zurück, und dann fügte ich auf Lycianisch hinzu: »*Stirret ni Pyrenn!*« Aus meiner vorgestreckten Hand brach eine Feuerlanze hervor. Ich hatte inzwischen gelernt, meine Kräfte so zu bündeln, dass ich auf diese Weise ein Loch durch das Wesen brennen konnte, doch mein Feuer verschwand spurlos, kaum dass es das Wesen berührte.

Sadie ... oder was es auch war ... blickte mich an und setzte ein schreckliches Grinsen auf. Mit einem einzigen Stoß schleuderte es Penny zwei oder drei Schritte weit weg. Sie prallte gegen einen Baum. Dann griff es nach der Lichtkugel, die ich erschaffen hatte. Sobald es meinen Spruch berührte, verschwand das Licht. Es erlosch so abrupt, wie es zuvor entstanden war. Ich war schockiert. Diese Kreatur, die Sadie ähnlich sah, verzehrte meine Magie so schnell, wie ich sie heraufbeschwören konnte.

Also zog ich mein Schwert und schlug zu, kaum dass das Licht verschwunden war. Ich hoffte, kalter Stahl konnte vollbringen, was der Magie nicht möglich war. Tatsächlich traf die Klinge auf einen Widerstand, glitt dann aber weiter. Ich wich zurück und beschwor ein neues Licht herauf. Inzwischen hatte ich die Augen weit aufgerissen. Mein Selbstvertrauen war der Furcht gewichen.

Das neue Licht zeigte mir eine grässliche Szene. Sadie Tanners Körper lag, in der Mitte zerteilt, auf dem Boden, doch die beiden Teile bewegten sich noch und versuchten mich zu erreichen. Ich probierte einen weiteren Feuerspruch, der sich ebenso schnell auflöste wie der erste. Sobald meine Magie den grotesken Leib auf dem Boden berührte, verschwand das Feuer einfach. »Penny! Wie geht es dir?«, rief ich.

»Geht so. Es hat mich nur am Kopf erwischt.« Sie klang müde und etwas benommen.

Ich ging zu ihr, wobei ich einen großen Bogen um die Kreatur machte, die sich am Boden wand. »Ich glaube, wir haben es gefunden«, sagte ich, auch wenn das nicht der Wahrheit entsprach. Das Wesen hatte vielmehr uns gefunden. Da fiel mir etwas ein, und ich überprüfte meine Klinge. Zu meiner Erleichterung schimmerte die Magie jedoch noch im Metall. Warum war nicht auch diese Magie ausgelöscht worden? *Das wird ja immer verrückter*, dachte ich.

Unterdessen tastete ich Penny ab und vergewisserte mich, dass sie unversehrt war. Vorsichtshalber erkundete ich mit meinem Geist noch einmal die Umgebung. Dieses Mal suchte ich jedoch nach Löchern oder nach Stellen, an denen sonst nichts existierte. Da ich nichts finden konnte, entspannte ich mich wieder. »Ich glaube, dies ist das einzige Exemplar«, sagte ich zu Penny.

»Das klingt nicht so, als wärst du deiner Sache völlig sicher«, antwortete sie.

»Bin ich auch nicht. Ich hatte nicht einmal bemerkt, dass sich dieses Wesen angeschlichen hat.« Während ich sprach, erschuf ich noch einige weitere Lichtkugeln, die ich jeweils im Abstand von zehn Schritten um uns herum verteilte. Wir wollten nicht noch einmal überrumpelt werden. Dann dachte ich nach.

Es dauerte eine Weile, Sadies Körper weiter zu zerlegen und die Arme und Beine abzutrennen. Blut gab es nur sehr wenig. Was aus den abgetrennten Gliedmaßen strömte, war zähflüssig und so schwarz wie altes Blut, das schon halb geronnen war. Mein Schwert zeigte sich von ihrer Fähigkeit, Magie zu absorbieren, weiterhin unbeeindruckt. Ich versuchte es auch mit dem Stab und stieß den Rumpf an. Selbst dort blieb die Magie unbeeinflusst, doch als ich dicht neben dem Körper eine Lichtkugel heraufbeschwor, verging sie wie eine gelöschte Lampe. *Vielleicht hat es mit der Struktur der Verzauberung zu tun*, überlegte ich. Um meine Theorie zu überprüfen, entfachte ich ein Licht in der Spitze des Stabes, wo es von meiner veränderlichen Verzauberung festgehalten wurde, und berührte damit den Rumpf.

Doch nichts geschah. Das Licht blieb, wie es war. Dieses Wesen vermochte demnach zwar die Magie zu verzehren, aber keine Verzauberungen aufzuheben. Vermutlich schützte die feste Struktur, die die Magie festhielt, umgekehrt auch vor der Auszehrung, die meine gewöhnlichen Sprüche zerstört hatte.

Schließlich ergriff Penny das Wort. »So interessant das alles auch sein mag, wir können diesen Haufen zuckender Körperteile nicht einfach hier herumliegen lassen.« Ich liebte ihren Sinn für das Praktische.

»Richtig. Ich habe auch schon eine Idee«, erwiderte ich, sammelte nun totes Holz und Laub zusammen und häufte es rings um die immer noch zuckenden Körperteile auf. Dann setzte ich mit meiner Magie den improvisierten Scheiterhaufen in Brand, bis das Holz lichterloh brannte. Das Feuer griff tatsächlich den Körper des Wesens an, und was die Magie nicht geschafft hatte, vollbrachten nun die ganz herkömmlichen Flammen. Wir legten Holz nach, bis von Sadie Tanners Körper nichts mehr übrig war. In dieser Nacht erhielt ich eine interessante Lektion: Man braucht eine Menge Holz, um einen Körper vollständig zu Asche zu verbrennen.

»Was war das?«, fragte Penny, während wir zusahen. Darauf wusste ich immer noch keine Antwort. Zu müde, um etwas zu unternehmen, kehrten wir schließlich heim, mit mehr Fragen als Antworten.

2

Die Sonne ging deutlich zu früh auf. Wie gern hätte ich den Kerl zu packen gekriegt, der dafür verantwortlich war. Offensichtlich hatte er seltsame Vorstellungen von Scherzen. Obwohl Penny und ich so lange unterwegs gewesen waren, erwachten wir schon bald, nachdem die Sonne aufgegangen war. Ich glaube, wir machten uns beide Sorgen.

Nachdem ich geschlafen und etwas nachgedacht hatte, kam ich am Morgen zu dem Schluss, dass noch mehr dieser Wesen umgehen mussten. Sadie hatte sich ja erst nach ihrem Verschwinden verändert. Irgendetwas hatte sie demnach geschnappt und verwandelt. Wenn den anderen Vermissten etwas Ähnliches passiert war, dann bedeutete dies, dass sich dort draußen noch mindestens drei weitere Wesen von dieser Art herumtrieben – und das waren nur die, von denen wir sicher wussten. Ein beängstigender Gedanke.

Die gute Nachricht war, dass niemand mehr verschleppt worden war. Allerdings war ich nicht sicher, ob unsere Begegnung mit der Kreatur wirklich der Grund dafür war. Penny und ich sprachen zwar über die Ereignisse, aber wir konnten es immer noch nicht richtig verstehen. Schließlich entschieden wir, es für uns zu behalten, damit keine Panik ausbrach.

Dann schrieb ich einen Brief an den Herzog von Lancaster, in dem ich ihm alles mitteilte, was geschehen war, und einen zweiten an Dorian. Ich hoffte, er konnte sich freimachen und eine Weile bei uns bleiben. Wenn die Magie gegen diese Wesen nichts auszurichten vermochte, war sein Schwert mehr als willkommen. Anschließend suchte ich nach einem Bauern oder nach sonst jemandem, der zufällig ohnehin nach Lancaster wollte.

Wie es sich jedoch herausstellte, gab es niemanden, der an diesem Tag reisen wollte, aber dafür begegnete mir Joe McDaniel, der mir anbot, sich trotzdem auf den Weg zu machen, sofern es dringend sei. Joe war aus dem benachbarten Königreich Gododdin eingewandert. Er redete kaum über seine Vergangenheit oder die Gründe für sein Fortgehen, aber ich nahm an, dass es mit dem Regierungswechsel zusammenhing, der dort stattgefunden hatte.

Genau genommen war Gododdin gar kein Königreich mehr. Die Königsfamilie war schon vor meiner Geburt ausgelöscht worden, und inzwischen musste man das Land als Theokratie betrachten, die von einem Kult mit Namen »Die Kinder des Mal'goroth« beherrscht wurde. An diesen Leuten ließ Joe kein gutes Haar.

»Macht mir gar nichts aus, für Euch zu gehen, Lord Cameron«, sagte er zu mir. »Um ein frisches Fass Bier zu bestellen, wollte ich in ein paar Tagen sowieso reisen.« Joe versuchte gerade, eine Schenke einzurichten. Es sollte die erste werden, die es je in Washbrook gegeben hatte. Im Augenblick bestand sie aber lediglich aus ein paar Bänken, die in seinem Haus verteilt waren. Abends verkaufte er dort Bier. Da ich selbst sehr gern Bier trank, hatte ich seine Bemühungen ausdrücklich befürwortet.

»Danke, Joe.« Ich klopfte ihm auf die Schulter. Sobald er aufgebrochen war, suchte ich die Schmiede meines Vaters auf. Früher oder später musste ich Leute einstellen, die ich beispielsweise als Boten einsetzen konnte. Rasch wurde klar, dass ich mich von nun an nicht mehr um alles selbst kümmern konnte.

»Du scheinst besorgt, mein Sohn«, bemerkte mein Vater, kaum dass ich eingetreten war. Er war ein stiller Mann, was vielleicht erklärte, warum ihm so wenig entging.

»Letzte Nacht gab es Ärger.« Ich berichtete ihm, was sich zugetragen hatte, und beschrieb ihm auch die Wirkung des

Wesens auf meine Magie. Vater besaß selbst keine magischen Fähigkeiten, doch er war sehr klug, und während der Versuche mit der Verzauberung verschiedener Dinge hatte ich seinen Rat schätzen gelernt.

Meine Geschichte beunruhigte ihn, doch man musste ihn schon gut kennen, um es ihm anzumerken. Es war schwer, seiner Miene irgendetwas zu entnehmen. Statt über seine Befürchtungen zu reden, wandte er sich lieber ganz praktischen Dingen zu. »Anscheinend haben wir viel Arbeit vor uns.« Er zog den Stapel Blätter heran, die er für seine Entwürfe benutzte.

Natürlich wurde ich sofort neugierig. »Hast du schon eine Idee?«

»Du sagtest, als es dich berührte, sei es schwarz um dich geworden, nicht wahr?«, erkundigte er sich.

»Ja.«

»Aber … Penny konnte trotzdem gegen die Erscheinung kämpfen«, erinnerte er mich.

Verdammt! Daran hatte ich noch gar nicht gedacht. Die leichteste Berührung hatte mich blind gemacht, aber sie hatte sich weiter gewehrt, obwohl ihr das Wesen die Lebenskraft entzogen hatte.

»Und es konnte die Magie auch nicht aus deinen verzauberten Objekten wie dem Schwert herausziehen«, fuhr er fort.

Endlich wurde mir alles klar. »Das Amulett! Es hat Pennys Geist beschützt, obwohl ihr das Wesen schon die Lebenskraft entzogen hatte.« Das gab mir zu denken, denn dies bedeutete, dass ich einen Weg gefunden hatte, die Menschen mindestens teilweise zu schützen. Pennys Amulett hätte ihr zwar nicht das Leben gerettet, aber die Menschen fielen dem Wesen immerhin nicht mehr so leicht zum Opfer, wenn sie nicht gleich bei der ersten Berührung völlig gelähmt wurden.

»Nicht nur das Amulett, Mordecai. Du könntest ja auch deine Kleidung oder Rüstung verzaubern, um dich vollständig zu schützen. Auf diese Weise können dich die Angreifer nicht mehr direkt berühren«, erklärte er.

»Ich könnte unmöglich genügend Rüstungen oder Kleidung für alle Dorfbewohner verzaubern. Das würde Jahre dauern!«, wandte ich ein, obwohl der Gedanke sehr verlockend war.

»Nicht für sie! Für dich selbst, Junge! Wenn dir etwas zustößt, können wir anderen uns ohnehin nicht mehr schützen.« Er warf mir einen Blick zu, der Bände sprach. »Du musst mehr wie ein Lord und weniger wie ein Diener denken. Du bist jetzt ein wichtiger Mann.«

Damit war ich nicht ganz einverstanden, aber wir konnten es uns sowieso nicht leisten, für jeden Einwohner eine Rüstung herzustellen. Außerdem war es nicht möglich zu arbeiten, das Land zu bewirtschaften und zu kochen oder sonst etwas zu erledigen, wenn man den ganzen Tag über eine Rüstung trug. Die Vorstellung mochte lächerlich sein, aber ich wollte die Hoffnung, irgendetwas für die Menschen tun zu können, trotzdem noch nicht ganz aufgeben. »Na gut, ich stimme dir in gewisser Weise zu, aber wir müssen doch auch die Einwohner irgendwie schützen. Wenn ich beispielsweise genügend Amulette verzaubern könnte …«

»Den silbernen Anhänger hast du selbst hergestellt. Ich bin leider nicht darauf eingerichtet, einige Dutzend davon zu schmieden«, erwiderte er.

»Es muss ja nicht Silber ein. Sie könnten auch aus Eisen bestehen.«

»Das macht es vielleicht etwas einfacher, aber auch dann dauert es immer noch eine ganze Weile, und der Umriss war sehr kompliziert. Könntest du die Form nicht vereinfachen?«, fragte Royce.

»Nur wenn wir stattdessen eine Gravur verwenden. Die Symbole sind der wichtigste Teil. Pennys Anhänger besteht im Grunde ausschließlich aus miteinander verflochtenen Symbolen«, erklärte ich. Mein Vater besaß natürlich nicht das richtige Werkzeug, um so komplizierte Feinarbeiten durchzuführen.

»Ha, ich hab's!«, rief er. Ich schöpfte sofort neue Hoffnung, denn wenn sich mein Vater erst einmal etwas vorgenommen hatte, fand er immer eine Lösung.

»Was denn?«, fragte ich.

»Wenn du dir Pennys Amulett ausborgen kannst, stellen wir eine Gussform her, und dann können wir so viele davon gießen, wie wir wollen. Wie lange brauchst du für deine magischen Sachen?« Royce wedelte mit beiden Händen und pendelte gleichzeitig mit dem Oberkörper hin und her.

Ich sah ihn erbost an, doch innerlich musste ich lachen. »Nicht besonders lange. Vielleicht eine halbe Stunde pro Objekt, wenn sie richtig geformt sind.« Danach machten wir uns an die Arbeit. Es würde vermutlich ein wenig Überredungskunst erfordern, Penny das Amulett wieder abzuschwatzen, weil sie sicherlich dachte, ich wollte ihre Schutzlosigkeit nur ausnutzen. Ich hatte keine Ahnung, wie sie auf so etwas kommen konnte.

Vater richtete seine Werkstatt her und versprach mir, in ein oder zwei Tagen die Gussformen fertig zu haben. Danach konnte er die Anhänger schnell herstellen, und ich würde sie verzaubern. Allerdings machte ich mir Sorgen, wir würden damit nicht rechtzeitig fertig werden.

Danach ging ich, denn er brauchte mich nicht mehr, und ich ließ ihn lieber in Ruhe arbeiten. Später half ich eine Weile den Zimmerleuten, bis mich am Nachmittag Dorians Ankunft unterbrach. »He, Mordecai!«, rief er zu mir herauf. Ich stand gerade auf einem Gerüst, das außen vor dem Bergfried errichtet worden war.

Zwar war ich erleichtert, ihn zu sehen, aber ich hatte nicht so bald mit ihm gerechnet. »Wie bist du so schnell hierhergekommen?«, rief ich hinunter. Dann kletterte ich hinab, damit wir uns besser unterhalten konnten.

»Ich bin aufgebrochen, sobald ich deine Botschaft heute Morgen erhalten hatte.« Dorian war der zuverlässigste Kamerad, den man sich nur wünschen konnte. Ein Mann, der jederzeit für einen Freund durchs Feuer ging, wenn er glaubte, damit helfen zu können. Mindestens einmal hatte er mir schon das Leben gerettet. »Dein Brief war zwar nicht sehr aufschlussreich, aber ich hatte den Eindruck, dass du es mit einer Art Ungeheuer zu tun gehabt haben musst.«

Ich war unsicher gewesen, wie viel ich schreiben sollte, und hatte mich deshalb eher allgemein ausgedrückt. »Ja, aber wir sollten nicht hier draußen darüber sprechen. Ich habe mir noch nicht zurechtgelegt, was ich den Einwohnern erzählen kann, und ich will keine Panik auslösen.«

Verwundert blinzelte er. »Also handelt es sich tatsächlich um ein Ungeheuer?« Ich konnte förmlich sehen, wie die Zahnrädchen in seinem Gehirn schnurrten, während er sich an die Ungeheuer aus den Kindergeschichten erinnerte. Außerdem bemerkte ich, dass er für die Schlacht gerüstet war: Kettenhemd, Halsberge, Beinlinge, Stahlkappe und das Helmvisier. Natürlich hatte er auch sein Schwert und einen langen Speer mitgebracht.

»Wie ich sehe, hast du mich beim Wort genommen. Aber hättest du wirklich den Rossharnisch gebraucht? Das muss für dein Pferd sehr anstrengend gewesen sein.« Der Rossharnisch war eine Panzerung, die teilweise auch sein großes schwarzes Streitross schützte.

»Woher sollte ich denn wissen, was nötig ist? Ich komme lieber mit zu viel Ausrüstung, als dass ich mit einem Pfeil im Hintern feststellen muss, wie viel besser es gewesen wäre, das Eisenhöschen anzulegen.« Seine Scherze waren wie gewohnt nicht sonderlich geistreich, aber als er in voller Rüstung vor mir stand, war ich doch sehr erleichtert. Dorian war der gefährlichste Kämpfer, den ich je gesehen hatte, und auch darum war ich froh, ihn meinen Freund nennen zu dürfen.

Da sein Pferd müde war, nachdem es so viel Gewicht geschleppt hatte, brachten wir es zu den behelfsmäßigen Ställen, wo ich ihm half, das große Tier zu reinigen und zu striegeln. Dies empfand ich nicht als lästige Pflicht, da ich Pferde fast ebenso sehr liebte wie Menschen. Während wir das Tier versorgten, fiel mir etwas ein. »Zieh auch deine Rüstung aus. Wenn du uns hier helfen willst, gibt es einige Dinge, die ich tun kann, um deine Aussichten zu verbessern.«

»Ich fürchte mich fast, nach Einzelheiten zu fragen.« Trotzdem legte er die Rüstung ab und reichte mir bald darauf einen schweren Haufen Metall. Glücklicherweise war ich gut in Form, weil ich Vater gelegentlich in der Schmiede half. Bei einem so großen Mann wie Dorian Thornbear wog die Rüstung vermutlich achtzig Pfund oder sogar noch mehr.

»Bring das Schwert und den Speer mit«, fügte ich hinzu.

»Ich wollte sie ohnehin nicht hier liegen lassen.« Er warf mir einen Blick zu, als fürchtete er, ich wäre völlig verrückt geworden und hätte angenommen, er wanderte unbewaffnet durch die Gegend. »Was hast du mit meiner Rüstung vor? Du musst wissen, dass sie sehr teuer war.« Misstrauisch beäugte er mich. Mir war ganz und gar nicht klar, warum er mir nicht vertraute.

»Es wird deiner kostbaren Rüstung nicht schaden, keine Angst. Ich will sie lediglich verbessern.« Dabei gab ich mir große Mühe, eine Miene zu machen, die einem weisen, geheimnisvollen Magier entsprach, aber er schüttelte nur den Kopf.

Inzwischen hatten wir mein Haus erreicht, das diese Bezeichnung nach Pennys Ansicht jedoch kaum verdiente. Ich führte ihn nach hinten, wo mir ein kleiner Schuppen als Werkstatt diente. Schönes Werkzeug, wie mein Vater es in der Schmiede benutzte, besaß ich zwar nicht, aber das meiste davon brauchte ich für meine Arbeit ohnehin kaum. Dank meiner magischen Fähigkeiten konnte ich viele Dinge tun, ohne

Werkzeug benutzen zu müssen. Ich legte das Kettenhemd auf den Tisch.

»Sei ja vorsichtig. Es hat meinem Vater gehört«, schärfte Dorian mir ein. Sein Vater war ein Jahr zuvor gestorben. Daran ließen wir beide uns nur ungern erinnern. Auch ich hatte Gram Thornbear ins Herz geschlossen.

»Wenn ich fertig bin, wirst du dir wahrscheinlich nie mehr Sorgen machen müssen, die Rüstung könnte beschädigt werden«, versicherte ich ihm. »Würdest du mir etwas Wasser holen? Ich brauche eine Weile, und ich habe jetzt schon Durst.« Er machte sich auf, einen Krug zu suchen, und ich begann inzwischen mit der Arbeit. Meine Bitte hatte teilweise auch den Zweck, ihn zu beschäftigen, um beginnen zu können. Ich war nicht sicher, wie er reagieren würde.

Zuerst holte ich die Zettel, auf denen ich mir die Anleitung notiert hatte. In der letzten Zeit hatte ich zwar viele Verzauberungen durchgeführt, aber der Ablauf war kompliziert, und ich wollte keinen Fehler machen. Den Spruch, den ich jetzt benutzen wollte, hatte ich schon einmal ausprobiert, und deshalb war ich recht zuversichtlich, er werde wie beabsichtigt wirken. Ich beugte mich über das Kettenhemd, streckte einen Finger aus und fuhr über die Metallringe. Dabei veränderte sich die Farbe von einem stumpfen Grau zu Gold.

Dorian kehrte bald mit dem Wasser zurück, unterbrach mich aber nicht, da er wusste, dass ich mich konzentrierte. Viel später blickte ich von der Arbeit auf. »Hast du noch etwas Wasser?«

»Klar. Für einen durstigen Mann hast du dir mit dem Trinken aber Zeit gelassen.« Er reichte mir einen Becher.

»Wie lange denn?«, fragte ich.

»Du redest jetzt seit drei Stunden mit dir selbst und streichelst meine Rüstung. Bald wird es dunkel.«

»Verdammt! Das habe ich überhaupt nicht bemerkt. Tut mir leid, Dorian, ich bin ein schlechter Gastgeber.«

»Keine Sorge. Was du da tust, ist sicher wichtig. Ich hoffe nur, dass meine Rüstung danach noch brauchbar ist.« Jetzt spähte er mir über die Schulter.

»Nun ja, mit dem Kettenhemd bin ich fertig. Schau her.« Ich deutete auf den Tisch, auf dem die glänzende Rüstung lag. Inzwischen hatte ich die goldene Farbe wieder entfernt. Sie war nur ein Hilfsmittel gewesen, um für mich selbst zu markieren, wie weit ich mit der Arbeit fortgeschritten war. Jetzt schimmerte das ganze Kettenhemd, als wäre jeder Ring poliert worden. Mit meinem Magierblick sah ich allerdings obendrein die darauf angeordneten Symbole und Worte, die Dorian nicht erkennen konnte.

»Nun ja, es ist wirklich hübsch, aber im Kampf geht es nicht um Schönheit. Hält das Ding ein Schwert denn auf?«

»Mein Freund, es hält so ziemlich alles ab – bis auf einen Ballistenschuss. Die Rüstung rostet nicht mehr, du musst sie nie wieder ölen.« Insgeheim hoffte ich sehr, auch den Geruch verbessert zu haben. Wer sich in der Nähe von Männern mit Kettenhemden bewegte, hätte mich sofort verstanden. Rost und Schweiß waren keine angenehme Kombination. »Noch wichtiger ist, dass die Rüstung auch das Wesen, dem ich in der letzten Nacht begegnet bin, davon abhält, dir die Lebenskraft auszusaugen.«

»Jungs, habt ihr denn gar keinen Hunger?« Penny war zurückgekehrt und hatte einen Korb dabei, der sicherlich irgendwelche Lebensmittel enthielt.

»Bald. Ich muss das hier erst noch beenden.« Ich deutete auf Dorians Waffen, die Stahlkappe und die Beinlinge.

»Ich habe jedenfalls Hunger … seit dem Mittagessen habe ich nichts mehr zu mir genommen.« Es kam selten vor, dass Dorian eine Mahlzeit ausließ.

»Wenigstens einer von euch ist vernünftig. Wie lange wirst du noch brauchen, Mort?« Fragend sah sie mich an. Seit einiger Zeit war sie ausgesprochen fürsorglich, wenn es darum ging, dass ich genügend Pausen einlegte und etwas aß.

»Nicht lange. Ein oder zwei Stunden.«

»Gut … Dorian, wenn du so freundlich wärest?« Sie reichte ihm den Arm, den er auch nahm, um sie ganz wie eine edle Dame ins Haus zu geleiten. Genau das sollte sie ja tatsächlich schon sehr bald werden.

Ich machte mich wieder an die Arbeit und nahm mir zuerst die stählerne Kappe vor. Ich war der Ansicht, dass es nicht besonders lange dauern werde, und bald war ich in die Aufgabe vertieft und verlor jedes Zeitgefühl. Als ich mit der Kappe und den Leggings fertig war, bearbeitete ich das Schwert, bis Penny mich unterbrach.

»Mort?«

»Äh …« Ich hob den Kopf. Penny flimmerte an den Rändern ganz leicht.

»Du musst etwas essen. Du kannst das später noch beenden«, sagte sie sanft. Ich hatte allerdings so eine Ahnung, dass sie sich gerade erst warmlief.

»Ich kann nicht mitten in der Arbeit aufhören, sonst muss ich noch einmal von vorn beginnen. Aber da ich schon mal dabei bin, hol du doch auch dein Kettenhemd. Das kann ich als Nächstes erledigen.« Ich hatte mich schon wieder in die Arbeit am Schwert vertieft. Sie antwortete nicht, und als ich das nächste Mal den Kopf hob, war sie fort.

Eine Weile später war ich fertig. Inzwischen war es ganz und gar dunkel, doch das war kein Problem, denn ich hatte in der Werkstatt mehrere magische Lichtkugeln verteilt. Nun wollte ich mit Pennys Kettenhemd beginnen, aber sie hatte es noch nicht gebracht, also suchte ich sie.

Sie saß drinnen am Feuer. »Wo ist dein Kettenhemd?«, fragte ich verwirrt. Man sollte meinen, dass ich hätte klüger sein können, aber ich hatte meine Dummheit nun einmal lange eingeübt.

»Weißt du überhaupt, wie spät es ist?«, fragte sie.

Was für eine alberne Frage, dachte ich. *Jeder Narr kann doch erkennen, dass es dunkel ist.* »Es ist Abend«, erwiderte ich.

»Mort, es ist fast Mitternacht, und du hast immer noch nichts gegessen. Hast du seit dem Mittagsmahl überhaupt etwas zu dir genommen?« Sie sah mich mit besorgter Miene an, aber ich fiel nicht darauf herein. So bringen sie einen nur dazu, in der Wachsamkeit nachzulassen. Mir fiel wieder ein, was ich vorgehabt hatte.

»Oh, du hast recht. Ich muss mich bereit machen. Wo ist Dorian? Ich fürchte, ich werde wohl im Gehen essen müssen.« Es verschwamm mir ein wenig vor Augen, was vermutlich an meinem Nahrungsmangel lag.

Penny stand auf, nahm meine Hand und führte mich zum Tisch, wo sie mich überredete, mich zu setzen. »Du gehst heute Abend nirgendwohin. Du bist müde und hungrig und wahrscheinlich sowieso viel zu benommen, um draußen irgendetwas Sinnvolles zu tun.«

»Nein, ich …«, setzte ich an, aber sie stopfte mir schon ein Stück Brot in den offenen Mund. Ich hätte mich beklagt, wäre es nicht derart köstlich gewesen, dass ich ohne großes Nachdenken sofort zu kauen begann. Danach ging es nur noch bergab … der Wecken unterhielt sich mit meinem Magen, und die beiden überzeugten mich schließlich, dass sie sich erst in erheblich größerer Gesellschaft wirklich wohlfühlen würden. Kurzerhand vertilgte ich den Aufschnitt und den Rest des Brots. Sobald ich mich vollgestopft hatte, wurde ich müde.

»Danke, Liebes. Ich sollte wirklich öfter auf dich hören.« Penny sah mich finster an, denn ich hatte die erste Regel im Umgang mit Frauen gebrochen. Wenn sie besorgt oder wütend sind, darf man ihnen keine Komplimente machen. Ich kam ihr zuvor, ehe sie über mich herfallen konnte. »Wo ist Dorian? Er kann mich heute Nacht begleiten, und morgen setze ich die Arbeit an deinem Kettenhemd fort.«

»Ich habe dir schon gesagt, du gehst da heute Nacht nicht hinaus. Dorian hält Wache.« Sie stemmte die Hände in die Hüften.

Ich sah sie lange an. »Wenn jemandem etwas passiert, bin ich dafür verantwortlich.«

»Du bist sowieso schon für alle verantwortlich. Ganz gleich, was du tust, es kann immer etwas passieren, aber wenn du in diesem Zustand losziehst, bringt es dich nur um. Was wird dann aus all den Leuten hier?« Ihre Miene wurde weicher, während sie sprach. »Komm ins Bett, Dorian hält heute Nacht Wache. Er macht sowieso schon einen Streifengang.«

Ich hätte es wissen sollen ... die beiden hatten sich gegen mich verschworen. »Ich kann bestimmt nicht schlafen«, quengelte ich.

Penny beugte sich vor und küsste mich. Es war keiner dieser züchtigen Küsse, die ich in der letzten Zeit bekommen hatte, sondern von der Sorte, bei der jeder Mann wach wird und »Hallo?« sagt. Ihren Verführungskünsten gegenüber war ich keineswegs immun. »Komm ins Bett, und ich sorge dafür, dass es sich lohnt«, flüsterte sie mir ins Ohr.

Dagegen kam ich nicht mehr an. Ich kapitulierte und ging ins Bett. Warum sie auf einmal doch nicht mehr bis zur Hochzeit warten wollte, begriff ich nicht, aber ich war auch nicht scharf darauf, einem geschenkten Gaul ins Maul zu schauen. Nein, das war ein schlechter Vergleich. Ich wollte nicht ... egal. Alles, was mir sonst noch eingefallen wäre, war sogar noch unpassender. In meinem Kopf drehte es sich, und das Bett kam mir nach dem langen Tag unglaublich weich vor. Ich fand, ich sollte wirklich öfter auf sie hören.

»Ich bin gleich wieder da, ich muss nur noch das Essen wegstellen«, sagte sie und ging hinaus. Ich schloss die Augen und wartete auf sie. Als sie einige Minuten später zurückkehrte, schnarchte ich wohl schon fest, und ich bin sicher, dass Penny mit einem triumphierenden Lächeln zu mir unter die Decke kroch. Erst am nächsten Morgen fiel mir auf, dass sie mich wieder einmal hereingelegt hatte.

3

Marcus Lancaster streckte sich wohlig aus und genoss das Gefühl der Seidenbettwäsche auf der Haut. Dann betrachtete er Lady Eleanor Strickland, seine derzeitige Bettgefährtin. Sie war ein hübsches Mädchen mit langen blonden Locken und goldenen Augen, die zum Haar passten. *Begabt ist sie auch*, ergänzte er in Gedanken.

Der Vorabend war, wie es in der Hauptstadt Lothion oft geschah, mit Wein und Tanz wie im Fluge vergangen. Albamarl war eine große Stadt, in der viele Adlige Wohnhäuser unterhielten, um am Königshof gesellschaftlich auf dem Laufenden zu bleiben.

»Zeit aufzubrechen«, sagte Marc zu sich selbst und erhob sich leise. Die Dämmerung stand bevor, und es wäre gewiss nicht angenehm, am Morgen von den Dienern im Schlafgemach der jungen Dame erwischt zu werden. Rasch kleidete er sich an und sammelte seine verstreuten Besitztümer ein. Eleanor wachte nicht auf; sie hatte eine anstrengende Nacht hinter sich.

Ein paar Minuten später wanderte er eine der schmalen Gassen hinunter, die in diesem Viertel zwischen den Hinterhöfen verliefen. Die eigentliche Straße befand sich auf der anderen Seite, während der rückwärtige Zugang überwiegend von Dienstboten und Lieferanten benutzt wurde. Marc kannte den Weg ganz genau, denn im Laufe der letzten Monate hatte er schon einige Häuser von Adligen besucht. Es war äußerst angenehm, der Sohn eines Herzogs zu sein, und er hatte sich einer ganzen Reihe von Liebeleien mit den jungen Damen von Albamarl hingegeben. Auch wenn Mordecai in Bezug auf Penny einmal etwas anderes gedacht hatte, nutzte Marcus niemals Dienstmädchen oder Untergebene aus, sondern beschränkte sich auf Frauen aus vornehmen Häusern.

Der Grund dafür bestand nicht darin, dass er auf die unteren Klassen hochnäsig hinabblickte, sondern in dem intuitiven Gefühl, es sei nicht richtig. Eine Frau von niederem Stand konnte sich einem Herzogssohn kaum verweigern. Seiner Ansicht nach wäre dies auch dann ein Missbrauch, wenn die Mädchen bereitwillig mitmachten. Außerdem hatte er ohnehin keine Mühe, in seiner eigenen Gesellschaftsschicht genügend Gespielinnen zu finden.

Im Gehen pfiff er vor sich hin. Die Sonne lugte schon über den Horizont und schien einen weiteren schönen Tag zu verheißen. *Ich frage mich, wie lange ich noch in Albamarl bleiben sollte*, überlegte er. Seit den Ereignissen des vergangenen Jahres interessierte er sich sehr für die Zukunft. Lord Thornbears Tod hatte ihm schmerzlich vor Augen geführt, dass auch sein eigener Vater nicht ewig leben würde. Eines Tages würde er den Mantel des Herzogs von Lancaster anziehen müssen.

Eigentlich war Marc in Albamarl, um adlige Mädchen zu betören und zu umgarnen, denn als Erstgeborener musste er eine Gattin finden, ehe er zu alt war. Anfangs waren seine Absichten tatsächlich noch lauter gewesen, aber bald hatte er herausgefunden, dass keine Edelfrau, der er begegnete, seine Aufmerksamkeit lange zu fesseln vermochte. Jedenfalls nicht viel länger als ein oder zwei Wochen. Als pflichtbewusster Sohn setzte er die Suche fort, und es dauerte nicht lange, bis er die Jagd mehr genoss als die Trophäe. Das Leben konnte manchmal recht beschwerlich sein.

So wanderte er dahin und überlegte schon, wo die nächste Eroberung auf ihn wartete, als er die Geräusche eines Handgemenges hörte. Zuerst war es ein dumpfes Pochen, als werde jemand verprügelt, dann ein übles schmatzendes Geräusch. Als er um die Ecke bog, bemerkte er drei Männer in einer dunklen Gasse.

Einer stand aufrecht und sah sich ängstlich um, der zweite durchwühlte die Taschen eines jungen Mannes, der am Boden lag und erschreckend stark blutete. »He da, wartet mal! Ich rufe jetzt die Wache!«, rief Marc und griff nach dem Schwert.

Doch es war nicht da. Er hatte es am vergangenen Abend auf dem Fest in der Garderobe abgegeben. *Verdammt!*, dachte er. Der Mann, der aufpasste, griff sofort an. Er hatte einen schweren Knüppel in der Hand. *Wahrscheinlich hat das Ding die Schlaggeräusche erzeugt*, dachte er und sprang sogleich zurück, um den ersten ungeschickten Hieben des Mannes zu entgehen. Er passte den richtigen Augenblick ab, bis sein Gegner zu weit ausholte, machte einen Schritt auf ihn zu und verpasste ihm dann einen kräftigen linken Haken auf die Schläfe. Der Mann stolperte, ihm wurden die Knie weich, und er ging zu Boden. Als er sich wieder aufrichten wollte, verpasste ihm Marcus einen Tritt gegen den Kopf.

Dann schnappte er sich den Knüppel und sah sich nach dem zweiten Räuber um, doch der Mann war offenbar sofort verschwunden, als sein Freund zu Boden gegangen war. Das Opfer rührte sich nicht. »He! Alles in Ordnung?« Er kniete neben dem gestürzten Mann nieder. Sie hatten ihn in den Bauch gestochen, das Blut spritzte immer noch aus der Wunde. Es sah gar nicht gut aus.

»Helft mir! Holt die Wache und ruft einen Arzt!« Ein paar Neugierige steckten die Köpfe aus den Häusern, da der Kampf nun vorbei war. Marc bat auch sie um Hilfe, doch er wusste schon, dass es sinnlos war. Dem am Boden liegenden Mann blieb nicht mehr viel Zeit. Selbst ein Arzt hätte ihn wohl nicht mehr retten können. Das Opfer öffnete noch einmal die Augen und stöhnte.

»Tut weh …« Vor Schmerzen riss der Verletzte die Augen weit auf und konnte doch nichts mehr erkennen. Die Qualen und der Blutverlust raubten ihm die Besinnung. »Mama, ich konnte den Fisch nicht finden … tut mir leid.« Jetzt erst bemerkte Marc die auf dem Boden verstreuten Lebensmittel. Anscheinend war das Opfer auf dem Rückweg vom Markt gewesen.

Dieser alltägliche Vorfall berührte Marc. Es kam ihm albern vor, dass jemand wegen ein paar Einkäufen sterben sollte, und doch war dieser Mann hier ganz offensichtlich wegen der Lebensmittel und der kleinen Summe Wechselgeld angegriffen worden, die er vielleicht noch in der Tasche gehabt hatte. Wahrscheinlich war er ein ehrbarer Bürger gewesen. Er trug den silbernen Stern von Millicenth, der Göttin des Abendsterns. »Bitte, Göttin ... wenn es einen Weg gibt, diesen armen Mann zu retten, dann zeig ihn mir.«

Abgesehen von den wöchentlichen Andachten neigte Marc nicht unbedingt zum Gebet. Er wusste nur wenig darüber, wie man die Göttin auf die richtige Weise anflehte, doch ihm fiel nichts ein, was er sonst noch tun konnte. Gefühle wallten auf, heiße Tränen drangen ihm in die Augen. Immer noch hielt er den Silberstern fest. »Bitte, Herrin, wenn dir dieser Mann etwas bedeutet, dann hilf ihm. Ich weiß, dass ich deiner nicht würdig bin, aber dieser Mann braucht dich.« Vielleicht war es nur seine Einbildung, aber auf einmal spürte er rings um sich ein warmes Glühen, und dann sah er sie.

Sie trug ein leuchtendes Kleid, als wäre es aus Sternenlicht gewoben. Die silbernen Haare und die hellen Augen schmückten ein Gesicht, das zum Weinen schön war. »Lange habe ich auf diesen Tag gewartet, Marcus Lancaster. Wir haben viel zu tun«, sagte sie mit einer Stimme, die wie Musik klang.

»Ich weiß nicht, was du meinst, Lady. Ich will einfach nur diesen Mann retten. Er hat niemandem etwas getan und diesen Tod nicht verdient.« Obwohl die schöne Göttin unmittelbar vor ihm stand, entging ihm nicht, dass ihm der Mann da unter den Händen starb.

»Wenn du ihn retten willst, musst du dein weltliches Leben aufgeben. Widme dich allein mir. Ich zeige dir den Weg der

Rechtschaffenen, und durch dich soll mein Licht in die leeren Herzen der Menschen scheinen.« Sie näherte sich ihm, während sie sprach, bis sich ihr Gesicht nur noch eine Handbreit vor seinem befand.

Ihre Schönheit machte ihm einen tiefen Eindruck, und zugleich war er von ihrer Göttlichkeit erfüllt, denn von ihr ging ein Strahlen aus, wie er es noch nie gesehen hatte. Es strömte in die Risse seines Herzens hinein und erleuchtete die leeren Kammern. Die ewige Einsamkeit, die jeder Mensch von Geburt an kennt, war verschwunden. In ihrer Gegenwart fühlte er sich zum ersten Mal im Leben vollständig. »Das werde ich tun, Herrin«, antwortete er. »Wenn du es wünschst, werde ich dir mein Leben lang dienen und allem anderen entsagen.«

»Öffne dein Herz für mich, mein Kind«, sagte sie, aber das hatte er schon getan. Wie flüssiges Licht in ein dunkles Behältnis strömte sie in ihn hinein. Die gewohnte Welt verschwand und wich einem überwältigenden Gefühl von Freude und Kraft. Danach sah er die Welt mit neuen Augen. Überall war Licht, und gleich vor ihm schwand das Lebenslicht des sterbenden Mannes dahin.

Marc öffnete die Hand und legte sie auf die Wunde. Die Kraft strömte durch ihn hindurch, die Blutung hörte auf, und die Wunde schloss sich. Nicht einmal eine Narbe blieb zurück. Der liegende Mann beobachtete ihn jetzt mit weit aufgerissenen Augen, als starrte er einen Engel an. »Du hast mich geheilt«, sagte er und berührte seinen unversehrten Bauch.

»Dich hat die Gnade des Abendsterns geheilt«, sprach Marc. »Ihre Gnade hat dir das Leben gerettet. Vergiss das nicht und lege in deinen Gedanken und Taten Zeugnis von ihr ab.« Dann stand er auf und sah sich um. Inzwischen hatte sich eine Menschenmenge gesammelt, und die Neugierigen murmelten erstaunt miteinander. »Die Göttin hat diesen Mann gesegnet, und sie wird uns alle segnen, wenn wir es nur zulassen«, fuhr er fort. Da er die Blicke all dieser Leute nicht mehr ertragen konnte, drängte er sich durch die Menge und lief zum Stadthaus seines Vaters.

Zuerst musst du meinen Tempel aufsuchen und dich dort meinen Priestern zeigen. Sie sollen meine Worte hören und dich in ihre Reihen aufnehmen. Die Göttin hatte direkt in seinem Kopf gesprochen. »Ja, Lady«, antwortete er, kehrte um und ging zum Tempel der Millicenth. Nun hatte er, was seine Zukunft anging, keinerlei Zweifel mehr.

Am nächsten Morgen wachte ich früh auf. Ich hatte so tief geschlafen wie seit Wochen nicht mehr und fühlte mich zur Abwechslung einmal frisch und ausgeruht. Penny lag neben mir und schnorchelte leise … ausnahmsweise. Ich beobachtete sie einige Minuten und bewunderte ihre Schönheit. So ganz begriff ich immer noch nicht, was sie in mir sehen mochte, aber ich hoffte, ihre Sehschärfe würde sich nie verbessern. Dann erinnerte ich mich an ihr Versprechen vom vergangenen Abend und beschloss, zu erkunden, ob es immer noch auf dem Programm stand.

Ich schob mich an sie heran und küsste sie leicht auf den Hals, während meine Hände … nun ja, es soll reichen, wenn ich sage, dass sie viel unterwegs waren. Ich wollte sie so weit bringen, dass sie sich mir nicht mehr verweigern konnte, wenn sie endlich erwachte. Und es schien zu glücken. Als sie die Augen öffnete, küsste ich sie und hoffte, mit dem Kuss den Handel zu besiegeln. Zunächst spielte sie auch mit, denn deutlich spürte ich ihre Erregung. Aber dann stieß sie mich zurück.

»Oh, diese schmutzigen Tricks!«, rief sie und befreite sich aus dem Bettzeug.

»Du kannst es einem Mann doch nicht vorwerfen, dass er es versucht.« Trotz ihrer Willensstärke war ich in guter Stimmung. Keuchte sie? Vielleicht hatte ich mir das auch nur eingebildet.

»Wenn du so weitermachst, schlafen wir bis zur Hochzeit

in getrennten Betten«, gab sie zurück. Ich war ziemlich sicher, dass sie es nicht ernst meinte.

»Du hast mich gestern Abend überlistet. Das war auch nicht gerade fair.« Ich lächelte sie an.

»Was nicht fair ist ... das ist die Tatsache, dass du dich vor meinen Augen zu Tode schindest.«

Damit hatte sie vielleicht nicht ganz unrecht, aber bei dieser Gelegenheit fielen mir meine Pläne wieder ein. »Oh richtig! Wo ist dein Kettenhemd? Das behandle ich zuerst, aber dann muss ich nachsehen, wie Vater mit den Gussformen vorankommt.«

»Was für Gussformen?«

Da ich ihr noch nicht von unserem Vorhaben erzählt hatte, weihte ich sie jetzt ein. Die Idee gefiel ihr, und sie willigte ein, mich zur Schmiede zu begleiten, damit mein Vater ihren Anhänger für die Gussformen verwenden konnte. Ihre einzige Bedingung war, dass ich frühstücken musste, ehe ich begann. Offenbar glaubte sie, ich würde verhungern, wenn ich nicht unter ihren Augen aß.

Während wir frühstückten, kam Dorian herein. Er war müde. »Habt ihr noch etwas mehr davon?« Er deutete auf mein Essen.

»Klar.« Penny stand auf und deckte einen Teller für ihn.

»Du siehst entsetzlich aus«, sagte ich.

»Ungefähr so wie du gestern Abend, also werde bloß nicht zu vorlaut«, erwiderte er. »Ich habe die ganze Nacht damit verbracht, deine Ungeheuer zu suchen.«

»Das war sehr freundlich von dir. Ich habe so gut geschlafen wie seit Tagen nicht mehr.« Ich gab mir große Mühe, mich dankbar zu zeigen. Er aß mit uns, und dann beschäftigte ich mich mit Pennys Kettenhemd. Sie ging voraus und brachte meinem Vater den Anhänger, ehe sie sich mit dem Architekten traf.

»Was willst du den Einwohnern erzählen?«, fragte Dorian.

Ich hatte gerade die Arbeit am Kettenhemd vollendet und wollte zur Schmiede aufbrechen.

»Das weiß ich nicht. Ich bin nicht sicher, was schlimmer ist, die Panik oder die Angst vor dem Unbekannten.«

»Heute Morgen gleich nach Sonnenaufgang habe ich mit einigen Leuten im Dorf gesprochen. Sie machen sich Sorgen«, erklärte Dorian. »Wenn sie nicht bald etwas von dir hören, werden sie so oder so in Panik geraten. Sie haben mich natürlich bemerkt, zumal meine Rüstung jetzt so auffällig schimmert. Die Leute wissen, dass du einen guten Grund hattest, mich zu rufen.«

Manchmal konnte Dorian unerträglich klug sein. Es war leicht, in ihm nur den Kämpfer zu sehen, aber er konnte durchaus gründlich nachdenken. »Was soll ich ihnen sagen? Dass untote Ungeheuer durch die Gegend schleichen?«

»Du bist ihr Herr, sie warten auf Anweisungen von dir. Erklär es ihnen, und vielleicht erlebst du eine Überraschung«, meinte er.

»Niemand sonst ist fähig, diese Wesen zu bekämpfen«, wandte ich ein.

Dorian unterbrach mich. »Du irrst dich, wenn du glaubst, dass es sich auf diese Weise machen lässt. Was glaubst du, woher der Herzog von Lancaster seine Macht bezieht?«

»Was hat das mit mir zu tun?«

»Antworte mir«, verlangte Dorian störrisch.

»Natürlich vom König.« Das schien mir ganz offensichtlich zu sein.

»Falsch. Seine Macht kommt von denen, die ihm dienen. Ein Herzog oder ein Graf …«, dabei sah er mich scharf an, »… bekommt seine Macht von denen, die seinen Befehlen gehorchen. Ohne sie ist er nicht mehr als ein einfacher Mann.«

»Ich bin ein Magier, und sie können tatsächlich nichts gegen diese Wesen ausrichten«, hielt ich dagegen.

Dorian stand auf und ging zu einem kleinen Baum, der

neben dem Haus stand, zog das Schwert und schlug zu. Die verzauberte Klinge durchschnitt den schmalen Stamm, als wäre er aus Papier. Der Baum kippte langsam um und verfehlte nur knapp den draußen aufgestellten Tisch. Dorian schien etwas überrascht. Anscheinend hatte er das Schwert noch nicht benutzt, seit ich es am Vortag verzaubert hatte. Er hielt inne und kam schließlich auf seinen Gedankengang zurück. »Wer hat den Baum gefällt?«, fragte er.

Idiot, dachte ich. *Er hackt meinen Birnbaum ab und fragt mich, wer es gewesen ist.* »Das verrate ich Penny«, erwiderte ich, als wären wir noch kleine Jungs.

Er schluckte nervös, dann fuhr er fort: »Komm schon, Mort, antworte mir ... wer hat den Baum umgehauen?«

»Wenn Penny fragt, werde ich ihr sagen, dass du es gewesen bist. Aber es war meine Verzauberung, die es möglich gemacht hat.« Ich trank einen Schluck Wasser und blickte ihn über den Becherrand hinweg an.

»Wessen Hand hat die Klinge geführt?«, fragte er weiter.

»Deine, mein lieber Freund. Eindeutig deine.« Beinahe wäre ich vor Lachen herausgeplatzt.

Dorian warf das Schwert auf den Boden. »Kann es jetzt noch einen Baum abschlagen? Steh auf, Schwert! Geh und hacke den Baum für mich ab!« Er schrie die Klinge an und deutete auf einen anderen kleinen Baum.

Allmählich machte ich mir Sorgen über seine geistige Gesundheit. »Komm schon, Dorian ... beruhige dich. Offensichtlich kann die Klinge nichts tun, wenn niemand sie führt. Genau genommen ... könnte ich sie vielleicht führen, ohne sie zu berühren. Aber darauf willst du ja sicher nicht hinaus.«

»Nein, natürlich nicht! Ich habe das Schwert geführt, ich habe den Baum abgehackt ... mit dieser Hand.« Er hob die große Hand und ballte sie zur Faust. »Und wer hat das Schwert geschmiedet, ehe du es verzaubert hast? Wer hat das Haus gebaut? Schau dich um! Alles, was du siehst, wurde von einfachen, ganz gewöhnlichen Leuten hergestellt. Von *deinen* Leuten. Gewiss, du kannst manche Dinge mit der Magie verstärken, aber du bist auch nur ein einzelner Mann. Die wahre Macht liegt bei den Menschen in deiner Umgebung. Als Graf di'Cameron gewinnst du ihr Vertrauen, und es liegt bei dir, diesen Schatz weise einzusetzen. Wenn du alles vor ihnen verbirgst und sie wie Kinder behandelst, wirfst du deine Macht fort und nutzt ihre wahren Kräfte nicht. Rede mit ihnen, vertraue ihnen, lass dir von ihnen helfen, und du wirst erkennen, was wahre Stärke ist.«

So leidenschaftlich hatte ich Dorian nie zuvor reden hören. Er fegte meine Überheblichkeit einfach weg und traf mich mitten ins Herz. »Dorian, du hast recht.« Einen Augenblick lang erinnerte er mich so stark an seinen Vater, dass sich beinahe eine Träne aus meinem Auge gestohlen hätte. Ich stand auf und umarmte ihn. »Solange ich Freunde wie dich habe, kann mir nichts passieren. Ohne dich und Penny wüsste ich gar nicht, wie ich zurechtkäme.«

»Schön, dass du es endlich einsiehst«, antwortete er unwirsch. Wenn ich zu viel Gefühl zeigte, wurde es ihm immer etwas ungemütlich.

»Lass uns sehen, wie weit Vater mit den Anhängern gekommen ist. Wenn sie fertig sind, rede ich mit den Leuten. Ich will es ihnen erst sagen, wenn ich ihnen wenigstens ein kleines bisschen Schutz bieten kann.«

»Das klingt doch schon fast wie ein Plan«, bemerkte Dorian. »Irgendein Plan ist immer noch besser als gar keiner.« Zusammen gingen wir zur Schmiede. Es gab noch viel zu tun.

4

Die nächsten Tage vergingen ohne besondere Zwischenfälle. Dorian verlegte sich darauf, nachts auf Streife zu gehen und morgens zu schlafen. Seine Worte hatten ihre Wirkung bei mir nicht verfehlt, deshalb überließ ich ihm diese Aufgabe gern und nutzte die gewonnene Zeit, um die verzauberten Anhänger für die Einwohner herzustellen. Nach vier Tagen lagen mehr als sechzig bereit, was meiner Schätzung nach ausreichen musste. Allerdings wollte ich weitermachen, weil früher oder später noch mehr Menschen ins Dorf ziehen würden.

Der Bergfried war immer noch nicht fertig, aber Penny berichtete mir, die Wohnquartiere seien bereit. So begannen wir mit dem Umzug. Drinnen lagen noch viele Balken frei, und auch der Stein war noch nicht bearbeitet, aber wenigstens hatten wir jetzt eine bessere Unterkunft. Viele Einwohner fassten mit an und halfen uns, die Sachen zu tragen und uns einzurichten. Deshalb ergriff ich die Gelegenheit, anschließend mit ihnen zu sprechen.

»Ich bin euch für eure Hilfe dankbar, aber es gibt noch etwas, das wir besprechen müssen. Holt eure Familien hierher, damit ich es euch allen sagen kann.« Ich fühlte mich seltsam, weil ich eine Ansprache halten sollte, aber daran musste ich mich wohl gewöhnen. Die Menschen nickten, und bald waren alle gegangen, um die anderen zu rufen.

»Bist du sicher, dass du es tun willst, Mort?«, fragte Penny.

»Ich muss … es ist nicht gut, sie im Ungewissen zu lassen.«

Sie dachte nach. »Wenn du ihnen von Sadie Tanner erzählst, könnte es unangenehm werden. Vorausgesetzt, sie glauben es dir überhaupt.«

Damit hatte sie recht. Ich hatte die Sache noch nicht richtig durchdacht. Sadie Tanners Freunde und ihre Angehörigen würden mit Aufregung und Verwirrung reagieren. Nein, falsch. Wenn ich ihnen erzählte, dass ich ihre Tochter zerhackt und verbrannt hatte, weil ich dachte, sie gehe als untotes Ungeheuer um … die Leute würden durchdrehen. Es gab überhaupt keine Beweise, und bisher hatte noch niemand von solchen Wesen gehört. Selbst die recht abergläubischen einfachen Leute würden mir eher ein Verbrechen vorwerfen, als an Notwehr zu denken.

»Ich sage ihnen, es war ein Mann, den wir jedoch nicht erkannt haben. Falls es noch schlimmer wird, müssen sie sich früher oder später allerdings mit der Wahrheit abfinden. Oder wir überlegen uns einen anderen Weg, den Angehörigen später die Wahrheit zu erklären«, sagte ich.

Während wir warteten, kam mein Vater herüber und brachte die neu gegossenen Anhänger mit. Ich war froh, dass er da war und mir zur Seite stehen konnte, denn die Vorstellung, eine Rede zu halten, machte mich nervös. »Keine Sorge, Mordecai. Sag ihnen einfach die Wahrheit, und alles wird gut«, flüsterte er mir ins Ohr, als die ersten Einwohner hereinkamen.

Wir standen in der großen Halle oder vielmehr an der Stelle, die einmal als große Halle dienen sollte. Im Augenblick war es eher ein Innenhof. Die Mauern standen, aber das Dach fehlte noch. Zwischen den Türmen drangen die Sonnenstrahlen hindurch und wanderten vor mir über den Holzboden. Es war ein schöner Tag, zu dem die Neuigkeiten, die ich zu verkünden hatte, überhaupt nicht passen wollten.

Als alle eingetroffen waren, stieg ich – weil nichts Besseres zur Hand war – auf einen Stuhl. »Ich habe euch zusammengerufen, um über die verschwundenen Einwohner zu sprechen«, begann ich. »Ich weiß nicht, ob es jemand bemerkt hat, aber ich war nachts oft draußen unterwegs und habe Wache gehalten und gewartet. Schließlich habe ich meinen Freund

Dorian zu Hilfe gerufen.« Ich deutete auf ihn. Er hatte die Rüstung angelegt und bot einen prächtigen Anblick.

»Ich habe ihn am frühen Morgen gesehen«, erklärte ein Mann. Es war David Tanner, Sadies Vater. Innerlich zuckte ich zusammen.

»Genau. Ich konnte nicht jeden Tag weiterarbeiten und außerdem auch noch nachts Wache halten. Deshalb war Dorian so großzügig, mir seine Hilfe anzubieten«, fuhr ich fort.

»Dem würde ich bestimmt nicht gern in einer dunklen Gasse begegnen«, rief ein anderer Mann. Es war Joe McDaniel. Einige Leute lachten über seine Bemerkung.

Ich fuhr fort: »Nun sollt ihr wissen, dass ich eine Idee habe oder wenigstens eine Vorstellung, was hier geschieht. Vor ein paar Nächten bin ich mit Penelope draußen unterwegs gewesen, und da sind wir im Dunkeln tatsächlich auf etwas gestoßen.« Ich hielt inne, weil der nächste Teil schwieriger war.

»Was war es? Und warum wart Ihr da draußen? Ich dachte, Ihr seid der neue Graf«, rief ein Mann, der weit hinten stand und dessen Gesicht ich nicht erkennen konnte.

»Ihr wisst natürlich, wer ich bin, aber bisher verfüge ich noch nicht über ein großes Gefolge. Als euer Herr fühle ich mich verpflichtet, mich selbst darum zu kümmern.« Einige Zuhörer murmelten zustimmend. »Was ich in dieser Nacht gefunden habe ... eigentlich müsste man eher sagen, dass es mich gefunden hat ... war keines natürlichen Ursprungs. So etwas habe ich noch nie gesehen. Es konnte sich trotz meiner Fähigkeiten anschleichen und Penelope und mich angreifen. Das hätte eigentlich nicht möglich sein dürfen.«

Da schaltete sich Joe McDaniel ein. »Nach allem, was ich so höre, scheint Ihr sowieso kein großer Jäger zu sein. Nehmt's mir nicht krumm, Euer Lordschaft.«

Das nahm mir den Wind aus den Segeln. Das Letzte, was ich brauchen konnte, waren Zweifel an meinen Fähigkeiten.

Deshalb beschloss ich, die Sache umgehend beizulegen. »Ihr wisst inzwischen alle, dass ich ein Magier bin. Ihr habt gesehen, was ich mit dem Werkzeug der Handwerker getan habe, aber ich besitze noch weitere Fähigkeiten, die ihr bislang nicht gesehen habt. Joe, könntet Ihr mir mal helfen?«

»Gewiss, Herr, sagt mir nur, was Ihr wollt.« Er grinste breit. Eigentlich war er ein freundlicher Kerl, auch wenn ich etwas mehr Überzeugungskraft bei ihm aufwenden musste als bei den anderen.

»Ich werde mich umdrehen, und wenn ich Euch den Rücken zukehre, sollt Ihr irgendetwas tun. Egal was. Ich beschreibe Euch dann, was Ihr getan habt.« Ich kehrte der Menge den Rücken zu. Da ich eigentlich eine Ansprache halten wollte, war das wohl keine sonderlich gute Idee, aber mir fiel nichts Besseres ein.

»Na gut, was mache ich jetzt, Euer Lordschaft?«, rief er.

»Ihr hebt Euren rechten Arm«, antwortete ich sofort. Das entlockte der Menge ein gedämpftes Murmeln.

»Und nun?«

»Nichts, wenn man davon absieht, dass Ihr von einem Ohr bis zum anderen grinst und Euch an der Nase kratzt … jetzt glotzt Ihr mich mit offenem Mund an.« Ich drehte mich wieder um. »Ich bin in der Lage, manche Dinge mit meinem Geist zu erkennen. Nicht ganz so wie mit den Augen, aber diese Wahrnehmung setze ich oft ein. Das Wesen, das uns in dieser Nacht angegriffen hat … ich konnte es nicht sehen.« Nun schienen die Zuhörer ernstlich besorgt, aber ob es daran lag, dass ich anscheinend Augen im Hinterkopf hatte, oder an dem, was ich ihnen über das Ungeheuer erzählte, konnte ich nicht erkennen. »Es hat mich überrascht und durch meinen Schild gegriffen, als wäre er überhaupt nicht vorhanden.«

»Schild? Habt Ihr so etwas wie einen hölzernen Schild benutzt?«

»Nein. Auch das kann ich euch zeigen.« Ich machte meinen

gewöhnlichen Schild sichtbar, indem ich ihn blau schimmern ließ. Dabei war ich recht nervös, weil manche Menschen doch unangenehm auf Dinge reagierten, die offensichtlich unnatürlich waren.

»Verdammt noch mal!«, rief jemand. »Die Göttin sei uns gnädig!«, rief ein anderer. Die Menschen bekamen Angst und regten sich unruhig. Nicht eben das, was zu erreichen ich gehofft hatte.

»Beruhigt euch. Ich habe euch doch schon gesagt, dass ich ein Magier bin. Das Wichtige ist aber, dass ich *euer* Magier bin, genauso wie ich euer Lehnsherr bin.« Das half anscheinend ein wenig, also fuhr ich rasch fort. »Das Wesen, das uns in jener Nacht aufgespürt hat, griff durch meinen Schild hindurch, und hätte Penny es nicht abgewehrt, so hätte es mich erwischt. Es löst die Magie auf und lässt sich nur mit körperlicher Kraft bekämpfen.«

»Was ist dann aus ihm geworden? Geht es noch da draußen um? Hat es meine Sadie geschnappt?« Das war wieder David Tanner.

»Wir haben es getötet. Oder vielmehr habe ich es mit blankem Stahl in mehrere Stücke zerhackt. Das Schlimmste war, dass die Schnitte es nicht ganz töten konnten. Es hat sich immer noch bewegt. Wir mussten es vollständig verbrennen, um ganz sicher zu sein.« Die Menge schien unschlüssig.

»Sind wir jetzt sicher? Was ist mit Sadie? Habt Ihr sie gefunden?«

Es war Sadie, hätte ich am liebsten gerufen. Das hätte aber alles nur noch schlimmer gemacht. Einigermaßen frustriert fuhr ich fort: »Wir haben sie nicht gefunden. Wir haben dieses Wesen getötet, aber es gibt vielleicht noch mehr. Ich bin sogar ziemlich sicher, dass es noch mehr gibt. Deshalb stehe ich jetzt vor euch.«

»Wie hat es ausgesehen?«, wollte Joe wissen. Ich musste zugeben, dass dies eine gute Frage war.

»Wie Ihr oder ich … es sah wie ein Mensch aus. Sobald ich Licht hatte, sah es wie eine gewöhnliche Person aus.«

»Aber woher wisst Ihr dann, dass es nicht wirklich einfach nur ein Mensch war?«, fragte er. Offensichtlich war Joe nicht scharf darauf, in der Nacht einem Ungeheuer zu begegnen, oder er wollte die Sache auf eine Weise dargestellt sehen, die es ihm erleichterte, sich damit abzufinden.

»Mit meinem Magierblick habe ich nur ein leeres Loch wahrgenommen, als existierte dort überhaupt nichts. Es hat meine Magie und meine Sprüche aufgesaugt wie … nichts. Als es mich berührte, fühlte ich mich, als saugte es mir auch die Lebenskraft aus dem Körper. Nein, das war kein Mensch.« Ich schlug die Augen nieder. Dies war der Punkt, der mir die größten Sorgen bereitete. Die Angst konnte uns alle in den Untergang reißen, und ich musste ihnen doch etwas Hoffnung bieten, weil sonst eine Panik ausgebrochen wäre. »Ich habe allerdings einen Weg gefunden, diese Wesen zu bekämpfen, und außerdem ein Mittel, das euch schützt.«

Mein Vater trat vor und öffnete seine Kiste, um die neuen Halsketten zu verteilen. Unterdessen fuhr ich fort: »In den letzten Tagen habe ich diese Anhänger vorbereitet. Penny besitzt schon einen, und nur deshalb konnte sie gegen das Wesen kämpfen, ohne von dessen Macht überwältigt zu werden. Daher habe ich noch mehr davon hergestellt, damit jeder von euch einen bekommen kann.«

»Was sollen sie uns denn nützen?«, fragte David Tanner zornig.

»Sie schützen den Träger vor geistiger Beeinflussung. Solange ihr sie tragt, kann keine Magie in eure Gedanken eindringen oder euren Geist beeinflussen. Den Körper schützt es nicht, aber so seid ihr wenigstens noch fähig zu kämpfen.« Ich wartete ihre Reaktionen ab. Chaos brach aus.

Die Leute stießen Rufe aus, einige wandten sich an mich. »Ihr sagt uns, da draußen seien Wesen, die nicht sterben, wenn man sie zerhackt, und nun sollen wir uns sicher fühlen, nur weil Ihr uns etwas Flitterkram gebt?« – »Dieses Dorf ist verflucht, seit der alte Graf gestorben ist!« Ich hatte die Kontrolle verloren, aber der alte Joe kam mir zu Hilfe.

»Nun beruhigt euch wieder! Ihr undankbares Gesindel! Seid ihr Männer oder Schafe?« Die Menge beruhigte sich. Joe genoss unter den Menschen in Washbrook großes Ansehen, sie hörten auf ihn. »Der Junge hat hart gearbeitet und etwas getan, das keiner sonst tun wollte. Er hat nachts die Gehöfte bewacht, zuerst ganz allein, während wir im Bett gelegen haben! Jetzt bietet er uns etwas an, einen Weg, uns zu verteidigen.«

»Wir können doch nicht gegen die Toten kämpfen, Joe!«, rief jemand zurück.

»Wir können und wir werden kämpfen! Ich lebe in diesem Ort seit der Zeit, als du noch ein Säugling warst, Cecil Draper! Früher hatten wir hier eine Miliz, und ich wüsste nicht, warum wir nicht wieder eine haben sollten«, rief Joe zurück. Dann sah er mich an. »Vorausgesetzt, Euer Lordschaft sind damit einverstanden.«

Ich hätte ihn umarmen können. »Das ist mir sogar sehr recht!« Danach lief es erheblich besser. Wir teilten die Leute ein und gaben die Anhänger aus, bis jeder Mann, jede Frau und jedes Kind einen hatte. Anschließend sprachen Dorian und Joe über die Miliz, die sie aufstellen wollten. Es dauerte nicht lange, bis sie einen Dienstplan entworfen und die Zuständigkeiten geklärt hatten. Ich behielt zwar den Oberbefehl, sonst aber unterstand die Miliz Dorian. Er machte Joe zu seinem Leutnant. Ich hielt das für eine gute Wahl, denn der Mann hatte große Führungsqualitäten.

Wir redeten bis spät in die Nacht, und als die anderen endlich gingen, war ich rechtschaffen müde. »Du hast heute etwas Gutes getan, Mort«, sagte Penny, als wir in unser neues Bett stiegen.

»Ich hoffe nur, es reicht auch aus.«

»Das wird es. Du musst ihnen einfach vertrauen. Es sind gute Leute, und sie sind zäher, als man meinen könnte.« Sie schenkte mir einen flüchtigen Kuss.

Ich hoffte zwar, der Kuss werde ein erfüllenderes Nachspiel haben, aber Penny konnte in mancher Hinsicht so störrisch sein wie ein Maultier. Seufzend überließ ich mich dem Schlaf.

5

Der nächste Morgen begann verheißungsvoll. Die Menschen hatten ein Ziel, und das verlieh ihnen neue Kräfte. Die Arbeiter kümmerten sich emsig um den Bergfried, und die Steinmetze nahmen sich die Außenmauern vor, die fest und stabil stehen sollten. Beim Brand des Bergfrieds vor siebzehn Jahren war die äußerste Schutzmauer unbeschädigt geblieben. Selbst die Wände schienen noch einigermaßen intakt, wenngleich hier und dort einiges eingebrochen war. Wenn die Arbeiter dieses Tempo beibehielten, sollten die Mauern und die Tore binnen weniger Monate fertiggestellt sein.

Ich war wieder in der Schmiede und verzauberte weitere Anhänger, als ein Reiter aus Lancaster eintraf, ein normaler Laufbursche des Herzogs. Jedes Mal, wenn ich einen sah, fiel mir ein, dass ich früher oder später ebenfalls einige Boten einstellen musste. Es war recht unbequem, ständig Leute finden zu müssen, die zufällig gerade in die Richtung reisen wollten, in die ich eine Nachricht schicken wollte. Ich ging dem Boten entgegen.

»Eine Nachricht für Graf di'Cameron«, sagte er laut. Sein Pferd war in Schweiß gebadet. Die Botschaft schien dringend zu sein.

»Der bin ich«, stellte ich mich vor.

Überrascht sah er mich an. Die meisten Leute rechneten nicht damit, dass ein Graf wie ein gewöhnlicher Arbeiter mit der Schürze eines Schmieds bekleidet war. Er fing sich jedoch rasch und gab mir den zusammengerollten und versiegelten Brief. Ich riss ihn auf und las.

Lord Cameron,
ich hoffe, Ihr seid wohlauf, wenn Euch diese Botschaft erreicht. Leider habe ich keine guten Neuigkeiten. Seine Majestät Edward Carenval, unser König, entbietet seine Grüße. Ihr werdet umgehend in der Hauptstadt erwartet, um ihm Eure Gefolgstreue zu schwören. Ich sende hier den Brief mit, den er Euch geschrieben hat. Ihr sollt so bald wie möglich nach Erhalt dieses Befehls dort eintreffen, und es wäre in der Tat unklug, lange zu zaudern. Ich habe nicht damit gerechnet, dass er Euch so zeitig zu sich ruft, aber Eure magischen Fähigkeiten haben die Lage offenbar schwieriger gemacht.

Was die andere Angelegenheit angeht, über die Ihr mich unterrichtet habt, so werde ich zehn Männer abordnen, die Washbrook bis zu Eurer Rückkehr beschützen sollen. Ich wünschte, ich könnte noch mehr Männer schicken, aber ich kann nicht viele Kämpfer entbehren, zumal die Natur der Bedrohung nicht klar ist. Bitte brecht so schnell wie möglich nach Albamarl auf und nehmt auch Penelope mit. Er wird sie kennenlernen wollen.

Wir treffen uns in der Hauptstadt. Auch ich wurde dorthin beordert, um wegen Devon Tremont Rede und Antwort zu stehen. Lord Tremont, der Vater, verlangt von mir Rechenschaft über den Tod seines Sohnes, und wenn ich meine Sache vortrage, könnte Euer Zeugnis hilfreich sein.
James Lancaster

Die zweite Botschaft war ebenfalls zusammengerollt, enthielt aber nichts Neues. Sie war wunderschön geschrieben und trug das persönliche Siegel des Königs. Es störte mich sehr, dass ich meine Leute in einem so gefährlichen Augenblick allein lassen musste. Zu Pferd würde die Reise gewiss eine ganze Woche dauern. Glücklicherweise hatte mein Vater seine Pferde mitgebracht, sonst hätte ich sogar zu Fuß laufen müssen. Ich hatte noch keine Zeit gehabt, mir eigene Pferde zu kaufen. Der Kurier musste noch ein Weilchen warten, bis ich meine Antwort verfasst hatte, denn zunächst machte ich mich auf den Weg zu Penny.

Sie war gerade damit beschäftigt, unsere neuen Gemächer in der Burg einzurichten. Sie sah mir sofort an, dass etwas nicht stimmte. »Was ist denn los?«

»Ich habe gerade eine Nachricht von James bekommen. Wir müssen in die Hauptstadt reisen. Auf der Stelle.« Es nützte ja nichts, drumherum zu reden.

»Jetzt gleich?«

»Ja. Der König ruft uns zu sich. Auch James muss dort erscheinen, um sich für Devons Tod zu verantworten.«

»Aber sie wollen doch hoffentlich nicht ihm die Schuld geben? Devon hat bekommen, was er verdient hatte!« Sie regte sich schon wieder auf. Ich versuchte, sie abzulenken, ehe sie sich zu sehr hineinsteigerte.

»Ich bin sicher, dass es sich nur um eine Formalität handelt. James soll vor dem König und den versammelten Lords seine Version der Vorfälle schildern. Wahrscheinlich müssen wir sogar für ihn aussagen. Der zweite Grund ist, dass Seine Majestät mir den Treueid abnehmen will.«

Sie schürzte die Lippen. »Ich dachte, wir hätten mehr Zeit. Ich habe nicht mal ein anständiges Kleid.« Typisch, dass eine Frau als Erstes an so etwas denkt. Beinahe hätte ich gelächelt.

»Was grinst du so?«, knurrte sie. Mit meiner Selbstbeherrschung war es wohl doch nicht so weit her.

»Fang du schon mal zu packen an«, antwortete ich. »Ich schreibe eine Antwort an James und eine weitere Nachricht an den König.«

Danach hatten wir alle Hände voll zu tun. Ich redete mit meinem Vater und fragte ihn, ob wir seine Pferde ausborgen durften. Anschließend suchte ich Dorian und Joe auf, die in den nächsten Wochen allein zurechtkommen mussten. Offenbar waren sie hinsichtlich meiner Reise erheblich gelassener als ich.

»Mach dir keine Sorgen«, beruhigte mich Dorian. »Das Dorf wird immer noch da sein, wenn du zurückkehrst.« Es kam mir seltsam vor, dass ausgerechnet Dorian mir sagte, ich solle mir keine Sorgen machen. Normalerweise war er der ängstlichste unter meinen Freunden, während mich so gut wie nichts erschüttern konnte.

»Ich weiß, ich weiß …«, erwiderte ich. »So viele Menschen sind noch nie von mir abhängig gewesen. Ich bin noch nicht daran gewöhnt.«

»Kümmere dich einfach nur um die Angelegenheit beim König und kehr so bald wie möglich zurück. Wir sorgen dafür, dass es einen Ort gibt, zu dem du zurückkehren kannst.« Dorian klopfte mir auf den Rücken. Ich hatte damit gerechnet und mich gewappnet. Manchmal vergisst er, wie stark er ist.

Eine Stunde später brachen Penny und ich auf. Ich war erstaunt, wie schnell sie gepackt hatte. Ihre Schönheit täuschte mich mitunter darüber hinweg, dass sie kein zartes, im Haus eines Edelmannes gehegtes Blümchen war. Sie hatte von Kindesbeinen an ein schweres Leben gehabt und wusste, wie man die Dinge angehen musste, wenn man etwas erreichen wollte. Wir saßen auf zwei kräftigen Zeltern und hatten unsere Siebensachen auf einem stammigen Packpferd verstaut.

Für den Ritt hatten wir schlichte Reisekleidung angezogen, und ich hatte Penny überredet, auch ihr Kettenhemd anzulegen. »Ich sehe nicht ein, warum ich unbedingt dieses stinkende Ding tragen muss. Es ist auch ohne dieses schwere Metall schon warm genug«, klagte sie.

»So schwer ist es gar nicht mehr, das weißt du ganz genau.« Ein Teil der Verzauberung hatte darin bestanden, das Gewicht auf die Hälfte zu reduzieren. Das Kettenhemd hatte über dreißig Pfund gewogen, jetzt waren es eher fünfzehn.

»Warum trägst du keine Rüstung?« Sie zog eine Augenbraue hoch.

»Du bist meine Wächterin, ich bin nur ein reisender Edelmann.« Ich grinste sie an. »Außerdem, glaubst du wirklich, irgendetwas könnte mich verletzen?« Ich sprach ein einziges Wort, und sofort wurde mein Schild einen Augenblick lang sichtbar.

»Neulich nachts im Kampf gegen das Ungeheuer hat das leider nicht viel genützt«, erklärte sie.

»Deshalb habe ich ja meine wackere Gefährtin dabei, die mich beschützen kann«, behauptete ich ungerührt.

Sie schnaubte nur. »Ich dachte, ich sei deine Verlobte. War wohl nichts mit dem galanten Ritter.« Diese Bemerkung traf mich wirklich, das wusste sie genau. Trotzdem ließ ich nicht zu, dass sie das Kettenhemd auszog. Ich machte mir Sorgen, sie könnte den Schutz genau in dem Augenblick brauchen, in dem ich nicht für sie da sein konnte.

Ich hätte mir keine Sorgen machen müssen. Die Reise verlief ohne Zwischenfälle, doch am ersten Abend stellten wir fest, wie frostig die Nächte sein konnten. Wir aßen kalten Proviant und hatten kein Feuer entfacht. Danach lagen wir auf einer unebenen Unterlage und hüllten uns in einfache Wolldecken, unter denen wir uns aneinanderkuschelten, um es warm zu haben.

»Es ist schrecklich kalt. Könntest du nicht ein kleines Feuer herbeihexen?«, fragte sie.

»Dann hätten wir doch keinen Grund zum Kuscheln mehr.«

»Als ob du dafür schon mal einen Vorwand gebraucht hättest!«, gab sie zwar spöttisch, aber mit lachenden Augen zurück.

Alles in allem war es eine angenehme Reise, beinahe schon ein gemächlicher Ausflug. Wir ritten, wir aßen, wir lagerten und trafen nach sechs Tagen in Albamarl ein. Unterwegs waren wir durch mehrere Dörfer gekommen, in denen wir jedoch nicht anhielten. Alles war neu, und uns beiden gefiel, dass wir zum ersten Mal wirklich allein waren. Ich glaube, wir bedauerten es beide ein wenig, als die Reise vorüber war und die Stadttore vor uns auftauchten.

Bisher hatte keiner von uns beiden jemals die Umgebung von Lancaster oder Washbrook verlassen. Der Anblick der großen Stadt erschütterte mich, denn die Bilder und Zeichnungen, die ich in Büchern betrachtet hatte, wurden dem Ort gar nicht gerecht. Er war riesig. Die Straße war, schon Meilen ehe wir die mächtigen Tore erreichten, gepflastert. Am Eingang wurde die Straße breiter, sie maß sicherlich über zehn Schritte, und auf beiden Seiten standen massive Steintürme.

In der Nähe der Hauptstadt gab es einen berühmten Steinbruch, der eine Menge Rosengranit für zahlreiche Bauten der Stadt geliefert hatte. Infolgedessen schien ein rosafarbener Schimmer über dem ganzen Ort zu liegen. Albamarl trug deshalb auch den Beinamen »die Rose von Lothion«.

Die Wächter achteten nicht auf uns, als wir hineinritten. Wahrscheinlich kamen jeden Tag so viele Menschen durch die Tore, dass sie nicht alle genauer befragen konnten. Ich hielt an und erkundigte mich, wie wir den Königspalast finden könnten. Der Wächter sah mich seltsam an und sagte: »Folgt einfach nur der Hauptstraße. Ihr werdet ihn schon erkennen, wenn Ihr ihn seht.« Damit wandte er sich ab und wartete nicht einmal, ob ich vielleicht noch weitere Fragen hätte. Ich nahm mir vor, dass meine Wachen höflicher sein sollten, falls ich jemals welche aufstellen würde.

Die Wegbeschreibung traf allerdings zu. Die Hauptstraße war vollkommen gerade und führte direkt ins Herz der Stadt hinein. Verschiedene gewundene Straßen zweigten von ihr ab und liefen wahrscheinlich rings um das Zentrum, während wir uns gewissermaßen auf der Speiche eines Rades geradewegs in das Zentrum hineinbewegten. Wir kamen an Steinbauten und Häusern vorbei, in denen verschiedene Geschäfte beherbergt waren, bis wir schließlich ein Gebäude erreichten, bei dem es sich nur um den Königspalast handeln konnte.

Dessen Tor wurde etwas sorgfältiger bewacht. »Halt! Reisender, nenne dein Begehr!« Zwei Männer traten uns in den Weg. Ihre Mienen zeigten keine Regung – außer ungeheurem Desinteresse. Anscheinend waren hier müde Wanderer nicht eben willkommen.

»Ich bin Mordecai Illeniel Graf di'Cameron. Dies ist meine Verlobte Penelope Cooper. Wir bitten um Einlass, da wir dem Ruf unseres Königs folgen.« Diese Worte sprach ich so hochmütig, wie es mir nur möglich war. Ich hatte bei Benchley Unterricht genommen.

»Verzeiht mir, mein Lord, wenn es mir schwerfällt, Euch dies zu glauben. Habt Ihr Dokumente, die Eure Behauptung belegen?« Er musterte mich scharf, doch der zweite Wächter riss die Augen auf, beugte sich vor und flüsterte dem ersten Mann etwas ins Ohr. Was er sagte, konnte ich zwar nicht verstehen, aber die Wörter »Magier« und »Tremont« schnappte ich doch auf. Auch nach einem Jahr machte die Geschichte über die Schlacht in Lancaster offenbar immer noch die Runde.

»Gewiss.« Ich zückte den Brief von König Edward. Als ich ihn übergab, sorgte ich dafür, dass der Mann auch den Siegelring meines Großvaters bemerkte. Er überflog das Dokument. Wahrscheinlich las er es nicht einmal richtig.

»Wenn Ihr hereinkommen wollt, werde ich Euch gleich von jemandem eskortieren lassen, mein Lord.« Sein Tonfall klang jetzt entschieden höflicher. Wir wurden hineingeführt und sollten einen Augenblick im Hof warten. Gleich darauf tauchten zwei Burschen auf, die unsere Pferde übernahmen. Einer versicherte uns, man werde uns das Gepäck direkt in die Zimmer schicken.

Penny flüsterte mir ins Ohr: »Macht dich das alles nicht schrecklich unruhig?«

Ich lächelte sie zuversichtlich an. »Und ob. Aber eines habe ich von Marc gelernt: Lass dir den Schweiß nicht anmerken. Ein Aristokrat zu sein, beruht mindestens zur Hälfte auf

Selbstvertrauen.« Ehrlich gesagt war ich noch nie im Leben nervöser gewesen als in diesem Augenblick.

»Wenn Ihr mir folgen wollt, Herr.« Der Sprecher sah wie ein naher Verwandter von Benchley aus. Er legte jedenfalls das gleiche Gehabe an den Tag, dieser aalglatte Kerl. Der Diener führte uns durch ein Gewirr von Innenhöfen und Gängen, bis wir endlich eine Tür erreichten. Wahrscheinlich gehörte sie zu unseren Zimmern, und wenn dies ein Verlies war, dann war es vermutlich ein sehr vornehmes.

Er öffnete und gab mir den Schlüssel. Die Zimmer – oder vielleicht sollte ich besser von einer Zimmerflucht sprechen – waren opulent. Der erste Raum war ein großes Wohnzimmer mit weiten offenen Bereichen und Sitzmöbeln. Mehrere Türen führten in angrenzende Zimmer. Wie ich bald herausfand, verbarg sich hinter der einen von ihnen ein großes und hinter der zweiten ein kleineres Schlafzimmer. Die dritte Tür führte in ein privates Bad! Dass es so etwas gab, hatte ich nie zuvor gehört.

Es war, als hätte man einen kleinen Teich in der Wohnung. Aus einer winzigen Öffnung in einer Wand strömte beständig das Wasser und verschwand durch einen Überlauf in raffiniert angeordneten Abwasserrohren. Ich hatte keine Ahnung, wie man so etwas hinbekam, aber es war in meinen Augen ein verschwenderischer Luxus.

»Sind die Räumlichkeiten nach Eurem Geschmack, Herr?«, fragte der Diener unterwürfig. Ich war sicher, dass er innerlich höhnisch grinste. Wie konnte man solche Räume nicht mögen? Bis vor Kurzem hatte ich noch in einem Haus mit nacktem Erdboden gelebt und mich glücklich geschätzt.

»Sie sind zufriedenstellend«, erwiderte ich. Wenn es darum ging, den Snob zu spielen, konnte ich mich mit den Besten messen. Keinesfalls wollte ich mir anmerken lassen, wie beeindruckt ich war. »Wann treffen wir Ihre Majestät?«, erkundigte ich mich.

»Er wurde bereits über Eure Ankunft unterrichtet. Ich würde meinen, dass er nach Euch schickt, sobald er bereit ist.«

»Wie heißt Ihr?«, fragte ich ihn.

Er schien etwas überrascht. »Adam, mein Herr.«

Ich legte Wert darauf, die Namen der Menschen zu kennen, mit denen ich zu tun hatte. »Adam, könntet Ihr mir einen Anhaltspunkt geben, wann es so weit sein wird? Leider habe ich den königlichen Hof noch nie zuvor besucht, und ich habe keine Vorstellung davon, was ich erwarten darf. Über das höfische Leben wisst Ihr ja sicherlich viel mehr als ich.«

Jetzt war Adam ohne Zweifel überrascht. Ich glaube, er war es nicht gewöhnt, so direkt angesprochen zu werden. »Meiner Einschätzung nach wird er Euch irgendwann vor dem Abendessen zu sich rufen. Sonst seht Ihr ihn beim Abendessen.«

»Danke für Eure Offenheit. Wisst Ihr zufällig, ob der Herzog von Lancaster schon eingetroffen ist?«

»Er hat seinen Mann bereits gestern geschickt, um seine Anwesenheit kundzutun«, erwiderte Adam.

»Dann wohnt er nicht im Palast?«

»Die Lancasters unterhalten hier eine Residenz, mein Lord.« Das war mir neu, aber andererseits wusste ich ohnehin noch nicht viel über die Hauptstadt. Mir war zwar bekannt, dass auch Marc in der Nähe war, doch ich hatte einfach angenommen, er wohne ebenfalls im Palast.

»Wie kann ich Lancaster eine Botschaft schicken? Ich würde nicht gern selbst gehen, da ich nicht weiß, wann der König uns ruft«, fragte ich.

»Gebt die Botschaft einfach mir oder einem der anderen Diener, Sir. Sie wird umgehend ausgeliefert werden.« Dies erklärte er mir in einem Tonfall, der deutlich machte, dass ich eigentlich über derlei Dinge im Bilde sein sollte.

»Sehr gut, dann schreibe ich eine Nachricht und gebe sie jemandem. Ihr dürft jetzt gehen«, schloss ich, um ihm zu verdeutlichen, dass er entlassen war.

Nachdem er gegangen war, wandte sich Penny an mich. »Das hast du gut gemacht. Du klingst mit jedem Tag mehr und mehr wie ein Graf.«

»Ist das ein Kompliment oder ein Vorwurf?«

»Ganz sicher bin ich noch nicht, aber ich sage dir Bescheid, sobald ich mich entschieden habe«, antwortete sie zwinkernd.

Ich schrieb eine kurze Botschaft an den Herzog und gab sie einem draußen wartenden Diener. Anscheinend konnte es sich der König erlauben, einige Diener einfach nur zu diesem Zweck herumstehen zu lassen. Anschließend wusste ich nicht mehr, was ich tun sollte.

Draußen umsehen konnten wir uns nicht. Es war Nachmittag, und der König mochte uns jederzeit rufen. Also saßen wir fest. Ich spielte mit dem Gedanken, ein Nickerchen einzulegen, aber Penny hatte eine andere Idee.

»Lieg nicht auf dem Bett herum! Du bist schmutzig!«, ermahnte sie mich.

Sie hatte gut reden. »Du siehst nicht viel besser aus.« Tatsächlich roch ihr Kettenhemd schlimmer denn je.

»Lass uns das Bad ausprobieren«, schlug sie vor. Normalerweise wäre ich kein großer Anhänger dieser Idee gewesen, aber die Aussicht auf ein Bad mit Penny war dann doch zu verlockend.

»Das ist ein wundervoller Vorschlag«, erwiderte ich. Meine Begeisterung war mir wohl anzumerken, und ihr misstrauischer Blick entging mir keineswegs.

»Du musst dich aber benehmen, sonst badest du allein«, warnte sie mich. Natürlich willigte ich sofort ein. Ich schwöre, ich hatte tatsächlich keine Hintergedanken dabei. Leider glaubte sie mir nicht. Schließlich saßen wir einander in der Wanne gegenüber. Sie war wachsamer als ein Reh im Wald, also gab es wenig Hoffnung, mich anzuschleichen.

Penny genoss das warme Wasser und musste fast lachen, als sie Mordecai beobachtete, der sie nicht aus den Augen ließ. Sie genoss die Aufmerksamkeit, auch wenn sie es vielleicht nicht zugegeben hätte. Dann schloss sie die Augen, lehnte sich zurück und ließ das Wasser alle Sorgen wegspülen. Im Halbschlaf sah sie einen blauen Himmel mit Schäfchenwolken. Es wäre schön gewesen, hätte nicht schwarzer Rauch das Bild gestört. Als sie sich umsah, stellte sie fest, dass sie direkt vor der Burg Cameron stand. Männer in Rüstungen eilten umher, zogen die Waffen und bargen Verletzte.

Auf einen Blick erkannte sie, dass Frühling war, was ihr seltsam vorkam. Aus irgendeinem Grund dachte sie, es müsste Spätsommer sein, doch dann schob sie den Gedanken beiseite.

Sie sah sich nach Mordecai um und brauchte einen Moment, um ihn ausfindig zu machen. Er stand mit erhobenem Stab auf einer Anhöhe und deckte die Feinde mit Feuerstößen ein. Wie ein Held stand er dort, und doch wirkte er angespannt. Sie verspürte ein seltsames Drängen und wusste sofort, dass er in Gefahr schwebte. Sie rannte los, erreichte bald den Hügel, auf dem er stand, und blickte nach unten. Tausende Soldaten waren gegen ihn angetreten und rückten stetig vor.

Wieder hob Mordecai den Stab und schoss eine feurige Lanze ab. Die Männer schrien, zahlreiche Feinde starben, aber sie stießen weiter vor und antworteten mit Armbrüsten. Nur wenige Bolzen fanden ein Ziel, denn die Männer von Cameron waren gut geschützt. Auf der anderen Seite des Feldes bemerkte sie auf einmal eine Balliste, eine große Waffe, die wie eine Armbrust geformt war und Bolzen von der Größe schwerer Speere abschießen konnte. Sofort ahnte sie, worauf das Geschütz zielte.

Schon flog der schwere Speer, scheinbar sehr langsam, über das Schlachtfeld. Die stählerne Spitze schimmerte im Licht. Sie öffnete den Mund und wollte rufen, ihn warnen, bekam aber keinen Laut heraus. Dann setzte der normale Zeitablauf wieder ein, der schwere Bolzen traf Mordecai frontal, raste durch seinen Oberkörper, als wäre er dünnes Papier, und warf ihn mehrere Schritte zurück. Er stürzte zu Boden. Aus den zerfetzten Adern rann das Blut wie Wasser auf die Erde. Binnen Sekunden war er tot.

Ich beobachtete Penny, die sich mir gegenüber in der Wanne entspannte. Einen schöneren Anblick hätte ich mir kaum vorstellen können. Ihre Haare schwebten im Wasser, als sie langsam weiter untertauchte. Die Augen konnte ich nicht mehr sehen, weil der Kopf fast vollständig unter Wasser lag. Ich überlegte mir immer noch, wie ich sie überreden könnte, ihre albernen vorehelichen Hemmungen abzulegen, und bezweifelte zugleich, dass es mir gelingen würde.

Sie tauchte eine ganze Weile nicht mehr auf, was ich seltsam fand. Inzwischen war sie schon fast eine Minute unter Wasser. Also beugte ich mich vor und sah nach ihr. Sie lag jetzt am Boden der riesigen Wanne und machte gar keinen guten Eindruck. Etwas sagte mir, dass sie bewusstlos war.

Sofort packte ich sie an den Armen und zog sie hoch. Sie war schlaff wie eine Lumpenpuppe, was mir noch mehr Angst machte. Ich zerrte sie aus der Badewanne und legte sie auf den gefliesten Boden. »Penny! Penny! Nun atme doch, verdammt!« Auch wenn ich im Grunde keine Ahnung hatte, was in diesem Fall zu tun war, drehte ich sie auf die Seite, damit das Wasser aus den Lungen laufen konnte.

Schließlich holte sie tief Luft und schlug die Augen auf. Sie musste kein Wasser ausspucken, sondern sah mich nur voller Entsetzen an. Demnach hatte sie gar kein Wasser geschluckt, sondern einfach nur zu atmen aufgehört. »Mort!«

»Verdammt, was war das?« Vor Furcht und Wut schrie ich beinahe. Sie antwortete nicht, sondern richtete sich lediglich auf und umarmte mich schluchzend. An diesem Punkt fiel mir etwas sehr Wichtiges ein: Frauen sind seltsame, geheimnisvolle Wesen. »Was ist denn nur los mit dir?«, fragte ich nach einer Weile.

Da nahm sie meinen Kopf zwischen beide Hände, sah mich mit tränenvollen Augen an und küsste mich. Ich gebe gern zu, dass dies genau das war, was ich mir erhofft hatte, als wir uns ausgezogen hatten und in die Wanne gestiegen waren. Aber nun war es mehr als seltsam. Ich wich zurück. »Verdammt, nun rede doch mit mir! Warum bist du so aufgelöst?«

»Halt den Mund.« Wieder küsste sie mich. Auch ihre Hände blieben nicht untätig. Eine Weile sträubte ich mich, aber wie heißt es doch? Wenn eine Frau sich einmal entschieden hat, kann ihr der Mann nur noch folgen. Das wollte ich mir zu Herzen nehmen.

Sie liebte mich mit einer verzweifelten Wildheit, die ich fast erschreckend fand, aber andererseits bin ich auch kein Feigling. Das sage ich mir jedenfalls selbst immer. Sie gab sich auch nicht so schnell zufrieden, und eine Stunde später war ich recht erschöpft. Ich konnte nur hoffen, dass auch sie müde wurde. Wenn nicht, hätte ich ein ernstliches Problem bekommen.

»Bist du jetzt bereit, mit mir zu reden?«, fragte ich.

Wieder weinte sie. Manchmal wirke ich eben so auf Frauen. Besonders beunruhigend war dies, weil ich der Ansicht war, mir wirklich große Mühe gegeben und ihr jeden Wunsch erfüllt zu haben. Endlich beruhigte sie sich und stieß ein paar Worte hervor. »Wir müssen abreisen, Mort. Hier können wir nicht bleiben.«

»Was? Man wird mich verbannen und ins Exil schicken oder noch Schlimmeres tun, wenn ich dem Ruf des Königs nicht Folge leiste.«

»Das spielt keine Rolle. Du darfst nicht der Graf di'Cameron sein. Du darfst es einfach nicht, wir müssen weglaufen. Alles ist besser als … als …« Sie begann schon wieder zu weinen.

»Aber das kann ich nicht, und ich werde meine Leute auch nicht im Stich lassen. Sie brauchen mich. Sie brauchen uns. Wir tragen Verantwortung, Penny. Was ist denn nur auf einmal mit dir geschehen?« Die größten Sorgen machte mir die Einsicht, dass sie ganz sicher nicht den Verstand verloren hatte. Was dies auch ausgelöst haben mochte, gewiss gab es einen triftigen Grund für ihr Verhalten.

»Ich hatte eine Vision«, begann sie und hielt gleich wieder inne.

Ich wartete eine geschlagene Minute, bis ich sicher war, dass sie freiwillig nichts mehr sagen würde. »Was für eine Vision?«

»Wir müssen abreisen, Mort. Es wird keine Zukunft für uns geben, wenn wir auf diesem Weg weitergehen.« Sie suchte meinen Blick. So verzweifelt hatte ich sie noch nie erlebt.

»Was hast du gesehen?« Ich musste die Frage mehrmals wiederholen. Sie war ausgesprochen störrisch. »Ich rühre keinen Finger, solange du es mir nicht gesagt hast«, erklärte ich.

Das überzeugte sie. Sie rang noch eine Weile mit sich, gab es aber letzten Endes auf und schrie mich an: »Ich habe deinen Tod gesehen! Bist du jetzt zufrieden? Hörst du jetzt endlich auf mich?«

Obwohl ich sehr betroffen war, blieb ich ruhig. »Wann?«, fragte ich.

»Ich glaube, in weniger als einem Jahr. Irgendwann im Frühling. Deshalb müssen wir fort von hier. Wir dürfen auch nicht nach Washbrook zurückkehren«, beharrte sie.

»Dann geschieht es zu Hause? Wie denn?« Diese Sache machte mir große Angst, und ich war nicht einmal sicher, ob ich die Antwort überhaupt hören wollte.

»Das kann ich dir nicht sagen, es fällt mir zu schwer. Jedenfalls war Krieg, und du bist in der Schlacht gestorben. Ich konnte nichts tun, um es zu verhindern.« Sie hatte inzwischen aufgehört zu weinen und sah mich scharf an.

»In einer Schlacht können viele Dinge geschehen, und du kannst nicht sicher sein, dass es genauso enden wird. Gegen wen haben wir gekämpft?« Soweit ich es wusste, hatte Lothion weder im Inland noch außerhalb irgendwelche Feinde, wenn man einmal von ein paar verrückten Kultanhängern absah.

»Ich weiß nicht, wer es gewesen ist, aber ich weiß, was geschehen wird. Mort … ich weiß es einfach! Ich konnte spüren, dass du diesem Schicksal unmöglich entgehen kannst«, drängte sie.

»Die Zukunft liegt nicht ganz und gar fest.«

»Bisher ist alles eingetreten, was ich gesehen habe«, widersprach sie.

»Was ist mit dem Priester, der die Menschen vergiften wollte?« Ich wusste genau, dass sie dies verhindert hatte.

»Als ich es sah, wusste ich auch, dass ich eingreifen konnte, und das habe ich getan. Doch alles, was ich vorher und danach gesehen habe, ist eingetreten. Die Vision, die ich heute empfangen habe, können wir nicht verändern.« Sie sprach mit einer Gewissheit, die mir einen kalten Schauer über den Rücken laufen ließ.

»Lass mich darüber nachdenken.« Ich ging zur Veranda hinaus. Ich habe es noch nicht erwähnt, aber von unserem Zimmer aus hatten wir einen wundervollen Ausblick auf den Garten. Sie wollte mir folgen, doch ich wehrte ab. Man hört ja nicht jeden Tag, dass man nur noch ein paar Monate zu leben hat.

Ich blieb gut eine halbe Stunde draußen, betrachtete die Bäume und lauschte dem Wind. Die Welt schien auf einmal viel lebendiger zu sein, als sie es noch vor einer kleinen Weile gewesen war. So viel lebenswerter. Ich wünschte, ich könnte erklären, was mich zu meiner Entscheidung bewegte, aber mit Worten lässt sich das nicht ausdrücken. Ich wusste es einfach. Wenn ich jetzt den Kurs wechselte, würde ich mir selbst untreu werden. Ich würde mich in jemanden verwandeln, der ich nicht sein wollte. Also kehrte ich nach drinnen zurück. Penny packte bereits unsere Sachen.

»Hör damit auf, wir reisen nicht ab.«

Ihr Gesichtsausdruck brach mir fast das Herz. Ich hätte alles gegeben, um es ihr zu erleichtern, nur nicht dieses eine. »Das ist doch nicht dein Ernst«, sagte sie.

»Doch. Ich kann sie nicht im Stich lassen. Der Herzog braucht meine Zeugenaussage. Die Einwohner von Washbrook brauchen unseren Schutz. Unsere Eltern brauchen uns. Wenn ich jetzt weggehe, bin ich nicht mehr der Mann, den du liebst, sondern nur noch ein schlechter Abklatsch, ein Schwindler. Ich will lieber erhobenen Kopfes in die Zukunft gehen, auch wenn ich dabei … alles verlieren könnte.« Ich war selbst den Tränen nahe, konnte sie aber gerade noch unterdrücken.

Penny stand auf und kam zu mir. Der Zorn war ihr deutlich anzumerken. »Und was ist mit mir? Hm? Was ist mit deinen Eltern? Wir können sie doch mitnehmen. Was soll ich denn tun, wenn du tot bist? Hast du schon mal daran gedacht? Hm?« Sie zitterte wie Espenlaub. »Glaubst du, die Erinnerungen an deine edlen Taten werden mich nachts warm halten? Und deine Eltern glücklich machen?«

»Ich werde meine Meinung dazu nicht ändern.« Es tat mir weh, sie so zu sehen.

»Du selbstsüchtiger Hund!« Sie wollte mich schlagen, doch ich hielt ihr Handgelenk fest. Vielleicht hätte ich es auch zulassen sollen, vielleicht hätte ich mich danach sogar besser gefühlt. Ich fürchtete jedoch, sie könnte sich an meinem Schild verletzen. Sie rang einen Augenblick lang mit mir, dann riss sie die Hand zurück. »Ich bleibe nicht hier. Wenn du wirklich dazu entschlossen bist, dann musst du es allein tun. Ich werde nicht dabei zusehen, wie du dich selbst umbringst.« Sie sprach ganz leise.

Ich öffnete den Mund und wollte schon sagen: *Ich brauche*

dich, ich schaffe das nicht ohne dich, aber ich brachte die Worte nicht heraus. Ich konnte sie nicht zwingen, dazu hatte ich nicht das Recht. Sie wich vor mir zurück, als ich mit halb geöffnetem Mund im Zimmer stand. Dann schüttelte sie den Kopf, als wollte sie nicht glauben, was sie sah. Schließlich drehte sie sich um und ging zur Tür. Gleich darauf war sie fort. Sie hatte die Tür nicht einmal zugeknallt.

Ich setzte mich aufs Bett. Schlimmer hätte der Tag nicht verlaufen können.

6

Fast eine Stunde saß ich in dem Zimmer. Ich wollte ihr folgen, doch nach allem, was sie gesagt hatte, konnte ich es nicht. Wenn ich in einem halben Jahr wirklich sterben musste, dann war es gewiss nicht fair, sie zu zwingen, dabei zuzusehen. Vielleicht konnte sie noch jemand anders finden, wenn sie sich rechtzeitig zurückzog, und mich vergessen … damit es ihr nicht mehr so wehtat. Natürlich war ich ein Idiot, so zu denken, denn wäre die Situation umgekehrt gewesen, dann wäre ich in ein paar Monaten bestimmt nicht darüber hinweggekommen. Falls überhaupt.

Ein Gedanke allerdings hob meine Stimmung. Wenn ich die Zeit und die Umstände meines Todes annähernd kannte, dann bedeutete dies auch, dass ich mit großer Sicherheit nicht vorher sterben würde. In solchem Lichte betrachtet, hieß dies, dass ich im Laufe der nächsten sechs Monate so gut wie unverwundbar war. Es bringt ein gewisses Maß an Freiheit mit sich, wenn man weiß, dass man nicht sterben kann – oder jedenfalls noch nicht. Darauf konzentrierte ich mich. Ein Klopfen an der Tür unterbrach den Gedankengang jedoch.

Ich stand auf und bat den Betreffenden herein. Ein Diener hatte den Herzog von Lancaster zu mir begleitet. Sobald ich die Tür geöffnet hatte, trat James ein, und als sie sich hinter ihm schloss, konnte ich erkennen, dass er sehr aufgeregt war. Seine Aura pulsierte sogar vor Zorn. So wütend hatte ich ihn seit der Schlacht in der Burg von Lancaster nicht mehr gesehen.

Wortlos schritt er im Raum hin und her. Ich ließ ihn vorerst in Ruhe und schenkte mir einen Becher Wein ein. Falls ich es noch nicht erwähnt habe, das Zimmer verfügte über eine schöne Auswahl an Wein, der im Salon bereitstand. »Möchtet Ihr auch etwas?«, fragte ich.

»Aber keinen Becher, bringt mir die Flasche«, antwortete er unwirsch.

James war nicht gerade dafür bekannt, sich Trinkgelagen hinzugeben, aber in diesem Augenblick wollte ich ihm ganz gewiss nicht widersprechen. Ich reichte ihm die Flasche, und er setzte sie an, nahm einen großen Schluck und ließ sich auf dem Sofa nieder. Offensichtlich hatte er sich ein wenig beruhigt. »Ihr seht aus, als sei Euer Tag ungefähr so verlaufen wie meiner«, begann ich schließlich.

»Davon weiß ich nichts. Habt Ihr auch einen Sohn, der Euch alles vor die Füße schmeißt und Euch sagt, Ihr sollt zur Hölle fahren?« Sein Tonfall verriet mir, dass ich keinen Schimmer hatte, wie schlimm sein Tag wirklich gewesen war.

»Hat Marc das wirklich gesagt?« Ich war schockiert, denn mein Freund hatte sein Leben lang versucht, seinem Vater alles zu Gefallen zu tun, auch wenn ihm das keineswegs immer gelungen war.

»Nicht, dass er tatsächlich etwas *gesagt* hat. Er hat sich den Priestern des Abendsterns angeschlossen und auf sein Erbe verzichtet. Ohne Vorwarnung, ohne jedes Gespräch, ohne Begründung.« James trank einen weiteren großen Schluck direkt aus der Flasche.

»Demnach will er Priester werden? Was, zum Teufel …« Ich konnte es mir einfach nicht vorstellen. In den letzten Jahren hatte Marc sich ausschließlich für Frauen und Wein interessiert. Obendrein war ich immer noch nicht sicher, ob man der Göttin des Abendsterns wirklich trauen konnte. Vater Tonnsdale hatte ein schlechtes Beispiel gegeben, als er versucht hatte, meine Eltern und außerdem fast alle anderen in Lancaster zu vergiften. Ich leerte mein Glas und sah mich nach einer neuen Flasche um, weil ich nicht sicher war, ob ich James seine Beute abnehmen konnte.

»Er war nicht im Haus, als ich gestern ankam, sondern schickte mir eine Botschaft, dass er mich heute aufsuchen werde. Diese überhebliche kleine Kröte!« Wieder trank er einen Schluck Wein. Ich fragte mich, wie lange er dieses Tempo halten konnte.

»Und heute?« Mit einer eigenen Flasche bewaffnet, setzte ich mich neben ihm auf das Sofa.

»Heute ist er in einem weißen Gewand aufgetaucht und hat mir gesagt, die Göttin habe ihn berufen. Das hier gab er mir.« Er zückte ein zerknülltes Pergament. Ich nahm es entgegen und überflog die Zeilen. In aller Deutlichkeit stand dort geschrieben, dass Marcus von Lancaster auf sein Erbe und alle Ansprüche auf das Herzogtum Lancaster verzichtete.

»Habt Ihr das so einfach zugelassen?« Ich bereute die Frage sofort wieder. Der Wein hatte meine gewohnte Vernunft ausgeschaltet.

»Teufel, nein! Ich habe getobt! Ich war so wütend, dass ich ihn an Ort und Stelle hätte erdrosseln können! Aber er ließ sich nicht beeindrucken und blieb so ruhig wie ein Schiff im Auge des Wirbelsturms. Das ließ mich sogar noch wütender werden. Er hörte mir einfach nur zu, und dann ging er.« James beruhigte sich allmählich, und er war auch ein wenig beschwipst. »Mordecai, sagt mir eines … und seid ehrlich.«

»Gewiss doch, Durchlaucht.«

»Hört auf mit diesem ›Durchlaucht‹-Unsinn. Ich frage Euch jetzt als ein Mann zum anderen, als Vater zum besten Freund seines Sohnes.« Sein Gesicht war inzwischen stark gerötet. »Bin ich ein guter Vater gewesen? Oder habe ich meinen Sohn dazu getrieben? Er schien doch immer glücklich zu sein. Was habe ich falsch gemacht?«

Dazu fiel mir beim besten Willen nichts ein. James war mir mein Leben lang ein Vorbild gewesen, der Inbegriff von Selbstvertrauen und Autorität. Ihn so außer sich zu sehen, erschütterte mich sehr. »Marc liebt Euch, James. Das hat er immer getan, aber er hat Euch selbstverständlich auch gefürchtet, wie wohl jeder Sohn seinen Vater zugleich fürchtet und achtet. Ich glaube, er stand unter einem großen Druck, weil er Euren Erwartungen gerecht werden musste, aber ich glaube nicht, dass die Belastung zu groß war. Er hat mir nie einen Anlass zu der Annahme gegeben, er wolle sich eines Tages auf diese Weise drücken.«

»Aber warum hat er es dann getan?« Er schlug sich die Hände vor das Gesicht, vermutlich um die Tränen zu verbergen, aber ganz sicher war ich mir nicht.

»James, ich glaube nicht, dass es irgendetwas mit Euch zu tun hat. Es kommt mir eher so vor, als sei etwas mit ihm geschehen. Dergleichen tut er nicht aus einer Laune heraus, und ich bin sicher, dass er es nicht getan hat, um Euch zu verletzen.« Ich beugte mich vor und klopfte ihm auf den Rücken. Normalerweise hätte ich es nie gewagt, so vertraut mit ihm umzugehen, aber im Augenblick schien James eher einen Freund als einen Vasallen zu brauchen.

»Danke, Mordecai.« Er ließ die Hände sinken, lehnte sich zurück und legte die Arme auf die Rückenlehne des Sofas. »Ihr erinnert mich sehr an Euren Vater, auch wenn ich ihn nicht besonders gut kannte.«

Ich wusste nicht, was ich darauf antworten sollte, also schwieg ich und schenkte mir noch ein Glas ein. Inzwischen spürte auch ich die Wirkung des Weins und fragte mich, was wohl geschehen würde, wenn wir in diesem leicht berauschten Zustand zum König gerufen wurden.

»Wo ist Euer vorwitziges Mädchen?«

»Sie hat mich verlassen«, gestand ich.

»Verdammt auch! Darauf muss man trinken.« Er hob die Flasche, und ich schloss mich seinem Beispiel an. Dann wischte er sich die Lippen ab und fuhr fort: »Warum folgt Ihr dem Mädchen nicht? Es wundert mich, dass Ihr sie so einfach gehen lasst.«

»Es ist komplizierter.«

»So scheint es immer zu sein. Lasst nicht zu, dass Euer Verstand das Herz aufhält, Junge. Der Verstand bringt immer nur alles durcheinander, glaubt mir. Nicht, dass ich je fähig gewesen wäre, meine eigenen Ratschläge zu befolgen. Ha!« Wieder nahm er einen Schluck. Da klopfte es erneut an der Tür, und damit war unsere Unterhaltung beendet.

Ich schaffte es, auf gerader Linie zur Tür zu gehen, sagte: »Hallo«, und öffnete. Es war ein weiterer Bote des Königs.

»Seine Majestät der König bitten Euer Lordschaft und Seine Durchlaucht, den Herzog von Lancaster, in seine Gemächer«, verkündete der Bote. Er wartete so geduldig, als wollte er uns auf der Stelle hinführen.

»James?« Ich sah mich um. Der Herzog hatte sich mit geschlossenen Augen angelehnt. »James!«, rief ich.

Er hob den Kopf. »Was ist denn?«

»Der König ruft uns zu sich.«

»Wann?«, fragte er ruhig.

»Offenbar jetzt gleich.«

»Verdammt auch, damit hätte ich rechnen müssen. Dann wollen wir mal sehen, wie schlimm der Tag noch werden kann, was?« Er stand auf und warf dabei die Weinflasche um, die vor ihm auf dem Tisch stand. Zum Glück war sie leer. Ich wollte ihm helfen, doch er winkte ab. »Keine Sorge, Junge, ich komme schon zurecht.«

Wir folgten dem Diener den Gang hinunter. Auch wenn wir etwas wacklig auf den Beinen standen, völlig betrunken waren wir noch nicht. Daher schätzte ich unsere Aussichten, die Gemächer des Königs ohne größeren Zwischenfall wieder zu verlassen, auf fünfzig zu fünfzig. Ich war schon immer sehr optimistisch.

Ein paar Minuten später betraten wir den privaten Empfangssalon des Herrschers. Unser Begleiter nickte, worauf uns der Türsteher wortlos eintreten ließ. Er folgte uns jedoch nicht hinein. Der Raum hinter der Tür war äußerst vornehm eingerichtet, es gab wunderbare Möbel, die jedoch nicht protzig wirkten. Dies entsprach dem Geschmack eines Mannes, der mächtig genug war, um mit seinem Reichtum nicht angeben zu müssen. König Edward der Erste saß auf einem bequemen Stuhl und las gerade eine Depesche.

Ich hatte keine Ahnung, welche Umgangsformen hier von mir erwartet wurden, deshalb imitierte ich einfach James. Wir durchschritten den Raum zur Hälfte und verneigten uns. Später erfuhr ich, dass man sich bei förmlichen Anlässen niederknien musste, aber hier war eine einfache Verbeugung zulässig, zumindest bei adligen Gästen. »Ihr habt uns gerufen, Euer Majestät?« James' Stimme klang vollkommen nüchtern. Ich hoffte, meinen Schwips ebenso gut überspielen zu können wie er.

Der König musterte uns. Er war ein älterer Mann, gewiss schon über sechzig Jahre alt, mit schütterem grauem Haar. Dabei wirkte er recht kräftig, trotz seines Alters schien er energiegeladen und schlank. Die scharfen Augen blickten uns über den Rand des Dokuments hinweg an. »James, mein alter Haudegen! Kommt und setzt Euch, dies ist kein förmlicher Anlass.« Er deutete auf zwei Stühle, die nicht weit vor seinem eigenen standen.

»Danke, Euer Majestät.« James setzte sich. Ich nahm neben ihm Platz.

»Junger Mann, habe ich Euch die Erlaubnis gegeben, Euch in meiner Gegenwart hinzusetzen?« Edwards scharfer Ton jagte mir einen kalten Schauer über den Rücken.

»Äh … Entschuldigung, Euer Majestät!« Ich sprang auf, als stünde mein Stuhl in Flammen. Unsicher, ob ich mich noch einmal verneigen oder nur stehen bleiben sollte, wandte ich mich Hilfe suchend an James.

König Edward platzte lachend heraus. Es war ein herzliches Lachen, und was immer ihn bewegen mochte, es ließ ihn fast vom Stuhl fallen. »Das macht doch immer wieder Spaß!«

Meine Verwirrung legte sich keineswegs. »Kommt schon, junger Illeniel, setzt Euch bitte! Ich habe mir einfach nur einen Scherz auf Eure Kosten erlaubt. Verzeiht einem alten Mann seine kleinen Vergnügungen.« Der Nebel lichtete sich, und mir wurde klar, dass ich auf ihn hereingefallen war. Mit hochrotem Gesicht setzte ich mich wieder.

»Danke, Euer Majestät.« Mehr zu sagen traute ich mich nicht. Der Scherz kam mir nicht besonders lustig vor, wenn man bedachte, dass ich gar keine andere Möglichkeit gehabt hatte, als auf genau diese Weise zu reagieren. Diese Erwägungen behielt ich allerdings für mich.

»Es ist lange her, dass wir das letzte Mal eine Gelegenheit hatten, uns auszutauschen, James.« Edward hatte mich offenbar völlig vergessen.

»Ja, Euer Majestät. Ich bin eine ganze Weile nicht mehr in Albamarl gewesen«, antwortete der Herzog.

»Belassen wir es doch bei Edward. Ich sagte ja schon, dass Ihr mich bei privaten Treffen mit dem Vornamen anreden dürft«, erwiderte der König.

»Das weiß ich doch, aber es ist mir lieber, dies noch einmal ausdrücklich zu hören, ehe ich auf einen Eurer Scherze hereinfalle, Edward.« James grinste breit, und die beiden lachten. Ich war sicher, dass sie dies alles für ungeheuer komisch hielten.

»Was treibt Euch dazu, so früh am Tag zu trinken, mein Freund?«, fragte Edward.

»Mein verdammter Sohn hat beschlossen, sich der Priesterschaft des Abendsterns anzuschließen.«

»Ah! Das hätte ich bedenken sollen. Dann habt Ihr die Neuigkeiten wohl soeben erst erfahren?« Edwards Miene verriet, dass es hier eine Geschichte zu erzählen gab.

»Das ist alles, was ich bisher gehört habe. Ist ihm etwas zugestoßen?«

»Wie es scheint, ist Euer Junge jetzt ein Heiliger. Letzte Woche heilte er einen Mann, der abgestochen worden war.

Seitdem schleppen die Menschen in hellen Scharen ihre Kranken zum Tempel der Millicenth. Die Priester sagen, er sei von der Herrin des Abendsterns persönlich auserwählt worden.«

»Das ist doch Unsinn! Marcus ist so wenig ein Heiliger wie ein Hirsch in der Brunst! Er ist in die Stadt gekommen, um eine Braut zu suchen, und nach allem, was ich gehört habe, hat er sich seitdem bemüht, seinen Docht in jede verfügbare Edelfrau der Stadt zu tunken! Mein einziger Trost ist, dass er wenigstens keine Huren aufsucht. Warum sollte die Göttin ausgerechnet ihn erwählen?« Es ist wohl keine Frage, dass ich geradezu erschüttert war, als ich James vor dem König so sprechen hörte.

»Die Götter wählen, wen sie wollen. Wer sind wir denn, dass wir ihnen hineinreden wollten? Allerdings verschafft Euch das für den morgigen Tag einen gewissen Vorteil.« Edward schien sich nicht an der ausdrucksstarken Sprache des Herzogs zu stören.

»Wie das?«

»Ich höre Tremonts Anklage an – wegen des Todes seines Sohnes. Marcus wird sicherlich in den Zeugenstand gerufen werden. Nur wenige werden behaupten, dass ein Mann, der von Millicenth erwählt wurde, nicht die Wahrheit sagt.« Der König lächelte.

James war keineswegs zufrieden. »So etwas brauche ich nicht, um den Namen des Hauses Lancaster reinzuwaschen. Hunderte Menschen haben gesehen, was dort geschah. Der alte Tremont sollte die Sache auf sich beruhen lassen. Dabei kommt nichts als böses Blut heraus.«

»Er hat seine beiden Söhne verloren und kann vielleicht nicht mehr klar denken. Seid Ihr nicht sogar einmal befreundet gewesen?« Das war mir neu. Diese Unterhaltung erwies sich als sehr aufschlussreich.

»Ja, in unserer Jugend. Er ist ein guter Mann und konnte es nur nicht ertragen, dass Ginny mir vor ihm den Vorzug gab.

Das ist ein alberner Grund, mir so lange zu zürnen.« Ginny war seine Frau, Genevieve Lancaster. Sie war zwar keine alte Dame, aber die Vorstellung, zwei Edelleute hätten sich um Genevieve gestritten, erschreckte mich dann doch.

Edward kicherte. »Der Grund scheint nur für den Sieger ein alberner zu sein. Seine derzeitige Gemahlin ist so verrückt wie eine Märzkatze, und jetzt hat er auch noch beide Söhne verloren. Lasst nicht die Möglichkeit außer Acht, dass die Umstände Euren alten Freund verändert haben könnten. Er ist verbittert und hegt einen Groll.« Der König sah mich an. »Junger Illeniel, mit Euch habe ich etwas zu besprechen.«

»Ja, Euer Majestät. Zu Diensten«, antwortete ich sofort.

»Falls Ihr morgen von allen Vorwürfen entlastet werdet, will ich Euch kurz danach den Treueid abnehmen.«

»Ich kann ihn sofort leisten, wenn Ihr es wünscht, Sire«, antwortete ich.

Er schüttelte den Kopf. »Nein, morgen ist es früh genug. Allerdings gibt es zuvor noch eine ernste Angelegenheit zu besprechen. Habt Ihr schon über Eure Bindung nachgedacht?«

Meine was? »Verzeihung, Euer Majestät, ich bin nicht sicher, was Ihr meint.«

»Wenn die Berichte glaubwürdig sind, habt Ihr in der Schlacht mit Devon Tremont erhebliche magische Fähigkeiten eingesetzt. Genau wie bei Eurem Vater verlangt die Tradition nun auch von Euch, dass Ihr an einen Partner gebunden seid, an Euren Anath'Meridum.« Edward bemerkte es ganz beiläufig.

»Verzeihung, Sire, ich war der Ansicht, das Wissen, wie man eine solche Bindung erschafft, sei verloren.«

»Das trifft nicht zu. Unsere Vorfahren gaben sich sogar große Mühe, dieses Wissen zu bewahren. Wir haben mehrere Bücher, die genau beschreiben, wie es vor sich geht. Ich bin in dieser Angelegenheit zwar kein Fachmann, aber Euer Vater sagte mir einst, es sei leicht durchzuführen. Nur die Wahl des richtigen Partners sei schwierig«, erklärte er.

»In welcher Hinsicht, Sire?«

»Das sollte doch offensichtlich sein. Die Person, die Ihr wählt, wird sterben, wenn Ihr sterbt, und umgekehrt. Die betreffende Person sollte also ein Freund oder wenigstens jemand sein, der Euch nahesteht. Aber es ist natürlich nicht leicht, einem Menschen, den Ihr liebt, eine solche Bürde aufzuerlegen.«

James schaltete sich ein. »Ich dachte, dies sei alles nur eine Legende.«

»O nein! Es ist die absolute Wahrheit und sogar der Grund dafür, dass es die Bindung überhaupt gibt«, widersprach Edward.

»Euer Majestät, darf ich etwas fragen? Muss ich die Person jetzt sofort wählen?«, fragte ich.

»Je eher umso besser. Es gibt hier noch einen Ausbilder aus der Zeit, als Eure Mutter auserwählt wurde. Er wird mit Euch gehen, wenn Ihr aufbrecht, und denjenigen vorbereiten, für den Ihr Euch entscheidet.«

Das überraschte mich. »Kannte er denn meine Mutter?« In meiner Aufregung hatte ich die richtige Anrede ganz vergessen, aber das schien ihn nicht zu stören.

»Gewiss, denn er hat sie ausgebildet.«

»Was für eine Art Ausbildung ist es denn, Euer Majestät?« Dieses Mal hatte ich die Anrede also nicht vergessen.

»Sie umfasst meines Wissens Übungen im Nahkampf, in der Meditation, in der Geschichte und gilt den Geheimnissen des Ordens und lehrt die Gründe dafür, dass die Anath'Meridum überhaupt existieren.«

Ich konnte mir kaum vorstellen, Dorian oder Penny, sofern sie je zu mir zurückkehrte, mit einer solchen Bürde zu belasten. Der Gedanke, mir über jemand anders Sorgen machen zu müssen, der sterben musste, sobald ich selbst starb … genau deshalb war Penny doch weggegangen. In diesem Augenblick konnte ich niemanden auswählen, denn das wäre sein

Todesurteil gewesen. »Gibt es Konsequenzen für den Fall, dass ich es ablehne, eine solche Bindung einzugehen?« Die Frage war zwar mehr als unangenehm, aber ich musste es nun einmal wissen.

»Abgesehen vom Tod? Ich müsste das Königreich zu den Waffen rufen, um Euch erledigen zu lassen. Sagt mir nicht, dass Ihr so etwas in Betracht zieht.« Sein Blick wurde misstrauisch, und ich ahnte schon, dass er den zwanglosen Rahmen des Treffens und den Mangel an Wächtern bereute.

»Natürlich nicht, Sire! Ich war nur neugierig. Das alles ist mir ganz neu, ich hatte noch nie einen Lehrer und habe keine richtige Ausbildung genossen.« Ich bemühte mich sehr, ihm meine Aufrichtigkeit zu zeigen, während ich im Geiste seine Worte abwog. *Ich müsste Euch erledigen lassen* – also wie einen tollwütigen Hund? Seine Wortwahl erweckte den Eindruck, ich könnte verrückt werden, wenn ich nicht an jemanden gebunden war. Noch einmal verfluchte ich meinen Mangel an Wissen.

»Gut. Ich stelle Euch morgen dem Ausbilder vor, sofern Ihr freigesprochen werdet.« Er lächelte mich an, und ich dachte an den Rat meines Vaters: *Traue keinem grinsenden Hund.*

Danach kehrten James und ich in meine Räume zurück. Der Weinduscl war weitgehend abgeklungen, aber wir hatten beide keine Lust, in der großen Halle zu Abend zu essen. Deshalb verabschiedeten wir uns, woraufhin er in sein Stadthaus ging. Ich dagegen ließ mir eine leichte Suppe aufs Zimmer bringen.

Beim Essen bemerkte ich, dass Pennys Sachen verschwunden waren. Anscheinend hatte sie in meiner Abwesenheit alles abgeholt. Also meinte sie es wohl ernst. Ich lag stundenlang wach, und als der Schlaf dann endlich doch kam, war er alles andere als geruhsam.

7

Ohne Rücksicht auf meine Gefühle begann ein strahlender, heller Morgen. Von mir aus hätte es regnen sollen, falls sich jemand die Mühe gemacht hätte, mich in dieser Angelegenheit um Rat zu fragen. Ich frühstückte auf dem Zimmer. Die Bedienung im Königspalast war ohne Zweifel besser als in Lancaster. Die Köchin des Herzogs hätte einen Gast, der Essen auf sein Zimmer bestellte, noch dazu zwischen den festgelegten Mahlzeiten, lebendig gebraten. Andererseits musste die königliche Küche viel mehr Gäste bewirten und verfügte vermutlich über eine ganze Mannschaft von Köchen, die sich die Arbeit teilen konnten.

Die Verhandlung war für neun Uhr angesetzt. Für mich war das eine schreckliche Zeit, aber ich nahm an, der König wollte unangenehme Dinge möglichst früh erledigt wissen. Adam tauchte auf und half mir beim Ankleiden. Er war ebenso geschickt wie Benchley, gab mir aber zu verstehen, dass ein wahrer Edelmann gefälligst seine eigenen Diener mitzubringen hatte. Danach war ich in Versuchung, ihn zu bitten, das Nachtgeschirr zu leeren, aber ich beherrschte mich.

Man erklärte mir, wo der Rat der Lords tagte, vor dem die Verhandlung stattfinden sollte. Allein – ohne Begleitung oder Wächter, vor allem aber ohne Penny – wanderte ich durch die Korridore. Als ich eintraf, meldete mich der Türsteher als »Seine Lordschaft, der Graf di'Cameron« an, und ein Diener führte mich zu meinem Platz. Erfreut sah ich, dass James und Genevieve ganz in der Nähe saßen. Wahrscheinlich bekamen wir benachbarte Plätze, weil ich sein Vasall war.

Der Sitzungssaal war groß, hatte eine gewölbte Decke und bot für fast einhundert Menschen Platz. Wenn ich »Menschen«

sage, meine ich natürlich, dass diese Sitze den Adligen Lothions vorbehalten blieben. Die Zuschauer durften nur in den Galerien zu beiden Seiten der Haupthalle Platz nehmen. Der König saß in einer kleinen Loge etwas abseits hinter dem Hauptpodium. Theoretisch konnte er jederzeit eingreifen und alle Entscheidungen umstoßen, aber James gab mir zu verstehen, dass so etwas nur selten geschah. Die Verhandlung und die letzte Entscheidung lagen in den Händen des Earl of Winfield, der das Amt des Obersten Gerichtsherrn bekleidete.

Der Gerichtsherr war natürlich nicht der höchste Adlige; dies wäre James oder der Herzog von Tremont gewesen, offenbar war der Posten aber nicht erblich. Der König selbst wählte den Gerichtsherren aus und setzte ihn ein.

Ich beugte mich zu James hinüber. »Was wird hier passieren?«

»Zuerst eine Menge Zirkus, dann wird Tremont seine Anklage vortragen. Darauf antworte ich, und dann stellt der Gerichtsherr Fragen. Wenn nötig, rufen wir abwechselnd Zeugen auf. Ich hoffe, Ihr habt vor Eurer Ankunft den Abtritt aufgesucht.« Er zwinkerte mir zu.

»Wo ist Marc?«

James runzelte die Stirn. »Keine Ahnung. Ich habe ihm gestern eine Nachricht geschickt und ihn gebeten, hier zu erscheinen, aber seine Göttin hat wohl wichtigere Aufgaben für ihn, als für den Ruf seines Vaters einzutreten. Wo ist Penny?«

»Vielen Dank auch.« Es sah nicht gut aus, wenn die Hälfte unserer Zeugen nicht erschien. Der Zirkus, den James erwähnt hatte, erwies sich als noch langweiliger, als ich es mir vorgestellt hatte. Nach einigen Minuten voller Vorstellungen und Ansprachen hoffte ich nur noch, es sei bald vorbei. Dann kam Lord Winfield zur Sache.

»Ich glaube, Lord Tremont hat dem Gerichtshof eine Anklage vorzutragen. Bitte tretet vor und sprecht.« Der ältere Tremont folgte der Aufforderung. Er war ein kräftiger Mann, etwa in James' Alter oder höchstens Anfang vierzig. Er strahlte Macht und Selbstvertrauen aus, was mich ebenfalls an James erinnerte.

»Ich stehe heute vor Euch, um Gerechtigkeit zu verlangen. Mein Sohn wurde getötet, als er sich bei den Lancasters aufhielt, und sein Mörder sitzt hier stolz unter uns und schämt sich seines Verbrechens überhaupt nicht.« Er zeigte hasserfüllt auf mich. »Nach den Berichten, die ich von Lancasters eigenen Dienern erhalten habe, ist mein Sohn zweimal von verschiedenen Angehörigen des Hauses bedroht worden. Zuerst drohte ihm der Mann, der ihn schließlich auch tötete«, abermals nickte er in meine Richtung, »und dann tat Dorian Thornbear das Gleiche.«

Ich wollte mich schon erheben, doch James legte mir eine Hand auf die Schulter. »Noch nicht. Ihr bekommt Eure Gelegenheit.«

Tremont fuhr fort: »Dieser Mann hatte meinen Sohn wenige Tage vor dessen Tod ohne den geringsten Grund bedroht und dann eine in Ehren angebotene Herausforderung abgelehnt. Stattdessen verlockte er meinen Sohn zu einem Schachspiel, bei dem er ihn um zweihundert Goldmark betrog. So kommt die Beleidigung zur Verletzung noch hinzu. Dorian Thornbear, ebenfalls ein Vasall von Lancaster, drohte nun, meinen Sohn zu töten, als dieser versuchte, dem neuen Grafen di'Cameron zu helfen, nachdem dieser einen Jagdunfall erlitten hatte.«

Er hielt inne und ließ seinen Blick durch den Raum wandern. »Wie ich sehe, hat der junge Thornbear darauf verzichtet, heute hier zu erscheinen. Das spielt keine Rolle, denn sein Zeugnis hätte den Fall nur noch klarer gemacht. Nicht nur er trachtete meinem Sohn nach dem Leben. Eine gewisse Miss Penelope Cooper, die Verlobte des jungen Lord Cameron, versuchte ebenfalls, meinen Sohn zu ermorden, kurz bevor Lord Cameron mit dem gleichen Vorhaben Erfolg hatte. Sie versuchte, meinen Sohn an jenem Abend mit einem Dolch zu erstechen. Angeblich geschah dies in Selbstverteidigung, was Lord Cameron anschließend dazu trieb, ihn tatsächlich zu ermorden. Angeblich hat an diesem Tag eine kleine Armee von Meuchelmördern das Haus Lancaster angegriffen, aber ich bin fest davon überzeugt, dass Lord Cameron den Angriff zum Anlass nahm, seinen Mordplan auszuführen.«

Lord Tremont kehrte an seinen Platz zurück, und Lord Winfield erhob sich. »Lord Lancaster, wie antwortet Ihr auf diese Anschuldigungen?« Nun stand James auf und trat ans Rednerpult.

»Ich erkläre sie rundheraus für falsch. Lord Tremont hat die wahren Ereignisse verdreht dargestellt, um Unschuldigen Vorwürfe zu machen. Devon Tremont benutzte meine Einladung als Gelegenheit, Meuchelmörder in mein Haus zu schleusen, um die Lancasters auszulöschen. Während er dort weilte, beleidigte er meinen Sohn und den jungen Lord Cameron, was den Streit erst auslöste. Er versuchte, während einer Eberhatz den jungen Lord Cameron mittels der Magie zu töten. Dorian Thornbear hinderte ihn daran, dieses Vorhaben auszuführen, und zeigte eine bemerkenswerte Zurückhaltung, weil er Devon in diesem Augenblick nicht sofort tötete. Ich fordere Euch auf, alle Beschuldigten aufzurufen, die Lord Tremont heute benannt hat, und ich werde ihre Angaben bestätigen.« James holte tief Luft und betrachtete die versammelten Lords.

»Angesichts der Ereignisse sollte ich es sein, der Anklage gegen Lord Tremont erhebt. Doch ich bin nicht dumm genug zu glauben, dass er für die Verbrechen seines Sohnes verantwortlich ist.« Damit trat er einen Schritt zurück.

Der Gerichtsherr fragte nach: »Wollt Ihr Anklage gegen Lord Tremont erheben?«

»Nein, und zwar aus Achtung vor unserer früheren Freundschaft sowie in dem Wissen, dass er an den Verbrechen seines Sohnes nicht beteiligt war.«

»Was antwortet Ihr auf die Beschuldigung, dass Dorian Thornbear Devons Leben bedroht hat und dass Lord Cameron das Gleiche tat, bevor er dann die Tat vollbrachte?« Offenbar suchte Lord Winfield eine Erklärung für jede Einzelheit.

»Dorian Thornbear ist nicht hier, um auf den Vorwurf zu antworten, aber ich rufe seinen Freund auf, den zweiten Angeklagten Lord Cameron.« James sah mich an.

Das war mein Stichwort, also trat ich ebenfalls vor. Zuvor hatte ich noch befürchtet, ich sei vielleicht zu nervös, um zu sprechen, aber der Zorn hatte meine Ängste weggefegt. »Ich bin Mordecai Illeniel, der neue Graf di'Cameron. Devon Tremont beleidigte meine Adoptiveltern, daraufhin habe ich ihm gedroht, allerdings nur mit Prügeln. Er forderte mich zum Duell und willigte ein, stattdessen Schach zu spielen. Außerdem schlug er vor, um hundert Goldmark zu wetten. Ich habe nun aber keineswegs betrogen, sondern lediglich den Einsatz erhöht.« Ich holte Luft und hörte währenddessen einige Zuschauer kichern.

»Was erwidert Ihr auf den Vorwurf, Dorian Thornbear habe ebenfalls gedroht, ihn zu töten?«

»Ich bin ein Magier, ebenso wie es Devon Tremont war. Er lauerte mir während der Eberhatz auf und hätte mich beinahe getötet, indem er mein Pferd lähmte, als es im vollen Galopp lief. Dorian wurde Zeuge dieser Tat und zwang ihn, sich zu ergeben, ehe er mich vollends umbringen konnte«, antwortete ich.

»Es gibt keinerlei Hinweise darauf, dass in der Familie Tremont jemand magische Kräfte besessen hätte. Gewiss hat Tremont niemals eine solche Begabung an den Tag gelegt. Wünscht Ihr trotzdem, das Gegenteil zu behaupten?«

»In der Tat.«

Lord Tremont platzte heraus: »Das ist ungeheuerlich! Mein Sohn hat nie irgendein Anzeichen irgendwelcher magischer Kräfte gezeigt.«

»Wie gedenkt Ihr Eure Behauptung zu belegen, Lord Cameron?« Lord Winfield schien ehrlich interessiert.

»Jeder hat gesehen, wie er in der Schlacht beim Ball seine Kräfte einsetzte, bevor er starb. Am deutlichsten war es zu erkennen, als er versuchte, mich bei lebendigem Leibe zu verbrennen«, antwortete ich ruhig.

»Ist das wahr, Lord Lancaster?«

»So hat es in meinen Augen gewiss ausgesehen«, erwiderte James.

Nun ergriff Lord Tremont wieder das Wort. »Wahrscheinlich hat er das selbst getan und verschleiert es jetzt mit der Behauptung, mein Sohn habe ähnliche Fähigkeiten besessen.«

Der Gerichtsherr schaltete sich ein. »Da es keine überzeugenden Beweise gibt, lassen wir die Frage von Devons magischer Begabung vorläufig offen. Für den vorliegenden Fall spielt dies ohnehin keine große Rolle. Da Eure Verlobte nicht anwesend ist, müsst Ihr für sie antworten. Hat sie versucht, Lord Tremont an jenem Abend beim Ball zu töten?«

Nun befand ich mich auf dünnem Eis. »Sie hatte eine Ahnung, was Tremont plante, und wollte angesichts seiner vorherigen Taten die Gefahr ausräumen, die er darstellte.« James schnitt eine Grimasse. Ich glaube nicht, dass er meine offene Antwort zu schätzen wusste.

»Welche vorherigen Taten?«, fragte der Gerichtsherr.

»Darüber würde ich mich lieber nicht äußern, Euer Lordschaft.« Mit dieser Antwort stand ich natürlich nicht sehr gut da, aber ich konnte es nicht ertragen, in aller Öffentlichkeit zu diskutieren, was er Penelope beinahe angetan hätte.

»Er hat mich vergewaltigen wollen«, ließ sich in diesem Augenblick aus dem Mittelgang eine Stimme vernehmen. Ich drehte mich um, und da stand sie in einem strahlend weißen Kleid. Sie kam nach vorn und blieb neben mir stehen. In dem Ansturm der Gefühle hätte ich beinahe die Fassung verloren. Doch ich kämpfte die Aufwallung nieder.

»Gab es Zeugen für diesen Vorfall?«

»Dorian Thornbear und meinen Verlobten Lord Cameron.« Sie nickte in meine Richtung. So schön wie in diesem Moment war sie in meinen Augen nie zuvor gewesen.

Danach entbrannte eine hitzige Debatte. Lord Tremont rief etwas, und die Verhandlung geriet aus dem Tritt. Nach einigen seiner Bemerkungen über Pennys Glaubwürdigkeit wäre mir beinahe der Kragen geplatzt. Weitere Aussagen machten die Sache nur noch undurchsichtiger, bis ich mich fragte, wie Lord Winfield am Ende entscheiden werde. Ich an seiner Stelle wäre sicherlich verwirrt gewesen. Natürlich wählte Marc genau diesen Zeitpunkt für seinen Auftritt.

Er lief nach vorn, ohne aufgerufen zu sein. Sein weißes Gewand schien zwischen diesen gut gekleideten Lords und Ladys völlig fehl am Platze. Ohne eingeladen zu sein, baute er sich vor dem Gericht auf und ergriff das Wort. Obwohl er nicht einmal die Stimme hob, war er im ganzen Raum gut zu verstehen. »Die Lancasters und Lord Cameron sind unschuldig.« Er sprach ganz beiläufig, als erwartete er, dass man es ihm einfach so abkaufte.

»Ihr seid ein Lancaster! Warum sollte jemand glauben, Eure Worte könnten weniger voreingenommen sein als die Eures Vaters?« Es klang nach Tremont, aber ich war nicht ganz sicher, wer gesprochen hatte.

»Ich könnte als Zeuge aussagen, aber das würde wenig nützen. Ich bin hier, um für die Lady des Abendsterns zu sprechen. Sie möchte ihre Weisheit heute mit Euch teilen.« Damit war ihm die ungeteilte Aufmerksamkeit aller Anwesenden sicher.

Es blieb noch einen Moment ruhig, bis Lord Airedale rief: »Erwartet Ihr von uns, Euch einfach so zu glauben, dass Ihr im Namen der Göttin sprecht?«

Marc blickte kurz zu Boden, ehe er den Kopf wieder hob. Als er die Augen öffnete, strömte Licht aus ihnen heraus und erfasste den ganzen Raum. Das Licht umhüllte ihn, und dann war er fort. An seiner Stelle war eine so schöne Frau erschienen, dass sogar Penny im Vergleich zu ihr langweilig gewirkt hätte. Allerdings hätte ich ihr das niemals gesagt. »Ich bin gekommen, Euch die Wahrheit zu verkünden, und wenn jemand es wagt, mein Wort in Zweifel zu ziehen, dann soll er sich jetzt äußern.«

Millicenths Stimme besaß eine geradezu überirdische Schönheit. Niemand unterbrach sie. Die Göttin ließ den Blick über die Menge und die mächtigsten Männer und Frauen im Königreich schweifen. »Devon Tremont suchte Macht durch Magie zu gewinnen. Er ging einen Pakt mit einem Nachtgott ein und brachte an jenem Tag die Kinder des Mal'goroth nach Lancaster. Sie hatten die Absicht, jeden Bewohner zu töten.« Bedauernd heftete sie nun den Blick auf Lord Tremont. »Dein Kummer hat dich geblendet, Andrew Tremont. Dein jüngerer Sohn tötete den Bruder, und du wolltest es nicht sehen. Sein Tod ist das Ergebnis seiner eigenen Machtgier gewesen. Wäre er nicht gestorben, dann wärest du sein nächstes Opfer geworden.«

Bisher hatte ich noch nie Lord Tremonts Vornamen gehört. Erschüttert schlug er die Hände vor das Gesicht. Die Göttin trat zu ihm, die Menge zog sich ehrfürchtig vor ihr zurück. Sie legte ihm die Hand auf den Kopf, denn er war niedergekniet. »Erhebe dich, Andrew, denn du hast nichts Falsches getan, außer dich von deiner Liebe blenden zu lassen.«

Sein Gesicht war feucht vor Tränen. Er stand auf und konnte es nicht ertragen, ihren Blick zu erwidern. Sie drehte sich um und kehrte in die Mitte des Raumes zurück. Ich dachte schon, sie wollte vorbeigehen, doch dann blieb sie vor mir stehen. Ich spürte die Macht, die von ihr ausstrahlte, mich umschloss und einen Zugang in mein Inneres suchte. Ohne nachzudenken, verstärkte ich meinen Schild. Das Licht flackerte um mich herum.

Sie wirkte einen kleinen Moment lang gereizt, dann lächelte sie. »Kind des Illeniel, wie ich sehe, verweigerst du dich mir nach wie vor. Warum bist du noch ungebunden, wenn du dich nicht meiner Führung unterwirfst?«

»Lady, ich habe denjenigen, der sich mit mir verbinden soll, noch nicht ausgewählt«, antwortete ich. Der Schweiß stand mir auf der Stirn, weil es so anstrengend war, ihrer Macht zu trotzen.

»Du solltest dich rasch entscheiden, denn die Nachtgötter sind nicht so geduldig wie ich. Während du zauderst, riskierst du die Zerstörung deiner Welt.« Sie streckte die Hand zu mir aus, und der Druck nahm zu. Blitze zuckten und knisterten vor meinem Schild, wo sie ihn berührte. Die Anstrengung war fast unerträglich.

Der Zorn verlieh mir neue Kräfte. »Genug! Wenn du dich mir aufzwingen willst, bist du nicht besser als die Nachtgötter, von denen du sprichst!« Mein Schild flackerte rot, dann zog sie sich zurück. Der Druck ließ schlagartig nach.

»Sterblicher, du solltest deine Zunge hüten. Es wird die Zeit kommen, da du meine Hilfe brauchst, damit du nicht verlierst, was dir am teuersten ist.« Sie lächelte mich an, doch ich sah eher das Grinsen eines Raubtiers auf ihrem Gesicht. Abermals wandte sie sich an die Versammlung. »Ich werde euch beobachten. Dies ist nicht die Zeit für Zwietracht. Das Volk von Lothion muss einig sein, denn sonst sind wir alle verloren.« Dann verschwand sie von einem Moment auf den anderen, und wir sahen nur noch den bewusstlosen Marc vor uns. Er sackte auf dem Boden in sich zusammen, ehe ich ihn auffangen konnte.

Nachdem sie verschwunden war, herrschte eine Minute lang tiefe Stille im Raum. Ihr plötzliches Erscheinen hatte alle Zuschauer verstummen lassen. Schließlich ergriff König Edward das Wort. »Gerichtsherr, wie lautet nun Eure Entscheidung?«

»Ich entscheide für Lancaster. Die Anklage ist unbegründet«, antwortete er sofort.

Ich hätte jubeln können, dazu fehlte mir jedoch die Kraft. Wäre nicht noch die Angelegenheit meines Treueides gewesen, ich wäre sofort hinausgelaufen. König Edward war so freundlich, mir den Eid ohne großes Getue und weitere Umschweife abzunehmen. Während der restlichen Amtshandlungen blieb es still im Raum, und sobald alles erledigt war, strömten die Menschen rasch hinaus.

James und Genevieve nahmen Marc mit. Ein Diener half James, ihn in die Kutsche des Herzogs zu tragen, die bereits draußen wartete. Es dauerte nicht lange, bis Penny und ich allein waren.

Keiner von uns wusste, was er sagen sollte, deshalb nahm ich einfach nur ihre Hand, und wir kehrten schweigend in meine Gemächer zurück.

8

Das Schweigen zwischen uns dehnte sich noch, als wir im Zimmer waren. Wir setzten uns auf das Sofa und starrten zur Veranda hinaus. »Du siehst sehr hübsch aus«, sagte ich schließlich. Das Kleid, das sie trug, kannte ich zwar noch nicht, aber es passte großartig.

»Danke.« Penelope blickte mich forschend an und nahm sicherlich hundert Einzelheiten gleichzeitig wahr. »Ich habe gehört, was dir der König gesagt hat.«

»Was denn?«, hätte ich beinahe gefragt, aber ich war so vernünftig, den Mund zu halten. Ich wusste genau, was sie meinte, und es half auch nicht, dass uns soeben eine Göttin nachdrücklich daran erinnert hatte. »Wie hast du davon erfahren?«

»Durch Rose. Sie ist gestern Abend bei den Lancasters gewesen.« Jetzt verstand ich es ... sie war zu Rose Hightower gegangen. Wohin auch sonst? In dem schlanken Körper einer Frau besaß Rose einen überragenden Verstand. Offensichtlich hatte sie, nicht lange nachdem Penny bei ihr erschienen war, Erkundigungen eingezogen.

»Hast du ihr gesagt, warum du sie aufgesucht hast?«, fragte ich.

»Nein. Ich wollte erst, aber dann konnte ich nicht. Wie hätte ich erklären können, dass ich dich verlassen habe, weil du sterben wirst? Das kam mir selbstsüchtig vor.«

»Dann hast du deine Meinung also geändert?« Furcht mischte sich in meine neu erwachte Hoffnung. Wenn sie bei mir blieb, würde sie doch wieder nur verletzt werden.

»In gewisser Weise ... Rose hat mir berichtet, dass der König dir befohlen hat, jemanden als deinen Anath'Meridum auszuwählen.«

»Ich habe mich noch nicht entschieden«, klärte ich sie auf.

»Anscheinend warten jetzt sogar die Götter auf deine Entscheidung.«

»Darüber mache ich mir auch gerade Gedanken. Auf einmal will mich alle Welt dazu drängen.«

Penny sah mich ernst an. »Deshalb musst du dir keine Sorgen mehr machen. Darum bin ich doch auch wieder hier. Ich werde nicht zulassen, dass jemand anders diese Bindung mit dir eingeht.«

»Was? Auf keinen Fall! Du weißt doch, was das bedeutet, oder? Was passiert, wenn ich sterbe? Hat sich deine Vision seit gestern verändert?« Ich war unwillkürlich aufgesprungen und funkelte sie von oben an.

Völlig gelassen erwiderte sie meinen Blick. »Ja. Ich werde mit dir sterben. Das löst alle unsere Probleme.«

»Es löst überhaupt nichts. Eine solche Bindung lasse ich nicht zu«, erklärte ich.

»Dann wird man dich zum Tode verurteilen«, stellte sie einfach fest. »Und es würde mich nicht wundern, wenn auch noch eine Menge unschuldiger Leute bei dem Versuch sterben werden, dich zu beschützen. Dir bleibt gar nichts anderes übrig.« Aus ihren Worten sprachen eine unerhörte Entschlossenheit und ein gewisser stiller Wahnsinn. Eben der Wahnsinn einer Frau, die sich dazu entschlossen hat, mit ihrem Liebsten in den Tod zu gehen.

»Ich habe viele Möglichkeiten. Zumindest könnte ich mir jemand anders suchen. Ich bin sicher, Dorian würde diese Aufgabe übernehmen.« Mir gefiel nicht, was ich in ihrer Miene sah, und natürlich entfachten meine Worte einen Großbrand.

»Nein, das wirst du nicht tun, wenn ich dir überhaupt etwas bedeute. Mordecai Eldridge, du hast keine Ahnung, wozu ich fähig bin. Glaubst du, es war leicht, kaltblütig einen Priester zu ermorden? Und das ist nur die Spitze des Eisbergs!« Jetzt knurrte sie sogar. Unwillkürlich wich ich vor ihr zurück. Aufrecht vor der Göttin zu stehen, war mir leichter gefallen, als mit dieser zornigen Frau umzugehen. »Wenn du dich für jemand anders entscheidest, werde ich dafür sorgen, dass du an jedem Tag, der dir noch bleibt, inbrünstig wünschst, du wärst schon tot! Außerdem werde ich mich ohnehin selbst töten, wenn du stirbst. Hast du das verstanden?«

»Na schön!«, rief ich zurück. »Meinetwegen!« In Wahrheit hatte ich nicht die Absicht, mich darauf einzulassen. Es war freilich einfacher, jetzt zu lügen und die Dinge später in die richtigen Bahnen zu lenken. Penny war allerdings sehr geschickt darin, meine Lügen aufzudecken, weshalb ich mich bemühte, sie auf eine andere Fährte zu locken. »Du willst mit mir sterben? Kein Problem, aber wenn wir beide sowieso in einem halben Jahr sterben sollen, dann will ich vom Rest meines Lebens noch etwas haben.« Damit fasste ich sie an den Schultern, zog sie an mich und pflanzte ihr einen stürmischen Kuss auf die staunend halb geöffneten Lippen.

Mein Plan glückte besser als erhofft. Was als abgenötigter Kuss begann, verwandelte sich rasch in eine innige Umarmung, da sie meine Leidenschaft erwiderte. Einige Minuten später fragte ich mich, was für eine Tigerin ich da am Schwanz gepackt hatte. Zehnfach gab sie mir zurück, was ich ihr schenkte, und die Wildheit ihrer Liebe hätte manch schwächeren Mann bis ins Mark erschüttert. Glücklicherweise bin ich kein so schwacher Mann. Hätte ich in dieser Hinsicht jemals Zweifel gehabt, an diesem Tag hätte sie mich eines Besseren belehrt.

Ein paar Stunden später war ich überzeugt, die Aussicht, in einigen Monaten zu sterben, sei gar nicht so schlecht. Wenn es auf diese Weise weiterging, würde ich in jedem Fall nicht mehr lange leben. »Da!«, sagte ich nach einem Moment, der lang und atemlos gewesen war. »Jetzt habe ich's dir gezeigt.«

Penny kicherte neben mir, und bald darauf lachten wir beide. »Du kannst das ruhig glauben, wenn du dich damit besser fühlst, Lord Cameron.«

In gespieltem Zorn schnitt ich eine Grimasse und kitzelte sie. Ein Klopfen an der Tür unterbrach unseren Kampf. Keck sprang ich auf und öffnete. »Mort! Zieh dir was an!«, zischelte Penny hinter mir.

»Pah! Ich werde diesen frechen Diener Manieren lernen!« Damit riss ich die Tür auf, was den Mann hoffentlich in eine unermessliche Verlegenheit stürzte.

»Du meine Güte! Wenn ich gewusst hätte, dass du alle Besucher so empfängst, hätte ich viel früher vorbeigeschaut, Mordecai.« Rose Hightower stand im Eingang und hielt sich eine Hand vor den Mund, als müsste sie ein Husten überspielen. Ich lief knallrot an und rannte zum Bett, um meine Blöße zu bedecken.

Penny hatte sich jedoch schon in die Bettdecke gewickelt und weigerte sich, mit mir zu teilen. »O nein, kommt nicht infrage! Das hast du dir selbst zuzuschreiben, du Trottel!« Ich gab es auf und eilte ins Badezimmer. Rose stand die ganze Zeit lachend im Eingang.

»Ich will nicht aufdringlich sein, aber heißt dies … hier, dass du ihm verziehen hast?«, fragte sie Penny.

Nun errötete auch sie. »Er war sehr überzeugend.«

Rose lachte. »Ich warte auf dem Gang, bis ihr so weit seid. Es sei denn, ich soll lieber später noch einmal kommen?«

Ich wollte schon rufen, dass dies ganz in meinem Sinne sei, aber Penny kam mir zuvor. »Wir sind in ein paar Minuten vorzeigbar, wenn du so lange warten möchtest. Danke, Rose.« Ich hörte, wie die Tür geschlossen wurde, und spähte in den Salon.

»Die Luft ist rein«, sagte Penny. Wir zogen uns eilig an, und sobald wir uns blicken lassen konnten, öffnete Penny die Tür. Ich war noch nicht ganz bereit, Rose unter die Augen zu treten.

»Eigentlich hatte ich fragen wollen, ob du das Haus deines Vaters schon aufgesucht hast«, erklärte Rose, als wir alle saßen.

Mein erster Impuls war zu antworten, dass Royce doch unmöglich ein Haus in Albamarl besitzen konnte. Dann fiel mir aber ein, dass sie Tyndal Illeniel meinte. »Hatte er wirklich ein Haus in der Stadt?«

»Gewiss. Er war ein Berater des Königs und hat oft mit deiner Mutter in diesem Haus gelebt. Wusstest du das nicht?« Rose schien ehrlich überrascht.

»Nein, auf diese Idee bin ich nie gekommen. Erst vor Kurzem habe ich erfahren, wer er überhaupt war. Seitdem ging es drunter und drüber, und ich bin nicht einmal auf die Idee gekommen, mich zu erkundigen. Warum wurde das Haus nach seinem Tod nicht verkauft? Niemand wusste, dass es mich gibt.« Ohne einen Erben hätte der Besitz doch an irgendjemanden fallen müssen. Ich wusste zwar nicht, an wen, aber irgendjemand hätte sicherlich das Haus haben wollen.

»Ha! Niemand hat es gewagt, sein Haus zu betreten. Denk doch mal daran, was er war! Sogar die Räuber und Vandalen haben nach seinem Tod einen großen Bogen um das Haus gemacht«, antwortete Rose. Das konnte ich nachvollziehen; wahrscheinlich hätte ich auch selbst Schutzsprüche und Abschirmungen in meinem Haus eingerichtet.

»Demnach steht es hier unberührt, seit meine Eltern das letzte Mal da waren?« Diese Frage löste eine ganze Reihe weiterer aufgeregter Gedanken aus. Was hatten sie hier zuletzt getan? Welche Geheimnisse hütete dieses Haus? Wie viel von ihrem Besitz befand sich überhaupt noch darin? Ich hatte sie nie richtig kennengelernt, aber ihr Zuhause mochte viele Antworten über ihr Leben bergen.

»Soweit ich weiß, trifft dies zu.« Rose' Augen funkelten. Die Aussicht, das Haus zu erforschen, fand sie wohl ebenso spannend wie ich. Sie war von einer unersättlichen Neugierde getrieben, und ihre Schönheit konnte nicht darüber hinwegtäuschen, dass hinter den blauen Augen ein rasiermesserscharfer Verstand wohnte. »Wollen wir hingehen und uns umsehen?«

»Liebend gern. Weißt du den Weg?«, antwortete ich.

»Ich bin in dieser Stadt schließlich zu Hause. Penny, dieser Mann ist geistesschwach. Hätte ich ihn nicht vorhin nackend gesehen, ich wüsste nicht, was du an ihm findest«, neckte sie mich.

Penny lachte, und ich errötete sofort wieder. Ich nahm an, dass Rose mich damit noch einige Jahre lang sticheln würde. »Er hat durchaus gewisse Fähigkeiten«, hielt Penny dagegen. Ich war nicht sicher, ob sie damit meine Magie oder ... jene andere Art von Magie meinte.

Ich nahm mein Schwert und den Stab an mich, und dann ließen wir uns von Rose zu dem Haus meiner Eltern führen. Seit unserer Ankunft in Albamarl hatten wir – abgesehen vom Königspalast – nicht viel von der Stadt gesehen. Deshalb fand ich den Spaziergang sehr aufschlussreich. Die Stadt war mehr oder weniger wie ein Wagenrad angelegt, in dessen Nabe der Palast stand. Sobald wir den Palast verlassen hatten, folgten wir einer inneren Ringstraße, bis wir eine nach außen führende Speiche erreichten.

An der Kreuzung war auf der Seite, die dem Palast zugewandt war, ein großer Garten angelegt. Das Ungewöhnliche an ihm war der mächtige Felsblock, der direkt aus der Erde emporzuwachsen schien. Er musste natürlichen Ursprungs sein, denn uns Menschen wäre es nicht möglich gewesen, einen so mächtigen Stein als Schmuck in den Garten zu versetzen.

Schläft er?

»Habt ihr etwas gesagt?« Ich war nicht ganz sicher, wessen Stimme ich gehört hatte.

Penny und Rose waren in eine Unterhaltung vertieft gewesen, die ich mit meiner Frage unterbrochen hatte. »Rose sagte gerade, dass sie eine Weile bei uns in Washbrook bleiben wolle. Hast du nicht zugehört?«

Ich hatte tatsächlich nicht aufgepasst. Die Gespräche unter

Frauen empfand ich oft als angenehmes Hintergrundgeräusch, aber das konnte ich ihnen kaum sagen. »Entschuldigung. Ich dachte, ich hätte etwas anderes gehört. Kümmert euch nicht weiter um mich«, antwortete ich.

Er ist wach.

Das hatte ich jetzt ganz deutlich gehört. Dieses Mal war mir auch klar, dass es nicht von den Mädchen ausgegangen war. Ich blieb stehen und sah mich auf der Straße um. Penny erkannte sofort, dass ich etwas gespürt hatte, Rose betrachtete mich neugierig. »Gibt es etwas, das wir wissen sollten?«, fragte sie.

Ich legte den Finger an die Lippen und hieß sie winkend schweigen. Dann hüllte ich sie mit ein paar Worten in einen schützenden Schild. Im Laufe des letzten Jahres war ich viel besser geworden. Inzwischen brauchte ich dazu kaum mehr als einen Gedanken und ein paar Wörter. »Hier ist etwas, aber ich bin noch nicht sicher, was oder wer es sein könnte.«

Wer oder was, was oder wer, er hört uns. Ganz gleich, was wir tun.

Es war eine rein geistige und keine körperliche Stimme. Das beunruhigte mich; eigentlich hätte mich nichts und niemand erreichen dürfen, solange mein innerer Schild aufgebaut war. Ich tastete mit den Sinnen umher, um denjenigen zu entdecken, der mir diese Streiche spielte.

»Mort, was ist denn los?«, fragte Penny.

»Jemand spricht mit mir. Gib mir einen Augenblick Zeit. Ich versuche gerade, ihn zu entdecken.« Ich konnte mich nicht gleichzeitig konzentrieren und die Fragen beantworten. So standen wir mehrere Minuten auf der Straße herum, während ich mit meinem Geist die Umgebung absuchte. Ich fand rein gar nichts. Schließlich gab ich es auf, und wir gingen weiter. Ich erklärte ihnen, was ich im Geiste gehört hatte, aber die beiden hatten auch keine Ahnung, was es gewesen sein mochte.

Mir machte dagegen die Tatsache Sorgen, dass ich die verantwortliche Person nicht ausfindig machen konnte. Sofort dachte ich an das Wesen, gegen das Penny und ich zwei Wochen vorher in der Nacht gekämpft hatten. Dort hatte ich nach Löchern Ausschau gehalten. Ich sollte also fähig sein, einen solchen leeren Fleck auch hier zu entdecken. Außerdem brauchte ich einen Namen für diese Kreaturen.

Wer auch immer mir gerade begegnet sein mochte, er hatte es geschafft, trotz meiner Schilde direkt zu meinem Verstand zu sprechen, was aber eigentlich unmöglich war. Den Rest des Weges über blieb ich sehr wachsam, aber nichts weiter geschah. Bald hatten wir das Haus meines Vaters erreicht.

»Da wären wir«, sagte Rose, doch ich wusste es bereits. Mit meinem Magierblick konnte ich erkennen, dass das große, aus Stein gebaute Haus leicht glühte. Im Gegensatz zu dem Rest der Stadt war es aus grauem Granit errichtet, und jeder einzelne Stein war verzaubert. Anscheinend waren sämtliche Steine mit Runen behandelt worden, sodass sie widerstandsfähiger wurden und besser zusammenhielten. Nirgends war Mörtel zu sehen, aber der war auch nicht nötig. Die Fugen zwischen den Steinen waren so schmal, dass ich nicht einmal einen Fingernagel hätte hineinschieben können.

Das Haus hatte drei Stockwerke und hob sich damit deutlich von den kleineren Gebäuden in der Nähe ab. »Es ist nicht besonders geschützt«, sagte ich. Das war schwer zu verstehen. Es musste unendlich lange gedauert haben, all die Steine zu behandeln.

»Bist du sicher?«, fragte Rose. »Die Geschichten, die man sich über das Haus erzählt, lassen eher vermuten, dass es von tausend Zaubersprüchen bewacht wird.«

»Tut mir leid, ich habe mich nicht deutlich genug ausgedrückt. Das Haus wird keineswegs von etwas so Einfachem wie Schutzsprüchen behütet. Vielmehr ist das ganze Gebäude verzaubert. Wie hat mein Vater das nur vollbracht? Er muss sein halbes Leben auf den Bau verwendet haben.« Offenbar sah man mir meine Ehrfurcht deutlich an.

»Er war es nicht, der es gebaut hat. Das Haus wurde vor etwa siebenhundert Jahren kurz nach der Gründung Albamarls gebaut. Einer deiner Urgroßväter hat es errichtet«, erklärte sie mir.

Das ließ mich nachdenklich werden. Wie wäre es gewesen, hier aufzuwachsen, umgeben von Magie? Angeleitet von einem Vater, der sich in der Magie auskannte und mich vor dem Hintergrund der Familiengeschichte unterrichtete? Mein Leben wäre völlig anders verlaufen. Einen Augenblick lang war ich traurig, weil es ein verlorenes Wissen gab, das ich nicht wiedergewinnen konnte. Gegenüber der Geschichte meiner Familie war ich ein Fremder, der nur noch den Fäden eines längst verblichenen Teppichs folgen konnte, um das Schicksal der Menschen zu erforschen, die schon vor langer Zeit gestorben waren.

Da es zu nichts führte, wenn wir weiter so auf der Straße herumstanden, ging ich zur Tür. Sic bestand aus massiver Eiche und war dabei breit genug für zwei Männer, die nebeneinander eintraten. Die Balken waren so stark mit Runen und Symbolen gesichert, dass sie in meinem Magierblick beinahe golden schimmerten. Als ich die Hand ausstreckte, um den Türgriff zu packen, stieß ich einige Fingerbreit davor auf einen unsichtbaren Widerstand, den ich nicht durchdringen konnte.

Seit jenem Tag, an dem ich in Devon Tremonts Raum eingedrungen war, hatte es keine Tür mehr gegeben, die ich nicht hatte überwinden können. Eine der ersten Fähigkeiten, die ich erlernt hatte, nachdem sich die Dinge wieder beruhigt hatten, war das magische Öffnen von Schlössern gewesen. Dies war jedoch kein Schloss, sondern eine magische Barriere. Ich setzte ein paar Wörter ein und versuchte mit einem magischen Stoß durchzudringen, doch die Barriere hielt. Es fühlte sich an, als wäre sie ebenso hart wie der Granit, aus dem das ganze Haus gebaut war. Stabil und ganz und gar unnachgiebig.

Penny schaltete sich ein. »Was tust du da?«

»Ich versuche hineinzukommen. Anscheinend hat mein Vater vergessen, unter der Fußmatte einen Schlüssel für mich bereitzulegen.« Ich verdoppelte meine Anstrengungen und verlegte mich darauf, die Magie zu zerreißen, die mich draußen hielt. Die Luft knisterte vor statischen Entladungen, als ich immer mehr Kraft und Mühe dafür einsetzte, die Barriere zur Seite zu stoßen. Zugleich versuchte ich, mit raffinierten Tricks an den schützenden Sprüchen vorbeizukommen. Ich verbarg meine Anwesenheit mit klugen Zaubersprüchen und versuchte es schließlich mit roher Gewalt. Doch nichts half. »Verdammt!«

Es war mehr als ärgerlich, so dicht vor einem wichtigen Teil meiner Vergangenheit zu stehen und ihn trotzdem nicht erkunden zu dürfen. Der Gedanke an die Geheimnisse und das Wissen, das meine Eltern drinnen hinterlassen haben mochten, erfüllte mich mit großer Sehnsucht. Der Tür war es jedoch einerlei. Schließlich verlor ich die Geduld, griff sie direkt an und schoss eine Lanze aus reiner Energie ab, um sie zu zermalmen. Das Haus mochte dies offenbar nicht. Blitze hüllten mich ein, ein blaues Licht umgab mich, durchbohrte meinen Schild und setzte meine Nerven in Brand. Kreischend brach ich vor der Tür zusammen.

Mitten auf der Straße kam ich wieder zu mir. Penny hatte mich weggezogen. Die Krämpfe, die nach der Begegnung mit der Tür eingesetzt hatten, ebbten erst eine Weile später wieder ab. »Verdammt, Mort, sag mir doch vorher Bescheid, wenn du etwas Dummes tun willst!«

»Lass uns einfach annehmen, dass ich ständig Dummheiten mache. Das ist für uns beide einfacher zu behalten.« Ich versuchte aufzustehen, doch meine Beine waren weich wie Pudding. Penny stützte mich.

Wir können es zerstören, Sohn des Illeniel. Lass es uns niederreißen.

»Wer ist da?«, rief ich und sah mich um.

»Was ist los, Mort?«, fragte Penny besorgt.

»Sie sprechen mit mir, aber ich entdecke sie nicht!« Mit wilden Blicken sah ich in die Runde. Allmählich geriet ich in Panik.

»Wer denn? Außer uns ist doch niemand hier.« Sie redete jetzt beruhigend auf mich ein. Vermutlich dachte sie, ich verlöre den Verstand.

»Die Stimmen …« Ich beschloss, es auf sich beruhen zu lassen. So langsam machte ich mir auch Sorgen um mich selbst. Da sich meine Beine etwas besser anfühlten, befreite ich mich von ihr und ging wieder zur Tür.

»Lass uns umkehren. Du tust dir doch nur weh, Mordecai«, schaltete sich Rose ein. Es mochte ganz vernünftig sein, aber für Vernunftgründe war ich inzwischen nicht mehr empfänglich.

»Nein, ich bin noch nicht fertig.« Ich krempelte mir die Ärmel hoch und streckte wieder die Hand zum Türgriff aus. Zu spät erinnerte ich mich, dass ich meinen Schild nicht erneuert hatte. Der Blitz hatte ihn vollständig verbrannt. Dieses Mal konnte ich die Tür zwar berühren, aber nichts geschah. Ich stand einen Moment lang ruhig da und überlegte mir, warum mich die Barriere nicht aufgehalten hatte. Dann ließ ich den Türgriff wieder los und trat einen Schritt zurück. »Das ist seltsam.«

»Was denn?«, fragte Penny.

»Ich habe gerade den Türgriff berührt, den ich vorhin nicht einmal erreichen konnte«, erklärte ich. Mir fiel etwas ein. Ich baute meinen Schild wieder auf und versuchte es noch einmal. Wieder wurde ich von der unsichtbaren Barriere aufgehalten und kam nicht näher als eine Handbreit an den Griff heran. »Ich werde jetzt etwas Dummes versuchen«, sagte ich und warf Penny einen Blick zu.

»Lass mich erst die Feuerwehr rufen«, antwortete sie. Ich war nicht sicher, ob sie scherzte, aber ich wartete nicht, sondern ließ meinen Schild fallen und berührte den Türgriff. Ich konnte ihn mühelos ergreifen und daran ziehen. Die Tür öffnete sich.

Dahinter lag eine große Eingangshalle. Die mit Eiche vertäfelten und dunkel lackierten Wände bildeten einen Kontrast zu den hellbraunen Bodenbrettern. Sobald ich eintrat, flammte eine an der Decke aufgehängte Kristallkugel auf und verbreitete einen warmen Schein im Raum. »Uff!«, sagte Penny. Sie war draußen vor der Tür gegen die Barriere gerannt.

»Oh, lass mich das in Ordnung bringen.« Ich entfernte den Schild, in den ich sie gehüllt hatte. »Versuch es jetzt noch einmal.« Behutsam trat sie wieder vor, die Barriere hielt sie aber trotzdem auf.

»Das ist wirklich seltsam. Als ich meinen Schild gesenkt habe, konnte ich eintreten.«

»Vielleicht ist die Magie so eingerichtet, dass nur die Abkömmlinge deines Hauses eintreten dürfen«, meinte Rose. Wie üblich hatte ihr scharfer Verstand eine gute Erklärung gefunden, aber so ganz passte das alles noch nicht zusammen.

»Ich weiß, dass meine Mutter hier mit ihm lebte, und sie gehörte auch nicht zu dieser Familie. Schließlich muss es doch für sie einen Weg gegeben haben, das Haus zu betreten.« Mal ganz abgesehen von der Schutzmagie, die mich beinahe gebraten hätte, als der Schild noch intakt war. Ich vermutete, dass mich die Magie nicht erkennen konnte, solange der Schild mich umschloss. Dennoch, es musste einen Weg geben, Fremde und Gäste ins Haus zu lassen. »Ich sehe mich mal etwas um. Ich bin bald wieder da.«

»Das macht dir Spaß, was?« Es war Penny, die das sagte. Sie war nicht besonders glücklich darüber, dass ich sie draußen stehen ließ. Ich lächelte sie an und schloss die Tür.

Noch ehe ich zwei Schritte getan hatte, betätigte sie den Türklopfer. Dies war ihr offenbar erlaubt. Als ich mich umdrehen wollte, hörte ich eine Stimme und hielt inne.

»Da ist eine Frau an der Tür.« Es klang sehr nach Benchley, aber ich konnte erkennen, dass die Stimme den Verzauberungen im Haus entsprang. Freilich nahm ich an, dass es auch damals schon Diener wie ihn gegeben hatte. Über Geschmack soll man ja nicht streiten.

Ich war genau in der richtigen Stimmung. »Schau nach, wer es ist.«

Gleich darauf antwortete die Stimme: »Sie sagt, ihr Name sei Penelope Cooper. Rose Hightower begleitet sie.«

Nun war ich neugierig, welche Möglichkeiten mir überhaupt zur Verfügung standen. »Wie kann ich darauf reagieren?«, fragte ich.

»Ihr könnt ihnen den Zutritt verweigern, sie einlassen oder sie vernichten lassen«, ließ sich die Stimme trocken vernehmen. Das Wort »vernichten«, gefiel mir überhaupt nicht. Wahrscheinlich ging es dabei um den Angriff mit Blitzen, der mich kurz zuvor beinahe umgebracht hätte.

»Lass sie eintreten«, befahl ich. Die Tür schwang von selbst auf und gab den Blick auf eine ziemlich gereizte Penny frei.

»Könntest du deiner sprechenden Tür bitte erklären, wer ich bin?«, sagte sie.

»Das habe ich schon getan. Komm herein … dann sehen wir ja, was passiert.«

Sie und Rose konnten ohne Schwierigkeiten eintreten. Die Tür schloss sich höflich, sobald sie drinnen waren. Diese komplizierten Zauber gingen über alles hinaus, was ich mir bisher vorgestellt hatte, aber mir schossen bereits unzählige neue Ideen durch den Kopf. Unterdessen starrte Penny die Tür an, als wollte sie auf der Stelle Rache nehmen. »Hoffentlich muss ich das nicht jedes Mal durchmachen, wenn ich hereinkommen will«, sagte sie schließlich.

»Was meinst du damit?«

Sie seufzte und erklärte es mir. »Es ist jetzt dein Haus,

Mort. Wahrscheinlich werden wir hier wohnen, wenn wir in der Stadt sind.«

Darüber hatte ich noch gar nicht nachgedacht, aber sie hatte wohl recht. Vorausgesetzt, wir kehrten überhaupt noch einmal nach Albamarl zurück. Ob dies in dem halben Jahr, das mir noch blieb, tatsächlich geschehen würde, stand allerdings in den Sternen. »Äh, Haus, ich habe eine Frage«, wandte ich mich an die Verzauberungen. Sie reagierten nicht. »Tür, gibt es eine Möglichkeit, jemanden ohne meine Erlaubnis einzulassen?« Wieder keine Antwort. Anscheinend musste ich noch eine Menge lernen.

»Vergiss das erst mal, Mort. Lass uns sehen, was das Haus zu bieten hat«, schlug Penny vor.

Ich hatte sowieso keine Lust, mir von ihr und Rose dabei zusehen zu lassen, wie ich mit unbelebten Objekten debattierte, also stimmte ich sofort zu. Wir durchquerten die Eingangshalle und erkundeten den Rest des Hauses.

9

König Edward Carenval saß in seinem Audienzsaal und musterte den Mann, der vor ihm stand. Der Besucher war Mitte vierzig und sah aus, als hätte er ein schweres Leben hinter sich. Er war recht groß gewachsen und hatte dunkle Augen, das dunkle Haar war an den Schläfen ergraut. Waffen trug er nicht, da dies in Gegenwart des Königs nicht zulässig war, doch seine Haltung verriet, dass er ein erfahrener Krieger war.

»Wisst Ihr, warum wir Euch heute zu uns gerufen haben?«, begann Edward.

»Ich würde lieber keine voreiligen Schlüsse ziehen, Euer Majestät, aber angesichts meiner Vergangenheit nehme ich an, dass es etwas mit Graf di'Cameron zu tun hat.« Der kniende Mann hob den Kopf und suchte den Blick des Königs.

»So ist es. Wir brauchen Euren Rat. Wer hätte denn ahnen können, dass Tyndals Kind überlebt hat?« Edward rieb sich den Bart, während er sprach.

»Diese Möglichkeit bestand immer. Man hat weder ihren noch den Leichnam des Kindes je gefunden.«

»Soweit wir wissen, stirbt auch der Bindungsgefährte, sobald der Magier zugrunde geht.« Der König blickte den Besucher neugierig an.

»Sie haben die Bindung vor seinem Tod aufgehoben, Euer Majestät.«

»Ist das möglich? Worin besteht dann überhaupt ihr Sinn?«, fragte Edward.

»Es ist möglich, Euer Majestät, aber nach den Überlieferungen ist es noch nie zuvor geschehen. Beide Partner müssen einwilligen, aber die Anath'Meridum sind darauf vereidigt, die

Bindung niemals zu lösen. Ich vermute also, dass sie nur eingewilligt hat, um mit dem Kind fliehen zu können.«

»Cyhan, Ihr habt doch bei Elenas Ausbildung mitgewirkt. Wie könnt Ihr wissen, dass sie die Bindung aufgelöst hat und nicht einfach gestorben ist?«

»Bei der Einrichtung der Bindung wird ein Edelstein erschaffen«, erklärte Cyhan. »Der Ausbilder behält ihn stets bei sich. Der Stein glüht, solange die Bindung intakt ist, und zerfällt schließlich zu Staub, wenn die Beteiligten sterben.« Er griff in die Tasche und holte einen trüben roten Stein hervor. »Tyndals und Elenas Stein verblasste, zerfiel jedoch nicht. Das bedeutet, dass sie das Band vor seinem Tod aufgelöst haben.«

Edward beugte sich vor und betrachtete den Edelstein. »Warum wurde uns dies nicht berichtet?«

»Es wurde Euch berichtet, Euer Majestät.« Cyhan blickte dem Monarchen unverwandt in die Augen.

»Egal.« Edward winkte ab. »Wir haben es anscheinend vergessen, nachdem uns die Nachricht von der Zerstörung Camerons erreicht hatte. Bei dem neuen Schüler müsst Ihr Eure Sache besser machen. Einen Fehler wie bei Elena dürfen wir uns nicht noch einmal erlauben.«

»Ich stimme Euch zu, Euer Majestät, doch wäre dieser Fehler nicht geschehen, dann gäbe es heute keinen neuen Anath'Meridum auszubilden.« Cyhan übertrat hier eine Grenze, doch er war schon immer sehr keck gewesen.

Edward sah ihn scharf an. »Hütet Eure Zunge, damit sie Euch nicht in Schwierigkeiten bringt. Hätte Elena ihren Eid erfüllt, dann müssten wir uns heute keine Sorgen machen, ein ungebundener Magier könnte die ganze Welt zerstören. Ihr werdet Mordecai morgen treffen. Ihr kehrt mit ihm nach Hause zurück und sorgt dafür, dass er sich rasch entscheidet. Wenn er sich weigert, schickt Ihr mir sofort eine Nachricht, ehe Ihr versucht … die Situation zu bereinigen.« Er sprach nicht aus, wie dies vor sich gehen sollte, aber beide wussten, dass es in diesem Fall nur eine Möglichkeit gab.

»Ja, Euer Majestät. Ich freue mich schon darauf, ihn zu treffen. Soweit ich weiß, ist er jetzt seit mehr als einem Jahr frei. Gab es schon Anzeichen des Wahnsinns bei ihm?« Magier waren schwieriger anzuleiten, sobald ihr Geist einmal angegriffen war.

»Wir wüssten nicht, wie wir dies erkennen sollten, aber er kam uns recht klar vor«, erwiderte Edward. »Ihr dürft jetzt gehen und Euch selbst ein Bild machen, wenn Ihr ihn morgen trefft.«

Ich fand das Heim der Illeniels faszinierend. In den oberen Stockwerken gab es mindestens sieben Schlafzimmer, mehrere Salons und zu meiner großen Freude auch eine Bibliothek. Das Erdgeschoss nahmen ein Salon, eine Werkstatt und eine gut ausgestattete Küche ein. Von der Werkstatt aus führte eine steile Treppe in eine Art Keller. Das Haus schien ein Fundament aus massivem Stein zu besitzen, und die Treppe war aus dem rauen Fels gehauen. Seltsamerweise endete der Kellergang unter dem Haus als Sackgasse mitten im Gestein. Ein Rahmen schien darauf hinzudeuten, dass es dort einmal eine Tür gegeben hatte, doch der Granit erschien fugenlos und ungebrochen. Anscheinend handelte es sich hier um eine Geheimtür.

Oben war Rose eifrig damit beschäftigt, die Bibliothek zu inspizieren, während Penny das große Schlafzimmer erforschte. Ich war also allein geblieben und starrte die seltsame Tür aus Stein an, sofern es überhaupt eine Tür war. Im Gegensatz zum Rest des Hauses gab es hier keinerlei Verzauberungen oder magische Markierungen. Der Fels wirkte glatt und unberührt. Ich öffnete meinen Geist, um ihn zu untersuchen und zu erforschen, ob sich dahinter ein freier Raum befand, verlor jedoch augenblicklich die Übersicht. Meine Gedanken drangen ein und fanden keinen Halt.

Er ist gekommen, aber sieht er auch?

Wie schön, die Stimme war wieder da. Sie war leicht von der hörbaren Stimme zu unterscheiden, mit der mir die Tür geantwortet hatte. Dies war eine rein geistige Erscheinung, beinahe so etwas wie eine Halluzination. Ich machte mir ernstlich Sorgen um mich selbst, denn ich gewann den Eindruck, rings um mich pulsierten die Steine fast wie ein Herzschlag. *Ich verliere den Verstand*, dachte ich bei mir. Ein Schrei, den gerade jemand oben ausstieß, riss mich in die Wirklichkeit zurück.

Ich schnappte mir den Stab und rannte die Treppe hinauf in die oberen Stockwerke, wo sich die Mädchen umsahen. Jetzt schrien sie sogar alle beide, und dann hörte ich ein lautes Krachen. Als ich ganz oben ankam, schoss Penny gerade durch den Flur. Sie hatte sich mit etwas bewaffnet, das mir wie ein hölzerner Hutständer vorkam, und verschwand vor mir in der Tür der Bibliothek.

»Lass sie los!«, rief Penny ausgesprochen kampflustig, als ich durch die Tür trat. Die Szene, die ich dort sah, hätte komisch sein können, wäre die Lage nicht so ernst gewesen. Ein monströses Wesen aus massivem Stein hielt Rose an einem Bein kopfüber in der Luft fest. Ihr Kleid war ihr über den Kopf gefallen und entblößte zwei hübsche Beine. Mit dem Hutständer, den sie wie eine Lanze angelegt hatte, griff Penny das Wesen an, das Rose festhielt.

Sie traf es zwar, doch es ignorierte die Attacke. Das menschenähnliche Wesen besaß eine so große Masse, dass es sich nicht einmal rührte. »Ergib dich. Eindringlinge werden nicht geduldet.« Die Stimme, die aus dem Wesen drang, war tief und knirschte wie der Fels, aus dem es bestand. Penny hörte nicht darauf und holte mit dem Hutständer aus, um ihn dem Wesen über den Kopf zu ziehen. Das Holz zerbrach jedoch, und sie hatte nur noch die untere Hälfte in der Hand.

Eins musste ich ihr lassen, obwohl sie dem Ungeheuer, das

ihre Freundin festhielt, nichts anhaben konnte, zeigte sie keinerlei Angst. Sie gab lediglich ein leises Grollen von sich und sah sich im Raum nach einer neuen Waffe um. Dabei erinnerte sie mich an eine wütende Katze.

»Lass mich los, du dummer Schutthaufen!«, fauchte Rose unter den umgeklappten Röcken. Unterdessen hatte sich Penny einen Stuhl geschnappt, hob ihn an den hinteren Beinen hoch und holte weit aus.

»Angriffe werden nicht geduldet«, sagte das Wesen und ließ aus seiner freien Hand lange Dornen wachsen. Als Penny zuschlug, hob es den Arm und wollte zurückschlagen. Die Dornen wären gar nicht nötig gewesen, allein die Wucht des Schlages hätte Penny zerquetschen können.

Mit einem raschen Wort legte ich einen Schirm um sie. Der ganze Raum bebte, als der mächtige Arm sie traf. Unter der Wucht knickten sogar meine Knie ein. Dann sprach ich noch mehrere magische Wörter und stieß den Arm vor. Eine unsichtbare Kraft drückte das Wesen zurück, bis es gegen das Bücherregal prallte. »Aufhören!«, rief ich.

Das Wesen hielt sofort inne. Was, zum … hätte ich gewusst, dass es so einfach war, dann hätte ich es gleich zu Anfang versucht. »Wie heißt du?«, fragte ich.

»Magnus, Meister«, antwortete das Wesen.

»Warum bist du hier?«

»Ich bewache die Bibliothek«, antwortete es.

»Ich störe ja nur ungern, Mordecai, aber könntest du ihm vielleicht sagen, er soll mich loslassen, ehe du deine Befragung fortsetzt?«, schaltete sich Rose ein.

Warum hatte ich noch nicht daran gedacht? Ich gönnte mir einen letzten Blick auf ihre Beine … es wäre ja sinnlos gewesen, den Augenblick zu vergeuden. »Magnus, gib bitte die Frau frei. Sie ist hier ein willkommener Gast.« Sofort ließ er ihr Bein los, und sie fiel ohne jede Eleganz auf den Kopf.

»Aua!« Es war ein harter Aufprall, nach dem Rose nur noch

ein wirrer Haufen von Röcken und lieblichen weiblichen Gliedmaßen war. Ich wollte ihr helfen, doch Penny kam mir zuvor.

»Zurück, du Held ...« Sie zog Rose auf die Beine und sah mich scharf an. »Ich habe diesen Blick bemerkt.«

Ihr Mangel an Vertrauen traf mich tief, doch dies war wohl kaum der richtige Augenblick, die verletzte Unschuld zu spielen. »Magnus, was bist du?«, fragte ich den Hüter der Bibliothek.

»Ein Golem«, antwortete er. Das half mir auch nicht weiter. Ich hatte keine Ahnung, was ein Golem war.

»Bitte kehre auf deinen Platz zurück. Du wirst heute nicht mehr gebraucht.« Es hätte ja doch nichts genützt, wenn ich meine Unwissenheit zugegeben hätte. »Die beiden Frauen hier sind Gäste. Sie haben meine Erlaubnis, die Bibliothek zu benutzen«, erklärte ich ihm noch.

»Jawohl, Meister.« Schwerfällig tappte er durch den Raum und stellte sich in die Ecke. Sobald er sich nicht mehr bewegte, wirkte er wie eine ausgesprochen hässliche und phantasielos modellierte Statue. Der ursprüngliche Schöpfer hatte wohl nicht viel Kunstunterricht genossen. Andererseits war der Künstler vielleicht auch ein Impressionist gewesen. Für das, was man Kunst nannte, hatte ich mich noch nie besonders interessiert.

»Wie geht es dir, Rose?«, fragte ich. Inzwischen saß sie auf einem Stuhl und rieb sich das verletzte Bein. Auf dem Fußgelenk und der Wade zeichnete sich eine hässliche Prellung ab. »Lass mal sehen, ob ich helfen kann.« Ich kniete vor ihr nieder und legte die Hände auf ihr Bein.

Penny beugte sich vor und flüsterte mir ins Ohr: »Pass ja auf, ich behalte dich im Auge.« Frauen! Wenn es nach Pennys Reaktionen ging, war ich anscheinend der reinste Kaninchenbock. Ich zwinkerte ihr zu, um sie zu beruhigen.

Als ich die Hände um Rose' Bein gelegt hatte, schloss ich

die Augen und blickte nach innen, zuerst in mich selbst hinein und dann in das Bein, das ich festhielt. Die zerquetschten Blutgefäße und das misshandelte Gewebe stellten die größten Probleme dar. Ich brachte so viele Gefäße wie möglich wieder in Ordnung, aber die Reizung des Gewebes überstieg meine Fähigkeiten. Hoffentlich hatte ich die Auswirkungen der Quetschung etwas gelindert, aber ganz sicher war ich mir keineswegs. Außerdem setzte ich einen Trick ein, den ich schon vor einem Jahr gelernt hatte. Ich betäubte die Nerven, die den Schmerz übertrugen, sodass Rose diesen Bereich nicht mehr spürte.

»Wie ist das?«

»Besser«, antwortete sie. »Vielen Dank.« Sie legte mir die Hand auf die Schulter und benutzte mich als Stütze, während sie aufstand. »Tut gar nicht so weh, wie ich befürchtet hatte«, meinte sie.

»Ich habe das Bein etwas betäubt. Später wird es wieder wehtun, aber mit etwas Glück hast du dann das Schlimmste schon überstanden.«

»Vielleicht bleibe ich besser in deiner Nähe, während wir die Erkundung fortsetzen. Die Magie hier scheint dich ja als Herrn und Meister anzuerkennen.« Rose war wirklich erstaunlich. Gerade eben noch der Todesgefahr entronnen, und schon machte sie ganz vernünftige Vorschläge.

»Das wäre sicherlich klug.« Penny war etwas nervös, nachdem auch sie erkannt hatte, wie gefährlich dieses Haus sein konnte.

Da fiel mir etwas ein. Ich fragte mich, wie Penny wohl aussehen würde, wenn sie kopfüber hing. Ihre Beine würden sich durchaus mit Rose' messen können. Ich überlegte mir, ob ich eine Überprüfung vorschlagen sollte, war aber nicht ganz sicher, wie sie die Anregung aufnehmen würde. Vielleicht konnten wir Magnus einige Kissen in die Hände drücken, damit er sie nicht quetschte …

»Ich mag dieses gemeine Grinsen nicht, Mordecai. Worüber denkst du gerade nach?«, fragte Penny.

»Nichts weiter«, erwiderte ich unschuldig. »Habt ihr hier drinnen etwas Interessantes gefunden, Rose?« In der Kunst der Irreführung war ich mittlerweile recht beschlagen. Penny schürzte jedoch die Lippen. So leicht ließ sie sich nicht hereinlegen.

»Ich bin umhergewandert und habe die Titel auf den Einbänden gelesen«, erklärte Rose. »Hier drüben habe ich ein Buch gesehen, das *Die Geschichte Illeniels* hieß, aber als ich es herausziehen wollte, hatte dein Steinungeheuer etwas dagegen«, erklärte Rose.

»Und dann hat Magnus dich umgedreht?« Irgendwie fand ich es witzig, dass man sie umgedreht hatte. Dies musste ich mir unbedingt für spätere Unterhaltungen vormerken.

»Ich wüsste gern, wer *dich* so verdreht hat, Mort«, meinte Penny trocken.

»Ich glaube, es wollte mich zuerst nur warnen, doch dann war ich so erschrocken, dass ich nach ihm trat, und … den Rest hast du ja gesehen.« Offensichtlich war es Rose peinlich. Das war mir neu. Normalerweise ähnelte sie einer Katze, die keine Scham kannte.

Ich griff mir den Band, mit dem der Ärger begonnen hatte. Der Titel klang tatsächlich sehr verlockend. Das Buch war mit Runen gegen Ausbleichen und Verfall geschützt, sodass ich das Alter nicht bestimmen konnte, aber mein erster Eindruck war der, dass es unglaublich alt sein musste. Diese Seiten mochten die Geheimnisse ganzer Generationen bergen. Da mir das Ausmaß meiner Unwissenheit schmerzlich bewusst war, fand ich den Inhalt der Bibliothek etwas einschüchternd.

Ich schlug das Buch auf und überflog die ersten Seiten. Jemand mit Namen Arador Illeniel hatte es verfasst. Der Name war mir unbekannt, was mich aber nicht weiter überraschte, da ich so gut wie nichts über die Geschichte der Magie wusste.

Unter dem Namen war das Jahr 546 G.S. notiert, also nur wenige Jahrhunderte nach dem Großen Sturz. Zurzeit schrieben wir das Jahr 1123 G.S. Somit musste das Buch fast sechshundert Jahre alt sein. Mir wurde schwindlig, als ich darüber nachdachte. Ich überflog die erste Seite.

Der Erste, der diesen Namen trug, hieß einfach nur Illeniel. Falls er einen Familiennamen hatte, so ist dieser nicht überliefert. Die Nachkommen trugen jedoch fortan diesen Nachnamen. Damals gab es keine großen Magiergeschlechter, sondern einfach nur Menschen, die mit der Kraft zur Welt kamen. Im Laufe der Zeit gelangten die Familien, aus denen die größten Magier stammten, zu Ruhm und Ansehen und beobachteten ihre Nachkommen, um zu sehen, ob auch bei ihnen entsprechende Anzeichen zu erkennen waren.

Damals gab es erheblich mehr Magier, und Illeniel war anscheinend als Sohn eines Bauern zur Welt gekommen. Aus frühen Berichten geht hervor, dass Illeniel der Erste gewesen war, der die Stimme der Erde gehört und seine Fähigkeit später benutzt hatte, um die Berge wachsen zu lassen, die von den modernen Menschen »Elentir« genannt werden. Seine Beweggründe gerieten im Laufe der vielen Generationen in Vergessenheit, aber einigen Legenden zufolge geschah dies, um einen Krieg zwischen der Menschheit und einem älteren Volk namens She'har zu beenden.

Hierauf folgte das sogenannte »Goldene Zeitalter« der Menschen, in dem die Menschheit wuchs und sich auf den Kontinenten ausbreitete. Die Magier, die von Illeniel und den anderen großen Häusern abstammten – namentlich Mordan, Gaelyn, Centyr und Prathion – entwickelten viele phantastische magische Wunder, die inzwischen längst vergessen sind. Damals existierten auch zahlreiche weniger bedeutende Magiergeschlechter, aber nur die Angehörigen der großen Häuser waren empfindsam genug, um die Stimme der Erde zu hören, und selbst unter ihnen blieb dies vielen verwehrt.

Rose riss mich aus meiner Versenkung. »Mordecai, du kannst das Buch später noch lesen. Wir sollten zuerst das ganze Haus erkunden.« Ich überlegte mir, was ich schon aus diesen paar Absätzen erfahren hatte. Es musste vor der Menschheit ein älteres Volk gegeben haben, fünf große Magiergeschlechter hatten einst existiert, und der erste Illeniel hatte die Elentirberge erschaffen! Ich war verblüfft. Und was meinte das Buch eigentlich mit der Stimme der Erde? Weniger als eine Seite hatte ich gelesen, und schon lagen mir unzählige Fragen auf der Zunge.

»Was ist denn?«, antwortete ich. So klug ich auch war, ich konnte nicht mehr als einem Gespräch gleichzeitig folgen, und mein innerer Dialog hatte viel zu viel Raum eingenommen.

Penny seufzte. »Rose sagte, wir müssen uns weiter umsehen. Du kannst später noch lesen.«

Zwar war mir das zuwider, aber sie hatten natürlich recht. »Na gut, dann lasst uns weiterforschen. Wir werden sowieso hier übernachten.«

Penny wandte sich an Rose. »Möchtest du heute Nacht bei uns bleiben, Rose? Das Haus ist etwas verstaubt und vielleicht auch unbequem, aber …«

»Natürlich«, fiel ihr Rose ins Wort. Sie liebte nichts mehr als Geheimnisse, und mein neues Haus war in dieser Hinsicht ein Füllhorn. »Wir können es ja als Einweihungsfeier betrachten.« Etwas boshaft sah sie mich an. »Ich lasse frisches Bettzeug schicken, dann wird es schon nicht so unbequem sein.«

Die beiden verbrachten eine ganze Weile damit, Pläne für den Abend zu schmieden. Bei dieser Unterhaltung blieb ich ein passiver Zuhörer. Schließlich trat ich in den Flur hinaus und untersuchte die benachbarten Räume. Direkt gegenüber der Bibliothek gab es einen kurzen Gang mit mehreren Nischen.

Mir schien es, als sei dies der richtige Platz, um Büsten aufzustellen. Neugierig ging ich hinüber.

Die Nischen waren leer. Wo man erwartet hätte die Standbilder vorzufinden, gab es nur einen erhöhten Steinkreis, der mit magischen Runen beschriftet war. Da ich schon einige Objekte dieser Art gesehen hatte, begriff ich es sofort. Dies waren Teleportkreise. Über jeder Nische stand ein Name, der wahrscheinlich das Ziel bezeichnete. Ich erkannte nur einen einzigen davon: »Cameron«.

Je länger ich darüber nachdachte, desto einleuchtender fand ich es. Nachdem mein Vater Elena di'Cameron geheiratet hatte, wünschte er einen einfachen Weg zu haben, ihre Familie zu besuchen. Der passende Kreis in Cameron war vermutlich zerstört worden, als das Feuer den Bergfried vernichtet hatte. Traurig überlegte ich mir, dass der Fluchtweg für meine Eltern so nahe gewesen war, als mein Vater starb. Ich konnte mir kaum vorstellen, wie verzweifelt sie gewesen sein mussten.

Da entschloss ich mich. Ehe wir aufbrachen, wollte ich die notwendigen Bücher zusammensuchen, um einen eigenen Kreis zu bauen. Im Haus gab es mehrere Beispiele für gut konstruierte Kreise, und sobald wir zurückgekehrt waren, wollte ich einen neuen bauen, der diesem hier entsprach. Danach wären wir nie weiter als einen Schritt von meinem Haus entfernt.

Ich kehrte in die Halle zurück und stellte fest, dass die beiden Damen geduldig auf mich warteten. »Anscheinend hat euch das Schütteln des Golems ein wenig Vernunft beigebracht«, stichelte ich, da sie keine weitere unbegleitete Expedition unternommen hatten. Leider fanden sie meine Bemerkung nicht sehr amüsant. Nicht zum ersten Mal war ich bekümmert, meinen Humor an diese Welt verschwendet zu haben.

»Hast du etwas Interessantes gefunden, während du deinen Verstand gesucht hast?«, gab Rose zurück.

»Nur deine verlorene Würde«, antwortete ich. »Aber es

war nicht mehr genug da, um mich groß zu bemühen.« Ich muss zugeben, das war vielleicht ein bisschen gemein, aber sie hatte ja damit angefangen.

Rose grinste mich an und wollte schon weitermachen, doch Penny unterbrach uns. »Lasst uns die Schlafzimmer besichtigen, ehe ich vor Lachen umkomme.«

»Spielverderber«, sagte ich.

Wir gingen zu den Schlafzimmern hinunter und sahen uns dort um. Die meisten Räume waren recht groß, und Pennys Bemerkung zum Trotz hatte sich nur sehr wenig Staub abgesetzt. Ich vermutete, dass das Haus über Mittel verfügte, sich selbst zu reinigen. Trotzdem war ich dankbar für das frische Bettzeug, das Rose angeboten hatte. Egal wie sauber alles auch sein mochte, wenn das Bettzeug seit fast zwanzig Jahren aufgezogen war, dann konnte es einfach nicht mehr frisch sein.

Die Gästezimmer untersuchte ich eher flüchtig. Sie waren hübsch eingerichtet, aber die Möbel waren im Grunde ohne jede Besonderheit. Mein besonderes Augenmerk galt dem großen Schlafzimmer, weil dort sicherlich Erinnerungsstücke meiner Eltern zu finden waren. Es war seltsam, diesen Raum zu betreten, denn zuletzt hatten dort die beiden Menschen gewohnt, die meine Eltern gewesen waren, auch wenn ich sie nie kennengelernt hatte.

Als Erstes fiel mir ein großes Porträt an der Wand auf. Es zeigte eine schöne Frau, die meinen Blick zu erwidern schien. Der Künstler hatte ihre Miene geschickt eingefangen, wunderschön und zugleich ein wenig geheimnisvoll. Das blonde Haar hob sich vor dem grünen Efeu im Hintergrund ab, und die blauen Augen schienen mich förmlich aufzusaugen. Sie strahlten Klugheit aus – und eine große Entschlossenheit.

Das Bild war nicht signiert, nirgends war ein Name zu entdecken, also konnte ich nicht sicher sein, wen es darstellte, doch tief in meinem Herzen wusste ich genau, dass es nur meine Mutter sein konnte. Auf einmal schossen mir die Tränen in die

Augen, weil mich Gefühle überwältigten, von deren Existenz ich bislang noch nicht einmal gewusst hatte. Es hatte mich schon sehr betroffen gemacht, als ich Jahre zuvor vom Schicksal meiner Mutter hatte erfahren müssen. Aber dabei hatte ich keinen Kummer empfunden. Für mich war sie eine Fremde gewesen, und ihre Geschichte hatte nicht mehr Bedauern geweckt als die Erlebnisse eines Unbekannten. Sie jetzt zu sehen, erfüllte mich mit Sehnsucht und Trauer zugleich, denn nun endlich spürte ich den Verlust einer Liebe, die ich nie wirklich erfahren hatte.

Penny war zur Stelle und legte mir behutsam eine Hand auf die Schulter, störte mich aber nicht. Ich betrachtete das Bild, bis ich es nicht mehr ertragen konnte, drehte mich um und umarmte sie. Ohne ein Wort und ohne Fragen zu stellen, behielt sie mich im Arm, bis ich mich wieder gesammelt hatte.

Rose kam herein, als ich mir die Tränen abwischte. Sofort bemerkte sie das Gemälde, und ich bin sicher, dass sie es verstand. Sie war so freundlich, nichts weiter zu sagen, und brach das unbehagliche Schweigen mit einer beiläufigen Frage. »Dann war dies das Schlafzimmer deiner Eltern?« Es war offensichtlich, und es half.

»Ich glaube schon.«

Penny interessierte sich für einen großen Schrank. »Ich frage mich, ob noch Kleidung da ist.« Der Schrank war halb leer, aber neben einem Wams und einem langen Gewand hingen dort noch einige Kleider. Man hätte erwarten können, dass die Sachen von Motten zerfressen waren, aber das Haus duldete Ungeziefer anscheinend ebenso wenig wie Staub.

»Oh, das ist aber hübsch.« Rose fuhr mit der Hand über einen Seidenärmel. »Der Stil ist sehr traditionell.«

»Es scheint so, als wären sie gerade eben noch hier gewesen. Alles ist so gut erhalten«, fügte Penny hinzu.

Ich war schon dabei, die Schubladen der Kommode zu öffnen, doch dort gab es keine Überraschungen. Es waren nur die Dinge, die man erwarten würde, im Haus eines Edelmannes zu finden. Wahrscheinlich hatten sie die meisten Wertgegenstände auf die Reise mitgenommen. Verschiedene Kleidungsstücke, Socken und etwas Unterwäsche waren auch noch vorhanden. Auf der Kommode stand ein kostbares Schmuckkästchen, das ich mir bis zuletzt aufhob.

Als ich es öffnete, staunte ich, wie viel darin Platz fand. Broschen, Halsketten, Ohrringe, Armreife und andere Dinge funkelten in den Fächern, die mit Samt ausgeschlagen waren. Es sah aus, als hätten sie den größten Teil ihres Schmucks zurückgelassen. Ich hatte keine Ahnung, wie viel dies wert sein mochte.

Rose und Penny spähten mir über die Schulter. »Siehst du das?« Rose deutete auf einen Ring.

»Ist es das, was ich glaube?«, erwiderte Penny.

Sie meinten einen goldenen Ring, dessen oberer Teil abgeflacht war und eine Gravur trug. Die Abbildung zeigte einen Drachen, der in einem Ring aus sieben Sternen gerade die Flügel entfaltete. Es war der Siegelring des Hauses Illeniel. »Warum ist er hier?«, überlegte ich. Bisher hatte ich angenommen, Tyndal habe den Ring getragen, als er die Burg Cameron in Trümmer legte. »Er hätte den Ring doch bei sich haben müssen.« Ich trug bereits den Siegelring der Camerons, denn der alte Graf war weit genug vom Feuer und der Hitze entfernt gewesen, als er gestorben war. Der Ring hatte den Brand überstanden, und James Lancaster hatte ihn für mich aufbewahrt.

»Da das Geschlecht Illeniel so alt ist, hat es vielleicht mehr als einen gegeben«, antwortete Rose. »Entweder dies, oder er ließ ihn aus einem bestimmten Grund hier, was aber ungewöhnlich wäre.« Wir sprachen eine Weile darüber, allerdings fiel uns keine gute Erklärung dafür ein. Ich versuchte, den Ring überzustreifen, doch er war mir zu eng. Deshalb befestigte ich ihn mit einer Kette an meinem Hals. Ich konnte ihn später immer noch weiten lassen.

Die nun folgende Erkundung des Raumes ergab nichts Wichtiges mehr. Nachdem wir sicher waren, dass in den Schlafzimmern keine Gefahr drohte, überließ ich es den Mädchen, den Abend zu planen, und kehrte in die Bibliothek zurück. Ich wollte gerade *Die Geschichte Illeniels* wieder in die Hand nehmen, als ich in einer Ecke einen Schreibtisch bemerkte. Ich ging hinüber und sah ihn mir an.

Auf der Tischfläche standen ein Tintenfass und mehrere Federkiele, in den Schubladen fand ich eine Reihe von Briefen und noch andere Dokumente. Neugierig sah ich sie durch. Die meisten waren das, was man hätte erwarten können. Viele Botschaften vom König, der Tyndals Anwesenheit bei Hofe verlangte, einige Mitteilungen von einem Fuhrunternehmen über geschäftliche Vorhaben. Aber was war das?

Ich betrachtete die Briefe des Fuhrunternehmens etwas genauer. Die Firma hieß Trigard Export, und es ging um Einlagen bei der königlichen Bank hier in Lothion. Anscheinend hatte mein Vater einen Geschäftsanteil besessen. Das führte sofort zu einigen weiteren Fragen … wenn er ein Bankkonto gehabt hatte, wie viel Geld war heute darauf? Existierte die Firma noch? Und wer hatte nach seinem Tod seine Anteile verwaltet?

Je länger ich mich in Albamarl aufhielt, desto mehr Dinge gab es zu regeln. Ich musste vor unserer Abreise die Bank aufsuchen. Schließlich war ich es müde, die Korrespondenz durchzusehen, doch bevor ich den Schreibtisch schloss, fiel mir noch ein Brief auf. Eigentlich hatte ich gehofft, persönliche Mitteilungen zu finden, aber was mein Vater geschrieben hatte, befand sich jetzt natürlich in den Händen der Empfänger. Dieses letzte Dokument erschien mir wie ein persönlicher Brief, der an ihn gerichtet gewesen war. Auffällig schien mir jedoch, dass das äußere Siegel das königliche Wappen von Gododdin zeigte.

Ich faltete das Blatt auf und wunderte mich, wer meinem

Vater aus diesem unglücklichen Land einen Brief geschickt haben mochte. Soweit ich wusste, war die königliche Familie sechs Jahre vor meiner Geburt hingerichtet worden.

Mein lieber Freund,
ich hoffe, es geht dir gut, wenn du diesen Brief bekommst. Es wäre schön, wenn ich das Gleiche über die Zustände hier sagen könnte. Die Kinder von Mal'goroth waren noch nicht so dumm, den Handel zu unterbrechen, deshalb bleiben unsere gemeinsamen Interessen hier vorerst gewahrt.

Vendraccus wird mit jedem Tag kühner, und ich fürchte, er hat sogar in mein eigenes Heim Agenten eingeschleust. Man kann nicht sicher sein, und jetzt sind Verfolgungsangst und Misstrauen eher die Regel als die Ausnahme. Bisher hat er kaum mehr getan, als die Kirche von Celior zu quälen und zu belästigen, aber zahlreiche Morde und Schlägereien in den Gassen wecken den Verdacht, dass er es nicht bei einem zivilisierten Disput bewenden lässt.

Am wichtigsten aber sind die traurigen Neuigkeiten, die ich dir mitzuteilen habe. Dein Freund George Prathion wurde ermordet, und vieles weist darauf hin, dass Nathan Balabas dafür verantwortlich sein muss. Leider konnten wir ihn nicht finden und befragen, aber was will man erwarten, wenn ein Magier einen Mord begeht? Ich glaube nicht einmal, dass wir ihn festhalten könnten, wenn wir ihn entdecken.

Du weißt sicherlich, dass George einer der bekanntesten Gegner von Vendraccus und den Kindern war. Inzwischen vermute ich, dass sich Nathan auf die Seite der Sekte geschlagen hat. Meines Wissens hatte er keinen persönlichen Zwist mit George. Das ist für uns alle ein schlechtes Omen, denn du weißt sicher, dass Vendraccus unbedingt einen Magier auf seine Seite ziehen wollte, selbst wenn er nicht aus einem der alten Geschlechter stammt.

Du solltest jetzt besonders vorsichtig vorgehen. Da George nicht mehr unter uns weilt, bist du der letzte bekannte Abkömmling der großen Geschlechter. Daran muss ich dich ja nicht eigens erinnern.

Bitte grüße deine Gefährtin Elena von mir. Ich bin ihr zwar noch nicht begegnet, weiß aber, dass sie mit Phillip Balistair befreundet war. Allen Berichten zufolge ist er tapfer gestorben. Wäre Nathans Verrat nicht gewesen, so hätte er George wohl beschützen können.

Dein Freund

V.

Demnach war mein Vater mit einem anderen Magier aus einer der alten Familien befreundet gewesen. Das war natürlich alles andere als überraschend, auch wenn ich keinem Einzigen von ihnen je persönlich begegnet war. Viel interessanter fand ich aber den Namen Phillip Balistair. Ich fragte mich, ob er mit Elizabeth Balistair verwandt war, die ich im letzten Jahr anlässlich ihres Besuchs in Lancaster kennengelernt hatte. Zwischen den Zeilen glaubte ich erkannt zu haben, dass er George Prathions Anath'Meridum gewesen sein mochte. Die neuen Einzelheiten schwirrten mir durch den Kopf, und ich hatte Mühe, sie alle einzuordnen.

Noch seltsamer schien mir die Unterschrift, die nur aus einem »V.« bestand. Der einzige Angehörige der Königsfamilie von Gododdin, dessen Namen mit diesem Buchstaben begann und von dem ich wusste, war Valerius gewesen, der unglückliche letzte König des Landes. Das hatte natürlich nicht viel zu bedeuten, denn mein Wissen über die Königshäuser war mehr als beschränkt. Die Königsfamilie der Graelings konnte Dutzende Angehörige gehabt haben, deren Namen mit diesem Buchstaben begann. Valerius kannte ich nur, weil er zufällig der letzte König gewesen war.

War König Edward über Tyndals Verbindungen nach Gododdin im Bilde gewesen? Es gab viel zu viele Dinge, über die ich nichts wusste. Wenn ich bedachte, was letztes Jahr in Lancaster geschehen war, dann konnte hinter einigen dieser Fragen durchaus die eine oder andere Gefahr lauern. Unwissenheit war jedenfalls kein Schutz, wenn die alten Feinde meines Vaters an die Tür klopften.

»Mordecai«, rief Penny von unten herauf. »Lass uns etwas zu essen auftreiben. Der Abend dämmert bereits.« Mein Magen stimmte ihr sofort zu. Ich stand auf, und dann suchten wir Rose, die hoffentlich wusste, wo man etwas Gutes zu essen bekam.

10

Royce Eldridge stand stumm am äußeren Tor. Seit dem Aufbruch seines Sohnes vor einer Woche waren zwei weitere Menschen verschwunden. Aus diesem Grund hatte Dorian alle Einwohner aus den entlegenen Gehöften aufgefordert, in der Burg zu nächtigen. Zwar war es nicht angenehm, dass die Familien jeden Abend ihre Häuser verlassen mussten, aber sie beklagten sich kaum. Die Sicherheit war ein gutes Heilmittel gegen die Angst, und die neue Miliz der Stadt konnte unmöglich alle entlegenen Höfe überwachen.

Die Außenmauer der Burg Cameron war noch in gutem Zustand und schützte sogar den größten Teil von Washbrook. An jedem Abend erschienen die Familien, um die Nacht bei ihren Freunden und Verwandten innerhalb der Burgmauern zu verbringen. Die wenigen, die keine Verwandten hatten, bei denen sie unterkommen konnten, schliefen in dem schon fertiggestellten Quartier der Burgwache.

Dorian und Joe McDaniel hatten es tatsächlich geschafft, die Männer von Washbrook zu einer brauchbaren Miliz auszubilden. Die meisten gingen tagsüber ihren gewohnten Tätigkeiten nach, ein paar hielten nachts an den Toren Wache. Tagsüber wechselten sich die Wächter dann ab, sodass niemand bei seinem Broterwerb allzu große Einbußen hinnehmen musste und jeder einmal an die Reihe kam. In der Nacht standen die Männer des Dorfes schichtweise an den beiden Toren. Mehrere andere patrouillierten auf den Mauern, damit niemand heimlich herübergestiegen kam.

Die Kinder beschäftigten sich tagsüber damit, Fackeln und Öllaternen vorzubereiten, mit denen die Mauerkronen und die Bereiche vor den Toren ausgeleuchtet wurden. Da die Männer Tag und Nacht Wache hielten, mussten die Frauen von Washbrook zusätzliche Tätigkeiten übernehmen, aber sie kamen gut damit zurecht. Diese Menschen waren daran gewöhnt, hart zu arbeiten. Ihre Gemeinschaft wurde belagert, doch die gute Organisation und die Tatsache, dass es immer etwas zu tun gab, hielten die Furcht im Zaum.

Royce blickte zu dem zweiten Mann hinüber, der mit ihm zusammen am Tor Wache hielt. David Tanner war schlank, groß und langgliedrig. Von den Dämpfen, die beim Gerben der Tierfelle entstanden, hatte er zwar einen chronischen Husten, schien sonst aber gesund und kräftig. Wie Royce trug er ein schweres Lederwams und war mit einem Speer bewaffnet.

Davids Tochter war unter den Ersten gewesen, die entführt worden waren, doch trotz dieser Tragödie fiel es Royce schwer, Mitgefühl zu entwickeln. David beklagte sich zu oft und neigte dazu einzuschlafen, wenn er nicht weiterredete. Royce war es allerdings lieber, wenn der Mann schlief, weil er dann wenigstens nicht unablässig jammerte. *In einer Schmiede käme er nicht zurecht,* dachte Royce bei sich.

Die Nacht wurde dunkler. Der Mond stand nicht am Himmel, und unter der Wolkendecke würde es bald stockfinster sein. Zwanzig Schritte vor dem Tor hing eine Laterne an einem Pfahl und spendete mehr oder weniger das einzige Licht in der Umgebung. Es war Joe McDaniels Idee gewesen, die Laternen ein Stück entfernt aufzuhängen, damit sie das Gelände beleuchteten – und nicht nur die Wächter auf ihrem Posten.

Royce versetzte dem anderen Mann einen Stoß. David war gerade wieder eingenickt. »Komm, es ist Zeit, das Tor zu schließen.« *Auf dem Wall wirst du ohnehin besser schlafen*, dachte er unfreundlich.

»Na gut, ich bin es sowieso leid, hier draußen herumzustehen«, erwiderte Tanner, hob den Speer, drehte sich um und wollte nach drinnen gehen. Ein dritter Mann, Sam Turner, stand neben der Alarmglocke. »Hilf mir mal mit den Toren, Sam«, sagte Tanner.

Gerade als Royce sich ebenfalls umdrehen und den beiden folgen wollte, hörte er ein Geräusch. Nachdem er jahrelang im Wald des Herzogs Hirsche gejagt hatte, besaß er scharfe Ohren. Das Geräusch stammte nicht von einem Reh. »Wer ist da?«, rief er.

Sam hatte den einen Torflügel bereits ganz, David hatte den zweiten zur Hälfte geschlossen. Sobald sich die beiden Torflügel in der Mitte trafen, würden sie den schweren Riegel in die Halterung werfen und den Zugang versperren können. Als sie Royce' Ruf hörten, hielten sie jedoch inne. Sam blickte hinaus und sah Royce, der sich langsam zum Tor zurückzog. Aus der Dunkelheit näherte sich eine kleine Gestalt, die in dem schlechten Licht allerdings nicht gut zu erkennen war. »Royce, soll ich das Tor für jemanden aufhalten?«, fragte Sam.

Royce hatte die Person, die sich ihnen näherte, bereits erkannt. Es war Rebecca Miller, die dritte Vermisste. Sie war vor fast drei Wochen verschwunden. Inzwischen war Royce allerdings über Mordecais Begegnung mit dem, was aus Sady Tanner geworden war, im Bilde. Er wich immer weiter zur Lücke zwischen den Torflügeln zurück. »Nein, Sam. Ich glaube, wir sollten das Tor versperren, sobald ich drinnen bin.« Dabei ließ er das dreizehnjährige Mädchen, das sich ihnen unbeirrt näherte, nicht aus den Augen. Noch zwei Schritte, und er wäre in Sicherheit. Rebecca war nur noch vier Schritte entfernt.

Sam entging nicht, wie angespannt Royce war. Dies und die Tatsache, dass er sich nicht einmal zu ihnen umdrehte, verriet ihm alles, was er wissen musste. David Tanner war dagegen etwas begriffsstutzig. Als er sich einschaltete, war das Mädchen im Fackelschein bereits gut zu erkennen. »He, wartet mal! Ist das nicht Rebecca Miller?« Er wollte schon hinaustreten, doch Sam hielt ihn an der Schulter fest.

»Warte, David«, warnte ihn Sam.

»Lasst ihr mich rein? Ich bin so hungrig und habe seit Tagen nichts gegessen«, flehte das Mädchen mit seltsam monotoner Stimme.

»Wie heißt du, Kleine?«, fragte Royce. Er war nicht weiter zurückgewichen, weil inzwischen klar war, dass er das Tor nicht schließen konnte, solange sie die Identität des Mädchens nicht geklärt hatten.

»Ich erinnere mich nicht. Wollt ihr mir nicht helfen?«, antwortete sie. Sie hatte ihn schon fast erreicht und wäre sogar noch näher gekommen, hätte Royce nicht den Speer gesenkt und auf ihre Brust gezielt.

David schüttelte Sams Hand ab und trat hinaus. »Das ist Rebecca. Verdammt, Royce, nun bedroh sie doch nicht. Sie ist ja nur ein Mädchen!« Er stieß Royce' Speer zur Seite und streckte die Hand aus, um das Mädchen in Empfang zu nehmen. Begierig griff sie nach seiner Hand.

»Du darfst sie nicht berühren!«, rief Royce, doch es war zu spät. David Tanner taumelte und versuchte, sich von dem Mädchen zu befreien. Entsetzt verzog er das Gesicht, als die Dunkelheit an seinem Geist zerrte. Sie hielt ihn jetzt mit beiden Händen und einer unglaublichen Kraft fest. Royce wartete nicht. Er brachte seinen Speer wieder in Position und spießte das Mädchen auf. Die lange Klinge bohrte sich in ihren Rumpf.

Sam konnte aus wenigen Schritten Abstand verfolgen, was da vor sich ging. »Bei den Göttern! Royce, was hast du getan?« Er wollte vortreten, doch Royce hielt ihn mit einem Ruf auf.

»Schlag die Glocke an!«, rief er. Das Mädchen hatte David nicht losgelassen und zog ihn näher an sich heran, während er schwächer wurde. Schon knickten seine Knie ein. Royce stach weiter mit dem Speer zu, damit sie ihr Opfer losließ, doch sie gab nicht nach. Die Waffe hätte sie ganz und gar durchbohrt, wäre es nicht eine Saufeder gewesen, deren Querstück die Klinge aufhielt. Das war gut, denn so konnte er noch fester zustoßen und schieben. Aus der Wunde des Mädchens trat nur wenig Blut aus, und was man davon sehen konnte, war zähflüssig und schwarz.

Endlich kam Sam wieder zu sich und schlug die Glocke an, während die Männer vor dem Tor mit der Erscheinung rangen. Ein dunkler Schatten am Rande seines Gesichtsfeldes warnte Royce, dass das Mädchen nicht allein war. Er ließ den Speer los, wich etwas zurück und zog gerade noch rechtzeitig das Schwert, um den Angriff eines Mannes zu parieren, den er nicht erkannte. Der Fremde war unbewaffnet, doch das schlaffe, ausdruckslose Gesicht verriet ihm, dass er von der gleichen Art war wie das Mädchen.

Mit einem Hieb trennte Royce dem Angreifer die Hand und das ganze Handgelenk ab, als dieser ihn erreichte. Der Aufprall zwang Royce, weiter zu dem ungesicherten Tor zurückzuweichen, das hinter ihm aufschwang. Bei der ersten Berührung durchfuhr ihn eine Kälte, als fegte ein schneidender dunkler Wind seine Lebenskraft davon. Mit der verbliebenen Hand hatte ihn das Wesen am Hals gepackt, und sosehr Royce sich auch wehrte, er konnte sich nicht befreien. Hinter sich hörte er die Glocke schlagen, doch die Hilfe traf gewiss nicht mehr rechtzeitig ein.

Nachdem er sein Leben lang Eisen geformt hatte, besaß der Schmied jedoch Kräfte, mit denen sich kaum ein anderer Mensch messen konnte. Obwohl er schon geschwächt war, drosch er dem Ungeheuer das Heft des Schwerts ins Gesicht. Der Schlag hatte kaum Auswirkungen auf das Wesen, verschaffte ihm jedoch etwas Luft, um auch die Klinge der Waffe einzusetzen und auf den Arm einzuhacken, der ihn festhielt. Wegen des ungünstigen Winkels konnte er ihn zwar nicht vollständig durchtrennen, doch brachte er dem Wesen am Ellenbogen einen tiefen Schnitt bei und vermochte endlich auch die Hand des Angreifers von seiner Gurgel zu lösen. »Komm mir nicht zu nahe, verdammt!«, knirschte er, sobald er von der Hand befreit war. Als er sich mit einem nächsten Schritt in Sicherheit bringen wollte, schlug das Wesen mit dem anderen Arm, dem die Hand fehlte, wie mit einer Keule zu. Der Hieb traf ihn an der Schläfe, und er taumelte.

Royce stürzte seitlich auf das harte Pflaster, behielt dabei jedoch das Wesen im Auge, das sich umdrehte, um ihm weiter zuzusetzen. Noch ein Schritt, und es hatte ihn erreicht. Freilich wartete er nicht ab, bis es ihn anfiel. Wenn es erst einmal auf ihm gelandet war, fand er sicher nicht mehr die Kraft, sich zu befreien, so viel wusste er. Deshalb führte er das Schwert dicht über dem Boden und schlug dem Wesen am Fußgelenk den rechten Fuß ab. Es taumelte von ihm weg.

Dann krabbelte er rückwärts und sah sich nach Tanner um. Dies war kein angenehmer Anblick. Der Mann war zusammengebrochen, und das Wesen, das über ihm hockte, gluckste leise wie ein kleines Kind. Das Ungeheuer, das einst Rebecca Miller gewesen war, hielt den Kopf des Mannes unter verzücktem Mienenspiel mit beiden Händen umfasst. David hatte die Augen verdreht und lag anscheinend in tiefer Bewusstlosigkeit da.

Royce wollte aufstehen, einen Moment lang spielte er sogar mit dem Gedanken, das Mädchen anzugreifen, doch das linke Bein konnte sein Gewicht noch nicht tragen. *Das Alter. Ich wusste schon immer, dass es eines Tages mein Tod sein würde,* dachte er, als er das zweite Wesen auf sich zukriechen sah. Er hob das Schwert und fragte sich, ob er dem Ungeheuer noch einmal etwas abhacken könnte, ehe es ihn erreichte. Doch plötzlich sauste ein gepanzerter Stiefel an ihm vorbei und schleuderte das Wesen mit einem Tritt weg.

Dorian Thornbear stand vor ihm, sein verzaubertes Kettenhemd schimmerte im Laternenlicht. »Tut mir leid, dass ich so lange gebraucht habe.«

»Besser spät als nie.« Royce richtete sich auf dem gesunden Bein auf und humpelte durch das Tor. Dorian zerhackte bereits Stück für Stück die beiden Geschöpfe. Zwar ging er dabei sehr gewissenhaft vor, doch die Einzelteile hörten nicht auf zu zucken.

Er hätte weitergemacht, um herauszufinden, wie weit man sie zerhacken musste, damit das Zucken endlich aufhörte, doch Royce unterbrach ihn mit einer Warnung. »Komm wieder rein, da rücken noch mehr an!« Dorian hob den Kopf und sah zahlreiche dunkle Gestalten, die sich ihm im Laternenlicht näherten. Er packte Tanners schlaffen Arm und zerrte den Mann hinein. Royce und Sam stießen die Torflügel zu. Als der Riegel endlich an Ort und Stelle war, atmeten sie erleichtert auf.

Royce beugte sich vor und sah nach Tanner, um sich zu vergewissern, wie es ihm ging. Vor ein paar Minuten war David noch gesund und munter gewesen, doch jetzt atmete er nicht mehr, und tatsächlich war auch kein Puls zu ertasten. »Er ist tot«, sagte Royce.

»Wie das? Er ist doch nicht einmal verletzt«, rief Sam. Der sonst so besonnene Handwerker war der Panik nahe.

»Als mich das Wesen eben gerade kurz berührt hat, konnte ich spüren, wie es mir die Lebenskraft entzog. Sobald dich einer von denen anfasst, fühlst du dich schwach. Ich glaube, er hat mehr abbekommen als ich«, erklärte Royce.

»Wir sollten den Wall besetzen und beobachten, was sie aushecken. Die anderen Männer müssten gleich hier eintreffen«, schlug Dorian ruhig vor.

»Was tun wir mit David?«, fragte Sam.

»Er könnte sich in einen von ihnen verwandeln«, warnte Royce.

»Er ist doch tot!«

»Das waren die anderen auch, wenn ich mich nicht sehr irre«, erwiderte Royce tonlos. »Wahrscheinlich müssen wir ihn verbrennen oder so, aber dazu haben wir jetzt keine Zeit. Wir werden später darüber nachdenken. Falls er sich verwandelt, wird es hoffentlich nicht sofort geschehen.« Damit drehte er sich um und folgte Dorian die Treppe zur Mauer hinauf. Da Sam nichts Besseres einfiel, schloss er sich ihnen an.

»Verdammt!«, rief Dorian, als er von der Mauer nach unten blickte. »Sie klettern hoch.«

»Wie denn das? Ich habe einem einen Fuß und eine Hand abgehackt.« Royce mochte es nicht glauben, bis er sich selbst vergewissert hatte. Inzwischen war eine ganze Traube von Untoten aus der Dunkelheit angerückt und hatte sich vor der Mauer am Tor versammelt. Drei von ihnen kletterten bereits hoch und hielten sich mit bloßen Händen an den rauen Steinen fest. Jeder wusste, dass ein geschicktes Kind an den unebenen Mauern ein Stückchen hochkraxeln konnte, wenn es dumm genug war, es zu versuchen. Die meisten Erwachsenen waren jedoch zu schwer, um die kleinen Unebenheiten in der Wand wirklich nutzen zu können. Das focht diese Wesen allerdings nicht an. Sie hielten sich mit erstaunlich kräftigen Fingern fest und zogen sich Hand über Hand stetig hoch.

Inzwischen war auch der Rest der Miliz angetreten. Die Männer schwärmten auf der Mauer aus. Viele hatten Jagdbogen dabei und schossen auf die Wesen, die an der mehr als dreifach mannshohen Mauer emporkletterten, erzielten jedoch keine sichtbare Wirkung. »Hört zu schießen auf, das nützt nichts. Setzt lieber die Speere ein, um sie abzuwerfen, wenn sie sich der Mauerkrone nähern!«, rief Dorian.

Auch Joe McDaniel traf auf der Mauer ein und gruppierte die Verteidiger um. »Fünf Männer kehren zu dem anderen Tor zurück, zehn weitere schwärmen auf der Mauer aus. »Du, du, du …« Er wählte die Betreffenden aus und zeigte ihnen die Richtung, in die sie gehen sollten. »Fehlte ja noch, dass anderswo einer eindringt, während wir alle hier sind.«

Nur Minuten später hatte Dorian ein Viertel seiner Wächter verteilt, um die gesamte Mauer zu überwachen, während die anderen sich bemühten, die Wesen abzuwehren, die heraufkletterten. Größtenteils funktionierte es recht gut. Die Wesen waren zwar stark, aber auch sie konnten sich nicht lange festhalten, wenn ein Speer stocherte und stach und ihre Finger von der Mauer löste. Die einzigen Verluste waren einige Speere, die von den Angreifern gepackt und im Sturz mit nach unten gerissen wurden.

Royce kam zu Dorian, der einen Abschnitt der Mauer beaufsichtigte. »Ich bin froh, dass sie zu dumm sind, Pfeil und Bogen einzusetzen. Die würden bei uns wesentlich größeren Schaden anrichten als bei ihnen.«

Dorian dachte mit hochgezogenen Augenbrauen darüber nach. Dann antwortete er: »Ich weiß nicht, ob sie dumm sind. Nach allem, was ich sehe, können sie ohne Waffen viel wirkungsvoller kämpfen. Eine einzige Berührung, und sie sind im Vorteil. Ganz zu schweigen davon, dass sie sich vor Verletzungen nicht fürchten. Falls wir sie heute Abend abwehren ... ich würde mich nicht wundern, wenn sie dann tatsächlich mit Pfeil und Bogen zurückkehren. Wahrscheinlich hatten sie gehofft, durch die Tore zu brechen, ehe wir sie aufhalten.«

Ein Ruf von Joe McDaniel unterbrach sie. »David Tanner, was zum Teufel hast du vor? Hör auf! Bist du verrückt?« Royce blickte zum Ausgangspunkt der Unruhe hinüber. David Tanner stand am Tor und hatte bereits den schweren Balken gehoben, der es verschloss. Schon schwangen die schweren hölzernen Flügel auf.

»Das ist nicht mehr David! Sie haben ihn verwandelt!«, rief Royce, doch es war bereits zu spät. Die kampffähigen Männer befanden sich auf den Mauern und würden zu lange brauchen, um die Tore zu erreichen und zu schließen. Binnen weniger Augenblicke mussten die Feinde eindringen. Royce wollte die Treppe hinuntereilen, doch Dorian stieß ihn zur Seite.

»Bleib am Leben, alter Mann! Wir brauchen deine Fähigkeiten noch, wenn wir diese Nacht überlebt haben.« Dorian rannte die Treppe hinunter und überwand die letzten drei Schritte mit einem großen Sprung. Noch ein paar ausholende

Schritte, und er war am Tor, das er zu schließen hoffte, bevor die Feinde die Gelegenheit ergriffen. Aber es war schon zu spät. Ehe Dorian sie aufhalten konnte, packten die Hände der Gegner die Torflügel und zerrten sie weiter auf. Eins der Wesen trat herein.

Augenblicklich wechselte Dorian die Taktik und zog das Schwert. Der Gegner, der eingedrungen war, fiel rücklings hin, ihm fehlten der Kopf und ein großer Teil der linken Schulter. Dank der Verzauberung, mit der Mordecai das Schwert verstärkt hatte, war die Klinge unerwartet scharf und schnitt mühelos durch Fleisch und Knochen. »Jemand muss das Tor schließen!«, rief Dorian, als er den Untoten entgegenging.

Die Angreifer, die an den Mauern emporgeklettert waren, ließen sich fallen und gesellten sich zu den anderen, die zum offenen Tor strebten. Sie streckten die Hände vor, um Dorian zu packen, fanden jedoch keinen Halt. Das verzauberte Kettenhemd bedeckte ihn vom Kopf bis zu den Zehen und wehrte die Berührungen ab, die ihm sonst die Kraft geraubt hätten. Der Angriff brach wie eine Welle am Felsstrand, vor seinem Schwert mussten sie zurückweichen. Wäre diese Waffe nicht gewesen, sie hätten ihn allein durch ihre Überzahl erdrückt. Mit jedem Hieb durchtrennte er Körperteile und Rümpfe. Dabei stieß er weiter vor, hackte und schlug und zerlegte die untoten Körper in zuckende kleine Stücke.

Nach einem hitzigen Kampf, der kaum eine Minute währte, zogen sich die Angreifer vollends zurück. Leider war das Tor vier Schritte breit, und einige konnten beim nächsten Ansturm an ihm vorbeikommen. Zehn, zwanzig oder sogar noch mehr umringten ihn. Mindestens dreißig standen schließlich schweigend vor ihm. »Schließt das verdammte Tor!«, rief Dorian aufgeregt. Wenn sie losstürmten, konnte er sie nicht mehr am Eindringen hindern, und wahrscheinlich waren lediglich ein paar von ihnen nötig, um die nur leicht gerüsteten Männer drinnen zu überwältigen. Die Mauer war die beste Verteidigung – allerdings nur, wenn das Tor geschlossen war.

»Ich will verdammt sein, wenn ich Euch aussperre, Junge!«, rief Joe. »Kommt erst rein.«

Dorian wusste, dass sie angreifen würden, sobald er zauderte oder schwankte. Dann würden sie zum Tor vorstoßen, und vor einem solchen Ansturm konnte man es nicht mehr schließen. »Joe, sperrt das verdammte Tor jetzt gleich zu, oder Euch soll der Teufel holen! Tut es!« Als er sprach, sah er am Rande des beleuchteten Bereichs, also hinter den Feinden, die ihn bedrohten, ein Augenpaar schimmern. Dort stand ein kleiner Junge, der nicht am Kampf teilnahm und ihn nur beobachtete.

Die Feinde warteten nicht, bis Joe sich endlich entschieden hatte, sondern gingen wieder auf Dorian los. Nun waren sie hoffnungslos in der Überzahl. Einer oder zwei stürmten einfach an ihm vorbei, während er auf die anderen einhackte und angesichts ihrer Zahl fast verzweifelte. Dann endlich hörte er hinter sich den wuchtigen Knall, mit dem der schwere Riegel einrastete. Da er nun nicht mehr an eine bestimmte Stelle gebunden war, setzte er sich in Bewegung, um es ihnen so schwer wie möglich zu machen, ihn einzukesseln und niederzuringen.

Wie ein Wilder focht er eine Weile, bis es fast so schien, als müssten sie nachgeben. Mit seinen ausholenden Hieben trennte er Hände und manchmal ganze Arme ab, aber niemand brachte es fertig, lange in diesem Tempo zu kämpfen. Die Feinde kannten keine Furcht und bedrängten ihn ohne Unterlass, bis sie ihn umzingelt hatten. Schließlich packte ihn einer von hinten, zog seine Schulter herum und brachte ihn aus dem Gleichgewicht. Sofort ging er in einem Gedränge von Feinden unter, die er nicht mehr abschütteln konnte.

Nur Dorians Augen und das Kinn wurden nicht von dem Helm bedeckt und blieben frei. Er wehrte sich, doch am

Ende berührten ihn die Hände und Arme, und Dorians Kräfte schwanden mehr und mehr. *Ich will nicht als eines dieser Wesen enden*, dachte er bei sich. Wie es aber schien, drohte ihm genau dieses Schicksal. Er konnte einen Moment lang den Kopf befreien und das Gesicht in die Erde drücken, damit ihn die tödlichen Finger nicht mehr erreichten. So viele Gegner bedrängten ihn, dass er gar nicht hörte, wie das Tor geöffnet wurde.

»Alles klar, Jungs! Jetzt!« Die Männer von Washbrook folgten Joes Befehl, stießen das Tor weit auf und traten heraus. Zwei hatten Fässer mit Lampenöl dabei, die anderen trugen Fackeln und Schwerter oder Äxte. Die beiden kleinen Fässer zerschmetterten sie links und rechts neben der Meute der Untoten, die Dorian am Boden hielt. Das Lampenöl verteilte sich zu einer großen Lache und benetzte die Ungeheuer, die in der Nähe waren. Dann landeten die Fackeln in der Pfütze, und die Flammen loderten empor.

Wild schlugen die Untoten um sich, als die Flammen sie blendeten. Dorian befreite sich von denen, die ihn festhielten, während die Milizionäre bereits angriffen und die Feinde mit Äxten, Schwertern und sogar einigen Sicheln zerhackten und zerschnitten. Auch er hatte auf den Beinen ein paar Spritzer Lampenöl abbekommen, doch es hatte nicht lange genug gebrannt, um das gepolsterte Gambeson unter dem Kettenhemd zu beschädigen. »Hier drüben, Dorian!«, rief ihm Royce zu und hielt eine schwere, mit Wasser getränkte Wolldecke bereit.

Dorian taumelte durch das Gedränge von Männern und Untoten zu dem Schmied hinüber, der ihm die Decke über die Schultern warf. Royce wickelte sie ihm fest um die Beine und schlug darauf, um die Flammen zu ersticken. »Was ist denn hier los?«, rief Dorian.

»Wir haben gerade deinen Schinken aus dem Feuer gezogen, Junge«, lachte Royce.

»Aber die Männer können sie nicht aufhalten!« Schon waren einige Einwohner den Ungeheuern zum Opfer gefallen.

Um jeden, der keine verzauberte Rüstung trug, war es geschehen, sobald ihn eine feindliche Hand auch nur berührte.

»Dann sorg dafür, dass es uns gelingt!«

Dorian verzichtete auf weitere Erörterungen und stürzte sich erneut ins Getümmel. Vorsichtshalber machte er einen Bogen um die brennenden Körper und suchte sich seine Ziele genau aus. Er sprang hin und her und zerhackte die Ungeheuer, die einen Einwohner zu überwältigen drohten, ehe das Opfer sämtliche Kräfte verloren hatte. Eine große Zahl von Feinden lag bereits brennend am Boden oder schlug blindlings um sich. Auch die anderen waren bald zerstückelt.

Endlich dämmerte ihm, dass sie gesiegt hatten. *Das ist die wahre Kraft, Mordecai. Dies ist die Macht des Volkes, die dir anvertraut wurde*, dachte er. Er wünschte, Mort könnte sie jetzt sehen, wie sie mit geröteten Gesichtern kämpften, bis die Furcht dem Triumph der Sieger wich. Fast alle hatten die Berührung der Untoten gespürt und verstanden jetzt viel besser, womit sie es zu tun hatten. Nachdem sie siegreich überlebt hatten, waren sie voller Energie. Jemand rief: »Dorian … Dorian … Dorian …« Und schon bald stimmten alle mit ein.

Einige Minuten später beruhigte er sie wieder. »Das reicht! Dies war euer Sieg, das dürft ihr nie vergessen! Jetzt wisst ihr, wie viel euer Leben wert ist, und noch wichtiger ist, dass die Feinde wissen, wie teuer wir uns verkaufen werden!« Einige Einwohner nickten, doch im Herzen wussten sie, dass sie verloren hätten, wäre der kräftige Krieger in dem schimmernden Kettenhemd nicht gewesen.

Dorian wandte sich an Joe. »Was habt Ihr Euch dabei gedacht, das Tor zu öffnen? Das wäre um ein Haar …«

Joe fiel ihm ins Wort. »Es war knapp, aber ich konnte doch nicht zulassen, dass sie Euch erwischen. Ich würde es sofort wieder tun und keine Sekunde darüber nachdenken.«

Dorian starrte Joe an. Auf den störrischen Stolz dieses Mannes wusste er nichts zu antworten. So wechselte er lieber das Thema. »Und wer ist auf die Idee mit dem Lampenöl gekommen?«

»Das war der alte Royce hier. Manchmal hat er ein wirklich helles Köpfchen.« Joe, immer noch im Siegesrausch, klopfte Royce auf die Schulter.

Dorian beugte sich zu Royce vor. »Was tun wir mit ihm? Ich hielt ihn bisher immer für besonnen, aber jetzt ist er völlig aus dem Häuschen.«

Der alte Schmied grinste. »Da kann man nichts machen, Junge. Versuch es lieber gar nicht erst.«

Danach verbrachten sie mehrere Stunden damit, die Toten und die Leichenteile einzusammeln. Sie entdeckten, dass auch die zuckenden Brocken noch gefährlich waren, aber glücklicherweise hatte Royce genügend Zangen und Eisenstangen in der Schmiede, mit denen sie die Überreste bewegen konnten. Als sie endlich alles auf einen Haufen geschichtet hatten, holten sie noch mehr Lampenöl und etwas Totholz, um einen Scheiterhaufen zu errichten. Von den Wesen, die sie angegriffen hatten, sollte nichts mehr übrig bleiben.

Alles in allem hatte Washbrook zwei Männer verloren. Zuerst David Tanner und dann auch noch Seth Colburn, der bei Dorians Rettung gestürzt und gestorben war, ehe man ihm beispringen konnte. Nach einer groben Schätzung hatten sie achtundzwanzig Feinde zerhackt und verbrannt. Am Ende, als sie zu verlieren drohten, waren einige der Feinde geflohen.

Es mochte zwar ein Sieg sein, aber ein so kleines Dorf wie Washbrook konnte es sich nicht erlauben, noch mehr Einwohner zu verlieren, und die Angehörigen der Toten würden noch lange Zeit trauern.

11

Am nächsten Morgen stand ich früh auf, denn ich wollte mir unbedingt die anderen Bücher in der Bibliothek ansehen. Mir blieb nicht mehr viel Zeit, ehe wir nach Washbrook zurückkehrten, und dies war vermutlich die letzte Gelegenheit, einige Schriften genauer zu untersuchen … es sei denn, es gelang mir, nach der Rückkehr einen passenden Teleportkreis zu konstruieren.

Ich durchsuchte die Regale nach Werken, die bei der Erschaffung solcher Kreise hilfreich sein mochten, und hatte tatsächlich Glück. Ein schlanker Band, auf den ich stieß, trug den Titel *Ausführliche Anleitung für die Erschaffung und Wartung von Teleportationspunkten*. Das schien genau das Richtige zu sein, auch wenn der Autor ein wenig eingebildet wirkte. Ich legte den Band bereit, um ihn später mitnehmen zu können.

Nachdem ich mein erstes Ziel erreicht hatte, belohnte ich mich selbst und nahm mir etwas Zeit, um weiter in *Die Geschichte Illeniels* zu lesen.

Diejenigen, die mächtig genug waren, um zur Erde zu sprechen, nannte man schließlich »Erzmagier«. Die Kräfte, die sie anwendeten, waren dem Vernehmen nach von einem solchen Ausmaß, dass ein heutiger Gelehrter nicht mehr zu entscheiden vermag, ob die Berichte der Wahrheit entsprechen. Die Lichtgötter der Menschheit waren damals noch jung und schwach, und die Magie war so verbreitet, dass sie nur wenige Anhänger fanden. Die Götter der She'har, heute die »Nachtgötter« genannt, waren zwar mächtig, der Menschheit aber nicht wohlgesinnt. Nach dem Verlust ihres Volks entfremdeten sie sich von der Welt und fielen dem Wahnsinn anheim.

Die Magier jener Zeiten lernten die Nachtgötter fürchten und mieden auch die neuen Götter. Niemand wollte sich mit den Nachtgöttern einlassen, und nur wenige folgten den Lichtgöttern. Die Menschheit hatte ihr Schicksal selbst in der Hand. So wäre es vielleicht auch geblieben, wäre nicht ein junger Magier namens Jerod aus dem Hause Mordan seiner Gier und seinem Drang nach Macht erlegen.

Jerod war zwar mit großen Kräften zur Welt gekommen, war jedoch nicht stark genug, um zur Erde zu sprechen. Seine Eifersucht auf die überlegenen Erzmagier führte ihn letzten Endes in den Untergang, nachdem er die ganze Menschheit verraten hatte. Damals lebten noch zwei Erzmagier, Gareth aus dem Hause Gaelyn und Moira aus dem Hause Centyr. Zu jeder Zeit in der Geschichte gab es nie mehr als zwei oder drei Erzmagier, daher erschien diese geringe Zahl nicht ungewöhnlich.

Jerod hatte sich in Moira aus dem Geschlecht der Centyr verliebt, doch sie hatte nur Augen für einen anderen, für einen unbedeutenden Magier aus dem Hause Illeniel. Die Einzelheiten dieser unglücklichen Liebesgeschichte sind in dem darauffolgenden dunklen Zeitalter untergegangen. Wir wissen lediglich, dass Jerod den Versuchungen eines dunklen Gottes namens Balinthor verfiel. Die Verheißung, sogar noch größere Macht zu genießen als die Erzmagier, hatte den jungen Jerod verlockt. Er glaubte, mit seiner größeren Macht könne er die Erzmagierin Moira für sich gewinnen, beschwor den dunklen Gott herauf und öffnete seinen Geist für ihn.

Ich hielt inne und dachte nach. Bis gestern hatte ich noch nie etwas von Erzmagiern gehört, und nun fragte ich mich, inwiefern sie sich von den anderen Magiern ihrer Zeit unterschieden hatten. Die wiederholten Anspielungen auf die Stimme der Erde fand ich ebenfalls höchst interessant. Als ich spürte, dass Penny sich näherte, legte ich das Buch auf den Stapel, den ich mitnehmen wollte.

»Guten Morgen«, sagte sie von der Türe aus.

»Guten Morgen«, erwiderte ich. »Wir sollten uns wohl bald reisefertig machen.«

»Erst das Frühstück.«

Das klang zwar nach einer wundervollen Idee, nur hatten wir leider nichts zu essen. Falls in der Speisekammer überhaupt noch Reste lagen, mussten sie nach so langer Zeit verdorben sein. »Hm, ich frage mich, wie das möglich sein soll?«

»Da ist jemand an der Tür«, verkündete die körperlose Stimme des Hauses. Ich musste unbedingt lernen, wie man solche Verzauberungen in ein Haus einbaute.

»Wer ist es denn?«, fragte ich. Es gab eine kurze Pause, ehe die Stimme antwortete.

»Er sagt, sein Name sei Marcus Lancaster«, meldete die Stimme.

»Warte, bis ich unten bin, dann lasse ihn selbst ein.« Ich eilte die Treppe hinunter. Vor gar nicht so langer Zeit hätte ich ihn ohne Umschweife hereingelassen, aber nun war mein Freund der Prophet einer Göttin, über deren Motive ich mir nicht im Klaren sein konnte. Die Tür ging auf, sobald ich mich ihr näherte. »Guten Morgen, Marc«, sagte ich, als er vor mir stand.

»Mort, dieses Haus ist ganz erstaunlich! Gerade hat die Tür mit mir gesprochen«, antwortete er. Jetzt sah und redete er genauso wie der Freund, den ich schon so lange kannte.

»Ja, ich weiß. Ich muss mich auch erst selbst daran gewöhnen.«

»Darf ich eintreten?«, fragte er.

Ich bekam ein schlechtes Gewissen. Unwillkürlich war ich in der Tür stehen geblieben. Mit meiner Körpersprache hatte ich ihm vermittelt, dass er nicht ganz und gar willkommen war. »Entschuldige, gleich hier entlang. Ich würde dir ein Frühstück anbieten, aber wir haben keine Nahrungsmittel im Haus. Darauf sind wir selbst gerade erst gekommen.« Ich machte Platz und winkte ihn herein.

»Wenn ihr Hunger habt, kenne ich ein Lokal, wo es gutes Brot und Würste gibt.« Er trat ein, und hinter ihm schloss sich die Tür von selbst.

»Das klingt wundervoll, aber zuerst müssen wir über einiges sprechen.« Ich sah ihn scharf an. »Ich dachte, du bist nach Albamarl gekommen, um eine Gattin zu finden, und nicht ...« Ich deutete auf das schlichte Gewand, das er trug.

»So ist es auch. Doch manchmal nimmt das Leben eine überraschende Wendung. Ich hätte nie gedacht, dass mich die Lady des Abendsterns auserwählt.« Er zuckte mit den Achseln.

»Dein Vater war gar nicht erfreut.«

»Das kann ich verstehen, aber mit der Zeit wird er es einsehen. Ich diene jetzt einem höheren Zweck, und er hat noch andere Kinder, die mich ersetzen können.« Er sah sich um. »Das Haus ist wirklich interessant! Früher konnte ich solche Dinge nicht sehen, aber hier ist jeder Gegenstand voller Magie.«

»Ist sie jetzt in dir?«

»Sie ist immer da und erfüllt die leeren Stellen in mir. Ich war sehr unglücklich, Mort. Das ist mir nur nicht bewusst gewesen, weil ich keine Vergleichsmöglichkeit hatte ... wenn ich jetzt zurückblicke, wird mir allerdings klar, wie leer mein Leben gewesen ist.« Er sagte es zwar lächelnd, doch ich war noch lange nicht beruhigt.

»Dann habe ich meinen Freund an eine Göttin verloren.«

»Nein, ich bin immer noch der Alte! Ich werde immer dein Freund bleiben. Ich bin jetzt nur etwas mehr, als ich früher war. Ich bin jetzt vollständig, aber das heißt natürlich nicht, dass ich meine Freunde nicht mehr brauche. Du bist immer noch genauso ein Teil meines Lebens, wie du es immer warst.« Anscheinend meinte er es ernst. »Ich muss dir allerdings einiges erzählen. Die Göttin hat mich mit mehreren Botschaften zu dir geschickt, und keine davon ist gut.«

Ich seufzte. »Irgendwie wusste ich, dass du das sagen würdest.« Bisher war mir noch kein göttliches Wesen begegnet, das gute Nachrichten hatte. Andererseits waren es auch erst zwei gewesen. »Lass uns zuerst essen. Vielleicht vergeht mir nach deinen Neuigkeiten der Appetit.«

Eine halbe Stunde später saß ich mit Penny, Rose und Marc vor einem Café. Dieses Wort hatte ich noch nie gehört, daher war es ein lehrreiches Erlebnis. In dieser großen Stadt gab es also tatsächlich Menschen, die davon lebten, nichts anderes zu tun, als für Fremde zu kochen. In Lancaster kam einem solchen Lokal das Wirtshaus am nächsten, aber dort wurde nur zu bestimmten Tageszeiten Essen verkauft, weil sie vor allem Bier ausschenken wollten.

Man servierte uns schwarzen Tee, ein schweres braunes Brot und gut gewürzte Würstchen. Ich griff herzhaft zu. Sobald wir den größten Teil aufgegessen hatten, wandte ich mich an Marc. »Ich glaube, so langsam bin ich satt. Jetzt kannst du mir deine Neuigkeiten berichten.«

»Die Shiggreth gehen um und haben in Sileby schon einige Leute angefallen«, berichtete er. Sileby war eine Kleinstadt in der Baronie Arundel, die ein Stück nördlich von meinen eigenen Besitzungen lag.

»Moment mal, Shiggreth?«

Rose schaltete sich ein. »Böse Handlanger der Nachtgötter. Untote Kreaturen, die die Gestalt der Menschen annehmen, die sie töten. Vor dem Großen Sturz hat Balinthor sie als Diener benutzt.« Überrascht zog ich die Augenbrauen hoch und musterte sie ausgiebig. Sie dagegen richtete die Aufmerksamkeit ungerührt auf ihren Tee. »Ich lese ja viel. Aber nie hätte ich gedacht, dass an den Geschichten tatsächlich etwas dran sein könnte.«

Bisher hatten wir Rose noch gar nichts von unseren nächtlichen Heimsuchungen erzählt. Nun nahm ich mir vor, sie öfter um Rat zu fragen. Sie verfügte über ein schier unglaubliches Wissen.

Marc fuhr fort: »Leider entspricht dies der Wahrheit. Die Shiggreth sind tatsächlich da, und sie gehen wieder um. Wenn wir sie nicht bald aufhalten, werden sie das Land überrennen.«

»Aber was genau sind sie?«, fragte Penny. Auch ich nickte, denn ich wollte unbedingt mehr über diese Wesen erfahren.

»Ich hatte vorher selbst noch nicht viel über sie gehört, aber jetzt verfüge ich über den Zugang zu einem größeren Wissensschatz«, antwortete Marc. »Die Göttin sagt mir, sie seien die Hüllen von Menschen, denen die Seele entzogen wurde. Die Körper leben in einer Art untotem Zustand weiter, während ein dunkler Geist der Leere die Herrschaft übernimmt. Ihre Berührung kann den Lebenden die Seele entziehen, und wenn sie das getan haben, erfüllt ein neuer dunkler Geist den zurückbleibenden Körper.«

»Shiggreth bedeutet auf Lycianisch ›die Gefressenen‹«, warf ich ein.

»Das wusste ich nicht«, sagte Marc, »aber es passt gut ins Bild.«

»Woher sind sie denn gekommen, Marcus?«, fragte Rose. »Den Legenden zufolge wurden sie nach dem Großen Sturz doch allesamt vernichtet.«

»Meine Herrin ist nicht sicher, denn sie kann das Wirken der anderen Götter nicht erkennen. Höchstwahrscheinlich wurden sie jedoch von einem Nachtgott erschaffen. Besonders im Lichte meiner anderen Neuigkeiten kommt eigentlich nur Mal'goroth infrage, zumal er im Augenblick in Gododdin herrscht, das an Arundel grenzt.«

»Bist du sicher, dass es die Nachtgötter gewesen sind?« Auch wenn mein Freund zum Propheten einer Lichtgöttin geworden war, sah ich keinen Grund, ihm meine Zweifel zu verschweigen.

Marc seufzte. Er wusste, dass ich seiner Göttin nicht traute. »Ich kann dich unmöglich von Millicenths gutem Willen überzeugen, da du anscheinend überhaupt keinem Gott traust, aber denk doch mal über Folgendes nach. Die Shiggreth sind wie eine Seuche. Sie verzehren jede lebende Seele, wenn wir sie nicht aufhalten. Die Lichtgötter repräsentieren das Beste der Menschheit, sie sind ein Teil von uns. Nur die Nachtgötter haben einen Grund, uns zu vernichten.«

Penny verlor die Geduld. »Was hast du sonst noch für Neuigkeiten? Gibt es Krieg? Zieht Gododdin gegen uns ins Feld?«

Marc sah sie überrascht an. »Woher weißt du das? Ich habe es selbst gerade erst von der Göttin erfahren.«

»Ich konnte es schon vor zwei Tagen sehen, war aber nicht sicher, wer es war und worum es ging«, antwortete sie. Ein Schatten legte sich über ihr Gesicht, als sie sich erinnerte, wie es enden würde. Sie suchte meinen Blick, in ihren Augen konnte ich die Verzweiflung erkennen.

Rose hatte uns neugierig beobachtet. »Du meine Güte … welche Geheimnisse heute Morgen beim Frühstück aufgedeckt werden! Was mich aber wirklich interessiert, sind die Geheimnisse, die noch niemand angesprochen hat. Ich hoffe, ihr werdet bald etwas mitteilsamer. Die Zukunft des Königreichs könnte von der Unterhaltung abhängen, die an diesem Tisch stattfindet.« Es klang zwar belustigt, und doch war klar, dass sie es ernst meinte. Sie wusste genau, dass Penny ihr nicht alles verraten hatte.

»Genug«, unterbrach ich. »Was hat dir die Göttin erzählt, Marc?«

»Gododdin plant einen Krieg gegen Lothion. Wie du weißt, zwingt die Lage des Landes unseren Feind, durch Arundel vorzustoßen. Wenn er gegen Albamarl vorrückt, wird er gleich danach Cameron und Lancaster zerstören.«

»Dann sind die Shiggreth ein Ablenkungsmanöver, damit wir nicht so genau auf die Grenzen achten«, sagte ich.

»Sie sind noch viel schlimmer. Wenn auch nur einer von ihnen entkommt, könnte er das Ende der Menschheit heraufbeschwören. Dabei vermehren sie sich schneller als Kaninchen, denn jedes Opfer füllt ihre Reihen weiter auf, und sie sind schwer zu bekämpfen.«

»Das ist doch sinnlos. Warum will Gododdin den Krieg? Lothion hat nichts getan, um sie zu verärgern. Vendraccus hat nichts zu gewinnen, aber viel zu verlieren«, wandte ich ein.

»Du machst den Fehler, wie ein Mensch zu denken. Gododdin wird aber nicht von Menschen, sondern von Mal'goroth beherrscht. Für ihn ist ein Volk lediglich ein Werkzeug, das ihm verschafft, was er wirklich will.«

»Was will er denn?«, fragte ich.

»Die ganze Menschheit vernichten ... sein eigenes Volk ist vor langer Zeit untergegangen, und jetzt treiben ihn nur noch der Tod und die Verzweiflung an. Du bist seine größte Hoffnung, die Menschheit zu zerstören. Die Shiggreth sind nur ein weiteres Hilfsmittel, das diesem Zweck dient«, erklärte Marc.

Rose unterbrach ihn. »Viel wichtiger ist es doch, den genauen Zeitpunkt zu erfahren. Das Wissen um die Angriffsplanung nützt uns nichts, solange uns dies unbekannt ist.«

»Uns bleiben noch der Rest des Sommers und der Winter für die Vorbereitungen. Sie werden im Vorfrühling in Lothion einfallen«, sagte Penny. Marc und Rose sahen sie groß an, aber niemand zog ihre Behauptung in Zweifel. Wir wussten alle, dass es keinen Grund gab, an Penelopes Prophezeiungen zu zweifeln.

»Damit hast du nicht mehr viel Zeit, Mordecai«, überlegte Rose.

»Ich? Sollte sich nicht der König darum kümmern? Natürlich helfe ich, aber dies übersteigt doch die Möglichkeiten eines kleinen Magiers und der Grafschaft Cameron.«

Penny warf mir einen eigenartigen Blick zu. »Ein kleiner Magier? Da bin ich aber anderer Meinung. Natürlich hast du recht, der König muss informiert werden, weil diese Angelegenheit das ganze Königreich betrifft.«

Rose lachte. »Richtig, Penelope, er ist alles andere als

klein.« Sie besaß sogar noch die Frechheit, mir zuzuzwinkern. Ich lief rot an.

»Mir ist ganz gleich, wie groß sein Magierstab ist«, erklärte Marc. Anscheinend hielt ihn sein neues Leben als Heiliger nicht davon ab, auf meine Kosten schmutzige Witze zu reißen. Trotzdem musste ich lachen.

»Aber mal im Ernst, du unterschätzt die Rolle, die du bei alledem spielen musst, Mordecai«, erklärte mir Rose. »Du bist Mal'goroths Ziel. Er braucht dich, um die Brücke zwischen den Welten zu schlagen. Er hat die Shiggreth erschaffen und zettelt diesen Krieg an, um dich anzugreifen. Er hofft, dass du einen Fehler machst, damit er dich in die Hand bekommt. Wenn er das nicht erreicht, verschaffen ihm die Shiggreth etwas, das ihm ebenso wichtig ist. Du kannst es dir nicht erlauben, dich zurückzulehnen und vor alledem die Augen zu verschließen.«

Nickend pflichtete Marc Rose bei. »Sie hat recht. Du musst jetzt schon anfangen zu planen.«

Rose fuhr fort: »Zuerst überlegen wir uns, wo du im Vorteil bist. Zunächst einmal bist du ein Magier. Zweitens besitzt du Land. Du hast Leute und die Unterstützung Lancasters und hoffentlich auch die des Königs. Drittens hast du viel früher eine Vorwarnung bekommen, als es deinem Feind lieb sein kann. Das bedeutet, dass du frühzeitig etwas tun kannst, statt lediglich auf die Ereignisse zu reagieren.«

Mich erstaunte immer wieder, wie klar Rose' Gedanken waren, doch in diesem Augenblick war ich geradezu überwältigt. »Was schlägst du denn vor?«

Darauf schüttelte sie den Kopf. »Ich kann nicht für dich die Entscheidungen treffen, aber ich könnte bei den Vorbereitungen helfen. Die Hightowers mussten schon öfter in einem Krieg Unterstützung leisten.« Das war sicherlich wahr, denn Lord Hightower befehligte die Verteidigung von Albamarl und kümmerte sich in Kriegszeiten um die Planung und den Nachschub des Heeres. Das hatte zwangsläufig auf seine Tochter abgefärbt.

»Der König sollte diese Entscheidungen treffen«, widersprach ich.

»Sei kein Narr, Mort«, rief Penny. »In meiner Vision kamen die königlichen Truppen nicht vor. Es ist deine Pflicht, dies zu melden und den König zu unterstützen, aber bei deiner Planung musst du dich an dieser Tatsache ausrichten. Der König könnte beschließen, die Truppen zurückzuziehen, um vor allem die Hauptstadt zu schützen. Oder er wählt ein Schlachtfeld, das näher an Cameron liegt als an Lancaster. Doch so oder so wird dein Land zerstört werden, noch ehe der Krieg richtig begonnen hat.«

»Wird er denn keine Truppen schicken, um die Eindringlinge sofort an der Grenze abzufangen?«, fragte Marc.

»Das weiß ich nicht, aber in meiner Vision habe ich sie nicht gesehen. Was auch geschieht, wir sollten davon ausgehen, dass wir irgendwann in unserem eigenen Land gegen die Feinde kämpfen müssen«, antwortete Penny.

Allmählich war ich diese sinnlose Debatte leid und schaltete mich ein. »Na gut … dann planen wir also, beginnen gleich jetzt und lassen das Spekulieren sein. Was können wir heute tun?«

»Für einen Krieg braucht man Geld«, begann Rose. »Du hast gestern Abend herausgefunden, dass du mehr Geld besitzt, als dir bewusst war. Du musst die Königliche Bank von Lothion aufsuchen und alles abheben, was dort auf deinen Namen eingetragen ist. Du wirst es brauchen. Dann musst du den König unterrichten. Marcus spricht mit seinem Vater und erzählt ihm alles, was wir hier erörtert haben. Lancaster wird unser wichtigster Verbündeter sein, weil er genauso viel zu verlieren hat wie du. Ich spreche mit meinem Vater und erkundige mich, welche Hilfe er beisteuern will. Ganz gleich, was er sagt, ich werde auch anderswo um Unterstützung und Proviant bitten, um euch zu helfen.«

»Ich dachte, du kommst mit uns nach Washbrook«, erinnerte Penny sie.

»Das war vor einer halben Stunde. Nun hat sich die Lage geändert«, erklärte Rose. »Mordecai, mir fällt gerade ein, dass du vielleicht doch nicht alles abheben solltest. Nimm nur einen Teil mit und lass mir einen Kreditbrief über den Rest da.«

»Ich weiß nicht einmal, wie viel ich überhaupt besitze. Was denkst du denn, wie viel du brauchen wirst?«, fragte ich sie.

»Es ist Krieg, mein Lieber. Wir brauchen alles, was du hast, und wahrscheinlich sogar noch mehr. Ich werde auch meine eigenen Ersparnisse einbringen. Ein Heer auszuheben, ist nicht billig.«

»Ein Heer?« Ich weiß, ich hätte es mir gleich denken können. Nur war ich nicht daran gewöhnt, in solchen Größenordnungen zu denken.

»Meinst du denn, du kannst das Herr aus Gododdin mit deinem beeindruckenden großen Stab und einem bezaubernden Lächeln aufhalten?«, erwiderte sie. Das würde mich wohl noch länger verfolgen. Wenigstens machte sie recht freundliche Scherze. Es hätte viel schlimmer kommen können.

Ich überging die Anspielung. »Wie willst du all das deinem Vater erklären? Ich kann mir nicht vorstellen, dass Lord Hightower tatenlos zusieht, wie seine Tochter Männer für einen Krieg rekrutiert und dann mit einer Privatarmee in die Schlacht zieht.«

Rose schnitt eine Grimasse. »Das wird tatsächlich nicht leicht. Glücklicherweise besitze ich eigene Ländereien und einen Titel, auch wenn beide eher bescheiden sind. Es wird ihm zwar nicht gefallen, aber er wird tun, was er kann, um mir beizustehen, da er mich sowieso nicht davon abhalten könnte, dir zu helfen.«

»Wir werden nicht scheitern«, verkündete Marc. »Die Göttin wird dich unterstützen, Mordecai, auch wenn du nicht an sie glaubst. Ihre Gunst wird dir auch andere Türen öffnen. Sie wird nicht müßig zusehen, wie Mal'goroth ihr Volk vernichtet«, fügte er fromm hinzu. Ich fragte mich zwar, wo die Göttin gewesen war, als die Kinder des Mal'goroth die Königsfamilie von Gododdin getötet und das ganze Land versklavt hatten, aber vielleicht war ich auch nur undankbar. Sicherlich konnte ich jede Hilfe brauchen, die ich bekam.

12

Danach trennten wir uns. Rose suchte ihre Familie auf, Marc ging zu seinem Vater, Penny und ich baten um eine Audienz bei König Edward. Ich bemühte mich, dem Vorsteher der Dienerschaft zu erklären, dass unser Anliegen recht dringend war.

Adam erwiderte mit seinem wie üblich nüchternen Tonfall: »Ihre Majestät soll sofort erfahren, dass Ihr ihn zu sprechen wünscht.« Was im Grunde bedeutete, dass wir auf jeden Fall warten mussten, ganz gleich, wie wichtig unser Anliegen unserer Ansicht nach war.

Eine halbe Stunde später schritt ich in dem kleinen Empfangszimmer, in das er uns komplimentiert hatte, hin und her. »Wir hätten einen Brief schicken sollen. Wir vergeuden hier nur wertvolle Zeit.«

»Beruhige dich«, redete Penny auf mich ein. »Wir haben noch Monate, da kommt es auf ein oder zwei Stunden mehr oder weniger nicht an.«

Ich wollte sie schon gereizt anfauchen, da kehrte Adam zurück, und rasch schloss ich den Mund. »Seine Majestät empfängt Sie jetzt.« Ich musste zugeben, dass eine halbe Stunde doch nicht so lange war.

»Danke, Adam«, erwiderte ich gewandt. Ich hatte mich bereits umgestellt, die Gereiztheit war verflogen, und ich war der Inbegriff von Eleganz und Höflichkeit. Penny und ich folgten ihm in den kleinen Salon, den Edward für informelle Treffen benutzte.

Nach einigen Formalitäten konnte ich den Anlass meines Besuchs endlich vortragen. »Euer Majestät, ich habe einige Dinge erfahren, von denen Ihr wissen solltet.«

»Immer nur freiheraus damit, ich bin ganz Ohr«, antwortete er.

Ich hatte beschlossen, Pennys Begabung nicht zu erwähnen, und kam direkt auf das zu sprechen, was Marc mir erzählt hatte. »Marcus Lancaster suchte mich heute auf und überbrachte mir eine Botschaft von Millicenth.« Darauf zog Edward die Augenbrauen hoch. »Er sagte mir, Gododdin bereite sich auf einen Krieg vor und werde im Frühling gegen Lothion marschieren.«

Der König hob eine Hand. »Wir haben Berichte erhalten, dass sie militärische Vorbereitungen treffen, Übungen durchführen und so weiter. Wir hätten jedoch nicht vermutet, dass sie etwas in dieser Art versuchen. Gododdin kann nicht hoffen, einen solchen Krieg zu gewinnen.«

»Sie folgen nicht dem Diktat der Vernunft, Majestät, sondern den Befehlen ihres wahnsinnigen Gottes«, antwortete ich. »Außerdem gehen in Arundel und auch auf meinem Land Shiggreth um. Die Göttin glaubt, Mal'goroth habe sie erschaffen, um vor dem Krieg Verwirrung zu stiften.« Ich war nicht sicher, ob er schon einmal von den Shiggreth gehört hatte, und war bereit, es ihm zu erklären, falls er danach fragte.

Edward beugte sich überrascht vor. »Shiggreth! Das sind doch nur Fabelwesen. Ihr müsst Euch irren. Laut den Überlieferungen wurden sie nach Balinthors Niederlage ausgelöscht.«

»Auch ich hätte Mühe, diese Geschichte zu glauben, Euer Majestät, selbst wenn sie von einer Göttin übermittelt wird. Doch da waren auch meine eigenen Erlebnisse vor der Reise nach Albamarl.« Ich nahm mir einige Minuten Zeit, das Wesen zu beschreiben, das Penny und ich getötet hatten. Sein Verstand war scharf, und er erfasste rasch, was ich ihm sagte.

»Wie viele Männer könnt Ihr in Cameron aufbieten?«, fragte er.

»Sire, ich habe gerade erst begonnen, das Anwesen meiner Mutter wiederaufzubauen. Im Augenblick verfüge ich über gar keine Bewaffneten«, antwortete ich ehrlich.

»Dann ist Eure Stadt verloren. Arundel kann nicht hoffen, so viele Feinde zu besiegen, und durch dieses Gebiet werden sie als Erstes ziehen. Selbst mit Lancasters Hilfe könnt Ihr kaum mehr tun, als sie eine Weile aufzuhalten. Vielleicht nicht einmal das.«

»Aber Ihr werdet ihnen doch gewiss an der Grenze entgegentreten?« Ich war schockiert, obwohl Rose mich gewarnt hatte, dass seine Reaktion genau so ausfallen konnte.

»Die Grenze selbst kann man nicht verteidigen. Es wäre dumm, den Feind dort zu bekämpfen. Wir werden uns natürlich mit Lord Hightower und den Marschällen beraten, aber höchstwahrscheinlich können wir sie am Trent stellen, wo sie während der Flussüberquerung verwundbar sind. Sofern sie nicht nach Norden abschwenken und die Berge überwinden wollen, werden sie Euer und Lancasters Land überrennen.« Edward machte offenbar nicht viel Federlesens, wenn es darum ging, seinen Untertanen den Verlust ihres Lebensunterhalts oder gar ihres Lebens zuzumuten.

»Was soll aus meinem Volk werden, Euer Majestät?«

»Ich würde Euch raten, Euer Land aufzugeben. Bringt gleich zu Frühlingsanfang alle fort, die sich bewegen können. Sobald der Krieg vorbei ist, könnt Ihr ja alles wiederaufbauen.« Edwards Stimme klang hart.

»Euer Majestät, ich bitte um Verzeihung, aber sie werden verhungern. Ich wüsste nicht, wohin mit ihnen … und wo ich Unterkunft und Essen für sie finden sollte, wenn sie alles verloren haben. Die Überlebenden werden zurückkehren und feststellen, dass ihre Häuser zerstört sind und das Vieh geschlachtet ist, weil die Eindringlinge sich ernähren wollten – sofern wir überhaupt jemals zurückkehren.« Gut möglich, dass ich sehr aufgeregt sprach.

»Maßt Euch nicht an, uns über unsere Aufgaben zu belehren, junger Lord! Uns ist sehr wohl bewusst, dass unsere Untertanen leiden müssen, wenn der Krieg unser Land heimsucht. Es ist unsere Aufgabe, dafür zu sorgen, dass noch ein Königreich vorhanden ist, nachdem der Krieg gewonnen wurde. Wir haben mehr zu berücksichtigen als nur Cameron! Wie es aussieht, könnten wir Euch sogar bestrafen, weil Ihr nicht fähig seid, der Aushebung Folge zu leisten!« Das Gesicht des Königs war rot angelaufen. Mit der Aushebung meinte er die Einberufung, bei der alle Adligen Ritter und Bewaffnete für das Heer des Königs abstellen mussten. Da ich über keine eigenen Kämpfer verfügte und dem Ruf nicht nachkommen konnte, würde ich meinen Eid brechen. »Was wollt Ihr denn nun noch?«, fragte er.

»Ich kann mein Land und die Menschen, die von mir abhängen, nicht im Stich lassen«, antwortete ich.

»Seid vorsichtig, junger Illeniel. Ihr steht im Begriff, die Grenze zum Hochverrat zu überschreiten.«

»Ich bin der letzte Magier und die einzige Verteidigung, die diese Menschen haben. Wenn niemand sonst sie beschützen will, dann werde ich es tun. Der Feind wird für jeden Schritt, den er auf das Land von Cameron tut, teuer bezahlen. Ihr mögt selbst beurteilen, ob dies Verrat ist oder nicht!« Während ich sprach, nahmen auch meine Erregung und mein Zorn zu. Einen Augenblick lang schien es ganz so, als schlüge unter mir in der Erde ein gewaltiges Herz, dessen Pochen ich spüren konnte. Nachdem ich knirschend die letzten Worte gesprochen hatte, setzte ich den Fuß kräftig auf den Boden und hatte das Gefühl, die Erde bewege sich. Dieses Gefühl fand ich erschreckend, und sogleich fragte ich mich, ob ich es mir nur eingebildet hatte. Mein Kopf war alles andere als klar.

König Edward war kreidebleich geworden. Von der Decke rieselte etwas feiner Staub herunter. Er packte die Armlehnen, als befürchtete er, gleich vom Stuhl zu fallen. Vielleicht hatte ich es mir doch nicht eingebildet. »Nun gut, wir haben Mitgefühl für Euer schweres Los. Wenn es Euer Wunsch ist, dann habt Ihr unsere Erlaubnis, auf diese Weise zu verfahren.« Sein Tonfall gab mir zu verstehen, dass die Audienz hiermit vorbei war. Mit dem Magierblick entdeckte ich allerdings die Angst, die er zu verbergen suchte.

Ich verneigte mich und richtete mich wieder auf, um zu gehen. Als wir fast schon an der Tür waren, hielt er mich noch einmal auf. »Mordecai!«

»Ja, Euer Majestät?«

»Der Ausbilder, sein Name ist Cyhan, befindet sich bereits im Schloss. Adam wird Euch zu ihm führen. Er wird bei Euch und Penelope bleiben, bis die Ausbildung abgeschlossen und die Bindung vollzogen ist. Habt Ihr das verstanden?«

»Gewiss, Euer Majestät.« Ich verneigte mich noch einmal und ging zähneknirschend hinaus. *Natürlich verstehe ich das. Du willst dem Hund einen Maulkorb verpassen, ehe er die Tollwut bekommt und dich beißt*, dachte ich.

Draußen schritt ich so zornig aus, dass Penny kaum noch mithalten konnte. »Du wusstest doch, dass dies geschehen werde. Rose hat es ja gesagt«, erinnerte sie mich. »Hast du da drin die Erde beben lassen?«

»Das weiß ich nicht genau. Ich habe es zwar gefühlt, aber ich hatte nicht den Eindruck, dass ich es wirklich getan habe. Der Mann hat mir gesagt, er wolle unser Volk im Stich lassen! Es ist nicht zweckmäßig, ihnen zu helfen. Was ist das nur für ein König?« Ich war sehr verärgert.

Penny sah sich um. »Sprich leise«, zischte sie. »Wir sind immer noch im Palast.«

Natürlich hatte sie recht, aber ich war viel zu wütend, um mich darum zu scheren. Adam kam aus einer Seitentür auf uns zu. »Wenn Ihr mir folgen wollt, Mylord, dann führe ich Euch zum Ausbilder.« Er war so leise wie ein Geist. Hätte ich nicht den Magiersinn besessen, ich hätte mich fast zu Tode erschrocken.

»Führe uns«, antwortete ich, ohne mich zu ihm umzudrehen.

Wir wanderten erst durch mehrere lange Gänge und dann eine Treppe hinunter, bis wir einen weiteren Warteraum erreichten, in dem sich ein Mann befand. Er war wirklich sehr groß, das musste ich ihm lassen. Etwas mehr als sechs Fuß, was bedeutete, dass er sich auf Augenhöhe mit mir befand. Doch ich war schlank, und er ... er war es nicht. Er war mit Muskeln bepackt wie ein Schwein mit Schlamm, was bedeuten soll, dass es erheblich mehr gab, als man für notwendig halten mochte. Er hatte dunkelbraune Haare und eine braune Haut, so wie ein Mensch, der sich viel im Freien aufhielt.

»Dann seid Ihr mein Dompteur.« Ich war nicht in der Stimmung, besonders höflich mit ihm umzugehen. Obwohl ich so zornig war, entging mir seine Haltung freilich nicht. Er kam mir wie eine gespannte Feder vor, die jederzeit und ohne Vorwarnung mit tödlichen Folgen losschnellen konnte. Unwillkürlich fragte ich mich, wie ein Kampf zwischen ihm und Dorian ausgehen mochte.

Er zuckte mit den Achseln. »Wenigstens machen wir uns nichts vor. Mein Name ist Cyhan.«

Ich zog eine Augenbraue hoch. »Nur ... Cyhan?«

»Jeder andere Name, den ich einmal hatte, ist schon lange tot. Wenn Ihr mir einen neuen Namen geben wollt, soll es mir recht sein.« Die Miene des Mannes verriet nicht, was in ihm vorging.

»Cyhan ist schon in Ordnung. Müssen wir sonst noch etwas besprechen, ehe wir losgehen? Ich habe heute noch einiges zu erledigen.« Ich war ungeduldig und wollte mich endlich in Bewegung setzen.

»Eines nur«, erwiderte er. »Bevor wir beginnen, müsst Ihr begreifen, wie die Dinge zwischen uns stehen. Ich bin nicht

Euer Diener. Ich bin auch nicht Euer Freund. Ich bin hier, um eine Aufgabe zu erledigen, und ich kümmere mich um nichts anderes als um diese Aufgabe. Wenn es so aussieht, als käme mir dabei etwas in die Quere, dann sorge ich dafür, dass es mich nicht lange aufhält. Wenn Ihr mitspielt, werden wir gut auskommen. Wenn nicht, wird meine Aufgabe rasch beendet sein.« Selbst als er mich bedrohte, änderte sich seine Miene nicht. Insgesamt fand ich ihn zwar beängstigend, aber ich wollte verdammt sein, wenn ich mir das anmerken ließ.

»Habt ihr meinem Vater das Gleiche gesagt?«, fragte ich.

»Wie bitte?«

»Ihr habt es gehört. Ich weiß, dass Ihr meine Mutter ausgebildet habt, also müsst ihr irgendwann eine ähnliche Unterhaltung mit ihm geführt haben. Ich bin neugierig, wie er darauf reagiert hat.«

»Er war jünger, als Ihr es jetzt seid, aber er wusste bereits, was notwendig war, und deshalb mussten wir ein solches Gespräch nicht führen. Außerdem hatten wir bereits begonnen, die Kandidaten auszubilden. Er musste nur noch wählen.«

Seltsam, dass er meine Mutter aus einer ganzen Reihe von Kandidaten ausgewählt hatte. »Habt Ihr mehr als einen ausgebildet?«

»Damals lebten noch mehrere Magier, und aus diesem Grund hatten wir eine kleine Schule, in der immer einige Kandidaten bereitstanden – für den Fall, dass sie gebraucht wurden.« Auch das erklärte er mir wie alles andere in völlig nüchternem und sachlichem Ton.

Meine Neugierde war nicht mehr zu bezähmen. »Was ist mit denen geschehen, die nicht ausgewählt wurden?«

»Einige wurden Ritter, andere haben die nächste Generation ausgebildet.«

»Wie Ihr selbst?«

»Ja, nur dass wir nach dem Tod Eures Vaters dachten, es gäbe keine Magier mehr.«

Sein Blick beunruhigte mich, aber ich konnte den Grund nicht erkennen und schob das Gefühl zur Seite. »Also gut, dann lasst uns gehen. Der Tag währt nicht ewig.«

Cyhan nahm einen schwer aussehenden Packen auf, und wir gingen hinaus. Unterwegs warf Penny ihm ein paar anerkennende Blicke zu, und ich wurde mächtig eifersüchtig. Dann fielen mir die jüngsten Erlebnisse ein, und ich konnte ihre Gefühle – während ich Rose betrachtet hatte – etwas besser verstehen. Trotzdem gefiel es mir nicht. Schließlich ergriff der kräftige Krieger wieder das Wort. »Wohin gehen wir?«

»Zur königlichen Bank«, erklärte Penny.

Cyhan sah sie an, als bemerkte er sie erst jetzt. Langsam musterte er sie von oben bis unten. Das war mir egal, denn so hätte auch ein Fleischer eine Rinderhälfte vor dem Zerlegen gemustert. »Entschuldigt meine Manieren. Wir wurden uns noch nicht vorgestellt …«, sagte er.

»Penelope Cooper«, antwortete sie rasch. »Ich werde die Bindung mit ihm eingehen.« Mit dem Daumen deutete sie auf mich.

Cyhan grinste und entblößte dabei seine großen weißen Zähne. Das war der stärkste Gefühlsausdruck, den ich bisher bei ihm gesehen hatte, und er beunruhigte mich sehr. »Freut mich, Eure Bekanntschaft zu machen, Miss Cooper. Wir haben noch viel Zeit, einander kennenzulernen, aber ich glaube, Ihr werdet nicht sehr angetan davon sein.«

»Was meint Ihr damit?«, fragte sie unsicher.

Der große Dreckskerl lachte nur. »Oh, das werdet Ihr noch früh genug merken. Es wäre nicht schön, Euch jetzt schon den Spaß zu verderben.« Danach gab er kein Wort mehr von sich und weigerte sich, ihre Fragen zu beantworten, obwohl sie ihm unablässig zusetzte, während wir durch die Stadt liefen.

Schließlich hielt ich es für angebracht, das Thema zu wechseln. »Cyhan, ich habe eine Frage.«

»Ja?«

»Kennt Ihr den Weg zur königlichen Bank?«

Tatsächlich kannte er den Weg. Wir mussten einige Male abbiegen und hatten unser Ziel nach einer halben Stunde erreicht. Es war ein großes Gebäude mit einer abweisenden steinernen Front. »Da ist es«, sagte Cyhan.

»Seid Ihr schon einmal dort drinnen gewesen?«

»Sehe ich so aus, als hätte ich Geld?« Ich musste zugeben, dass sein Einwand überzeugend war.

»Und ich? Sehe ich so aus, als hätte ich Geld?«, gab ich zurück.

»Eigentlich nicht. Ich bin gespannt, ob sie Euch überhaupt hineinlassen.«

»Schicken sie denn tatsächlich Leute weg?« Mir war gar nicht in den Sinn gekommen, dass es schwierig sein könnte, die Bank überhaupt zu betreten.

»Banken sind für die Reichen da. Wenn man nicht dazugehört, wird man schneller eingesperrt, als man zwinkern kann. Warum seid Ihr überhaupt hier? Nicht, dass mich das etwas anginge«, sagte Cyhan.

»Ich habe einen Krieg zu gewinnen. Dazu brauche ich alles Geld, das ich nur in die Finger bekommen kann.«

»Wir werden sehen«, erwiderte er.

Ich hatte freilich nicht die Absicht, mit leeren Händen wegzugehen. Also schritt ich zur Tür, die mir ein uniformierter Wächter aufhielt. Ich sah mich zu Penny und unserem neuen Freund um. »Kommt mit.« Sie folgten mir hinein. Der Schalterraum war erlesen eingerichtet, unter dem Deckengewölbe standen überall Möbel aus dunklem Holz. Da ich nicht sicher war, wohin ich mich wenden sollte, versuchte ich es bei dem Mann, der an dem vordersten Schreibtisch saß. Er war gerade emsig damit beschäftigt, irgendetwas aufzuschreiben. »Verzeihung?«

Es dauerte ein Weilchen, bis er den Kopf hob. »Kann ich

Euch helfen?« Er wirkte, als interessierte er sich nicht im Geringsten für den Rest der Welt. Vielleicht kam es mir aber auch nur so vor.

»Ja. Mein Name ist Mordecai Illeniel. Ich bin hier, um meinen Kontostand einzusehen.« Dabei bemühte ich mich, so aufrichtig und überzeugend zu sprechen, wie es mir nur möglich war. Nicht, dass es irgendetwas geändert hätte.

Der Mann musterte mich. Hinter den Brillengläsern waren seine Augen doppelt so groß wie gewöhnlich. »Ich erinnere mich nicht, Euch früher einmal gesehen zu haben. Habt Ihr Euer Bankbuch dabei?«

Schon geriet ich ins Schwimmen. »Ich habe keins. Ich bin gerade erst in Albamarl eingetroffen und wusste bis gestern noch nichts von meinem Erbe. Es gibt hier doch sicher jemanden, der mir helfen kann?«

»Ihr müsstet mit dem Kontenverwalter Master Easley sprechen. Er kann Euch helfen«, antwortete der Mann.

»Ausgezeichnet. Wo finde ich ihn?«

»Sein Schreibtisch steht dort drüben.« Er deutete auf eine Ecke, in der ein anderer Mann arbeitete. Ich hätte sie für Zwillinge gehalten, doch dieser unglückliche Kerl war obendrein kahlköpfig. Ich trat zu ihm hin und sprach ihn höflich an. »Entschuldigung, man hat mir gesagt, ich solle mich an einen gewissen Master Easley wenden, um Auskunft über die Konten zu bekommen, die ich geerbt habe.«

Er sah mich an. »Gewiss. Euer Name, bitte …« Sein Stift schwebte schon über einem leeren Formular.

»Mordecai Illeniel, Sohn des Tyndal Illeniel und der augenblickliche Graf di'Cameron. Es ist auch möglich, dass ich mehr als ein Konto besitze.« Ich gab mir Mühe, zugleich wichtig und nachsichtig zu erscheinen. Wahrscheinlich gelang mir beides nicht richtig.

»Sehr wohl, Sir. Sagt Euch der nächste Dienstag zu? Ein Uhr am Nachmittag?« Er sah mich nicht einmal an, als er dies fragte. Offenbar unterstellte er, dass mir ohnehin jeder Zeitpunkt recht wäre, den sie mir anbieten konnten.

»Nein, das tut mir leid. Dann bin ich nicht in der Hauptstadt. Ich muss heute mit jemandem sprechen.«

»Aber Master Easley ist heute nicht da. Ich fürchte, Ihr müsst so lange warten«, antwortete er. Seine Meine verriet nichts, aber in seiner Aura flackerte etwas, das ich als Blasiertheit zu erkennen glaubte. Ich muss wohl nicht eigens betonen, wie sehr mir das gegen den Strich ging.

»Ist die Bank heute geschlossen?«, fragte ich freundlich.

»Nein, Sir, das könnt Ihr doch sehen«, antwortete er verwirrt.

»Also können die Kunden heute Geld abheben oder einzahlen oder andere Geschäfte tätigen?« Es klang nach einer Frage, bereitete aber nur die Bühne für meine nächste Bemerkung. Allmählich riss mir der Geduldsfaden.

»Selbstverständlich.« Ich konnte ihm beinahe ansehen, dass er sich über meine Geistesverfassung Gedanken machte. Damit war er von der Wahrheit gar nicht so weit entfernt.

»Soweit ich es erkennen kann, besitze ich hier ein Guthaben, wahrscheinlich auf mehrere Konten verteilt. Darauf möchte ich jetzt zugreifen. Da die Bank geöffnet ist, würde ich vorschlagen, dass Ihr jemanden sucht, der mir sofort helfen kann.« Ich sprach noch einigermaßen ruhig, doch mein Zorn war mir sicherlich anzumerken.

»Wie gesagt, Sir, Ihr braucht einen Termin bei Master Easley, der heute aber nicht hier ist.« Die gleichgültige Miene diente lediglich dazu, meinen Zorn noch weiter anzufachen.

Ich beugte mich vor, bis unsere Gesichter nur noch ein paar Handbreit voneinander entfernt waren. »Dann schlage ich vor, dass Ihr den Direktor oder sonst jemanden holt, der mich bedienen kann … und zwar jetzt gleich.« Immer noch sprach ich ruhig, übte mit meinem Geist jedoch einen stetigen Druck auf die hinteren Beine seines Stuhls aus. Es ist schwieriger, wortlos Magie zu wirken, doch ich hatte mehr Energie als genug und an diesem Tag sowieso nichts Besseres damit vor. Als ich das letzte Wort aussprach, brach das Stuhlbein, und er fiel ohne jede Eleganz auf den Boden. Ich blickte auf den liegenden Mann hinab. »Ich glaube, gelegentlich solltet Ihr das billige Mobiliar auswechseln.«

Rasch stand er auf und klopfte sich ab. Ohne ein weiteres Wort verschwand er und suchte hoffentlich einen Vorgesetzten, der sich mit mir befassen wollte. Ich blickte Penny an, die eine besorgte Miene machte. Wahrscheinlich sagten ihr meine Methoden nicht gerade zu. Cyhans Gesichtsausdruck verriet keineswegs, was er dachte. Er blieb so unbeteiligt wie eine Statue.

Gleich darauf kehrte das Wiesel von Schreiber zurück. »Wenn Ihr mir folgen wollt, Master Aston hat freundlicherweise eingewilligt, Euch heute zu empfangen.« Er sagte es, als erwiese er mir damit einen Gefallen, was mich in meinem Entschluss stärkte, ein paar Leute auf ihre Plätze zu verweisen. Dabei ahnte ich schon, dass Penny nicht gerade von mir begeistert sein würde, wenn wir die Bank verließen.

Er führte uns an einer Reihe von Schreibtischen vorbei und dann durch eine Tür. Anschließend ging es eine breite Treppe hinauf, bis wir den zweiten Stock erreichten. Die Bank war ein wirklich beeindruckendes großes Gebäude. In diesem Stockwerk befanden sich offenbar die Büros der höheren Bankangestellten. Einer Goldtafel an der Tür konnte ich entnehmen, dass ich es mit »Master Eagin Aston, Vizepräsident« zu tun bekam. Ich war mir zwar nicht sicher, was ein Bankpräsident war, aber es klang wichtig und mit einem »Vize« davor sogar noch wichtiger. Der Bankbeamte öffnete die Tür und ließ uns eintreten.

Drinnen saß ein rotgesichtiger und ziemlich beleibter Mann hinter dem größten Schreibtisch, den ich je gesehen hatte. Das Möbelstück war aus dunkelrotem Holz gezimmert und schien so poliert worden zu sein, bis es schimmerte wie Glas. Er blickte mich an. »Wenn Ihr freundlicherweise Eure Diener draußen warten lassen könntet, während ich Euch über Eure finanzielle Lage hier in der Bank aufkläre?« Übersetzung: Aus lauter Angst vor Cyhan machte er sich fast in die Hosen. Ich konnte es ihm nicht einmal verdenken.

Cyhan ging wortlos hinaus, während Penny innerlich kochte. Möglicherweise hätte ich die falschen Vorstellungen des Mannes in Bezug auf ihre Stellung korrigieren sollen, aber irgendwie wollte ich auch nicht, dass sie unsere Verhandlungen beobachtete. »Wenn Ihr so freundlich sein wollt, draußen zu warten, Miss Cooper?«, befahl ich ihr feierlich. Ihr Blick warnte mich, dass dies Folgen haben würde, aber immerhin ging sie. Ich war viel zu wütend auf die Bankiers, um mich an der komischen Situation erfreuen zu können. Als sich die Tür hinter ihnen schloss, setzte ich mich vor Master Astons Schreibtisch.

»Wie ich hörte, behauptet Ihr, der Erbe von Tyndal Illeniel und Miles di'Cameron zu sein. Trifft das zu?« Seine Stimme verriet einen leisen Zweifel.

»Der bin ich, ja.« Ich nahm die beiden Siegelringe ab, die ich trug, einer gehörte dem Haus Illeniel, der andere den Camerons, und legte sie vor ihm auf den Tisch.

Er betrachtete sie sorgfältig, ehe er weitersprach. »Sie scheinen echt zu sein, reichen aber nicht aus, um Eure Ansprüche zu belegen.«

Es fiel mir immer schwerer, mich zu beherrschen. »Ihr wisst sicher, dass ich gestern König Edward den Treueid geschworen habe, und wollt doch unseren Herrscher hoffentlich nicht als Trottel bezeichnen?«

»Nein, natürlich nicht, aber ich muss Eure Identität trotzdem sorgfältig prüfen. Würde ich jedem, der hereinkommt und behauptet, dieser oder jener zu sein, einfach Geld aushändigen, dann wäre die Bank kein sicherer Ort mehr, um besagtes Geld aufzubewahren. Beispielsweise muss ich über Eure

Abstammung Gewissheit haben, um sicherzustellen, dass es keine anderen Erben gibt, die möglicherweise sogar größere Ansprüche auf die Einlagen haben, zu denen Ihr Zugang begehrt.« Er strahlte eine ruhige Selbstsicherheit aus.

Ich nahm mir einen Augenblick Zeit, meine Familienverhältnisse zu beschreiben, weil ich annahm, dass er wenigstens in dieser Hinsicht berechtigte Einwände erhoben hatte. Nach einigen Minuten hatte ich ihm alles Wichtige erzählt. Er nickte mitfühlend. »Eine sehr interessante Geschichte, und ich glaube Euch. Keine Frage. Doch ich benötige eine persönliche Bestätigung vom Herzog von Lancaster, dass Ihr das Recht habt, Miles di'Camerons Konto zu beanspruchen. Was Tyndal Illeniels Guthaben angeht, so brauche ich eine eidesstattliche Versicherung Eurer Adoptiveltern, die Eure Aussage bestätigen, sowie einen Erlass vom König persönlich, um die Mittel freizugeben. Ihr versteht sicher, dass dies einige Zeit in Anspruch nehmen wird.« Er spreizte die Finger, um mir zu verstehen zu geben, dass er leider nichts für mich tun konnte.

Ich lehnte mich zurück und legte die Füße auf seinen Schreibtisch. Die Zeit der Höflichkeit war vorbei. »Ihr wisst doch, dass mein Vater ein Magier war, oder?«, fragte ich ihn.

»Selbstverständlich, auch wenn ich nicht genau weiß, wie dies ...« Gereizt musterte er mich und starrte meine Stiefel an. »Ich würde es begrüßen, wenn Ihr Euer Schuhwerk vom Schreibtisch nehmen könntet. Dieses Möbelstück war recht teuer.«

Natürlich leistete ich seiner Bitte nicht Folge. »Was glaubt Ihr, wie viele Magier es heute noch in Lothion gibt, Master Aston?«

»Keinen, wenn man von Euch absieht, und wenn Ihr nicht sofort Eure dreckigen Stiefel von diesem Schreibtisch nehmt, müsst Ihr sicherlich noch erheblich länger warten, bis Ihr Zugriff auf die Konten bekommt.« Sein Gesicht hatte sich verfärbt, und er kniff die Augen zusammen.

»Ich würde behaupten, die Tatsache, dass ich ein Magier bin, ist der stärkste Beweis für meine Abstammung, den Ihr überhaupt bekommen könnt. Außerdem denke ich, angesichts dieser Tatsache könntet Ihr Euch etwas entgegenkommender zeigen, statt mir hinsichtlich meines Eigentums zu drohen.« Ich legte die Hände zu einem Spitzdach zusammen, starrte ihn an und tat so, als wäre ich tief in Gedanken versunken. »Ich habe nicht die Absicht, ohne eine ausführliche Aufstellung meiner Guthaben, ein richtiges Bankbuch und eine ansehnliche Abhebung hier wieder zu verschwinden.«

Der fette Mistkerl zitterte fast vor Wut. »Lord Cameron oder Illeniel oder wer zum Teufel Ihr zu sein glaubt … Ihr denkt doch wohl nicht, Ihr wärt der Erste, der hier hereinspaziert und die Bank bedroht? Meint Ihr wirklich, ein paar magische Tricks reichten aus, mich einzuschüchtern? In diesem Augenblick sind Euer Wächter und Eure Anath'Meridum von einer recht großen Gruppe von Bankwächtern umringt. Wenn Ihr auch nur daran denkt, diese Einrichtung zu beschädigen oder mich zu verletzen, dann seid Ihr tot, ehe der Kopf Eures Bindungsgefährten auf den Boden fällt.«

Ich muss zugeben, dass mich dies überraschte. Bisher war ich noch nicht auf die Idee gekommen, dass sie auf eine solche Situation vorbereitet sein oder derart schnell zur Gewalt greifen könnten. Noch schlimmer, der Riese, der uns begleitete, war mir egal, aber ich war nicht sicher, ob ich Penny beschützen konnte. Ich konzentrierte mich einen Moment lang und spürte die Gegenwart einer großen Zahl von Männern, die sich aus mehreren Richtungen näherten. Penny und Cyhan konnten ihnen nicht entkommen. Ich glaubte auch nicht, dass ich einen Schild einrichten und Penny jenseits der geschlossenen Tür beschützen konnte. Er hatte mich auf dem falschen Fuß erwischt. Doch das brauchte er nicht zu wissen. Immerhin beruhten seine Annahmen auf einem gravierenden Irrtum.

Ich lachte und versuchte, das Lachen nachzuahmen, das

James Lancaster vor langer Zeit ausgestoßen hatte, nachdem ich Devon Tremont beim Schachspiel geschlagen hatte. Ich lachte lange und laut und achtete darauf, dass es aus meinem Bauch kam. Schließlich hörte ich auf. »Mein Freund, Ihr begeht einen großen Fehler. Ich habe noch keinen Anath'Meridum. Ich bin immer noch ungebunden, und es würde mich vermutlich sehr verärgern, wenn Ihr meine Diener verletzt. Aber das könnte mich gewiss nicht davon abhalten, die ganze Bank abzureißen. Ich frage mich, wie die Geschäfte wohl laufen würden, wenn Ihr auf einem Schutthaufen säßet.«

Lass es uns erschüttern und zerstören!

Wie schön, da war schon wieder diese Stimme.

»Jetzt übertreibt Ihr aber! Was für eine lächerliche Vorstellung! Das Gebäude besteht aus massivem Stein und steht seit mehr als vierhundert Jahren hier. Ihr könnt vielleicht etwas Holz verbrennen oder die Möbel demolieren, aber glaubt Ihr tatsächlich, Ihr könntet das Gebäude selbst beschädigen?« Er sprach so aufgeregt und laut, dass ihm die Speicheltropfen aus dem Mund flogen. Offensichtlich konnte Master Aston mit solchen Belastungen nicht gut umgehen.

Noch während er sprach, spürte ich unter mir in der Erde ein riesiges Herz pochen. Eigentlich hatte ich die Absicht gehabt, meine eigenen Kräfte einzusetzen, um etwas Drastisches zu tun – wie beispielsweise seinen hübschen Schreibtisch zu zerstören oder ein paar Dokumente herumzuwirbeln. Aber die Stimme und das dumpfe rhythmische Pochen brachten mich auf eine andere Idee. Ich griff mit dem Geist hinaus, spürte den Herzschlag unter mir so wie meinen eigenen … und dann lenkte ich die Gedanken nach außen. *Also los, lasst es beben*, dachte ich.

Ein Grollen ließ das ganze Gebäude wackeln, sogar der Boden zitterte unter meinen Füßen. Es war ein dumpfes Geräusch, fast zu tief, um es mit den Ohren wahrzunehmen. Alles geriet in Bewegung. Erstaunt verzog Master Aston das

Gesicht und versuchte aufzustehen. Prompt fiel er wieder hin, als das Gebäude zu schaudern schien und der Boden sich unter ihm wellte. Ich machte mir inzwischen auch selbst Sorgen, denn von der Decke rieselten Staub und Putz herunter, und mein Magen machte Bocksprünge, als das ganze Gebäude erneut wackelte. *Aufhören! Genug!*, rief ich innerlich, auch wenn ich nicht genau wusste, an wen ich mich damit überhaupt wandte. Das Grollen erstarb, und das Gebäude beruhigte sich, doch den mächtigen Herzschlag spürte ich immer noch tief unter mir ... im Innern der Erde.

Der Bankier hockte auf allen vieren und hielt sich an dem Teppich unter seinem Schreibtisch fest, um nicht wegzurutschen. Ich war nicht sicher, was gerade geschehen war, aber das musste er nicht unbedingt wissen. »Sagtet Ihr nicht gerade etwas über die Standfestigkeit der Bank, Master Aston? Ich glaube, ich habe Euch nicht ganz verstanden. Würdet Ihr noch einmal wiederholen, was Ihr gerade gesagt habt?«

Völlig überrumpelt gab er ein »Äh ...« von sich. Anscheinend hatte es ihm die Sprache verschlagen.

»Solltet Ihr nicht die Kontenbücher holen, um endlich zur Sache zu kommen?«

»Aber ... das kann ich nicht«, setzte er an.

»›Ich kann nicht‹ ist ein so hässlicher Satz, Master Aston. Wir wollen doch zuversichtlich bleiben. Holt die Bücher, und dann seid Ihr mich los. Ich habe noch so viele andere Dinge zu erledigen.« Dabei schenkte ich ihm ein beruhigendes Lächeln.

Jetzt wurde er kreidebleich. Manchmal hat mein Lächeln diese Wirkung. Er stand auf und wollte hinaus. »Vielleicht habt Ihr recht, Lord Cameron. Lasst mich meinen Assistenten rufen, und dann erledigen wir alles so schnell wie möglich.«

»Bitte schickt auch meinen Leibwächter und meine Dienerin herein.« Mit Müh und Not unterdrückte ich ein Kichern, weil ich Penny als meine Dienerin bezeichnet hatte.

Gleich darauf traten Penny und Cyhan ein. Sobald die Tür

geschlossen war, sah sie mich fragend an. »Was hast du getan?« Anscheinend war ihre Verärgerung inzwischen verflogen. Cyhan funkelte mich allerdings an. Ich hatte das Gefühl, dass sich unser Verhältnis inzwischen verschlechtert hatte, aber ganz sicher war ich nicht.

»Nichts weiter. Das war ich gar nicht«, beruhigte ich Penny. »Ich habe nur wieder die Stimme gehört und ihr dieses Mal gesagt, sie solle einfach am Haus wackeln. Ich hatte keine Ahnung, dass es tatsächlich wackeln würde.«

»Hört Ihr jetzt schon Stimmen?«, unterbrach Cyhan. Es klang, als hätte er mit so etwas gerechnet.

»Ab und zu, ja, aber keine Sorge, ich bin nicht verrückt. Ehrlich … ich weiß ja, dass es nicht meine eigenen Stimmen sind.« Je mehr ich sagte, desto verrückter klang es, und es trug sicher nicht dazu bei, unser Verhältnis zu verbessern. Ich fragte mich, was passieren würde, wenn er fürchtete, ich hätte tatsächlich den Verstand verloren. Würde er dann eilig die Bindung schmieden oder mich einfach nur im Schlaf ermorden? Ehe wir unser Gespräch fortsetzen konnten, erschien Master Aston mit zwei Assistenten und mehreren schweren Kassenbüchern. Für diese Störung war ich dankbar.

Die nächste Stunde war ein verwirrendes Durcheinander von Zahlen und Berechnungen. Nachdem er sich zur Zusammenarbeit entschlossen hatte, war Master Aston äußerst höflich und hilfsbereit. Die Firma meines Vaters hatte nach dessen Tod noch mehr als zehn Jahre lang gewirtschaftet, seinen Anteil am Gewinn an die Bank überwiesen und erst vor einigen Jahren den Betrieb eingestellt. Auch der Graf di'Cameron hatte gespart und für die Zukunft vorgesorgt. Sobald Aston die Gesamtsumme berechnet hatte, staunte ich über die Zahl und begriff sofort, warum mich die Bank nicht an mein Vermögen lassen wollte.

»Wartet, könntet Ihr das noch einmal wiederholen?«, bat ich ihn.

»Sechsundzwanzigtausendvierhundertdreiundzwanzig Goldmark an Barmitteln, hinzu kommt eine sechsprozentige Beteiligung an der Königlichen Bank von Lothion«, wiederholte Aston pflichtbewusst. »Außerdem müsst Ihr den Wert Eures Landbesitzes hinzuzählen, dazu die Kupfermine im Süden des Elentirgebirges und die Wollkommission in Gododdin …«

»Eine Wollkommission?«

»Eine Handelsfirma, die Wolle kauft und verkauft. Vermutlich hat Euer Vater dort investiert, weil hier in Lothion die Preise für Wolle recht hoch sind. Seine andere Firma hat zu einem erheblichen Teil Wolle verschifft. Nach dem Zusammenbruch der Regierung in Gododdin wurden die Lieferungen nach Lothion eingestellt, und mit Trigard Export ging es allmählich bergab. Die beiden Länder treiben offiziell keinen Handel mehr, aber der Anteil an der Wollkommission ist noch vorhanden. Ich habe zwar keine aktuellen Zahlen, doch die Bank von Gododdin müsste seine Einnahmen dort verbucht haben, wie hoch auch immer sie gewesen sein mögen.«

Offenbar arbeiteten die Banken trotz Bürgerkrieg und Rebellion wie gewohnt weiter. Wahrscheinlich waren den Geldhäusern die Regierungen und die Religion einerlei … das Geschäft musste weitergehen. Ich war noch ganz benommen von dem, was er mir erzählt hatte. »Was genau bedeutet ein Anteil von sechs Prozent an der Bank von Lothion? Sind das Zinsen, die auf mein Barvermögen hier aufgeschlagen werden?«

»O nein! Das bedeutet, dass Euch sechs Prozent der Bank gehören. Jedes Vierteljahr wird eine kleine Dividende auf Eure Konten ausgezahlt. Falls Ihr Euren Anteil an der Bank verkaufen wollt, könnte ich vermutlich sehr schnell einen Interessenten finden …« Astons Augen glühten vor Gier.

»Nein, es ist schon gut«, fiel ich ihm ins Wort. »Ich glaube, diese Beteiligungen taste ich vorerst nicht an. Die Zahlen, die Ihr mir genannt habt, sind erheblich größer als erwartet. Sind alle Adligen so reich?« Ich kam mir ein wenig dumm vor, danach zu fragen, aber der Schock hatte meiner Selbstbeherrschung einen kräftigen Schlag versetzt.

Master Aston schnaubte. »Schwerlich! Recht viele stehen sogar bei der Bank in der Kreide. Auf der Liste der reichsten Einwohner Lothions belegt Ihr vermutlich die vierte oder fünfte Stelle. Der König besitzt erheblich mehr, und die Herzogtümer Tremont und Lancaster stehen natürlich ebenfalls recht gut da. Der größte Teil Eures Geldes entstammt den Konten Eures Vaters. Die Konten der Camerons waren zwar ansehnlich, aber die Illeniels haben ihren Reichtum angehäuft, seit die Nation gegründet wurde.«

Mir fiel noch etwas anderes ein. Wenn ich zugelassen hätte, dass dieses … was es auch war … die Bank zerstörte, dann hätte ich damit auch meinen eigenen Besitz zerstört. Beinahe hätte ich gekichert. »Ich möchte etwas abheben und mit nach Hause nehmen. Fünftausend Goldmark sollten ausreichen.«

Der Bankier erbleichte, als er die Zahl hörte, behielt seine Gedanken jedoch für sich. »Sehr wohl.«

»Außerdem stellt Ihr bitte einen Kreditbrief für Rose Hightower aus, damit sie den Rest beanspruchen kann«, fuhr ich fort.

»Verzeihung?« Jetzt wäre er fast erstickt.

»Welcher Teil meiner Anweisungen war unklar?«

»Welche Summe soll der Dame bitte zur Verfügung stehen?«, erkundigte er sich vorsichtig. Er machte ein Gesicht, als hätte er einen Knochen verschluckt.

»Der ›Rest‹ beinhaltet natürlich alles außer den Beteiligungen«, erwiderte ich sarkastisch.

»Aber … aber sie könnte Euch in den Ruin treiben!« Er schrie jetzt beinahe. Trotz unserer Differenzen bemühte er sich nun offenbar, meine Interessen zu wahren. Ich dachte darüber nach. Nein, er schützte sicherlich auch seine eigenen. Ich verstand nicht viel von solchen Geldgeschäften, vermutete aber, dass die Bank einfach nicht so viel Geld zur freien Verfügung hatte. Vielleicht war er besorgt, Rose könnte die Bank in die Zahlungsunfähigkeit treiben, wenn sie mehr abhob, als an Bargeldreserven vorhanden war. Das mochte mindestens teilweise auch seine anfänglichen Bemühungen erklären, mir den Zugang zu den Konten zu verwehren.

»Master Aston, ich verstehe Eure Befürchtungen. Ich traue Lady Rose unbedingt, während ich mir bei Eurer Bank nicht ganz so sicher bin. Mir ist durchaus klar, dass sie die Bank in eine ungünstige Situation bringen könnte, würde sie die gesamte Summe auf einen Schlag abheben. Ich glaube allerdings nicht, dass dies nötig sein wird, oder jedenfalls nicht sofort. In der Zwischenzeit wäre es sicherlich gut, wenn die Bank im Laufe des nächsten Monats darauf achtet, genügend Bargeldreserven zur Verfügung zu haben, damit sie nicht auf meine Konten angewiesen ist, um flüssig zu bleiben.«

Er errötete. »Falls Ihr damit andeuten wollt …«

Ich fiel ihm ins Wort. »Ich deute gar nichts an, Master Aston. Ihr kennt die Bank viel besser als ich. Sorgt einfach dafür, dass Lady Rose die Mittel bekommen kann. Falls sie auf Schwierigkeiten stößt, wenn sie das Geld von meinen Konten abhebt, muss ich nach Albamarl zurückkehren, und ich werde nicht erfreut sein.« Ich sah ihn scharf an.

»Sehr wohl, Mylord. Ich glaube, wir verstehen uns.« Aston war nicht gerade begeistert, aber er merkte es wenigstens, wenn er mit dem Rücken zur Wand stand.

Danach setzte er den Kreditbrief auf, der unterzeichnet und beglaubigt wurde. Die fünftausend Goldmark aus der Bank herauszubekommen, war erheblich schwieriger, als ich es mir gedacht hatte. Die Münzen wogen zusammen fast vierhundert Pfund. Am Ende mussten wir gehen und zwei Maultiere und ein paar kräftige lederne Packtaschen kaufen, um das Geld einzuladen. Aus irgendeinem Grund versetzte mich diese Aufgabe in gute Laune. Das Wissen, ein paar Hundert Pfund

Gold gewissermaßen in der Tasche zu haben, erfreute mich sehr. Ich glaube, ich sagte schon, dass ich manchmal ein Dummkopf bin. Ein vernünftiger Mann hätte erkannt, wie gefährlich es ist, so viel Geld mit sich herumzuschleppen.

13

Wir suchten das Stadthaus der Lancasters auf. Ich hatte dort ein Treffen mit Marcus und Rose verabredet, ehe wir nach Washbrook aufbrachen. Auch dieses Mal waren wir wieder auf Cyhans Ortskenntnis angewiesen, um das Haus zu finden. Penny und ich waren natürlich nie zuvor dort gewesen.

Cyhan schien die ganze Zeit über recht gereizt. Er drehte sich um und beobachtete die Straße hinter uns. »Das ist das Dümmste, was ich je einen Mann habe tun sehen«, erklärte er schließlich.

»Versucht einmal, mit ihm zu leben«, meinte Penny darauf.

»Was?« Es klang, als sprächen sie über mich.

Pennys funkelnder Blick traf mich. »Was denkst du dir dabei? Wir laufen mit ein paar Hundert Pfund Gold, das wir einfach so auf zwei Maultiere geladen haben, in der Stadt herum. Das fordert den Ärger doch geradezu heraus.«

Ah, natürlich. Sie machten sich wegen des Goldes Sorgen. »Von außen betrachtet könnten wir auch Getreidesäcke geladen haben. Natürlich immer vorausgesetzt, ihr schreit es nicht so heraus.« Ich hatte uns bereits mit Schilden gesichert und war nicht sonderlich beunruhigt, da ich mir nicht vorstellen konnte, dass irgendein Straßenräuber dazu in der Lage war, uns etwas anzuhaben.

»Getreide ist nicht so schwer, Mort. Außerdem wissen viele Leute längst, was wir aus der Bank geholt haben«, widersprach Penny.

»Wer denn?«

»Master Aston und alle, die in der königlichen Bank arbeiten, du Trottel.«

»Ich glaube nicht, dass die Bankiers einen Grund haben,

uns auszurauben. Sie scheinen auch nicht aus dem rechten Holz dafür geschnitzt. Was wollen sie denn tun? Uns mit ihren Hauptbüchern drohen?« Ich lachte.

Cyhan schnaubte. »Eher dingen sie jemanden, der die Drecksarbeit für sie erledigt.«

»Man kann keine Diebe anheuern, um Gold zu stehlen. Sie behalten es für sich selbst«, wandte ich ein.

»Das stimmt«, erklärte Cyhan. »Sie würden Mörder anheuern und ihnen das Gold als Bezahlung überlassen.«

»Ihr habt wenigstens etwas Verstand im Kopf«, pflichtete Penny ihm bei.

»Was würden sie denn damit gewinnen?« Ich war wirklich neugierig.

»Der Kreditbrief wäre nicht mehr viel wert, und das restliche Geld bliebe wohlbehalten in der Bank«, antwortete Cyhan sofort.

Ich musste zugeben, da war etwas dran. Anscheinend hatte ich nicht alle denkbaren Motive in Betracht gezogen. Nicht, dass ich in diesem Augenblick noch etwas ändern konnte. Unterdessen hatte ich mein Bewusstsein ausgeweitet, um die Umgebung zu überwachen. Auf dem Heimweg musste ich noch einmal gründlich über alles nachdenken. Die Bankiers kannten unser Ziel und wussten auch, wann wir reisen würden.

Endlich erreichten wir Lancasters Haus. Ich hatte immer erwartet, dass es prächtig war, und wurde nicht enttäuscht. Es stand ein wenig von der Straße zurückgesetzt und war mit einer kleinen Steinmauer gesichert, die für Abgeschiedenheit und Schutz sorgte. Ein schweres schmiedeeisernes Tor versperrte die Zufahrt. Daneben war eine Glocke angebracht, die man läuten konnte, um die Bewohner zu rufen, falls niemand Wache hielt. Glücklicherweise stand dort jedoch ein Posten, sodass wir die Glocke nicht benutzen mussten.

»Mordecai, seid Ihr es?«, fragte der Wächter.

Ich betrachtete ihn genau. Es war ein fast vierzigjähriger Mann, schlank und von der Sonne gebräunt. »Wallace?« Ganz sicher war ich nicht, denn als Junge war es mir nicht besonders wichtig gewesen, mir die Namen der Wächter einzuprägen.

»Ha, Ihr seid es wirklich, Junge! Wie schön, Euch zu sehen. Wartet, ich öffne gleich das Tor. Seine Durchlaucht sagte schon, Ihr würdet heute noch kommen.« Umsichtig entriegelte er das Tor und fuhr die Flügel mit einer kleinen Winde weit auf. Wir Menschen hätten zwar auch die kleine Tür benutzen können, die seitlich in das Tor eingelassen war, doch dort hätten die Maultiere mit den dicken Packen nicht hindurchgepasst.

Es tat gut, jemanden zu sehen, den ich seit meiner Kindheit kannte. Das half mir sehr, mich in dieser fremden Stadt heimisch zu fühlen. Bis dahin war mir gar nicht bewusst gewesen, wie groß mein Heimweh inzwischen geworden war. Als ich mich entspannte, frischte der Wind auf, und ich hatte fast das Gefühl, er flüstere mir etwas zu. Die Luft zupfte an meinen Haaren und ließ kleine Blätter im Hof tanzen. Ich lächelte und atmete tief durch. Während der Wind murmelte, beobachtete ich die Bäume, die sich im Westen der Stadt wiegten. Dort reichte die königliche Jagd bis fast an die Stadtmauer heran. Ein leichter Regen würzte da drüben die Luft, und ein frischer Geruch von Erde und Wachstum stieg empor.

Penny legte mir eine Hand auf die Schulter und riss mich aus dem Tagtraum. »Mort, geht es dir nicht gut?«

»Doch, warum?« Ich sah sie an und brauchte einen Augenblick, um mich auf sie zu konzentrieren.

»Du hast nur herumgestanden, gelächelt und dir selbst etwas zugemurmelt. Mit wem hast du gesprochen?« Ihre dunkelbraunen Augen waren voller Sorge.

»Mit niemandem. Ich habe nur dem Wind gelauscht … er hat vom Regen erzählt, und …« Ich unterbrach mich, denn sie hatte die Augen zusammengekniffen. »Ich meine, ich konnte den Regen riechen, der gerade erst gefallen ist. Es ist ein schöner Tag. Ich wollte dich nicht beunruhigen«, sagte ich.

»Mordecai!« Marc kam aus dem Haus gelaufen, um uns zu begrüßen. »Wie ist es dir in der Bank ergangen? Als ich Vater sagte, dass du dorthin willst, dachten wir daran, eine Abteilung Wächter zu schicken, damit du nicht gleich eingesperrt wirst. Er war sicher, dass sie nicht erfreut sein würden, dich zu sehen.« Für einen Heiligen und Propheten war er dem alten Freund, den ich schon so lange kannte, bemerkenswert ähnlich.

»Ha!«, antwortete ich und vergaß mein Misstrauen angesichts seiner neuen Berufung. »Sie haben uns mit offenen Armen empfangen und ihre Schatzkisten geöffnet! Als Geste ihrer Freundschaft haben sie uns das hier mitgegeben.« Ich deutete auf die Maultiere und ihre schwere Fracht.

Penny runzelte die Stirn. »Damit meint er, dass sie uns beinahe hinausgeworfen hätten, bis er endlich drohte, die Bank zu einem Haufen aus Steinen und Sand zerfallen zu lassen.«

Marcus lachte, obwohl es gar kein Scherz gewesen war. Penny war über mein Vorgehen in der Bank keineswegs erbaut. Ich fragte mich, warum er eine derart gute Laune hatte. »Was macht dich so fröhlich?«, fragte ich. »Hast du dich mit deinem Vater ausgesöhnt?«

Darauf machte er eine betroffene Miene. »Nein, er ist wegen meiner Entscheidung immer noch fuchsteufelswild, allmählich stellt er sich aber darauf ein. Ich bin ganz einfach glücklich, und dich zu sehen, freut mich noch mehr. Seit ich mich für die Göttin geöffnet habe, fühle ich mich in jeder Hinsicht, die man sich nur vorstellen kann, viel besser als früher. Es ist, als hörte ich zum ersten Mal Musik, nachdem ich ein ganzes Leben lang taub war.«

Er schien wirklich glücklich, auch wenn mir seine Gründe dafür ein wenig aufs Gemüt schlugen. Ich wechselte das Thema. »Ist Rose schon da?«

Marcs Augen veränderten sich und zeigten leises Bedauern. Wahrscheinlich trauerte er insgeheim darüber, dass ich nie die Gnade seiner Göttin erfahren würde. »Nein, sie hat sich noch nicht blicken lassen. Wer ist denn dein großer und muskulöser Begleiter?« Er deutete auf Cyhan, der schweigsam bei Penny stand.

»Oh, verzeih mir meine Unhöflichkeit. Cyhan, ich möchte Euch meinen guten Freund Marcus Lancaster vorstellen. Marcus, das ist Cyhan. Der König hat ihn mitgeschickt, damit er meinen Bindungsgefährten ausbildet.« Ich trat zurück, und die beiden schüttelten einander rasch die Hände.

»Mit dem Bindungsgefährten meint er mich«, verkündete Penny. Sie sorgte dafür, dass ich nicht vergaß, wen ich zu wählen hatte.

»Die Anath'Meridum sind legendäre Kämpfer. Wenn ich Euch sehe, begreife ich den Grund«, sagte Marc, als er Cyhans große Hand losließ.

»Ich wurde zwar nie erwählt«, erwiderte Cyhan, »aber ich durfte bei der Ausbildung einiger Krieger mitwirken.«

»Er hat Morts Mutter Elena unterrichtet«, ergänzte Penny. Cyhan schnitt eine Grimasse, als sie es aussprach.

»Warum verzieht Ihr das Gesicht?«, fragte Marc. »Ihr müsst doch stolz sein, eine solche Schülerin gehabt zu haben. Mein Vater sagte mir, Elena sei die gefährlichste Kämpferin gewesen, die er je gesehen hat.«

»Die Anath'Meridum werden nicht nach ihrer Kampfkunst beurteilt, sondern danach, wie gut sie ihren Eid und ihr Bündnis erfüllen. In dieser Hinsicht hat Elena versagt. Meine Schande liegt darin, dass ich die einzige und erste Anath'Meridum ausgebildet habe, die bewusst ihren Eid brach.« Cyhan erzählte dies ohne sichtbare Gefühlsregung, doch die Worte trafen mich wie eine Ohrfeige.

»Was soll das heißen?«, fragte ich kalt.

»Nicht mehr als das, was ich gesagt habe. Ich will niemanden beleidigen, aber Elena hat nun einmal ihren Eid gebrochen und das in sie gesetzte Vertrauen enttäuscht. Für eine Anath'Meridum gibt es keine größere Sünde«, erwiderte der große Mann kühl.

»Dann wäre es Euch lieber, sie wäre geblieben und gestorben? Und ich ebenfalls? Hättet Ihr das gewollt?«

»Es steht mir nicht zu, über so etwas zu urteilen. Sie hat versagt, und nun steht uns ein Krieg bevor, weil Gododdin sich bemüht, einen ungebundenen Magier in die Hand zu bekommen.« Cyhans Gesicht war wie aus Stein gemeißelt.

»Wenn es nach Euch ginge, sollte ich wohl am besten sofort sterben.« Ich war verärgert, hielt meine Gefühle aber zurück.

»Offenbar wisst Ihr nichts über die Anath'Meridum«, erwiderte der Krieger.

»Und Ihr wisst nichts über mich«, gab ich hitzig zurück.

»Ihr seid zornig, weil ich behaupte, Eure Mutter habe versagt. Doch wenn Ihr Euch selbst genau prüft, dann werdet Ihr mich wenigstens teilweise verstehen. Es ist Euer Freund, der vor Euch steht, und doch ist er beinahe das geworden, was die Anath'Meridum verhindern sollen. Könnt Ihr ihm noch trauen, obwohl Ihr doch wisst, dass in ihm ein Wesen lebt, das auch Euch besitzen will? Hat er Euch nicht auf ganz ähnliche Weise im Stich gelassen?« Er sprach ruhig, was den Schmerz, den ich im Herzen spürte, nur noch schmerzhafter machte.

Mir platzte der Kragen. »Überheblicher Dreckskerl!« Ohne nachzudenken, schlug ich mit der Faust nach ihm. Aus solcher Nähe und ohne Vorwarnung hätte sogar jemand wie ich ihn treffen müssen … und doch gelang es mir nicht. Mit einer fast unmerklichen Bewegung wich der Krieger aus, und meine Faust traf nur die leere Luft. Lächelnd fing er meinen Ellenbogen ab und versetzte mir mit der anderen Hand einen Schlag gegen die Schulter. Ein paar Sekunden später blickte ich vom Boden zu ihm auf.

»Wenn Ihr mich angreifen wollt, wäre die Magie der bessere Weg. Euer Zorn ist kein guter Ratgeber.« Auch dies sagte er ohne sichtbare Regung, was mein Gefühl, verspottet zu werden, sogar noch verstärkte.

»Einen Dreck werde ich tun.« Ich holte mit den Beinen aus, um ihm die Füße wegzutreten. Das war jedenfalls mein Plan. Er war bereit, und statt sich umwerfen zu lassen, sprang er hoch und auf mich zu. Als er landete, rammte er mir den rechten Stiefel in den Bauch. Trotz des Schildes spürte ich immer noch den Aufprall. Er wollte mir die Luft aus den Lungen treiben.

Marcus war kein Mann, der in einer solchen Situation untätig herumstand. Als er sah, dass Cyhans Tritt meinen Bauch traf, kam er mir zu Hilfe. Er bewegte sich so anmutig wie ein geborener Boxer und ließ eine Hand vorschnellen, um dem größeren Mann einen Hieb auf den Magen zu versetzen. Er war schnell und hätte beinahe Erfolg gehabt, doch der ältere Krieger war noch schneller, zog eine Hand herunter und lenkte Marcs Schlag ab. Ich rollte mich ab, um den Füßen zu entgehen, während die Kämpfer Schläge austauschten. Marc war gewandt, er war schon immer ein guter Athlet gewesen, aber für den älteren Krieger stellte er keinen ernst zu nehmenden Gegner dar.

Eine kleine Weile duckten sie sich und wichen einander aus, niemand schien einen Vorteil zu haben. Dann zog Cyhan das Bein hoch, um einen raschen Tritt anzubringen. Instinktiv nahm Marc die Hand herunter, weil er seinen Rumpf schützen wollte, und drehte sich zugleich, um dem Tritt auszuweichen. In diesem Augenblick schoss Cyhans rechte Hand vor und traf seine Schläfe. Wie ein gefällter Baum ging Marc zu Boden.

Ich war nicht untätig geblieben, sondern hatte mich längst wieder aufgerappelt und griff den Gegner nun von hinten an. Da er sich auf Marc konzentrierte, hätte er mich nicht bemerken dürfen, und doch spürte er mich irgendwie. Er wich mir blitzschnell aus, und ich stürmte auf die Stelle zu, wo er gerade noch gestanden hatte. Allerdings ließ er mich nicht ungeschoren davonkommen. Er packte den Rücken meines Hemds, verstärkte meinen Vorwärtsdrang und schleuderte mich mit dem Kopf voran gegen das Gebäude, das neben dem Tor stand. Als ich mit dem Gesicht gegen die Steinmauer prallte, verlor ich trotz des Schildes fast das Bewusstsein. Wäre nicht mein magischer Schutz gewesen, ich hätte mir wahrscheinlich den Hals gebrochen. Benommen lag ich am Boden. Mir war schwindlig, und es schien mir ganz so, als griffen zwei oder drei verschiedene Penelopes mit Gehstöcken mindestens zwei riesige Männer an. Oder handelte es sich um meinen Stab? Das war schwer zu erkennen. Ich sah alles doppelt und obendrein verschwommen.

Auch Wallace hatte sich mit gezogenem Schwert in das Getümmel gestürzt. Cyhan nahm ihm die Waffe weg, als wäre er ein Kind, und brachte den Wächter mit einem einfachen Schlag mit der flachen Hand zu Fall. Mithilfe des Schwerts blockte er dann Pennys nächsten Hieb mit dem Stab ab. »Es ist Zeit, dass die Lektionen beginnen«, sagte er ungerührt.

»Fahr zur Hölle! Du bist nur ein übergroßer Rüpel!« Penny stieß nach seinem Bauch, als führte sie einen Speer, doch er trat ihr entgegen, und die Spitze verfehlte ihn. Als er das Schwert am Stab entlanggleiten ließ, musste Penny ihre Waffe fallen lassen, weil sie sonst ein paar Finger verloren hätte. Sofort schlug sie mit den Fäusten auf ihn ein. Ich musste zugeben, dass sie viel Kampfgeist hatte.

Cyhan ließ das Schwert fallen und wehrte ihren Hieb mühelos ab. Fast beiläufig versetzte er ihr eine Ohrfeige. Ihr Kopf flog zur Seite. Ich wollte mich aufrappeln, aber meine Beine waren weich wie Pudding, und ich hatte schon Mühe, nicht gleich wieder ohnmächtig zu werden. Marc war tatsächlich bewusstlos.

Penny gab immer noch nicht auf. Auf einer Wange hatte sie einen roten Abdruck, doch sie ließ nicht locker. Knurrend ging sie wieder auf den kräftigen Krieger los. Er sprang leichtfüßig hin und her, sodass ihr erster Angriff ins Leere lief, und versetzte ihr eine weitere Ohrfeige. »Gut! Du hast den richtigen Kampfgeist. Ich dachte schon, du bist ein verwelktes kleines Blümchen«, stichelte er.

Der Schlagabtausch ging weiter. Nun ja, das ist ein viel zu höflicher Ausdruck. Sie schlug vergeblich nach ihm, und er traf sie … mehrmals. Jedes Mal, wenn sie ihm zu nahe kam, klatschte seine Hand auf ihr Gesicht. Inzwischen hatte sie auf beiden Wangen rote Abdrücke, und obwohl ich immer noch nicht klar sehen konnte, hatte ich den Eindruck, dass auch ihre Lippe aufgesprungen war. Doch sie beobachtete ihn genau. Ihr nächster Angriff war eine Finte. Sie tat so, als wollte sie seinen Bauch treffen. Er versuchte sich zurückzuziehen, doch sie setzte ihren Fuß fest auf den seinen, hielt ihn so und schlug ihm die Faust ins Gesicht.

Der Treffer zeigte keine große Wirkung. Cyhan hielt inne und betrachtete sie gelassen. »Ausgezeichnet, du hast schon etwas gelernt.«

Darauf stieß Penny ein wildes Heulen aus. Eins musste ich ihr lassen, dieses Mädchen war zu einem vorzüglichen Kampfschrei in der Lage. Ohne die Position zu wechseln, schlug sie noch einmal zu, doch er zog nur den Fuß hoch und hebelte damit ihr Bein aus. Ein kleiner Stoß, und sie fiel rückwärts um und landete auf dem Hinterteil. »Die Lektion ist vorbei, Mädchen. Wir fahren heute Abend fort, wenn du dich etwas beruhigt hast.« Damit drehte sich Cyhan um und sah nach Wallace, der gerade wieder aufstand. »Tut mir leid. Alles in Ordnung?« Er bot dem älteren Mann die Hand.

Ehe Wallace antworten konnte, ließ sich eine neue Stimme am Tor vernehmen. »O du meine Güte! Störe ich euch schon wieder bei irgendetwas?« Rose Hightower stand im offenen

Eingang. Ich versuchte, es ihr zu erklären, da ich ihr am nächsten war. »Keine Sorge, Rose, wir werden nur gerade schrecklich verprügelt.« Leider gehorchte mir der Mund noch nicht richtig. Ich bekam bloß ein paar unverständliche Laute heraus.

Nun schaltete sich Penny ein, die offenbar peinlich berührt war. »Äh, Rose ... wir ... äh.« Auch ihr fehlten die Worte.

»Es hat gerade eine Lektion im Nahkampf gegeben, und bei der Gelegenheit haben wir auch einige persönliche Differenzen beigelegt«, antwortete Cyhan. Unterdessen versuchte er, Marc aufzuwecken. »Vielleicht habe ich bei ihm etwas zu fest zugelangt. Hat jemand Wasser?«

Zu fest zugelangt? Er hatte ihn bewusstlos geschlagen und anschließend mich als Rammbock eingesetzt. Der Krieger neigte wirklich zu Untertreibungen. »Mgnach gnass gna gnich gnochmal«, sagte ich. Die Übersetzung schenke ich mir hier. Jedenfalls war es eine ernste Warnung, die sich an ihn richtete.

»Das solltest du dir noch mal in Ruhe überlegen, wenn du wieder bei Sinnen bist.« Cyhan sah mich an. Anscheinend beherrschte er die Sprache der vor Wut Tobenden recht gut. Entweder das, oder er hatte erkannt, dass meine Worte nur eine Drohung bedeuten konnten.

»Was ist hier los?« James Lancaster war auf den Hof getreten. Ich hatte ihn noch nicht bemerkt, aber meine Wahrnehmung war in diesem Moment auch nicht die schärfste. Mehrere Minuten voller Erklärungen waren erforderlich, bis er sich zufriedengab. Ein Eimer Wasser half Marc auf die Beine, und anschließend war er ebenfalls dazu in der Lage, ein paar Fragen zu beantworten. Schließlich hatte der Herzog genug erfahren und konnte sich ein Bild machen. »Demnach habt Ihr meinen Sohn bewusstlos geschlagen ...« Er sah Cyhan scharf an.

Der erfahrene Ausbilder war keineswegs verlegen. »Ja, Durchlaucht.«

»Vor einer Woche noch hätte ich Euch für eine solche Vermessenheit auspeitschen lassen.« James trat einen Schritt vor und streckte die Hand aus. Cyhan schlug ein, und die Männer fassten sich an den Armen. »Danke«, sagte James. Ich hätte ihm beinahe zugestimmt, wäre ich nicht immer noch benommen gewesen.

Eine halbe Stunde später saßen wir alle wohlbehalten im Haus des Herzogs, tranken Tee und leckten unsere Wunden. Ich hatte am meisten abbekommen, mir war immer noch schwindlig. Auch Marc stand noch nicht ganz sicher auf den Beinen. Penny hatte die stärksten äußeren Blessuren davongetragen. Nach den wiederholten Schlägen waren ihre Wangen stark gerötet, die Unterlippe war sogar angeschwollen. Die Blicke, die sie Cyhan über den Tisch hinweg zuwarf, hätten ein Loch in die Wand brennen können. Ich werde nie begreifen, wie Frauen dies fertigbringen, aber nachdem ich in der Vergangenheit bereits das Ziel ähnlicher Blicke geworden war, fand ich es beunruhigend.

»Ich entschuldige mich, wenn ich dich beleidigt habe, Mordecai«, begann Cyhan völlig unerwartet. »Ich habe zwar die Wahrheit gesagt, aber meine wirkliche Absicht war es, dich auf die Probe zu stellen.«

»Ich lasse mich nicht gern auf diese Weise prüfen«, gab ich zurück. »Hoffentlich hast du erfahren, was du wissen wolltest. Beim nächsten Mal wirst du mir nicht mehr so leicht davonkommen.« Was bedeutete, dass ich keine Hemmungen mehr haben würde, die Magie gegen ihn einzusetzen. Mir war ja klar, dass der Mann in einer rein körperlichen Auseinandersetzung so gut wie unbesiegbar war.

Er lachte. »Wenn du dich recht erinnerst, habe ich dich gleich am Anfang davor gewarnt, die Magie einzusetzen. Ich habe jedenfalls erfahren, was ich wissen wollte.«

Rose wurde neugierig. »Was war es denn?«

»Dass er keine Angst hat, einen stärkeren Feind anzugreifen, wenn er das Gefühl bekommt, man habe ihm ein Unrecht angetan. Viele Männer scheuen vor einem solchen Kampf zurück.«

Mir wurde etwas besser, als ich dies hörte, bis Rose fortfuhr: »Ist das gut?«

Cyhan runzelte die Stirn. »Wenn man über die Mehrheit der Menschen spricht, sicherlich. Wenn er ein Soldat oder ein Ritter wäre, sogar ganz bestimmt. Für einen Anführer und Magier ist es aber nicht so gut. Er hat sich von seinen Gefühlen leiten lassen, und die haben sein Urteilsvermögen beeinträchtigt.«

Rose grinste schalkhaft. »Gilt das nicht auch für andere?«

»Keineswegs«, antwortete Cyhan sofort. »Jeder hat aus unterschiedlichen Gründen gekämpft. Marcus beispielsweise hat erst in dem Augenblick eingegriffen, als deutlich wurde, dass ich seinen Freund ernstlich verletzen konnte. Das ist ein Ausdruck seiner großen Loyalität und seines Gerechtigkeitssinns. Andererseits kämpfte er so, als mischte er sich in einen Boxkampf ein. In einer Schlägerei gibt es aber keine Regeln. Seine Dummheit hat ihm Kopfschmerzen eingebracht, und so musste er etwas Dreck kosten.«

»Ich bin nicht sicher, ob ich überhaupt etwas ausrichten könnte. Du hast gekämpft wie ein Löwe«, warf Marc ein. »Ich habe nie zuvor gesehen, dass sich jemand so gewandt bewegt hat.«

»Du hast eine natürliche Begabung und könntest mit etwas Ausbildung wirklich gefährlich werden«, erwiderte Cyhan. »Penny dagegen war mein Hauptziel bei dieser Prüfung, und ich bin über das Ergebnis sehr erfreut.«

Sie fletschte die Zähne. Ich schwöre, dieses Mädchen ist eine halbe Wildkatze. »Beim nächsten Mal wirst du dein blaues Wunder erleben«, drohte sie ihm.

»Du meinst, in einer Stunde?« Er lächelte sie an.

Das nahm ihr den Wind aus den Segeln. »Was?«

»Von jetzt an üben wir jeden Abend. Auf unserer Reise

wirst du auch trainieren, während wir rasten. Du hast zwar einen guten Instinkt, ein gutes Auge und auch viel Mut, aber du kämpfst wie ein Kind. Das muss sich ändern.«

»Mir ist nicht klar, warum sie wie ein Soldat ausgebildet werden muss«, warf ich ein. »Wir können die Bindung doch auch ohne die Ausbildung eingehen.«

Cyhan zog eine Augenbraue hoch. »Es hat tatsächlich mit der Bindung zu tun, aber nicht aus den Gründen, die du dir vielleicht vorstellst.« Er stand auf. »Folgt mir, es ist Zeit für die zweite Lektion.«

Ich zuckte zusammen, denn ich ahnte schon, dass es gleich wehtun würde.

Draußen im Hof stellten Penny und ich uns nebeneinander auf, weil er es aus irgendeinem Grund so verlangte. Unsicher suchte ich seinen Blick. »Also gut, was willst du uns nun lehren, o weiser Meister?« Mein Sarkasmus ist weithin berühmt. Es störte ihn aber nicht.

»Wir wollen für den Augenblick annehmen, ihr wärt schon verbunden. Was glaubst du, warum die Anath'Meridum das Kämpfen lernen?«, fragte er.

»Wahrscheinlich, um ihren Magier vor rücksichtslosen Schlägern zu beschützen«, antwortete ich und sah ihn scharf an. »Aber ich brauche nicht den Schutz eines anderen Menschen. Meine Magie schirmt mich viel besser ab.«

Der große Krieger kicherte. »So, tut sie das? Dann mach dich bereit, denn ich werde dich töten. Wappne dich, so gut du kannst, und zeig mir, dass es unmöglich ist.« Sein Selbstvertrauen ging mir auf die Nerven.

Ich hatte schon einen Schild um mich herum errichtet, den ich nun noch zusätzlich verstärkte, um ganz sicherzugehen. Solange er mich nicht wieder gegen Steinwände schleuderte, war es schwierig, mich zu verletzen, und wenn ich die Magie gegen ihn einsetzte, würde er nie wieder eine Gelegenheit bekommen, es noch einmal zu versuchen.

»Bereit?«, fragte er. Ich versicherte ihm, dass dem so war.

Blitzschnell und ehe ich michs versah, setzte er sich in Bewegung. Er stellte ein Bein hinter mich und riss mich mit einem recht geringen Kraftaufwand um. Ich schlug schwer auf dem Boden auf, doch mein Schild schützte mich. »Das reicht aber nicht«, fauchte ich ihn an, als ich mich abrollte. Er antwortete nicht, doch dafür stieß Penny einen spitzen Schrei aus.

Sofort kam ich mir ausgesprochen dumm vor. Er stand noch dort, wo er mich eben umgeworfen hatte, hielt jetzt jedoch eine scharfe Klinge an Pennys Hals. Ohne den kalten Stahl wegzunehmen, sagte er: »Du bist tot.«

Ich starrte ihn an und war noch nicht sicher, ob ich es wirklich begriffen hatte. Der Angriff auf mich war ein Ablenkungsmanöver gewesen, um sich ihr zu nähern. Endlich nahm er das Messer weg und zog sich zurück. »Verstehst du es jetzt? Es geht nicht um dich. Deine Anath'Meridum wird ausgebildet, um sich selbst zu schützen. Sobald die Bindung entstanden ist, stellt sie den einfachsten Weg dar, dich zu töten, und es gibt tausend Arten, dies zu tun.«

»Warum sollte sich ein Magier auf eine solche Bindung einlassen, wenn es ihn doch nur behindert?«, platzte ich heraus.

»Weil alle Magier sonst verrückt werden … sie ist deine einzige Hoffnung, geistig gesund zu bleiben. Die Bindung schließt eure Geister zusammen. Der Wahnsinn trieb Jerod Mordan dazu, einen Pakt mit Balinthor einzugehen, was unsere Welt beinahe vernichtet hätte. So unterwarfen sie sich der Bindung, um zu verhindern, dass so etwas jemals wieder geschieht. Die Bindung sorgt nicht nur dafür, dass du geistig gesund bleibst, sondern hindert auch jedes andere Wesen daran, jemals in euer Bewusstsein einzudringen. Sag mir die Wahrheit, Mordecai … du hörst bereits Stimmen, oder?«

Verblüfft starrte ich ihn an. Wie ich genau wusste, sagte er die Wahrheit, aber mir war nicht klar, dass er auch von den Stimmen wusste. »Nein … eigentlich nicht.«

»Die Bank hat gebebt, als wir dort waren. Ich weiß nicht, was du dem dicken Bankier erzählt hast, aber wahrscheinlich hast du ihm gedroht, das ganze Gebäude zu zerstören. Das ist nicht gerade das, was ein vernünftiger Mann sagen würde. Vor gerade mal einer Stunde, als wir hergekommen sind, hast du mit dir selbst gemurmelt … du hast mit Wesen geredet, die nur du wahrnehmen kannst. Lüg mich nicht an, du bist schon fast dem Wahnsinn verfallen. Was passiert, wenn das zu weit geht? Wen wirst du töten? Du könntest sogar deine Freunde verletzen. Aus diesem Grund haben deine Vorfahren in die Bindung eingewilligt.«

Ich hörte zu, und noch während ich sprach, nahm ich unter mir ein mächtiges Trommeln wahr. Die Erde lebte, auch wenn ich der Einzige war, der es spüren konnte. *Lügen. Hör nicht zu, sie wollen dich nur kastrieren. Du darfst ihnen nicht trauen.* Ich schloss die Augen und wünschte, ich könnte die Stimme ausblenden. Aber dann flüsterte wieder der Wind mit mir. Im Geiste sah ich den Wald jenseits der Stadt, wo der Wind zwischen den Bäumen spielte, während die Vögel unablässig zwitscherten. Vielleicht verlor ich tatsächlich den Verstand.

14

Die Nacht verbrachten wir im Haus der Lancasters. Cyhan begann ernsthaft mit Pennys Ausbildung, während ich meist in dem Zimmer blieb, das sie mir gegeben hatten. Ich meditierte und hoffte, meinen Geist zu beruhigen und die Stimmen auszublenden, die mich fast ständig heimsuchten. Die meisten waren sanft und so wenig fassbar wie der Wind. Eine aber war stärker und warnte mich davor, mich zu binden. Diese Stimme sprach klar und deutlich, als stünde jemand neben mir und flüsterte mir ins Ohr. Die anderen, erheblich weniger klaren Stimmen benannte ich nach ihrer vermeintlichen Herkunft: Wind, Bäume, das riesige schlagende Herz der Erde. Sie waren nicht menschlich und benutzten eine Sprache, die keine Worte brauchte. Es war etwas sehr Urtümliches.

Die wortlosen Stimmen beruhigten mich, denn sie schienen natürlich zu sein und keinerlei Ziele zu verfolgen. Diese eine Stimme aber ängstigte mich. Sie klang recht menschlich und vertrat ohne Zweifel eine Meinung. Ich fürchtete, sie sei ein Zeichen dafür, dass mir allmählich die Realität entglitt.

Nach dem Abendessen planten wir unsere nächsten Schritte. Marc wollte uns begleiten, und ich vertraute ihm, obwohl ich seine Göttin fürchtete. Allem Anschein nach wollte er uns wirklich helfen, und seine Göttin bestärkte ihn darin. Rose wollte nach wie vor bleiben. Ich hatte ihr den Kreditbrief übergeben und erklärt, was ich über die Bankiers und ihre Motive dachte. Wahrscheinlich erfasste sie es sogar viel besser als ich. Jedenfalls war sie überrascht, als sie sah, wie viel Geld ihr zur Verfügung stand.

»Wer hätte gedacht, dass Tyndal Illeniel so reich gewesen ist?«, erklärte sie. »Er hat nie damit angegeben und ließ sich nichts anmerken, als er noch lebte. Nicht, dass ich ihn persönlich kannte, aber wenn jemand gewusst hätte, dass er ein so großes Vermögen besaß, hätte ich sicherlich viel früher davon gehört.«

»Die wirkliche Frage ist aber doch die, was du mit dem Geld tun wirst. Geld allein hält kein Heer auf«, warf Marc ein.

»Soweit ich es überblicke, braucht Mordecai mehrere Dinge: Männer und Waffen, Rohmaterial, Vorräte und Proviant, und zwar von allem so viel, wie er nur bekommen kann«, erwiderte sie. »Ich werde Wagen mit Material und den nötigen Waren schicken, sobald ich meine Vorbereitungen getroffen habe. Später werden dann die Männer folgen.«

Ich war immer noch unsicher. Ein großes politisches Genie stellte ich ganz gewiss nicht dar, und Söldner hatte ich noch nie gemocht. »Bist du sicher, dass es eine gute Idee ist, Schwertkämpfer einzukaufen? Nach allem, was ich gehört habe, sind sie für ihre Auftraggeber so gefährlich wie für den Feind. Wenn nicht noch gefährlicher …«

Rose sah mich an. »Das wollte ich gerade mit dir besprechen. Söldner sind viel unzuverlässiger als Männer, die für ihre Heimat kämpfen, das ist auf jeden Fall wahr. Ich frage mich, ob du ihnen nicht etwas mehr als nur Gold bieten könntest.«

Ich war nicht sicher, was sie meinte. »Was sonst hätte ich denn zu bieten?«

»Land«, bemerkte sie einfach. »Biete ihnen Land für Gehöfte und Häuser und dazu Geld, um alles aufzubauen, sobald der Kampf vorüber ist. In Lothion gibt es zahlreiche Männer, die ein solches Angebot gern annehmen würden: die Armen, die Arbeitslosen, die Enteigneten, jüngere Söhne von Bauern, die nichts erben können. Die Aussicht, ein Freisasse mit eigenem Landbesitz zu werden, wäre ein starker Anreiz für sie. Damit hätten sie einen guten Grund zu kämpfen und zu siegen, statt einfach nur lange genug zu leben, um ihren Sold einzuheimsen.«

Darauf war ich noch gar nicht gekommen. Tatsächlich war der größte Teil des Landes von Cameron unbewohnt und dies umso mehr, als sich seit siebzehn Jahren kein Lehnsherr mehr darum gekümmert hatte. Neue Siedlungsplätze brachten außerdem Steuern ein, mehr Landwirte produzierten Lebensmittel, und es gäbe mehr Männer, die das Land in der Zukunft und nicht nur heute verteidigen konnten. Wenn Dorians Bemerkungen über die Kraft eines Herrn, die auf der Stärke des Volks beruht, zutrafen, dann war ich ein sehr schwacher Herr. Sobald mehr Menschen dort lebten, würde sich das nachhaltig ändern.

»Ich glaube, das ist eine ausgezeichnete Idee«, stimmte ich nach kurzem Überlegen zu. *Ein Mann kann die Erde nicht besitzen, er kann sie nur für eine Weile teilen.* »Halt den Mund!«, rief ich der Stimme zu. Dann fiel mir auf, dass mich alle anstarrten. »Tut mir leid, damit warst nicht du gemeint, Rose.«

Sie musterte mich einen Augenblick lang. Ich konnte förmlich hören, wie ihr scharfer Verstand arbeitete. »Die Stimmen werden stärker, nicht wahr, Mordecai?« Ihr war anzumerken, wie sehr sie sich sorgte.

»Nein, eigentlich ... ich weiß nicht. Lasst uns bitte fortfahren. Mir geht es gut, außerdem müssen wir noch viele Entscheidungen treffen.« Die Diskussion ging weiter, aber ich bemerkte die heimlichen besorgten Blicke meiner Freunde, wenn sie dachten, es falle mir nicht auf.

Du bist nicht verrückt. Das scheint nur so, weil sie nicht die Wahrheit anerkennen wollen. Hör auf, es zu verleugnen, und nimm es hin. Du bist, wie du bist. Der einzige Wahnsinn besteht darin, sich der Realität zu verweigern.

Ich schloss die Augen, während die anderen darüber redeten, mit welchen Mitteln man die Truppen von Gododdin am besten aufhalten könnte. Meine Augen füllten sich mit Tränen. *Jetzt werde ich direkt unter ihren Augen verrückt*, dachte ich. Die Stimme war so deutlich, ich konnte sogar erkennen, dass es eine Frau war.

Einst war ich eine Frau, beantwortete sie meine unausgesprochene Frage.

Was bist du jetzt?, fragte ich freiheraus.

Das weiß ich nicht genau. Die Zeiten haben sich geändert. Niemand kann mich hören, ein Zeitalter ist vergangen, und die Menschen haben mich vergessen.

Wer bist du?, fragte ich weiter.

Ich erinnere mich nicht. Aber früher einmal habe ich einen Mann geliebt – er trug deinen Namen.

Er war ein Illeniel?

Ja, Mordecai Illeniel war sein Name. Die Stimme hielt inne. Ich spürte fast die Schmerzen, mit denen die Erinnerungen verbunden waren. *Er war dir sehr ähnlich.*

Mordecai?

»Mordecai!« Jemand schüttelte mich.

»Mordecai, schau mich an!« Ich öffnete die Augen. Penny hockte vor mir und hielt meinen Kopf zwischen den Händen. So bekümmert hatte ich sie nicht mehr erlebt, seit ich vor einem Jahr vom Pferd gefallen war. »Komm zurück, Mort. Konzentrier dich … bleib bei mir. Kannst du mich hören?«

»Ich bin nicht taub, Penny.«

»Du bist auch nicht normal. Du hast mit geschlossenen Augen am Tisch gesessen und geweint.« Sie beugte sich vor und küsste mich, ohne sich um die anderen zu kümmern, die uns beobachteten. »Wir müssen etwas tun, Mort. Ich glaube, wir haben nicht mehr viel Zeit.«

Ich war jetzt ruhiger. Nach dem Austausch mit der Stimme fühlte ich mich besser, und dies versuchte ich ihr zu vermitteln. »Schon gut, Penny. Ich glaube, mir geht es jetzt besser. Ich begreife auch ein wenig mehr. Die Stimme hat zu mir gesprochen und mir etwas erklärt. Es ist nicht so finster, wie ich dachte. Ich glaube, wir können uns gut verstehen, wenn ich mehr Zeit bekomme.«

Cyhan schaltete sich ein. »Es ist schon fast zu spät. Das ist bei ihm viel weiter fortgeschritten, als ich angenommen hatte. Ihr müsst die Bindung jetzt sofort eingehen, ehe sein Bewusstsein völlig dahinschwindet.«

»Aber ich bin noch nicht richtig ausgebildet«, wandte Penny ein.

»Das ist auch nicht nötig, um die Bindung einzugehen. Den größten Teil wird er ohnehin selbst erledigen. Die Ausbildung sorgt nur dafür, dass du danach am Leben bleibst«, erwiderte er.

»Ehrlich gesagt, ich halte das für völlig überflüssig«, widersprach ich.

Er achtete nicht auf mich. »Penelope, hast du ein Schwert?«

Sie besaß tatsächlich eines, allerdings hatten wir es nach der Ankunft in der Hauptstadt eingepackt. Rose lief los und holte es, während Cyhan einen durchsichtigen Edelstein aus einer Gürteltasche zog. Marc kam näher. »Kann ich irgendwie helfen?«

Cyhan funkelte ihn an. »Geh jetzt. Deine Göttin könnte versuchen, die Bindung zu stören. Während dieses Vorgangs ist er verletzlich. Wenn sie dies zu ihrem Vorteil nutzt, ist es unser Untergang.«

Marc reagierte empört. »So ist meine Herrin nicht. Sie wünscht ausschließlich das Beste für uns. Wenn die Menschen doch nur einsehen wollten, wie sehr sie uns helfen kann!«

»Du kannst dich jetzt entscheiden«, erwiderte Cyhan. »Entweder du gehst, oder ich entferne dich.« Er überließ es unserer Phantasie, wie genau dies vonstattengehen mochte.

Marc verließ den Raum, war offensichtlich aber nicht erbaut. Gleich darauf kehrte Rose mit Pennys Schwert zurück. Es war die schlanke Klinge, die sie auch bei dem Kampf gegen den Shiggreth benutzt hatte. Vorsichtig übergab ihr Rose die Waffe.

Penny wandte sich an Cyhan. »Und was jetzt?«

»Nichts. Du legst einfach die Klinge auf die flachen Hände, als wolltest du sie ihm geben.«

»Ich will das nicht tun«, warf ich ein.

»Dir bleibt aber gar nichts anderes übrig. Entweder dies, oder ich sorge dafür, dass du diesen Raum nicht mehr lebend verlässt. Hast du das verstanden?« Er sprach vollkommen ruhig, doch ich erkannte die Gewalt, die in seinem großen Körper lauerte. Der Mann war bereit, seine Drohung in die Tat umzusetzen, sobald er irgendeinen Widerstand spürte.

Nein! Sie werden dich kastrieren! Das ist falsch … lass das nicht zu!

»Ich verstehe.« Ich hatte mich entschieden. »Was muss ich tun?«

Cyhan zog eine kleine Schriftrolle aus der Gürteltasche. »Kannst du die lycianische Sprache lesen?« Ich nickte. »Sie leistet ihren Eid vor dir, und du wirst antworten. Leg deine Hände auf ihre, während sie dir das Schwert anbietet«, sagte er.

Ich folgte den Anweisungen, und wir hielten gemeinsam die Waffe. Cyhan legte den durchsichtigen Edelstein auf die flache Seite der Klinge.

Nein!

Wieder hörte ich die Stimme, und unter uns bebte die Erde. Der mächtige Herzschlag wurde schneller. Der Edelstein fiel von der Klinge und rutschte herab.

»Was war das?«, fragte Penny.

Cyhan hob den Stein rasch auf und wickelte dieses Mal ein ledernes Band darum, damit er nicht mehr herunterfiel. »Ich glaube, er verliert die Kontrolle. Wir müssen uns beeilen.«

»Das war ich nicht«, beharrte ich, aber niemand hörte mir zu.

Verstehst du es nicht? Das wird dich umbringen!, rief mir die Stimme zu.

»Die Stimme sagt, es bringt mich um … das kann doch nicht sein, oder?«, wollte ich von den anderen wissen.

»Dein Geist zersplittert, Mordecai. Er kämpft gegen sich selbst. Du musst dich auf das konzentrieren, was wir jetzt tun.« Cyhan war sichtlich besorgt, doch dieser Gesichtsausdruck passte überhaupt nicht zu ihm.

»Aber ich kann nicht die Erde beben lassen. Das … das ist unmöglich. Sie ist viel zu groß, so etwas wird kein Magier tun können«, protestierte ich.

Er hatte Penny bereits ihre Rede überreicht, die sie ohne zu stocken vortrug: »Ich, Penelope Cooper, gelobe feierlich, dir, Mordecai Illeniel, meinen Glauben und mein Vertrauen zu schenken. Mein Leben gehört dir, und du kannst darüber verfügen, wie du willst. Ich bin dein Schwert, ich werde dich schützen und deine Bürde mittragen. Im Licht werde ich neben dir schreiten und deine Feinde bekämpfen, und falls die Dunkelheit in dein Herz eindringt, werde ich …« Nun zauderte sie einen Moment. »Falls die Dunkelheit in dein Herz eindringt, werde ich dir den Tod bringen.« Stolz sprach sie die Worte und blickte mir fest in die Augen. Natürlich sah ich, wie sehr der letzte Teil sie schmerzte.

Cyhan hielt mir die Schriftrolle hin, damit ich antworten konnte. »Lies die Antwort auf Lycianisch, und leg dein ganzes Herz hinein.«

Die Erde vibrierte jetzt gleichmäßig, bis mir die Zähne klapperten und das Haus leise bebte. *Nein! Du bist die letzte Hoffnung! Sie werden alles zerstören, wenn du dies tust!* Vom Boden wallte eine Gestalt empor, die ihre Form aus dem Fundament des Hauses gewann, als wäre der Felsen flüssig geworden.

»Du musst uns abschirmen, Mordecai!«, rief Cyhan. Ich sprach und erschuf gleichzeitig einen Schild aus reiner Energie, der uns umgab.

»Ich kann nur immer wieder sagen, dass ich es nicht bin. Unmöglich kann ich die Erde auf diese Weise beben lassen.« Ich nickte in die Richtung des Körpers, der sich außerhalb meines Schilds bildete. »Außerdem habe ich keine Ahnung, was das da ist.«

»Du bist viel stärker, als dir selbst bewusst ist. Dein schlafender Geist kämpft, um es zu verhindern … beginne mit der Anrufung, ehe es zu spät ist!«, rief er zurück.

Die Angst vor dem Unbekannten ist ein starker Antrieb. Ich las die lycianische Antwort vor: »Ich, Mordecai Illeniel, nehme dich, Penelope Cooper, als meine Bindungsgefährtin an. Unsere Seelen werden vereint und unsere Lebenswege verknüpft sein, von jetzt an bis zu unserem Tod …« Während ich sprach, schälte sich die Gestalt vor meinem Schild immer deutlicher heraus, bis sie einer jungen Frau glich.

Wenn du dies tust, kann ich dir nicht mehr helfen. Dein Leben wird kurz sein, und die Dunkelheit, die kommt, wird dich und alles andere auf dieser Welt verschlingen. Hör auf!

Der Boden schlug Wellen wie Wasser, stieg empor und stürzte auf meinen Schild herab. Die Gewalten hätten mich beinahe umgeworfen, als ich fortfuhr: »Dein Leben ist mein Leben, und ich werde dein Bewusstsein als meinen Schild benutzen und dir dafür größere Kräfte schenken. Solange wir beide leben, werde ich nicht zulassen, dass das Böse in mir Zuflucht findet, und wenn du stirbst, will ich dir in den tiefen Schlaf folgen.« Als ich endete, spürte ich den Energiestrom, der durch unsere Handflächen lief und uns verband. Der Edelstein auf der Klinge glühte jetzt dunkelrot, und das Licht strömte über den Stahl. Ich spürte, wie etwas zwischen uns hin und her ging, und nahm Penelopes beschleunigten Herzschlag wahr. Das Gefühl war dem vor einem Jahr ähnlich, als wir unsere Geister zum ersten Mal für einen Moment miteinander verbunden hatten.

Der Stein war emporgewachsen, bis er meinen Schild auf drei Seiten fast vollständig umschloss, aber jetzt zerbröselte er und rieselte herab. Die Frau stand immer noch auf einer Seite und beobachtete uns.

»Es ist getan«, deklamierte Cyhan und band den Edelstein los. Er glühte noch, als er ihn in die Gürteltasche schob. Die

Frau vor dem Schild wandte sich zwar noch in unsere Richtung, doch rührte sie sich nicht mehr, und ihre Miene zeigte eine unendliche Trauer. Tränen aus reinem Kristall strömten aus den Augen und fielen klirrend zu Boden, und dann regte sich überhaupt nichts mehr. Mir war, als müsste ich mit ihr weinen.

Penny sah mich an. »Mort! Was ist mit deinen Augen passiert?«

Blinzelnd sah ich sie an. Auch sie hatte sich verändert. Genau genommen wirkte die ganze Welt etwas trüber als zuvor, aber ich konnte nicht genau erkennen, was sich da eigentlich verändert hatte. Schließlich bemerkte ich, dass Pennys Augen nicht mehr braun, sondern blau waren. »Meine Augen? Schau dir erst mal deine eigenen an!«

Sie richtete sich auf, um einen Spiegel zu holen, und wäre beinahe gestrauchelt. Die Bewegung hatte sie ein paar Handbreit vom Boden hochschnellen lassen, und auf die anschließende Landung war sie nicht vorbereitet. »Was, zum Teufel?« Danach bewegte sie sich vorsichtiger. »Ist es denn da draußen sicher?«

Sie deutete auf den steinernen Halbkreis, der meinen Schild teilweise umgab. Fragend blickte ich Cyhan an. »Was meinst du?«

»Da dein Bewusstsein jetzt wieder dir selbst gehört, haben wir nicht mehr viel zu befürchten. Spürst du etwas außerhalb des Bereichs, den du schützt?«, fragte er.

Ich tastete durch meinen Geist umher und spürte den Raum, sonst aber nichts. Die Frau aus Stein war jetzt tatsächlich nur noch eine Statue. »Ich glaube, sie ist fort«, erwiderte ich.

»Du sprichst immer von einer ›Sie‹, aber das war doch nicht mehr als ein tieferer Teil deines zersplitterten Geistes«, sagte Cyhan.

Mit dieser Einschätzung war ich nicht einverstanden. So mühelos hätte ich niemals so viel Stein bewegen können. Zumindest hätte ich die Anstrengung spüren müssen. Doch es war wohl aussichtslos, ihn davon überzeugen zu wollen. Ich ließ den Schild fallen, und wir traten in die Trümmer des ehemaligen herzoglichen Frühstückszimmers hinaus. Der Boden hatte sich verlagert und wies nun Dellen auf, Möbelstücke waren umgekippt, Türen aus den Rahmen gesprungen. Die teuren Glasfenster waren geborsten.

Das Erstaunlichste in diesem umgestalteten Raum war jedoch, von der Statue einmal abgesehen, der Halbkreis aus zerfallenem Stein, der den Schauplatz unserer Bindung umgab. Die Statue selbst war die makellose Darstellung einer schönen jungen Frau. Sogar die Zöpfe waren sauber herausgearbeitet, und selbst die Fingernägel, obwohl winzig, konnte man deutlich erkennen. Ich bückte mich und hob eine Kristallträne auf, die auf den Boden gefallen war. »Ich frage mich, was das ist«, überlegte ich.

»Wenn ich raten sollte … Quarz oder vielleicht Diamant«, meinte Cyhan. Ich nahm mir vor, die Steine schätzen zu lassen. Zumindest waren sie eine schöne Erinnerung an dieses Erlebnis.

»Oh du meine Güte!« Penny kam zurückgerannt. Sie war aber zu schnell und prallte gegen die Wand, ehe sie bremsen konnte. Dann klopfte sie sich ab und kam etwas vorsichtiger zu mir. »Mort, ich habe einen Spiegel gefunden. Meine Augen sind blau!« Sie zitterte fast vor Erregung.

»Ich weiß … ich habe es gerade gesehen.«

»Aber deine sind braun!«, rief sie.

»Was?«

Cyhan schaltete sich ein. »Das ist eine seltene Nebenwirkung der Bindung. Der Magier und sein Anath'Meridum tauschen manchmal gewisse Eigenschaften aus. Der Wechsel der Augenfarbe ist zwar selten, aber eigentlich nichts Neues. Es gibt noch weitere Veränderungen, die ihr sicher bald bemerken werdet.«

»Falls ich herausfinde, dass ich jetzt auf Männer stehe, werde ich dem sofort ein Ende setzen«, verkündete ich entschlossen.

»Ich fühle mich schon anders«, meinte Penny begeistert. »Stärker. Und die Welt sieht anders aus. Mort, du strahlst richtig … alles ist so … so hell.« Sie lächelte mich an. »Und blaue Augen wollte ich sowieso schon immer haben.«

»Ich mochte deine Augen, wie sie waren«, nörgelte ich. Mit diesen blauen Diamanten, die da unter dem dunklen Haar blitzten, sah sie beinahe unnatürlich aus.

»Die Bindung macht dich stärker und schneller, und du bist eine bessere Kämpferin als zuvor. Die Wirkung steht in direktem Verhältnis zur Stärke des Magiers, mit dem du die Bindung eingehst. Möglicherweise bist du jetzt sogar stärker als ich«, erklärte ihr der erfahrene Krieger.

Daraufhin versetzte sie ihm ohne Vorwarnung eine Ohrfeige. Die Bewegung war so schnell gekommen, dass ich kaum die Bewegung der Hand verfolgen konnte. »Das ist für vorhin«, sagte sie.

Der Krieger rieb sich grinsend die Wange. »Damit sind wir wohl quitt.«

»Schwerlich. Ich bin dir noch ein Dutzend schuldig, aber das kann bis zum Training warten.«

»Freu dich nicht zu früh. Du bist immer noch so unbeholfen wie ein kleines Hündchen. Es dauert eine Weile, bis du dich an die neue Stärke und Schnelligkeit gewöhnt hast.«

Ich dagegen fühlte mich überhaupt nicht besser. Es kam mir wie eine sehr einseitige Abmachung vor. Die Stimmen waren verschwunden. Ich hörte nicht mehr das Murmeln des Windes, den Herzschlag der Erde oder die sehr reale Frauenstimme. Kaum waren sie verschwunden, schon vermisste ich sie. Inzwischen musste ich mich wohl an sie gewöhnt haben. Die Welt schien leerer und steriler, als wäre das Leben aus ihr gewichen. Dann fiel mir etwas ein. »Wo ist Rose?«

Wir wechselten betroffene Blicke. Am Anfang war sie noch bei uns gewesen, aber jetzt nirgendwo mehr zu entdecken. »Sie ist einen Schritt zurückgetreten, nachdem sie mir das Schwert gegeben hatte, aber ich habe nicht auf sie geachtet«, gestand Penny.

Ich griff mit dem Geist hinaus und erkundete das ganze Haus. Marc fand ich sofort, auch seinen Vater James und noch ein paar andere Leute. Nur Rose war nicht da. Dann untersuchte ich den Raum, in dem wir uns befanden, etwas genauer, und entdeckte sie unter einem Schutthaufen, wo eine Wand zusammengebrochen war. Da ihr Herz rasend schnell schlug, lebte sie offenbar noch. »Sie ist da drüben.« Ich trat zu dem Durcheinander von Balken und Steinen hinüber. »Sie ist verschüttet, lebt aber noch.«

Ich wartete nicht, bis Penny und Cyhan die Trümmer wegzuräumen begannen, sondern sprach ein paar Worte und setzte meine Willenskraft ein, um die großen Granitblöcke und das Holz zur Seite zu schieben. Darunter entdeckte ich eine Kapsel aus hartem Stein. Es sah aus, als wäre der Boden emporgeströmt und hätte sich um sie gelegt, um einen Schild aus Stein zu bilden. Ich war nicht sicher, wie ich diesen Fluss rückgängig machen konnte, daher tastete ich weiter, bis ich Rose' Körper gefunden und ihre Position in der Kapsel bestimmt hatte. Sobald ich ein klares Bild hatte, erzeugte ich in dem freien Raum einen Kraftschild, der sich zwischen sie und den Stein legte. Dann führte ich mit dem Geist einen kräftigen Schlag aus – wie mit einem Hammer –, um den steinernen Sarkophag zu zertrümmern. Als der Stein zerbrach, sah ich sofort Rose' erschrockene Miene. Sobald die Bruchstücke herunterfielen, wollte sie sich aufrichten, stieß aber mit dem Kopf an den harten Schild, mit dem ich sie umgeben hatte. »Aua!«, rief sie.

Wäre die Situation nicht so ernst gewesen, ich hätte gelacht. Ich merkte mir dies als Möglichkeit vor, in Zukunft jemanden zu ärgern, und hob den Spruch wieder auf. »Rose, wie hast du das denn zuwege gebracht?«

Sie klopfte sich gründlich ab und ging dabei so gewissenhaft vor, dass ich an eine Katze denken musste, die sich das Fell säuberte. »Ich habe mich zurückgezogen und euch zugesehen, und dann hat sich ganz plötzlich der Boden bewegt. Da drüben bin ich hingestürzt, und dann ist die Wand über mir zusammengebrochen. Ich dachte schon, sie werde mich zerquetschen.«

»Irgendwie hast du überlebt. Wie hat sich nur der Stein auf diese Weise um dich gelegt?«

»Ich nehme an, das war die Steinfrau. Als die Wand zusammenbrach, sah sie mich, und ich glaube, sie ließ den Boden aufsteigen oder so. Ganz sicher bin ich mir aber nicht, weil alles so schnell ging«, schloss sie.

Ich funkelte Cyhan an. »Das war sicher auch wieder nur mein schlafender Geist.« Ich weiß auch nicht, warum ich es bei ihm überhaupt noch mit Sarkasmus versuchte. In dieser Hinsicht war er anscheinend völlig immun.

»Höchstwahrscheinlich«, bekräftigte er.

Ich kaufte es ihm aber nicht ab. Wer die Frau auch gewesen sein mochte, sie war gewiss keine Ausgeburt meiner unbewussten Gedanken. Vielmehr war sie real, und wenn ihre Handlungen irgendeinen Beweis darstellten, dann konnte sie nicht böse sein. Natürlich hatte nach dieser Definition auch Marcs Göttin das Herz am rechten Fleck, denn sie war offenbar jederzeit gern bereit, die Kranken zu heilen und gute Werke zu vollbringen. Ich beschloss, das Urteil auf einen späteren Zeitpunkt zu verschieben. Die steinerne Frau mochte ebenso wie die Götter verborgene Motive haben.

Nun erschien James Lancaster. »Darf man eintreten, ohne Schaden zu nehmen?« Er spähte durch den geborstenen Türrahmen. »Verdammt! Mordecai, jedes Mal, wenn ich Euch in mein Haus lasse, passiert irgendetwas. Ich will doch hoffen, dass Ihr eine gute Entschuldigung dafür habt?« Er tat nur so, als wäre er wütend, aber ich ließ mich nicht täuschen.

»Tut mir leid. Penny und ich haben Händchen gehalten, und das hat mich wohl ein bisschen zu sehr erregt, Durchlaucht.« War das unangemessen? Ganz bestimmt, aber nach allem, was geschehen war, vermutete ich, dass es letzten Endes ohnehin gleichgültig war.

James starrte mich einen Augenblick verblüfft an, dann kicherte Cyhan leise in sich hinein. Ich hatte ihn noch nie lachen hören, aber er löste damit eine Kettenreaktion aus, bei der sich die Anspannung aller Anwesenden endlich löste. Wie üblich lachte James am lautesten. Es war ein gewaltiges Lachen, das aus dem Bauch kam. Ich passte genau auf, um es beim nächsten Mal imitieren zu können.

15

Am nächsten Morgen waren wir schon früh auf den Beinen. Ich bot James an, den Schaden an seinem Haus zu bezahlen, doch er lehnte ab und erklärte, er sei mir noch eine Menge schuldig, da ich ihm das Leben gerettet habe. Dem widersprach ich zwar, doch ich musste noch viel zu viele andere Dinge erledigen, um meinen Standpunkt mit besonderem Nachdruck zu vertreten.

Schließlich ritten wir gemächlich los. Allein wären wir zwar zügiger vorangekommen, doch die Maultiere, die das Gold trugen, konnten nun einmal nicht schneller laufen. Penny hatte sich mit dem Kettenhemd über dem gepolsterten Gambeson wieder als reisende Kriegerin ausstaffiert und ritt ganz hinten. Jetzt trug sie das Schwert stolz und offen. Die Bindung hatte die Waffe offenbar auch verbessert. Ich hatte sie nicht verzaubert, doch nun war sie so scharf wie das Schwert, das ich für Dorian behandelt hatte.

Darüber dachte ich nach, während wir ritten. Vermutlich erneuerte die Bindung zwischen uns ständig die Magie, die dem Schwert die Schärfe verlieh. Das bedeutete, dass uns die Bindung einen gewissen Preis abverlangte. Ein geringer Teil unserer persönlichen Kraft musste hineinfließen, um sie zu erhalten. Ich fragte mich, ob es noch einen anderen Preis zu bezahlen gab, wusste aber zu wenig über die Angelegenheit, um mir eine Vorstellung davon machen zu können.

Penny war guter Dinge. Begeistert, könnte man sogar sagen. So war sie schon, seit wir die Bindung eingegangen waren. Ihre neu entdeckte Kraft und Energie erfüllte sie zudem mit großer Lebensfreude. Ich bin recht sicher, dass sie sich auf die abendliche Übungsstunde mit Cyhan freute. Im Grunde hatte sie deutlich erklärt, dass sie noch ein Hühnchen mit ihm zu rupfen habe. Hoffentlich fügten sich die beiden keine Verletzungen zu, die ich nicht heilen konnte.

Cyhan lenkte sein Pferd näher an meines heran. »Halt die Augen offen. Wenn sie uns Leute hinterhergeschickt haben, dann werden sie heute Abend oder morgen angreifen.«

Ich hatte unsere vorherige Unterhaltung nicht vergessen. »Ich weiß. Ich erkunde ständig die Hügel in der Nähe. Wenn jemand herankommt, spüre ich ihn. Wir müssten früh genug vorgewarnt werden.«

»Das wäre gut, aber ich würde mich nicht darauf verlassen. Man erlebt immer wieder Überraschungen. Vielleicht kennen sie einen Weg, der Entdeckung zu entgehen, der dir noch nicht bekannt ist«, antwortete er.

Das war typisch. Hätte ich ihm gesagt, dass sie nackt und nur mit Löffeln bewaffnet angreifen wollten, dann hätte er mir erklärt, wie gefährlich ein Löffel sein konnte. Offenbar litt er unter Verfolgungswahn.

Marc beugte sich zu mir herüber. »Mort, du musst dich entspannen. Du wirkst so nervös.«

»Ich bin gar nicht so nervös, oder ich wäre es nicht, wenn er nicht ein solcher Schwarzmaler wäre.«

Um die Mittagszeit rasteten wir, um etwas zu essen. Als wir anhielten, sprang Penny demonstrativ mit einem großen Satz von ihrem Pferd herunter und hüpfte aus dem Stand wieder hinauf. Das machte ihr so großen Spaß, dass sie es mehrmals wiederholte. Als sie Anlauf nahm, um ganz über das Pferd hinwegzuspringen, stieg das Tier, dem ihr seltsames Verhalten offenbar nicht geheuer war, beinahe hoch. Sie musste mehrere Minuten auf das Pferd einreden, um es zu beruhigen.

»Das macht dir viel zu viel Spaß«, bemerkte ich kurz danach, als wir Brot und Käse aßen.

»Und du, mein süßer Mann, bist eifersüchtig«, gab sie zurück.

»Schwerlich. Ich könnte das Pferd über dich hinwegfliegen lassen, aber im Gegensatz zu dir denke ich dabei vor allem an die Angst, die das arme Tier ausstehen müsste«, erwiderte ich unwirsch.

»Wenn ihr zwei mit Essen fertig seid, ist es Zeit für die nächste Lektion meiner Schülerin. Offensichtlich muss sie einen Überschuss an Energie abarbeiten«, schaltete sich Cyhan ein.

Die beiden übten auf einer kleinen Lichtung neben der Straße. Ich war neugierig, wie es ausgehen werde. Penny legte offensichtlich mehr Kraft und Beweglichkeit an den Tag, als man es von irgendjemandem – ob Mann oder Frau – erwarten konnte. Trotzdem war der ältere Krieger mein Favorit, weil er dank Erfahrung und ständiger Übung so gut geworden war, wie es ein normaler Mensch überhaupt nur werden konnte.

Sie kämpften mit bloßen Händen, denn Cyhan war der Ansicht, es sei zu gefährlich, mit Waffen zu üben, solange sich Penny nicht an ihre neuen Fähigkeiten gewöhnt hatte. Das kam dem Eingeständnis gleich, dass er fürchtete, sie könne ihn verletzen, oder er könnte gezwungen sein, bei seiner Verteidigung zu weit zu gehen. Natürlich wusste ich nicht, welche der beiden Möglichkeiten zutraf.

Sobald er »Bereit!« sagte, ging sie schneller als eine Dschungelkatze auf ihn los. Mit bloßem Auge konnte ich ihren eiligen Bewegungen kaum folgen, doch gleich darauf flog sie an ihm vorbei und landete im Gras auf dem Bauch. Ich dachte, das ließe sie einen Moment innehalten, doch da irrte ich mich. Sie war kaum aufgeschlagen, da sprang sie schon wieder hoch und ging erneut auf ihn los. Er war bereit, und Sekunden später flog sie in eine andere Richtung.

»Verdammt, pass auf!«, schrie er sie an. »In einem echten Kampf wären du oder Mordecai längst tot, wenn du dir so viel Zeit dafür nimmst, einfach rumzutrampeln und auf dem Arsch zu landen!«

Das reizte sie erst recht. Sie kam hoch, als hätte sie Sprungfedern in den Beinen, drehte sich dabei und wollte einen Überschlag möglicherweise anschließen. Doch dann übersteuerte sie die Bewegung. Beinahe stürzte sie wieder hin und wäre mit dem Gesicht voran aufgekommen. Nur ihre schnelle Reaktion rettete sie. Sie streckte beide Hände aus, fing sich und stieß sich wieder ab. Das Ergebnis war eine Art taumelnder Überschlag, der sie über seinen Kopf hinwegtrug. Leichtfüßig landete sie hinter ihm, doch ehe sie angreifen konnte, keilte er nach hinten aus und traf ihren Bauch. Ich zuckte zusammen, als ich hörte, wie ihr der Tritt die Luft aus den Lungen trieb. Sie flog mehrere Schritte weit und brach schließlich würgend und nach Luft schnappend zusammen.

Vor Wut hüpfte Cyhan beinahe auf und ab. Das hätte lustig sein können, doch er war fuchsteufelswild, und sie war auch nicht in der Stimmung, in meine Belustigung einzustimmen. Er machte zwei Schritte auf sie zu und zog sie an den Haaren hoch. »Etwas so Dummes habe ich mein Lebtag noch nicht gesehen!«

Penny wollte etwas erwidern, erbrach dann jedoch eine hässliche Mischung aus Brot und Käse auf ihn. Hätte ich mir ihretwegen nicht solche Sorgen gemacht, so hätte ich auch darüber lachen können. Ich eilte sofort zu ihr.

»Verdammt!«, schrie er sie an. Darauf folgte ein langer Strom von Beschimpfungen, die ich mir leider nicht einprägte. Einige hatte ich noch nie gehört. Inzwischen war ich ganz und gar sicher, dass er eine Weile zur See gefahren war. Einige Flüche hatten jedenfalls deutliche Bezüge zur Seefahrt.

»Vielleicht sollten wir eine Pause einlegen …«, schlug ich vor.

»Halt du dich da raus!«, brüllte er mich an und sah aus, als wollte er sie verprügeln und es »Training« nennen, nur um sich für die stinkende Brühe zu rächen, mit der sie ihn angespuckt hatte. Doch er stampfte in Richtung der Pferde davon und beschaffte sich ein Handtuch.

»Alles klar, Penny?« Ich versuchte, ihr beim Aufstehen zu helfen.

»Lass mich bloß in Ruhe!« Sie stieß mich weg. Ich glaube nicht, dass sie mich wirklich so fest anrempeln wollte, aber dann flog ich mehrere Schritte weit und landete auf dem Hintern. »Ich will deine Hilfe nicht, Mort! Ich komme ganz gut selbst zurecht.« Sie entfernte sich in eine andere Richtung, und ich blieb allein auf der Lichtung sitzen.

»Teufel auch, was war das denn jetzt wieder?«, sagte ich zu mir selbst. Offenbar gab es Tage, an denen ich lieber darauf verzichten sollte, meiner mörderischen Freundin zu helfen, nachdem sie sich verletzt hatte. Und das Wort »mörderisch« war gewiss keine Übertreibung. Sie hatte mir ja anvertraut, dass sie schon einmal einen Mord begangen hatte, wenn auch unter ganz außergewöhnlichen Umständen.

Marc, der den Streit schweigend beobachtet hatte, kam zu mir. »Sie war schon immer sehr stolz, Mort. Und wenn jemandes Stolz verletzt ist, dann lässt man ihn am besten in Ruhe«, meinte er.

»Ich wollte ihr doch nur helfen.«

Er seufzte. »Seit du deine magische Begabung besitzt, dreht sich alles um dich. Dann hast du herausgefunden, dass du nicht nur eines, sondern gleich zwei Vermögen geerbt hast, ganz zu schweigen davon, dass du nun zum Adel gehörst. Was glaubst du, wie sie sich da fühlt?«

»Glücklich?«, fragte ich.

»Nein, du Trottel … unterlegen natürlich. Zuerst war sie dir ebenbürtig. Jetzt ist sie die junge Frau, die das Glück hatte, dich als Erste zu packen zu kriegen«, erwiderte er scharf.

»Ich kann doch nichts gegen meine Herkunft tun … und gegen alles andere auch nicht. Nicht, dass mir das alles noch wichtig wäre, wenn sie nicht mehr da wäre«, sagte ich nachdrücklich. »Das weißt du doch.«

»Das Wissen allein reicht manchmal nicht. Die Menschen

denken mit dem Kopf und leben mit dem Herzen. Dies ist das Erste, was wirklich ihr gehört … damit ist sie etwas Besonderes. Für dich ist es vielleicht nur eine Bürde, aber für sie ist die Bindung vielmehr eine Ehre. Deshalb fühlt sie sich gut. Wenn ihr dieser Grobian den Arsch versohlt, ist ihr das peinlich, und du bist der Letzte, der so etwas beobachten sollte.«

»Warum denn ich?«, beklagte ich mich. »Ich bin doch derjenige, der sie am lautesten anfeuert.«

Marc schüttelte den Kopf. »Wie konntest du im Leben nur so weit kommen, ohne das Wichtigste über Frauen zu verstehen? Warum du es nicht sehen sollst? Weil du derjenige bist, den sie vor allen anderen beeindrucken will. Du sollst aber nicht beobachten, wie sie gedemütigt wird.«

Ich musste zugeben, dass Marc die Menschen – und ganz besonders Frauen – schon immer besser verstanden hatte als ich. »Was soll ich denn jetzt tun?«, fragte ich ihn.

»Nichts. Wenn du solche Übungskämpfe noch öfter siehst, hältst du einfach den Mund und greifst nicht ein. Lass ihr viel Freiraum.«

»Und wenn sie sich gut macht? Sollte ich sie nicht loben, wenn sie Erfolg hat?«

Er schnaubte. »Jetzt noch nicht. Später vielleicht. Wenn du sie zu diesem Zeitpunkt wegen eines kleinen Fortschritts lobst, wird sie glauben, du wolltest sie verspotten. Ihr Selbstwertgefühl wird sie sowieso daran hindern, dir zu glauben. In der nächsten Zeit wird sie sich selbst die schärfste Kritikerin sein.«

Anscheinend hatte er jede Menge gute Neuigkeiten. »Wann wird das denn besser?«

»Wenn *er* sie lobt«, erwiderte Marc.

Irgendwie gefiel es mir überhaupt nicht, dass ich herumsitzen und warten musste, bis ein anderer Mann sie lobte. »Wenn ich sie ermutige, ist es Spott, und wenn er das tut, dann wird ihr vor Freude schwindlig?«

»Natürlich«, erwiderte er prompt. »In der wilden Zeit vor meiner Berufung habe ich diese Taktik ständig angewandt, um Frauen für mich zu gewinnen. Du beginnst distanziert und desinteressiert … sogar kalt. Wenn du ihnen dann ein freundliches Wort schenkst, werden ihnen die Knie weich. Das läuft hier ganz genauso. Es ist die schnellste Möglichkeit, eine Frau ins Bett zu bekommen.« Er hielt inne und bedachte noch einmal, was er gerade gesagt hatte. »Nicht, dass es in diesem Fall in eine solche Richtung laufen könnte. Du musst dir wegen Penny wirklich keine Sorgen machen«, fügte er hinzu.

»Auf wessen Seite stehst du eigentlich?«, fauchte ich.

»Auf deiner, mein Freund. Immer auf deiner«, antwortete er lächelnd.

Eine Stunde später waren wir wieder unterwegs. Unsere Reise verlief nun viel angenehmer, weil überhaupt niemand mehr redete. Vielmehr hing das Schweigen wie eine dunkle Wolke über uns. Ja, es mochte wirklich eine großartige Reise werden.

Als die Abenddämmerung kam, schlugen wir unser Lager auf. Nach einem schweigsamen Mahl erklärte Cyhan, die abendliche Übungsstunde falle diesmal aus. Ich war nicht sicher, ob Penny Zeit brauchte, um sich zu erholen, oder ob er sich selbst nicht traute und womöglich zu unvorsichtig mit ihr umgehen würde. Jedenfalls hatte ich nichts dagegen, die Ruhephase etwas zu verlängern.

»Hast du jemanden in der Nähe gespürt?«, fragte er mich sicherlich zum zehnten Mal.

»Nein, ich habe den ganzen Tag über gar nichts aufgefangen«, erwiderte ich.

»Das macht mir Sorgen«, sagte er. Dies überraschte mich nicht, denn er machte sich immer Sorgen, ganz gleich, was ich ihm mitteilte. »Ich werde mich besser fühlen, wenn es vorüber ist. Diese Warterei ist doch das Schlimmste«, fügte er hinzu.

Da waren wir schon zwei, wenn auch aus unterschiedlichen Gründen. Ich sparte mir die Mühe, ihm zu sagen, dass ich mich sofort melden würde, wenn ich etwas bemerkte. Er würde trotzdem weiter fragen. Ich war allerdings der Ansicht, dass die Bankiers es ganz sicher nicht gewagt hatten, etwas so Finsteres wie einen Hinterhalt zu planen. »Stellen wir Wachen auf?« Ich bin nicht sicher, warum ich überhaupt fragte, denn die Antwort lag auf der Hand.

»Normalerweise würde ich vorschlagen, dass deine Anath'-Meridum mit Marcus die eine und wir die zweite Wache übernehmen. Ihre Sinne sind jetzt so scharf, dass sie jeden Feind beinahe so schnell bemerkt wie du.« Das überraschte mich; mir war nicht bewusst gewesen, dass sich ihre Sinne ebenfalls verstärkt hatten. Er fuhr fort: »Ehrlich gesagt, ich traue ihr aber noch nicht so weit. Deshalb wirst du mit Marcus die erste Wache übernehmen. Ich bleibe dann zusammen mit ihr wach und sorge dafür, dass sie keine Dummheiten macht.«

»Ich bin nicht taub«, grollte sie.

»Das solltest du auch hören. Vielleicht lernst du dann mal endlich was.«

»Also gut, also gut, ich übernehme die erste Wache und wecke euch zwei nach Mitternacht«, willigte ich rasch ein. Ich wollte unbedingt vermeiden, dass zwischen ihnen ein neuer Streit entbrannte.

Sie suchten sich Schlafplätze an unserem kleinen Lagerfeuer, und bald darauf lagen sie mit dem Rücken zum Feuer da und rührten sich nicht mehr. Marc und ich unterhielten uns noch eine Weile, meist über die alten Zeiten, aber dabei mussten wir leise sein, um die schlafenden Gefährten nicht zu wecken. Schließlich hörten wir zu reden auf und saßen uns schweigend am Feuer gegenüber. Dadurch hatte ich eine Menge Zeit zum Nachdenken.

Ich hatte schon eine Vorstellung davon, wie ich mit möglichen Dieben umgehen wollte, falls wir überhaupt auf Räuber stießen. Allerdings war ich nicht ganz sicher, ob es funktionieren würde. Ich ergriff diese Gelegenheit, die Idee weiter auszuarbeiten und mir die Worte zurechtzulegen, die ich sprechen wollte, wenn so weit war.

Die Zeit verging nur langsam, und bald hatte ich keine Dinge mehr, über die ich nachdenken konnte. Ich stand auf und umrundete einige Male das Lager, um die Müdigkeit zu vertreiben. Unterwegs sammelte ich kleine Steinchen auf. Falls wir in einen Hinterhalt gerieten, würde ich sie später noch brauchen. Allmählich wurde ich sehr müde. Irgendwann erreichte der Mond einen Punkt am Himmel, der mir verriet, dass meine Zeit verstrichen war. Deshalb ging ich zum Feuer und weckte zuerst Penny.

Sanft schüttelte ich sie an der Schulter. »Wach auf, du schlafende Schönheit.«

Im schwachen Licht schlug sie langsam die Augen auf. »Mort?«

»Ich bin es«, bestätigte ich leise.

»Tut mir leid, wie ich mich vorhin verhalten habe. Ich war wütend auf mich selbst, nicht auf dich. Ich hätte dich nicht so anfahren dürfen.«

»Mach dir keine Sorgen, du stehst ja unter einer großen Belastung«, sagte ich.

»Ich will nur möglichst schnell lernen. Uns bleibt nicht mehr viel Zeit.«

Ich wusste, was sie meinte. »Ja. Aber mach dir in der kurzen Zeit, die wir noch haben, nicht noch ständig Selbstvorwürfe.«

»Ich schaffe das, Mort. Es ist keine Zeitverschwendung«, sagte sie scharf.

»Das weiß ich. Aber uns bleiben nur noch einige Monate«, antwortete ich hastig. Etwas zu hastig vielleicht.

»Was soll das jetzt heißen?«, fragte sie misstrauisch.

Ich war der Meinung, dass dies offensichtlich war. Warum Frauen in einfachen Aussagen immer nach tieferen Bedeutungen suchen müssen, wird mir ewig ein Rätsel bleiben. »Damit meine ich, dass ich es verstehe. Nur ist es so, dass das, was du lernen willst, nicht leicht ist. Du solltest dich nicht zu sehr antreiben.«

»Findest du etwa, ich sollte einfach aufgeben?« Es klang zornig.

Wie war sie nur so schnell von Schuldgefühlen zu Empörung gewechselt? »Penny, ich habe doch nicht gesagt …«, begann ich so ruhig wie möglich.

Sie stand mit einer fließenden Bewegung auf, allerdings so energisch, dass sie beinahe gestolpert wäre. Das machte die Sache nicht besser. »Da ist dein Nachtlager. Ich fürchte, dieses Gespräch führt zu nichts«, knurrte sie.

Die Antwort darauf schenkte ich mir. Zweifellos würde ihr verdrehtes Selbstwertgefühl auch meine nächsten Bemerkungen in eine Kritik an ihren Fähigkeiten ummünzen, ganz gleich, was ich sagte. Sie marschierte zu Cyhan hinüber und weckte ihn, ehe ich mich hinlegte. Ich hatte eine Ahnung, dass ich schlecht schlafen würde. *Dieses störrische Mädchen*, dachte ich.

16

Tatsächlich brauchte ich eine ganze Weile, um einzuschlafen, und kaum war es mir gelungen, da schüttelte mich Cyhan schon wieder wach. »Was ist los?«, fragte ich benommen.

»Es ist Morgen. Zeit aufzubrechen«, erklärte er.

Das schien mir zwar ausgeschlossen, doch der helle Himmel gab ihm recht. Wenn der Morgen jemals einen Komplizen gehabt hatte, dann war es Cyhan. Die beiden mussten sich eindeutig verschworen haben, mir den Schlaf zu rauben. Ich stand auf und packte unsere Sachen. Dabei war ich keineswegs mürrisch. Ehrlich.

Penny hatte in der Glut des Lagerfeuers einen großen Topf Haferbrei gekocht. Beim ersten Löffel wurde mir klar, dass jemand vergessen hatte, Zucker und Gewürze einzupacken. Ich sagte nichts zu ihr, denn nach den Erlebnissen des vergangenen Abends hätte das ihre Stimmung gewiss nicht verbessert.

»Wie ist der Haferbrei?«, fragte sie. Es war nicht klar, ob sie mich oder uns alle meinte.

»Geht so«, antwortete Marc.

»Hab schon schlimmere Sachen gegessen«, meinte Cyhan.

»Entschuldigung, ich habe vergessen, die Gewürze einzupacken«, sagte sie.

»Das ist gar nicht so übel. Ich mag ihn«, sagte ich und hoffte, dass sie sich damit besser fühlte.

»Danke für den Spott. Es ist so schon schlimm genug, du musst nicht auch noch den Neunmalklugen spielen.« Dabei funkelte sie mich böse an.

Erschrocken riss ich den Mund auf. Ich hatte es überhaupt nicht sarkastisch gemeint. Hilfe suchend wandte ich mich an Marc, denn offensichtlich wurde ich zu Unrecht beschuldigt.

Er schüttelte jedoch nur enttäuscht den Kopf. Cyhan kicherte leise. *Wenigstens einer, der gute Laune hat*, dachte ich verdrossen.

Marc half mir nach dem Essen, die Schalen zu säubern. Da es in der Nähe keinen Bach gab, mussten wir den Sand aus einem trockenen Wasserlauf in der Nähe benutzen. »Du hast gestern überhaupt nicht zugehört, was?«

»Ich hätte nicht gedacht, dass es so schlimm ist«, log ich. »Es gibt doch keinen Grund, außerdem auch noch grausam zu sein.«

»Falsch«, entgegnete er.

»Hätte ich denn über das Essen schimpfen sollen, so wie Cyhan?« Wenn ich jetzt darüber nachdachte, fiel mir auf, dass sie sich tatsächlich nach seiner Bemerkung entschuldigt hatte.

»Nein, sie ist sowieso schon wütend auf dich. Du hättest dich auf eine neutrale Antwort beschränken sollen – wie ich. Ich glaube kaum, dass du im Moment fähig bist, sie da herauszuholen.«

»Wenn es ihr hilft, wenn ich mich wie ein Arschloch benehme, dann kann ich auch gleich …« Ich ließ den Satz unvollendet. Es hatte ja sowieso keinen Zweck.

Diese Gelegenheit ließ Marc sich nicht entgehen. »Sieh mich nicht so an! Nur weil ich jetzt Geistlicher bin, heißt das noch lange nicht, dass ich in Zukunft Männer bevorzuge!« Dabei lachte er.

Ich wollte ihm eine ungeheuer schlagfertige und kluge Antwort geben, doch mich rettete eine Ablenkung. Nicht, dass es eine gute war. Ich hielt inne und schloss die Augen, um mich zu konzentrieren. In der Ferne, an der Grenze meiner Wahrnehmung, spürte ich mehrere Männer. Nach dem Aufbruch aus Washbrook hatte ich Menschen in fast einer Meile Entfernung wahrgenommen, wenn ich mir Mühe gegeben und meine Gedanken beruhigt hatte. Jetzt stellte ich fest, dass ich höchstens noch eine halbe Meile schaffte.

»He, nun sei doch nicht so!«, sagte Marc. »Mort?«

»Warte. Da draußen ist jemand.« Ich hob eine Hand und strengte mich an, um meine Wahrnehmung auszudehnen, doch es nützte nichts. Die Gestalten, es waren fünf oder sechs, entfernten sich, bis ich sie nicht mehr spüren konnte. Schließlich öffnete ich die Augen und sah meinen Freund an.

»Also? Was hatte das zu bedeuten?«, fragte er.

»Etwa eine halbe Meile entfernt waren Leute auf der Straße.« Ich deutete in die Richtung, in die wir bald aufbrechen würden.

»Andere Reisende ... oder jemand, der auf uns wartet?«

»Das kann ich nicht erkennen. Lass es uns den anderen sagen.«

Cyhan und Penny übten, als wir zurückkehrten. Dieses Mal war Penny zwar vorsichtiger, doch die Ergebnisse waren die gleichen wie zuvor. Ganz gleich, wie schnell sie sich bewegte und zuschlug, sie konnte den alten Krieger nicht erreichen. Allerdings gab sie ihm auch nicht mehr die Gelegenheit, sie umzuwerfen.

»Ihr solltet euch die Kräfte aufsparen«, riet ich den beiden.

»Hast du etwas gespürt?«, fragte Cyhan, als sie sich voneinander lösten.

Ich berichtete, was ich entdeckt hatte. »Es könnten natürlich ganz einfach andere Reisende sein«, sagte ich.

»Das könnte sein.« Er überprüfte bereits seine Waffen. »Aber wir gehen besser von der Annahme aus, dass sie einen Hinterhalt planen.«

»Vielleicht könnten wir die Straße verlassen und ihnen ausweichen«, schlug Penny vor.

»Das ist keine gute Idee«, schaltete sich Marc ein. »Ich bin schon oft auf dieser Straße gereist. Wenn wir die Räuber umgehen wollen, verlieren wir mehrere Tage.« Er deutete auf die Hügel, die steil vor uns anstiegen. »Ich bin nicht einmal sicher, ob wir dort zurück auf die Straße kommen.«

»Lieber das, als tot zu sein«, meinte Cyhan. »Ich kenne die

Wildnis im Norden. Wenn wir die dortigen Hügel umgehen, erreichen wir eine tiefe Schlucht. Wir müssten ihr ein Dutzend Meilen folgen, ehe wir sie wieder verlassen können, aber das wäre machbar. Jedenfalls haben wir genug Zeit.«

»Ich hätte nicht gedacht, dass du einem Kampf ausweichst«, bemerkte ich.

»Dann kennst du mich schlecht«, erwiderte er freiheraus. »Ich kämpfe nur, wenn die Aussichten günstig für mich sind oder wenn es keinen anderen Weg gibt. Wir haben aber noch weitere Möglichkeiten.«

»Ich würde lieber auf der Straße bleiben.« Ich starrte ihn an.

»Ich glaube, du hast nicht richtig zugehört.« Er wich meinem Blick nicht aus.

»Doch, ich habe es gehört. Ich bleibe auf der Straße. Wenn du einen anderen Weg einschlagen willst, darfst du das gern tun.«

Die Spannung, die nun in der Luft lag, war fast körperlich zu spüren. »Mit dir wird es noch mal ein schlimmes Ende nehmen, Junge, und wahrscheinlich wirst du dabei vielen Leuten wehtun.«

Ich kehrte ihm den Rücken zu und ging zu meinem Pferd. Mit einem Blick über die Schulter sagte ich: »Man hat mir sowieso schon einen schlimmen Tod vorhergesagt, aber die Verabredung ist nicht für heute geplant.« Dabei suchte ich Pennys Blick. Das einzig Gute, wenn man weiß, dass man sterben muss, ist die Gewissheit, wann man *nicht* stirbt.

Penny sprang mir bei. »Er hat recht. Heute werden wir nicht sterben.«

»Ist das eine deiner Visionen?«, fragte Cyhan. Es überraschte mich, dass sie ihm schon so viel über sich erzählt hatte.

»Ja.«

»Das ist ja alles gut und schön, aber mir ist völlig gleich, wann ihr beiden sterbt. Ich mache mir vor allem Gedanken über meine eigene Lebensdauer. Ich möchte wetten, darüber hat deine Vision nichts verraten.«

»Da kannten wir uns noch nicht«, erwiderte Penny zögernd. »Er hat recht, Mort. Wir dürfen die anderen nicht wegen einer Vision in Gefahr bringen, die nur uns zwei betrifft.«

Dieser schnelle Sinneswandel ärgerte mich. Vor ein paar Tagen hatte sie angenommen, ich würde verrückt werden, aber sie wäre mir auf diesem Weg ohne nachzudenken gefolgt. Jetzt war ich angeblich geheilt, und sie war meine Anath'Meridum, und doch war seine Meinung wichtiger als meine. Vielleicht war das irrational, aber ich konnte nichts gegen meine Gefühle tun.

»Ich sag euch was«, erwiderte ich. »Da ich sicher bin, dass ich überleben werde, gehe ich allein. Wenn ich mich vergewissert habe, dass die Luft rein ist, komme ich zurück und hole die Damen ab.« Ja, es war natürlich dumm, so etwas zu sagen, aber inzwischen war ich auf zwei meiner Reisegefährten ziemlich wütend.

»Wenn du dich mehr als zweihundert Schritte von Penelope entfernst, werdet ihr beide durch die Belastung eurer Bindung sterben«, erwiderte Cyhan.

»Was?«, riefen Penny und ich gleichzeitig.

Über diese kleine Einschränkung hatte uns noch niemand informiert.

»Das ist doch lächerlich! Lass es uns aufheben … so können wir doch nicht leben«, verlangte ich aufgeregt.

»Mort«, antwortete Penny leise.

»Es ist möglich, Penny. Wir müssen nur beide einverstanden sein, dann ist es vorbei.«

»Nein, Mort. Das werde ich nicht zulassen. Ich meinte den Eid ernst … jedes Wort davon. Es ist wichtig.« In ihren blauen Augen sammelten sich schon die Tränen.

»Außerdem …«, begann Cyhan.

Allmählich war ich die ständigen Unterbrechungen leid. Er hatte es bereits geschafft, meine zukünftige Frau gegen mich einzunehmen. »*Kyrtos!*«, fauchte ich ihn an. Mit diesem Spruch konnte man Menschen zum Schweigen bringen.

»Das funktioniert bei mir auch nicht.« Er zog den glühenden Stein hervor, der durch die Bindungszeremonie entstanden war. »Solange ich den besitze, kann mir deine Magie nichts anhaben.«

Es war ein Tag voller Überraschungen. »Gibt es sonst noch etwas, das ich wissen sollte?«, schimpfte ich. Inzwischen war ich über alle Maßen wütend. Er hatte mir absichtlich verschwiegen, welche Folgen unsere Bindung für mich haben würde. Ehe er etwas sagen konnte, ergriff Penny das Wort.

»Ja«, sagte sie. »Der Edelstein ist ein Schlüssel, ein unentbehrlicher Teil der Bindung. Er glüht, solange die Bindung existiert, aber …«

»Aber was?«

»Sie will dir erklären, dass ich den Edelstein zerstören kann, wenn ich den Eindruck gewinne, dass du eine Gefahr darstellst. Das ist eine zusätzliche Absicherung für den Fall, dass ihr beide den Verstand verliert«, beendete Cyhan die Erläuterung.

»Und was passiert dann?«, fragte ich.

»Wir sterben, Mort.« Penny war inzwischen ganz außer sich.

»Und das hast du schon vorher gewusst?«, rief ich.

»Ja. Es ging nicht anders, Mort. Du hast den Verstand verloren. Ich konnte es nicht ertragen, tatenlos dabei zuzusehen«, klagte sie. »Ich habe es zu deinem Besten getan.«

»Es war wohl nicht nötig, mich nach meiner Meinung zu fragen, was?«

Marcus kam zu uns. »Es ist gar nicht so schlimm, wie es zu sein scheint. Du …«

»Und ob es das ist!«, brüllte ich zurück.

»Mort, ich liebe dich. Für mich war das der einzige Grund, so etwas überhaupt zu tun«, fügte Penny hinzu, als könnte das etwas ändern.

»Du kannst deine Liebe nehmen und zur Hölle fahren!«, fauchte ich. Kaum dass ich es gesagt hatte, bereute ich es schon wieder, aber ich war zu aufgebracht, um innezuhalten. »Du kannst auch die Hochzeit vergessen.« Ich zog einen kleinen Beutel vom Gürtel ab. Er enthielt den Ring, den ich vor mehr als einem Monat bestellt hatte.

»Hier, den kannst du behalten. Verkauf ihn oder tu damit, was du willst, es ist mir egal. Wir sind fertig miteinander.« Ich warf ihn ihr vor die Füße.

Sie kniete nieder, um den kleinen Beutel aufzuheben, und spürte mit den zitternden Fingern natürlich sofort, was sich darin befand. »Mordecai! Nein, du verstehst es nicht! Das ist falsch, ich liebe dich doch!«

»Mein Vater und ich haben eins gemeinsam, Penelope. Keiner von uns kann einen Lügner ertragen.« Meine Stimme war jetzt kälter als Eis. »Wenn du nicht auch in Bezug auf deinen Eid gelogen hast, dann solltest du dich jetzt um deine Aufgaben kümmern. Ich gehe die Straße hinunter, und du kommst mit … hast du das verstanden?«

»Glaube ja nicht, dass mich dein Ärger umstimmen kann, Junge. Oder hast du das hier vergessen?« Cyhan hielt den Edelstein mit zwei Fingern hoch.

Die Wut fegte wie ein schneidend kalter Winterwind durch mich hindurch. Ohne ein weiteres Wort ließ ich eine Bö auf seine Hand los, und der Edelstein flog ihm aus den Fingern. »*Grabol ni'targoth. Forzen!*«, sprach ich direkt danach. Unter ihm entstand ein Loch im Boden, und Cyhan stürzte in eine flache Grube. Ehe er reagieren konnte, schloss sich die Erde um ihn. Unterdessen ging ich gemächlich zu dem Edelstein und hob ihn auf.

»Was tust du da, Mort?«, rief Marcus.

»Du bleibst hier und passt auf ihn auf. Sorg dafür, dass niemand kommt und dem Narren den Kopf abhackt, ehe wir zurück sind.« Seine Frage ließ ich unbeantwortet.

Auch Penny versuchte, mich zu besänftigen. »Mordecai, das ist verrückt. Beruhige dich doch, und dann lass uns darüber reden.«

Ich marschierte an ihr vorbei, ohne darauf einzugehen. »Ich erinnere mich nicht, dich nach deiner Meinung gefragt zu haben. Komm mit. Wir haben etwas zu erledigen.«

Fassungslos sah sie mich an. Offenbar war sie nicht sicher, wie sie sich jetzt verhalten sollte. Erst ging ich weiter. Schließlich blieb ich aber doch kurz stehen. »Was hast du neulich gesagt? ›Mein Leben gehört dir, und du kannst darüber verfügen, wie du willst.‹ Das hattest du doch geschworen, oder? Es ist Zeit, dass du deine Arbeit aufnimmst. Es sei denn, du hast beschlossen, dass du meinem Leben jetzt lieber ein Ende setzt.« Ich ging weiter, stieg jedoch nicht auf ein Pferd. Die Tiere konnten sich als hinderlich erweisen, falls tatsächlich jemand einen Hinterhalt vor uns geplant hatte.

Es dauerte eine Weile, bis sie sich bewegte. Inzwischen hatte ich mich auf der Straße schon fast hundert Schritte entfernt. Schließlich rannte sie los und holte mich rasch ein. »Du bist entsetzlich«, sagte sie, als sie nur noch ein paar Schritte entfernt war.

»Und du bist der Leibwächter und Scharfrichter des Entsetzlichen«, erwiderte ich sarkastisch.

Wir gingen weiter, bis wir die Stelle erreicht hatten, wo ich zuvor die Männer aufgespürt hatte. Als wir uns näherten, entdeckte ich die Räuber, die sich etwa hundert Schritte vor uns am Straßenrand versteckt hatten. Meiner ersten Zählung nach waren es fast zwanzig. »Halt!«, fuhr ich Penny an.

Knurrend und zähneknirschend wandte sie sich an mich. »Wenn du glaubst …«

»Halt den Mund. Vor uns auf der Straße ist eine Falle. Ich

glaube, sie haben ein Loch ausgehoben.« Es war ein unbefestigter Weg voller Staub, unter dem ich jedoch einen großen leeren Raum spürte. Ich konzentrierte mich … und entdeckte das Holz und das Segeltuch unter dem Straßenstaub. Sie hatten ihre Sache gut gemacht. Obwohl ich inzwischen Bescheid wusste, konnte ich keinen Unterschied zwischen der Straße und der Fallgrube erkennen.

Da ich ohnehin gerade wütend war, formte ich in dem Bereich, wo sich die Falle befand, einen flachen Schild, über den wir laufen konnten. Ich war sicher, dass er mein Gewicht tragen würde.

»Sagtest du nicht, dort sei eine Falle?«, fragte Penny unsicher.

»Richtig, aber jetzt wollen wir mal sehen, wie sie sich fühlen, wenn wir mühelos darüber hinwegspazieren. Komm, es ist sicher.« Ich drehte mich um und ging weiter. Penny folgte mir eilig.

»Was tust du, wenn wir sie finden?«

»Ich rede mit ihnen und versuche, sie umzustimmen«, erwiderte ich. Die Tatsache, dass es nur noch fünfzig Schritte waren, hatte ich ihr nicht eigens mitgeteilt. Mit einer raschen lycianischen Beschwörung schützte ich Penny mit einem Schild. Ihr Kettenhemd mochte zwar Pfeile abhalten, aber ein Zufallstreffer konnte sie dennoch töten, wenn er eine ungeschützte Stelle traf.

»Ich glaube, ich höre sie«, flüsterte sie. Anscheinend waren ihre Ohren inzwischen besser als meine, denn ich vermochte nichts aufzufangen, obwohl ich wusste, dass die Gegner links und rechts neben der Straße nur noch zwanzig Schritte entfernt waren.

»Ja, da sind sie …«, begann ich, aber die Räuber warteten nicht, bis ich den Satz beendet hatte. Aus mehreren Richtungen zugleich prasselten Pfeile auf uns ein, die jedoch harmlos von den Schilden abprallten. Penny hatte das Schwert gezogen, ehe ich auch nur blinzeln konnte. Sie war so schnell, dass sie beinahe einen Pfeil im Flug zerschnitten hätte, wenn auch immer noch etwas ungelenk.

»Das musst du noch üben«, bemerkte ich und holte meinen kleinen Beutel mit Steinen hervor. Ich griff hinein, zog einen in der Größe meines Daumens heraus und drehte ihn zwischen den Fingern hin und her. »Wer ist euer Anführer? Ich möchte euch ein Angebot machen!«, rief ich den Bäumen am Straßenrand zu. Bisher hatten sich die Banditen noch nicht gezeigt.

Die Antwort bestand aus einem weiteren Pfeilhagel. »Na gut«, sagte ich. »*Tielen striltos!*« Ich blies auf den Stein in meiner Hand, der davonsauste, als wäre er aus einer Schleuder abgeschossen worden. Er flog in einem Bogen und folgte der unsichtbaren Linie, die ich im Geiste vorgezeichnet hatte, bis er den Kopf eines Bogenschützen traf, der sich zwischen den Bäumen versteckt hatte. Ich hörte ein Klatschen und sah mit dem Magiersinn, wie der Mann in seinem Versteck zusammenbrach.

Die Pfeile flogen unablässig, deshalb wiederholte ich den Angriff mit drei weiteren Steinen. Drei Räuber gingen im Zwielicht zwischen den Bäumen zu Boden. »Wir sollten uns wirklich unterhalten! Es muss doch nicht so enden!«, rief ich noch einmal. Penny sah mir genau zu und war nicht ganz sicher, was hier vor sich ging. Wahrscheinlich erkannte sie nicht, wie wirkungsvoll die Steine waren.

Ein paar weitere Pfeile kamen geflogen. Ich prägte mir den Ursprung ein und zielte zunächst auf die Männer, die sie abgeschossen hatten. Drei Steine, vier, fünf … ganz sicher war ich mir nicht, aber schließlich meinte ich doch, ich hätte die Bogenschützen erledigt. »Ich werde dieses Angebot nicht wiederholen! Streckt die Waffen und kommt heraus, damit wir reden können!«

Ich hörte Flüche, als sie bemerkten, wie viele ihrer Kameraden bereits ausgeschaltet waren. Dann rannten sie durch das dichte Unterholz davon. »Verdammt«, schimpfte ich.

»Was ist los?«, fragte Penny. »Laufen sie vor den Steinen weg?«

»Es scheint so. Ich wollte sie nicht alle verletzen, aber ich kann sie doch auch nicht entkommen lassen. Es könnten noch mehr unterwegs sein.« Die fliehenden Männer waren noch sehr nahe, soweit es meine Magiersinne betraf. Selbst in vollem Lauf würden sie noch ein oder zwei Minuten brauchen, um außer Reichweite zu gelangen. Ich schickte ihnen Steine hinterher und traf sie nacheinander, bis sie reglos am Boden lagen.

»Ich glaube, das waren jetzt alle«, sagte ich, während ich die restlichen Steine in den Beutel zurückschob. »Lass uns nachsehen, wer sie sind. Vielleicht finden wir heraus, wer sie angeheuert hat.«

»Sehr wohl, Durchlaucht.«

»Das heißt eigentlich ›Euer Gnaden‹. Ich bin Graf und kein Herzog«, antwortete ich außerordentlich humorlos. Dabei verkrampfte sich zwar mein Herz und stach, aber ich gab trotzdem nicht nach.

Penny antwortete nicht, doch ich hatte gespürt, wie sie bei meiner kalten Antwort zusammengezuckt war. Wir suchten den Straßenrand ab. Sie bemerkte als Erste einen toten Räuber. »Mort, hier ist einer ... oh! O mein Gott!« Mit angewiderter Miene wandte sie sich ab.

Sobald ich neben ihr stand, sah ich den Grund. Es war ein grässlicher Anblick. Der Kopf des Mannes erinnerte an eine geplatzte Melone. Blut und Gehirnmasse waren in alle Richtungen gespritzt. Offenbar hatte ich mehr Wucht hinter die Steingeschosse gelegt, als mir bewusst gewesen war. Wir suchten die anderen, aber bald wurde klar, dass allen das Gleiche passiert war. Sie sahen aus, als hätte ihnen ein mächtiger Hammer den Kopf zermalmt.

Irgendwann überwältigte es mich, und ich würgte. Natürlich hatte ich schon vorher viele Tote gesehen, genau genommen erst vor einem Jahr, aber dies hier war etwas anderes. Das letzte Mal hatte ich mich verzweifelt gewehrt, um zu überleben, und dann gleich nach der Schlacht das Bewusstsein verloren. Die Leichen waren entfernt worden, ehe ich eine Gelegenheit fand, sie zu betrachten. Dieses Mal lagen die Männer, die ich auf brutale Weise getötet hatte, direkt vor mir. Die Gehirnmasse auf dem Boden bewies, was ich angerichtet hatte.

Noch schlimmer, ich hatte es getan, ohne selbst wirklich in Gefahr zu schweben. Gewiss, ich hatte nicht gewusst, wie tödlich und wirkungsvoll meine Geschosse waren, aber ich hatte die Männer völlig gelassen einen nach dem anderen erledigt. Es hatte sie hinterrücks und unvermutet getroffen. Irgendwann war mein Magen leer, und ich bemerkte, dass Penny mir mitfühlend den Rücken streichelte.

»Das ist nicht deine Schuld«, sagte sie leise.

Und ob es meine Schuld war. Ich wusste, was ich getan hatte, und jetzt erkannte ich sogar noch besser, was ich vor einem Jahr getan hatte. Ich hatte mehr als hundert Männer getötet und kaum eine Sekunde lang darüber nachgedacht. Wenn ihre Vision der Wahrheit entsprach, dann würde ich es wahrscheinlich wieder und immer wieder tun. Ich richtete mich auf und spuckte aus, um den Mund zu reinigen. »Gut, dass ich dich habe.«

»Tut mir leid, dass ich es dir nicht gesagt habe, Mort. Ich dachte, du verlierst den Verstand. Ich hätte wirklich alles getan, um das zu verhindern.« Sie sah mich besorgt an.

Mehr als alles andere auf der Welt wollte ich ihre Entschuldigung annehmen und mich mit ihr aussöhnen. Ich brauchte ihre Liebe mehr denn je, aber jetzt war ich voller Selbsthass wegen der Dinge, die ich getan hatte. Es wäre so leicht gewesen, alles loszulassen. Aber ich wusste auch, dass mich der Tod holen würde, und bis dahin würde ich noch viel schlimmere Dinge tun. In mir formten sich bereits die Umrisse eines Plans … wie ich die Bindung loswerden konnte, ehe das Ende kam, um sie zu retten. Ich würde ihr keinen Gefallen tun, wenn ich ihre Liebe für mich verstärkte, nur um sie dann allein zurückzulassen.

»Das meinte ich nicht.« Ich stieß ihre Hand weg. Ihr verletzter Gesichtsausdruck war fast mehr, als ich ertragen konnte. Deshalb ließ ich sie einfach stehen, wandte mich ab und kehrte auf die Straße zurück. Erst als ich ihr den Rücken zuwandte, sagte ich wieder etwas. »Ich meine, es ist gut, dass ich dich habe, damit du mich töten kannst, falls ich mich in ein Ungeheuer verwandle.« Ohne auf sie zu warten und ohne mich umzudrehen, kehrte ich in unser Lager zurück. Ich wagte es nicht, auch nur ein weiteres Wort zu sagen.

17

In freundschaftlichem Ton unterhielt sich Marc mit Cyhan. Der große Krieger steckte immer noch bis zum Hals in der Erde, also blieb ihm auch kaum etwas anderes übrig. Er hätte mir leidtun können, aber Marc war ein ausgezeichneter Geschichtenerzähler. An Langeweile hatte Cyhan sicher nicht gelitten.

»Wie war es? Ist die Straße frei?«, fragte Marc.

»Jetzt schon«, antwortete ich knapp. Die Frage, ob Cyhan sich inzwischen benommen habe, schenkte ich mir und öffnete mit ein paar Worten die Erde, damit er herausklettern konnte. Ich ging davon aus, dass er vernünftig war und sich mit dem abfand, was nun einmal geschehen war, zumal wir die Situation jetzt bereinigt hatten. »Lasst uns aufbrechen. Wir haben noch einen langen Tag vor uns.«

Der große Mann betrachtete mich gründlich, als er aus dem Loch stieg. Etwas angespannt wartete ich ab, was er tun würde. »Bist du sicher, dass es klug ist, mich nach alledem herauszulassen?«, fragte er ruhig.

»Ich habe getan, was notwendig war«, antwortete ich. »Es besteht kein Grund, darum ein großes Aufhebens zu machen. Oder möchtest du lieber ins Loch zurück?« Ich hatte große Mühe, gleichmütig zu sprechen.

»Wenigstens lernst du schnell«, antwortete er.

»Was denn?«

»Du hast keine Zeit verschwendet und mich nicht mit den Fäusten angegriffen. Du hast nicht gezögert, und du hast meine Fähigkeit, dich zu bedrohen, mit dem geringsten Aufwand ausgeschaltet.« Er klopfte sich den Staub von der Kleidung. »Wenn du mein Schüler wärst, würde ich mich freuen.«

»Und da ich nicht dein Schüler bin?«

»Ich werde dafür sorgen, dass du nicht noch einmal eine solche Gelegenheit erhältst.« Er grinste böse. Das war bei diesem großen Mann ein ungewöhnlicher Anblick, der mich an ein gefährliches, zähnefletschendes Tier erinnerte.

Kurz darauf ritten wir, die Maultiere im Schlepp, die Straße hinunter. Als wir den Schauplatz des Hinterhalts erreichten, bestand Cyhan darauf, die Toten zu untersuchen. Ich widersprach nicht. Er sollte ruhig wissen, mit wem er da unterwegs war. Marc leistete ihm Gesellschaft, Penny blieb auf dem Pferd sitzen, weil sie ohnehin schon genug hatte. Wir schwiegen.

Als die beiden zurückkehrten, machte Marc ein schockiertes Gesicht. Cyhan war zurückhaltender. »So etwas habe ich noch nie gesehen«, erklärte der Veteran. »Was hast du eingesetzt?«

»Steine.« Ich zog einen aus der Tasche und warf ihn hinüber. Geschickt fing er ihn auf.

»Wie bist du auf diese Idee gekommen?«, fragte er.

»Ich habe eine lebhafte Phantasie.« Sarkasmus ist auf jeden Fall eine meiner Stärken.

»Einige Wegelagerer sehen so aus, als wären sie weggelaufen.«

»Ich dachte, sie haben Freunde«, erwiderte ich. Meine Selbstzweifel wollte ich ihm nicht zeigen.

»Das könnte sein«, antwortete er. »Ein paar von ihnen hatten gewiss Familien. Der Ausrüstung und Kleidung nach zu urteilen, waren wohl Wächter aus der Stadt dabei.«

Ich bekam Schuldgefühle, als ich an die Frauen und Kinder dachte, doch dieses Gefühl kämpfte ich nieder. »Sie hätten sich eben einen anderen Nebenerwerb suchen sollen.« Er grunzte, sagte aber nichts weiter dazu.

Danach ritten wir schweigend weiter. Marc versuchte mehrmals, ein Gespräch in Gang zu bringen, doch nicht einmal er konnte die dicke Wolke vertreiben, die über uns hing.

Penelope antwortete auf keine seiner Fragen. Cyhan war nicht ganz so zurückhaltend, beschränkte sich aber auf einsilbige Antworten. Marc sparte sich die Mühe, es auch bei mir zu versuchen.

Am Abend schlugen wir das Lager auf, nachdem uns keine weiteren Menschen auf der Straße begegnet waren. Penny übte mit ihrem Lehrer, und sogar ich konnte sehen, dass sie besser wurde. Sie nahm ihre Aufgabe besonders ernst. Nach dem Essen schlug Cyhan vor, dass sie mit mir Wache hielt. Ich glaube, damit wollte er uns eine Gelegenheit geben, uns auszusöhnen.

»Lieber nicht«, sagte sie einfach nur, und das war es dann.

Als ich meine Schicht hinter mir hatte, schlief ich schlecht. Ich wachte oft auf und träumte von den Männern, die ich getötet hatte. Irgendwann erschien mir auch die versteinerte Frau. Sie blickte auf die von mir umgebrachten Männer hinab, ging langsam von einem zum anderen, beugte sich über sie und legte ihnen die Hand auf die Oberkörper. Bei dieser Berührung sanken sie in die Erde hinunter, bis sie nicht mehr zu sehen waren. Als sie fertig war, blickte sie mich an, und ich entdeckte Tränen in ihren Augen. Schimmernde Kristalle, die unablässig auf die stille Erde fielen. Sie öffnete den Mund und wollte schon etwas sagen, doch ich konnte die Worte nicht verstehen. Sie wirkte zugleich schön und bekümmert. Auch wenn ich es nicht hören konnte, dachte ich, sie flehe mich an und bitte um etwas, doch was es auch sein mochte, es lag nicht mehr in meiner Macht, ihr den Wunsch zu erfüllen.

Plötzlich wachte ich schwitzend auf und sah mich im Lager um. Penny saß neben Cyhan. Sie redeten leise, er hatte sie in den Arm genommen. Wahrscheinlich wollte er sie nur trösten, doch der Anblick entfachte ein böses Feuer in meinem Bauch. Ich schloss die Augen, um es nicht zu sehen. Es ging mich sowieso nichts mehr an, und sie brauchte doch jemanden, wenn ich nicht mehr da war. Vorausgesetzt natürlich, ich fand einen Weg, unsere verfluchte Bindung loszuwerden.

Wie üblich kam die Morgendämmerung viel zu früh. Wir brachen das Lager ab und machten uns auf den Weg. Vögel zwitscherten, und ein milder Wind wehte, der die angenehmen Gerüche von Blumen und anderen Pflanzen mit sich trug. Kurz und gut, es war ein elender Tag. Ich habe nie verstanden, warum Mutter Natur so wenig Rücksicht auf meine Stimmungen nimmt. Frauen besaßen doch angeblich ein hervorragendes Einfühlungsvermögen. Andererseits hatte ich schon lange das Gefühl, dass Mutter Natur von Natur aus ein Miststück ist.

Nach unserem Streit am Vortag hatte sich Penny etwas erholt. Sie plauderte freundlich mit Marc, was ihm sicher gelegen kam. Es war ihm noch nie leichtgefallen, längere Zeit zu schweigen. Sogar Cyhan wirkte etwas geselliger und hatte seine Antworten von einzelnen Silben auf mehrere Worte erweitert. Manchmal machte er sich sogar die Mühe, ganze Sätze zu formulieren.

Alles in allem bildete die freundliche Atmosphäre einen starken Kontrast zu meinem abweisenden Verhalten. Irgendwann ritt Marc neben mir. Allerdings dauerte es einen Augenblick, bis ich erkannte, dass er mit mir sprach.

»Was?«, fragte ich, da ich bislang nicht auf ihn geachtet hatte.

Er seufzte dramatisch. »Ich habe gefragt, ob du dich freust, wieder nach Hause zu kommen.«

»Nicht besonders«, antwortete ich. Der Gedanke an die Heimat erinnerte mich daran, dass ich mit Penny gebrochen hatte. Nachdem ich es mehr als ein Jahr mit ihr geteilt hatte, wäre mein Bett ohne sie furchtbar leer.

»Worüber brütest du denn?«, wollte er wissen.

Die Frage reizte mich zur Weißglut. Er wusste doch ganz genau, warum ich derart neben mir stand. Ebenso musste er wissen, dass eine Unterhaltung in aller Öffentlichkeit die Dinge auch nicht zum Besseren wenden konnte. »Ich habe über verschiedene Methoden nachgedacht, möglichst viele Menschen umzubringen. Wenn der Krieg unser Land heimsucht, brauche ich neue Ideen. Ich bin sicher, dass ich die Steine nicht benutzen kann, um sie einen nach dem anderen zu töten. Also brauche ich etwas, um Menschen in größeren Gruppen zu erledigen.«

»Das ist eine verdammt kranke Art und Weise, den Morgen zu verbringen«, spottete er.

»Ich würde es eher als sachdienlich bezeichnen.«

»Es wäre noch sachdienlicher, wenn du über einen Weg nachdenken würdest, dich mit Penny auszusöhnen«, gab er sofort zurück.

Die anderen lauschten aufmerksam. Auf keinen Fall wollte ich darüber reden, solange Penny zuhören konnte. »Reitet weiter.« Ich winkte ihnen. »Ich muss mit meinem Freund hier ein paar Dinge klären.«

»Klar«, sagte Cyhan. Penny tat so, als hätte sie überhaupt nichts bemerkt. Die beiden ritten unausgesetzt vorwärts, während ich mein Pferd anhielt und mich zu Marc herumdrehte.

»Du gehst also davon aus, dass ich mich mit Penny aussöhnen will«, begann ich, sobald die beiden außer Hörweite waren.

Er beäugte mich neugierig. »Lass diesen Unsinn, Mordecai. Ich bin der König des Unsinns, und wir kennen uns schon viel zu lange.«

»Ist deine Göttin besorgt, ich könnte ihre Pläne gefährden, wenn ich mich nicht mit Penny vertrage?« Es war wirklich Unfug, aber ich wollte ihn aus dem Gleichgewicht bringen.

»Der Mann, mit dem zusammen ich aufgewachsen bin, würde sich niemals so verhalten, wie du es gestern getan hast. Es sei denn, es gibt einen wirklich triftigen Grund dafür. Was du auch tust, du musst unbedingt mit jemandem sprechen. Wie willst du sonst erkennen, ob du vernünftig bist oder dir bloß etwas vormachst?« Auf meine Beleidigung ging er mit keinem Wort ein.

»Warum sollte ich einem Heimatlosen trauen, der sich in den Klauen einer Göttin befindet?«

»Weil ich dein Freund bin, verdammt!«

Irgendetwas in mir zerbrach in diesem Augenblick. »Na gut, wenn du wissen willst, was ich denke, musst du mir versprechen, dass es unter uns bleibt.«

»Das ist die erste echte Beleidigung, die du heute ausgesprochen hast«, antwortete er kühl. Zwischen uns hatte es niemals irgendwelche Vorbehalte gegeben, und er hatte zu keinem Zeitpunkt mein Vertrauen gebrochen.

»Ich werde bald sterben, Marc. Penny hatte vor einer Weile eine Vision.«

»Was? Bist du sicher?«

»Sie ist sicher, und ich glaube ihr. Das ist einer der Gründe dafür, dass ich sie nicht als Bindungsgefährtin haben wollte.«

Das Verständnis dämmerte in seinem Gesicht. Er dachte eine Weile darüber nach, ehe er weitersprach. Er brauchte nicht lange, denn er besaß einen scharfen Verstand. »Dann glaubst du also, du könntest sie bewegen, die Bindung aufzuheben, wenn du dich wie ein Arschloch benimmst?«

»Das weiß ich nicht. Entweder dies, oder ich finde selbst einen Weg, die Bindung zu beseitigen. Auf jeden Fall wird es nach meinem Tod für sie leichter sein, wenn sie nicht bis über beide Ohren in mich verliebt ist. Und für mich wird es auch leichter.«

»Nein, wird es nicht. Ich muss schon sagen, manchmal bist du der größte Idiot, den ich je gesehen habe«, erwiderte er traurig.

»Irgendwann im Laufe der nächsten sechs Monate werde ich eine ganze Armee umbringen müssen. In einem halben Jahr bekommen wir sicher nicht genug Männer und Vorräte, um den Angriff eines großen Landes aufzuhalten. Was denkst du, was das aus mir machen wird, Marc? Vielleicht sollte ich froh sein, dass ich sterbe. Glaubst du, jemand kann so etwas tun und danach wieder ein ganz normales Leben führen?«

»Genau deshalb brauchst du sie doch. Du brauchst deine Freunde und deine Angehörigen. Du brauchst Pennys Unterstützung. Wenn du dich von alledem abschneidest, wirst du dich tatsächlich noch in ein Monster verwandeln«, erklärte er nachdrücklich.

»Das ist doch egal! Ich werde tot sein! Was hast du daran nicht verstanden?«, rief ich.

»Mir kommst du gar nicht so tot vor. Ich weiß natürlich nicht, was in sechs Monaten geschehen wird. Vielleicht stirbst du, vielleicht aber auch nicht. Falls es dir entgangen ist, ich glaube seit kurzer Zeit an Wunder. Aber ob du es nun akzeptierst oder nicht, das Wichtigste ist jedenfalls, dass du schon jetzt so gut wie tot bist, wenn du dich von allen lossagst, die dich lieben. Warum denn die Dinge überstürzen? Lebe doch! Mach das Beste aus der Zeit, die du noch hast!«

»Sie ist wichtiger als dies«, wandte ich ein.

»Läuft es also darauf hinaus? Auf sie? Dann bist du ein doppelter Narr! So bekommst du sie ganz bestimmt nicht dazu, ihren Eid zu brechen.«

»Schön! Du bist ja wirklich ein Genie, wenn es um Frauen geht. Dann sag mir doch, wie ich sie bewegen kann, sich darauf einzulassen«, fauchte ich.

Marc lächelte düster. »Denk nach, Mort. Erinnere dich an die Vergangenheit.«

»Was?«

Er beugte sich herüber, bis unsere Gesichter nur noch ein paar Handbreit voneinander entfernt waren, und erklärte mir in allen Einzelheiten, wie ich ihre Zustimmung bekommen konnte. Die Kühnheit dieser Idee erschreckte mich.

»Ich kann unmöglich mit Sicherheit sagen, dass dies geschehen wird!«, rief ich.

»Du musst auch nicht sicher sein. Lüge einfach. Schließlich

bist du der mächtige Magier. Niemand hat eine Ahnung, was du tun kannst und was nicht … oder was du weißt.« Er schenkte mir sein strahlendstes Lächeln.

»Ich soll sie anlügen?« Das hätte ich nie in Betracht gezogen. »Es kommt mir … falsch vor.«

»Vergiss nicht, du tust es, um ihr das Leben zu retten.«

»Das war auch ihr Grund, mich anzulügen. Wo ist da der Unterschied?«, fragte ich.

»Es gibt keinen. Aber vielleicht fällt es dir damit in der Zwischenzeit leichter, zu vergeben und zu vergessen.« Er richtete sich im Sattel auf und streckte sich, um zu erkunden, wie weit sich unsere Gefährten entfernt hatten. »Nur eines darfst du nicht vergessen, Mort.«

»Was denn?«

»Du warst immer mein bester Freund. Für mich bist du wie ein Bruder. Mann, du stehst mir sogar näher als mein Bruder. Ich bin auf deiner Seite, also sperr mich nicht wieder aus. Wenn es irgendetwas gibt, das ich tun kann, um den Gang der Dinge zu beeinflussen, dann werde ich das tun, und ich habe jetzt eine ziemlich starke Verbündete. Solange du lebst, gib nicht die Hoffnung auf.« Er stieg ab und kam zu mir herüber.

Auch ich sprang vom Pferd und umarmte ihn endlich so, wie ich es schon bei unserer ersten Begegnung in der Hauptstadt hätte tun sollen. Was immer er jetzt auch war, er war nach wie vor mein Freund. Dann stiegen wir wieder auf und trieben unsere Pferde an, um Cyhan und Penny einzuholen.

Weder Cyhan noch Penny fragten danach, was wir besprochen hatten, und von mir aus sagte ich nichts dazu. Den Rest des Tages hörten wir Marcs Geschichten über seine Abenteuer mit den Damen von Albamarl zu. Für einen Heiligen hatte er wirklich einige deftige Abenteuer zu berichten. Manchmal lachten Penny und ich, aber wir redeten immer noch nicht miteinander. Mein Herz war etwas leichter geworden, weil ich ein wenig Hoffnung hatte. Wenigstens für sie.

18

Der Rest unserer Reise verging ereignislos, bis wir zwei Tage später Washbrook erreichten. Ich war überrascht, dass zwei Männer das äußere Tor bewachten. Wie es schien, nahmen sie ihre Aufgabe sehr ernst.

»Hallo, Torwächter!«, rief ich.

»Hallo! Wer kommt des Weges?«, antwortete einer der beiden, in dem ich Cecil Draper erkannte.

»Wenn Ihr mich schon nach ein paar Wochen nicht wiedererkennt, frage ich mich, ob es eine kluge Idee war, Euch an dieses Tor zu stellen!«, antwortete ich freundlich.

»Euer Lordschaft! Entschuldigung, ich habe nur meine Aufgabe erfüllt. Ich hoffe, Euch und der Lady geht es gut?« Er nickte in Penelopes Richtung.

»Uns geht es gut.« Ich wagte nicht, sie anzublicken. »Was ist hier nach unserer Abreise geschehen?«

»Wir hatten eine Menge Aufregung«, erklärte er.

»Was ist passiert?«, hakte ich sofort nach.

»Ihr solltet lieber mit Lord Dorian oder Joe McDaniel sprechen, Euer Lordschaft. Sie wollen es Euch sicher selbst erzählen«, antwortete er unsicher.

»Wisst Ihr, wo ich sie jetzt finde?«

»Wahrscheinlich auf der Burg«, erwiderte er.

Ich bedankte mich, und wir ritten durch das Tor. Seit unserer Abreise hatte sich zwar nicht viel verändert, und doch sah alles nach fieberhaften Aktivitäten aus. Im großen Hof schnürten Kinder Fackeln zu Bündeln zusammen, einige Männer liefen hin und her und kümmerten sich um verschiedene andere Aufgaben. Auch die wenigen Frauen, die ich entdeckte, waren stark beschäftigt.

»Lasst uns in unser Haus gehen.« Ich wendete mein Pferd, um zum Bergfried zu reiten.

»Du meinst dein Haus«, warf Penny verbittert ein.

»Penny, darüber müssen wir noch reden …«

»Keine Sorge, Mordecai. Ich ziehe zu meinem Vater«, erwiderte sie.

»Das geht nicht«, gab ich zu bedenken. »Die Bindung verhindert es. Du musst mit Cyhan im Bergfried bleiben. Dort sollte es allerdings genug Platz geben.« Ich wollte mit ihr darüber sprechen, aber nicht vor all den anderen und natürlich nicht in Cyhans Gegenwart.

»Solange ich nicht in deiner Nähe schlafen muss«, entgegnete sie schroff.

Ich hielt den Mund, und wir ritten weiter. Das Torhaus der Burg war nicht besetzt, was mich nicht weiter überraschte. Es gab kaum genügend Leute, die Tore zu bewachen. Ich wunderte mich sogar, dass sie überhaupt den Zugang zum Dorf sicherten. Die Leute mussten essen, und jeder Mann hatte wichtige Aufgaben. Als wir die Haupttür beinahe erreicht hatten, kam Dorian bereits herausgeschossen.

»Mordecai!«, rief er. Dann sah er die anderen an. »Penny, Marcus … ich bin ja so froh, euch zu sehen. Wer ist euer neuer Freund?« Er deutete auf den riesigen Krieger.

Ich wollte ihm schon antworten, doch Penny kam mir zuvor. »Oh, Dorian, das ist Master Cyhan, mein neuer Lehrer.«

»Lehrer?«, fragte Dorian verwirrt.

»Ich musste mit Mordecai die Bindung eingehen. Ich bin jetzt eine Anath'Meridum. Das Wichtigste ist nun, dass ich unter Master Cyhans kundiger Anleitung zu kämpfen lerne. Er ist wirklich erstaunlich. Ihr zwei solltet euch mal austauschen. Ich bin sicher, dass sogar du noch einiges von ihm lernen könntest, Dorian. Er hat schon sein ganzes Leben lang die Anath'Meridum ausgebildet.« Die Worte sprudelten förmlich aus ihr heraus.

Ich konnte mich nicht erinnern, sie jemals im Leben wegen eines anderen Menschen so erregt gesehen zu haben. Sicherlich wollte sie nur das Beste für mich. Das sagte mir meine Vernunft. Der Rest von mir lief grün an.

Dorian ging Cyhan entgegen und bot ihm die Hand. »Es ist eine Ehre für mich, dich kennenzulernen. Die Kampfkunst der Anath'Meridum ist legendär. Ihr Lehrer muss ein außergewöhnlicher Krieger sein.« Der ältere Mann schlug ein. Die beiden Männer begegneten sich auf Augenhöhe, man konnte nicht erkennen, wer von ihnen größer war.

»Angenehm, Dorian. Du tust mir zu viel der Ehre an. Ich bin nur einer in einer langen Reihe von Lehrern«, antwortete Cyhan.

»Du bist zu bescheiden. Ehrlich, Dorian, er hat mich schon so viel gelehrt.« Fast besitzergreifend legte sie Cyhan die Hand auf den muskulösen Unterarm. Unterdessen litt ich an einem Anfall heftiger Eifersucht. Dorian suchte einen Moment lang meinen Blick und stellte mir eine stumme Frage. Sogar er konnte erkennen, dass da etwas im Gange war.

»Lasst uns hineingehen«, schlug er vor. »Marc, wir haben uns ja seit einer Ewigkeit nicht mehr gesehen. Du hast doch bestimmt hundert neue Geschichten zu erzählen.«

Ein paar Minuten später saßen wir an der Haupttafel im großen Saal. Ich hatte noch nie den Vorsitz bei einem offiziellen Essen auf der Burg gehabt, aber die Größe und die zentrale Position des Tisches bewiesen, welche Rolle er in Zukunft spielen sollte. »Dorian, ehe wir uns unterhalten, musst du mir erklären, was hier geschehen ist. Cecil deutete an, nach unserer Abreise habe es einige Aufregung gegeben.«

Dorians Miene verdüsterte sich. »Ich hatte endlich Gelegenheit, deinen Ungeheuern zu begegnen.« Das weckte unsere Aufmerksamkeit, und Dorian verbrachte die nächste halbe Stunde damit, uns alles zu berichten. Er spielte seine eigene Rolle in der Schlacht herunter, doch mein Vater kam hinzu, ehe er fertig war, und korrigierte diese Unterlassungssünde.

»Hör nicht auf ihn, mein Sohn. Dorian hat wie ein Löwe gekämpft. Wäre er nicht gewesen, diese Ausgeburten der Hölle hätten uns überrannt«, sagte Royce, als er zu uns an den Tisch trat. Ich stand auf und umarmte ihn.

»Ich hätte dies sowieso vermutet, auch wenn du es nicht gesagt hättest«, erwiderte ich.

»Dein Vater hat mir das Leben gerettet, Mort«, fügte Dorian hinzu. Er schilderte Royce' Plan, ihn aus der Meute der Untoten zu befreien, die ihn überwältigt hatten. Insgesamt erhielt ich von den beiden einen recht vollständigen Eindruck von den Geschehnissen.

»Das war also vor fast einer Woche. Haben sie sich seitdem noch einmal blicken lassen?«, fragte ich.

»Wir haben nichts mehr von ihnen gesehen«, erwiderte mein Vater.

»Ich glaube, dein Vater hat sie abgeschreckt«, bemerkte Dorian lachend.

»Ich wünschte, das wäre wahr.« Dann erzählte ich ihnen, was ich über die Shiggreth und ihre dunklen Ursprünge erfahren hatte.

»Woher weißt du das?«, fragte Dorian.

»Marc hat es mir erzählt, aber auch Rose wusste über sie Bescheid. Offenbar handelt es sich dabei um eine Einzelheit aus unserer Geschichte, über die ich noch nicht im Bilde war.«

Dorian wandte sich an Marc. »Ich wusste noch gar nicht, dass du dich so für die Geschichte interessierst.«

»Mein Wissen stammt von einer höheren Quelle«, antwortete er feierlich. Dies führte zu einer ausgiebigen Erörterung von Marcs neuer Berufung. Darüber freute sich Dorian. Die Thornbears waren schon immer ergebene Anhänger der Herrin des Abendsterns gewesen, und Dorian bildete in dieser Hinsicht keine Ausnahme. In der Neuigkeit, dass einer seiner besten Freunde ein Heiliger der Lady geworden war, sah er einen Anlass zum Feiern. Royce grunzte etwas, ohne sich festzulegen. Für die Götter hatte er noch nie viel übrig gehabt.

»Übrigens, Dorian«, fuhr Marc fort, »Rose lässt dich grüßen. Sie hat sich sehr für deine Erlebnisse seit ihrem letzten Besuch interessiert und bittet dich um Verzeihung, weil sie nicht mitkommen konnte.«

Dorian strahlte. Es war ihm schon immer schwergefallen, seine Gefühle zu verbergen. »Geht es ihr gut?«

»Wir sollen dir ausrichten, dass sie bei bester Gesundheit ist und sich darauf freut, dich bald wiederzusehen. In ein paar Monaten kommt sie her und wird eine Weile bleiben«, antwortete Marc. Er genoss seine Rolle als Botschafter viel zu sehr.

»Warum erzählst du mir das überhaupt? Sollte sie solche Botschaften nicht an Mort schicken?« Dorian war nach diesen Neuigkeiten von Rose schrecklich verlegen und hatte völlig vergessen, dass ich auch dabei gewesen war, als sie Marc die Botschaften aufgetragen hatte. Ich lächelte in mich hinein.

»Er war dabei, Dorian«, seufzte Marc. »Und sie hat sich sehr bestimmt ausgedrückt. Ich sollte dir persönlich mitteilen, dass sie herkommt und sich darauf freut, die Unterhaltungen mit dir fortzusetzen.«

Penny lachte über Dorians Verwirrung. »Gib es auf, Marcus. Er wird es nie begreifen, solange sie ihm nicht eine große Keule über den Schädel zieht und ihn in ihren Bau schleppt.«

Dorian funkelte sie an. Er fühlte sich mit dem Verlauf, den die Unterhaltung genommen hatte, nicht wohl und suchte das Thema zu wechseln. »Penny, du wirst dich freuen, wenn du deine Gemächer siehst. Wir haben die Möbel aufgestellt, und die Arbeiter sind auch schon mit dem Boden fertig.«

Der Glanz in ihren Augen erlosch. »Es ist bestimmt sehr schön geworden, Dorian, aber ich werde dort nicht wohnen. Mordecai hat beschlossen, unsere Verlobung aufzulösen.«

»Was?«, rief Dorian aufgebracht. Er sah uns entsetzt und erschrocken an. Auch mein Vater war überrascht, äußerte sich jedoch nicht. Er war so klug, abzuwarten und mich später auszufragen. Dorian fing sich wieder. »Was hast du getan?« Natürlich meinte er mich. Ich machte mir Sorgen, er könnte mich erwürgen.

»Immer mit der Ruhe! Beruhige dich, Dorian. Darüber können wir später noch reden«, schaltete sich Marc ein. Er hoffte, offenbar, einen hässlichen Streit beizulegen, ehe er überhaupt begonnen hatte. Dorian blickte zwischen Marc und mir hin und her. Seine Miene sagte überdeutlich, dass wir uns unterhalten müssten, und zwar sehr bald.

Penny brach das drückende Schweigen. »Ich brauche also eine andere Unterkunft, Dorian. Mein Gebieter …«, dabei warf sie mir einen ungeheuer verächtlichen Blick zu, »verlangt, dass ich mich niemals weiter als zweihundert Schritte von ihm entferne.«

Das ärgerte mich sehr. »Nun hör aber mal auf, Penelope!« Ich spie ihren Namen aus wie einen Fluch. »Diese zweihundert Schritte sind die Folge der Bindung, über die du mich angelogen hast, also versuch bitte nicht, mir die Schuld daran zuzuschieben.«

»Dann nehme ich das zurück. Bitte verzeiht mir, Euer Gnaden«, verspottete sie mich. »Dorian, wie du siehst, wünscht Seine Lordschaft mich nicht mehr in seiner vortrefflichen Gegenwart zu behalten, weshalb ich einen andern Raum benötige.«

Der arme Dorian steckte zwischen uns in der Klemme und konnte überhaupt nicht damit umgehen. »Im Augenblick haben wir leider keine freien Räume. Ich wollte Cyhan und Marcus anbieten, in eurem alten Haus zu wohnen, aber wenn du es brauchst …«

»Das ist zu weit für sie«, warf Cyhan ein. »Aber mir wäre es recht.«

»Was ist mit den anderen Quartieren?«, erkundigte sich

Penny. In dem Stockwerk, wo sich unsere Räume befanden, gab es auch einige Gästezimmer.

»Alle Dorfbewohner übernachten im Schutz der Mauern. Die Zimmer sind belegt, aber wir könnten vielleicht eine Familie in die Kaserne …«, schlug Dorian vor.

»Nein, schon gut«, unterbrach ihn Penny. »Für Cyhan ist die Kaserne in Ordnung, denn er hat ja eine militärische Ausbildung. Wir können dort beide unterkommen.« Cyhan zog die Augenbrauen hoch.

»Ich könnte auch in der Kaserne schlafen«, bot Marc an.

»Du kannst bei mir bleiben«, sagte ich. »Schließlich habe ich ja jetzt genug Platz.«

Sobald die Schlafplätze verteilt waren, wollten sie hinausgehen. Ich hatte jedoch noch etwas zu verkünden. »Ehe ihr aufbrecht … ich habe schlechte Neuigkeiten.«

»Hatten wir davon nicht schon genug für einen Abend?«, erwiderte Dorian.

»Ich fürchte, es wird noch schlimmer kommen. Das Königreich Gododdin wird im nächsten Frühling nach Lothion einmarschieren. Arundel, Cameron und Lancaster werden die ersten Gebiete sein, die unter dem Vorstoß leiden müssen«, unterrichtete ich sie.

»Woher weißt du das?« Dorian runzelte die Stirn.

»Penelope hatte eine Vision, und hinzu kamen auch noch Erkenntnisse von der Lady des Abendsterns.« Ich nickte in Pennys und Marcs Richtung.

Alle redeten durcheinander, und ich musste rufen, um mir Gehör zu verschaffen. »Ich weiß, wie unerwartet dies kommt, aber hört mir zu!« Sobald sie sich beruhigt hatten, erläuterte ich, was wir wussten, konnte außer dem Zeitpunkt und dem Ort jedoch nicht viel ergänzen. Außerdem gab ich meine Unterhaltung mit König Edward wieder. Sie mussten doch wissen, dass wir von dort keine Hilfe erwarten durften. Sobald ich fertig war, ging das Durcheinander wieder los.

Royce meldete sich zu Wort. Obwohl er ruhig sprach, hielten die anderen sofort inne und hörten ihm zu. »Ich habe einen Vorschlag. Warum schlafen wir nicht erst einmal darüber? Du hast uns mitgeteilt, was du weißt, und darauf müssen wir uns nun einstellen. Wir sollten bis morgen früh warten, ehe wir Pläne schmieden, weil unser Kopf dann klarer ist.«

Das war ein guter Vorschlag, den ich sofort unterstützte. Einige wanderten schon hinaus. Penny fasste Cyhan am Arm. »Ich zeige dir, wo die Kaserne steht.«

Der alte Veteran hätte die Kaserne ganz bestimmt auch ohne ihre Hilfe gefunden, aber ich sagte nichts dazu. Marc und Dorian gingen zur Treppe. Sie warfen mir Blicke zu, die mir wohl sagen sollten, dass sie mich in der Abgeschiedenheit meiner Gemächer über dem Feuer rösten würden. Ich stand auf, um ihnen zu folgen, doch mein Vater hielt mich auf. »Ich muss mit dir reden, mein Sohn«, sagte er.

Ich rief Dorian zu, ich würde gleich folgen, und schenkte meinem Vater die Aufmerksamkeit. Natürlich gab es keinen Zweifel, was er mit mir besprechen wollte. Nachdenklich sah er mich an, doch ich schwieg beharrlich. Er hatte eine Begabung, sich auch ohne Worte auszudrücken. Nach einem langen Schweigen sagte er schließlich: »Nun?«

»Nun was?«, erwiderte ich und fühlte mich wieder wie ein aufsässiger Jugendlicher, was seltsam war, da ich diese Trotzphase nie durchgemacht hatte. Aber wenn ich ein widerborstiger Jugendlicher gewesen wäre, dann hätte es sich vermutlich so angefühlt.

»Was soll ich deiner Mutter sagen?«, fragte er.

»Warum ist sie eigentlich nicht da?«

»Weil du dir nicht die Mühe gemacht hast anzuhalten und ihr zu sagen, dass du zurückgekehrt bist. Du hast Glück, dass ich zufällig in der Nähe war, sonst hätte auch ich angenommen, dass du dich noch in der Hauptstadt aufhältst.« Das war eine unmissverständliche Zurechtweisung.

»Entschuldige, dass ich nicht daran gedacht habe. Mir geht in der letzten Zeit so viel im Kopf herum. Ich werde morgen früh vorbeischauen und sie besuchen.« Schon hatte er mich dazu gebracht, mich zu entschuldigen. Ich habe nie verstanden, wie er das immer schaffte.

»Was ist mit dir und Penny los?«

»Ich verstehe es selbst nicht richtig. Sie hat mich in Bezug auf die Bindung angelogen …« Ich berichtete ihm einige Einzelheiten. Vorher hatte er wahrscheinlich nicht gewusst, was ein Anath'Meridum überhaupt war. Außerdem erzählte ich ihm von den Stimmen und der Steinfigur. Es dauerte nicht lange, bis ich ins Stottern kam. Es fiel mir schwer, über meine Gefühle zu sprechen. Wenn ich ihm davon erzählte, kam mir alles so bedeutungslos vor.

Über ihre Vision konnte ich natürlich nichts sagen, daher musste ich ihm auch meine Gründe dafür verschweigen, dass ich die Bindung auflösen wollte. Deshalb redete ich vor allem von meinen Erfahrungen mit den Stimmen und dem, was alle anderen als den Beginn meines Wahnsinns bezeichnet hatten.

Er hörte wortlos zu, bis ich nichts mehr zu sagen wusste. Dann wartete ich noch eine Weile und fragte mich schon, ob er überhaupt noch etwas beisteuern wollte. Endlich begann er: »Ich will dir nicht empfehlen, was du in Bezug auf das Mädchen tun sollst. Das musst du dir selbst überlegen, auch wenn ich sicher bin, dass deine Mutter eine Menge beizusteuern hat.« Er kicherte. »Aber was die Stimmen angeht … wie waren sie?«

Ich beschrieb sie, so gut ich konnte. Die meisten Eindrücke waren jedoch wortlos gewesen, fast wie eine Erweiterung meiner Sinne. Nur die Stimme der versteinerten Gestalt war so deutlich gewesen wie die meines Vaters. Ich erzählte ihm von der Erscheinung, die ich während der Bindungszeremonie beobachtet hatte.

»Über Zauberer und die Magie weiß ich nicht viel, aber ich

weiß ein wenig über die Erde.« Er hob die groben, schwieligen Hände. »Ich habe den größten Teil meines Lebens mit Eisen gearbeitet. Die meisten Männer glauben, es sei hart und unnachgiebig, und das ist es auch, wenn du es wie etwas behandelst, das einfach deinen Launen folgen und sich bereitwillig biegen soll. Der Umgang mit Eisen erfordert Geduld und Willenskraft. Du musst planen und nachdenken ... es gibt nicht nach und lässt sich auch mit Gewalt nicht verformen. Ganz gleich, wie stark du bist.«

So klug er sonst zu sein schien, mir war nicht klar, was dies mit meinen Erfahrungen zu tun haben sollte. »Hör mal, Vater, ich glaube nicht ...«

»Lass mich fortfahren! Das Eisen ist ein Geschenk der Erde. Was ich gerade gesagt habe, entspricht meiner Erfahrung als Schmied, aber es gilt auch für Steinmetze und sogar für Holzarbeiter. Sie alle nutzen Geschenke der Erde. Ich weiß nicht viel über die Götter, aber ich weiß etwas über die Erde. Du kannst ihr vertrauen. Jedenfalls dann, wenn du sicher bist, dass du tatsächlich die Stimme der Erde gehört hast«, schloss er.

Meine eigenen Gefühle entsprachen dem, was er gesagt hatte, aber bislang war ich noch zu unsicher gewesen, um sie zu äußern. Alle anderen hatten mit so großer Gewissheit erklärt, ich würde verrückt werden, und die Steinfrau hatte alles nur noch schlimmer gemacht. »Was fällt dir denn zu der Steinfigur ein?«

»Teufel auch, ich kann noch nicht einmal deine Mutter richtig verstehen, von anderen Frauen ganz zu schweigen. Ich an deiner Stelle wäre vorsichtig«, sagte er.

Ich lachte. »Danke.« Linkisch umarmte ich ihn. Wenn starke Gefühle ins Spiel kamen, fühlte er sich schnell unwohl.

Ich wollte gehen, doch er hatte noch etwas zu sagen. »Mordecai.«

»Ja?«

»Geh nicht zu streng mit dem Mädchen ins Gericht. Du wärst dumm, sie deshalb gehen zu lassen. Das Leben ist zu kurz.« Er wartete nicht auf meine Antwort, sondern trat ohne ein weiteres Wort hinaus.

Nachdem er fort war, starrte ich noch lange die Tür des großen Saales an, durch die er verschwunden war. »Wenn es nur so einfach wäre, Vater.« Schließlich drehte ich mich um und betrat meine Gemächer. Dort stand mir, sobald Dorian mich allein zu fassen bekam, noch eine weitere lange Unterhaltung bevor.

19

In meiner Abwesenheit waren die Zimmerleute und Steinmetze fleißig gewesen, doch das Innere der Burg war größtenteils noch nicht vollendet. Besonders fiel mir auf, dass mein neuer Empfangssalon einerseits fertig, andererseits aber noch nicht einmal mit einem Tisch ausgestattet war. Deshalb versammelten wir uns nach dem Frühstück in der Haupthalle.

Das Gespräch begann erheblich gedämpfter als am Vortag. Mein Vater sollte recht behalten, denn nach einem ausgiebigen Nachtschlaf gelang es uns allen wesentlich besser, unsere Gedanken zu ordnen. Zunächst mussten wir uns überlegen, wie wir die Grafschaft in Ordnung bringen konnten. »Wenn ihr mal einen Augenblick schweigen könntet, würde ich gern mit unserer ersten Planungssitzung beginnen.« Ich musste laut sprechen, um ihre Aufmerksamkeit zu erregen. Eigentlich lag es mir nicht, solche Besprechungen zu leiten, aber als der neue Graf di'Cameron hatte ich mich wohl oder übel daran zu gewöhnen.

Als sie schwiegen, ließ ich den Blick über den Tisch wandern. Auf einer Seite saßen Dorian, Marcus und mein Vater, auf der anderen Penny, Cyhan und Joe McDaniel. Ich hatte Joe hinzugezogen, weil er in der Stadtmiliz Dorians rechte Hand war, und da diese Truppe gewissermaßen unsere gesamte Militärstreitmacht darstellte, sollte er meiner Ansicht nach an der Planung beteiligt werden. Um ehrlich zu sein: Der Einzige am Tisch, der in dieser Hinsicht wirklich über Erfahrung verfügte, war Dorian. Er hatte bereits eingewilligt, als mein Seneschall dauerhaft auf der Burg zu bleiben, sich um die Sicherheit zu kümmern und meine Garnison zu befehligen, sobald ich eine hatte.

»Wie ein kluger Freund einmal gesagt hat: Wir sollten mit dem beginnen, was wir haben. Dann überlegen wir, welchen Kräften wir im Frühling begegnen werden. Sobald wir diese beiden Punkte so klar wie möglich beschrieben haben, können wir bestimmen, was wir von jetzt an bis dahin noch tun müssen, um das Problem zu lösen«, begann ich und blickte Joe an. »Wie viele kampffähige Männer haben wir derzeit in der Miliz?«

Joe hustete, um seine Nervosität zu verbergen. »Verzeihung, Euer Lordschaft, wir haben noch zweiunddreißig Männer in der Miliz von Washbrook. Beim letzten Angriff der Shiggreth haben wir zwei Männer verloren.«

»Joe, Ihr müsst nicht so förmlich sein. Ich bin als Gemeiner aufgewachsen und noch nicht richtig an die Titel gewöhnt. Wenn wir unter uns sind – so wie hier –, dürft Ihr mich Mordecai nennen … oder Sir, wenn es schon sein muss.«

»Ja, Sir, alles klar«, antwortete er.

»Dorian, wie viele Männer kann James Lancaster aufbieten?«

Dorian runzelte konzentriert die Stirn. »Nun ja … ganz sicher bin ich nicht.«

»Eine grobe Schätzung, mehr brauchen wir jetzt nicht«, beruhigte ich ihn.

»Ich glaube, er hat etwas mehr als hundert ausgebildete Bewaffnete und vielleicht hundert weitere, wenn er Rekruten aushebt«, erklärte Dorian. »Aber das ist wirklich nur eine grobe Schätzung.«

»Hat jemand eine Vorstellung davon, was Baron Arundel in die Rechnung einbringen kann?«, fragte ich.

»Nicht mehr als dreißig Bewaffnete, vielleicht knapp einhundert, wenn man die Rekruten aus den Bauernhöfen einbezieht«, überlegte Dorian. »Ich kenne den Mann nicht sehr gut. Meine Schätzungen beruhen nur auf dem, was mir mein Vater vor ein paar Jahren gesagt hat.«

»Wenn ich mich recht erinnere, besitzt er auch keine Burg, oder?«

»Es ist eher ein befestigter Landsitz. Wenn er belagert wird, gibt es keinen Raum für seine Leute. Nicht, dass sein Haus überhaupt einen gut geplanten Angriff überstünde«, ergänzte Marcus.

Ich dachte nach. Die Burg Cameron war ungefähr so groß wie Lancaster, obwohl meine Ländereien sicher kleiner waren. Gododdins Heer musste durch mein Land ziehen, ehe es Lancaster erreichte. »Ich glaube, wir sollten diese Burg als unsere erste Verteidigungslinie betrachten. Wenn wir besiegt werden, können wir uns nach Lancaster zurückziehen. Der Feind wäre dumm, uns zu umgehen und uns in seinem Rücken zurückzulassen.«

Cyhan ergriff das Wort. »Ihre Streitmacht dürfte erheblich größer sein als unsere. Wenn sie uns hier angreifen, werden wir vermutlich eingekreist und können uns nicht mehr zurückziehen.«

»Wenn wir uns aber zu früh nach Lancaster zurückziehen, ist James mit den vielen Menschen überfordert, die er ernähren und beherbergen muss. Die Feinde bekommen dagegen einen ausgezeichneten Aufmarschplatz, und dann wird Lancaster eingekreist. Wenn sie uns dort belagern, werden alle unsere vereinten Soldaten und Zivilisten gemeinsam ausgehungert«, wandte ich ein.

Der große Mann sah mich einen Augenblick lang an. Bis zu diesem Moment hatte er mich vermutlich als einen störrischen Bauernjungen betrachtet, der unversehens in etwas Größeres hineingestolpert war. Ich konnte es ihm nicht einmal vorwerfen, denn er hatte keinen Grund zu der Annahme, dass dies nicht zutraf. »Das ist wahr, aber wir müssen so oder so mit einer vernichtenden Niederlage rechnen. Der einzige Unterschied sind Zeit und Ort. An dem einen Ort sterben wir langsamer, weil uns der Feind von unseren Verbündeten abschneidet, an dem anderen hungert er uns schneller aus.«

»Wie viele Männer kann Vendraccus überhaupt ins Feld schicken?«, fragte ich.

Marcus und Dorian zuckten mit den Achseln, nur Cyhan wusste etwas beizusteuern. »Wenn uns die Geschichte einen Aufschluss gibt, dann sind es mehr als zehntausend Krieger. Im letzten Krieg zwischen Lothion und Gododdin bot König Gelleron fast zwanzigtausend Kämpfer auf.«

»Aber Lothion hat den Krieg gewonnen, oder?«

Dieses Mal antwortete Marcus. »Mit knapper Not. Die Feinde sind mordend und brandschatzend bis fast zur Hauptstadt vorgedrungen, ehe sie aufgehalten werden konnten.«

Jetzt bedauerte ich, dass ich in unserer Jugend im Geschichtsunterricht nicht gut genug aufgepasst hatte. »Was ist damals mit Lancaster geschehen?«

»Um es knapp zusammenzufassen«, begann Marc, »mein Urgroßvater brauchte fast zwanzig Jahre, um Lancaster wiederaufzubauen, und in Cameron hat es sogar noch länger gedauert.«

»Sosehr es mir gefallen hat, die Burg wiederaufzubauen, die Vorstellung, dies mit der ganzen Grafschaft zu tun, ist nicht gerade angenehm«, überlegte ich laut.

»Dir bleibt nichts anderes übrig«, entgegnete Cyhan unverblümt. »In deinem Land leben ohnehin nicht viele Menschen. Du solltest dich zurückziehen und dich den Truppen des Königs anschließen.«

»Und alles verlieren? Soll ich ihnen das Land einfach ausliefern?«, fragte ich.

»Du verlierst nicht alles. Du überlebst. Wenn du bleibst, bist du nicht mehr da und kannst anschließend nichts mehr aufbauen. So wenig wie deine Leute«, antwortete er.

»Es gibt noch eine weitere Möglichkeit«, warf Penny ein. Es war das erste Mal, dass sie überhaupt das Wort ergriff. Alle drehten die Köpfe zu ihr herum. »Du kapitulierst. Leiste der Form halber etwas Widerstand und kapituliere dann, sobald er die Burg umzingelt. Wenn wir Glück haben, lässt dir Vendraccus sogar das Land und setzt seinen Feldzug fort.«

Es gab einen Aufschrei, und alle redeten durcheinander.

»Ich schlage nicht vor, dies wirklich zu tun«, rief sie, um die anderen zu übertönen. »Ich dachte nur, wir sollten alle unsere Möglichkeiten aufzählen, auch wenn uns einige davon nicht gefallen.«

»In dieser Hinsicht hat sie recht«, fügte Cyhan hinzu. Sie sah ihn dankbar an. Mir wurde die Brust eng, als ich ihre Miene sah.

»Ich bin nicht bereit, dies auch nur als Möglichkeit in Betracht zu ziehen«, entgegnete ich energisch. »Lieber würde ich vorher sterben.« Dabei suchte ich Pennys Blick. Wir hatten einander seit fast zwei Tagen nicht mehr angesehen, und ich fragte mich, was ich in ihren Augen entdecken mochte.

Sie gab sich keinerlei Mühe, ihren Abscheu zu verbergen. »Was wird aus den Frauen und Kindern? Dürfen die sich nicht entscheiden? Sollen sie alle für deine Ehre sterben?«

Ich lief rot an. »Ich dachte, wir schicken sie nach Lancaster. Wir können seine Truppen hier einquartieren und die meisten Zivilisten dort unterbringen.«

Ihre Nasenflügel bebten, während sie schneller atmete. »Wie viele Frauen musst du denn zu Witwen machen, ehe du zufrieden bist?«, hakte sie nach.

Da riss mir der Geduldsfaden. »Mir fällt mindestens eine Frau ein, die keine Witwe sein wird!« Ich war aufgesprungen und schrie sie über den Tisch hinweg an. Ich glaube nicht, dass ich schon jemals im Leben so wütend war.

»Ich wäre lieber tot als deine Witwe!«, rief Penny und warf den Stuhl um, als sie ebenfalls aufsprang. Sie beugte sich vor und hielt sich mit den Händen an der Tischkante fest.

»Du wirst sterben, wenn du diese lächerliche Bindung nicht aufhebst!«

»Lieber würde ich dich eigenhändig erschlagen! Dann sind wir beide befreit!« Sie packte den Tisch so fest, dass die Kante abbrach. Ich fürchtete einen Augenblick, sie würde ihre Drohung gleich an Ort und Stelle wahrmachen.

»Verdammt, nun beruhigt euch mal!«, sagte mein Vater. »Ihr streitet euch wie Hund und Katz. Wir sind aber hier, um Entscheidungen zu treffen, und nicht, um zu zanken.« Ein Blick in die Runde am Tisch zeigte mir, dass ihm die anderen zustimmten, auch wenn sich niemand direkt in den Streit einmischen wollte.

Ich holte tief Luft. »Gut. Du hast recht. Wir vertagen uns für eine Weile. Wir können weitermachen, wenn einige von uns Zeit hatten, sich abzuregen.« Ich sah Penny streng an.

»Eine Pause wäre wirklich gut.« Joe war sichtlich erleichtert, dass die Spannung nachließ.

»Für uns vielleicht«, antwortete mein Vater. »Aber die beiden müssen ihre Differenzen beilegen … unter vier Augen.«

»Jetzt warte mal, ich habe nichts zu sagen …«, begann ich, aber Penny fiel mir ins Wort.

»Damit hast du verdammt recht, du Feigling. Du würdest lieber ganze Familien opfern, als die Sache vernünftig anzugehen«, erklärte sie.

»Ich stimme mit Royce überein.« Marcus stand auf und ließ den Blick über uns alle wandern. »Ich glaube, die beiden müssen etwas Zeit allein miteinander verbringen. Sobald sie sich wieder vertragen, können wir überlegen, was wir tun wollen.«

Die anderen stimmten sofort zu, und so wurde ein Beschluss gefasst: Penny und ich sollten die nächste Stunde separat zusammen sein. Sie zwangen uns, meine Gemächer aufzusuchen. »Wenn einer von euch hier herauskommt und immer noch streiten will, sperren wir euch wieder ein, und zwar so lange, bis ihr zur Vernunft kommt«, fügte mein Vater hinzu.

»Was ist das denn für eine dumme Idee?«, sagte ich, als sie uns durch die Tür scheuchten.

»Bedank dich bei deiner Mutter. Ich habe gestern Abend mit ihr gesprochen, und sie war es, die darauf gekommen ist«, knurrte Royce mich an. Ich glaubte ihm, denn ich konnte mir gut vorstellen, dass sie so etwas sagte. Dann schlug er mir die Tür vor der Nase zu.

Nun war ich mit Penny eingesperrt und sah mich um. Sie stand mit dem Rücken zu mir auf der anderen Seite des Raumes. Ich hatte eine dunkle Vorahnung. Es war gut möglich, dass ich diesen Raum nicht mehr lebend verlassen würde. Vielleicht übertrieb ich etwas, aber so fühlte es sich tatsächlich an. Ich setzte mich auf einen Diwan. Wenn ich saß, so hoffte ich, griff sie mich vielleicht nicht sofort an.

Die nächsten zehn Minuten verstrichen in angespanntem Schweigen. Dann sagte sie: »Das ist dumm. Wir sollten ihnen einfach erzählen, dass wir uns wieder vertragen haben, damit sie uns herauslassen.«

»Ich glaube, das ist eine gute Idee«, stimmte ich sofort zu.

»Natürlich glaubst du das. Das ist ja auch viel leichter, als tatsächlich mit mir zu reden, oder?«, sagte sie verbittert.

»Es wäre leichter, wenn du nicht die ganze Zeit so wütend wärst«, gab ich zurück.

»Das ist nicht wahr. Du bist doch derjenige gewesen, der auf der Rückreise durchgedreht ist. Du hast mir nicht einmal eine Gelegenheit zum Reden gegeben. Sondern mich einfach stehen lassen … und mir diesen dummen Ring vor die Füße geworfen!«, antwortete sie.

»Ich habe dich noch nie angelogen, Penny. Wie würdest du auf so etwas reagieren?«

»Lieber das als … das Leben ist nicht immer so einfach, und die Leute müssen irgendwie miteinander zurechtkommen. Hast du es denn überhaupt schon einmal versucht? Glaubst du, die Menschen sind ganz und gar wie in den Geschichten, die du immer gelesen hast?« Ich hatte so eine Ahnung, dass ich mich auf eine längere Ansprache gefasst machen musste. Verärgert dachte ich daran, dass sie sich schon immer am liebsten selbst zugehört hatte.

»Ich weiß das doch, Penelope. Ich hätte nur etwas mehr Ehrlichkeit von dir erwartet. Ist das denn wirklich zu viel verlangt?«

»Was hättest du getan, wenn ich dir alles erzählt hätte? Hättest du dich anders entschieden? Das ist doch nur ein Vorwand. Es war eine schreckliche Situation, und du willst jemand anders die Schuld zuschieben. Ich spiele allerdings nicht den Sündenbock für dich.« Sie war immer noch wütend, aber zum Glück schrie sie nicht mehr.

»Wenigstens hätte ich dann die Möglichkeit gehabt, mich zu entscheiden. Meine Entscheidung hätte auf Tatsachen beruht und nicht auf den unzulänglichen Hinweisen, mit denen du mich abgespeist hast – wie ein dummes kleines Kind«, erwiderte ich.

»Was hättest du denn anders entscheiden können? Glaubst du, die tausendjährige Erfahrung der Magier ist falsch? Wolltest du lieber riskieren, dem Wahnsinn zu verfallen, nur weil du deinen dickköpfigen Stolz nicht überwinden konntest?«, fragte sie spitz.

»Vielleicht hätte ich das getan. Ich glaube immer noch nicht, dass ich wirklich verrückt geworden wäre. Mit etwas mehr Zeit hätte ich es sicher durchschaut«, erwiderte ich wahrheitsgetreu.

»Nein, das wäre dir nicht gelungen, Mort. Das hat seit tausend Jahren niemand geschafft. Cyhan hat mir vom Großen Sturz erzählt. Die Magier jener Zeit müssen die stärksten gewesen sein, die je in der Welt existiert haben, und sie haben sich für diese Vorgehensweise entschieden! Du aber lässt dich von deiner Angst blenden und schaltest deinen Verstand aus.« Sie war bei jedem Wort näher gekommen und stand jetzt dicht vor mir. »Gib es doch zu! Dein wahrer Grund ist nicht, dass du die Bindung für falsch hältst. In Wahrheit willst du verhindern, dass ich mit dir sterbe.«

»Nein!«, antwortete ich heftig und nahm es gleich wieder zurück. »Ja und nein. Ich will zwar nicht, dass du stirbst, aber ich glaube, hier steckt mehr dahinter, als wir im Augenblick erkennen. Nur weil alle etwas Bestimmtes sagen, ist es noch lange nicht wahr. Ich weiß, was ich empfunden habe. Ich bin nicht verrückt geworden. Ich müsste mich nur darauf einstellen.«

»Du überheblicher … dummer … Mistkerl«, antwortete sie leise. »Cyhan hatte völlig recht, was dich angeht.«

Das traf mich wirklich. Genau in dem Augenblick, da ich dachte, ich könnte vernünftig mit ihr reden, musste sie ihn wieder ins Spiel bringen. Wie ein Dämon tobte die Eifersucht in mir. »Dann hat dir dein neuer Freund gesagt, ich sei verrückt, und du hast lieber ihm geglaubt, als mir zu vertrauen?«

»Mein neuer Freund?« Verblüfft und voller Unschuld riss sie die Augen auf, was mich nur noch wütender machte.

»Ja, dein neuer Freund … du verwirrtes Flittchen!« Die Beleidigung war so lächerlich, dass ich beinahe zusammenzuckte, als ich sie aussprach, aber mir fiel nichts Besseres ein.

Ihre flache Hand traf meine Wange. Eigentlich hätte ich einen stechenden Schmerz spüren müssen, doch ich hatte den Schild beibehalten. So taumelte ich nur unter der Wucht des Schlages. Penelope bewegte sich nicht mehr, ihre Hand verharrte reglos in der Luft, nachdem sie mich geschlagen hatte. Die Tränen quollen ihr aus den Augen. »Nimm das zurück«, sagte sie leise.

»Was denn genau?«, fragte ich dümmlich. Manche Leute lernen es nie.

»Alles … nimm es zurück«, wiederholte sie. Ihr Gesichtsausdruck ließ mich plötzlich zweifeln. Mit Zorn konnte ich umgehen, aber nun wirkte sie so gequält, dass ich mich schämte. Ich hatte keine Ahnung gehabt, dass meine Worte sie so tief verletzen konnten.

»Es tut mir leid, Penny, vielleicht hast du das nicht verdient«, lenkte ich ein.

»Vielleicht? Mort, ich habe noch nie … noch nie einen anderen Mann so angesehen wie dich. Glaubst du wirklich, ich würde … wie kannst du das nur denken? Du bist der dümmste Kerl, den ich je gesehen habe.«

Ich beschloss, die Taktik zu wechseln. »Das mag ja sein, aber es ist wirklich besser so.«

»Was ist besser so?« Erschrocken starrte sie mich an.

»Zwischen uns ist es aus, Penny. Ich weiß, dass dir das nicht gefällt, aber es ist besser, wenn du es einfach hinnimmst. Ich habe darüber nachgedacht, und ich glaube, ich habe eine Lösung gefunden.« Es fiel mir schwer, das auszusprechen, aber äußerlich blieb ich ruhig. Wenn ich jetzt irgendein Gefühl zeigte, konnte ich sie nicht überzeugen.

»Oh, eine Lösung?«, fragte sie sanft. »Die würde ich gern hören.«

»Du machst dir Sorgen, ich könnte verrückt werden, wenn wir die Bindung auflösen, nicht wahr?«, fuhr ich fort. Sie nickte. »Mir gefällt unsere derzeitige Situation nicht, aber ich kann verstehen, dass du dir Sorgen machst. Deiner Vision zufolge werde ich in ein paar Monaten sterben, aber wir haben noch andere Möglichkeiten. Ich will dich nicht mehr, Penny, so schwer es mir auch fällt, es zuzugeben. Es ist nicht nötig, dass du zusammen mit mir stirbst …«

»Verstehe«, sagte sie.

»Warte, lass mich weiterreden. Wir können bis zum letzten Augenblick warten. Wenn du glaubst, dass die Zeit nahe ist, dann lösen wir die Bindung. In diesem Augenblick wird es keine Rolle mehr spielen, ob ich Stimmen höre. Was geschieht, nachdem ich tot bin, ist unsicher. Aber du hast wenigstens die

Möglichkeit, noch einmal von vorn anzufangen, wenn du nach der Schlacht fliehst.«

Sie beobachtete mich genau und schien sehr nachdenklich. »Daran hatte ich noch gar nicht gedacht, Mordecai. Ich glaube, du hast recht. Es gibt wirklich keinen Grund, warum ich mit dir sterben sollte, zumal du mich nicht mehr liebst. Ich fühlte mich die ganze Zeit dir gegenüber verpflichtet und hatte Angst, meine wahren Gefühle für Cyhan zu offenbaren. Ich habe mich einfach geschämt. Aber jetzt kann ich noch einmal ganz von vorne beginnen, nicht wahr?« Sie sprach leise und sogar ein wenig hoffnungsvoll.

»Das ist richtig, Penny. Du bist immer noch meine Freundin, ganz gleich, was geschieht. Wenn überhaupt, dann möchte ich, dass du glücklich bist«, antwortete ich behutsam. Ich hatte nicht damit gerechnet, dass sie so vernünftig reagierte, und konnte das Gefühl nicht ganz abschütteln, dass sie sich über mich lustig machte. Es tat weh, dass sie es so einfach hinnahm. Ich hätte nicht gedacht, dass sie mich so schnell vergessen konnte.

»Und das macht dir auch nichts aus?«, fragte sie.

»Ich will natürlich nicht sterben, aber wenn sich die Möglichkeit bietet, dass du ein normales Leben führen kannst, dann solltest du sie auch ergreifen.«

»Und ich kann Cyhan heiraten?« Ihre Stimmung hellte sich zusehends auf.

»Nun … ja. Wenn du das möchtest.« Ich erstickte fast daran.

»Dann spielt es auch keine Rolle, wenn ich ihn schon vor deinem Tod heirate? Ich glaube, wir könnten das bereits in der nächsten Woche erledigen. Dann müssen wir nicht mehr warten. Das verstehst du sicher.«

Ich war hoffnungslos durcheinander. »Was?«

»Um miteinander zu schlafen, natürlich … ich würde nicht gern warten. Eigentlich müssten wir nicht einmal heiraten.

Ich bin ja sowieso nicht mehr unschuldig, aber Cyhan ist wohl eher traditionsbewusst. Ich bin sicher, dass er darauf bestehen würde. Es wäre viel leichter, deinen Verlust zu verschmerzen, wenn ich schon in den Armen eines neuen Liebhabers liege, meinst du nicht auch?«

Meine Augen wurden immer größer. »Was, zum Teufel, ist nur mit dir los, Penny?«

»Nichts, Mordecai! Ist doch ganz einfach. Da ich offensichtlich eine große Hure bin, sollte ich mich der Realität stellen und tun, was ich am liebsten tue. Vielleicht kann ich mir Dorian und Marcus vornehmen, wenn ich mit Cyhan fertig bin. Ich bin sicher, dass ich mich danach noch viel besser fühle.« Jetzt blitzten ihre Augen zornig.

Ich kehrte ihr den Rücken zu und entfernte mich ein paar Schritte. »Ich hab's verstanden, Penelope. Du musst dich nicht so mies benehmen. Ich wollte dir doch nur eine Lösung anbieten.«

Sie folgte mir, legte mir eine Hand auf die Schulter und zog mich herum. »Nein, ich verstehe es jetzt, Mort. Sieh mich an …« Sie nahm mein Gesicht zwischen beide Hände. »Keine dummen Spiele mehr, das tut zu weh. Ich liebe dich, ich werde dich immer lieben. Spiel ja nicht den Märtyrer. Du willst, dass ich glücklich weiterlebe, wenn du tot bist, aber das wird nichts. Du wirst mich nicht los.«

Ich ertrug es nicht mehr, ich verlor die Fassung, und meine Augen wurden feucht. Sie war so verdammt schön, wie sie da dicht vor mir stand. Auch wenn sie meinen Kopf zwischen ihren unglaublich starken Händen festhielt. »Verdammt«, sagte ich zärtlich. »Manchmal hasse ich dich.«

»Ich hasse dich auch«, antwortete sie, und dann küsste sie mich. Danach wurde es recht interessant, und währenddessen gestanden wir einander noch mehrmals unseren Hass.

Eine Weile später beschlossen wir, dass es an der Zeit sei, zu der Besprechung zurückzukehren. Wir waren mehr oder weniger entkleidet und zogen uns gerade wieder an, als ich ein Geräusch vor der Tür hörte. Ich war so sehr in unsere Unterhaltung vertieft gewesen, dass ich meine anderen Sinne vergessen und die beiden Männer vor der Tür nicht bemerkt hatte. Es waren natürlich Dorian und Marc. Als ich meinen Geist noch etwas weiter öffnete, erkannte ich, dass sie die Ohren an die Tür pressten.

Rasch schritt ich durch das Zimmer, riss die Tür auf und hoffte, dass sie auf den Hintern fielen, doch sie hielten sich fest. »Was macht ihr denn da?«, fragte ich.

Dorian war sogar etwas verlegen, doch Marc fing sich schnell wieder. »Tut mir leid, Mort, wir haben uns unterhalten, und ich musste Dorian etwas gestehen …« Er wandte sich mit gespieltem Ernst an unseren großen Freund und legte ihm die Hände auf die Schultern. »Ich hasse dich, Dorian!«

Er begriff es mit etwas Verspätung. »Ich hasse dich auch, Marcus!« Dabei schürzte er die Lippen, als wollte er unseren Freund küssen.

»Ich hasse dich so sehr!«, rief Marc und küsste ihn fest auf die Lippen. Dorian fand das etwas übertrieben und zuckte zurück.

»Bäh! So weit musstest du es nun wirklich nicht treiben!«, schimpfte er verlegen. Penny kicherte hinter mir, und auch ich musste lachen.

»Wo sind die anderen? Mich wundert, dass nicht noch mehr Leute draußen stehen und das Schauspiel genießen«, sagte Penny.

»Oh, vorhin waren sie noch alle da«, erklärte Marc begeistert. »Aber als ihr mit dieser Hasserei angefangen habt, war Royce der Meinung, es sei unhöflich, noch länger zu lauschen.«

»Und warum seid ihr dann noch hier?«, fragte ich.

»Wir sind wieder hergeschlichen. Das war einfach zu schön, um es zu verpassen«, räumte Marc lachend ein.

»Es war seine Idee«, fügte Dorian eilig hinzu.

»Ihr seid einfach unglaublich. Manchmal hasse ich euch.« Ich lächelte sie an und breitete die Arme weit aus.

»Wir hassen dich auch!«, rief Marc und erwiderte die Umarmung. Irgendwie quetschte sich Penny dazwischen.

»He! Meinen Hintern musst du aber nicht umarmen, Dorian«, rief sie in gespielter Empörung. Er fuhr mit einem Ausdruck verletzter Unschuld zurück.

»Hab ich auch nicht!«, protestierte er.

»Ja, das war nämlich ich«, bekannte Marc.

»Ich dachte, du bist jetzt Priester oder so was.« Sie sah ihn an. »Ist das nicht ein Verhalten, das sich für Menschen wie dich nicht gehört?«

Ich knurrte zustimmend, obwohl ich nicht einmal wirklich wütend war.

»Ich bin sicher, dass mir die Göttin verzeihen wird. Außerdem ist dein Hinterteil der beste bisher vorliegende Beweis dafür, dass die Götter freundlich und gerecht sind.« Er faltete die Hände, als wollte er beten.

»Du bist unmöglich!« Dann gingen wir zur Treppe. Nach der ständigen Anspannung des letzten Monats tat es gut, wieder unter Freunden zu sein. Allerdings fragte ich mich, wie lange der Frieden wohl dauern mochte. Die Zukunft sah alles andere als rosig aus.

»Übrigens, Penny«, fuhr Marc fort. »Hast du zugenommen? Ich kann mich nicht erinnern, dass du früher so … üppig gewesen bist.«

»Ooooh!«, kreischte sie. Dann war ein lauter Knall zu hören, als Marc gegen die Wand prallte. Sie hatte ihn gestoßen, und es schien ganz so, als werde er eine Prellung davontragen.

20

Die Beilegung meines Streits mit Penelope hatte etwas länger gedauert als geplant, deshalb aßen wir zu Mittag, ehe wir uns wieder am Tisch versammelten. Das stimmt aber eigentlich nicht, denn wir aßen, räumten ab und redeten nahtlos weiter, da wir für all dies ein und denselben Tisch benutzten. Nachdem Penelope und ich uns ausgesöhnt hatten, wirkten auch die anderen um einiges entspannter.

»Wo waren wir?«, fragte ich, um die Diskussion wieder aufzunehmen.

»Wir wollten zunächst entscheiden, auf welche Weise wir am liebsten verlieren wollen«, scherzte Marc. Besonders witzig war das allerdings nicht, weil es im Grunde der Wahrheit entsprach. Aber es machte mich nachdenklich.

»Du hast recht«, stimmte ich zu.

»Dann hast du also beschlossen, vernünftig zu sein und dich dem König anzuschließen?«, fragte Cyhan.

»Nein. Ich finde nur, dass Marc damit völlig recht hat. Wir haben es bisher immer so betrachtet, als müssten wir unsere Verluste möglichst gering halten. Wir haben die Niederlage als gegeben hingenommen. So hat noch niemand einen Krieg gewonnen«, stellte ich fest.

»Was könnten wir schon aufbieten?«, fragte Dorian.

»Beispielsweise haben wir Geld ... sogar eine Menge Geld, und außerdem viel Zeit, es einzusetzen«, erklärte ich.

»Das ist gut ... falls man damit nach ihnen werfen will«, entgegnete Joe. »Aber alles Geld auf der Welt erschafft nicht aus heiterem Himmel eine ganze Armee.«

»Ihr habt recht. Wir können kein Heer aufstellen, das so stark ist wie ihres, aber Rose Hightower ist in der Stadt und rekrutiert so viele Männer wie möglich. Vielleicht findet sie genug, damit wir nicht ganz und gar überrannt werden«, berichtete ich.

»Nicht viele Männer werden bereit sein, dein Gold zu nehmen und für eine verlorene Sache zu kämpfen«, gab Marc zu bedenken. »Besonders wenn der König ebenfalls seine Schatztruhe öffnet und Krieger für eine weitaus weniger gefährliche Schlacht anheuert.«

»Vergiss nicht, ich biete ihnen mehr als der König. Das Land könnte Männer anlocken, wenn Geld allein es nicht vermag.«

»Das ändert immer noch nichts an der Tatsache, dass wir einfach nicht genügend Bewaffnete haben. Selbst der König will dem Feind nicht hier begegnen. Das Gelände bietet den Verteidigern keinen Vorteil, und der Ausgang der Schlacht entscheidet sich allein danach, wer über die größere Armee verfügt«, erklärte Cyhan.

»Wir haben aber etwas, das sie nicht haben«, erwiderte Dorian ruhig.

»Was denn?«, fragte der ältere Krieger.

»Ihn.« Mein Freund deutete über den Tisch hinweg auf mich. »Wir haben den einzigen lebenden Magier in der zivilisierten Welt. Wir verfügen über Magie, sie nicht.«

»Dein Vertrauen in deinen Freund ist lobenswert«, erwiderte Cyhan, »aber keine Magie der Welt kann ein Heer von zehntausend Kriegern töten.«

»Du bist in Lancaster nicht dabei gewesen. Ich war dort. Er hat mit einem Handstreich mehr als hundert Männer getötet«, erwiderte Dorian unbeirrt.

»Dabei wäre er allerdings beinahe selbst umgekommen«, widersprach Penny. »Außerdem glaube ich kaum, dass Vendraccus so dumm ist, sein ganzes Heer an einem einzigen Ort zu versammeln, wo Mordecai es auf einen Schlag auslöschen könnte. In Lancaster war es aber so, da haben sich alle Feinde in einem Raum gedrängt.«

»Ha!«, rief Royce. Jeder sah ihn an und wunderte sich, was der seltsame Ausruf zu bedeuten hatte. »Sag das noch mal, Mädchen.«

»Es hätte ihn beinahe umgebracht …«, wiederholte Penny unsicher.

»Nein, nein, den letzten Teil … über den Raum.« Mein Vater sah sie mit seinen scharfen blauen Augen erwartungsvoll an. Diesen Blick kannte ich. Normalerweise sah er so aus, wenn er in der Schmiede ein schwieriges handwerkliches Problem gelöst hatte.

»In Lancaster haben sich die Feinde in einem Raum gedrängt«, sagte sie.

»Genau, das war es. Du …« Er deutete auf Cyhan. »Du sagtest, das Gelände biete den Verteidigern keinen Vorteil, und deshalb werde der König hier nicht kämpfen. Das ist nicht unbedingt wahr.«

»Was meinst du damit, Royce?«, fragte Joe, der offenbar neue Hoffnung schöpfte. Besonders seit dem Kampf gegen die Shiggreth empfand er große Hochachtung für die Ideen des Schmieds.

»Der Fluss … seht mal her.« Er schob einige Becher zur Seite und beschrieb mit der Fingerspitze auf der Tischplatte das Gelände. »Das geht so nicht. Kann mir jemand Papier und ein Stück Holzkohle besorgen?«

Ich selbst stand auf und holte es ihm. Papier war knapp, deshalb wusste wohl niemand, wo man ein großes Stück finden konnte. Zufällig war mir aber bekannt, wo er in der Schmiede seinen Vorrat aufbewahrte. Oft fertigte er für seine Arbeiten auf großen Blättern Entwürfe an. Zehn Minuten später war ich wieder da, und wir breiteten das große Blatt auf dem Tisch aus.

»Also … seht her.« Royce zeichnete eine grobe Karte der Umgebung von Burg Cameron und schloss auch Lancaster und Arundel ein. Im Norden bildete eine lange Bergkette die

Grenze zwischen Lothion und Gododdin. Im Süden lag mein Land, Lancaster befand sich im Osten und Arundel im Westen. Durch einen Pass im Westen der Gebirgskette verlief der übliche Weg zwischen Gododdin und Lothion. Dort gab es auch eine Straße, die an der Baronie Arundel vorbei bis nach Cameron und weiter nach Lancaster führte, um schließlich nach Süden hin zum Zentrum Lothions abzubiegen.

»Hierher kommen sie, und sie müssen dieser Straße folgen, an Arundel vorbei.« Er zeichnete die Straße als Linie ein. Diesseits der Berge verlief sie zunächst nach Süden und dann nach Osten an Cameron und Arundel vorbei. »Ihr seht hier, dass die Straße recht lange parallel zum Glenmaefluss verläuft. Im Norden zeichnete er eine weitere Linie ein. »Der Fluss befindet sich in diesem Tal nur eine halbe Meile neben der Straße, die erst nördlich von Lancaster abschwenkt und dann in die Berge hinaufführt.« Das Tal selbst war von sanften, mit Gras bewachsenen Hängen begrenzt und erstreckte sich über mehrere Meilen zwischen der Straße und den Bergen. Dort spielte sich ein großer Teil des Ackerbaus unserer drei Lehen ab. Im Norden grenzte das Tal an die Berge, und am Südrand, wo die Straße verlief, stieg es leicht an. In der Nähe der Straße stand ein Wald, der sich über viele Meilen bis weit in den Süden erstreckte.

»Sie folgen also der Straße und machen kleine Ausfälle, um Arundel und dann uns zu erledigen. Anschließend ist Lancaster an der Reihe, und danach ziehen sie weiter. Schließlich fallen sie auf der Straße ins Innere von Lothion ein, es sei denn, sie wollen die ganze Armee durch den Wald und dann ins Hügelland des zentralen Lothion führen, was ich aber für unwahrscheinlich halte.« Er blickte von der groben Karte auf und musterte uns einen nach dem anderen. »Könnt ihr mir bis hierher folgen?«

Ich nickte, doch Cyhan hatte Einwände. »Du hast die Karte einer Katastrophe gezeichnet. Es gibt keine Engstellen, keine

Brücken und keine schmalen Passstraßen. Nur ein offenes Tal mit sanft ansteigenden Wänden, einer Straße und einem Fluss. Ich sehe nicht, wie uns dies helfen sollte.«

»Nun ja, es gibt nur eine einzige Brücke«, warf Dorian ein. »Diese kleine Brücke hier, wo die Straße den Fluss kreuzt, ehe sie Gododdin erreicht.«

»Nicht, dass uns das hilft«, widersprach Cyhan. »Der Fluss ist fast überall so flach, dass man hindurchwaten kann. Selbst wenn ihr die Brücke verbrennt, werden sie kaum langsamer sein. Auch die Straße ist größtenteils ein Witz. Das Tal ist fast überall so eben, dass man auch ohne Straße einfach hindurchwandern kann.«

»Lasst mich fortfahren«, grollte Royce. »Das Tal fällt von den Bergen im Norden und vom Wald und der Straße sanft zum Fluss hin ab. Dessen Quelle liegt am Ostrand in den Bergen. Dort ist das Tal viel schmaler, und die Berge rücken bis dicht an den Fluss heran, ehe er das Haupttal erreicht. Dort sind die mit Felsen übersäten Hügel auf beiden Seiten nur ein paar Hundert Schritte vom Fluss entfernt und trennen das kleinere Tal von diesem hier.«

Joe unterbrach ihn. »Ich will ja nicht unhöflich sein, Royce, aber ich sehe keinen Grund, warum sie dorthin gehen sollten. Oder schlägst du vor, dass wir uns im Schäferwinkel verschanzen?« Das war der Name des kleineren Tals. Da nicht alle Anwesenden die Gegend gut kannten, hatte Royce den Namen gar nicht genannt.

»Nein, Joe, du verstehst nicht, worauf ich hinauswill.« Er deutete auf den schmalen Zugang zum Schäferwinkel, durch den der Fluss strömte. »Hier … hier bauen wir einen verdammten Damm.« Er grinste uns an.

»Wie bitte?«, fragte Penny.

»Wir bauen einen verdammten Damm!«, kicherte mein Vater. Manchmal legte er einen seltsamen Humor an den Tag. Offensichtlich war er von seinem Scherz ziemlich begeistert.

»Oh! Das ist genial, Royce!«, rief Joe. »Wir bauen einen Damm!« Er sah sich um, ob es sonst noch jemand begriffen hatte.

»Du meinst also, wir sollten dort den Fluss aufstauen?«, sagte ich, um der Verwirrung ein Ende zu setzen.

»Ja. Wir bauen einen Damm und verwandeln den Schäferwinkel in ein Reservoir. Wenn die Schweinehunde in das Tal marschieren, öffnen wir die Staumauer und spülen sie damit weg.« Er hakte die Daumen hinter den Gürtel und lehnte sich, offenbar sehr mit sich zufrieden, zurück.

Doch Cyhan hatte immer noch Bedenken. »Ich will nicht vorgreifen, aber dein Plan zieht mehrere große Probleme nach sich. Zuerst einmal ist die Straße zu weit vom niedrigsten Bereich des Tals entfernt. Du hast nicht genug Wasser, um sie wegzuspülen, wenn sie dort sind. Zweitens, wenn du die Feinde veranlassen willst, die Brücke zu überqueren, kannst du den Zeitpunkt nicht richtig abpassen. Der Damm ist mehr als zehn Meilen von der Brücke entfernt. Du weißt nicht, wann sie herüberkommen, und erst recht nicht, wie lange das Wasser braucht, um diese Stelle zu erreichen. Drittens braucht es seine Zeit, um ein so großes Reservoir aufzufüllen, und der Glenmae ist kein besonders wasserreicher Fluss. Selbst wenn du mit den Fingern schnippen und heute noch den Damm bauen könntest, würde es über ein Jahr dauern, bis das Becken gefüllt ist. Viertens, du kannst nicht sofort einen Damm bauen, und bis du fertig bist, klopfen sie schon an deine Tür.«

»Das habe ich bereits bedacht«, erwiderte Royce. »Wir versuchen gar nicht erst, sie auf der Brücke zu erwischen. Wie du richtig sagst, ist sie zu weit entfernt, und die Gegner werden sich in einem weiten Bereich neben der Brücke verteilen. Nein, wir warten, bis sie auf der Straße sind, ungefähr hier.« Er deutete auf die Stelle der Karte, wo die Straße dicht an Washbrook herankam. »Wir bauen etwas, um sie zu zwingen, die Straße zu verlassen und dicht am Fluss zu marschieren. Wenn wir die Flutwelle auslösen, erwischen wir sie mit heruntergelassenen Hosen.«

»Vielleicht gibt es einen Weg, dies zu erreichen«, überlegte Cyhan. »Aber was ist mit der Bauzeit und mit dem Wasser?«

»Wir beginnen sofort mit dem Bau und arbeiten uns von unten nach oben. Wir legen das Fundament und ungefähr die ersten zwei Mannshöhen, und dann stauen wir den Fluss auf. Später bauen wir nach oben weiter und versuchen, schneller zu sein, als das Wasser ansteigt. Du sagtest doch, der Fluss sei nicht sehr groß, also wird das Wasser auch nicht so schnell ansteigen.« Royce zauste sich den Bart, während er darüber nachdachte.

Cyhan gab auf. »Ich verstehe nichts vom Dammbau. Es könnte möglich sein, aber ich fürchte, es wird schwieriger, als du glaubst.«

Hier schaltete sich Marcus ein. »Es ist sogar so gut wie unmöglich. Ihr braucht nämlich massiven Stein für das Fundament, und den muss man erst einmal abbauen und dort hinschaffen. Wenn ihr zu schnell und ungenau baut, schwemmt das Wasser die oberen Lagen weg, ehe der Mörtel ausgehärtet ist. Das Fundament muss mindestens sechs Schritt dick sein, wenn nicht noch mehr. Ich weiß nicht, ob Mort das abschätzen kann. Es erfordert sicherlich einige schwierige Berechnungen, um den Wasserdruck am Fuß zu ermitteln, wenn der Damm höher wird. Leider bin ich kein Ingenieur.«

Nun meldete auch ich mich zu Wort. »Wir brauchen keinen Mörtel. Wahrscheinlich kann ich die Steine verschmelzen. Natürlich müssen wir vorher einige Berechnungen anstellen, um herauszufinden, wie dick der Damm sein muss. Wahrscheinlich kann ich auch beim Abbau der Steine helfen. Darüber muss ich erst nachdenken.«

»Wie lassen wir das Wasser wieder abfließen?«, fragte Joe. »Wollt Ihr Schleusentore einbauen? Das würde die Konstruktion wesentlich komplizierter machen.«

Ich wechselte einen Blick mit meinem Vater, der mich anlächelte. »Wir sprengen ihn«, sagte ich.

»Wir reden hier von Hunderten oder gar Tausenden Tonnen massiven Steins. Im ganzen Königreich gibt es nicht so viel Schießpulver«, wandte Joe ein.

»Er braucht kein Schießpulver, Joe.« Marc fuchtelte aufgeregt herum. Entweder er imitierte eine Art Zauberspruch, oder er erfand gerade einen neuen erotischen Tanz. »Bumm!«, schloss er dramatisch.

Penny beäugte Marcs Vorführung voller Misstrauen. »Wir sollten es nicht überstürzen, denn wir müssen noch einige Hürden überwinden. Um einen Damm zu bauen, brauchen wir Arbeiter, und zwar viele. Wir haben aber kaum Leute, und wenn sie in den nächsten Monaten den Damm bauen sollen, können sie daneben nicht viel anderes tun.«

»Der Damm ist die einzige Idee, die uns möglicherweise zum Sieg verhilft«, erwiderte ich.

»Und wenn es nicht funktioniert? Wenn es einen Fehler bei der Konstruktion gibt, oder wenn die Feinde nicht das tun, was du erwartest? Was dann? Dann haben wir den größten Teil unserer Mittel vergeudet, und es bleibt nicht mehr viel, um einen Ersatzplan durchzuführen«, meinte sie ernst.

Ich sah zwischen meinem Vater und Penny hin und her. »Wenn ein Damm gebaut werden kann, dann ist er derjenige, der es tun kann.« Ich deutete auf meinen Vater. »Er ist im Umkreis von hundert Meilen der beste Schmied.«

»Ich will nicht unhöflich sein, Royce«, sagte Cyhan, »aber eben das ist es: Du bist Schmied und kein Ingenieur oder Steinmetz.«

Royce ließ sich nicht beeindrucken. »Woher kommen denn die Ingenieure? Irgendwo ist irgendwann einmal jemand aufgewacht und hat gesagt: ›He, vielleicht können wir dies hier bauen.‹ Ich habe keine teuren Schulen in der Stadt besucht, aber ich weiß, wie man etwas baut. Mein Junge hier kann bei den Berechnungen helfen. Besorgt mir die Männer und den Stein und gebt mir genug Zeit, und wir bauen den schönsten Damm, den ihr je gesehen habt.«

Endlich ließ sich auch Cyhan von meinem Vater überzeugen. »Also gut, ich glaube dir. Du baust den Damm. Wir müssen uns aber immer noch überlegen, wie wir dafür sorgen, dass die Feinde im richtigen Augenblick dort sind, wo wir sie haben wollen.«

»Lass das meine Sorge sein«, antwortete ich. »Ich habe da ein paar Ideen.«

»Als da wären?«

»Lasst mir einige Tage Zeit, um es mir zu überlegen, und dann zeige ich euch allen, was ich mir ausgedacht habe«, erwiderte ich. »Aber jetzt müssen wir uns in Bewegung setzen. Mit dem Dammbau sollten wir sofort beginnen, wenn wir rechtzeitig fertig sein wollen.« Dann teilte ich sie für die verschiedenen Aufgaben ein. »Dorian, du reitest nach Lancaster. Wenn James da ist, sagst du ihm, wir brauchen jeden arbeitsfähigen Mann, den er entbehren kann. Erklär ihm alles, was er wissen muss, und wenn er noch Zweifel hat, dann bitte ihn, herzukommen und mit mir zu sprechen. Falls er nicht da ist, sprichst du mit Genevieve. Sie hat keine Angst, etwas zu unternehmen, wenn es nötig ist.«

»Wann soll ich aufbrechen?«, fragte Dorian.

»Jetzt sofort. Marcus, du suchst den Baron von Arundel auf. Er muss wissen, was wir planen. Sag ihm, es wäre mir eine große Ehre, wenn er mir einen Besuch abstatten könnte.«

»Ich bin nicht sicher, ob Sheldon besonders erfreut sein wird, wenn ihn sein Nachbar auf diese Weise zu sich zitiert«, wandte Marc ein. »Was soll ich ihm ausrichten?«

»Verzeihung?« Ich blinzelte verdutzt.

»Was soll ich ihm erzählen?«

»Sagtest du, sein Name sei Sheldon?«, fragte ich.

Marc lachte. »Ja, dieser altmodische Name hat ihm in seiner Jugend eine ganze Menge Ärger eingebrockt. Ich würde keine Scherze darüber machen, wenn du ihm begegnest. In dieser Hinsicht ist er immer noch etwas empfindlich.«

Ich schüttelte den Kopf. »Gut, dass du mich gewarnt hast. Sag ihm, es gebe Gerüchte über einen Krieg mit Gododdin. Angesichts der Lage seines Landes wird er gern bereit sein, so bald wie möglich mit mir darüber zu sprechen. Aber nenne ihm noch keine Einzelheiten. Das werde ich selbst tun, wenn er eintrifft.«

»Das kann ich alles erledigen. Er wird zwar nicht erbaut sein, aber das ist dein Problem und nicht meins.« Marc ging zur Tür.

»He!«, rief ich. »Ich habe noch nicht gesagt, dass du gehen darfst!«

Ohne anzuhalten drehte er sich um. »Das wolltest du aber gerade!« Ich musste zugeben, dass er mich manchmal besser kannte als ich mich selbst.

»Joe«, wandte ich mich an den älteren Mann neben mir.

»Ja, Sir!« Er nahm Haltung an.

»Ihr müsst das nicht tun, Joe. Ich bin kein General.«

»Ich habe eine Weile in der königlichen Garde gedient, und alte Gewohnheiten lassen sich schlecht ablegen.« Er stand immer noch stramm da.

Ich seufzte. »Na gut, wie Ihr wollt. Joe, Rose Hightower ist in der Hauptstadt, um für uns Vorräte zu beschaffen und Kämpfer zu rekrutieren. Sie muss wissen, wie wir uns entschieden haben. Wir benötigen mehr Arbeiter, Holz, Steinmetze, Lebensmittel und ... ich weiß nicht, was sonst noch. Redet mit meinem Vater. Er kann Euch erklären, was er braucht. Cyhan, du sollst Joe begleiten. Ich kann nicht riskieren, ihn auf der Straße zu verlieren, und die Reise muss so schnell wie möglich vonstattengehen.« Ich suchte den Blick des grimmigen Kriegers.

Einen Moment lang dachte ich, er wollte Einwände erheben.

»In Ordnung. Dorian soll den Schwertkampf mit ihr üben, solange ich fort bin. Sie darf in der Ausbildung nicht nachlassen.« Er nickte Penny zu.

Zuletzt wandte ich mich an Royce. »Vater …«

»Ich reite mit dem Pferd hinaus und suche die passende Stelle für den Damm«, beantwortete er meine Frage, ehe ich sie stellen konnte.

Ich grinste ihn an. Natürlich verstand er viel mehr von der Sache als ich. »Penny und ich reiten mit. Ich muss es mir selbst ansehen.« Der Tag war schon halb vorbei, und wir wollten keine Zeit mehr verschwenden.

21

Es dämmerte schon fast, als wir die Stelle erreichten, wo der Schäferwinkel in das Haupttal überging. Ich war seit Jahren nicht mehr dort gewesen, doch die Stelle sah noch weitgehend so aus, wie ich sie in Erinnerung hatte. Der Boden war felsig und in der Nähe des Flusses voller Findlinge. Südlich des Flusses öffnete sich ein Bereich von fast fünfzig Schritten, ehe die Hügel wieder anstiegen. Am Nordufer strömte der Wasserlauf dicht an den steil aufragenden Felsen vorbei.

»Da müssen wir eine Menge offenes Gelände auffüllen«, bemerkte ich.

»Es könnte schlimmer sein«, antwortete Royce. »Wenn es leicht wäre, würde doch jeder einen Damm bauen.«

»Wie tief ist der Fluss hier?«, fragte Penny.

»Ich bin nicht sicher. Gibst du mir mal deinen Stock, Mordecai?«, fragte mein Vater. Wahrscheinlich meinte er damit meinen Magierstab.

»Nicht nötig«, antwortete ich. »Ich kann es spüren. Er ist in der Mitte drei Schritt tief, vielleicht einen Schritt an den Ufern.«

»Du besitzt da eine verdammt nützliche Begabung«, sagte mein Vater.

»Ich frage mich, wie hoch das ist«, überlegte ich, während ich die Felswand an der Nordseite betrachtete. Dann trat ich näher heran, entdeckte ein Stückchen entfernt Salbei und beschloss, diese Gelegenheit nicht zu vergeuden und etwas davon für meine Mutter mitzunehmen. Kräuter zum Kochen konnte sie immer brauchen. Doch verlegen stellte ich fest, dass ich mein Messer vergessen hatte. »He, Vater, hast du ein Messer dabei?«

»Ich habe ja auch meine Hosen angezogen, oder nicht?«, gab er sofort zurück. Damit hätte ich rechnen müssen. Grinsend reichte er mir die Klinge. »Ich kann nicht glauben, dass du dein Messer vergessen hast. Ich dachte, ich hätte dich besser erzogen.«

Ich schnitt ein ordentliches Büschel ab und verstaute es, dann gab ich ihm das Messer zurück. »Auf dieser Seite ist die Wand mehr als dreißig Schritt hoch.« Ich blickte wieder nach oben.

»Ja, aber dort drüben sind es höchstens zehn.« Royce deutete auf die andere Seite. »Wir müssen den Damm erweitern, wenn wir da angelangt sind. Es sieht jedenfalls vielversprechend aus.«

Penny blickte nach Osten zum Schäferwinkel. »Der Fluss kommt mir nicht groß genug vor, um in der verbleibenden Zeit das Reservoir zu füllen.«

»Vergiss nicht das Schmelzwasser im Frühling. Sobald es in den Bergen wärmer wird, lässt die Schneeschmelze den Fluss anschwellen«, erinnerte Royce sie. »Es wird dunkel. Wir müssen wohl hier draußen übernachten.«

»Ich kann im Dunkeln sehen«, erklärte ich ihnen. »Wenn es euch nichts ausmacht, noch ein paar Stunden zu reiten, dann können wir in unseren Betten schlafen. Außerdem möchte ich morgen dort sein, wenn die Besucher eintreffen.«

Am folgenden Tag kamen die Dinge nur schleppend in Gang. Ich wollte unbedingt sehen, welche Hilfe wir von den Lancasters erwarten konnten. Bei unserer letzten Begegnung hatte James noch nicht entschieden, wie er auf den Ruf des Königs, Bewaffnete zu stellen, reagieren würde. Er hatte geplant, sich am Tag unseres Aufbruchs mit König Edward zu treffen, und ich wollte unbedingt hören, wie das Gespräch verlaufen war.

Vieles sprach dafür, dass er noch nicht aus der Hauptstadt

zurückgekehrt war, was bedeuten konnte, dass Genevieve möglicherweise gezwungen war, Entscheidungen zu treffen, die seinen Wünschen nicht entsprachen. So bestand durchaus die Möglichkeit, dass sich eine unerfreuliche Situation entwickelte.

Da ich am Morgen nichts weiter zu tun hatte, beschloss ich, an meiner neuen Idee zu arbeiten. Unsere Planungssitzung hatte ergeben, dass wir den Feind zwingen mussten, die Straße zu verlassen und durch den tiefsten Bereich des Tals zu marschieren. Außerdem brauchten wir noch eine Methode, den Damm genau dann zu zerstören, wenn es so weit war. Mir war etwas eingefallen, womit wir möglicherweise beides auf einmal erreichen konnten.

Im letzten Jahr während der Schlacht gegen die Kultanhänger in der Burg Lancaster hatte ich einen Zauberspruch benutzt, den ich »Blitzknall« nannte. Schon klar, der Name konnte noch etwas Politur vertragen, aber bislang war mir nichts Besseres eingefallen. Im Grunde ging es darum, eine kleine Ansammlung konzentrierter Energie zu erzeugen, die explodierte und dabei grelles Licht und einen donnernden Knall abgab. Was sich in der Nähe befand, wurde nicht zerstört, nicht einmal irgendwelche Sprengwirkungen waren im Spiel, aber das Ereignis machte jeden in unmittelbarer Nähe blind und taub.

Für das, was ich jetzt plante, brauchte ich dagegen eine echte Explosivkraft. Das war aber kein Problem, weil ich das Lycianische inzwischen viel besser beherrschte. Ich konnte jederzeit eine ganze Reihe Varianten des Spruchs erzeugen und Feuer oder Explosionen hinzufügen, selbst wenn ich dazu mehr Energie benötigte. Das größte Problem war jedoch die Tatsache, dass ich nicht überall sein konnte, wo der Feind auftauchen mochte. Am westlichen Ende wollte ich den Feind von der Straße vertreiben. Zugleich musste aber jemand anders den Damm am Ostrand des Tals zerstören. Ich konnte nicht an zwei Stellen gleichzeitig wirken, und der Ritt von einem zum anderen Ende dauerte mindestens sechs Stunden.

Außerdem musste ich befürchten, dass ein so heftiger Einsatz der Energie meine Kräfte erschöpfte, bevor ich die beiden Aufgaben abgeschlossen hatte. Also brauchte ich eine Möglichkeit, die Explosivladungen schon vorher aufzubauen. Dank der Experimente mit den Verzauberungen kam ich auf eine Idee. Ich hatte ein Schälmesser derart präpariert, dass es Wärme aufnahm und speicherte. Leider war es mit einem großen Knall explodiert, sobald es mehr Energie aufgenommen hatte, als die Verzauberung zu fassen vermochte. Diesen Vorgang konnte ich wiederholen und dabei die Wärmespeicherung weglassen. Im Grunde würde ich auf einem kleinen Objekt Runen anbringen, das dadurch die Energie in sich barg. Die nötige Energie wollte ich liefern. Zu gegebener Zeit würde das Objekt die Energie wieder freisetzen. Je nachdem, welche Runen ich benutzte, würde es mir möglich sein, die Art der Freisetzung zu bestimmen, also etwa Feuer, Licht und so weiter.

Zuerst versuchte ich es mit einem kleinen Holzklotz, den ich mit einfachen Runen beschriftete, um die Kraft festzuhalten. Darum herum brachte ich kreisförmig eine zweite Gruppe von Symbolen an. Sie sollten die Energie als Flammenexplosion freisetzen. Sobald ich so weit war, konzentrierte ich meine Willenskraft auf das Holz und schickte so viel Energie hinein, wie es aufnehmen konnte.

Glücklicherweise war ich so klug gewesen, das Experiment draußen durchzuführen und mich mit einem starken Schild zu schützen. Noch ehe ich die Hälfte der Energie hineingegeben hatte, die das Objekt meiner Ansicht nach aufnehmen konnte, flog es vor mir in die Luft. Mein Schild schützte mich vor den schlimmsten Auswirkungen, doch zwei Bäume in der Nähe verloren den größten Teil ihrer Blätter. Ich merkte mir vor, sie gelegentlich zu fällen. Das Holz konnten wir ohnehin brauchen.

Anschließend versuchte ich es noch einmal und hielt vorsichtshalber einen größeren Abstand ein. Aus sechs Schritt Entfernung war es anstrengender, das Holz aufzuladen, doch gelang es mir ohne große Schwierigkeiten. Der zweite Klotz explodierte ungefähr zur gleichen Zeit. Die Explosion war beeindruckend und warf mich trotz der Entfernung von den Beinen. Leider war ich damit immer noch sehr weit von meinem Ziel entfernt.

Beim dritten Test verwendete ich ein größeres Stück Holz, da die Größe des Objekts möglicherweise bestimmte, wie viel Energie es aufzunehmen vermochte. Es speicherte auch tatsächlich etwas mehr, ehe es explodierte, aber ich war immer noch nicht zufrieden. Schließlich kam ich darauf, ein anderes Material zu benutzen, und versuchte es mit einem faustgroßen Stein. Die Wucht warf mich in einen Baum und fegte sogar meinen Schild weg. Ein Steinsplitter riss mir einen hübschen Kratzer in die Wange. Ich werde hier nicht wiederholen, was ich daraufhin von mir gab, aber seit Cyhan mich mit seiner seemännischen Erfahrung inspiriert hatte, war ich nicht untätig geblieben.

Inzwischen hatten meine Erprobungen eine kleine Zuschauermenge angelockt, in der sich auch mein Vater befand. »Du hättest dich fast umgebracht.« Er klopfte mir auf den Rücken. »Wenn du so weitermachst, wirst du sicher bald Erfolg haben.«

»Danke, Vater«, antwortete ich verstimmt.

»Versuch es mal da unten am Hang. Da liegt ein großer Felsblock, hinter dem du dich verstecken kannst«, schlug er vor.

Ich hätte mir einen Tritt versetzen können, weil ich nicht selbst darauf gekommen war. »Gute Idee, aber dieses Ding tut immer noch nicht das, was ich will.« Ich erklärte ihm, was ich beabsichtigte. Er verstand zwar nichts von der Magie, war aber in anderer Hinsicht sehr bewandert, und so hoffte ich, er käme vielleicht auf eine bessere Idee. Meine Hoffnung trog mich nicht.

»Es scheint, als sei die Stärke des Materials oder vielleicht auch seine Dichte der Schlüssel«, überlegte er. »So oder so, etwas Stärkeres als Eisen wirst du hier jedenfalls nicht finden.«

»Ich will doch deinen Lagerbestand nicht vernichten«, antwortete ich.

»Nein ... du könntest einen Teil der Schlacke nehmen, die bei der Herstellung der Anhänger angefallen ist. Bei mir liegen wahrscheinlich zwanzig oder dreißig Pfund herum, die nur darauf warten, wieder eingeschmolzen zu werden«, bot er an. Mit der Schlacke meinte er kleinere Stücke von geschmolzenem Eisen und Gekrätz, die bei Gussobjekten immer übrig blieben. Solange man es nicht wieder einschmolz, war das Material so gut wie nutzlos.

Nach kurzem Suchen fand ich ein Stück in der Größe einer Kinderfaust. Es war rissig und würde vermutlich beim ersten Hammerschlag zerbersten, aber zum Ausprobieren war es mir gerade recht. Dieses Mal entfernte ich mich sogar zehn Schritt weit und versteckte mich zusätzlich hinter dem Felsblock, auf den mich mein Vater hingewiesen hatte. Fast fünfzehn Minuten lang schickte ich Energie hinein, ohne irgendein Ergebnis zu erzielen. Inzwischen war es schon die doppelte Menge, die vorher für eine anständige Explosion ausgereicht hatte, und das Material hielt immer noch. Das kam mir gelegen, weil ich einen zweiten Spruch wirken wollte, mit dem man die Energie später auf Kommando freisetzen konnte. Allerdings musste ich vorher klären, wo die Grenzen des Materials lagen. Schließlich wollte ich später keine Unfälle verursachen, indem ich mehr Energie hineinschickte, als das Objekt halten konnte.

Nach weiteren fünf Minuten explodierte das Material. Die Explosion raubte mir das Gehör und ließ den Boden erbeben.

Ich bin ziemlich sicher, dass mir der Felsblock das Leben rettete. Als ich über den Stein spähte, um das Ergebnis zu betrachten, war ich schockiert. Drei Schritt rings um das Zentrum war der Erdboden verschwunden, dort klaffte jetzt ein tiefes Loch. In einem weiteren Umkreis von noch einmal fünf Schritten war das Gras weggerissen worden. Die Seite des Felsblocks, die der Explosion zugewandt war, hatte sich schwarz verfärbt und wies an den Stellen zahlreiche Löcher auf, wo die Trümmer eingeschlagen waren.

Penny kam herbeigerannt und schrie etwas, doch in meinem Kopf klingelte es so laut, dass ich sie nicht verstehen konnte. »Was ist?«, rief ich zurück. Ich konnte mich nicht einmal selbst sprechen hören. Schließlich gab sie auf und führte mich zur Burg zurück, wo sie ein Stück Papier suchte, auf das sie schreiben konnte.

»Bist du denn blöd?«, lautete die erste Frage in ihrer fast unleserlichen Handschrift.

»Kann sein«, schrieb ich zur Antwort. »Taub bin jedenfalls schon.«

Darauf schrieb sie: »Ich bin nicht taub. Du musst deine Antworten nicht aufschreiben … Idiot.«

Danach wurde unsere Unterhaltung recht munter, aber, ehrlich gesagt, ich genoss es. Sie vermutlich auch, obschon sie sicherlich besorgt war, ich könnte mich durch einen Unfall selbst töten. Am Ende überzeugte sie mich, wenigstens an diesem Tag aufzuhören, bis sich mein Gehör wieder erholt hatte. Ich merkte mir vor, meine Ohren gegen den Schall zu schützen, ehe ich weitere Experimente durchführte.

Am Nachmittag kehrte mein Gehör langsam wieder zurück. Ich hatte meine Trommelfelle bereits überprüft, weil ich schon befürchtete, sie könnten gerissen sein. Doch sie waren glücklicherweise intakt. Als ich wieder Stimmen unterscheiden konnte, kam Cecil Draper gerannt und berichtete, Dorian sei mit der Herzogin zurückgekehrt. Eilig gingen wir ihnen entgegen.

Penny und ich begrüßten sie vor dem Bergfried. »Wie schön, Euch einmal wiederzusehen, Genevieve!«, sagte ich.

Sie antwortete zwar etwas, aber ich konnte nicht ganz verstehen, was sie wollte. Ihre Stimme klang gedämpft und verzerrt. Penny bemerkte es und kam mir zu Hilfe. »Sie sagt, sie ist aufgebrochen, sobald sie die Nachricht bekommen hatte!« Dann wandte sie sich an Genevieve. »Verzeihung, Durchlaucht, er ist im Augenblick halb taub. Ihr müsst rufen, um Euch verständlich zu machen!«

Die Herzogin zuckte zusammen, als Penny sie derart anbrüllte. Natürlich war sie nicht daran gewöhnt, dass sich jemand in dieser Lautstärke an sie wandte. Sie fing sich jedoch rasch wieder und antwortete: »Ich sehe schon, hier gibt es eine Geschichte, die Ihr mir unbedingt erzählen müsst!«

Ich lachte darüber, dass die beiden brüllen mussten, damit ich ihnen folgen konnte. »Lasst uns nach drinnen gehen, es gibt verschiedene Dinge zu besprechen.«

Kurz danach saßen wir im Vorzimmer meiner Gemächer. Penny hatte etwas Wein aufgetrieben, sodass wir der Herzogin eine kleine Erfrischung anbieten konnten, doch Genevieve lehnte mit einer Handbewegung ab. »Nein, danke, meine Liebe, dazu ist es noch zu früh am Tag. Es wäre schön, wenn Ihr etwas Tee hättet. Die staubige Straße hat mich durstig gemacht.«

Ich verschwendete keine Zeit und unterrichtete die Herzogin über unsere Pläne, noch während Penny den Tee holte. Es dauerte eine Weile, ihr alles zu erklären, aber glücklicherweise war sie nicht so schwerhörig wie ich. »Mir ist klar, dass Euch dies in eine unangenehme Lage bringt, Durchlaucht, da James noch nicht zurückgekehrt ist, aber ich brauche Eure Hilfe.«

Sie beugte sich vor, um mich anzubrüllen. »James würde Euch nicht im Stich lassen, Mordecai. Wir haben keineswegs vergessen, was Ihr letztes Jahr getan habt. Ohne Euch wären wir alle nicht hier. Dieser Damm erinnert mich an etwas, um das Ihr mich damals gebeten habt.«

»Was meint Ihr?«, fragte ich.

»Ich soll wieder eine Linie für Euch ziehen«, erwiderte sie. Damit meinte sie die Linie, die sie gezeichnet hatte, damit ich einen Spruch wirken und die Kultanhänger töten konnte, die uns angegriffen hatten. Das war eine berührende Art, mich daran zu erinnern, dass wir früher schon einmal zusammengearbeitet hatten.

»Genau«, bestätigte ich.

»Was braucht Ihr?«, fragte sie sofort.

»Arbeiter«, antwortete ich einfach nur. »Jeden kräftigen Mann und jede Frau, die Ihr entbehren könnt. Wir müssen den Damm so schnell wie möglich bauen, und was mir wirklich fehlt, sind kräftige Schultern und Hände.«

»Eure Bitte ist schwer zu erfüllen. Jetzt, im Herbst, sind alle mit der Ernte beschäftigt. Ich könnte die meisten Wächter entbehren und zu Euch schicken, aber sie werden natürlich murren, wenn sie solche Hilfsarbeiten verrichten sollen.« Nachdenklich schürzte sie die Lippen.

Darüber hatte ich bereits nachgedacht. »Ich brauche sie alle. Ich habe die Absicht, vor Wintereinbruch alle Lebensmittel und alles an Getreide aufzukaufen, was ich nur bekommen kann. Ich glaube, ich verfüge über genügend Mittel, um uns bis zur nächsten Frühjahrsernte zu ernähren.« Die Ernten waren in diesem Jahr außerordentlich gut ausgefallen, und ich hatte Rose bereits gebeten, so viel Proviant wie nur irgend möglich zu kaufen, ehe die Straßen im Winter unpassierbar wurden.

Genevieve Lancaster dachte mit gerunzelter Stirn über meine Idee nach. »Wisst Ihr, wie viel das kosten wird? Ihr müsstet bis zur Ernte im nächsten Frühjahr mehr als tausend Münder stopfen.«

»Sogar noch mehr«, erwiderte ich. »Ich rekrutiere so viele Kämpfer, wie ich nur bekommen kann, und will daher genug Proviant einkaufen, um mindestens zweitausend Menschen zu verpflegen.«

»Das würde mehrere Tausend Goldmark kosten. Selbst wenn James und ich unsere gesamten Ersparnisse einbrächten, wären wir danach mittellos. Immer vorausgesetzt, der König ist nicht empört darüber, dass Ihr in einer Zeit, da er sie selbst brauchen könnte, wertvolle Vorräte aufkauft.« Wieder runzelte sie die Stirn.

»Ehrlich gesagt, das ist mir einerlei. König Edward und ich stehen nicht gerade auf gutem Fuße miteinander. Wenn wir diesen Krieg nicht überleben, spielt es sowieso keine Rolle mehr.«

Penny kehrte mit einem Tablett mit Tee und einigen süßen Plätzchen zurück. Ich fragte mich, wo sie das Gebäck aufgetrieben hatte. Die Köchin hatte angeblich nie Süßigkeiten, wenn ich danach fragte. Penny stellte das Tablett ab und bot Genevieve eine Tasse an. Die Herzogin nahm sie dankbar entgegen. Dann setzte sich Penny neben mich, schrie auf und sprang von der Couch herunter. Ich hatte heimlich die Hand unter ihr Hinterteil geschoben. Sie funkelte mich an und ließ sich ein Stück von mir entfernt nieder, ohne ein Wort zu sagen. Wahrscheinlich wollte sie die Herzogin nicht in Verlegenheit bringen.

Genevieve sah mich über den Rand ihrer Tasse hinweg an und zog eine Augenbraue hoch. Ich glaubte, die Andeutung eines Lächelns in ihrem Gesicht zu entdecken, doch sie verzichtete darauf, meinen kleinen Scherz zu kommentieren. »Nun gut, Mordecai, ich helfe Euch noch einmal, eine Linie zu ziehen. Ihr sollt jeden arbeitsfähigen Mann bekommen, den ich entbehren kann. Die Frauen von Lancaster werden auch etwas zu tun bekommen. Wir bringen die Ernte ein, während die Männer an Eurem Damm arbeiten.«

»Wir werden Euch nicht enttäuschen, Durchlaucht«, sagte ich dankbar.

»Das habt Ihr noch nie getan, Mordecai. Ihr seid immer mein liebster Neffe gewesen. Ob wir Erfolg haben oder nicht, ich werde zu allen Zeiten stolz auf Euch sein.« Dabei bekamen ihre Augen einen feuchten Schimmer. Sie trank rasch einen Schluck Tee, stellte die Tasse ab und stand auf. »Ich mache mich jetzt lieber auf den Weg.«

Penny erhob sich ebenfalls hastig. »Aber Ihr habt noch nicht einmal den Tee ausgetrunken!«

»Das Einzige, was wir haben, ist Zeit, aber auch damit dürfen wir nicht verschwenderisch umgehen. Ich treffe gleich heute Abend nach meiner Rückkehr die ersten Vorkehrungen.« Genevieve beugte sich vor, um Penelope zu umarmen. Dabei flüsterte sie ihr etwas ins Ohr: »Viel Glück, meine Liebe. Ich glaube, mit dem da steht Euch noch einiges bevor.«

Ich war verwirrt, weil Penny und die Herzogin mich so ausdrücklich ansahen. Natürlich hatte ich die Bemerkung nicht gehört, da Genevieve zu leise gesprochen hatte. »Was?«, fragte ich.

Penny warf der Herzogin einen wissenden Blick zu. »Ihr habt ja keine Ahnung!« Dann lachten sie beide.

22

Ich hatte gehofft, meine Experimente am nächsten Morgen wieder aufnehmen zu können, aber wie es der Zufall wollte, tauchte gerade zu diesem Zeitpunkt der Baron auf. Ich hatte bereits meine Arbeitskleidung angezogen, schlichtes Leinen und die Lederschürze eines Schmieds, und war daher nicht angemessen bekleidet, um ihn zu begrüßen. Nicht, dass mich dies besonders kümmerte.

Als er mit zwei Gefolgsleuten durch das Tor ritt, ging ich ihm entgegen, um ihn zu begrüßen, ehe er den Bergfried erreichte. »Freut mich, Euch zu sehen, Mylord!«, sagte ich laut und streckte die Hand aus.

Offensichtlich entsetzt blickte er von seinem hohen Ross auf mich herab. Er war wohl erschrocken, dass ich mich ihm so unbefangen genähert hatte. »Verzeihung, kennen wir uns?« Der junge Lord verzichtete demonstrativ darauf, mir die Hand zu schütteln.

Ich starrte ihn an, da ich mich über seine Zurückhaltung wunderte. Lord Arundel war ein schlanker Mann von Anfang dreißig mit ordentlich frisiertem blondem Haar. Als sich der Wind drehte, fing ich einen Hauch von Lavendel auf. »Nein, meines Wissens noch nicht. Verzeiht die Verwirrung, mein Name ist …«

»Ich bin hier, um deinen Herrn, den Grafen di'Cameron zu sprechen. Du musst mir schon verzeihen, wenn ich keine Zeit habe, mit dir zu plaudern«, entgegnete er brüsk und trieb ohne ein weiteres Wort sein Pferd an. Eilig trat ich zur Seite und ließ ihn vorbei.

Dann sah ich ihm nach und staunte über seine Überheblichkeit. Unterdessen kam Sam Turner zu mir. »Was war das denn?«

»Ich habe das Gefühl, Lord Arundel hat nicht erwartet, einen Edelmann vorzufinden, der so gekleidet ist wie ich«, erwiderte ich.

Sam lachte. »Dann wird er umso verlegener sein, wenn Ihr Eure guten Sachen angezogen habt.«

Ich grinste böse. »Nein. Ich glaube, ich rede so mit ihm, wie ich gerade bin. Aber vielleicht sollte ich wirklich noch ein wenig an meinem Äußeren arbeiten.« Ich weiß, ich hätte eigentlich reifer sein sollen, aber manchmal reitet mich der Teufel. Mir fällt gar nicht ein, woher ich das haben könnte.

Ein paar Minuten später, als ich vor den Ställen an einem Pferdetrog stand, kam auch mein Vater hinzu. Wir hatten dort etwas Wasser auf den staubigen Boden gekippt, um Schlamm zu erhalten. Sam half mir, die Masse auf meiner Kleidung zu verteilen. »Du siehst so glücklich aus wie ein Schwein in der Suhle«, bemerkte Royce trocken.

Sam musste kichern, während ich erklärte, was wir vorhatten. Darauf lachte auch mein Vater. Er war mir schon immer ein gutes Vorbild gewesen. »Sohn, du musst jetzt mit solchen Späßen aufhören und dich um wichtigere Angelegenheiten kümmern.« Er bückte sich, steckte die Hand in den Schlamm und tätschelte liebevoll meine Wange. »Du willst den Baron doch nicht warten lassen.«

»Sagt allen, dass sie heute äußerst höflich mit mir umgehen sollen. Ich werde nicht dulden, dass mich heute jemand allzu vertraulich anredet.« Damit zwinkerte ich ihnen zu und machte mich auf den Weg zum Bergfried.

Dorian empfing mich an der Tür. »Mort! Lord Arundel ist hier! Du musst …« Doch er ließ den Satz unvollendet, als er meine Aufmachung bemerkte. »Was, zum Teufel, ist mit dir passiert?«

»Sheldon war ein bisschen unhöflich, als er eingetroffen ist. Deshalb dachte ich, ich ziehe meine besten Sachen an«, unterrichtete ich ihn.

»Der Mann ist nicht gerade für seinen Humor berühmt, Mordecai. Du wirst ihn gewiss beleidigen.« Dorian setzte seine besorgte Miene auf. Es war der Gesichtsausdruck, den ich bei ihm am häufigsten zu sehen bekam.

»Keine Sorge, ich werde äußerst höflich sein«, erklärte ich lächelnd. »Sag ihm, ich werde gleich im großen Saal eintreffen, um ihn zu begrüßen.« Unterdessen ging ich nach oben zu Penelope.

Kaum dass ich unsere Gemächer betreten hatte, rief sie: »Bäh! Raus hier! Was ist das denn da?« Ich konnte sofort erkennen, wie sehr sie sich freute, mich zu sehen.

»Lord Arundel ist zu Besuch gekommen«, quetschte ich gerade noch heraus, während sie mich zur Tür schob.

»Bei den Göttern! Du musst dich sofort umziehen und baden. Was soll er nur denken, wenn er dich so sieht?«

Ich grinste. »Er wird sich zumindest genau überlegen, wie er in Zukunft andere Leute begrüßen sollte.« Ich berichtete ihr von der Begegnung im Hof.

»Glaubst du denn, das wird die Lage verbessern?«, rief sie. »Ehrlich, Mort, ich mache mir Sorgen um dich. Manchmal bist du wirklich brillant, und dann wieder … die restliche Zeit …« Sie seufzte schwer.

Ich drehte mich um und ging, ehe sie mir den Spaß verdarb. »Komm runter, wenn du so weit bist. Ich will ihn nicht warten lassen.«

»Halt, nein!«, rief sie mir nach. Sie hätte mich sicher gern am Arm festgehalten, aber ich glaube, sie fürchtete sich ein wenig vor dem Schlamm. Da sprang ich bereits die Treppe hinunter und erreichte ein paar Schritte vor ihr die Tür zum großen Saal.

»Wie sehe ich aus?« Mit etwas Schlamm von meinem Hemd strich ich mir die Haare zurück.

»Scheußlich, du Dummkopf.« Sie funkelte mich böse an.

»Ausgezeichnet.« Damit öffnete ich die Tür.

Lord Arundel saß mit Dorian und meiner Mutter an der Haupttafel. Mir war nicht bewusst gewesen, dass sie sich ebenfalls auf der Burg aufhielt, sonst hätte ich meinen übereilten Plan vielleicht doch noch umgestoßen. Dazu war es jetzt jedoch zu spät. Ich trat zu ihm hin und begrüßte ihn.

»Lord Arundel! Es freut mich, dass Ihr so kurzfristig kommen konntet.« Wieder streckte ich die Hand aus, in die er jedoch abermals nicht einschlug. Meine Mutter starrte mich mit großen Augen an. Ich fürchtete, sie könnte einen Herzanfall erleiden.

Der Edelmann übersah mich geflissentlich und wandte sich an Dorian. »Sir Dorian, wer ist dieser Mann? Es ist schon das zweite Mal, dass er mich behelligt.«

Dorians Lippen formten ein großes »O«, während er die Lage einschätzte. Schließlich kam sein Mundwerk wieder in Gang. »Baron, darf ich Euch Mordecai Illeniel vorstellen, den Grafen di'Cameron. Mordecai, dies ist Sheldon Arundel, dein nächster Nachbar.« Dorian sah aus, als kostete ihn jedes Wort ein Jahr seines Lebens.

Nun war es an dem Baron, schockiert dreinzuschauen. Er öffnete und schloss mehrere Male den Mund, ehe er schließlich das Wort ergriff. »Lord Cameron, offenbar habt Ihr mich zum Narren gehalten.«

Ich konnte nicht erkennen, ob er empört war oder nicht. Auf jeden Fall wirkte er etwas schockiert. »Unsinn«, versicherte ich ihm lachend. »Das habt Ihr größtenteils selbst vollbracht. Ich habe mich nur ein wenig über Eure Verwirrung lustig gemacht. Setzt Euch und trinkt etwas Wein.« Ich deutete auf den Stuhl und nahm auch selbst Platz.

Meine Mutter konnte nicht mehr an sich halten. »Mordecai, warum bist du so mit Schlamm bedeckt?« Sie fragte ganz ruhig, war innerlich aber sicher sehr erregt. Sie hatte mich ja nicht dazu erzogen, Adlige wie ein Schwein zu begrüßen, das gerade aus der Suhle gestiegen ist. Ungerufen kamen mir Weidengerten in den Sinn. Manche Kindheitserinnerungen verblassen eben nie.

»Es tut mir leid, Mutter, aber ich habe mich beeilt, um nach unserer misslungenen ersten Begegnung möglichst schnell zu Lord Arundel zu gelangen, und bin vor den Ställen im Schlamm ausgerutscht.« Ihre Miene verriet mir alles, was ich über ihre Ansichten bezüglich meiner Wahrheitsliebe wissen musste. Ich strahlte sie an und schenkte meine Aufmerksamkeit wieder dem Baron. »Ich bin Euch dankbar, dass Ihr so bald kommen konntet, zumal wir ja noch gar nicht die Gelegenheit hatten, einander kennenzulernen.«

Der gute Baron fasste sich allmählich, auch wenn sein Blick immer wieder zu dem Schlamm in meinem Haar wanderte. »Nun ja, ich wollte einen guten Eindruck hinterlassen, da wir doch erst seit kurzer Zeit Nachbarn sind. Darf ich fragen, warum Ihr wie ein Leibeigener gekleidet seid?«

Bei diesem Begriff sträubten sich mir sämtliche Haare. Bis vor gar nicht so langer Zeit hätte man mich selbst noch so nennen können. Jedenfalls dann, wenn man es nicht besser wusste. »Ich habe hier keine Leibeigenen, Mylord. Die Bürger von Washbrook sind Freisassen.«

»Freisassen, meinetwegen. Es ist mir ganz egal, wie Ihr Eure Bauern nennt.« Er trank einen Schluck Wein. »Allmählich frage ich mich, ob Ihr diesen Streich eigens für mich inszeniert habt.«

Ich schloss den Baron mehr und mehr ins Herz, weil jetzt schon klar war, dass wir uns hervorragend verstehen würden. »Nein, ich fürchte, mein schwacher Versuch, einen Scherz zu machen, war eine ganz spontane Eingebung. Ich bin gerade auf dem Weg in die Schmiede gewesen, um mit meinem Vater an einem gewissen … Projekt zu arbeiten.« Dorian schüttelte stumm den Kopf, was der Baron jedoch nicht sehen konnte.

»Wie ich hörte, seid Ihr unter ungewöhnlichen Umständen

aufgewachsen. Ihr meint gewiss Euren Stiefvater, nicht wahr?«, fragte er herablassend.

»Ja«, bestätigte ich. Die blasierte Haltung dieses Mannes weckte meinen Zorn. »Ich will nicht unhöflich sein, aber ich muss Euch unbedingt über einige Dinge ins Bild setzen.« Ich fürchtete, es werde immer schlimmer werden, je länger die Begegnung dauerte, daher kam ich lieber direkt zur Sache.

»Bitte fahrt fort. Ich möchte Eure Gastfreundschaft nicht länger als nötig in Anspruch nehmen.« Dem Baron schien also ganz so wie mir daran zu liegen, unsere Unterhaltung rasch zu beenden.

Ich unterrichtete ihn so knapp wie möglich über das, was ich über die geheimnisvolle Bedrohung durch die Shiggreth und den bevorstehenden Angriff aus Gododdin wusste. So kurz ich mich auch fasste, ich brauchte dennoch eine Viertelstunde, um ihm die Neuigkeiten mitzuteilen. Die ganze Zeit über zeigte der Baron keinerlei Besorgnis.

»Ihr sagtet, Ihr hättet den König unterrichtet?«, fragte er schließlich.

»Das habe ich getan.«

»Wie lautete seine Antwort?«

»Er will die Eindringlinge am Trent aufhalten. Im Frühling wird er auch unsere Truppen einberufen«, erklärte ich. »Als ich mit ihm darüber sprach, sagte ich, dass ich nicht die Absicht hätte, diesem Ruf zu folgen. Vielmehr werden Lancaster und ich die Eindringlinge im Tal stellen. Wir wollen ...«

»Ihr habt dem König also nicht gehorcht?«, fiel er mir ins Wort.

»Nach einem kurzen Gespräch sah er ein, dass es klug wäre, mich den Versuch machen zu lassen, sie schon hier aufzuhalten.« Ich ließ mir äußerlich nicht anmerken, wie gereizt ich inzwischen war.

»Ihr wollt sie allein ... Ihr seid entweder ein Verrückter oder ein Narr«, erwiderte der Baron geringschätzig.

»James von Lancaster und ich werden zusammenarbeiten. Wir haben einen Plan, der erfolgreich sein könnte. Wenn Ihr zuhören wollt, werdet Ihr ihn sicherlich auch begrüßen.«

»Ich glaube nicht. Ich glaube auch nicht, dass sich der Herzog an Eurer dummen Idee beteiligen wird.« Er stand auf, als hätte er vor zu gehen.

Ich wollte mich gern einen Narren nennen lassen, wenn mir dies die Unterstützung des Barons einbrachte, aber danach sah es nicht aus. »Könntet Ihr mir, ehe Ihr geht, noch verraten, was Ihr plant?«, fragte ich.

»Das dürfte doch für jeden, der nicht gerade ein mit Schlamm bedeckter Irrer ist, offensichtlich sein. Ich nehme meine Männer und marschiere so bald wie möglich zum König«, antwortete er. Und schon war er unterwegs zur Tür.

»Was wird aus Eurem Volk?«, rief ich ihm hinterher.

Der Baron blieb stehen, um mir zu antworten. »Ich werde alles wieder aufbauen, wenn der Krieg vorüber ist. Solange das Land noch da ist, werden die Menschen kommen.«

Alle im Raum starrten mich an. Bisher war ich ruhig geblieben, obwohl das Gespräch keinen glücklichen Verlauf genommen hatte. Nun schien es aber so, als hätten gute Worte keine Wirkung. Als er die Hand zur Tür ausstreckte, spielte ich mit dem Gedanken, ihn aufzuhalten, aber auch damit hätte ich seine Meinung sicher nicht ändern können.

»Was für ein Mistkerl«, schimpfte ich, als er die Tür hinter sich geschlossen hatte.

»Ich glaube, dein Äußeres hat die Sache nicht besser gemacht«, erklärte Penny. »Allerdings staune ich, dass du so ruhig geblieben bist. Nachdem er deinen Vater erwähnt hatte, dachte ich schon, du würdest ihn auf der Stelle zu Asche verbrennen.«

»Ich hätte seine Hilfe sowieso nicht haben wollen«, warf meine Mutter ein. In diesem Punkt stimmten zwar alle überein, aber ich fragte mich doch, ob die Männer des Barons bei dem bevorstehenden Krieg vielleicht den Ausschlag geben mochten. Wir waren nicht einmal sicher, ob wir den Damm rechtzeitig fertigstellen konnten.

23

Am nächsten Tag nahm ich die Arbeit an meinen explosiven Verzauberungen wieder auf. Da der Vorschlag meines Vaters so gute Ergebnisse gezeitigt hatte, beschloss ich, bei den weiteren Experimenten nur noch Eisen zu verwenden. Ich probierte es mit mehreren Stücken, um ein Gefühl dafür zu entwickeln, wie viel Energie ich in einem bestimmten Brocken speichern konnte, ohne eine vorzeitige Explosion auszulösen. Natürlich achtete ich darauf, vor jedem Versuch meine Ohren abzuschirmen.

Sobald ich die Energiemenge bestimmt hatte, machte ich mich an die zweite Aufgabe. Es galt nun, einen Weg zu finden, um die Objekte aus der Ferne zu zünden. Wenn der Brocken bis zu fünfhundert Schritt entfernt war, konnte ich dies mühelos selbst tun, doch damit unser Plan funktionierte, musste die Entfernung wesentlich größer sein. Der Edelstein, den Cyhan während unserer Bindungszeremonie eingesetzt hatte, brachte mich auf die richtige Idee.

Eigentlich war es ganz einfach. Ich schloss in die ursprüngliche Verzauberung, mit der ich die Energie im Stein band, einen Edelstein ein. Danach konnte ich ihn hoffentlich entfernen und die Explosion auslösen, indem ich ihn zerstörte. Das Problem dabei war nur, dass Edelsteine ein knappes Gut waren. Genau genommen hatte ich nichts anderes als den Diamanten in Penelopes Verlobungsring, und ich hatte so ein Gefühl, dass sie nicht gerade erbaut wäre, wenn ich das Schmuckstück bei der Erprobung eines neuen Spruchs zerstörte. Diamanten ließen sich ohnehin nicht so leicht zertrümmern.

Schließlich entschied ich mich für Glasperlen. Soweit ich es sagen konnte, gab es keinen Grund dafür, dass man zur Aktivierung unbedingt einen echten Edelstein benötigte. Der Auslöser musste lediglich widerstandsfähig genug sein, um nicht versehentlich zu zerbrechen, und dazu spröde genug, um leicht zerschmettert werden zu können.

Seltsamerweise waren Glasperlen fast genauso schwer zu bekommen wie Edelsteine. In Washbrook gab es schon seit Jahrzehnten keinen Glasbläser mehr. Der kleine Ort begnügte sich mit Holzläden vor den Fenstern und selbst geformten Töpferwaren als Geschirr. Nach einer ergebnislosen Suche und der Befragung verschiedener Einwohner gab ich es schließlich auf und ging hinein, um etwas zu essen.

Penny musterte mich, während wir speisten. »Du bist so nachdenklich«, meinte sie.

Da wurde mir bewusst, dass ich während der Mahlzeit die meiste Zeit über geschwiegen hatte. »Tut mir leid. Ich wälze nur gerade ein Problem mit einem neuen Spruch.«

»Erzähl mir doch einfach davon. Breite es vor mir aus. Außerdem wüsste ich gern, womit du dich beschäftigst, ehe du dich versehentlich selbst umbringst.« Ich staunte immer wieder, wie groß ihr Vertrauen in meine magischen Experimente war.

Penny war klug und begriff mein Problem sehr schnell. »Also brauchst du nur ein paar Glasperlen?«

Ich nickte.

»Müssen es Perlen für eine Kette sein? Wie ist es mit Strass ... mit zugeschnittenem Glas?«, schlug sie vor.

»Das wäre genauso gut«, antwortete ich. »Aber ich habe hier nicht viel Schmuck gesehen. Du etwa?«

»Hier nicht, aber auf der Burg Lancaster«, antwortete sie.

Ich kam mir etwas beschränkt vor. »Wo denn da?«

»Der Lüster im Sonnenzimmer. Früher gehörte es zu meinen Aufgaben, ihn einmal in der Woche abzustauben. Dafür habe ich immer eine Ewigkeit gebraucht.« Das Sonnenzimmer war der Empfangssalon im ersten Stock, in dem ich meine unschöne Unterhaltung mit Devon Tremont geführt hatte. Auf die Einrichtung hatte ich dabei nicht geachtet.

»Glaubst du denn, die Herzogin würde sich davon trennen?«

»Sie hat dir in der Erntezeit bereits alle arbeitsfähigen Männer gegeben, über die sie verfügt. Ich glaube, der Lüster ist demgegenüber zu vernachlässigen«, erklärte sie mir.

»Ich würde sie nur ungern um einen weiteren Gefallen bitten«, erwiderte ich unsicher.

»Das kann ich übernehmen. Ich werde heute Nachmittag zu ihr reiten«, bot sie an. »Ich sitze schon seit Tagen hier herum und habe nichts zu tun. Allmählich fühle ich mich entsetzlich nutzlos.«

»Das geht nicht«, erinnerte ich sie. »Ich müsste dich begleiten, aber ich habe mich heute um andere Dinge zu kümmern.«

»Warum nicht?« Dann erinnerte sie sich an unsere Bindung und betrachtete wehmütig das Schwert, das sie trug. »Ich hätte nie gedacht, dass es so unbequem wird.«

»Ja, wer hat schon Lust, für den Rest seines Lebens vierundzwanzig Stunden am Tag in meiner Nähe zu sein?«, antwortete ich sarkastisch.

»Das meine ich nicht«, sagte sie. »Es ist nur seltsam, dass ich mich nicht mehr allein bewegen kann. Du musst wohl einen Boten schicken.«

Da fiel mir ein, dass ich noch nicht einmal richtige Boten eingeteilt hatte. Die einzigen Leute, die mir zur Verfügung standen, waren die Dorfbewohner, die nicht damit beschäftigt waren, das Fundament für den Damm zu bauen. Anscheinend war ich dazu verdammt, ständig über zu wenig Mittel zu verfügen. »Dorian kann sich darum kümmern. Wenn er die Bitte vorträgt, ist es fast genauso gut.«

Da ich meine Experimente ohne das Glas nicht fortsetzen konnte, verbrachte ich den Nachmittag damit, die Bücher zu lesen, die ich aus meinem neuen Zuhause in Albamarl mitgebracht hatte. Wir waren dort vor mehr als zwei Wochen abgereist, und ich hatte noch keine Zeit gefunden, einen Blick hineinzuwerfen. Ich suchte mir eine ruhige Ecke in meinem Zimmer und ließ mich mit *Ausführliche Anleitung für die Erschaffung und Wartung von Teleportationspunkten* nieder. Es war tatsächlich so interessant, wie der Titel vermuten ließ, also überhaupt nicht.

Ich überwand mich jedoch und konzentrierte mich die nächsten paar Stunden darauf, mich durch die Grundlagen der Teleportationsmagie zu kämpfen. Ich hatte angenommen, es sei leicht, doch offenbar war die Erschaffung zweier verbundener Kreise teuflisch schwer. Theoretisch konnte ein Magier auch ohne einen Kreis teleportieren, doch in der Praxis war eine ungeheure Menge an komplizierten Berechnungen erforderlich, um an dem gewünschten Ort einzutreffen.

Ich war noch gar nicht auf die Idee gekommen, dass die Bewegung des Planeten selbst eine Rolle spielte, aber so war es. Deshalb waren Kreise entworfen worden, die künstliche Anker in der Realität bildeten. Ein Kreis erzeugte eine Art unabhängige Position im Raum, die sich nicht auf die gleiche Weise wie andere Punkte bewegte. Die Folge davon war, dass man mit zwei Kreisen, die richtig aufeinander abgestimmt waren, leicht von einem Ort zum anderen teleportieren konnte, ohne dabei einen hässlichen Unfall zu erleiden. Jeder halbwegs fähige Magier war dazu in der Lage, sobald sie einmal erschaffen waren.

Auch Menschen ohne magische Fähigkeiten konnten sie benutzen, vorausgesetzt ein Magier lieferte die magische Energie zu ihrer Aktivierung. Sofort kam ich auf die Idee, den Kreis in Albamarl zum Transport der Vorräte zu benutzen. Wenn ich in meiner Burg einen Kreis erschaffen konnte, der zu dem anderen passte, dann konnte ich mit Leichtigkeit auch große Mengen Material und viele Menschen bewegen.

Ein Problem gab es dabei. Den Kreis in der Hauptstadt hatte ich nur flüchtig betrachtet und dabei natürlich nicht erkannt, welche Teile den Schlüssel darstellten, der ihn identifizierte. Diese Informationen konnte ich nur gewinnen, wenn ich noch einmal hin und zurück reiste.

Entnervt warf ich das Buch weg und rieb mir die Schläfen. Beim Lesen hatte ich Kopfschmerzen bekommen. Ich ruhte meine Augen einen Moment aus, ehe ich mir *Die Geschichte Illeniels* vornahm. Nach dem kurzen ersten Blättern hatte ich mehr Fragen als Antworten und wollte unbedingt etwas mehr erfahren. Dieses Buch musste doch viel erfreulicher sein als das Studium der Teleportation. Ich schlug es auf und brauchte ein paar Minuten, um die richtige Stelle wiederzufinden.

Die Magier jener Zeiten lernten die Nachtgötter fürchten und mieden auch die neuen Götter. Niemand wollte sich mit den Nachtgöttern einlassen, und nur wenige folgten den Lichtgöttern. Die Menschheit hatte ihr Schicksal selbst in der Hand. So wäre es vielleicht auch geblieben, wäre nicht ein junger Magier namens Jerod aus dem Hause Mordan seiner Gier und seinem Drang nach Macht erlegen.

Jerod war zwar mit großen Kräften zur Welt gekommen, war jedoch nicht stark genug, um zur Erde zu sprechen. Seine Eifersucht auf die überlegenen Erzmagier führte ihn letzten Endes in den Untergang, nachdem er die ganze Menschheit verraten hatte. Damals lebten noch zwei Erzmagier, Gareth aus dem Hause Gaelyn und Moira aus dem Hause Centyr. Zu jeder Zeit in der Geschichte gab es nie mehr als zwei oder drei Erzmagier, daher erschien diese geringe Zahl nicht ungewöhnlich.

Jerod hatte sich in Moira aus dem Geschlecht der Centyr verliebt, doch sie hatte nur Augen für einen anderen, für einen unbedeutenden Magier aus dem Hause Illeniel. Die Einzelheiten dieser unglücklichen Liebesgeschichte sind in dem darauffolgenden dunklen Zeitalter untergegangen. Wir wissen lediglich, dass Jerod den Versuchungen eines dunklen Gottes namens Balinthor verfiel. Die Verheißung, sogar noch größere Macht zu genießen als die Erzmagier, hatte den jungen Jerod verlockt. Er glaubte, mit seiner größeren Macht könne er die Erzmagierin Moira für sich gewinnen, beschwor den dunklen Gott herauf und öffnete seinen Geist für ihn.

Balinthor ergriff ganz und gar Besitz von ihm und benutzte Jerod, um eine Brücke zwischen den Welten zu schlagen und in das Land der Menschen überzuwechseln. Sobald er sie überschritten hatte, verzehrte Balinthor Jerods Geist und nutzte den Körper als seinen Avatar.

Die Erschaffung der Weltenbrücke erregte die Aufmerksamkeit vieler großer Magier aus jener Zeit. Sie bemühten sich, dem Nachtgott Einhalt zu gebieten. Unter Führung von Gareth Gaelyn griffen sie Balinthor an, konnten sich jedoch nicht durchsetzen. Gareth wurde getötet, und die Magier mussten fliehen.

Zu dieser Zeit nahmen die Lichtgötter ihren Platz im Herzen und im Geist der Menschen ein. Viele schwächere Magier und andere Männer, die man später Heilige nannte, schlossen Bündnisse mit den Lichtgöttern: Millicenth der Abendstern, Doron der Eisengott, Karenth der Gerechte und Celior der Strahlende.

Die größeren Magier und die Erzmagierin Moira Centyr blieben den Lichtgöttern gegenüber misstrauisch, arbeiteten jedoch mit den Kirchen, die an Macht gewannen, zusammen, um das zu retten, was von der zerschlagenen Zivilisation noch übrig geblieben war. Der Krieg gegen Balinthor und seine Anhänger zog sich über viele Jahre hin, bis schließlich offensichtlich wurde, dass sie ihn nicht gewinnen konnten.

Unweigerlich wurde die Menschheit bis an den Rand der Auslöschung getrieben, bis nur noch eine nennenswerte Bastion übrig blieb. Sie befand sich in dem Land, das heute als das Königreich Lothion bekannt ist. Moira, die stärkeren Magier und die Heiligen der neuen Kirchen kämpften lange und erbittert, doch am Ende sahen sie ein, dass ihre Niederlage unabwendbar war. Verzweifelt rief Moira die Erde auf eine Weise an, wie es vor ihr noch kein Erzmagier getan hatte. Darauf wuchs ein großer Stein empor, der heute noch an der Stelle liegt, wo später die Hauptstadt Lothions entstand. Sie ging ein Bündnis mit der Erde ein.

Damals wussten die Magier, dass alles, ob lebend oder unbelebt, ein Bewusstsein und eine Seele besitzt. Die Erde selbst war das größte und mächtigste Wesen, doch ihr Geist war für die Menschen seltsam und fremd. Die Erzmagier früherer Zeiten waren fähig gewesen, die Erde anzurufen, um große Taten zu vollbringen, doch ihre Verbindung blieb begrenzt. Moira streifte ihre Menschlichkeit ab, verband sich ganz und gar mit der Erde und trat in den Stein hinein, der vor ihr emporgewachsen war.

Was danach geschah, würde nur schwer zu glauben sein, wären da nicht einige physische Beweise für die modernen Gelehrten erhalten geblieben. Die Elentirberge gebaren einen mächtigen Steinkoloss, den sie direkt gegen den Nachtgott in den Kampf schickten. Mit Balinthors Kraft konnte sich kein sterbliches Wesen messen, doch der Nachtgott war entsetzt, als er die fast unendliche Kraft dieses Hüters der Erde bemerkte. Über Tage und Wochen hinweg wurde der Gott zurückgetrieben, bis er ein Land namens Garulon erreichte.

Garulon, ursprünglich ein schönes Land, war durch den Krieg verwüstet worden. Die Bewohner dieses Gebiets waren alle tot oder mit den Versprengten geflohen, die Balinthor Widerstand geleistet hatten. Diesen Ort wählte die Erde als Balinthors Grab aus, und dort rang der Koloss mit dem Nachtgott. Er zwang ihn auf die Erde nieder, und dann erhob sich rings um sie das Land. Eine tiefe Schlucht tat sich unter ihnen auf, und Balinthor wurde verschlungen und am Busen der Erde erdrückt. Sein Tod ging mit einem gewaltigen Ausbruch einher, und was von der Region noch übrig war, wurde in Stücke gerissen. Eine tiefe Kluft blieb zurück, die vom Meer rasch ausgefüllt wurde.

Dies war das Ereignis, das man später als den Großen Sturz bezeichnete. Sobald der Gott erschlagen war, vernichteten die noch lebenden Menschen auch jene dunklen Wesen, die man »Shiggreth« nannte und die ihm gedient hatten. Diese untoten Kreaturen waren zwar schwer auszurotten, doch schließlich waren sie doch alle ausgelöscht, und die Menschheit konnte in Frieden weiterleben.

Langsam wuchs die Zivilisation wieder heran, doch es gab keine lebenden Erzmagier mehr, und nur noch wenige Nachkommen der großen Magiergeschlechter hatten überlebt. Die neuen Religionen hatten während des Krieges gegen Balinthor zahlreiche Anhänger gewonnen, und unter den Herrschern der neu entstandenen Nationen wuchs ihre Macht. Die Taten Jerods, der den Nachtgott auf die Menschheit losgelassen hatte, wurden nicht vergessen. Die Menschen hatten Angst, ein anderer Magier könnte diesen Fehler wiederholen.

So trafen die Herrscher jener Zeit, die neuen Kirchen und die noch lebenden Magier der großen Geschlechter eine Übereinkunft. Um die Magier vor Schwäche und menschlicher Fehlbarkeit zu schützen, musste jeder unter ihnen, der stark genug war, um eine Weltenbrücke zu erschaffen, eine magische Seelenbindung mit einem anderen Menschen eingehen. Diese Bindung schützte ihren Geist vor unerwünschten äußeren Einflüssen, wie etwa durch die Nachtgötter. Und falls sie die Menschheit verrieten und sich absichtlich einem Nachtgott auslieferten, sollte der Bindungsgefährte dem Leben des Missetäters ein Ende setzen. Die Bindung war ein unauflöslicher Bund zwischen dem Magier und seinem Gefährten. Der Tod des einen zog unbedingt auch den Tod des anderen nach sich.

Die Bindungsgefährten nannte man schließlich in der lycianischen Sprache »Anath'Meridum«. Sie stellten den letzten Schutzschild vor einem erneuten tragischen Fehler dar. Nach dieser Zeit entwickelten sich keine neuen Erzmagier mehr, und die großen Geschlechter schwanden dahin. Die Bindung bedeutete, dass jeder mächtige Magier mit doppelter Wahrscheinlichkeit einem Unfall oder einer Krankheit zum Opfer fiel, und sie waren trotz der legendären Kampfkraft der Anath'Meridum durch Meuchelmörder weitaus leichter zu treffen.

Mir schwirrte der Kopf von den vielen Einzelheiten, die ich gerade erfahren hatte. Die Erschaffung der Anath'Meridum war also die Folge eines Vertrags? Es klang, als wären die Magier, die nach dem Großen Sturz noch lebten, politisch sehr in der Defensive gewesen. Noch wichtiger, es war deutlich, dass die Magier vorher lange Zeit gelebt hatten, ohne auf eine Bindung angewiesen zu sein, die sie vor dem Wahnsinn schützte. Mehr und mehr wurde mir bewusst, dass vor allem die Gefahr einer Wiederholung des Fehlers und die politischen Notwendigkeiten jener Zeit die Gründe für die Bindung darstellten.

Außerdem fand ich den Begriff »Erzmagier« faszinierend. Davon hatte ich noch nie gehört, aber es klang, als wäre es gar nicht so schlecht, wenn man Stimmen hörte. Vor der Bindung hatte ich eine dieser Stimmen tatsächlich der Erde zugeordnet. Bedeutete dies nun, dass auch ich möglicherweise ein Erzmagier war? Wieder verfluchte ich die Tatsache, dass mein biologischer Vater nicht lange genug gelebt hatte, um mich ausreichend zu unterweisen. Ich hatte keine Ahnung, was es bedeutete, sollte ich einer sein. Bisher hatte ich ja noch nicht einmal richtig begriffen, was einen gewöhnlichen Magier ausmachte.

Dann dachte ich über die Steinfrau nach. Sie hatte sich von den anderen Stimmen, die ich gehört hatte, unterschieden. Inzwischen vermutete ich, sie könnte die Erzmagierin aus dem Buch gewesen sein. »Moira Centyr …«, überlegte ich halblaut. Hätte ich nur den Namen ihres Geliebten gewusst. In dem Buch hieß es, er habe dem Haus Illeniel angehört, aber ich wusste nicht, ob er den gleichen Namen getragen hatte wie ich und ob sie tatsächlich meiner Steinfrau entsprach. Wenn sie wirklich eine historische Erzmagierin war, konnte ich mir kaum ausmalen, welches Wissen sie besaß, auch wenn sie Jahrhunderte in der Erde gelebt hatte.

Ein Klopfen an der Tür riss mich in die Gegenwart zurück. Marc stand draußen. »Komm rein«, lud ich ihn ein. »Ich habe dich in den letzten ein oder zwei Tagen ja kaum gesehen.«

»Nachdem ich in Arundel deine Botschaft überbracht hatte, fühlte ich mich berufen, die Kranken zu heilen«, erklärte er. »Dort waren einige, die während des Sommers Verletzungen erlitten hatten.«

»Oh.« Etwas Besseres fiel mir dazu nicht ein.

»Ich dachte, ich sollte dir lieber etwas berichten. Sheldon ist gestern Abend in ausgesprochen schlechter Laune zurückgekehrt. Du musst ihn wirklich sehr beeindruckt haben.«

Ich lächelte bitter. »Das Gefühl beruhte auf Gegenseitigkeit. Was hat er denn gesagt?«

»Der größte Teil davon ist nicht wichtig genug, um deine Zeit damit zu verschwenden. Er ist ja kein begnadeter Redner. Was einer einfallsreichen Beleidigung noch am nächsten kam, war ›Schweinefürst‹.« Marcus lächelte mich an, dann wurde er wieder ernster. »Wichtiger ist allerdings die Tatsache, dass er bereits Vorkehrungen trifft, um in der Hauptstadt zu überwintern.«

»Geht er jetzt schon weg?« Ich war überrascht, dass er es so eilig hatte. »Was hat er seinen Leuten gesagt?«

»Nichts. Es sieht beinahe nach einer gewöhnlichen Reise in die Hauptstadt aus, nur dass er alle seine Bewaffneten mitnimmt … und alles von Wert einpackt, was er besitzt.« Mein Freund schüttelte den Kopf. »Er lässt sie einfach zurück, Mort.«

Meine ohnehin schon schlechte Meinung über den Baron erreichte einen neuen Tiefpunkt. Diese unerhörte Gleichgültigkeit, was das Schicksal seiner Leute betraf, reizte mich mehr, als ich es in Worte fassen konnte. »Ist er schon aufgebrochen?«

»Als ich mich auf den Weg machte, war er noch da. Ich glaube, er will morgen abreisen.«

In meinem Kopf nahm ein Plan Gestalt an. Wahrscheinlich war es nicht die klügste Idee, auf die ich je gekommen war, aber mein Gewissen ließ mir keinen anderen Ausweg. Ich ging nach unten, um mich auf den nächsten Morgen vorzubereiten.

24

Als wir eintrafen, verließ der gute Baron gerade sein Anwesen. Ich glaube, er war überrascht, mich zu sehen, was mir durchaus gelegen kam. Penny ritt rechts neben mir, während Mark links von mir auf seinem Zelter saß. Hinter uns folgten zehn Männer, die zur Miliz von Washbrook gehörten.

»Lord Cameron, ich hätte nicht erwartet, Euch heute zu sehen«, erklärte der Baron. Er ritt an der Spitze von mehr als dreißig Wächtern. Neben einer ungewöhnlich großen Zahl von Reservepferden führten sie auch beladene Packmaultiere mit. Anscheinend hatte er alle Tiere aus seinen Ställen geholt. Die Tatsache, dass ihm diese Tiere wichtiger waren als sein Volk trug nicht dazu bei, meine Laune zu verbessern.

»Ihr seht aus, als wolltet Ihr Euch auf eine Reise begeben, Mylord«, erwiderte ich höflich.

»Ich habe die Absicht, den Winter in der Hauptstadt zu verbringen. Ihr erwartet doch hoffentlich nicht, dass ich bleibe?« Höhnisch verzog er das Gesicht.

»Ich habe allerdings den Anstand von Euch erwartet, Eure Leute über den bevorstehenden Krieg zu unterrichten. Nur ein Feigling packt seine Sachen und läuft weg, ohne sein Volk zu warnen«, antwortete ich kalt. Offensichtlich hatte er nicht einmal sein Gefolge eingeweiht. Mehrere seiner Männer hörten mit weit aufgerissenen Augen zu.

»Hütet Eure Zunge, Lord Cameron, ehe ich an dem Anstoß nehme, was Ihr sagt. Die Angelegenheiten meiner Leute gehen Euch nichts an.« Er rutschte unbehaglich auf seinem Hengst hin und her, widerstand jedoch dem Drang, seine Männer anzusehen. Damit hätte er ja auch seine Angst eingeräumt.

»Wie ich sehe, besaßet Ihr nicht einmal die Höflichkeit, Eure Bewaffneten aufzuklären. Einige von ihnen haben sicherlich Familien. Fürchtet Ihr, sie könnten desertieren, wenn sie erfahren, dass Ihr die Frauen und Kinder dem sicheren Tod überlasst?« Ich hob die Stimme, damit es alle verstehen konnten, die zuhören wollten. Inzwischen waren mehrere Leute aus seinem Anwesen gekommen, um zu sehen, was hier draußen vor sich ging.

»Ich habe genug von deinen Beleidigungen, du Hundesohn!« Vor Wut war sein Gesicht rot angelaufen. »Macht sie nieder ...« Ehe er den Befehl ganz ausgesprochen hatte, trieb Penny ihr Pferd an und fegte ihn mit der flachen Seite des Schwerts aus dem Sattel. Als er sich aufrichtete, zog er die eigene Klinge. »Wagst du es, einen Höherstehenden zu schlagen?«, kreischte er.

Eins musste ich ihm lassen, er mochte ein gemeiner Kerl sein, aber vor einem Kampf schreckte er nicht zurück. Penny sprang elegant vom Pferd und schritt auf ihn zu. Lord Arundel war offenbar ein geübter Schwertkämpfer, doch Penny war zu schnell für ihn. Sie wich dem ersten Hieb aus und griff blitzschnell zu, um ihm die Waffe zu entreißen. Ihr Faustschlag traf ihn mitten in das erschrockene Gesicht. Gleich darauf lag er auf dem Bauch im Dreck. Sie setzte ihm die Schwertschneide an den Hals, damit er unten blieb. »Wenn Ihr noch einmal das Wort ergreift, kann ich erheblich mehr tun als nur schlagen.«

Das alles war so schnell gegangen, dass sich bisher noch niemand gerührt hatte. Die Männer des Barons saßen mit offenen Mündern auf den Pferden, nachdem er so schnell entwaffnet worden war. Um ehrlich zu sein, auch ich war ein wenig überrascht. Penny war schon immer recht resolut gewesen, aber jetzt erschienen mir ihre Geschwindigkeit und Beweglichkeit geradezu erschreckend.

Ich gab mir allerdings Mühe, meine Überraschung nicht zu zeigen, als ich mich an die Wächter und die Einwohner wandte, die sich versammelt hatten. »Mein Name ist Mordecai Illeniel, ich bin der neue Graf di'Cameron. Ich bin gekommen, um euch die Neuigkeiten zu bringen, die euer Herr euch unklugerweise verschwiegen hat. Und ich biete euch die Möglichkeit, euch zu entscheiden.« Ich musste laut rufen, um mich allen Neugierigen verständlich zu machen. Beinahe fünfzig Menschen umringten uns jetzt. »Gododdin will im Frühjahr hier einmarschieren. Ich habe diese Neuigkeit eurem Baron gestern mitgeteilt. Offenbar versteckt er sich lieber mit seinem Besitz in der Hauptstadt, anstatt seine eigenen Leute zu beschützen.«

Die Zuschauer keuchten erschrocken, als sie dies hörten, und eine Menge getuschelter Unterhaltung setzte ein. Ich befürchtete schon, es könnte eine Panik ausbrechen, ehe ich geendet hatte. »Ich bin gekommen, um euch eine Wahlmöglichkeit zu bieten. Der Herzog von Lancaster und ich wollen den Eindringlingen entgegentreten und sie besiegen. Wer unter euch bereit ist, zu bleiben und für seine Heimat zu kämpfen, ist willkommen, sich uns anzuschließen.«

Der arme Sheldon konnte einfach nicht ruhig bleiben. »Willst du die Leute stehlen, die in meinen Diensten stehen? Der König wird von dieser Frechheit erfahren!«

»*Kyrtos.*« Er verstummte augenblicklich, und als er bemerkte, dass er nicht mehr sprechen konnte, traten seine Augen hervor.

»Wer von euch also den Wunsch hat zu bleiben, kann mit mir kommen. Diejenigen, die kämpfen können, finden bei mir eine Anstellung. Diejenigen, die den Zorn des Barons fürchten, falls er zurückkehrt, dürfen sich auf meinem Land neue Häuser bauen. Unter diesem erbärmlichen Herrn wart ihr Leibeigene, jetzt könnt ihr Freisassen sein.«

Jemand in der Menge meldete sich zu Wort. »Bald beginnt der Winter. Es ist zu spät, jetzt noch umzuziehen. Wir haben keinen Platz, um die Kälte zu überleben.«

Damit hatte ich gerechnet. »Ihr könnt den Winter über in

euren Häusern bleiben, wenn ihr das wollt, oder ihr findet Zuflucht in der Burg Cameron. Ich brauche Männer und Frauen, die bei der Vorbereitung auf den bevorstehenden Krieg helfen. Ich werde euch im Frühling, wenn der Krieg vorbei ist, beim Bau der Häuser unterstützen«, antwortete ich.

Darauf verstummte die Menge. Ich nahm an, dass viele noch zu schockiert waren, um mein Angebot wirklich würdigen zu können. Ich ließ ihnen nicht die Zeit, lange nachzudenken, sondern zeichnete mit dem Stab eine Linie in den Staub. »Diejenigen unter euch, die mein Angebot annehmen wollen, sollen jetzt vortreten. Aber wer mit diesem Dreckskerl dort in die Hauptstadt reisen will, der soll einfach bleiben, wo er ist – obwohl ich annehme, dass er nur die mitnehmen wird, die er schon vorher ausgewählt hatte.«

Als sie vor diese Wahl gestellt wurden, mussten sie nicht mehr lange überlegen. Einer nach dem anderen überschritten die Wächter des Barons meine Linie. Die Einwohner folgten überstürzt, als deutlich wurde, dass die Wächter sie nicht daran hindern würden. Schließlich blieben dem gedemütigten Baron nur noch zwei Männer. Ich winkte Penny, ihn loszulassen. »Nun gut, Sheldon. Ihr dürft jetzt gehen.« Dann nahm ich die Magie zurück, die ihm die Zunge gelähmt hatte.

»Das werdet Ihr bereuen. Der König wird von dieser Schandtat erfahren«, versicherte er mir. Mir fiel auf, dass er leise sprach. Er winkte seinen verbliebenen Anhängern, die Packmulis zu holen.

»Halt!«, rief ich. »Ihr dürft nur das mitnehmen, was Ihr am Leib tragt und genügend Essen für Euch und Eure beiden Diener, um die Reise zu überstehen. Alles andere bleibt hier.«

»Dann wollt Ihr mich also auch noch ausrauben? Ihr seid nicht besser als ein gewöhnlicher Bandit.« Er spuckte aus.

»Was Ihr besessen habt, hat Euch der Schweiß Eurer Leute eingebracht. Doch Ihr habt Euer Recht darauf in dem Augenblick verwirkt, als Ihr die Leute im Stich ließt«, antwortete ich.

Er sah Penny an. »Gebt mir wenigstens das Schwert zurück.«

Penny funkelte ihn an. »Das soll jemand bekommen, der sein Zuhause verteidigt.«

»Wollt Ihr mich etwa schutzlos auf der Straße reisen lassen?«, fragte er mich.

»Ihr werdet feststellen, dass die Straße frei ist.« Ich schenkte ihm ein kaltes Lächeln.

Wir waren schon fast wieder in Washbrook angelangt, als Marc das Wort ergriff. »Dir ist doch sicher klar, was passiert, wenn der König davon erfährt?«

Ich nahm den Blick nicht vom Weg, als ich antwortete. »Ich habe eine recht gute Vorstellungsgabe.«

»Man wird dich vor den Rat der Lords rufen. Er könnte dir sogar den Titel nehmen«, belehrte er mich.

»Ich weiß, aber ich kann diese Leute doch nicht einfach ihrem Schicksal überlassen. Meinst du denn, ich hätte mich anders verhalten sollen?«, fragte ich.

»Du hättest bis nach seiner Abreise warten können. Dann hättest du seine Leute in seiner Abwesenheit beschützt und ihm sogar einen Gefallen getan. Er hätte in deiner Schuld gestanden, statt dich als Dieb zu bezeichnen.«

Ich warf ihm einen raschen Blick zu. »Wärst du auf diese Weise vorgegangen?«

»Es war nicht an mir, dies zu entscheiden, aber wenn … ich weiß es nicht. Vor einem Jahr hätte ich ihn lieber getötet, als ihn zum König reisen zu lassen, aber jetzt … ich bin nicht sicher. Die Göttin hat mir einen neuen Weg gezeigt. Ich bin für alle Menschen offen. Vielleicht hätte ich wirklich bis nach seiner Abreise gewartet, auch wenn das aus taktischer Sicht nicht unbedingt die beste Lösung gewesen wäre.« Mein Freund dachte lange nach. Hätte ich ihn nicht so gut gekannt, so hätte ich das Wort ergriffen, doch ich wusste, dass noch etwas kommen würde. »Du bist von meiner neuen Berufung immer noch nicht sonderlich angetan, nicht wahr?«, fragte er.

»Ich wünschte, ich könnte es abstreiten. Ich vertraue dir und deinen Absichten, aber je mehr ich über die Magie und die Beziehung zwischen Magiern und Göttern erfahre, desto weniger traue ich ihnen«, gab ich vorsichtig zurück.

Damit hatte ich seine Neugierde geweckt. »Was hast du denn in der letzten Zeit erfahren?«

Ich warf ihm einen langen Blick zu, ehe ich antwortete. Letzten Endes entschloss ich mich, meinem Freund zu vertrauen, und erzählte ihm, was ich in *Die Geschichte Illeniels* gelesen hatte.

Erst nach einer langen Pause antwortete er mir. »Nach dem, was du gelesen hast, waren die Götter früher einmal schwächer als heute? Das widerspricht dem gegenwärtigen theologischen Wissen. Warum vertraust du dem Buch mehr als den Worten der Weisen?«

»Die Geschichte wird vom Sieger geschrieben«, antwortete ich schlicht. Mehr musste ich nicht erklären. Im Laufe der Jahre hatten wir oft genug mit seinen Lehrern debattiert. Er begriff sofort, was ich meinte.

»Wie ich hörte, waren die Sieger des Großen Sturzes die Magier jener Zeit«, erwiderte er.

»Oberflächlich betrachtet trifft dies zu, doch ihre Reihen waren gelichtet, und sie waren hoffnungslos in der Unterzahl. Die Religionen der Lichtgötter dagegen hatten sehr an Macht gewonnen. Die Magier, die noch lebten, hatten das Vertrauen der Könige und der Menschen verloren, die Götter dagegen hatten es gewonnen«, antwortete ich ernst. »Ich glaube, die Bindung war nicht nur eine Sicherung, damit niemals wieder ein Magier eine Weltenbrücke öffnete, sondern auch ein politisches Manöver.«

»Deine eigenen Erfahrungen haben dich fast verrückt gemacht«, gab er zu bedenken.

»Das mag so scheinen ... aber ich glaube wirklich, ich habe mich nur auf eine neue Bewusstseinsebene eingestellt. Die alten Magier überlebten mehr als tausend Jahre, ohne durch eine Bindung vor dem Wahnsinn geschützt werden zu müssen.«

Er schüttelte den Kopf. »Es sah so aus, als wärst du drauf und dran, den Verstand zu verlieren, alter Freund. Und auch wenn ich dir glaube, kannst du nicht bestreiten, dass dich die Bindung davor beschützt, von einem der Nachtgötter in Besitz genommen zu werden.«

»Man sollte vielleicht lieber von Göttern allgemein und nicht nur von Nachtgöttern sprechen«, wandte ich ein. »Als ich deiner Göttin begegnete, hatte ich den starken Eindruck, dass sie mich viel lieber in Besitz genommen hätte, statt mich einfach nur ziehen zu lassen.«

»Das kann ich nicht glauben. Du musst ihre Absichten missverstanden haben. Außerdem entsteht hier ein Widerspruch. Wenn die Lichtgötter ebenso dringend wie die Nachtgötter einen Magier haben wollten, warum strebten sie dann ein Übereinkommen an, das den Magier zwingt, einen Bindungsgefährten auszuwählen? Wenn sie einen Magier suchen, der eine Weltenbrücke für sie erschafft, dann liefe das ihren eigenen Absichten zuwider. Warum sollten sie so etwas tun?«

Zuerst fand ich seinen Einwand durchaus logisch. Aus diesem Blickwinkel hatte ich es noch nicht betrachtet, aber dann fiel mir etwas ein. »Vielleicht hatten sie Angst. Wie du am Anfang gesagt hast, im Grunde waren die Magier diejenigen, die Balinthor letzten Endes ausgeschaltet haben. Genauer gesagt, war es eine Magierin, die ihn getötet hat, die Erzmagierin Moira Centyr. Wenn du eine unsterbliche Gottheit wärst, würdest du dich dann nicht vor jemandem fürchten, der einen Gott töten kann?«

Marc lachte. Die Vorstellung, dass die Götter Angst haben könnten, fand er offensichtlich kindisch. »Du hast zwar die

Erzmagier aus der Geschichte erwähnt, die du liest, aber bisher weißt du noch nicht einmal, was ein Erzmagier ist, oder?«

Ich musste meine Unwissenheit eingestehen. »Ich habe keine Ahnung.«

»Warum denkst du dann überhaupt über sie nach?«, fragte er.

»Weil ich dachte, ich würde vielleicht einer werden, und diese Bindung, die mir auf Betreiben der Lichtgötter auferlegt wurde … habe das aufgehalten, was mit mir geschehen ist.«

Marc sah mich mitfühlend an. »Ich glaube, du solltest dankbar sein. Ich bin sicher, dass es zu deinem eigenen Besten war.«

Darauf antwortete ich nicht. Mir war von Anfang an klar gewesen, dass er meinen Gedankengängen nicht folgen würde. Trotzdem dachte ich weiter darüber nach. *Was man zu meinem eigenen Besten getan hat, hat mir noch nie zugesagt.* Es klang wie eine Ausrede, aber es war wohl eine, mit der ich leben musste.

Seit meinem Besuch in Arundel war eine Woche vergangen, und in der Zwischenzeit hatten wir gute Fortschritte gemacht. Der Bereich, in dem der Damm entstehen sollte, war frei geräumt und ausgegraben worden, sodass wir unter der Erde das Fundament legen konnten. Inzwischen trafen schon die großen Steine ein, die das Material für den Bau liefern sollten. Mein Vater schätzte, dass wir in ein oder zwei Jahren fertig wären, wenn die Arbeiten mit dieser Geschwindigkeit weitergingen.

Das Problem war nicht das Rohmaterial, denn in den Bergen und Hügeln der Umgebung konnten wir reichlich Steine gewinnen. Wir brauchten mehr Holz, aber auch das war nicht unser größtes Problem. Vor allem mangelte es uns an Arbeitskräften.

In dieser Woche verbrachte ich mehrere Tage damit, so gut

wie möglich zu helfen und mit der Magie Dinge zu erledigen, die sonst äußerst schwierig geworden wären. Seltsamerweise waren die einfachsten Aufgaben oft die schwierigsten für mich. Ursprünglich hatte ich vorgeschlagen, keinen Mörtel zu benutzen, weil ich dachte, ich könnte die Steine selbst verschmelzen und so eine festere Verbindung erzeugen und obendrein Zeit sparen. Wie sehr ich mich doch irrte!

Meine Idee wäre praktikabel gewesen, wenn die Steine viel größer und die Berührungspunkte zwischen den einzelnen Steinen seltener gewesen wären. Leider waren die Steine aber kaum mehr als einen halben Schritt groß, denn sonst hätte es viel zu lange gedauert, sie von der Fundstelle zum Bauplatz zu bewegen. Ich konnte die Magie einsetzen, um größere Blöcke zu schneiden und zu bewegen, aber dann blieb mir kaum noch Zeit, sie zu verbinden.

Wie auch immer, es gab eine gewaltige Anzahl von Blöcken, die verbunden werden mussten, aber nur einen einzigen Magier. Es spielte keine Rolle, ob ich beim Schneiden, beim Transport oder beim Bauen half. Mein Vater, der immer sehr praktisch dachte, bevorzugte Baumethoden, die die Arbeiter auch ohne meine Hilfe anwenden konnten. »Du kannst nicht jeden Tag hier helfen ... du hast zu viele andere Dinge zu tun«, hatte er mir gesagt. Wie gewöhnlich behielt er recht.

Da sie auf die herkömmliche Weise bauten, benötigten sie Mörtel, und das bedeutete, dass ein Teil der Arbeitskräfte mit dessen Herstellung beschäftigt war. Mir war vorher gar nicht bewusst gewesen, wie viel Arbeit die Herstellung von Mörtel machte, aber ich sollte es bald lernen. Zuerst einmal brauchte man ungelöschten Kalk, den man erhielt, indem man Kalkstein in einem Brennofen behandelte. Kalkstein gab es zwar genug, aber da eine große Menge Kalk gebraucht wurde, stellten sie ihn in der Nähe der Baustelle in abgedeckten Gruben her. Anscheinend reichte gewöhnlicher Kalkstein nicht aus. Einer der Steinmetze erklärte mir, da der Damm Wasser stauen sollte, sei ein besonderer Kalk notwendig, weil der Mörtel sonst rasch auslauge.

So erfuhr ich mehr über die Kunst der Steinmetze, als ich jemals zu lernen erhofft hatte, aber das Endergebnis war, dass sage und schreibe fünfzig Arbeiter durch die Herstellung des Mörtels gebunden waren. An guten Tagen hatten wir etwas weniger als zweihundert Arbeiter, was also eine erhebliche Verzögerung verursachte.

Die letzten Stunden eines jeden Tages verbrachte ich damit, meine neuen Eisenbomben herzustellen. Inzwischen wusste ich genau, wie viel Energie ich jeweils hineinzugeben hatte. Der Glasschmuck war zwar ein ausgezeichneter Zünder, doch ich hatte noch ganz andere Probleme. Einen ähnlichen Effekt wie die Bomben konnte ich auf der Stelle mit ein paar Worten und einem Augenblick Konzentration erzeugen, doch dies erforderte viel Energie. Trotz meines großen Potenzials als Magier konnte ich dies nur einige Male tun, bis ich erschöpft war. Die Bomben herzustellen, war ein ausgezeichneter Weg, die Energie schon jetzt aufzuspeichern. Wenn der Krieg begann, konnten wir so viele solcher Explosionen auslösen, wie wir Bomben hergestellt hatten.

Unsere Vorstellung war, dass wir sie zu Hunderten produzieren und entlang der Straße verstecken würden, ehe die Feinde anrückten. Theoretisch war das ein großartiger Plan, doch in der Praxis konnte ich nicht mehr als eine oder zwei pro Stunde herstellen. Mein Vater hatte eine behelfsmäßige Schmelze eingerichtet, um faustgroße Eisenbrocken für mich zu gießen, war dort jedoch in der Lage, wesentlich mehr Objekte herzustellen, als ich aufzuladen vermochte. Genauer gesagt, er hatte mehr als eintausend gegossen, die fast alle noch darauf warteten, dass ich sie mit Energie füllte. Meine einzige Hoffnung, das gesteckte Ziel zu erreichen, bestand darin, mich den ganzen Winter über in jeder wachen Sekunde auf diese Aufgabe zu konzentrieren.

Das war aber offensichtlich gar nicht möglich, denn ich musste beim Damm helfen, die Männer einteilen, die wir rekrutiert hatten, und die Teleportkreise vorbereiten, die ich für meine anderen Pläne benötigte. Kurz und gut, ich war hoffnungslos überlastet. Als ich an der Aufladung der zweiten Eisenbombe an diesem Tag arbeitete, kam mein Vater, um nach mir zu sehen. Als Aufsicht am Damm hatte er eine Schicht hinter sich.

»Du siehst erschöpft aus, mein Sohn«, begann er. »Vielleicht solltest du für heute Feierabend machen.«

»Das kann ich nicht«, antwortete ich, ohne den Energiestrom in das Eisen zu unterbrechen. »Ich muss so viele dieser Dinger wie möglich fertigstellen. Uns bleiben nur noch ein paar Monate.«

»Du hast heute sechs Stunden beim Dammbau geholfen, und das allein muss schon anstrengend gewesen sein. Dann bist du hierhergekommen und hast noch einmal vier oder fünf Stunden gearbeitet ... du wirst dich aufreiben. Du darfst dich doch nicht selbst umbringen, ehe der Feind überhaupt hier auftaucht.« Royce zauste sich beim Sprechen den Bart, ein sicheres Zeichen dafür, dass er sich Sorgen machte.

Ich war ohnehin schon müde und gereizt. »Kennst du vielleicht einen anderen Magier, der uns helfen kann?« Ich muss zugeben, dass ich mürrisch war, sonst hätte ich nicht so mit ihm gesprochen.

Er runzelte die Stirn, hielt sich aber zurück. »Es muss doch einen einfacheren Weg geben.« In den vielen Jahren als Schmied hatte mein Vater tausend Tricks gelernt, um sich die Arbeit zu erleichtern. Er konnte einfach nicht akzeptieren, dass es in der Magie keine Abkürzungen gab.

»Dies ist ein Problem, das ich nicht umgehen kann. Es erfordert eine gewisse Menge an Energie, jede dieser Bomben aufzuladen ... und ich bin der Einzige, der imstande ist, es zu tun«, erwiderte ich verärgert.

»Kannst du die Energie nicht auf einem anderen Weg gewinnen?«, fragte er.

»Was?« antwortete ich ein wenig dümmlich.

Nachdenklich fuhr er sich mit den Fingern durch den Bart. »Na ja, die Müller mahlen ihr Mehl auch nicht mit der Hand. Sie benutzen ein Wasserrad, das ihnen die Arbeit abnimmt.«

Ich seufzte. »Vater, ich kann die Steine doch nicht einfach an ein magisches Wasserrad hängen. Das ist nicht die gleiche Art von ...« Mitten im Satz hielt ich inne und starrte ihn offenen Mundes an.

Er beobachtete mich einen Moment lang und meinte trocken: »Du wirst noch Fliegen fangen, wenn du den Mund länger offen lässt.«

Ohne zu antworten schüttelte ich den Kopf, als könnte mir die Bewegung helfen, die Einzelteile in meinem Kopf zusammenzufügen. Ein Wasserrad bezog die Kraft aus dem strömenden Wasser. Ich hatte keine Ahnung, wie ich mir dies zunutze machen konnte, aber bei früheren Experimenten mit der Verzauberung von Gegenständen hatte ich Wärme genutzt, die aus der Umgebung gezogen wurde. Möglicherweise konnte ich jetzt eine vorübergehende Verzauberung einrichten, um die Eisenbomben auf ähnliche Weise aufzuladen. Die Idee, explosive Energien zu speichern, war ursprünglich sogar aus dem misslungenen Experiment hervorgegangen, als ich Wärmeenergie eingesetzt hatte, um ein Schälmesser mit einem Spruch zu präparieren. Es war explodiert, als der Spruch mehr Energie zugeführt hatte, als es hatte halten können.

Es gab keinen Grund, warum ich das Gleiche nicht auch hier tun konnte. Ein vorübergehender Spruch konnte Wärme anziehen und die explosive Verzauberung auffüllen. Ich musste nur darauf achten, den Spruch wieder aufzulösen, ehe die Grenze erreicht war. Ursprünglich hatte ich daran gedacht, den Hitze speichernden Spruch für eine Vorrichtung zu benutzen, mit der die Luft abgekühlt werden konnte ... aber wenn ich eine stärkere Version erschuf, würde es schneller gehen, und die Kühlwirkung würde entsprechend stärker sein.

»Was passiert, wenn das Wasser hinter dem Damm gefriert?«, überlegte ich laut.

»Das könnte den Damm zerstören. Das Wasser, das in die Fugen läuft, dehnt sich beim Gefrieren aus«, antwortete mein Vater sofort. Ich hatte fast vergessen, dass er noch zuhörte.

»Spielt das eine Rolle?«, fragte ich.

»Und ob. Sobald das Wasser wieder schmilzt, bricht der Damm auseinander. Und selbst wenn nicht, wäre er wahrscheinlich so stark beschädigt, dass er einstürzt, sobald das Wasser durch die Spalten strömt«, sagte er.

»Und wenn das Wasser nicht schmilzt?«

»Warum erklärst du nicht, was du dir denkst, statt lauter dumme Fragen zu stellen?«, schlug er vor. Mein Vater hatte von sinnlosen Debatten noch nie viel gehalten.

»Also gut, das kommt dir jetzt vielleicht komisch vor …«, begann ich.

»Als ob ich nicht schon längst daran gewöhnt wäre«, schnaubte er.

»Wenn wir nun die Wärme aus dem Wasser zögen, um damit das Eisen aufzuladen? Ich glaube, ich könnte es so einrichten, dass das Wasser gefriert.«

»Über wie viel gefrorenes Wasser redest du jetzt?«, fragte er.

»Ich habe keine Ahnung. Aber was wäre, wenn wir es schaffen, den Fluss dort, wo er auf den Damm trifft, vollständig gefrieren zu lassen?«

»Dahinter würde das Wasser weiter ansteigen und dein Eis schmelzen. Das Ergebnis wären vermutlich ein Haufen Matsch und eine Menge verschwendete Zeit. Warte mal – schlägst du gerade vor, wir sollten den Damm selbst aus Eis bauen?« Seine Miene verdeutlichte mir, dass er dachte, ich hätte den Verstand verloren.

»Angenommen, wir gefrieren das Wasser, während es ansteigt, und schichten das Eis immer höher auf …«

Er schüttelte den Kopf. »Du müsstest weitaus mehr gefrieren lassen … so hoch das Eis auch wird, in etwa bleibt es immer auf einer Höhe mit dem Wasser. Ich glaube nicht, dass es funktionieren würde.«

»Lass mich darüber nachdenken«, sagte ich. »Morgen probiere ich etwas aus.« Ich vollendete die Eisenbombe, an der ich gerade gearbeitet hatte, und beschloss, an diesem Tag mit der Arbeit aufzuhören. Ich musste über vieles nachdenken.

25

Der nächste Morgen brachte neue Herausforderungen mit sich. Joe kehrte mit der ersten Abteilung von Wagen und Männern aus der Stadt zurück. Ich wollte gerade zum Damm gehen, um einige meiner neuen Ideen auszuprobieren, als sie durch das Haupttor kamen.

»Joe!«, rief ich. Er ritt mit einer kleinen Gruppe vor dem Geleitzug und kam sofort auf mich zu.

»Guten Morgen, Euer Lordschaft!« Er lupfte eine Mütze, die er wohl in der Stadt erstanden hatte, und verneigte sich im Sattel.

»Anscheinend ist die Reise ganz zufriedenstellend für Euch verlaufen«, erwiderte ich.

»Nicht halb so gut wie für Euch.« Er deutete auf die Reihe von Fuhrwerken und Männern. »Das ist weniger als die Hälfte. Mehr als zweihundert Männer haben sich eingeschrieben, und die meisten hoffen auf ein Stück Land. Außerdem habe ich zwanzig Wagen Holz, siebzehn Wagen Getreide und einige weitere mit Roheisen und Werkzeug … ich werde Euch eine Liste anfertigen.«

»Wie viele der Männer sind Arbeiter?«, fragte ich.

»Ungefähr die Hälfte. Die anderen sind Söldner, aber ich möchte wetten, dass sie mit einer Schaufel ebenso gut umgehen können wie alle anderen.« Er zwinkerte mir zu. »Ich möchte Euch meinen neuen Freund vorstellen … Angus McElroy. Er ist Steinmetz, und zwar ein verdammt guter. Angus, dies hier ist unser Lehnsherr Lord Mordecai Illeniel, der neue Graf di'Cameron.«

Der Mann, der neben ihm ritt, war vermutlich nicht sehr groß, aber das konnte ich schwer einschätzen, weil er noch im

Sattel saß. Er hatte schütteres Haar und die breitesten Schultern, die ich je gesehen hatte. »Angenehm, Euer Lordschaft.« Auch er versuchte, sich im Sattel zu verbeugen, war aber etwas ungelenker als Joe.

»Freut mich, Euch kennenzulernen, Angus. Ich bin hier gerade mit einem recht komplizierten Dammbauprojekt beschäftigt. Ihr habt nicht zufällig Erfahrung auf diesem Gebiet?«, fragte ich begierig.

»In Krytos habe ich bei der Konstruktion des Hafenkais geholfen. An einem Damm habe ich noch nie gearbeitet, aber ich habe mehrere große Bauten in der Hauptstadt beaufsichtigt und weiß auch über Mauerwerk und Wasser Bescheid«, antwortete er sofort.

Dabei strahlte er eine ruhige Zuversicht aus. Ich nahm das als gutes Zeichen, denn was uns sehr fehlte, war Erfahrung. Keiner der Steinmetze, die bereits für uns arbeiteten, hatte je mit großen Projekten zu tun gehabt, ganz zu schweigen davon, ein solches Unterfangen zu beaufsichtigen. »Ich stelle Euch meinem Vater vor. Er will heute Morgen sowieso zum Bauplatz. Zurzeit leitet er die Arbeiten, aber er könnte Eure Hilfe sicherlich gut brauchen.«

»Lasst dem Mann doch etwas Zeit, sich einzurichten! Er ist gerade erst angekommen«, protestierte Joe.

»Schon gut, Joe, je eher, desto besser. Ich vertraue Euch einstweilen meine Sachen an«, beruhigte ihn Angus.

Ich nahm den Steinmetz beiseite und stellte ihn sogleich meinem Vater vor. Eigentlich hatte ich die Absicht gehabt, ebenfalls zum Damm zu reiten, zog es nun aber vor, auf der Burg zu bleiben und dabei zu helfen, das neue Material und die Männer einzuteilen. Ich verließ die beiden, als sie über den derzeitigen Stand der Arbeiten redeten, und kehrte zurück, um Joe dabei zu helfen, Lagerplätze für das neue Material zu finden, das er mitgebracht hatte.

Mit diesen Aufgaben verging der Rest des Tages. Bald wurde

deutlich, dass wir nicht genügend Platz hatten, um so viele Leute dauerhaft unterzubringen. Statt die neuen Männer für den Damm einzuteilen, machte ich Pläne und ließ sie an Behelfsunterkünften für sich selbst und die anderen Neuankömmlinge arbeiten, die bald eintreffen mussten.

»Rose glaubt, wir können viel mehr Menschen finden. Ihr solltet Euch mindestens noch einmal auf die gleiche Zahl einstellen, wenn der nächste Zug kommt«, sagte Joe. Ich hatte Hilfskräfte angefordert, aber da sie nun eingetroffen waren, entstanden ganz neue Probleme. »Wie wollen wir all diese Menschen verpflegen?«

Ich erklärte ihm, dass wir fast ausschließlich auf gekaufte Lebensmittel und Getreide zurückgreifen würden, um den Winter zu überstehen.

»Dazu braucht Ihr noch erheblich mehr. Wenn Ihr die Männer des Herzogs und ihre Familien durchfüttern wollt, und dazu noch diese hier und die anderen, die Rose anheuert ... dann braucht Ihr ein Vielfaches von dem, was ich mitgebracht habe«, erklärte Joe.

»Es sollte jedenfalls genug sein, um uns bis zum Spätfrühling zu ernähren. Mindestens, bis die erste Ernte des nächsten Jahres eingebracht wird ... vorausgesetzt, wir bekommen überhaupt die Gelegenheit, etwas zu pflanzen.« Ich rieb mir die Stirn, um die Kopfschmerzen zu vertreiben, die gerade einsetzten.

»Entspannt Euch ein wenig, Euer Lordschaft. Macht mir eine Liste und gebt mir eine Schätzung, wie viele Mäuler wir stopfen müssen. Diese Lady Rose ist erstaunlich. Sie weiß mehr über Proviant als jeder andere, den ich je getroffen habe. Sie hat bereits an Dinge gedacht, die mir nie eingefallen wären«, versicherte er mir.

»Ihr Vater ist in Kriegszeiten für den Nachschub der königlichen Armee zuständig«, erinnerte ich ihn.

»Da wir gerade dabei sind, zwischen ihr und Lord Hightower gibt es gewisse Spannungen«, berichtete Joe.

»Seid Ihr ihm begegnet?«

Joe kratzte sich am Kopf. »Ja, er ist aufgetaucht, als wir die Wagen beluden und war nicht gerade erfreut über das, was sie getan hatte. Ich habe den Eindruck, es war gewiss nicht ihre erste Auseinandersetzung über diese Sache.«

Das machte mich neugierig. »Was hat er denn gesagt?«

Joe lachte. »Dass er sie einsperren werde, wenn sie so weitermache. Der König liege ihm in den Ohren, diese Einkäufe zu unterbinden. Sie hat ihn angefaucht, als er ihr das sagte. Ich glaube nicht, dass ich schon einmal gesehen habe, wie sie derart außer sich war.«

Ich rieb mir über das Kinn. Seit einer Woche hatte ich mich nicht mehr rasiert, und die Stoppeln auf der Wange juckten allmählich. »Hat er das wirklich ernst gemeint?«

»So schien es mir, aber wer weiß! Vielleicht wollte er sie auch nur einschüchtern.« Joe lachte.

»Was ist daran so lustig?«

Er hatte Fältchen um die Augen. »Ich habe noch nie eine solche Frau gesehen. Wenn es jemanden gibt, dem man keine Angst machen kann, dann ist sie es. Er verschwendet seine Zeit, wenn er glaubt, sie werde damit aufhören. Wenn sie meine Tochter wäre, dann würde ich mich nicht mit Drohungen aufhalten ... ich würde sie einfach einsperren. Eine Frau wie sie hört nicht auf gute Worte.«

»Das dachte ich mir schon. Ich bin aber sicher, dass das auch ihr Vater weiß«, erwiderte ich. Ich machte mir Sorgen, Lord Hightower könnte sie tatsächlich festsetzen. »Wie bald könnt Ihr wieder aufbrechen?«

»Sobald die Wagen abgeladen sind und die Kutscher ein wenig Schlaf bekommen haben. Sie brauchen auch eine anständige Mahlzeit, ehe wir wieder losfahren«, antwortete er.

Mir war nicht wohl dabei, sie so anzutreiben, aber uns blieb nur wenig Zeit. »Dann also morgen. Ich komme mit.«

Joe schien überrascht. »Ich dachte, Ihr werdet vor allem

hier gebraucht, Euer Lordschaft. Ist Lady Rose nicht eigens in der Hauptstadt geblieben, um dort für Euch einzukaufen?«

»Ich vermute, sogar die sagenhafte Lady Rose braucht hin und wieder etwas Unterstützung. Mein Vater und der Steinmetzmeister, den Ihr mitgebracht habt, können sich ein oder zwei Wochen lang auch ohne mich um den Damm kümmern. Ich übertrage Dorian die Aufsicht hier. Er kommt mindestens so gut wie ich mit den Söldnern zurecht, wenn nicht noch besser.« Von meiner anderen Idee erzählte ich ihm nichts, da ich nicht sicher war, ob es überhaupt funktionierte.

Als Joe in der Haupthalle etwas aß, suchte ich Dorian. Er war draußen im Hof und hatte schon begonnen, die neuen Söldner einzuteilen, die als Wächter dienen sollten. Cyhan war bei ihm. Ich suchte Dorians Blick, und er kam zu mir, sobald er mit den Leuten fertig war.

»Mort! Schau sie dir nur an … das sind die schlimmsten Soldaten, die ich je gesehen habe!« Er wirkte recht gereizt.

»Nun ja, sie sind Söldner …«, setzte ich an.

»Sogar Söldner sollten etwas Stolz im Leib haben! Diese Männer da kann man beinahe als ausgemachte Banditen bezeichnen! Es wundert mich, dass Rose sich überhaupt herabgelassen hat, mit solchen Lümmeln zu verhandeln. Ich zweifle ernsthaft daran, dass sie im Frühling zu gebrauchen sind.« Wie gewohnt blickte Dorian mit großer Zuversicht in die Zukunft. Ich glaubte nicht, dass er auch nur fünf Minuten leben konnte, ohne wegen was auch immer in der größten Sorge zu sein.

»Du hast bis zum Frühling Zeit, um etwas aus ihnen zu machen.«

»Ich brauche zehn Jahre, wenn sie richtige Männer werden sollen«, nörgelte er.

»Du hast aber nur ein paar Monate. Lass sie zuerst an den Unterkünften arbeiten. Danach fragst du meinen Vater, ob er Hilfe beim Dammbau braucht. Wenn nicht, setz sie für Erdarbeiten an der Außenmauer ein.«

»Das wird Vendraccus nicht aufhalten«, wandte Dorian ein.

»Das ist auch nicht nötig. Wir haben innerhalb der Mauern nicht genügend Platz, um alle provisorischen Unterkünfte einzurichten. Baue einen Palisadenzaun und einen tiefen Graben, um die neuen Quartiere zu schützen. Ich möchte keine Männer mehr an die Shiggreth verlieren, bis der Frühling kommt«, erwiderte ich.

»Seit jener Nacht haben wir zwar keine Spur mehr von ihnen gesehen, aber ich kann deine Überlegungen durchaus nachvollziehen«, stimmte Dorian zu.

»Ich fahre mit Joe in die Hauptstadt«, warf ich unvermittelt ein.

Dorian runzelte die Stirn. »Warum? Geht es Rose nicht gut?« Natürlich dachte er zuerst an sie. Leider lag er in diesem Fall gar nicht so falsch.

»Ihr geht es gut«, log ich. Wenn er sich erst einmal um sie sorgte, gab es keine Macht auf der Welt, die ihn hier halten würde, doch ich konnte mir nicht erlauben, ihn einfach ziehen zu lassen. »Ich habe eine Idee, wie wir den Materialtransport von der Hauptstadt hierher beschleunigen können. Wenn es gelingt, bin ich in einer Woche wieder hier.«

»Allein die Hinreise dauert schon fast eine Woche, Mort«, sagte Dorian trocken.

»Vertrau mir.« Ich zwinkerte ihm zu.

»Ich hasse es, wenn du das sagst. Normalerweise bedeutet es nämlich, dass du etwas Dummes tun willst«, knurrte er.

Ich spielte die verletzte Unschuld. »Hab ich dich jemals enttäuscht?«

»Ja. Erinnerst du dich noch daran, wie du den Obstkuchen gestohlen hast?« Im Alter von zehn Jahren hatten wir aus der Küche in Lancaster drei Obstkuchen stibitzt. Dorians Schlafzimmer war unserer Ansicht nach der beste Platz gewesen, um sie zu verstecken. Niemand würde ihn verdächtigen, hatte ich gedacht.

»Na ja … genau genommen war das ja nicht meine Schuld«, protestierte ich. »Es war Marcs Idee, und er hatte sogar noch drei mitgenommen, von denen ich gar nichts wusste. Die Köchin war so wütend, dass sie alle Jungen im Bergfried verhörte.

»Komm mir nicht damit! Du bist aufgetaucht und hast den Kuchen in meinem Zimmer versteckt. ›Vertrau mir‹, hast du gesagt. Weißt du noch, was danach passiert ist? Die Narben trage ich immer noch. Ich konnte eine ganze Woche lang nicht mehr sitzen.« Dorians Augen funkelten erbost. Er liebte gute Geschichten, auch wenn sie sich um schmerzliche Kindheitserinnerungen drehten.

Ich machte mir nicht die Mühe, ihm zu widersprechen. Wir wären nicht einmal erwischt worden, wenn er nicht eingeknickt wäre. Sobald ihn die Herzogin befragt hatte, war er vor Angst erstarrt. Seinen weit aufgerissenen Augen und dem bleichen Gesicht hatten sie sofort angesehen, dass er etwas angestellt hatte. Dies war das einzige Mal gewesen, dass mir die Herzogin eigenhändig die Rute gezeigt hatte.

»Mir wird schon nichts passieren«, beruhigte ich ihn. Dennoch machte ich mir Gedanken. Wenn dieses Mal etwas schiefging, musste ich mit wesentlich Schlimmerem rechnen als mit der Prügelstrafe. Ich kehrte in mein Zimmer zurück. Ehe wir am Morgen aufbrachen, hatte ich noch viel zu tun. Vor allem brauchte ich ein ganz bestimmtes Buch.

26

Die Wagen rollten stetig auf die Tore von Albamarl zu. Joe kutschierte das erste Fuhrwerk, ich saß neben ihm. Ich trug eine Armbrust und war als Wächter verkleidet, denn ich hatte keine Lust, irgendjemandem meine wahre Identität zu verraten, wenn wir die Stadt erreichten. Ich war nicht sicher, was seit meinem letzten Besuch vor einem Monat geschehen sein mochte, aber wenn Lord Arundel tatsächlich mit dem König gesprochen hatte, dann konnte ich nicht gerade mit einem warmen Empfang rechnen. Es war besser, vorsichtig aufzutreten.

Penny ritt neben dem Fahrer des zweiten Wagens und war ähnlich gekleidet. Eine Wächterin mochte zwar etwas ungewöhnlich sein, sollte aber nicht allzu viel Aufmerksamkeit wecken, sofern die Stadtmiliz nicht mit meiner Rückkehr rechnete. Falls sie auf einen Mann achteten, der mit einer Kriegerin reiste, erregte sie vielleicht Verdacht. Doch Penny hatte diese Rolle erst nach unserer Abreise übernommen. Es stand zu hoffen, dass sie nicht auf diese Idee gekommen waren. Außerdem zogen sie vermutlich ohnehin nicht in Betracht, ich könnte mich heimlich nach Albamarl schleichen. Wenn es nach dem König ging, saß ich zu Hause und bereitete mich auf eine schreckliche Niederlage vor.

Die Torwächter ließen uns nach ein paar oberflächlichen Fragen passieren. So viele leere Wagen weckten natürlich ihre Neugierde, aber sie sahen keinen Grund, uns aufzuhalten. Schon nach einigen Minuten fuhren wir durch die Straßen von Albamarl. »Wohin zuerst?«, fragte Joe.

»Zum Haus der Lancasters. Dort müsste genug Platz für uns sein. Ich habe noch einige Vorkehrungen zu treffen, ehe wir irgendetwas anderes tun«, antwortete ich.

Die Tore des Anwesens standen offen, als wir eintrafen, was mir ungewöhnlich vorkam. Bei unserem letzten Besuch waren sie geschlossen und bewacht gewesen. Wir fuhren hinein, und ich stieg ab. »Fahrt um das Haus herum. Dort hinten müsste für alle Wagen genug Platz sein«, trug ich Joe auf. Dann ging ich zur Vordertür und öffnete sie.

Das Haus schien leer, also suchte ich gründlicher, um jemanden zu finden, der mir erklären konnte, was geschehen war. James saß im Frühstückszimmer. Er wirkte müde. Das Zimmer selbst schien zwar einigermaßen repariert, die Arbeiten waren aber noch nicht abgeschlossen.

»Mordecai!«, rief er und sprang auf.

»Mylord«, antwortete ich. »Ihr wirkt ungewöhnlich bedrückt.« In der Tat, der gute Herzog machte einen richtiggehend deprimierten Eindruck. Es kam selten vor, dass man ihn so niedergeschlagen sah. Gewöhnlich war er von bester Gesundheit und voller Kraft.

»He«, sagte er. »Da könntet Ihr recht haben. Wärt Ihr schon vor ein paar Stunden hier gewesen, so würdet Ihr auch den Grund verstehen.«

»Was ist passiert?«

»Der König hat Hightower zum Handeln gezwungen. Der Mann kam mit der königlichen Wache und beschlagnahmte alles, was Rose für die nächste Reise gekauft und eingelagert hatte. Außerdem haben sie noch eine Menge mehr mitgenommen, um sicher zu sein, dass sie auch alles hatten«, sagte er.

»Ich habe bemerkt, dass an Eurem Tor keine Wache steht.«

»Sie haben alle verhaftet, die Rose angeheuert hatte, darunter auch meine eigenen Gefolgsleute. Zuerst dachte ich, sie würden auch mich festnehmen, aber anscheinend genieße ich noch immer die Gnade des Königs«, sagte er.

»Rose wird entsetzt sein, wenn sie es herausfindet«, überlegte ich.

»Lord Hightower führte die Wächter persönlich an und nahm Rose mit.«

»Ging sie freiwillig?«, fragte ich.

»Er fesselte sie wie ein wildes Tier. Das war alles andere als freiwillig.«

»Wo ist sie jetzt?«

»Ich nehme an, sie ist im Haus ihres Vaters eingesperrt. Vermutlich hat er sich lieber persönlich darum gekümmert, weil sie sonst im Gefängnis des Königs gelandet wäre. Was sonst passiert ist, weiß ich nicht.« James setzte sich und nahm den Kopf zwischen die Hände.

»Wir müssen etwas tun«, meinte ich.

»Was denn? Falls Ihr es nicht bemerkt habt, der König hat Euch zum Gesetzlosen erklärt. Ihr sollt verhaftet werden, sobald man Euch sieht.«

Damit hatte ich gerechnet. »Er kann verkünden, was er will, es ändert nichts«, sagte ich.

»Was plant Ihr denn?«

»Das schildere ich Euch bald. Ich muss zuvor noch etwas erledigen, in ein paar Stunden bin ich wieder da.«

James war besorgt. »Wohin geht Ihr? Wenn Ihr irgendetwas tut, würde ich es lieber vorher wissen. Wir haben ohnehin schon genug Ärger.«

»Ich gehe zum Haus meines Vaters. Vertraut mir, ich bin bald zurück. In der Zwischenzeit solltet Ihr Eure Sachen packen. Wir reisen heute Abend ab«, sagte ich bestimmt. Dann fügte ich hinzu: »Durchlaucht.« James schien es nicht einmal zu bemerken.

Nach einem kurzen Spaziergang erreichten Penny und ich das Haus der Illeniels. Da ich verstanden hatte, wie sich die Tür öffnen ließ, war es dieses Mal viel einfacher, das Gebäude zu betreten. Ich lächelte innerlich, als ich an unseren letzten Besuch dachte.

»Ich verstehe nicht, was wir hier wollen«, wandte Penny ein. »Du hast mir doch bereits gesagt, dass es für deinen Plan gar nicht nötig ist.«

»Es ist nur für den Fall, dass wir noch einmal herkommen müssen. Sobald sie begreifen, was wir getan haben, zerstören sie meinen Kreis. Dieses Haus ist der einzige Ort in der Stadt, den niemand betreten kann. Außerdem wird ihnen mit ziemlicher Sicherheit nicht bekannt sein, dass ich jederzeit hierher springen kann. Das könnte uns in der Zukunft einen Vorteil verschaffen, aber nur, wenn ich den Schlüssel für diesen Kreis hier kenne«, antwortete ich.

Wir gingen nach oben, und ich holte die Schreibutensilien hervor, die ich mitgebracht hatte. Die *Ausführliche Anleitung für die Erschaffung und Wartung von Teleportationspunkten* hatte mir tatsächlich einige Einsichten geschenkt. Die Kreise unterschieden sich zwar voneinander, besaßen aber alle den gleichen grundsätzlichen Aufbau. Der wichtigste Teil war der Schlüssel – also jener Teil des Kreises, der den jeweiligen Punkt identifizierte. Sobald dies bekannt war, konnte man einen zweiten Kreis erschaffen, der zu dem ersten passte. Jeder Kreis enthielt zwei Schlüssel – einer identifizierte ihn selbst, während der zweite dem Schlüssel des Zielpunkts entsprach.

Der Kreis, der einmal auf der Burg Cameron existiert haben mochte, war längst verschwunden, aber wenn ich den Schlüssel kannte, konnte ich einen neuen erschaffen. Damit stünde mir praktisch jederzeit ein sicherer Zugang nach Albamarl zur Verfügung.

Ich brauchte mehrere Minuten, um die Schlüssel zu kopieren, die ich in dem mit »Cameron« beschrifteten Kreis fand. Als ich fertig war, trocknete ich das Papier vorsichtig mit Sand und faltete es zusammen. Es wäre nicht gut gewesen, wenn ich einen Tintenklecks mit einer Rune verwechselt hätte. Ich verwahrte das Blatt in der Tasche, dann gingen Penny und ich wieder nach draußen.

»Zurück zu Lancasters Haus?«, fragte sie.

»Ja. Ich muss dort noch eine Sache erledigen, dann gehen wir zu Rose«, erwiderte ich.

In Lancasters Haus wandte ich mich diesmal nicht an den Besitzer, sondern suchte direkt Joe auf. Er war gerade in den Ställen und half dabei, die Pferde zu striegeln, die die Wagen gezogen hatten. »Habt Ihr eine gute Stelle gefunden?«, fragte ich ihn.

Erschrocken hob er den Kopf. »O ja, Euer Lordschaft! Der Herzog besitzt hier ein kleines Lagerhaus. Es ist das Gebäude dort drüben.« Er deutete auf einen großen Steinbau auf der anderen Seite des Hofes, dessen Flügeltür groß genug für ein Fuhrwerk war. »Er sagte, wir könnten es benutzen. Lady Rose hatte dort ihre Einkäufe gelagert, ehe sie beschlagnahmt wurden.«

»Dann steht das Gebäude jetzt leer?«, fragte ich, um ganz sicherzugehen.

Er versicherte mir, dass dem so sei, daher ging ich hinüber und machte mich an die Arbeit. Das Lager war größer als erwartet, mindestens zehn Schritt breit und wahrscheinlich zwanzig Schritt tief. Der Boden bestand aus glattem Stein, was mich beruhigte. Ich hatte befürchtet, es mit einfacher Erde zu tun zu bekommen, was meine Aufgabe erschwert hätte. Penny und ich suchten uns Besen und begannen mit der Reinigung. Wie sich herausstellte, konnte sie viel besser fegen als ich, und doch dauerte es fast eine Stunde, bis der Boden so sauber war, wie ich ihn haben wollte. Ich beschloss, ihre Reinigungsfähigkeiten lieber nicht zu loben, weil sie dies angesichts ihrer früheren Beschäftigung möglicherweise falsch aufgefasst hätte.

Noch eine weitere Stunde Arbeit, und wir waren bereit. Ich kehrte ins Haus zurück, um James zu erläutern, womit er nun rechnen musste. »Durchlaucht?«, fragte ich. Offenbar war er im Stuhl eingenickt.

»Mordecai ... tut mir leid, ich habe seit gestern nicht geschlafen.« Es kam mir seltsam vor, dass dieser Mann das Bedürfnis hatte, sich bei mir zu entschuldigen. Die meiste Zeit meines Lebens ist er neben meinem Vater die wichtigste Respektsperson gewesen.

»Seid Ihr bereit aufzubrechen? Ich hole jetzt Rose, und nach meiner Rückkehr müssen wir uns beeilen. Ich weiß noch nicht, ob sie mich verfolgen werden«, sagte ich.

»Außer meinen persönlichen Habseligkeiten, die ich schon gepackt habe, nehme ich nicht viel mit. Wie seltsam, immer habe ich Benchleys Hilfe für selbstverständlich genommen. Ich wusste gar nicht, wie viel Arbeit das Packen eigentlich bedeutet.« Er lächelte wehmütig.

»Haben sie ihn zusammen mit den anderen verhaftet?«

»Nein, er ist bei Genevieve in Lancaster. Hier hatte ich einen anderen Kammerdiener. Er hieß Percy. Trotzdem, ich vermisse ihn.« Er lachte.

»Hoffentlich kann ich auch Percy mit zurückbringen«, sagte ich.

»Mir ist nicht klar, was Ihr plant, Mordecai. Dies wird alles womöglich nur noch schlimmer machen«, gab er zu bedenken.

»Wenn es schiefgeht, fällt es aber nicht auf Euch zurück. Dies ist allein mein Plan. Soweit es den König betrifft, seid Ihr ohne Begleitung aufgebrochen«, erwiderte ich.

»Er ist kein Narr. Es wird rasch ans Licht kommen, was Ihr getan habt, und wahrscheinlich werde ich dann zusammen mit Euch zum Gesetzlosen erklärt.«

Nun bekam ich Schuldgefühle. Ich hatte schon so viel von den Lancasters verlangt, und jetzt lief er auch noch Gefahr, alles zu verlieren, wenn er mir half. »Ihr habt recht. Vielleicht sollte ich dies woanders tun. Ihr habt schon zu viel aufs Spiel gesetzt …«, begann ich.

»Mitgefangen, mitgehangen«, erwiderte James. »Macht Euch keine Vorwürfe. Ich habe mich bereits entschieden, und jetzt müssen wir damit leben.«

Ich konnte mir nicht erlauben, ihm in dieser Hinsicht zu widersprechen, denn ich brauchte seine Hilfe.

Penny und ich gingen zum Tor, das zur Straße führte, wo Joe uns schon erwartete. »Seid Ihr sicher, dass Ihr es allein tun wollt?«, fragte er uns.

Penny zog eine Augenbraue hoch.

»Das klingt ja, als meintet Ihr, ich sei nicht gut genug.«

Er schnitt eine Grimasse. »Nein, Mädchen, das meine ich keineswegs. Ich mache mir nur Sorgen.« Er hatte bereits genug erfahren, um zu wissen, dass Penny eine gefährliche Frau war, wenn es darauf ankam.

Ich sagte ihm Lebewohl, und dann brachen wir auf. Vorsichtshalber überprüfte ich noch einmal die verschiedenen Schilde, die ich um uns gelegt hatte. Es zahlte sich aus, vorsichtig zu sein, denn sonst konnte ein einziger Pfeil uns beide töten. In Gegenwart der anderen hatte ich versucht, Ruhe und Zuversicht auszustrahlen, aber jetzt, da ich mit Penny allein war, setzten mir meine Zweifel wieder zu. Ich zog den Mantel enger um mich.

»Ist dir kalt?«, fragte Penny im Gehen. Sie schien die kalte Luft kaum zu bemerken. Der Winter hatte begonnen, in ein oder zwei Monaten würde sicher der erste Schnee fallen.

»Etwas«, gab ich zu.

Sie kam näher, um sich mit mir den Mantel zu teilen, was mir sehr gelegen kam. Wie ein Schmelzofen strahlte sie Wärme ab. Seit wir die Bindung eingegangen waren, hatten sich viele Dinge geändert, und die Kälte konnte ihr kaum noch etwas anhaben. Ich fragte mich, wie es ihr im Sommer gehen würde. Auf jeden Fall war es schön, sie so nahe bei mir zu haben. Ich schauderte absichtlich, als der Wind kräftiger wehte.

»Immer noch kalt?« Sie legte einen Arm um meine Hüften.

Ich nickte und zog sie an mich. So war es zwar schwieriger zu laufen, aber das war mir egal, das war es mir wert.

»Mort?«

»Hm? Ja?« Innerlich lächelte ich.

»Was hat deine Hand auf meinem Hintern zu suchen?«

»Es war kalt, und das schien mir der wärmste Platz zu sein«, erwiderte ich grinsend.

»Du bist ein hoffnungsloser Fall. Wir sind drauf und dran, einen Einbruch zu begehen und wer weiß welchen Gefahren zu begegnen, und du … du hast nichts Besseres zu tun, als mich zu begrabschen.« Mit gespielter Empörung sah sich mich an.

»Ja … stört dich das?«

Sie lachte und legte ihre Hand auf meinen Hintern. »Überhaupt nicht, solange du es auf *meinen* Hintern abgesehen hast.«

»Die Herzogin hat sich auf jeden Fall amüsiert«, erinnerte ich sie.

Da knurrte sie. »Dafür hätte ich dich erwürgen können! Kannst du dich denn überhaupt nicht benehmen?«

»Es hätte mir nichts ausgemacht, solange *du* mich erwürgst«, scherzte ich.

27

Lord Hightowers Wohnsitz war leicht zu finden. Auf dem Weg nach Albamarl hinein waren wir früher schon einmal an dem Haus vorbeigeritten. Als Kommandant der königlichen Wache und der Stadtgarnison bewohnte er einen mächtigen Vorturm, der das größte Tor der Hauptstadt deckte. Das Haus war schon für sich genommen eine ansehnliche Festung und fast so groß wie der Bergfried von Cameron.

Nach allem, was James mir erzählt hatte, wusste ich, dass Hightowers Familie in den obersten beiden Stockwerken des Vorturms wohnte. Darunter befanden sich vor allem Einrichtungen zur Verteidigung der Stadt und zur Unterbringung der Wächter sowie die Mechanismen, mit denen die beiden großen Fallgatter und das Tor bewegt wurden. Wenn man es von außen betrachtete, konnte man nur jeden Eindringling bedauern, der auf die Idee verfiel, sich mit Gewalt einen Weg nach drinnen bahnen zu wollen.

Eine große Tür links neben dem inneren Fallgatter diente als Zugang zum Vorturm. Da die Stadt im Augenblick nicht bedroht wurde, konnte ich erwarten, dass es zwar unverschlossen, aber natürlich dennoch bewacht war. Tatsächlich standen zwei Posten vor der Tür. Im Gegensatz zu den Bewaffneten vor anderen Gebäuden wirkten diese beiden aber wach und keineswegs gelangweilt. Lord Hightower war für strenge Disziplin bekannt.

Wie eine Katze, die zum Sprung ansetzt, spannte sich Penny an, als wir uns den Wächtern näherten. Da wir nicht länger unseren Mantel teilten, musste ich mich hinüberbeugen, um mit ihr zu flüstern. »Nicht nötig. Immer mit der Ruhe.« Sie warf mir einen nervösen Blick zu, sagte aber nichts. Auch wenn die

Anspannung verschwand, den Schwertgriff unter dem Mantel ließ sie nicht los.

Ohne Zögern gingen wir direkt auf die Wächter zu. »Wer da?«, rief einer von ihnen, sobald wir nahe genug waren. Ich schenkte mir die Antwort. Ein geflüstertes Wort, und sie sanken bewusstlos zu Boden. Ich trat an die Tür und klopfte, während Penny hinter mir die Straße beobachtete.

»Ihr kennt doch die Anweisungen. Ihr müsst euch identifizieren, ehe ihr anklopft!«, drang eine gedämpfte Stimme durch die Holztür heraus.

»Öffnet! Hier ist jemand, der Lord Hightower sprechen will!«, antwortete ich.

In Kopfhöhe ging eine kleine Klappe auf, dahinter kam ein Gesicht mit einem sehr ungepflegten Bart zum Vorschein. »Das ist nicht das Passwort … ehrlich, der Sergeant wird dir das Fell über die Ohren …« Ich verzichtete auf weitere Diskussionen, und gleich darauf sank hinter der Tür ein Mann bewusstlos in sich zusammen.

»Aber wie bekommen wir jetzt die Tür auf?«, zischelte Penny.

»Sieh genau zu und lerne, Süße«, antwortete ich.

»Als du das letzte Mal eine Tür mit Gewalt geöffnet hast, bist du fast selbst in die Luft geflogen«, spottete sie.

»Das dürfte hier nicht passieren«, antwortete ich und legte die Hand an die Tür. Sie besaß ein richtiges Schloss, was die Sache vereinfachte. Einen schlichten Riegel hätte ich schwerer bewegen können, aber groß wäre der Unterschied wohl nicht gewesen. »*Grabol ni'shieran*«, sagte ich leise. Mit hörbarem Klicken gab der Mechanismus den Riegel frei, und ich zog die Tür weit auf. Als ich hindurchtreten wollte, hielt Penny mich auf.

»Dummkopf.« Mit blankgezogenem Schwert ging sie voraus. Wie es das Glück wollte, befand sich nur ein einziger Mann dort drinnen, der bereits in tiefem Schlaf lag. Wir zerrten die anderen beiden herein und legten sie vorsichtig neben ihm ab. »Wie lange werden sie ohnmächtig bleiben?«, wollte Penny wissen.

»Solange es nicht gerade ein Erdbeben gibt oder jemand sie heftig schüttelt … mindestens ein paar Stunden«, schätzte ich. Wir ließen sie also liegen und drangen tiefer in das Gebäude ein. Auf der linken Seite führte eine Holzstiege in den ersten Stock. Da uns bisher niemand bemerkt hatte, schlichen wir weiter. Einen Treppenabsatz höher stießen wir auf zwei weitere Männer. Ich legte sie schlafen, sobald mir der Erste einen Blick zuwarf … er hatte noch eine Frage auf den Lippen, als er zusammenbrach.

»Ich muss zugeben, das geht viel einfacher als gedacht«, murmelte Penny. Einerseits stimmte ich ihr zu, andererseits hielt ich es aber für unklug, uns allzu früh glücklich zu schätzen. Wir gingen weiter in den dritten Stock, wo niemand war, und dann in den vierten. Meine Nervosität nahm mit jedem Schritt zu, auch wenn ich es zu verbergen suchte.

Der vierte Stock war auch der letzte. Dort entfernten wir uns von der Treppe und gingen einen breiten Flur entlang. Die Türen zu beiden Seiten schienen zu Wohnquartieren zu gehören, aber ich war mir nicht sicher, wo ich Rose suchen sollte. Ich glaubte nicht, dass ihr Vater sie in eine Zelle gesperrt hatte, sondern dass sie irgendwo in den Privaträumen der Familie war. Ich hielt kurz inne und tastete mit meinen Sinnen, um die Raumaufteilung des Stockwerks zu ermitteln und festzustellen, ob andere Menschen in der Nähe waren.

Wie es der Zufall wollte, öffnete sich vor uns eine Tür, noch ehe ich irgendetwas erreicht hatte. Ein erschrockener Adliger glotzte uns entgegen. Seltsamerweise hatte er ein blaues Auge. »Wer, zum Teufel, seid Ihr?«, fragte er laut. Ehe ich etwas tun konnte, legte ihm Penelope die Hand auf die Brust und versetzte ihm einen Stoß. Er flog regelrecht zurück und landete, alle viere von sich gestreckt, wieder in dem Raum, den er gerade hatte verlassen wollen. Sie folgte ihm hinein und bewegte sich viel zu schnell, als dass er ihr hätte entkommen können.

»Wachen!«, rief er. Ehrfürchtig hörte ich seine prächtige Baritonstimme. Jeder kampffähige Soldat im Vorturm musste ihn gehört haben.

»*Grethak denu keltis taret*«, sagte ich schnell. Es war eine Variante des lähmenden Spruchs, den Devon Tremont einst gegen mich eingesetzt hatte. Im Gegensatz zu ihm hatte ich jedoch eine Ausnahme vorgesehen, damit das Opfer noch atmen konnte. Der Mann wurde stocksteif, während Penny ihn auf dem Boden festhielt.

Sie warf mir einen Blick zu. »Du nimmst mir den ganzen Spaß daran.« Dann riss sie die Augen auf. »Vorsicht!«

Ich spürte, wie etwas Schweres auf meinen Kopf zusauste, doch es war zu schnell, um noch etwas zu tun. Ein Wächter, der direkt hinter der Tür gestanden hatte, schlug mit einem schweren Streitkolben nach mir, ehe ich reagieren konnte. Mein Schild schützte mich zwar vor größeren Verletzungen, aber ich flog immerhin quer durch das Zimmer, prallte gegen einen massiven Stuhl und ging benommen zu Boden.

Von dort aus konnte ich beobachten, wie Penny sich … bewegte, aber dieses Wort wird ihr keinesfalls gerecht. Sie flog förmlich durch den Raum, und der Mann, der mich niedergeschlagen hatte, konnte kaum die Hand heben, da war sie auch schon bei ihm. Er schaffte es, mit dem Streitkolben nach ihr zu schlagen, weil sie wegen ihres schnellen Angriffs nicht in der Lage war auszuweichen. Sie fing die Waffe jedoch mit der bloßen linken Hand ab, als wäre sie nur das wackelnde Stöckchen eines kleinen Jungen. Dann fuhr ihre rechte Hand hoch, und sie drosch ihm das Heft des Schwerts unter das Kinn. Er verzog überrascht das Gesicht, brach dann zusammen und landete mit einem Plumps auf dem Boden.

Ich rappelte mich auf und ging zu ihr. »Verdammt!«, fluchte

sie, während sie sich die Hand hielt. »Ich glaube, da ist was gebrochen.«

»Lass mal sehen«, bot ich an.

»Dafür werdet ihr beide im Kerker des Königs landen!«, sagte der Edelmann auf dem Boden, den wir fast vergessen hatten. Ein eindeutiger Nachteil meiner Version des Lähmungsspruchs war die Tatsache, dass die Opfer weiterhin sprechen konnten. Ich achtete nicht auf ihn und griff nach Pennys Hand.

»Warte mal.« Sie drückte die Tür zu und lehnte sich an. »Da kommen noch mehr, ich höre sie schon auf der Treppe. Was du auch tun willst, beeil dich.«

Ich hielt ihre Hand, schloss die Augen und konzentrierte mich. Zwei Knochen in der Hand waren gebrochen, aber glücklicherweise waren dies saubere Brüche. Ich arbeitete schnell, verschmolz die Enden miteinander und blockierte außerdem die Sinnesnerven am Handgelenk. Trotz meiner Bemühungen war die Hand immer noch schlimm zugerichtet und würde bald stark anschwellen. Hoffentlich hatte ich zumindest für eine Weile ihre Schmerzen gelindert. »Wie fühlt sich das an? Lässt sich die Hand bewegen?«

Vorsichtig ließ sie die Finger spielen. »Es tut noch etwas weh, aber ich kann die Hand benutzen.« Hinter ihr ruckte die Tür ein wenig, weil jemand sie zu öffnen versuchte.

»Lord Hightower! Seid Ihr da drin?«, rief ein Mann auf dem Flur.

Ehe Hightower etwas sagen konnte, rief Penny zurück: »Einen Moment, ich will mich nur rasch anziehen!« Dann drehte sie sich um und legte die Hand auf die Tür.

Draußen sagte jemand: »War das eine Frauenstimme?«

Penny öffnete völlig gelassen die Tür. »Kommt ruhig herein, wir sind sowieso gerade fertig.«

Vor der Tür standen zwei Männer, die vorübergehend etwas verwirrt waren, als sie eine schöne Frau vor sich sahen.

Einer schien regelrecht verlegen, bis er das Schwert in ihrer Hand bemerkte. Lord Hightower rief ihnen vom Boden aus zu: »Ihr Narren! Ergreift sie!«

»*Shibal*«, sagte ich, und sie sanken zu Boden.

»He!«, fauchte Penny mich an. »Ich hatte das unter Kontrolle!«

»Ich will keine Knochen mehr flicken müssen. Ganz zu schweigen davon, dass ich wesentlich sanfter bin. Dem Kerl da drüben hast du vermutlich den Unterkiefer gebrochen.«

»Falls du es vergessen hast, er hat auch versucht, dein Gehirn auf dem Boden zu verteilen, mal ganz zu schweigen von meiner Hand«, sagte sie sarkastisch.

»Ihr werdet Schlimmeres erleiden als nur gebrochene Knochen, wenn ich mit Euch fertig bin«, versprach uns Lord Hightower von seiner unvorteilhaften Position aus.

Ich half Penny, die beiden Wächter ganz in den Raum zu ziehen und die Tür zu schließen. Dann wandte ich mich an unseren Gefangenen. »Lord Hightower, es tut mir wirklich sehr leid. Ich hoffe, Ihr versteht, dass ich in besseren Zeiten nie auf die Idee gekommen wäre, Euch auf diese Weise zu demütigen.«

»Wollt Ihr Euch ergeben? Andernfalls könnt Ihr Euch den Atem sparen«, antwortete er mir. Ich musste seine Kühnheit bewundern. Die meisten Männer in seiner Position hätten sich längst aufs Verhandeln verlegt. Wie ich aus eigener Erfahrung wusste, war es ein schreckliches Gefühl, gelähmt zu sein.

»Ganz im Gegenteil. Ich will Eure Tochter befreien.«

Er schnaubte: »Ihr kamt mir gleich so bekannt vor. Ihr müsst Mordecai sein. Ich habe Euch vor ein paar Monaten bei der Verhandlung gesehen.« Damit meinte er wohl den Fall, der vor dem Obersten Gerichtsherrn verhandelt worden war.

»Der bin ich. Wo wird Eure Tochter festgehalten?« Ich sah keinen Grund, die Zeit mit Geschwätz zu verschwenden.

»Zwei Türen den Gang hinunter. Der Schlüssel liegt da drüben in dem Schmuckkästchen … neben dem Schreibtisch.« Er konnte sich zwar nicht bewegen, verdrehte aber die Augen in die entsprechende Richtung.

Penny ging hinüber, um den Schlüssel zu suchen. »Ich hätte Euch gar nicht für einen Mann gehalten, der so schnell aufgibt«, bemerkte sie.

»Nun ja, eigentlich sind wir ja keine Feinde. Ich habe sie eingesperrt, ehe der König beschloss, es selbst zu tun. Außerdem – könnten meine Männer Euch überhaupt aufhalten?«

»Nein«, erwiderte ich aufrichtig. »Musstet Ihr sie wirklich einsperren? Immerhin ist sie Eure Tochter.«

Reumütig lachte er. »Ihr kennt sie wohl nicht so gut. Was glaubt Ihr denn, woher ich das hier habe?« Er zwinkerte mit dem blauen Auge. Da hatte er wohl recht. Ich hätte mir gewiss nicht vorstellen können, dass Rose ihren Vater verdrosch.

»Was schlagt Ihr vor, wie wir jetzt weiter verfahren?«, fragte ich ihn. Er war so vernünftig geworden, dass ich dachte, es konnte nicht schaden, ihn nach seiner Meinung zu fragen.

»Sperrt mich in ihrem Zimmer ein und nehmt sie mit. Ich glaube nicht, dass die Wachen Euch aufzuhalten versuchen, wenn sie ihnen einen gegenteiligen Befehl gibt.« Er verzog angestrengt das Gesicht. »Könntet Ihr mich vielleicht an der Nase kratzen … es juckt ganz schrecklich.«

Ich lachte und sprach ein Wort: »*Keltis.*« Als die Lähmung aufgehoben war, entspannte er sich sofort, richtete sich auf und kratzte sich. »Seid Ihr sicher, dass wir Euch einsperren müssen?«, fragte ich ihn.

»Ja, denn wenn nicht, wird man mir vorwerfen, Euch geholfen zu haben. Dabei bin ich doch immer noch wütend, weil Ihr mir dies hier verpasst habt …« Er deutete auf das verletzte Auge. Es dauerte eine Weile, bis ich es verstand. Er meinte die geplante Deckgeschichte. Allmählich begriff ich, woher Rose ihren scharfen Verstand hatte.

Ein paar Minuten später führten wir ihn mit vorgehaltenem Schwert durch den Gang. Er hatte darauf bestanden, denn falls uns einer seiner Bewaffneten zufällig sah, konnte dieser später die Geschichte bestätigen. Bald erreichten wir Rose' Tür. Penny schob Lord Hightower vor uns hinein.

Als er eintrat, kam eine schwere hölzerne Keule herbeigesaust und traf ihn im Magen. Er klappte in der Hüfte zusammen und sackte auf die Knie. »O Vater! O Gott! Es tut mir so leid!«, rief Rose und ließ die improvisierte Waffe fallen.

Penny und ich betrachteten entsetzt die Szene. Im Stillen beglückwünschte ich Penny zu der Entscheidung, zuerst den Gefangenen hineinzuschieben. Von dem vorherigen Angriff war ich immer noch ein wenig erschüttert. Während sich Rose um den verletzten Vater kümmerte, sah ich mich in dem Raum um. Auf der einen Seite befand sich ein großes Bett. Es war ein schönes Möbelstück, stand aber merkwürdig schief. Ein Blick nach unten zeigte mir, dass Rose einen der Pfosten als Waffe benutzt hatte. Allmählich fragte ich mich, wie Hightower die Kindheit seiner Tochter überlebt haben mochte.

Endlich nahm Rose uns wahr. »Penny! Was tust du denn hier?«

»Ich hatte gehört, dass du gerettet werden müsstest. Aber wie es aussieht, ist dein Häscher wohl schlechter weggekommen als du selbst.« Penny blickte mitfühlend zu Lord Hightower hinüber.

»Ich dachte, es sei einer der Wächter«, erwiderte Rose verlegen. »Immerhin habe ich auf die Körpermitte gezielt, damit es nicht ganz so sehr wehtut.« Hightower stöhnte. Er lag am Boden und schnappte hilflos nach Luft.

»Wohin würdest du denn zielen, wenn du jemandem ernstlich wehtun wolltest?«, fragte ich laut.

»Bete, dass du das nie herausfindest, Mordecai.« Rose half ihrem Vater beim Aufstehen. »Oh! Das Auge! War ich das?« Ich amüsierte mich immer wieder über Rose' erschrockene

Ausrufe. Was erwartete sie denn, wenn sie ihn dorthin schlug? Nur gut, dass sie nicht zu meiner Anath'Meridum geworden war, sonst hätten wir eine lange Spur von Leichen hinter uns zurückgelassen.

Weitere Männer kamen die Treppe heraufgetrampelt. Da seit Hightowers letztem Ruf eine Weile vergangen war, nahm ich an, dass dies die Wächter waren, die wir unten schlafend zurückgelassen hatten. Ich blieb offen sichtbar stehen und wartete, bis sie die Treppe erklommen hatten, ehe ich sie erneut in Schlaf versetzte. Es zahlte sich aus, vorsichtig zu sein, denn eine freundschaftliche Rettung konnte eine unschöne Wendung nehmen, wenn wir versehentlich jemanden töteten.

Ich blickte wieder in Rose' Zimmer. »Wir sollten uns beeilen, sonst muss ich noch das ganze Haus schlafen legen, ehe wir hier herauskommen.«

Ihr Vater konnte wieder sprechen und winkte mir, zu ihm zu kommen. »Ihr müsst wissen, dass ich mit dem, was Ihr da tut, nicht einverstanden bin. Ich halte es für dumm und außerdem für eine Verschwendung, aber da ich Euch und meine Tochter nicht aufhalten kann, will ich Euch einen Rat geben.«

»Welchen denn, Sir?«, fragte ich höflich.

Er beugte sich vor und flüsterte mir ins Ohr. »Sorgt dafür, dass es einen guten Fluchtweg für meine Tochter gibt. Wenn die Feinde an Eure Tür klopfen – und Ihr könnt nicht mehr weglaufen –, dann sollte sie nicht mehr bei Euch sein. Wenn ihr etwas zustößt, und Ihr überlebt irgendwie … ich würde Euch den Rest meines Lebens hetzen, darauf könnt Ihr Euch verlassen.« Seine Miene war hart, und mir lief es kalt den Rücken hinunter. Es war ihm bitterernst.

Ich erwiderte seinen Blick, um ihm zu verdeutlichen, dass ich es begriffen hatte. »Sir, wenn ihr etwas zustößt, und ich überlebe, dann braucht Ihr mich nicht zu hetzen. Dann komme ich freiwillig zu Euch.« Damit drehte ich mich um und ging mit Rose und Penny hinaus.

»Was war das denn?«, fragte Penny.

»Wahrscheinlich eine seiner üblichen Ansprachen unter dem Titel ›Um neun Uhr abends ist meine Tochter wieder zu Hause‹«, warf Rose lachend ein. Penny begriff die Anspielung zuerst nicht, da noch niemand auf die Weise um sie geworben hatte, wie Rose es erlebt hatte, doch Rose erklärte es ihr. Bald lachten sie beide hinter mir. Ich jedoch hielt das gar nicht für lustig. Was ich dem Mann gesagt hatte, war mein voller Ernst gewesen.

Wir nahmen Rose in die Mitte und gingen zur Eingangstür. Unterwegs begegneten wir zwar einigen weiteren Wachen, hatten jedoch kaum Schwierigkeiten. Ich legte sie allesamt schlafen. Nach dem ersten Mann protestierte Rose. »Das ist doch gar nicht nötig.«

»Wäre es besser, sie mit einem Bettpfosten zu hauen?«, kicherte ich.

Rose schnitt eine Grimasse. »Ich bin sicher, dass sie sich zurückziehen werden, wenn ich es befehle, und das mit dem Bettpfosten war ein Versehen.«

Mir war nicht danach, mich auf ein Risiko einzulassen, deshalb verfuhr ich wie gehabt und betäubte jeden, dem wir begegneten. Bald waren wir draußen und entfernten uns vorsichtig von dem Vorturm. Wenn wir gerannt wären, hätten wir unerwünschte Aufmerksamkeit erregt, daher beschränkten wir uns darauf, rasch und ruhig auszuschreiten. »Wie willst du uns aus der Hauptstadt schaffen?«, fragte Rose. »Die Männer des Königs werden morgen früh die Stadt nach uns durchkämmen. Wahrscheinlich werden sie die Tore absperren, sobald sie wissen, dass du hier bist.«

»Zuerst hole ich unser Eigentum zurück, und dann schlendern wir gemächlich nach Washbrook«, erwiderte ich lässig. Penny seufzte.

»Das war natürlich ein Scherz, Mordecai«, erwiderte Rose. »Penny, sag mir, scherzt er?«

»O nein … er meint das ernst«, schnaubte Penny. »Außerdem bin ich inzwischen schon halb überzeugt, dass es ihm gelingen wird.«

Rose riss die Augen auf. »Nur zur Hälfte? Die zweite Hälfte kann sehr unangenehm werden.«

»Uns stehen sowieso noch mörderische Schwierigkeiten bevor, Rose. Deshalb sorge ich mich kaum um unangenehme Möglichkeiten. Wir haben ein Ziel, und das muss für den Augenblick reichen«, erklärte ich ihr.

»So erbittert habe ich dich noch nie erlebt, Mordecai … ich weiß nicht, ob mir das gefällt«, wandte Rose ein.

»Dem König wird es noch weniger gefallen.« Ich grinste böse. »Wo sind die Männer, die du gedungen hast? James sagte, sie seien alle abgeführt worden.«

»Diejenigen, die eine kleine Geldstrafe zahlen konnten, wurden auf Bewährung freigelassen. Die anderen stecken im Königsturm«, erklärte sie mir. »Du willst doch hoffentlich keinen Ausbruch organisieren?«

»Ich brauche sie, um die Wagen zu beladen. Da wir gerade dabei sind – wohin mögen sie wohl meine Waren gebracht haben?«

Rose erschrak. »Mordecai, das ist verrückt. Das geht nicht gut. Der König wird dich enthaupten lassen!«

»Die Waren, Rose … du kannst hierbleiben, wenn dir der Plan nicht gefällt.«

»Inzwischen dürfte alles in den königlichen Lagerhäusern sein. Für den Feldzug im Frühling hortet er dort Getreide und auch noch anderes Material. Genau die gleichen Dinge, die auch wir gekauft haben. Das war der wichtigste Grund dafür, dass er alles in Lancasters Haus beschlagnahmt hat«, erwiderte sie. »Und verdammt will ich sein, wenn du mich hier zurücklässt.«

Auf ihre Loyalitätsbekundung ging ich gar nicht erst ein. »Ich brauche eine Wegbeschreibung zum Königsturm. Wie weit ist es von dort aus bis zu den Lagerhäusern, und wie weit sind diese von Lancasters Haus entfernt?« Zu anderen Zeiten wäre ich vielleicht nicht ganz so grob gewesen, aber die Belastungen und Ängste in dieser Situation setzten mir nun doch zu. Unser Einbruch in Lord Hightowers Haus hatte mich einiges an Nerven gekostet, und ich musste in noch zwei weitere Gebäude eindringen.

Wie sich herausstellte, waren die Lager nur ein paar Minuten von Lancasters Haus entfernt, was meinen Plänen sehr entgegenkam. Der Königsturm dagegen war etwas mehr als zwanzig Gehminuten vom Lager entfernt. Ich war mir nicht sicher, wie schnell die Stadt reagieren mochte, hatte aber den Eindruck, dass es gefährlich werden könnte.

»Rose, geh bitte allein zu Lancasters Haus. Joe ist dort. Sag ihm, er solle sich bereit machen. Er soll die Wagen und Kutscher vorbereiten und dicht bei den königlichen Lagerhäusern aufstellen«, bat ich sie.

Sie beklagte sich nicht einmal darüber, dass sie allein zurückkehren sollte, sondern machte sich vielmehr Sorgen, mein Plan könnte misslingen. »So spät es jetzt auch schon ist, die Leute werden es doch bestimmt bemerken, wenn wir eine Wagenreihe auf der Straße abstellen.«

Ich musste einräumen, dass sie damit nicht unrecht hatte. »Dann lass sie in Lancasters Hof warten. Das ist nahe genug. Es wird nur gelingen, wenn wir nicht zu viel Aufmerksamkeit erregen.«

Sie nickte, und gleich danach trennten wir uns. Ich sorgte mich um sie, weil sie im Dunkeln allein gehen musste. Nach einer kurzen Überlegung fand ich dann aber, ich sollte mich eher um die sorgen, denen sie womöglich begegnete. Penny und ich brachen also ebenfalls auf und schritten leise durch die dunklen Straßen.

28

Der Königsturm war nur schwach beleuchtet. Gewöhnlich wurden dort Verbrecher eingesperrt, ursprünglich war er aber einer der Wehrtürme gewesen, die in regelmäßigen Abständen die Stadtmauer verstärkten. Als die Stadt gewachsen war, hatte man ringsherum eine neue Mauer gebaut und die Wand neben dem Turm abgerissen, um den Verkehrsfluss zwischen den inneren und äußeren Vierteln zu erleichtern. Der Turm selbst war ein gedrungenes hässliches Ding aus dem gleichen rosafarbenen Granit wie die meisten anderen Gebäude. Er war mehr als zehn Mannslängen hoch und besaß sechs überirdische Stockwerke.

Nach allem, was Rose mir erzählt hatte, waren im Erdgeschoss vor allem Schreibstuben untergebracht worden. Die Wächter, die im Turm Dienst taten, wohnten in der großen Kaserne. In der Nacht war nur eine kleine Besatzung anwesend. Das passte mir gut.

Die Außentür war unbewacht. Anscheinend hielten sie es nicht für besonders wichtig, Leute draußen zu halten. Allerdings musste ich davon ausgehen, dass hinter der Tür Wächter standen. Penny ergriff als Erste das Wort. »Wie gehen wir vor?«

»Wir klopfen an und tragen unsere Bitte vor«, erwiderte ich. Unter anderen Begleitumständen wäre das ein Scherz gewesen. In dieser Nacht aber sah es anders aus. Ich ging zur Tür und pochte.

In der Tür öffnete sich eine kleine Klappe. »Wer ist da draußen?«

Ich konzentrierte mich und spürte zwei Männer hinter der Tür. »*Shibal.*« Sobald ich das leise Wort ausgesprochen hatte, brachen die Wächter hinter der Tür zusammen. Leider hatte die Tür kein Schloss, sondern war von innen versperrt. Ich versuchte, den Riegel mit einem Spruch anzuheben, hatte damit aber wenig Erfolg. Irgendjemand hatte die kluge Idee gehabt, den Riegel von innen mit einer Kette und einem Vorhängeschloss zu sichern.

Ich überlegte, ob ich das Vorhängeschloss von außen knacken könnte, doch dann wäre immer noch die Kette im Weg gewesen. Binnen einiger Minuten hätte ich das vermutlich tun können, aber so viel Zeit hatte ich wahrscheinlich nicht. »Lass uns einen Schritt zurücktreten«, sagte ich zu Penny.

»Oh du meine Güte«, klagte sie. »Ich wusste, dass dies passieren würde. Wenn du die ganze Gegend weckst, tauchen hier bald mehr Leute auf, als du betäuben kannst.«

»Vielleicht ... aber ich habe noch eine andere Möglichkeit.« Ich sprach leise und ergänzte die Schilde, die Penny und ich trugen, durch einige kleine Zutaten. Ein weiches Licht entstand, blaue Flammen tanzten auf unseren Körpern.

»Oh, das ist schick!« Penny beobachtete die Flammen, die über ihren Arm wanderten.

»Ich lege es nicht auf ›schick‹ an, sondern auf ›Macht euch vor Angst in die Hosen!‹.«

»Das müsste gelingen. Ich hätte mir tatsächlich fast in die Hosen gemacht, als du mich in Brand gesetzt hast. Beim nächsten Mal sag mir vorher Bescheid.«

»Es geht los.« Ich hob den Stab und zielte auf die Tür des Turms. Dabei war ich ziemlich sicher, dass ich auch ohne den Stab arbeiten konnte, doch die Verzauberungen im Holz halfen mir, die Energien besser zu bündeln. Ich war der Ansicht, meine Kräfte später noch zu brauchen. »*Borok Ignak!*«, sagte ich kraftvoll und gab die aufgestaute Magie frei. Ein unsichtbarer Rammbock traf die Tür, die mit einem lauten Knacken sofort zerbarst. Ich konnte mehr fühlen als sehen, dass unter der großen Kraft weiter drinnen noch eine Wand zusammenbrach.

Penny hatte sich angespannt und wollte schon zur Tür hinüberrennen, doch ich legte ihr die Hand auf den Arm. »Warte.«

Fast eine Minute verging, ehe drei Männer herausstürzten. Darunter war anscheinend einer der beiden, die ich vorher schon einmal betäubt hatte. Ein anderer blutete stark, wahrscheinlich hatten ihn die umherfliegenden Splitter verletzt. Sie bemerkten sofort die beiden in Flammen gehüllten Gestalten auf der Straße.

»Bei allen …«, begann einer und stolperte zur Tür zurück. Ich legte ihn schlafen, ehe er auch nur einen weiteren Schritt machen konnte.

»Halt!«, rief ich und ging auf die beiden anderen Männer zu. Nachdem ihr Gefährte zusammengebrochen war, gehorchten sie sofort. Ich spürte ihr Zittern, als wir uns ihnen näherten. »Wer hat hier das Kommando?«

Einer der beiden sah aus, als könnte er gleich ohnmächtig werden, während der andere noch gut genug bei Sinnen war, um mir zu antworten. »H-hauptmann Gerold, Sir!«

»Hol ihn her!«, befahl ich ihm. Er zögerte einen Moment, bis ich rief: »Jetzt sofort!« Das reichte offenbar. Er entfernte sich im Laufschritt. Ich blickte zu Penny hinüber. »Geh mal um den Turm herum, vielleicht haben sie hier einen Hinterausgang. Wir können es uns nicht erlauben, jemanden entwischen zu lassen.«

Besorgt sah sie mich an. Ich konnte erkennen, dass sie sich Sorgen machte, mir könnte etwas zustoßen, wenn sie mich allein ließ. Endlich entschloss sie sich aber doch. »Also gut … mach nur keine Dummheiten«, sagte sie. Dann rannte sie in der Dunkelheit auf der rechten Seite dicht am Turm entlang nach hinten.

Gleich darauf tauchten drei Männer in der zertrümmerten Tür auf. Einer wirkte erheblich weniger heruntergekommen als die anderen. Vorsichtig näherten sie sich mir. »Darf ich fragen, was Ihr von mir wollt … Sir?« Eins musste ich dem Hauptmann lassen: Obwohl er Angst hatte und vor einem in Flammen gehüllten Mann stand, gelang es ihm, ruhig zu sprechen.

»Habt Ihr die Schlüssel der Zellen im Turm?« Es sollte wohl drohend klingen, aber ich war nicht sicher, ob es mir tatsächlich gelang. Die Flammen erfüllten allerdings ihren Zweck.

»Liegen in meinem Schreibtisch«, antwortete er nervös. Seine rechte Wange zuckte.

»Holt sie und lasst alle frei, die in Herzog Lancasters Haus verhaftet wurden«, sagte ich zu ihm.

»Verzeihung, aber ich bin nicht sicher, ob ich alle erkenne.«

»Fragt sie und öffnet jede Zelle, in der ein paar von ihnen sind. Sie müssen in fünf Minuten hier draußen antreten, sonst … na ja, dieses ›sonst‹ wird Euch sicher nicht gefallen. Also sorgt dafür, dass wir nicht bis dorthin gehen müssen.« Ich stieß die Worte mit einer so großen Autorität hervor, wie es mir nur möglich war.

Es dauerte länger als fünf Minuten, aber ich tat so, als bemerkte ich es nicht. Auch auf das »sonst« war ich nicht besonders scharf. Eigentlich hatte ich mir noch gar nichts dazu überlegt. Bald kamen die Männer aus dem Gebäude und versammelten sich draußen. Einer kreischte, als Penny auf der linken Seite des Turms erschien und an der unruhigen Menge vorbeilief. Ich musste ein Lächeln unterdrücken.

»Da hinten wollte jemand hinunterklettern«, unterrichtete sie mich.

»Hast du ihm wehgetan?«, fragte ich.

»Nein, er musste nur einen Blick auf mich werfen, um es sich anders zu überlegen.«

Das konnte ich mir lebhaft vorstellen. Anscheinend hatte der Hauptmann versucht, einen Ausweg zu finden, ohne seine Befehle zu missachten. Ich wandte mich an die Menge. »Ich bin hier, um diejenigen zu holen, die gestern zu Unrecht im Haus der Lancasters verhaftet wurden. Ist hier jemand, der nicht von Rose Hightower angeworben wurde?« Da mehr als dreihundert Leute vor mir standen, musste ich annehmen, dass einige von ihnen nicht dazugehörten. Es überraschte mich keineswegs, dass kein Einziger Lust hatte, in die Zellen zurückzukehren.

Ich wandte mich an Penny. »Wenn es dir nichts ausmacht, bring doch den guten Hauptmann und seine Männer nach drinnen und sperr sie ein.« Sie nickte und scheuchte die Männer in den Turm. »Seid brav, dann muss sie Euch nichts tun«, rief ich, als sie widerstrebend nach drinnen gingen. Innerlich war ich aber nervös, denn wenn sie gleichzeitig Penny angriffen, konnte es übel enden. Hoffentlich war die Angst der Wächter so groß, wie es den Anschein hatte.

Ich hätte mir gar keine Sorgen machen müssen. Ein paar Minuten später kehrte Penny zurück. Sie hatte keine Schwierigkeiten gehabt. Ich löschte die Flammen, die uns einhüllten. Es nützte ja nichts, unsere neuen Rekruten nervös zu machen. »Wer von euch bereit ist, für uns zu arbeiten, kommt mit mir. Ich habe Arbeit für euch. Ich kann euch zwar nicht versprechen, dass es ungefährlich ist, aber wer für mich arbeitet, wird in ein paar Stunden weit außerhalb der Reichweite des Königs sein. Wer nicht mitkommen will, darf jetzt einfach gehen, aber ihr seid dann auf euch selbst gestellt, wenn euch die Wächter finden.«

Die Leute entfernten sich leise. Die meisten gehörten wohl zu denen, die Rose nicht angeheuert hatte. Ich hoffte nur, dass ich keine große Zahl von Schwerverbrechern in die Stadt entließ. Einer von denen, die geblieben waren, meldete sich zu Wort. »Für wen genau arbeiten wir denn jetzt eigentlich?«

Der Sprecher war so vorsichtig, ganz hinten zu bleiben. Er war wohl nicht sicher, ob ich den Verstand verloren hatte. »Ich bin Mordecai Illeniel, der Graf di'Cameron. Der König und ich hatten gewisse Differenzen über verschiedene Angelegenheiten. Das Ergebnis war, dass viele von euch eingesperrt wurden, obwohl sie nichts Schlimmeres getan hatten, als eine Arbeit anzunehmen. Wenn ihr bei mir bleibt, dann werde ich versuchen, nach Kräften zu euch zu stehen. Ich kann aber nicht versprechen, dass es nicht auch gefährlich wird.« Ich entfachte die Spitze meines Stabs, damit sie mich in der Dunkelheit besser sehen konnten.

»Was genau bedeutet gefährlich?« Dies war eine andere Stimme, die aber wie die erste aus den hinteren Reihen kam. Ich konnte es ihnen nicht vorwerfen.

»Ich will innerhalb der nächsten Stunde mein Eigentum aus dem Lagerhaus des Königs holen. Weniger als eine Stunde danach werde ich die Hauptstadt verlassen. Gibt es sonst noch Fragen? Die Zeit drängt«, sagte ich. In einigen Häusern in der Nähe ging bereits das Licht an. Meine Eskapaden waren nicht unbemerkt geblieben.

Ein kleiner Mann, der vorne stand, mischte sich ein. »Müssen wir kämpfen?«

»Heute nicht, sofern ich es vermeiden kann. Möglicherweise aber in ein paar Monaten. Ihr habt bis dahin allerdings noch reichlich Zeit, es euch anders zu überlegen«, fügte ich rasch hinzu. »Jetzt müssen wir aufbrechen. Wer mitkommen will, soll mir folgen. Ich hege jedoch keinen Groll gegen jene, die es nicht tun.« Damit drehte ich mich um und schritt zielstrebig die Straße hinunter. Den Drang, mich umzudrehen, konnte ich kaum unterdrücken. Ich war sicher, sie würden sich in alle Himmelsrichtungen verstreuen. Manchmal ist der Magierblick sehr praktisch. Ich spürte, dass uns die Mehrheit der Männer folgte.

Ohne den Kopf umzudrehen, sagte ich zu Penny: »Sieht aus, als blieben die meisten bei uns.«

Im schwachen Licht lächelte sie wissend. »Ja, fast alle kommen mit. Mort, wir müssen uns beeilen. Die Szene vor dem

Turm hat die Aufmerksamkeit vieler Einwohner erregt. Selbst wenn Hightowers Wachen noch nichts gemeldet haben, dürfte die Stadtwache inzwischen alarmiert sein.«

Ihre Worte spiegelten meine eigenen Befürchtungen wider. Wenn die gesamte Stadtwache alarmiert wurde, dann würde die Sache nicht gut verlaufen. Ein Konflikt in den Straßen musste auf beiden Seiten zu Verlusten führen. Zudem würde ich dann gegen die Einwohner von Lothion kämpfen, und jeder Verlust würde uns schwächen ... und uns noch weiter vom König entfremden. Ich blieb stehen und wandte mich an die Menschen hinter uns. »Wir gehen jetzt schneller. Folgt meinem Licht und bleibt nicht zurück.« Ich verstärkte das Licht des Stabes, um meine Worte zu bekräftigen.

Danach bewegten wir uns im Laufschritt durch die Straßen von Albamarl. Es war ein geradezu unwirkliches Erlebnis. Der Stab warf ringsherum seltsame Schatten und ließ zwischen den Gebäuden, an denen wir vorbeikamen, eigenartige Schemen heranwachsen. Die mehr als hundert trampelnden Füße hinter mir weckten eine Erregung in mir, mit der ich nicht gerechnet hatte. Dorians Worte fielen mir ein – er hatte recht damit: Dies war die wahre Macht. *Nur dass du hier so gut wie keine Kontrolle hast, denn die Männer sind Fremde*, fügte ich im Geiste hinzu.

Auf einmal erschienen zwei erschrockene Wächter, die offenbar gerade auf Streife waren, aus der Dunkelheit. Schockiert bemerkten sie die große Menschenmenge, die in ihre Richtung gerannt kam. Ich betäubte sie, ohne im Laufen innezuhalten, und hoffte, die Männer hinter mir trampelten sie nicht tot.

Fünfzehn Minuten später hatten wir das Haus des Herzogs erreicht. Das Tor stand offen, und die Männer, die mir folgten, wollten instinktiv sofort eintreten. Ich hob den Stab. »Halt! Wir warten hier einen Augenblick.«

Joe erwartete uns schon, und als ich sprach, rollten bereits die Wagen auf die Straße. Hinter ihm saß im führenden Wagen Rose, eine Armbrust auf dem Schoß. »Sind die Laternen bereit?«, fragte ich ihn.

»Seht selbst.« Joe deutete hinter sich. Auf jedem Wagen befanden sich zwei Laternen, eine neben dem Fahrer und die andere noch nicht entzündet auf der Ladefläche. Wir würden sie bald brauchen.

»Folgt den Wagen! Wir sind nur noch ein paar Minuten vom Ziel entfernt«, rief ich meinem Gefolge zu. Die Wagen fuhren an, und die Männer marschierten neben ihnen. Penelope nahm meine Hand, als wir loszogen. »Geht es dir gut?«, fragte ich sie.

»Nervös«, erwiderte sie schmallippig.

»Wir können jetzt nur noch vorwärtsgehen«, antwortete ich.

Mit der freien Hand packte sie immer wieder den Schwertgriff. »Ich weiß«, sagte sie.

Ich hoffte, alles werde gut verlaufen. Wenn es zu einer Konfrontation kam, die außer Kontrolle geriet, konnte Penny eine Menge Leute verletzen. Ich machte mir Sorgen, wie sich das auf sie auswirken mochte, konnte im Grunde aber nicht viel daran ändern.

Ohne Schwierigkeiten erreichten wir die Speicherstadt. Hier waren die Straßen breit, damit die Fuhrwerke ausreichend Platz hatten, und die Gebäude waren groß. Die königlichen Lagerhäuser waren von einer Steinmauer umgeben und setzten sich so vom Rest des Viertels ab. Unsere Wagen hielten an, als wir das breite Eisentor vor dem Grundstück erreichten. Natürlich war es verschlossen und verriegelt. Als ich durch die Stäbe blickte, konnte ich in der Dunkelheit vier große Gebäude erkennen. Das war unser Ziel.

»Was tut ihr Leute hier?«, rief jemand von drinnen heraus.

»Tretet vom Tor zurück, es wird sich gleich öffnen«, erklärte ich dem Sprecher. Dann wiederholte ich es noch einmal für die Leute, die hinter mir standen.

»Verschwindet von hier! Ihr werdet alle verhaftet, wenn ihr versucht, dem König etwas zu stehlen!« Wer es auch sein mochte, es klang ängstlich. Wahrscheinlich hätte ich auch Angst bekommen, wenn ich als Nachtwächter unversehens eine Meute von unbekannter Größe vor mir gehabt hätte. Ich antwortete dem Mann nicht, sondern gab die Energie frei, die ich festgehalten hatte, und bündelte sie durch meinen Stab. Die Torflügel dröhnten wie eine Glocke, als sie durch die Kraft meiner Magie auseinandergerissen und nach innen gepresst wurden. Einer flog herum und prallte von innen gegen die Wand, der andere wurde ganz und gar aus den Angeln gerissen.

Die Männer hinter mir jubelten, und die Wagen rollten hinein. »Wenn ihr drinnen Wächter findet, dann lasst sie gehen. Wir sind nicht hier, um zu kämpfen!«, rief ich den Männern zu. An diesem Punkt sorgte ich mich eher um die paar Bewaffneten drinnen als um meine eigenen Leute. Hoffentlich waren die Bewacher so vernünftig, wegzulaufen oder sich zu verstecken.

Rose war abgestiegen und stand jetzt bei uns. »Bist du sicher, dass dies klug ist? Sie werden die Stadtwache holen.«

»Sie brauchen eine größere Truppe, um uns aufzuhalten, und um die aufzustellen, benötigen sie Zeit. Wir müssten fort sein, ehe sie uns wirklich etwas entgegenwerfen können. Die Wächter zu jagen, wäre dagegen gefährlich und kostet auch noch Zeit. Wahrscheinlich würden in dem Durcheinander sogar einige sterben. Mit dieser Bürde möchte ich mich nicht belasten«, antwortete ich. Im trüben Licht entdeckte ich eine Männergestalt am Boden. Das musste einer der Torwächter sein.

Eilig ging ich hinüber und untersuchte ihn, schließlich atmete ich jedoch tief durch. Der Mann war mindestens Ende sechzig. Der Kopf war nur noch durch einen blutigen Fetzen aus Haut und Knochen mit dem Rumpf verbunden. Mein einziger Trost war, dass er vermutlich nicht gelitten hatte. Schuldgefühle und Selbsthass erfüllten mich. Ich hatte jemandem den Großvater genommen. Der Mann war ganz und gar ohne eigenes Verschulden gestorben. Wie viele Menschen würden ihn morgen betrauern?

Rose kam an meine Seite. »Wir sollten ihn auf den Wagen legen.«

»Warum?«, fragte ich, sobald ich mich wieder unter Kontrolle hatte.

»Wenn sie seinen Leichnam finden, verschlimmert das nur unsere Situation«, erwiderte sie ruhig.

Penny starrte sie an. »Wie kannst du nur so gefühllos sein?«

Falls die Bemerkung Rose getroffen hatte, ließ sie es sich jedenfalls nicht anmerken. »Wir sind im Krieg. Nichts darf Mordecai dabei stören, Gododdin aufzuhalten, damit wir den Krieg gewinnen. Etwas wie dies könnte das bisschen guten Willen untergraben, den das Volk von Albamarl uns gegenüber noch zeigt.«

Da zerbrach etwas in mir. »Ich führe keinen Krieg gegen diese Menschen, und ich werde den Toten nicht mitnehmen, um mein Verbrechen zu vertuschen. Wie würden sich seine Angehörigen fühlen? Sie würden nie erfahren, was aus ihm geworden ist und könnten nicht einmal richtig trauern, da sie ja nicht wüssten, ob er lebt oder tot ist.« Ich beugte mich vor und untersuchte seine Uniform. Das Tuch war alt und verschlissen, nachdem er es viele Jahre getragen und immer wieder gewaschen hatte. Auf der linken Seite war sein Name eingestickt: »Jonathan Tucker«. Ich war sicher, dass ich ihn nie vergessen würde. Ein weiteres Verbrechen, das ich nicht mehr wiedergutmachen konnte.

Während ich noch über dem getöteten Wächter brütete, fuhren bereits die Wagen herein. Joe hatte eine große Brechstange mitgebracht, mit der sie im Handumdrehen die Türen der Gebäude öffneten. Die Männer eilten hin und her und beluden die Wagen mit allem, was sie bewegen konnten. Große Holzkisten und Säcke voller Getreide wurden auf den Ladeflächen gestapelt.

Obwohl so viele Männer halfen, dauerte es fast eine halbe Stunde, bis die Wagen beladen waren. Ich war nicht ganz sicher, was wir überhaupt mitgenommen hatten. Sicherlich eine Menge Getreide und getrocknete Lebensmittel. Eine flüchtige Untersuchung mit meinen Magiersinnen verriet mir, dass es sich überwiegend um verschiedene Nahrungsmittel handelte. Viele Kisten enthielten allerdings auch Waffen und Rüstungen oder möglicherweise Werkzeug. Ich nahm mir nicht die Zeit, mir einen genaueren Überblick zu verschaffen. So luden wir einfach alles auf, was auf die Wagen passte.

Als sie hinausfuhren, zählte ich neununddreißig Wagen, die auf dem Weg zu Lancasters Haus waren. Sobald der letzte rollte, rannten Penny und ich nach vorn. Für den Fall, dass uns auf dem Rückweg jemand begegnete, wollte ich ganz vorne sein. Kurz vor dem Haus des Herzogs riss unsere Glückssträhne ab.

29

Eine kleine Kavallerieabteilung kam uns auf der Straße entgegen. Es waren mindestens dreißig Bewaffnete mit langen Speeren. Links stand das Tor zum Haus des Herzogs fünfzig Schritt vor dem ersten Wagen weit offen. Die Soldaten waren ihrerseits mindestens noch fünfzig Schritte vom Tor entfernt. »Fahrt die Wagen hinein. Achtet nicht auf das, was hier draußen geschieht. Reiht sie vor dem Lagerhaus des Herzogs auf. Sie müssen nacheinander hineinfahren, sobald ich zurück bin«, trug ich Joe auf.

»Was habt Ihr vor?«, fragte er mit großen Augen.

»Das weiß ich noch nicht genau. Penny, du bleibst bei ihm.« Dann lief ich den anrückenden Reitern entgegen.

»Vergiss es!« Mühelos hielt sie Schritt. Ich hätte wissen sollen, dass ich sie da nicht heraushalten konnte. Innerlich seufzte ich und atmete schwer, während wir rannten. Wir erreichten das Tor des Herzogs ein ganzes Stück vor der Kavallerie. Sie hatten zu traben begonnen, sobald sie uns bemerkt hatten, waren aber immer noch gut zwanzig Schritt entfernt.

Ich sandte etwas mehr Kraft in meinen Stab, bis er hell glühte. »Halt!«, rief ich. Der Kavalleriekommandant hob eine Hand, und die Reiter hielten weniger als zehn Schritte vor uns an.

»Was haltet Ihr da? Macht Platz, wir sind im Auftrag des Königs unterwegs!«, schrie mich der Anführer an. Das Licht, das von meinem Stab kam, hatte ihn verunsichert, denn in diesen Zeiten hatten nur wenige Menschen Erfahrungen mit der Magie.

»Ich bin Mordecai Illeniel. Ich bin hier, um mein Eigentum zurückzuholen. Danach gehe ich meiner Wege. Zieht Euch zurück, und niemand wird verletzt«, antwortete ich laut.

»Dachte ich's mir doch«, antwortete er und schirmte die Augen vor dem Strahlen ab. »Umzingelt den Verräter!«, befahl er.

Damit hatte ich gerechnet. »*Lyet ni'Bierek!*«, sagte ich laut. Nicht, dass mich überhaupt noch jemand hören konnte, sobald mein »Blitzknall« gezündet hatte. Seit der Schlacht in der Burg von Lancaster hatte ich den Spruch nicht mehr benutzt, doch hier erwies er sich als grausam wirkungsvoll. Damals hatte ich es mit Fußtruppen zu tun gehabt ... hier aber waren es Berittene. Ein greller Blitz zuckte mitten in der Reitertruppe empor, begleitet von einem Donnergrollen. Das Licht und die Geräusche waren so stark, dass im Umkreis von fast zehn Schritten alle taub – und obendrein blind – waren, sobald sie in die falsche Richtung blickten. Die Männer schrien erschrocken und verängstigt auf, die Pferde kreischten und stiegen hoch. Das Durcheinander griff rasch um sich, zumal die meisten Männer von ihren bockenden Pferden abgeworfen wurden.

Mein Spruch verursachte zwar keine körperlichen Schäden, aber das war auch gar nicht nötig. Die panischen Pferde trampelten einige Reiter nieder, andere konnten sich wieder aufrichten. Herrenlose Reittiere rannten in alle Richtungen, einige von ihnen prallten, immer noch blind, gegen Gebäude. Ich hätte gelacht, doch ich sah, dass sich einige Männer, die am Boden lagen, nicht mehr bewegten. Diejenigen, die es noch konnten, tappten hilflos und blind umher. Ich betäubte sie, was wahrscheinlich eine Gnade war.

Penny rief mir etwas zu, doch ich konnte sie kaum verstehen. Ich hatte schon wieder vergessen, unsere Ohren abzuschirmen. »Warum hast du sie nicht einfach alle schlafen gelegt?«, rief sie.

Ich schüttelte den Kopf. »Ich dachte, so viele auf einmal schaffe ich nicht«, schrie ich zurück. Bisher hatte ich nie mehr als fünf oder sechs Gegner zugleich ausgeschaltet, und meiner Ansicht nach lag die Obergrenze bei etwa zehn. Ich blickte zu den Wagen zurück, die am Tor angehalten hatten. Alle starrten zu uns herüber. Ich konnte es ihnen nicht verdenken, doch ich fuchtelte heftig mit den Armen herum und deutete auf das Tor. »Das ist keine Jahrmarktsvorführung für euch! Vergeudet nicht unsere Zeit!«, rief ich.

Da setzten sie sich wieder in Bewegung. Ich konnte nur hoffen, dass wir genug Zeit hatten, die Wagen von der Straße zu bekommen, ehe der Rest der Wache erschien. Hinter den Fensterläden in der Nähe wurde es hell. Wahrscheinlich hatte ich das halbe Stadtviertel aufgeweckt.

Als der letzte Wagen durch das Tor gefahren war, schloss James es und legte den Riegel vor. Ich nickte ihm zu und ging weiter. Jetzt musste ich rasch ins Lagerhaus. Der erste Wagen wartete bereits vor der großen Doppeltür, als ich dort eintraf. Joe stand daneben. »Steigt auf den verdammten Wagen!«, fuhr ich ihn an.

»Ich muss hinten bleiben und die Kutscher einweisen«, widersprach er.

»Das kann James übernehmen. Ich brauche Euch, um die Miliz zu wecken. Dies hier könnte eine Weile dauern, und ich benötige jeden vertrauenswürdigen Mann, um die Leute des Königs draußen zu halten.« Ich deutete auf die Mauer, die das Anwesen des Herzogs umgab. Trotz Joes Bemühungen, Ordnung zu schaffen, herrschte im Hof ein wildes Durcheinander von Männern und Pferden. Gut möglich, dass es mehr als eine Stunde dauern würde, sie alle durchzuleiten.

Joe kletterte wieder auf den Wagen und lenkte ihn ins Lagerhaus. Mitten auf dem freien Boden befand sich ein Kreis, dessen Durchmesser mehr als zehn Schritt groß war. Ursprünglich hatte ich ihn mit Kreide gezeichnet, doch da Wagen darüberrollen sollten, stand zu befürchten, dass er beschädigt wurde. Deshalb hatte ich jede Linie und jedes Symbol sorgfältig mit dem Stab nachgezogen. Jetzt war der ganze Kreis tief in den Steinboden eingebrannt.

Penny und ich stellten uns neben den Wagen, sobald Joe den Kreis erreicht hatte. Wäre ich ohne sie gesprungen, so wären wir aufgrund der großen Entfernung auf der Stelle gestorben. Ich konzentrierte mich und lenkte die Energie in den Kreis, der uns umgab, um die eingeritzten Symbole zu aktivieren.

Einen beunruhigenden Augenblick lang fürchtete ich, versagt zu haben, bis ich erkannte, dass die Wände des Gebäudes hier aus Holz statt aus Stein bestanden. Wir waren innerhalb der Scheune, die ich in Washbrook vorbereitet hatte. Rasch sagte ich zu Joe: »Fahrt den Wagen raus und sucht Dorian. Wenn ich zurückkehre, sollen so viele Milizionäre wie möglich bewaffnet bereitstehen. Sorgt dafür, dass sich niemand im Kreis befindet. Sobald die Wagen durchkommen, müsst Ihr sie so schnell wie möglich aus der Scheune herausschaffen.«

»Kein Problem, ich habe die Jungs hier, wenn Ihr zurückkehrt«, versicherte er mir. Daran zweifelte ich. Er würde mindestens fünfzehn Minuten brauchen, um sie zu wecken.

Sobald der Wagen den Kreis verlassen hatte, konzentrierte ich mich wieder, und wir erschienen im Lagerhaus des Herzogs. James starrte uns von der Tür aus zweifelnd an. »Sieht aus, als funktionierte Euer Spruch. Ich hatte schon damit gerechnet, dass Ihr Euch umbringt.«

Ich hob die Hände. »Da sind noch alle Finger und Zehen dran.« Darüber lächelte er. »Ich brauche Eure Hilfe, damit die Wagen einer nach dem anderen hereinfahren können. Sobald Joe wieder hier ist, könnt Ihr mit dem nächsten Wagen mitkommen«, erklärte ich ihm.

»Das eilt nicht«, entgegnete er. Dann wandte er sich an den Kutscher des nächsten Wagens vor dem Lagerhaus. »He da … setzt den Wagen in Bewegung!« Sobald sich das Fuhrwerk im Kreis befand, wiederholte ich den Vorgang, und gleich darauf fuhr es durch die Scheunentür in Washbrook hinaus. Joe war wie erwartet noch nicht wieder da, deshalb holten wir den nächsten Wagen.

Als ich drei weitere Fuhrwerke befördert hatte, stand die Miliz vor der Scheune. Es waren etwas mehr als zwanzig Männer mit schweren Lederwämsern, mit Speeren und Bogen bewaffnet. Mir fiel auf, dass sie jetzt Helme trugen. Wie mein Vater neben seinen anderen Projekten dafür hatte Zeit finden können, war mir allerdings schleierhaft. Penny und ich nahmen sie mit nach Albamarl.

»Verteilt euch an der Außenmauer. Am Tor brauche ich mindestens fünf Mann. Gebt mir Bescheid, sobald sich jemand nähert«, erklärte ich ihnen hastig. »Fahrt den nächsten Wagen herein!«, rief ich dem Kutscher zu, der draußen wartete. »James, jetzt könnt Ihr mitkommen«, fügte ich hinzu.

»Nein, ich werde warten. Ihr braucht mich, um sie in Bewegung zu halten, bis hier alles geräumt ist. Nehmt lieber Lady Rose mit«, entgegnete er.

Ich hatte jetzt keine Zeit, mit ihm zu debattieren. Stattdessen fasste ich Rose am Arm und führte sie neben den Wagen. Sie sträubte sich, aber ich ließ mich nicht beirren. »Ich will nicht weg! Du brauchst hier Hilfe!«, protestierte sie.

Ich ignorierte ihre Einwände, und sobald wir im Kreis waren, brachte ich uns alle nach Washbrook. Etwas überrascht sah sie sich um, nachdem wir derart schnell den Standort gewechselt hatten. »Sorg dafür, dass die Wagen in Bewegung bleiben, sobald sie durch sind!«, sagte ich zu ihr.

»Aber … warte …«, wollte sie noch einwenden. Ich versetzte ihr einen Stoß und gab ihr einen Klaps aufs Hinterteil. »Oh!«, rief sie. Penny und ich waren verschwunden, ehe sie noch weiter protestieren konnte.

Penny funkelte mich an. »Mein Herr, du gehst aber recht freizügig mit deinen Händen um.«

»Schreib es meiner nervlichen Belastung zu. Ich kann nicht so klar denken wie sonst«, behauptete ich. Wahrscheinlich würde ich später dafür büßen müssen.

Während der nächsten halben Stunde bewegten wir die

Wagen stetig auf den Zielort zu. Trotz meiner Erschöpfung dachte ich schon fast, wir könnten es ohne weitere Zwischenfälle schaffen. Ein Ruf, der von der Außenmauer herüberscholl, zerstörte diese Träume. »Da kommen Soldaten! Viele Soldaten!«

»Verdammt!«, rief ich. Ich wusste nicht, wohin. Wenn ich den Männern des Königs einen handgreiflichen Ratschlag gab, sich nicht weiter zu nähern, konnte ich keine Wagen mehr transportieren. Wenn ich sie aber ignorierte, überwältigten sie möglicherweise meine Leute an der Mauer. Die Angst und die Unsicherheit lähmten mich. Dann legte mir jemand eine Hand auf die Schulter.

Es war James. »Macht weiter, Mordecai. Es sind nur noch fünf Wagen da. Ich sorge dafür, dass sie nicht hereinkommen«, versicherte er mir. Ich betrachtete den Mann, der mir fast zu einem zweiten Vater geworden war. Er wirkte jetzt alt, was mir seltsam vorkam. Aber seine Zuversicht half mir sehr.

»Ich zähle auf Euch«, erwiderte ich und nahm mir den nächsten Wagen vor. Dabei versuchte ich, an nichts zu denken; ich konnte es mir nicht erlauben, mich durch was auch immer von meiner Hauptaufgabe ablenken zu lassen.

Jedes Mal, wenn ich zurückkehrte, hörte ich etwas, das meine Befürchtungen verstärkte. Die Rufe und die lauten Stimmen trugen weit in der kalten Abendluft. Der Herzog hatte zunächst versucht zu verhandeln, um uns etwas Zeit zu erkaufen, aber es schien so, als wollten sich die Soldaten des Königs nicht darauf einlassen. Ich war erleichtert, als der letzte Wagen seinen Platz im Kreis fand. Noch ein Sprung, und es wäre erledigt. Ich transportierte den Wagen und Penny und kehrte zurück, um die Milizionäre abzuholen.

Inzwischen herrschte bereits das Chaos. Als wir das Lagerhaus verließen, war der Hof des Herzogs voller rennender Männer. Einige lagen längst am Boden, und ich fragte mich, wer da gerade eben für mich gefallen sein mochte. Die Krieger des Königs hatten es nicht geschafft, das Tor gewaltsam zu öffnen, und kletterten jetzt über die niedrige Steinmauer. Das Haus war nicht gebaut, um einer Belagerung standzuhalten, die Mauer maß kaum anderthalb Mannshöhen. In der Nähe lag einer meiner Männer am Boden, vorn ragte ein Pfeil aus seinem Helm.

James stand mitten im Hof und brüllte Befehle. Ohne seine Hilfe wäre die Schlacht längst verloren gewesen. »Rückzug ins Lagerhaus!«, rief er. »Beeilt euch!« Die meisten Milizionäre rannten bereits in meine Richtung, einige kamen humpelnd hinterher. Schon hatten die ersten Soldaten die Mauer überwunden und folgten ihnen.

»*Lyet ni'Bierek*«, rief ich und zielte mit dem Stab auf die Mauer hinter ihnen. Licht und Lärm drangen auf mich ein. Ich wiederholte den Vorgang und bearbeitete verschiedene Stellen der Mauer, um möglichst viele Verfolger aufzuhalten. James drehte sich um und wollte ebenfalls zum Lagerhaus laufen, doch auf einmal stolperte er und stürzte. Ein Pfeil hatte seine Hüfte getroffen. In mir stieg ein Schrei empor, der keine Worte fand. Es war ein urtümlicher Laut voller Schmerz und Pein. An verschiedenen Stellen des Hofs spannten weitere Bogenschützen ihre Sehnen.

Einer der Männer, die mit mir gekommen waren, drehte sich um und packte den verwundeten Herzog, um ihn mit großer Kraft quer über den Hof zu schleppen. Die anderen hatten mich inzwischen erreicht und warteten drinnen auf mich, damit wir fliehen konnten. Ich rannte zurück und half dem Mann, James in Sicherheit zu bringen.

Ehe ich ihn erreichte, schlugen weitere Pfeile ein. Wegen des Helms konnte ich das Gesicht des Mannes nicht erkennen, doch ich wunderte mich über seine Körperkraft. Trotz des Pfeils, der inzwischen in seiner Schulter steckte, zog er den Herzog weiter, als besäße er kein Gewicht. Ich packte James an den Füßen, und dann rannten wir zur Tür. Die Pfeile prasselten auf uns ein, einige prallten gegen meinen Schild. Erst mit Verspätung fiel mir ein, ihn auch auf James und seinen unbekannten Retter auszudehnen. Ich war so müde, dass ich selbst dies kaum noch schaffte.

Sobald wir drinnen waren, halfen uns mehrere Hände, ihn in den Kreis zu ziehen. Ein Dutzend Soldaten rannten auf uns zu. Sie würden uns erreichen, ehe ich den Kreis aktivieren konnte. »*Pyrren ni'Tragen!*«, schrie ich. Feuer und Tod explodierten im Hof. Die Männer, die uns angriffen, verbrannten auf der Stelle, und selbst einige, die weiter zurück an der Mauer standen, wurden umgeworfen. Die Flammen fanden neue Nahrung, und der einsame Baum im Hof brannte lichterloh. Wie es schien, griff der Brand auch auf das Haus des Herzogs über.

Ich hatte mich von meiner Wut hinreißen lassen. Ich lief hinaus und starrte schockiert an, was ich getan hatte, und empfand Verzweiflung, weil ich so viele Menschen getötet hatte. Eine Hand auf der Schulter brachte mich zur Besinnung. »Sohn, wir müssen gehen. Zeit zur Reue haben wir später noch genug.« Das war die Stimme meines Vaters.

Überrascht blickte ich den Mann an, der den Herzog zusammen mit mir über den Hof geschleppt hatte. Als ich den Bart unter dem Visier bemerkte, erkannte ich ihn endlich. Er zupfte mich am Arm, und wir gingen wieder hinein. Auf einmal aber zuckte er und stieß einen seltsamen Schrei aus, gerade als wir fliehen wollten.

Entsetzt sah ich, dass ein zweiter Pfeil zwischen seinen Schulterblättern steckte. Ich hatte den Schild um ihn fallen lassen, als ich nach draußen gegangen war … nun verfluchte ich meine eigene Dummheit. Ich packte ihn, bevor er stürzen konnte, und hielt ihn mühsam aufrecht, während wir zum Kreis taumelten. Dort kämpfte ich meine Erschöpfung nieder und brachte uns alle zum letzten Mal nach Washbrook.

30

Die Wartenden begrüßten uns mit Jubelrufen, doch die Freude währte nicht lange. James war schwer verwundet, und mein Vater … ich konnte keinen klaren Gedanken mehr fassen, sobald ich an ihn dachte. Sanft ließ ich ihn auf den Boden gleiten und rief den Leuten in der Nähe zu, sie sollten uns in Ruhe lassen. Wegen der Pfeile im Rücken musste ich ihn auf die Seite legen.

Penny stieß einen erschrockenen Schrei aus, als sie erkannte, wen ich da hielt. »Mein Gott! Es ist Royce!«

Fieberhaft dachte ich nach. Ich musste mich konzentrieren, die Sinne auf den sterbenden Körper meines Vaters richten und den Schaden einschätzen. Irgendjemand schrie mir etwas ins Ohr, um meine Aufmerksamkeit zu erregen. Mir riss der Geduldsfaden, als meine Konzentration auf diese Weise gestört wurde, und ich schrie: »Penny! Halt die Leute ab, damit ich in Ruhe arbeiten kann!« Rasch blickte ich in die Runde und funkelte die Gaffer an. »Wenn mich noch einmal jemand stört, wird er nicht lange genug leben, um es zu bereuen«, knirschte ich mit zusammengebissenen Zähnen.

Ich begann wieder von vorne und brauchte dieses Mal erheblich länger, um mein inneres Gleichgewicht zu finden. Es fiel mir schwer, mein Herz zu beruhigen und den Zorn zu unterdrücken, der in mir kochte. Nach einer viel zu langen Minute war ich dann so weit und untersuchte die Verletzungen meines Vaters. Was ich dort fand, war entsetzlich. Der erste Pfeil steckte im Schulterblatt. Ich ging sofort weiter, denn der zweite Pfeil hatte einen wesentlich größeren Schaden angerichtet.

Dieser Schaft hatte sich zwischen Schulterblatt und Wirbelsäule in den Körper gebohrt, die Spitze steckte direkt neben dem Herzen. Die linke Lunge war durchbohrt, sogar der Herzmuskel war bereits leicht verletzt. Eine der Adern, die das Herz versorgten, blutete stark. Die Verletzung war für mein inneres Auge entsetzlich. Die Lungen oder das Blutgefäß konnte ich nicht heilen, solange ich nicht den Pfeil entfernt hatte, und dazu blieben mir höchstens einige Minuten. Er verblutete vor meinen Augen und ertrank an seinem eigenen Blut. Es war ein Wettlauf zwischen zwei Todesarten.

»Sucht Marcus! Er soll sofort herkommen!«, schrie ich. Vor Panik war ich fast hysterisch. Dann begann mein Vater zu sprechen, leise und gurgelnd, was an dem Blut lag. Ich konnte ihn kaum verstehen.

Ich beugte mich vor und hielt das Ohr dicht über seinen Mund. »Gibt es noch Hoffnung?«, keuchte er. Mir liefen die Tränen über die Wangen.

»Vielleicht ... halte durch, Vater. Es ist noch nicht vorbei.« Meine Stimme brach, mehr konnte ich nicht sagen. Die Verletzung war gewiss tödlich, aber ich konnte sie lindern ... falls ich drei Dinge gleichzeitig zu tun vermochte. Ich nahm mich zusammen und dachte nach. Bei mir selbst wäre es einfacher gewesen. *Ich muss mich ganz und gar darauf konzentrieren*, sagte ich mir. Zuerst schickte ich mein Bewusstsein in ihn hinein, wie ich es vor einem langen Jahr auch schon mit dem Pferd getan hatte. Von innen zu arbeiten, war erheblich einfacher.

Ich flüsterte ein paar Worte und schickte meinen Geist hinaus, während ich meinem Vater in die blauen Augen blickte. Einen Moment lang spürte ich, wie sich unsere Seelen berührten, aber dann flogen meine Gedanken aus ihm heraus und kehrten unweigerlich in meinen eigenen Kopf zurück. Ich war in meinem Körper verankert ... die Bindung. Mein Herz schrie gequält auf, als ich erkannte, dass ich nicht tun konnte, was notwendig war. Daraufhin sträubte ich mich innerlich und versuchte, mich von der beschränkenden Bindung zu befreien.

Ein heißer Schmerz durchzuckte mich, als ich versuchte, sie mit Gewalt zu zerstören. Penny stolperte und brach neben mir zusammen. So würde ich uns beide töten.

Dann überkam mich die Verzweiflung, und ich gab es auf. Mein Vater versuchte noch einmal, etwas zu sagen. Ich hielt seinen Kopf hoch und hörte ihm zu, doch auch wenn ich das Ohr ganz dicht vor seinen Mund hielt, konnte ich die Worte nicht verstehen. Mit einem Finger malte er einen Umriss auf den Boden, was ich ebenfalls nicht begriff. Jetzt sprach er wieder, aber das einzige Wort, das ich verstand, war »Leuchter«.

»Ich verstehe dich nicht … was willst du mir sagen?« Meine Augen waren voller Tränen, ich konnte kaum noch etwas erkennen.

Er deutete auf James, der ein paar Schritte entfernt lag, und hauchte noch einmal das Wort »Leuchter«. Es schien ihm ungeheuer wichtig, und ich bemühte mich, ihn zu verstehen. »James! Was meint er mit dem Leuchter?«

James musste einen Augenblick überlegen. »Ich glaube, er meint den neuen Lüster im großen Saal in Lancaster. Den hat er nach der Schlacht für mich angefertigt.« Damals war alles so chaotisch gewesen, dass ich es kaum bemerkt hatte. Es war mir gar nicht bewusst gewesen.

Royce nickte nun und zeigte auf meine Augen, dann wieder auf James. Eine Träne rollte ihm über die Wange, als er mich ansah. »Ich glaube, du sollst den Leuchter anschauen, Mort«, sagte Penny leise neben mir.

Ich nickte. »Wo ist Marcus?«, fragte ich sie. Meine einzige Hoffnung war nun, dass seine Göttin tun konnte, was mir nicht gelang. Die Zeit wurde knapp.

Dorian war gerade hereingekommen und beantwortete meine Frage. »Er ist in Lancaster, Mordecai. Er ist gestern aufgebrochen, weil dort ein Kind schwer erkrankt ist.«

Eine schwarze Woge überflutete mich, doch ich schob sie zurück. Verzweiflung half uns jetzt nicht weiter. Noch einmal untersuchte ich die Wunden. Nun musste ich eben von außen tun, was ich konnte. Ich zog am Schaft des Pfeils und versiegelte die verletzte Lunge, während sich die Spitze löste. Mein Vater zuckte vor Schmerzen, und die Spitze bohrte sich noch tiefer in sein Herz. So tötete ich ihn mit Gewissheit. Der Herzschlag beschleunigte sich nun auch, weil sich der Muskel bemühte, das wenige verbliebene Blut möglichst schnell durch den Körper zu pumpen.

Es zerriss mir das Herz, als ich ihn so leiden sah. Daher tat ich das Einzige, was ich noch tun konnte ... ich linderte seine Schmerzen und unterdrückte die Signale seiner Nervenbahnen. Es waren so viele, dass ich nicht einmal sicher sein konnte, ob es wirklich half. Aber schließlich entspannte er sich ein wenig. Das Herz schlug wieder langsamer, und der Oberkörper wurde ruhiger.

»Royce?« Meine Mutter stand hinter mir. Ich drehte mich um. Ihre Miene wirkte zwar ruhig, aber in den Augen sah ich die Angst und die Furcht, den Menschen zu verlieren, der ihr am wichtigsten war. Dieser Blick quälte meine Seele, denn ich wusste, dass ich nichts tun konnte, um es zu verhindern.

Sie setzte sich mir gegenüber auf den Boden und strich ihm die Haare aus dem Gesicht. Ihre Blicke begegneten sich, wie es schon tausendmal geschehen war, und übermittelten Gefühle, die mir verborgen blieben.

»Es ist gut, Liebster, alles wird gut« sagte sie zu ihm. Er wollte noch antworten, doch seine Stimme versagte. »Mordecai wird sich um uns kümmern, keine Sorge. Ich weiß, dass du mich liebst. Entspanne dich, du musst dich jetzt ausruhen.«

Ihre Worte berührten mich, worauf ich weinte wie ein Kind, hemmungslos und unkontrolliert. Es war der Kummer eines Mannes, der weiß, dass er nie mehr nach Hause zurückkehren kann. Mein Leben veränderte sich, und die Sicherheit und Geborgenheit, die mir mein Vater geschenkt hatte, würde mir nun bald genommen sein. Inmitten einer Menge von

Freunden und geliebten Menschen fühlte ich mich so einsam wie noch nie zuvor.

Mein Vater brauchte viel Zeit, um zu sterben. Er war viel stärker gewesen, als ich es mir je ausgemalt hatte, und sein Körper rang noch um Atem, als er schon lange das Bewusstsein verloren hatte. Die Schmerzen, ihn dabei zu beobachten, waren einfach zu groß. Am Ende hielt ich sanft sein Herz an, um ihn zu erlösen. Dann saß ich nur da und starrte betäubt und müde ins Leere.

Nach einer Weile führte mich Penny in unsere Gemächer. Unterwegs sprachen mich Menschen an und drückten ihr Mitgefühl über meinen Verlust aus, doch ich hörte kaum hin. Endlich fiel ich ins Bett und sank in einen tiefen Schlaf, der von Trauer und unausgesprochenen Worten erfüllt war.

31

Die Woche, die darauf folgte, war grau und öde. Marc kehrte am nächsten Morgen zurück und heilte dank der Hilfe der Göttin die Verletzten, die noch lebten, darunter auch seinen eigenen Vater. Ich ging ihm mehrere Tage aus dem Weg, weil mein Kummer zu groß war und ich ihm irgendwie die Schuld daran gab, dass er nicht da gewesen war, als mein Vater ihn gebraucht hätte. Das verstärkte nur noch meinen Zorn auf die Götter.

Auf der Beerdigung sprach ich über meine Erinnerungen, erinnerte mich danach aber nicht mehr an das, was ich gesagt hatte. Es war, als hätte die Leere in meinem Herzen alle Gedanken getilgt. Dann machte ich mich fieberhaft an die Herstellung weiterer Eisenbomben und trieb mich bis zur Erschöpfung an, um die Dämonen zu verscheuchen, die mich heimsuchten.

Royce' Idee half mir jetzt sehr. Indem ich den haltenden Spruch mit einem Schutzspruch kombinierte, um die Hitze einzufangen, konnte ich mehrere Stücke Eisen mit erheblich geringerem eigenem Aufwand aufladen. Ich entwickelte eine gewisse Routine, und bald war die Zeit, die ich brauchte, um die Verzauberung einzurichten und die Verbindung herzustellen, meine einzige Grenze. Normalerweise konnte ich fünfzehn Stück oder mehr in einer Stunde herrichten.

Eine Woche nach der Beerdigung kam Angus zu mir. Er hatte Schwierigkeiten mit dem Damm. Ich dagegen hatte vor allem Schwierigkeiten, mit anderen Menschen zu sprechen, aber unsere Probleme warteten natürlich nicht ab, bis mein Kummer verflogen war. »Ich muss mich mit Euch über das Fundament unterhalten«, begann er.

Da ich gerade dabei war, neue Eisenbomben zu laden, störte Angus mich sehr. »Wenn Ihr mehr Männer oder Material benötigt, wendet Euch an Joe. Er besorgt Euch, was wir brauchen«, fertigte ich ihn unwirsch ab. Seit unserer unglücklichen Flucht aus Albamarl waren unsere Reihen noch einmal um zweihundert Menschen angewachsen. Jetzt hatten wir genügend Arbeitskräfte für den Dammbau und die Errichtung neuer provisorischer Unterkünfte für den Winter. Es sah auch nicht so aus, als sollten die Vorräte zu einem Problem werden; wir hatten aus dem Lagerhaus des Königs weitaus mehr geholt, als wir brauchten, und sogar viel mehr, als er uns gestohlen hatte.

Angus seufzte. »Es geht nicht um die Zahl der Arbeitskräfte, sondern um ein grundlegendes Problem mit dem Fundament. Wir können den Bau nicht so fortführen, wie Ihr es wollt. Das Fundament ist unzureichend. Es wird nicht bis zum Frühling halten, wenn wir allein auf dem aufbauen, was dort ist.«

Ich war gereizt. Seit seiner Ankunft hatte ich von Angus immer wieder Bemerkungen über alles Mögliche gehört, was wir nicht tun konnten. Ihn trieb der gleiche Perfektionismus, der aus meinem Vater einen so geschickten Schmied gemacht hatte. Royce war jedoch bereit gewesen, sich zu überlegen, was vielleicht doch möglich war, während Angus vor allem das wahrnahm, was unmöglich blieb. Natürlich hatte ich ihn seit meiner Rückkehr nicht mehr persönlich unterstützt. Wenn er allein das Material betrachtete, das ihm zur Verfügung stand, hatte er vielleicht sogar einen guten Grund, daran zu zweifeln, dass der Damm jemals vollendet wurde. Aus seiner Sicht war sein Versagen meine Schuld. *Wie alles andere auch*, dachte ich.

»Ich komme runter und seh es mir an, dann können wir darüber reden«, antwortete ich ihm. Es war im Grunde egal, ob ich heute oder an einem anderen Tag damit begann, meine neuen Ideen für den Damm auszuprobieren. Vielleicht konnte ich den mürrischen Mann sogar aufheitern, auch wenn ich im Grunde nicht daran glaubte.

Einige Stunden später standen wir vor dem Damm, mit dessen Bau mein Vater begonnen hatte. Inzwischen war er von mehr als dreifacher Mannshöhe. An der Basis lagen große, zwei mal zwei Schritt messende Steinblöcke. Darüber folgte eine Schicht kleinerer Steine, die jeweils nur einen halben Schritt maßen. In der Mitte blieb knapp unter der Krone ein Kanal frei, durch den das Wasser ablaufen konnte, damit es nicht übermäßig stieg und den Bau zum Einsturz brachte. Dahinter stand das Wasser schon recht hoch und füllte den schmalen Zugang zum Schäferwinkel von einer Seite bis zur anderen.

»Ich kann nicht höher bauen«, klagte Angus. »Das Fundament ist nicht breit genug, um das Bauwerk zu stützen. Wenn das Wasser weiter steigt, sickert es durch und unterspült das Fundament.«

Ich konnte ihm nicht ganz folgen. »Warum?«

Wieder seufzte Angus. »Es liegt am Druck. Je höher das Wasser steigt, desto stärker wird auch der Druck, vor allem unten am Grund. Und der Mörtel, den Euer Vater benutzt hat, ist für den Bau unter Wasser nicht geeignet. Er laugt jetzt schon aus.«

Der Gedanke, mein Vater könnte einen Fehler gemacht haben, störte mich zwar sehr, aber ich beherrschte mich. »Was ist, wenn das Wasser gefroren ist?«, fragte ich ihn.

»Was meint Ihr damit?«

»Ich könnte das Wasser hinter dem Damm gefrieren lassen«, erklärte ich.

»Es wird sich ausdehnen und die Steine sprengen. Sobald es schmilzt, bricht alles zusammen.« Er sprach, als redete er mit einem Kind.

»Es wird aber nicht schmelzen«, versicherte ich ihm.

»Dort strömt ständig frisches Wasser nach. Es wird dann trotzdem zerstören, was wir aufgebaut haben.«

»Dann lasse ich dieses Wasser ebenfalls gefrieren. Stellt es Euch so vor – ich verwandle das, was sich hinter der Staumauer befindet, in einen Gletscher. Wenn das Wasser steigt, gefriere ich es ebenfalls. Dann müsst Ihr nur noch eine Rückhaltemauer bauen, die gerade eben ausreicht, das neue Wasser festzuhalten, bis ich dies ebenfalls gefrieren kann.«

»Ich würde sagen, das ist … verrückt. Ihr könnt nicht ewig das Wasser gefrieren, und sobald es schmilzt, bricht alles zusammen.« Angus fuchtelte beim Sprechen erregt mit den Armen herum.

Jetzt riss mir der Geduldsfaden. »Das Bauwerk muss doch nicht ewig halten! Ich brauche es nur lange genug, um im Frühling eine verdammte Armee auszuschalten. Versteht Ihr das denn nicht, Angus? Alles andere ist mir egal. Ich will so viele verdammte Leute umbringen wie möglich.«

Sein Gesicht war zunehmend erbleicht, während ich gesprochen hatte. »Wenn dieses Ding bricht, während Männer da oben stehen, werden Leute umkommen, ehe die Armee überhaupt hier angekommen ist.«

»Dann werde ich eben etwas früher zum Mörder«, fauchte ich. »Passt auf.« Ich ging zur Mauer und wählte den größten Stein des Fundaments aus, der in der Mitte das alte Flussbett blockierte. Dort setzte ich die Sprüche ein, die ich Tag für Tag auf die Eisenbomben angewendet hatte, um eine Verzauberung zu erschaffen und Energie im Stein zu speichern. Inzwischen hatte ich mich so an den Ablauf gewöhnt, dass es trotz der Größe des Steins nur ein paar Minuten dauerte. Anschließend veränderte ich die Schutzsprüche, mit denen ich die Wärme speicherte, damit sie die Wärme aus dem Wasser auf der anderen Seite des Steins bezogen. Noch eine leichte Veränderung, damit es schneller ging – und ich setzte die Magie in Gang.

Zuerst geschah gar nichts. Deshalb führte ich Angus auf den Damm, damit wir das Wasser hinter der Mauer beobachten konnten. Zwar war es schwer zu erkennen, doch ganz unten entstand tatsächlich Eis. »Beginnt jetzt, vor dieser hier eine zweite Mauer zu bauen. Sie muss nicht einmal sehr stark sein, nur gerade fest genug, um das Wasser aufzufangen, das durchsickert. Nicht mehr als einen Fuß dick. Errichtet sie auf dem trockenen Gelände und verwendet dazu das Fundament, das unter dem Damm herausragt.«

»Die wird nicht sehr stark werden und darum auch nicht viel halten.« Er rieb sich das Kinn.

»Soll sie auch nicht. Errichtet sie aber möglichst schnell. Sie sollte binnen einer Woche so hoch sein wie der Damm selbst. Danach muss sie mit dem steigenden Wasser Schritt halten. Ich gefriere das Wasser da draußen, um zu verhindern, dass die zweite Mauer einem allzu großen Druck ausgesetzt wird«, erklärte ich ihm.

Am Ende willigte er ein – nicht, dass ich ihm wirklich die Wahl gelassen hätte. Den Rest des Tages verbrachte ich damit, die Steine im Fundament zu verzaubern, da ich annahm, sie seien die beste Stelle, um zu beginnen. Außerdem waren sie mit Abstand die größten Steine, was bedeutete, dass sie eine Menge Energie aufnehmen konnten, ehe sie explodierten. Da keine Bomben aus ihnen werden sollten, richtete ich eine Schwelle ein, um die Wärmeaufnahme zu unterbrechen, bevor die Steine an ihre Grenzen stießen. Wenn sie mir jetzt in die Luft flogen, konnten wir das Projekt vor dem Frühling auf keinen Fall mehr vollenden.

Die Woche verging langsam, während ich mich bemühte, das Wasser hinter dem Damm gefrieren zu lassen. Um die Hin- und Rückreise zu beschleunigen, erschuf ich am Damm einen Teleportkreis und dann auch noch einen zweiten, dazu passenden in Cameron. An einem Nachmittag besuchte ich außerdem Lancaster, um das Gleiche in den Gemächern des

Herzogs zu tun. Ich hatte Schuldgefühle und dachte lieber nicht weiter darüber nach, dass Marc vielleicht doch noch rechtzeitig zurückgekehrt wäre, um meinen Vater zu retten, wenn mir dies eher in den Sinn gekommen wäre.

Jeden Morgen besuchte ich die Baustelle. Sobald die größten Steine im Damm verzaubert waren, bildete sich auf einer Strecke von mehr als fünfzehn Schritten hinter der Staumauer Eis. Rasch überspülte das Wasser die Oberfläche und breitete sich in der Mitte aus, wo es eine Rinne in das Eis schnitt und die neue Rückhaltemauer zu zerstören drohte. Um dies zu verhindern, musste ich mich ein wenig ins Zeug legen. Ein Stück höher in dem kleinen Tal entdeckte ich einen mächtigen Findling, der von dem ansteigenden Wasser schon fast verdeckt war. Er war von ungleichmäßiger Form und offenbar ans Licht gekommen, als der Fluss vor langer Zeit das weichere Gestein ringsherum abgetragen hatte.

Das Gewicht war schwer zu schätzen, aber es mussten sicherlich mehrere Hundert Tonnen sein. Ich arbeitete vorsichtig, zauberte und sah zu, wie ringsherum das Eis wuchs. Während der Arbeit an dem gefrierenden Fluss hatte ich in den letzten Tagen schon darüber nachgedacht, wie wir den Damm im Frühling zerstören würden. Von der aufgespeicherten Energie in den Steinen ging eine Gefahr aus, aber dies hatte auch einen willkommenen Nebeneffekt. Ich schloss in die Verzauberung mehrerer Fundamentsteine und des großen Findlings auch eine Glasperle ein, denn ich war ziemlich sicher, dass deren Zerstörung eine Kettenreaktion auslösen werde.

Der Winter verging langsam und unter zunehmenden ängstlichen Vorahnungen. In der Nähe von Arundel errichtete ich an der Straße einen weiteren Teleportkreis, um das Ende des Tals leichter überwachen zu können. Außerdem setzte ich regelmäßig Patrouillen am westlichen Ende des Tals ein. Unser Plan war von vornherein zum Scheitern verurteilt, wenn der Feind zu früh kam und uns unvorbereitet antraf.

Zu Mittwinter hatte ich mehr als zweitausend Eisenbomben produziert. Jede besaß einen eigenen Auslöser aus Glas. Marc hatte einen genialen Einfall und schlug vor, einen großen Holztisch zu bauen, auf dem wir das Tal nachbildeten. Es dauerte mehrere Wochen, doch als es fertig war, bohrten wir kleine Mulden hinein, um die Stellen zu markieren, an denen wir die Bomben verstecken wollten. Wenn wir ein Stück Eisen über die Straße ans Ziel brachten, legten wir den Glasstein, der sie aktivieren sollte, an der entsprechenden Stelle auf den Tisch.

Da sich die Methode des Dammbaus geändert hatte, waren viele Arbeitskräfte frei geworden. Die kleine Rückhaltemauer war wesentlich leichter zu errichten. Auch die provisorischen Unterkünfte waren fast fertig. Deshalb beauftragte ich die freien Arbeiter, einen tiefen Graben anzulegen. Gleichzeitig entstand beim Ausheben der Erde eine hohe Böschung, auf die wir eine dünne Holzpalisade setzten. Im Grunde war dies eine höchst unzulängliche Verteidigungsanlage, aber wir hatten keine Zeit, etwas Besseres zu bauen. Wenn alles gut verlief, mussten wir uns ohnehin nicht gegen viele Angreifer zur Wehr setzen. Hinter dem Wall legten wir Gruben an, in denen wir große Steinblöcke verbargen. Zwar war mir das Eisen ausgegangen, doch hatte ich für den Notfall noch einen Plan, der auf diesen Steinen beruhte.

Während der ganzen Zeit stand ich unter genauer Beobachtung durch Penny und meine Mutter. Wann immer ich meinen Aufgaben nachging, spürte ich ihre Blicke. Besonders Penny wich mir praktisch nicht mehr von der Seite. Ich erkannte die Sorge in ihrem Blick. Die Veränderungen, die sie sah, gefielen ihr nicht. »Wann hast du das letzte Mal gelächelt, Mort?«, fragte sie mich eines Tages im Spätwinter.

Ich dachte ernsthaft über ihre Frage nach. »Hm, wahrscheinlich an dem Tag, als mein Vater starb. Warum fragst du?«

»Du bist so still. Du lachst und redest gar nicht mehr … es sei denn, du gibst Anweisungen. Wie es scheint, bist du von dem bevorstehenden Krieg völlig besessen«, antwortete sie mit gerunzelter Stirn.

»Besessenheit ist auch ganz angemessen, wenn man sich auf einen Krieg vorbereitet. Ich habe keine Zeit, Tanzveranstaltungen und Feste zu organisieren«, erwiderte ich sarkastisch.

»Das meine ich nicht. Du wirkst so unglücklich, als hätte sich die ganze Welt verdunkelt. Ein Schatten liegt auf deinem Herzen, und das stimmt mich traurig«, erklärte sie leise.

»Worüber sollte ich denn glücklich sein? Ich habe meinen eigenen Vater getötet, Penelope, und bald werde ich eine Menge weiterer Menschen töten, dich vielleicht eingeschlossen. Was daran sollte mir Freude bereiten?«, fragte ich zähneknirschend.

Penny zuckte zusammen, ließ aber nicht locker. »Du hast Royce nicht getötet, Mort. Hör doch bitte auf, dir selbst die Schuld daran zu geben.« Dabei legte sie mir die Hände auf die Schultern und versuchte, meine angespannten Muskeln zu lockern.

Ich entzog mich ihr. »Und ob. Ich habe sie nach Albamarl mitgenommen, die Wächter des Königs getötet und den verdammten Kampf angezettelt. Mein Stolz befahl mir zurückzuholen, was der König gestohlen hatte, und mein Stolz verbot mir, irgendetwas zurückzulassen. Meine eigene Überheblichkeit und meine Selbstherrlichkeit veranlassten mich, den Schild von Royce zu nehmen, und ich wusste nicht einmal, dass es mein eigener Vater war. Mein Zorn drängte mich, zurückzugehen und die Männer des Königs zu töten, und meine Schwäche war es, die ihn zwang, mich zurückzuholen …«

Sie wollte mich unterbrechen. »Mort, hör zu, das ist …«

»Nein! Du hörst jetzt einmal mir zu!«, rief ich. »Er ging nach draußen, um mich aus meiner Lähmung zu reißen. Deshalb wurde er angeschossen. Und nachdem wir zurückgekehrt waren, konnte ich nichts mehr für ihn tun … allein wegen dieser verfluchten Bindung! Ich hätte ihn vielleicht retten können, aber da war die Entscheidung bereits gefallen. Am Ende konnte ich ihm nur noch helfen zu sterben.« Ich rückte ein wenig von ihr ab. »Was daran ist denn nicht meine Schuld gewesen?«, sagte ich kalt.

»Gar nichts war deine Schuld, verdammt!«, rief sie mir hinterher. »Hör auf, dich damit selbst zu belasten! Wir haben immer noch ein paar Monate vor uns. Warum willst du sie verderben und dir Dinge vorwerfen, die du nicht kontrollieren konntest? Warum verschwendest du deine Zeit, indem du an nichts anderes als Todesfälle denkst, die wir nicht verhindern konnten?«

Ich drehte mich abrupt um und starrte sie böse an. »Verhindern? Ich versuche nicht mehr, Todesfälle zu verhindern, Penelope. O nein! Das Schicksal hat mich auserkoren, ein Mörder zu sein … aber das ist mir recht. In diesem Frühling werde ich mehr Menschen töten, als es je ein anderer Mensch vor mir fertiggebracht hat, und zwar in der ganzen Geschichte«, sagte ich grimmig.

»Deshalb tust du das doch nicht«, wandte sie ein.

»Aber es geschieht jetzt! Ich plane, jeden einzelnen verdammten Soldaten umzubringen, der dieses verdammte Tal betritt! Und wenn ich damit fertig bin, sorge ich dafür, dass es alle armen Hunde erwischt, die das Glück hatten zu überleben. Vorausgesetzt natürlich, ich werde selbst so lange leben«, schloss ich. Dann ließ ich sie mit ihrem schockierten Gesicht stehen. Hinter mir hörte ich ihr Weinen. *Noch eine Schuld, die ich mir aufgeladen habe*, dachte ich bei mir. Umkehren konnte ich nicht mehr.

Im Burghof begegnete mir Cyhan. Nach der Auseinandersetzung mit Penny war ich nicht gerade in der Stimmung zum

Schwatzen, was in Bezug auf ihn normalerweise auch kein Problem war. Irgendetwas an seiner Haltung verriet mir jedoch, dass er mir heute etwas zu sagen hatte. Ich blieb ein paar Schritte entfernt stehen und wartete.

»Wir müssen über einiges reden«, begann er.

»Dachte ich mir schon«, erwiderte ich knapp.

»Du hast in der Hauptstadt die Lagerhäuser des Königs überfallen«, sagte er, als reichte das aus, um mir seine Ansicht darzulegen.

»Ich habe mein Eigentum zurückgeholt. Ich bin sicher, dass mir der König mitteilen wird, was er davon hält, sobald er darüber hinweg ist«, antwortete ich abweisend. »Ist das ein Problem?«

»Möglicherweise.« Er hielt inne und dachte über seine nächsten Worte nach. So diplomatisch hatte ich ihn noch nie erlebt. »Meine Befehle beziehen sich nicht ausdrücklich auf Raubzüge. Ich bin hier, um dafür zu sorgen, dass die Bindung zwischen dir und Penny bestehen bleibt. Allerdings bin ich auch ein Diener des Königs.«

Im Geiste überprüfte ich meinen Schild. Manchmal nahmen die Dinge blitzschnell eine unschöne Wendung. »Du bist also in einem Interessenkonflikt. Was gedenkst du zu unternehmen?« Ich starrte ihn entschlossen an.

Der ältere Krieger tat, was ich am wenigsten erwartet hatte. »Du bist sehr gereift, seit wir uns kennengelernt haben«, sagte er.

Das Lob trug wenig dazu bei, meine Stimmung zu heben. Ich wollte die Unterhaltung so schnell wie möglich beenden. »Ich mache es dir leicht. Du kannst zum König zurückkehren, wenn du willst, oder du kannst versuchen, in seinem Namen Gerechtigkeit zu üben. Wenn du gehen willst, halte ich dich nicht auf, und falls du das Zweite versuchst, klebt noch mehr Blut an meinen Händen. Mir wäre es lieber, du würdest mir in diesem Krieg helfen. Ich weiß nicht, ob wir auf deine Unterstützung verzichten können.« Ich sprach ruhig, doch der Puls pochte mir in den Schläfen. Es fehlte nicht viel, und ich wäre vor Wut explodiert.

Vermutlich spürte Cyhan die Mordlust, die in mir kochte, aber er ließ sich nichts anmerken. »Meine Gedanken haben sich in eine ähnliche Richtung bewegt. Hätte ich beschlossen, gegen dich vorzugehen, so würden wir jetzt nicht diese Unterhaltung führen.« Er stellte es einfach als Tatsache dar, als wäre es etwas völlig Alltägliches, über einen kaltblütigen Mord zu sprechen.

»Dann willst du also bleiben und helfen. Ausgezeichnet. Und was war nun der Sinn dieser Unterhaltung?« Ich wollte an ihm vorbei, doch er legte mir eine Hand auf die Schulter. Ich sah sie an und erwiderte dann seinen Blick.

»Ich wollte nur sicher sein, dass wir auch wirklich wissen, wo wir stehen«, erklärte er. »Ich glaube, du hast in diesem Krieg tatsächlich die Möglichkeit zu siegen, sonst hätte ich dir längst den Kopf abgeschlagen. Wenn du verlierst, spielt die Strafe des Königs keine Rolle mehr. Wenn du aber siegst, dann wird er immer noch Gelegenheit haben, über dein Schicksal zu entscheiden. In diesem Fall werde ich mich seiner Entscheidung beugen.« Er nahm die Hand weg.

Ich starrte ihn noch einen Augenblick an. »Ich glaube, dann haben wir uns ganz und gar verstanden.« Damit ließ ich ihn stehen. Ich spürte seinen Blick im Rücken, bis ich den Hof verlassen hatte.

Am nächsten Tag suchte mich meine Mutter auf. Miriam war immer eine stille Frau gewesen, solange sie sich nicht mit meinem Vater gestritten hatte, was aber nicht sehr oft vorgekommen war. Sie fand mich an diesem Tag in Royce' Schmiede bei der Arbeit. Ich versuchte, unsere Eisenreste einzuschmelzen, um noch einige Bomben zu gießen.

»Ich habe heute Morgen mit Penny gesprochen«, begann sie.

Innerlich zuckte ich zusammen, weil mir klar war, wohin dies führen werde. »Hat sie dich geschickt, damit du mir Vernunft beibringst?«, fragte ich.

»Nein, aber sie hat mir erzählt, wie du dich in Bezug auf den Tod deines Vaters fühlst«, erwiderte sie.

»Du denkst doch hoffentlich nicht, dass ich in dieser Hinsicht falschliege?«

»Doch, das denke ich. Dein Vater hat sich selbst entschieden. Das Einzige, was er jetzt noch ändern würde, wäre das, was du dazu empfindest«, antwortete sie.

Ich schnitt eine Grimasse. »Ich kann doch meine Gefühle nicht ändern.«

»Glaubst du tatsächlich, dein Vater hätte gewollt, dass du dich so fühlst?«, fragte sie.

»Wenn er hier wäre, würde ich ihn fragen, aber das ist er nicht«, sagte ich. Wut und Trauer führten einen Krieg in mir, doch ich hielt alles zurück. Miriam war der einzige Mensch, den ich nicht anfahren konnte.

Sie kam zu mir, legte eine Hand auf die meine und zwang mich, mit der Arbeit aufzuhören. »Sieh mich bitte an, Mordecai.«

Ich tat es. Ihre Wangen waren feucht. Ich wollte etwas sagen, aber sie legte mir einen Finger auf die Lippen. »Weißt du, warum ich weine?«

»Um Vater?«

»Nein. Er hatte ein schönes Leben. Ich weine, weil mein Sohn nach dem Tod seines Vaters nichts lieber will, als ebenfalls tot zu sein. Ich weine, weil du dein Lächeln und die Freude verloren zu haben scheinst, die du mir früher immer geschenkt hast.« Eine Träne zog eine einsame Bahn über ihre Wange.

Ich starrte sie lange an, und dann zerbrach etwas in mir. Sie hielt mich fest, als meine eigenen Tränen hervorströmten. Eine Ewigkeit verging, während sie mich hielt und ich wie ein kleines Kind weinte. Tiefes Schluchzen ließ meinen Brustkorb beben. Falls uns jemand dort stehen sah, dann war er so freundlich vorbeizugehen, ohne uns zu stören.

32

Endlich kam der Frühling, die Tage wurden wärmer. Allmählich schmolz der Schnee in den Bergen, und der Glenmae schwoll an. Ich musste noch mehr Steine hinzufügen, damit der Damm nicht überspült wurde. Unterdessen hoffte ich, die Feinde kämen eher früh, denn wenn sie sich zu viel Zeit ließen, riss der Fluss die Rückhaltemauer möglicherweise ein, und der künstliche Gletscher, den ich geschaffen hatte, konnte sich auflösen.

Meine Stimmung hatte sich inzwischen aufgehellt, was Penelope sehr beruhigte. Allerdings musste ich mich auch ausgiebig entschuldigen. Das war die Sache jedoch wert, zumal die Versöhnung dazu beitrug, meine Stimmung noch weiter zu verbessern. Trotzdem, ein dunkles Samenkorn von Zorn und Kummer blieb zurück. Ich versteckte es jedoch tief in mir an einem dunklen Ort, wo ich es auch selbst kaum noch bemerkte. Bewusst konzentrierte ich mich lieber auf angenehmere Dinge, von denen es freilich nicht sehr viele gab.

Zwei Wochen nach Frühlingsanfang kehrten die Reiter mit der Meldung zurück, man habe Späher gesichtet. Dabei handelte es sich vor allem um leichte Kavallerie, die jeweils in Zweiergruppen das Tal und die Straße erkundete. Wir ließen sie in Ruhe. Ich hatte nicht die Absicht, sie zu stören, solange sie dem Bauplatz des Damms nicht zu nahe kamen. Glücklicherweise ließen sie sich aber nie dort blicken, sondern kehrten um, sobald sie zehn Meilen in das Tal vorgestoßen waren.

Am Ende des Tals, durch das sie eindrangen, war der Fluss schmal, denn wir ließen vom Damm aus nur ein kleines Rinnsal durch. Ich machte mir Sorgen, sie könnten wegen des niedrigen Wasserstandes misstrauisch werden. Da sie nicht aus unserem Tal stammten, bestand jedoch auch die Möglichkeit, dass sie gar nicht wussten, wie mächtig der Strom im Frühjahr sonst wurde.

An dem Abend, nachdem wir die Späher bemerkt hatten, sprach ich mit Dorian. »Sind die Männer bereit?«, fragte ich. Das war eine dumme Frage. Wir hatten längst alles nur Menschenmögliche getan. Trotzdem, ich konnte nicht anders.

»So gut, wie ich es nur zu bewerkstelligen vermochte«, antwortete er. Dank der Rekruten, die aus Albamarl und Arundel zu uns gestoßen waren, verfügten wir nun über mehr als sechshundert kampffähige Männer. Es wäre schwierig gewesen, sie alle aus den eigenen Lagerbeständen zu bewaffnen, aber einige Kisten, die wir in der Hauptstadt gestohlen hatten, waren mit Waffen und leichten Rüstungen gefüllt. Ich war sicher, dass der König sie inzwischen vermisste und Schwierigkeiten bekam, seine eigenen Leute auszurüsten.

»Sechshundert«, überlegte ich laut. Gegenüber einer Armee, die durchaus zehntausend oder zwanzigtausend Krieger umfassen konnte, war das eine erbärmlich kleine Zahl. »Wir sollten die Frauen und Kinder nach Lancaster bringen«, fuhr ich fort.

Dorian nickte. All dies hatten wir längst besprochen. Alle, die nicht kämpfen würden, sollten dorthin umziehen, wo sie so weit wie möglich vom Kampfgeschehen entfernt abwarten konnten. Wenn es ganz schlimm verlief, sollte sich auch das Hauptkontingent der Krieger dorthin zurückziehen. Ich hatte einen größeren Kreis konstruiert, mit dessen Hilfe ich zwanzig Menschen auf einmal nach Lancaster verlegen konnte. Wenn sie so freundlich waren, eng zusammenzurücken, konnten es sogar noch mehr sein.

In Lancaster hatte ich einen zweiten Fluchtweg vorbereitet, den ich freilich nur in dem Fall nutzen konnte, wenn ich lange genug lebte. Von dort aus würden die Menschen zu einem Ort gelangen, der fünfzehn Meilen entfernt in Richtung der

Hauptstadt lag. Falls ich aber tot war, konnte auch Marc sie befördern, denn es hatte sich gezeigt, dass er in der Lage war, die Kreise mithilfe seiner Göttin selbst zu aktivieren. Ich hoffte, die Distanz gäbe den Einwohnern einen ausreichenden Vorsprung vor den Eindringlingen. Wahrscheinlich würde ich aber nicht mehr da sein, um es selbst beobachten zu können.

Dann suchte ich Penny auf. Ich musste ihr noch etwas Wichtiges sagen, ehe alles aus den Fugen geriet. Ich fand sie im Hof, wo sie gerade mit Cyhan übte. »Wir müssen reden«, sagte ich nur.

»Kann das nicht warten? Ich bin hier fast fertig«, antwortete sie.

»Nein, ich glaube nicht«, erwiderte ich düster.

Sie bemerkte meinen Blick. Nun sollte also die Unterhaltung beginnen, die ich seit Monaten vor mir herschob. Ich fürchtete die Konsequenzen, wenn sie meine wahren Gedanken erkannte. »Na gut. Gleich hier ... oder sollen wir uns zurückziehen?«

»Unter vier Augen.«

Wir gingen auf den Wall, der ganz in der Nähe war. Von dort oben hatte man einen atemberaubenden Ausblick. Vor uns erstreckte sich ein Teil des Waldlandes, das von der Burg Cameron bis zu der Straße im Tal reichte. Ein kühler Wind zauste die Baumwipfel. »Also? Worum geht es?«, fragte sie.

»Hast du in der letzten Zeit in dir selbst irgendwelche Veränderungen bemerkt?«, fragte ich, weil ich dachte, sie könnte es leichter hinnehmen, wenn ich mich zuerst nach ihren eigenen Eindrücken erkundigte.

»Nein ... warum? Cyhan meint, ich werde besser, aber das war ja zu erwarten.«

»Ich meinte ... andere Dinge.« Ich blickte nach unten auf ihren Bauch. Leider war ihr Bauch infolge der Übungen und der Bewegung ungewöhnlich flach und hart. Zum ersten Mal im Leben wünschte ich mir, sie wäre etwas korpulenter.

»Was willst du damit sagen?«, fragte sie.

»Vor ein paar Nächten, während du geschlafen hast, habe ich etwas gefühlt. Zuerst war ich nicht sicher …« Ich zuckte mit den Achseln.

»Willst du mir sagen, dass ich schwanger bin? Sehe ich so aus, als wäre ich schwanger?« Sie glaubte es mir nicht.

»Ich vermute, es ist noch nicht sehr weit. Ich bin auch nicht ganz sicher. So etwas habe ich noch nie zuvor gefühlt, aber ich konnte es gestern Abend in deinem Bauch spüren.« Dazu zeigte ich eine besorgte Miene.

»Du machst Witze«, widersprach sie. »Glaubst du allen Ernstes, ich sei schwanger?«

»Ja«, behauptete ich einfach.

»Das denkst du dir nur aus.« Trotzdem, ich sah ihr an, wie unsicher sie war.

»Nein … ich wünschte, es wäre anders. Dies ist gewiss nicht der richtige Zeitpunkt, um Kinder zu bekommen.«

»Was macht dich so sicher?«

»Ich konnte den Herzschlag spüren … einen zweiten Herzschlag, Penny. Ich bin ganz sicher.« Das sagte ich so aufrichtig, wie ich nur konnte. Alles hing nun von ihrer Reaktion ab.

In ihrer Miene kämpften verschiedene Gefühle miteinander, bis sich endlich ein Entschluss herauskristallisierte. »Du lügst. Du willst mich nur dazu bringen, die Bindung zu brechen.«

»Nein! Penny, es ist die Wahrheit, aber darum geht es mir doch nicht. Ich sage dir die Wahrheit: Du trägst unser ungeborenes Kind in dir. Es geht jetzt nicht nur um dich und mich«, erklärte ich ihr. Dabei legte ich eine Festigkeit an den Tag, die ich keineswegs verspürte. Dann rief ich mir das Bild meines sterbenden Vaters vor Augen und nutzte diese Erinnerung, um die Tränen aus meinen Augen fließen zu lassen. »Du musst es mir glauben, Penny. In dieser Hinsicht würde ich dich doch nicht anlügen.« Die Tränen rollten mir über die Wangen. Tatsächlich konnte ich nicht anders, ich war sogar stolz auf meine Vorstellung. Trotz der Täuschung waren meine Gefühle echt.

Sie stritt es weiter ab und schüttelte den Kopf. »Nein, nein! Du lügst! Es kann nicht wahr sein, ich hätte es doch gesehen. Ich hatte schon immer Visionen, wenn wichtige Dinge bevorstanden. Warum hätte ich dies hier nicht sehen sollen?«

»Denk drüber nach, Penny. Hattest du überhaupt noch einmal eine Vision, seit wir die Bindung vollzogen haben? Du hattest keine, nicht wahr? Die Bindung ist der Grund. Sie blockiert deine Visionen, genauso wie sie die Stimmen ausblendet, die ich gehört habe. Wenn du mir nicht glaubst, frag Marc. Seine Göttin wird dir sicher die Wahrheit sagen«, forderte ich sie auf.

Sie sah mich unverwandt an. »Er würde für dich lügen.«

»Das würde er tun, ja – aber er würde nicht über das lügen, was die Göttin ihm sagt. Das kann er nicht. Jedenfalls hat er es mir einmal versichert. Frag ihn doch!« Meine Lügen wurden mit jedem Atemzug gewaltiger. Natürlich hatte ich nicht mit ihm gesprochen, damit er mir bei der Täuschung half, aber ich musste darauf vertrauen, dass er das Richtige tat. Manche Dinge waren eben wichtiger als die Wahrheit.

»Na gut«, lenkte sie ein. »Dann werde ich das tun.« Sie ging zu der Treppe, die nach unten führte. Als ich ihr folgen wollte, drehte sie sich noch einmal um. »Du bleibst hier. Ich will nicht, dass du ihm einen Hinweis gibst. Wenn du die Wahrheit sagst, dann wird er es aus freien Stücken bestätigen oder nicht.«

Die Angst packte mein Herz, aber ich unterdrückte das Gefühl sofort. »Na gut. Ich warte hier auf dich.«

»Das musst du nicht tun. Ich werde dich schon finden. Was er mir auch sagt, ich brauche dann Zeit zum Nachdenken.« Damit ging sie. Ich starrte eine Weile in die Ferne und fragte mich, wie Marc reagieren würde. Er war der beste Lügner, den ich je gesehen hatte, aber seit seiner Berufung hatte er sich verändert. Obwohl er mich auf die Idee gebracht hatte, war ich nicht sicher, dass er mir auch helfen würde. Die Herrin des Abendsterns hatte strenge Regeln, was das Lügen betraf, und seine neue Berufung erfüllte ihn ganz und gar.

Am Abend beim Essen sprach sie kein Wort mit mir. Die große Halle war jetzt erheblich stiller, weil fast alle Frauen und Kinder schon fort waren. Ich hatte den größten Teil des Nachmittags damit verbracht, sie Gruppe um Gruppe zu transportieren. Wir hatten zwar noch reichlich Zeit, und sie hätten auch zu Fuß gehen können, aber ich wollte gern, dass sie sich an diese Art des Transports gewöhnten. Bei einigen dauerte es eine ganze Weile, bis wir sie überzeugt hatten. Es war besser, wenn sie dieser Fortbewegungsart jetzt schon vertrauten, damit sie sich nicht sträubten, wenn die Zeit knapp war.

Infolge meiner Bemühungen war ich recht erschöpft, als ich aß. Ich hatte nicht nur mehrere Hundert Zivilisten nach Lancaster geschafft, sondern auf dem Rückweg auch den größten Teil der Krieger mitgenommen, die dort lebten. Lancaster war jetzt voller Frauen und Kinder, hinzu kamen noch einige ältere Menschen, die in Washbrook gelebt hatten. Genevieve und Rose waren bei ihnen und sorgten für Ordnung, obwohl Rose gewisse Einwände erhoben hatte.

Ich saß am Kopfende des Tisches, Penny rechts neben mir. James Lancaster befand sich zu meiner Linken, wo früher mein Vater gesessen hatte. Der Anblick des verwaisten Stuhls hatte mir eine ganze Weile zugesetzt, und jetzt war ich dankbar, dass jemand den Platz ausfüllte. Dorian und Marc saßen jeweils neben Penny und James. Aus Angst, meine Lüge könnte auffliegen, vermied ich es tunlichst, Marc anzusehen. Ich war sicher, dass sie schon mit ihm gesprochen hatte, aber sie hatte mir noch nicht erzählt, was er geantwortet hatte. Mein Instinkt sagte mir, besser nicht nachzufragen.

»Wir sind heute Abend ja wirklich ein fröhlicher Haufen«,

brach James ganz plötzlich das Schweigen. »So viele finstere Mienen habe ich nicht mehr gesehen, seit …« Er rieb sich das Kinn. »Nein, ich habe tatsächlich noch nie so viele finstere Mienen gesehen. Wir sollten etwas heiterer werden. Dorian! Ihr zuerst … habt Ihr heute etwas Interessantes erlebt?«

Dorian grunzte. »Williams ist während der Ausbildung auf den Arsch gefallen. Er ist der ungeschickteste Mann, den ich je gesehen habe. Der wird sich noch selbst umbringen, ehe die Feinde überhaupt eine Gelegenheit dazu bekommen.« Ich hatte zwar keine Ahnung, was er meinte, aber besonders lustig war es nicht. Dorian hatte eine Begabung dafür, die komischsten Erlebnisse trocken und langweilig darzustellen.

James lachte höflich. »Und Marcus?« Das war seine letzte Hoffnung. Marc hatte immer etwas zu erzählen.

»Ja, da gibt es schon etwas, aber ich darf es Euch nicht verraten«, verkündete er traurig.

»Warum nicht?«, protestierte James.

»Es ist eine vertrauliche Angelegenheit zwischen Mensch und Göttin. Ich kann nur sagen, dass manche Menschen Probleme mit Körperteilen haben, mit denen man nie gerechnet hätte.« Dabei blitzten seine Augen und ließen keinen Zweifel daran, welche Körperteile er meinte.

Darüber mussten wir alle lachen. Anschließend wandte sich James an Penny. »Wie sieht es mit Euch aus, meine Liebe? Habt Ihr heute etwas Interessantes erlebt?«

Penelope wand sich wie ein waidwundes Reh. Sie blickte ihn einen Moment lang ernst an, dann wanderte ihr Blick zu Marc herüber und schließlich zu mir. Sie öffnete den Mund und wollte antworten, doch ihre Lippen bebten. Mit Tränen in den Augen entgegnete sie: »Es tut mir leid, aber Ihr müsst mich entschuldigen.« Dann stand sie rasch auf und ging zu der Tür, die zur Treppe führte.

James war sichtlich verlegen. »Was war das denn? Habe ich etwas Falsches gesagt?«

Marc legte ihm eine Hand auf die Schulter. »Nein, Vater, das hat nichts mit dir zu tun. Ihr geht heute viel durch den Kopf.« Dabei warf er mir einen eindringlichen Blick zu.

»Ich sehe mal lieber nach ihr«, erklärte ich und stand auf. Marc fing mich an der Tür ab.

»Ich habe ihr gesagt, was sie hören musste«, flüsterte er mir ins Ohr.

»Wirklich? Danke! Ich ... ich weiß nicht, was ich sagen soll. Das war bestimmt nicht leicht für dich.« Ich umarmte ihn herzhaft. »Danke. Was auch passiert, du wirst immer mein bester Freund bleiben.«

Er schüttelte den Kopf und ließ mich ziehen. Als ich zur Treppe ging, hörte ich ihn noch etwas anderes sagen, doch ich verstand die Worte nicht. Er sprach zu leise. Beinahe glaubte ich, es sei etwas gewesen wie »Ich habe ihr nur die Wahrheit gesagt«, aber das hätte ja keinen Sinn ergeben.

Penny war in unserem Schlafzimmer. Sie hatte sich zusammengerollt und umklammerte ein Kopfkissen, in das sie geweint hatte. Das Bettzeug war zerwühlt, die Hälfte lag auf dem Boden. Sie rührte sich nicht, als ich eintrat, aber sie wusste natürlich, dass ich es war.

»Du hast mit Marc gesprochen, nicht wahr?« Ich setzte mich neben ihr auf das Bett.

Sie antwortete nicht, sondern schüttelte nur den Kopf, was aber wohl bedeuten sollte, dass sie etwas von ihm erfahren hatte. Ihre Haare bildeten ein einziges Durcheinander. Sie hatte sich einen straffen Knoten gebunden, der sich jetzt wieder aufgelöst hatte. Es sah aus, als hätte sie versucht, ihre Haare zu lösen, aber mitten in dieser Unternehmung aufgehört.

»Ich hatte recht, nicht wahr?«, fragte ich leise.

Sie packte das Kissen noch fester. Es dauerte einen Augenblick, ehe sie antwortete. »Ja.« Ich schwieg. Ich war nicht sicher, was ich tun sollte, und hielt den Mund, bis sie fortfuhr.

»Bist du jetzt zufrieden?« Es war ebenso eine Anklage wie eine Frage.

»Im Grunde schon«, sagte ich leise.

Sie drehte sich um und funkelte mich an. »Du Dreckskerl! Das wolltest du doch die ganze Zeit!«

»Nein«, log ich wieder. »Aber ich bin froh, dass wir ein Kind haben werden. Ich liebe dich, Penny, und ich hatte immer gehofft, dass wir eines Tages Kinder haben könnten.« Noch eine Lüge. Ich hatte gar nicht darüber nachgedacht. Meine Vorstellung von einem glücklichen Leben bis ans Ende unserer Tage hatte kaum mehr umfasst als eine ausgedehnte erotische Phantasie mit der Frau, die ich mehr liebte als mein eigenes Leben. Als ich jetzt an Kinder dachte, verstand ich aber, was es bedeutete. Sie würde sicher eine wundervolle Mutter werden, und der Gedanke, Vater zu werden, trieb mir die Tränen in die Augen. Mein eigener Vater würde seine Enkelkinder nicht mehr sehen können. Nicht einmal ich selbst würde sie sehen, da sie ja eigentlich gar nicht existieren konnten. Hoffentlich lebte Penny weiter und bekam ohne mich Kinder. Dieser Gedanke war allerdings noch schmerzlicher.

»Sie wären bestimmt wunderschön gewesen«, sagte sie bekümmert.

»Wenigstens eins von ihnen wird es auch«, erinnerte ich sie.

»Nein, Mort. Ich kann das nicht. Es ist zu viel verlangt. Ich werde dich nicht verlassen«, erwiderte sie.

»Das musst du nicht«, erklärte ich ihr. »Bleib einfach bis zum Ende bei mir. Wenn die Zeit gekommen ist … dann tun wir es. Du kannst bei mir bleiben, bis es vorbei ist.«

Ein Schimmer der Hoffnung zeigte sich in ihrer Miene. »Versprich mir das. Dann willige ich ein, die Bindung aufzulösen, sobald das Ende näher kommt. Aber du musst es mir versprechen«, sagte sie verzweifelt. Es tat mir im Herzen weh, dass sie mich so anflehen musste.

»Ja, natürlich werde ich das tun, Penny …«, begann ich.

»Nein … schwöre es! Jetzt sofort. Ich will keine halbgaren Versicherungen. Schwör es mir!« Sie packte mich an den Schultern.

»Ich schwöre es, Penelope Cooper. Ich werde dich nicht wegschieben und auch nicht allein lassen, solange mir nicht der Tod die Entscheidung abnimmt. Ich schwöre es bei meiner Liebe und dem Leben unseres ungeborenen Kindes.« Dabei sah ich ihr tief in die Augen. Ich meinte jedes Wort ernst, auch wenn ich wusste, dass in ihrem Schoß kein Kind heranwuchs. Es widerstrebte mir, sie zu hintergehen.

Sie nickte energisch und küsste mich. »Willst du mich heiraten, Mordecai?«

Das überraschte mich. »Das hatte ich dich doch auch schon gefragt«, erwiderte ich.

»Nein, ich meine jetzt auf der Stelle. Gleich jetzt. Es gibt kein Später. Jedenfalls nicht für dich. Heirate mich jetzt. Ich will nicht länger warten«, verlangte sie leidenschaftlich.

Worauf warten?, sagte ich mir selbst. Wir hatten uns ja nicht gerade für die Ehe aufgespart. Genau genommen bemühten wir uns schon seit Monaten voller Eifer, überhaupt nichts aufzusparen. Frauen waren mir manchmal ein Rätsel. Ich hatte aber genug gelernt und sagte jetzt nichts Dummes. »Also gut, lass es uns tun.«

Sie sprang mit mehr Energie auf, als ich seit langer Zeit bei ihr gesehen hatte, wenn man die Übungen mit Cyhan und Dorian nicht berücksichtigte, und wühlte in ihrem Schrank herum. »Das ist furchtbar, Mort!«

»Was denn?« Ich begriff nicht, was sie meinte.

Entsetzt sah sie mich an. »Was soll ich bloß anziehen?«

Nein, ich verstand die Frauen nicht, und ich würde sie im Laufe meines kurzen Lebens auch nicht mehr verstehen lernen.

33

Die Zeremonie fand am nächsten Abend in der kleinen, noch unvollendeten Kapelle der Burg Cameron statt. Am Vorabend unseres Krieges gegen Gododdin versammelten wir uns für eins der ältesten Rituale der Menschheit und legten ein Bekenntnis an das Leben und die Freude ab. Es war ein Augenblick des Trotzes im Angesicht der drohenden Trübsal.

Marc willigte ein, die Trauung zu vollziehen, obwohl ich in dieser Hinsicht ein ungutes Gefühl hatte. Allerdings behielt ich meine Meinung für mich. Da Marc seine Rolle bereits gefunden hatte, übernahm Dorian den Part des Trauzeugen. Für mich war das in Ordnung, denn es wäre schwierig geworden, wenn ich mich für einen der beiden hätte entscheiden müssen.

Viele Gäste waren nicht anwesend. James war natürlich da, ebenso wie meine Mutter und Pennys Vater. Auch Cyhan nahm an der Trauung teil sowie Joe McDaniel und eine kleine Einwohnerschar aus Washbrook. Ehrlich gesagt, ich war sogar froh, dass der Kreis so klein blieb. Für die Zeremonie, die wir ursprünglich schon vor einem Jahr zu planen begonnen hatten, hätte es eine riesige Gästeliste gegeben. Für sich genommen war es schon ein Segen, dass wir auf den Prunk und all die Begleitumstände einer großen Hochzeitsfeier verzichten konnten.

Ich wartete am Altar, während Patrick Cooper seine Tochter durch den Gang führte. Erschrocken bemerkte ich, dass Rose die Feier verpasste. Ich war sicher, dafür würde ich später höllisch büßen müssen.

Die Zeremonie selbst verging wie im Fluge. Später fragte ich mich, was überhaupt geschehen war, denn die einzige klare Erinnerung war die an das Ehegelübde. Marc starrte mich eine

Weile an, bis mir dämmerte, dass ich den Spruch wiederholen musste. Ich lief vor Verlegenheit rot an, als er noch einmal ansetzte. Dieses Mal gelang es mir, und zwar ohne Fehler. Letzten Endes konnte ich mich nur noch an das abschließende »Ja, das will ich« erinnern.

Dann blickte ich Penelope in die blauen Augen. Sie hatte kein Hochzeitskleid gefunden und trug ein wundervolles gelbes Kleid, bei dessen Auswahl Rose sie vor langer Zeit beraten hatte. Irgendjemand hatte ihr geholfen, einen Zopf zu flechten und zu einer wunderschönen Frisur zu legen. Ich jedoch sah nur die hübschen Augen und die anmutigen Lippen. Marc sagte etwas, das ich nicht verstehen konnte.

»Ich sagte: Du darfst die Braut jetzt küssen«, wiederholte er etwas energischer. Hinter uns kicherten die Gäste schon.

»Oh«, machte ich verlegen, und dann tat ich es. Die Jubelrufe und das Klatschen hörte ich kaum. *Eheschließungen sind anscheinend gar nicht so übel*, dachte ich bei mir.

Kurz darauf genossen wir das Essen und das Ale, das Joe aufgetrieben hatte. Wenn es nötig war, konnte er ausgesprochen findig sein. Ich glaube, das hing damit zusammen, dass er inzwischen mit Leib und Seele Gastwirt war. Dorian hatte schon ein paar Becher geleert, ehe die Feier überhaupt richtig begann. Marc war ihm allerdings auf den Fersen. Die beiden überredeten mich schließlich, Trunk um Trunk mit ihnen gleichzuziehen.

»Komm schon, Mort! Trink mit! Schließlich heiratest du nicht jeden Tag«, hielt Dorian mich an.

»Du willst hier doch nicht der einzige nüchterne Mann sein, oder?«, fügte Marc hinzu.

»Wer weiß, was wir morgen zu bewältigen haben …«, erwiderte ich unsicher. Ich war zwischen meinem Wunsch zu trinken und dem Pflichtgefühl tatsächlich hin- und hergerissen.

»Ähm!«, ließ sich Penelope vernehmen. »Falls du es vergessen hast, dies ist seine Hochzeitsnacht«, erklärte sie den beiden.

»Ja, geh doch schon mal rauf, meine Liebe«, sagte ich listig. »Wir erledigen das, und dann können wir uns wieder den Gästen widmen.«

Davon wollte Penny nichts wissen. »Ich glaube, du verstehst nicht ganz. Erinnerst du dich noch an die Nacht in Albamarl nach unserem Streit?«

»Ja«, sagte ich unsicher.

»Das war noch gar nichts. Du wirst noch vor dem Morgen um Gnade winseln.«

Ernst wandte ich mich an meine Freunde. »Meine Herren, ich muss mich jetzt wohl entschuldigen. Die Pflicht ruft.«

Sie wechselten einen ernsten Blick und hoben die Becher. »Auf den viel zu früh Verschiedenen!«, deklamierte Marc.

Lachend folgte ich Penny zur Treppe. Mein Opfergang hatte soeben begonnen, doch wie ein Dichter es einmal ausgedrückt hatte: Wenn eine Frau sich einmal entschieden hat, kann ihr der Mann nur noch folgen. Ich begleitete sie, und wie ich sagen darf, sogar mehr als bereitwillig. In den folgenden Tagen sollten wir nie mehr eine solche Nacht zusammen verbringen, und ich fürchtete, mehr davon hätte ich auch nicht überstanden. Aber ich bereute es nicht. All die Freude und die Aufregung der Jugend legten wir hinein, und als die Nacht vorbei war, trauerte ich um den Verlust. Eine Nacht wie diese sollte ich tatsächlich nie wieder erleben.

Wie immer zeichnete sich die Morgendämmerung vor allem durch übertriebene Eile aus. Die Morgensonne stach mir in die Augen und erinnerte mich an das drängende Tagewerk. Stöhnend zog ich mir ein Kissen über das Gesicht. Da klopfte es an der Tür, und meine Hoffnungen auf einen gemächlichen Morgen waren dahin. Ich setzte mich auf und rieb mir die Augen. Penny hielt mich am Arm fest. »Öffne nicht«, verlangte sie.

Das war mir gerade recht. Ich ließ mich wieder auf die Laken sinken. Leider brach das Klopfen nicht ab und wurde sogar noch nachdrücklicher. Wer es auch sein mochte, er wollte wirklich und unbedingt meine Aufmerksamkeit erregen. Mit einem lauten Seufzen erhob ich mich und ging zur Tür.

Draußen stand ein junger Mann, der sich sichtlich unbehaglich fühlte. »Die Späher melden, dass das Heer in das Tal eindringt, Euer Gnaden«, teilte er mir eilig mit. Ich kannte ihn nicht, war aber in großer Versuchung, ihm zu sagen, dass er es in ein paar Stunden noch einmal versuchen solle.

Unser Plan sah ohnehin vor, dass wir in den kommenden Stunden noch nichts unternehmen, sondern lediglich abwarten und beobachten würden. Wir wollten erst eingreifen, wenn die Feinde dort waren, wo wir sie haben wollten. Dennoch, meine Hoffnungen waren vergebens. Sehnsüchtig blickte ich zum Bett hinüber. »Ich komme in ein paar Minuten runter«, versprach ich dem Boten.

Sobald er gegangen war, kehrte ich zum Bett zurück. Penny saß aufrecht, war recht zerzaust und sah einfach wundervoll aus. Trotz der Anstrengungen der vergangenen Nacht war ich willens und bereit, mich an einer Zugabe zu versuchen. Penny sah mich flehend an. »Das sind die schlimmsten Flitterwochen, die es je gegeben hat«, erklärte sie.

Ich war geneigt, ihr zuzustimmen. »Ich weiß, Liebling«, sagte ich. »Aber der Krieg wartet nicht.« Ich hoffte, es klang so bedeutungsschwer und weise, wie es sich gehörte. Leider hatte ich vergessen, mit wem ich sprach.

»Du bist nicht halb so schlau, wie du es dir einbildest. Hoffentlich ist dir das klar«, sagte sie, während ich mich anzog.

»Ich weiß, Liebes, aber solange du es niemandem erzählst, fällt es vielleicht nicht weiter auf.« Sie konnte sagen, was sie wollte, ich fühlte mich tatsächlich ziemlich schlau. Ich glaube, diese Ehe tat mir gut.

Wir gingen nach unten, und ich wusste, dass ich mit jedem

Schritt dem Ende meiner guten Stimmung etwas näher kam. Als ich die große Halle betrat, sah ich überall Bewaffnete. An der Haupttafel, wo Dorian stand, hatte sich eine kleine Menschentraube gebildet. Ich bewunderte die Gelassenheit, mit der er den Kriegern, die sich um ihn drängten, Anweisungen gab. Mehr denn je wurde mir klar, dass er für diese Aufgabe geboren war. Über meine eigene Bestimmung dachte ich lieber nicht so gründlich nach. *Dagegen bin ich wahrscheinlich der geborene Schlächter.*

Es wurde still im Raum, als Penny und ich uns den versammelten Männern näherten. Gesichter, die ich Dutzende Male gesehen hatte, erschienen mir nun in einem neuen Licht. All die Verzweiflung und Hoffnung lasteten fast fühlbar auf mir. Ich richtete mich auf und hielt den Kopf aufrecht. Wenn ich eines von Dorian gelernt hatte, dann war es die Tatsache, dass ein Anführer Zuversicht ausstrahlen musste. Alles andere hätte nur Unsicherheit und Verwirrung gesät.

Er schien erleichtert, als er mich bemerkte. Seiner Aura konnte ich sogleich entnehmen, dass er trotz der äußerlichen Ruhe nervös war. »Anscheinend geht es heute los«, erklärte er mir.

»Wie viele sind es denn?«, fragte ich.

Er war unsicher. »Das wissen wir noch nicht genau. Der Späher ist gerade erst zurückgekehrt und sagte, die Spitze der Marschkolonne sei ein paar Meilen von Arundel entfernt, während das Ende im Gebirgspass noch gar nicht auszumachen ist.«

Das klang zwar nach schrecklich vielen Kriegern, aber ich hatte keine Ahnung, wie ich ihre Zahl annähernd richtig schätzen sollte. »Was bedeutet das?«, fragte ich ihn, damit er mir die Sache näher erklärte.

»Vorne laufen fünf Männer nebeneinander. Wenn sie dicht auf dicht marschieren, müssen wir mit etwa zehntausend Kämpfern pro anderthalb Meilen rechnen. Das lässt die Lücken zwischen den einzelnen Regimentern natürlich noch unberücksichtigt.« Dorian war sichtlich beunruhigt.

Ich überschlug es im Kopf. »Wenn die Hauptkolonne auf der Talstraße bereits drei Meilen weit vorgedrungen ist, müssen wir mit mindestens zwanzigtausend Angreifern rechnen.«

»Aber wir wissen doch noch nicht einmal, wie lang die Kolonne insgesamt ist, Mordecai. Es könnten leicht doppelt so viele sein.«

Es lief mir kalt den Rücken hinunter. »Wenn das zutrifft, dann erstreckt sich ihr Zug auf das ganze Wegstück von Cameron bis Arundel, also über mehr als ein Drittel der Gesamtlänge des Tals. Wie können sie denn überhaupt hoffen, so viele Krieger zu versorgen? Das Problem des Nachschubs muss unvorstellbar sein.«

Joe McDaniel, der neben Dorian stand, schaltete sich ein. »Das ist allerdings nicht unser Problem. Wir müssen sie ja lediglich töten.«

Dorian hustete. »Eigentlich nicht. Das ist wirklich etwas, über das wir nachdenken sollten. Wenn unser Plan scheitert und ein langer Feldzug beginnt, werden ihre Nachschublieferungen ungeheuer wichtig. Eine Armee lebt und stirbt mit dem, was sie im Magen hat.«

»Wenn es aber ein langwieriger Feldzug wird, dann trifft es eher uns als sie. Unsere Vorräte werden nach dem Winter knapp. Wir müssen beizeiten die Frühjahrssaat ausbringen. Wenn sie uns belagern, sind wir also lange vor ihnen tot«, wandte ich ein.

»Angesichts so vieler Gegner könnten wir allerdings gar nicht lange genug standhalten, um zu verhungern«, gab Cyhan zu bedenken.

Einige Männer hatten unsere trostlose Unterhaltung belauscht und regten sich unruhig. Ich hob die Stimme. »Hört mir zu!« Von einer Bank aus stieg ich auf den Tisch. Dabei zertrat ich einen unglücklichen Brotlaib, aber das spielte keine

Rolle. »Heute beginnt unser Kampf! Ihr fragt euch vielleicht, ob wir siegen können. Wahrscheinlich fragt ihr euch genauso, ob ein Neuanfang auf einem Stück Land euer Leben wert ist. Habe ich recht?« Ich hielt inne, um zu sehen, ob jemand antwortete. Offenbar hatten meine Worte den Nerv getroffen, auch wenn niemand etwas sagte.

»Viele von euch sind mit mir in Albamarl gewesen. Andere waren dabei, als wir die Kultanhänger in der Burg des Herzogs bekämpft haben. Einige von euch haben keine Ahnung, wozu ich fähig bin, aber möglicherweise habt ihr ein paar wüste Geschichten gehört«, verkündete ich laut. Einige der Männer kicherten, was ich als gutes Zeichen betrachtete.

»Vor einiger Zeit hat mir ein Freund erklärt, die wahre Macht beruhe nicht auf Geld oder Magie. Ich hielt ihn für einen Narren. Wisst ihr, was er mir sagte?« Ich wartete einen Moment, ehe ich fortfuhr. »Er sagte mir: Die wahre Macht liegt in den Menschen, die dir folgen.«

»Aber auf der anderen Seite sind viel mehr Leute angerückt!«, rief jemand von hinten.

»Ihr habt recht. Doch diese Kriegertruppe ist nicht unser größter Feind. Das sind Männer wie ihr, die einfach nur irgendwie überleben wollen. Glaubt ihr denn, sie sind gern hier? Das sind Rekruten, in den Dienst gepresst von der Theokratie, die Gododdin jetzt beherrscht. Wir haben einen viel besseren Grund zu kämpfen als sie. Nein, die wahren Feinde sind Vendraccus und der Nachtgott, dem er dient. Es macht mich wirklich wütend, dass er diese Männer gezwungen hat, für ihn zu kämpfen. Wisst ihr, warum?«

Niemand sagte etwas. Es war totenstill, als ich weitersprach. Neugierig beobachteten sie mich.

»Weil ich jeden verdammten Soldaten töten werde, der in unser Tal marschiert! Blutvergießen habe ich noch nie gemocht, aber heute ist der Tag, an dem ich in die Geschichtsbücher eingehen werde. Der Tag, an dem Mordecai Illeniel zum größten Schlächter wird, den die Welt je gesehen hat.« Ich hielt inne und starrte sie einen Moment an.

»Ihr müsst etwas für mich tun.« Ich ließ den Blick über die Menge wandern. »Wenn der heutige Tag vorüber ist, werden Tausende und Abertausende tot sein, aber noch mehr werden kommen. Die Toten werden von einem bis zum anderen Ende des Tals aufgetürmt sein, aber einige werden dennoch überleben. Es könnte sein, dass die Überlebenden noch einmal dazu getrieben werden, uns hier anzugreifen. Es könnte auch sein, dass sie dann immer noch in der Überzahl sind. Unsere Frauen und Kinder erwarten uns in Lancaster. Ich werde nicht dort sein, um sie zu beschützen. Dies überlasse ich euch. Kann ich darauf zählen, dass ihr das für mich tun werdet?«

Es gab ein langes Schweigen, bis endlich ein Mann, der weit vorn stand, das Wort ergriff: »Ja, mein Lord.«

Ich legte eine Hand ans Ohr. »Was habt Ihr gesagt?«

»Ja, mein Lord!«, erwiderte er lauter.

»Ich höre Eure Stimme. Gibt es noch mehr?«, fragte ich.

»Ja, mein Lord«, riefen mehrere Männer.

»Lauter, verdammt!«, trieb ich sie an. Bald bebte der Raum unter ihren Rufen: »Ja, mein Lord!« Immer mehr nahmen den Ruf auf, bis sich eine Art Singsang entwickelte. Irgendwann veränderte es sich, und schließlich sangen sie meinen Namen. An jedem anderen Tag wäre ich verlegen gewesen, aber nicht heute. Sie brauchten Hoffnung, und ich brauchte ihr Vertrauen, denn es war gut möglich, dass ich viele von ihnen in den Tod führte.

Sie trommelten immer noch auf die Tische und stießen Rufe aus, als ich ging. Draußen auf dem leeren Gang blieb ich stehen. Jeder Schrei der vielen Kehlen erinnerte mich an eine Kriegstrommel, die meinen Marsch ins Verderben begleitete. Penny folgte mir. »Das war großartig, Mort. Sie glauben wirklich an dich.«

Die Gefühle, die mich überfluteten, waren nicht mehr zu ertragen. Ich musste lachen. Es war ein hässliches, hysterisches Lachen, eine Reaktion auf die Anspannung, die sich in mir aufgebaut hatte. »Glaubst du das wirklich?«, fragte ich mit erstickter Stimme.

Besorgt legte sie die Stirn in Falten. »Ja, das glaube ich.«

»Wir werden sehen, wie sie sich fühlen, wenn die Krähen und Geier ihr Mahl beginnen. Wir werden sehen, wie sich die Überlebenden fühlen, sobald sie einen gewissen Überblick gewonnen haben.«

»Manchmal finde ich dich wirklich verstörend«, antwortete sie.

»Da bist du nicht die Einzige. Komm, lass uns sehen, wie die Feinde vorankommen.« Wir gingen zu den Teleportkreisen, die ich vorbereitet hatte.

In der Nähe des Haupthauses von Arundel saßen wir auf zwei großen Schlachtrössern. Hinter dem Haus war im gepflasterten Innenhof ein großer Kreis eingeritzt worden. Überall im Tal hatte ich eine ganze Reihe solcher Teleportpunkte erschaffen. Sie besaßen jeweils einen Durchmesser von acht Schritten und waren groß genug, damit wir beide zusammen mit unseren Pferden springen konnten. Ich hatte sie an denjenigen Stellen konstruiert, die meiner Ansicht nach besonders gut geeignet waren, den Vorstoß der Feinde zu beobachten. Die Gegenstücke befanden sich in einer großen Scheune, die wir in Cameron in der Nähe der Ställe errichtet hatten. Um die Eisenbomben gezielt einzusetzen, musste ich die Position der Feinde möglichst genau bestimmen.

Ich war mit Penny hierher gesprungen, weil ich wusste, dass die Soldaten von Gododdin schon an Arundel vorbeigekommen waren oder zumindest die Umgebung erkundeten. Es bestand sogar die Möglichkeit, dass sie abbogen, um sich zu vergewissern, dass ihnen auf dem Land des Barons kein Flankenangriff drohte. Als wir um das Haus herumritten, bemerkte ich zwei Berittene im vorderen Hof. Sie rissen die Augen weit auf, als sie uns sahen.

Zuerst dachte ich, sie wollten uns angreifen, aber da sie Späher waren, gaben sie den Pferden die Sporen und ritten davon. Informationen waren wichtiger als der Kampf gegen einen unbekannten Gegner. Ich stieg ab und hob zwei Steine auf. Die Reiter waren weniger als hundert Schritte entfernt. Ein Wort, und ein scharfer Atemstoß jagte die Steine hinter ihnen her. Nachdem sie aus dem Sattel gestürzt waren, liefen die Pferde weiter. Ich beschloss, sie laufen zu lassen, da sie meine Botschaft überbringen würden.

Penny hatte mich genau beobachtet. »Du bist so ruhig«, meinte sie.

»Es ist sinnlos, sich wegen zwei Männern aufzuregen. Ich muss später noch für wesentlich mehr Tote Buße tun«, erwiderte ich kalt.

»Mir gefällt nicht, wie du dich veränderst«, gab sie zurück.

Ich saß wieder auf und ritt zu ihr, beugte mich vor und gab ihr einen Kuss. »Ich liebe dich, Penny, aber was mit mir geschieht, spielt keine Rolle. Ich werde nicht mehr viel Zeit haben, meine Taten zu bereuen.«

Sie knirschte mit den Zähnen. »Und wenn ich mich nun geirrt habe?«

»Glaubst du das wirklich?«, antwortete ich sofort.

Als sie sich nicht weiter äußerte, zog ich mein Pferd herum, und wir ritten zur Straße. Ich wollte sehen, welche Reaktion die herrenlosen Pferde auslösten. Unterwegs überprüfte ich unsere persönlichen Schilde und den Schutz der Pferde. Die Ereignisse vor einem Jahr hatten mich eine wichtige Lektion über die Abschirmung meines Reittiers gelehrt.

Arundel lag annähernd eine Meile von der Hauptstraße im Tal entfernt. Als wir die Distanz fast überwunden hatten, entdeckten wir die Feinde. Fünf Mann breit marschierten sie in unsere Richtung, auf beiden Seiten waren kleine Kavallerietrupps ausgeschwärmt. »Was jetzt?«, fragte mich Penny.

Ich lachte über ihre Frage und tat das, was mir am natürlichsten erschien. Ich stand in den Steigbügeln auf und winkte den anrückenden Soldaten mit einem breiten Grinsen zu. Sie hielten an, und ich sah, wie der Kommandant die Armbrustschützen nach vorne beorderte. »Zeit zu gehen«, sagte ich zu Penny. Wir ritten rasch nach Arundel zurück. Einige Bolzen zischten harmlos an uns vorbei, die Entfernung war zu groß. Ein Blick zurück zeigte mir, dass uns die Kavallerie nicht verfolgte.

Wahrscheinlich hielten sie es für eine Falle. Das konnte ich gut verstehen.

Durch den Kreis in Arundel kehrten wir nach Cameron zurück. Von dort aus suchten wir auf der anderen Seite einen weiteren Punkt im Tal auf. Vorsichtshalber hatte ich ihn mehr als eine halbe Meile von der Straße entfernt konstruiert. Meine größte Sorge war gewesen, eines Tages irgendwo inmitten der Feinde herauszukommen.

Von hier aus hatten wir einen guten Blick auf die Kolonne der Angreifer. Sie erstreckte sich von der Passstraße in den Bergen bis nach Arundel. Ganz am Ende entdeckte ich den Tross. Demnach musste der Marschzug der Soldaten fast fünf Meilen lang sein. »Etwas mehr als dreißigtausend Mann«, überlegte ich laut. Pennys Mund stand offen. »Ist etwas nicht in Ordnung?«, fragte ich.

»Es sind so viele«, sagte sie leise.

»Das spielt keine Rolle«, erinnerte ich sie. »Zehntausend, zwanzigtausend, dreißigtausend ... es bedeutet einfach nur, dass mehr Leute sterben werden.«

»Hör auf damit«, entgegnete sie.

»Was meinst du?«

»Hör auf, so zu tun, als spielte es wirklich keine Rolle. Du weißt selbst am besten, wie sehr es dir zusetzt«, erinnerte sie mich.

»Ich kann mir nicht erlauben, das an mich heranzulassen. Ich muss mich verhärten, sonst verliere ich meine Entschlossenheit«, erwiderte ich fest.

»Aber all die Menschen … sie haben doch auch Familien, Geliebte. Angehörige, die auf sie warten werden«, beharrte sie.

»Sei still«, sagte ich leise. Glücklicherweise schwieg sie danach tatsächlich. Wir sahen zu, wie die Feinde an der Straße in Richtung Washbrook und Lancaster eine Verteidigungsstellung einrichteten, während die Haupttruppe bereits nach Arundel weiterzog. Sie sorgten dafür, dass sie nicht überrascht wurden, während sie das Land des Barons besetzten. Eine Stunde lang beobachteten wir sie schweigend.

»Ich glaube, sie haben uns bemerkt«, sagte Penny schließlich.

Als ich die Linien überblickte, stimmte ich ihr sofort zu. Eine Kavallerieabteilung hatte sich von der Haupttruppe gelöst und kam in unsere Richtung. Das überraschte mich, denn wir waren hinter hohem Gras und einer Baumgruppe gut versteckt. Vielleicht klärten sie auch einfach nur die Umgebung auf. So oder so, wir mussten uns in Bewegung setzen. Ich wollte nicht riskieren, dass sie uns so früh schon entdeckten.

Sekunden später waren wir wieder in Cameron, wo die Dinge nicht so standen, wie wir es erwartet hatten. Von draußen drangen Kampfgeräusche herein, aber was sich in der Burg abspielte, machte mir die viel größeren Sorgen. Die Scheune war voller Soldaten, von denen ich keinen einzigen erkannte. Köpfe drehten sich, Schwerter wurden gezogen, und wir waren von Bewaffneten aus Gododdin umgeben.

Ein Moment verstrich in angespanntem Schweigen, dann bemerkten uns die Krieger in der Nähe. Auch Penny und ich waren erschrocken. Daraufhin brach die Hölle los. Die Gegner stürmten auf uns los, doch ich rief die Worte eines Spruchs, den ich vorbereitet hatte. Ein Kreis aus reiner Energie entstand rings um uns, dehnte sich aus und presste die Männer gegen die Wand der Scheune. Leider begann der Kreis mit Rücksicht auf Penny in einer Entfernung von vier Schritten. Einige Gegner waren schon zu nahe und konnten uns mit ihren Schwertern leicht erreichen.

Ich spürte mehrere Schwerthiebe auf meinem Schild. Penny dagegen hatte sich längst in Bewegung gesetzt. Gerade noch hatte sie auf dem Pferd gesessen, nun sprang sie die Gegner an. Erschrockene Köpfe fuhren zu ihr herum, doch es war zu spät. Sie landete hinter den Männern auf ihrer Seite, hackte wild um sich und schlug eine Bresche in deren Reihen. Mühelos durchschlug ihr – durch die Bindung verstärktes – Schwert Haut, Knochen und Rüstungen.

Die Gegner auf meiner Seite trafen auf weniger Widerstand, und bald prasselten aus mehreren Richtungen zugleich ihre Schwerthiebe auf mich ein. Noch schlimmer, der Aufprall gegen die Wand hatte einige der anderen Gegner nicht gänzlich ausgeschaltet. Sie rappelten sich rasch wieder auf und griffen uns ebenfalls an. Ich hob den Stab und leitete, ständig von Schlägen erschüttert, die Energie hinein. Eine grelle Lichtlanze schoss hinaus. Ich führte sie hin und her und durchtrennte Stahl und Körper. Die Männer schrien vor Schmerzen auf und starben, sobald sie das Lichtmesser traf. Ich bewegte die Waffe hin und her und richtete den grauenvollen Strahl zuerst auf die Gegner in der Nähe und danach auf die anderen an den Wänden.

Dann wollte ich mich umdrehen, um Penny zu helfen, doch es war zu spät. Gerade tötete sie den letzten Gegner, der sie angegriffen hatte. Der Anblick der vielen Toten erschreckte mich. Unsere Blicke trafen sich, und ich sah nichts in ihren Augen, nur Blutdurst und Kampfrausch. Ich wandte den Blick ab, denn was ich dort sehen musste, gefiel mir nicht.

Ehe wir hinausgehen und uns umblicken konnten, erschien eine weitere Gruppe von fünfzehn Männern neben uns in dem

Kreis, der nach Arundel führte. Ich verfluchte mich, als mir dämmerte, dass sie meine eigenen Kreise benutzt hatten, um uns zu überrumpeln. Sofort hob ich den Stab, doch Penny war mir voraus, und ich musste die Magie zurückhalten, um nicht auch sie zu verletzen. Wie eine Naturgewalt raste sie durch die Gruppe der Krieger, der Stahl blitzte auf, die Männer starben, das Blut strömte zu Boden.

Man konnte es nicht einmal einen Kampf nennen. Sie machte die Gegner nieder, wie ein Mann ein Kind getötet hätte – und hätte sie mühelos alle bis auf einen Einzigen im Zentrum niedermachen können. Dieser Mann besaß eine dunkle Aura, die vor Kraft strahlte. Als sie sich ihm näherte, streckte er eine Hand aus, und eine unsichtbare Kraft hob sie hoch, schleuderte sie durch die Scheune und warf sie gegen einen großen Stützbalken. Wäre nicht ihr Schild gewesen, sie hätte durch den Aufprall zugrunde gehen können.

»*Pyren*«, sagte ich, und die Flammen schossen aus meiner ausgestreckten Hand. Rings um ihn starben kreischend die anderen Männer, doch der Gestalt im Zentrum konnte das Feuer nichts anhaben. Der Mann lächelte finster, und ich begriff, dass ich nicht der Einzige war, der einen Schild besaß. Dann hob er die Hand, und auch ich flog quer durch den Raum und prallte gegen die Holzwand der Scheune. Benommen rappelte ich mich auf. Im Mund hatte ich den Metallgeschmack meines eigenen Bluts.

Penny griff ihn an. Sie hatte sich schneller erholt, als ich es für möglich gehalten hätte, doch wieder winkte er mit der Hand, und abermals flog sie durch den Raum. »Du weißt offensichtlich nicht, wie man gegen mächtige Männer kämpft, junger Illeniel«, höhnte er mit einer Stimme, die klang, als käme sie aus einer großen Tiefe. In seinen Augen glomm der Wahnsinn des Mal'goroth.

Inzwischen war ich wieder auf den Beinen und hob den Stab. Wortlos lenkte ich die Energie durch das Holz, während ich ihm antwortete. »Und du weißt offensichtlich nicht, wann die Zeit gekommen ist, den Mund zu halten und zu krepieren.« Der gebündelte Lichtstrahl durchbohrte seinen Schild und schnitt seinen Körper in der Mitte entzwei. Er war tot, ehe er auf dem Boden aufschlug, sein Gesicht war in ungläubigem Staunen erstarrt. Dann lenkte ich den Strahl nach unten und zerstörte den Kreis, der nach Arundel führte. Diesen Fehler wollte ich nicht noch einmal begehen.

»Alles klar?«, fragte ich Penny, die gerade wieder aufstand.

»Was denkst du denn?«, fauchte sie mich an. Das fasste ich als Bejahung auf. Draußen waren immer noch Kampfgeräusche zu hören. Wir warteten einen Augenblick, unterdessen nahm ich einen kleinen Beutel mit Steinchen in die Hand. Penny legte ein Ohr an das Holz. Ich hätte ihr sagen können, dass niemand unmittelbar vor der Tür stand, aber sie schien für solche Hinweise zurzeit nicht sehr empfänglich. »Bist du bereit?«, fragte sie mich.

»Ja.« Dann riss sie die Tür auf.

Auch im Burghof herrschte das Chaos. Überall, wohin mein Blick fiel, kämpften die Männer in kleinen Gruppen. Eine feste Frontlinie gab es nicht, auch keine Verteidigungsstellungen. Die Feinde und die Verteidiger aus Washbrook waren in einen heftigen Kampf ums Überleben verstrickt. Daran war ganz und gar nichts Poetisches. Die Krieger hackten und stachen, und stellenweise stand das Blut wie zähflüssiger Schlamm auf dem Boden. Penny und ich wechselten einen raschen Blick. »Geh nur«, sagte ich. »Ich komme schon zurecht.« Sie war fort, ehe ich ganz ausgesprochen hatte.

Ich hielt nicht inne, um sie zu beobachten. Während sie ihr blutiges Handwerk ausübte, wollte ich ohnehin nicht zuschauen. Mit Bedacht wählte ich die Ziele aus und achtete darauf, meine eigenen Männer zu verschonen. Das Gute an den Steinen war, dass ich mit ihnen ziemlich genau zielen konnte. Sobald ich ein Opfer ausgewählt hatte, verfehlten sie nie das

Ziel. Nacheinander gingen die Gegner zu Boden. Die meisten trugen zwar Helme, aber das spielte keine große Rolle. Die Wucht war groß genug, um die Männer besinnungslos zu schlagen. Sobald sie stürzten, sorgten die rächenden Schwerter von Washbrook dafür, dass sie nie wieder aufstanden.

Binnen Minuten wendete sich das Blatt. Im Hof befanden sich höchstens fünfzig Angreifer, und sie bekamen keine Verstärkung mehr. Die Verteidiger dagegen sammelten sich in immer größerer Zahl. Der Angriff hatte sie überrascht, aber nun waren sie im Vorteil, und sobald auch Cyhan und Dorian eingriffen, wurde die Lage für die Feinde vollends aussichtslos.

Inzwischen waren es nur noch zehn, die in einem Kreis eng beieinanderstanden und sich gegenseitig schützten. Ihre Mienen sagten mir alles, was ich wissen musste. Der Kampfgeist hatte sie verlassen. »Streckt die Waffen, dann könnt ihr überleben«, rief ich ihnen zu. Sie hielten kurz inne, dann fielen die Waffen klappernd auf den Boden.

»Bringt sie zum Gefängnis«, befahl Cyhan unseren Männern.

Dorian tippte ihm mit verlegener Miene auf die Schulter. »Wir haben eigentlich gar kein Gefängnis gebaut. Es stand ganz unten auf der Liste, und so weit sind wir nie gekommen.«

Der ältere Krieger zuckte mit den Achseln. »Dann müssen wir sie wohl töten.« Das Schwert erschien in seiner Hand, als wäre es schon immer dort gewesen, und seine unbeteiligte Miene machte einen beängstigenden Eindruck. »Wartet!«, rief ich und trat vor. »Diese Männer haben sich ergeben. Wir können sie nicht töten.«

Cyhan seufzte. »Ehre ist gut und schön, Euer Exzellenz, aber wir befinden uns hier im Krieg. Wir haben keinen Ort, wo wir sie sicher festhalten können, und wir können keine Leute abordnen, um auf sie aufzupassen.«

»Diese Männer sind nicht anders als wir, auch sie haben

Häuser und Familien. Ich werde niemanden töten, der sich ergeben hat«, erklärte ich ihm geradeheraus.

»Was ist aus dem Satz ›Ich töte jeden Soldaten, der den Fuß in dieses Tal setzt‹ geworden?«, gab Cyhan zurück.

Ich knirschte mit den Zähnen und ging nicht darauf ein. »Dorian, führ sie in die große Halle und verhöre sie. Wenn sie deine Fragen freimütig und offen beantworten, lassen wir sie heute Abend frei. Danach können sie sich selbst entscheiden.«

Die Reaktion der Menge bestand aus Keuchen, Murmeln und erleichtertem Seufzen. Offensichtlich herrschten geteilte Meinungen darüber, wie wir mit ihnen verfahren sollten. Einige wollten sie tot sehen, aber den anderen war es ebenso wie mir zuwider, hilflose Männer zu töten. »Wie Ihr wünscht, mein Lord«, antwortete Dorian sofort. Es war das erste Mal, dass er mich so ansprach. Ich hoffte, er machte es sich nicht zur Gewohnheit.

»Finde heraus, wer ihr Kommandant ist. Außerdem will ich alles wissen, was sie uns über ihre Stärke, die Zusammensetzung der Truppe und die Befehlskette sagen können. Danach dürfen sie gehen. Wenn sie sich ihren Gefährten wieder anschließen wollen, können sie schon morgen mit allen anderen zusammen sterben.« Dabei blickte ich die Gefangenen gelassen an.

Als ich Joe unter den Überlebenden erkannte, atmete ich erleichtert auf. »Joe, stellt zwanzig Männer mit Bogen und Schwertern auf, um die Scheune zu bewachen. Falls die Angreifer noch einen weiteren meiner Kreise entdecken und ihn benutzen, will ich es sofort erfahren. Solange ich nichts anderes befehle, tötet jeden, der darin erscheint. Kein Zögern, keine Verhandlungen.«

»Wäre es nicht sicherer, die Kreise sofort zu zerstören?«, gab er zu bedenken.

»Nein, ich brauche sie noch. Angesichts ihrer derzeitigen Position ist der einzige Kreis, den sie benutzen könnten, derjenige, durch den ich selbst gekommen bin. Behaltet ihn genau im Auge.« Ich führte ihn hinein und zeigte ihm, welchen Kreis ich meinte.

Dann ließ ich sie allein und begab mich in meine Gemächer. Ich war sehr müde und musste dringend etwas schlafen.

34

Es war dunkel, als mich ein Geräusch aus dem Schlaf riss. Eigentlich hatte ich nur ein wenig schlummern wollen, aber mein Körper hatte offenbar andere Vorstellungen gehabt. Das fehlende Sonnenlicht verriet mir, dass ich den Rest des Nachmittags verschlafen hatte. Erstaunlicherweise war niemand gekommen, um mich zu wecken. Wie mir ein recht lautes Schnarchen verriet, war Penny schon bei mir. Als ich mich hingelegt hatte, war sie noch nicht dort gewesen, aber sie brauchte den Schlaf sicher ebenso dringend wie ich. Um sie nicht zu stören, stand ich so leise wie möglich auf.

Ein weiteres Klopfen an der Tür machte mir klar, wovon ich erwacht war. Ich huschte durch das Zimmer und öffnete. Es war Dorian. »Jetzt haben sie die Stelle erreicht, wo die Straße nach Washbrook abzweigt,« berichtete er ohne Einleitung.

Das erregte meine Aufmerksamkeit. Ausgehend von Arundel, waren sie anscheinend im Tal ausgeschwärmt. Wenn sie noch weiter vorstießen, entkamen sie unserer Falle. Wir hatten angenommen, sie würden abbiegen und uns in Cameron angreifen. Ich hatte keine Ahnung, warum sie Männer in Arundel zurückgelassen hatten, aber das spielte jetzt keine Rolle. Ob sie uns als Nachschublager betrachteten oder die Burg zerstört und leer zurücklassen wollten, war einerlei. Ihr Haupttrupp befand sich dort, wo er sein musste. »Wie spät ist es?«, fragte ich.

»Kurz nach acht Uhr«, erwiderte er.

»Hm.« Nachdenklich zauste ich meinen Bart.

»Willst du die Dinge jetzt in Bewegung setzen?«, fragte er besorgt.

»Noch nicht. Es ist zu früh. Oder vielmehr zu spät.«

»Mort, wenn du zu lange zögerst, und sie marschieren weiter, dann werden sie außer Reichweite sein.« Dorians Miene, die von Natur aus grüblerisch war, kam nun voll zur Geltung.

»Wenn wir jetzt beginnen, verstreuen sie sich in alle Winde. In der Dunkelheit laufen sie planlos hin und her. Einige werden in den Wald rennen statt ins Tal, und das wäre noch schlimmer«, erwiderte ich. »Schlaf dich aus. Der Spaß beginnt, sobald es hell wird.«

»Als ob jetzt jemand schlafen könnte!«, stöhnte er.

»Versuch es lieber. Morgen wirst du keine Zeit mehr dazu haben«, riet ich ihm. »Wir sehen uns vor dem Morgengrauen.«

»Aber Mort …«, setzte er an. Ich schloss ihm die Tür vor der Nase.

»War das Dorian?«, fragte Penny schläfrig.

Ich erzählte ihr, was es Neues gab und spielte es dabei ein wenig herunter. Ich dachte mir, sie könnte etwas Schlaf brauchen. Leider scheiterte ich kläglich. Eine Stunde später waren wir immer noch wach und starrten die Decke an. Schließlich gaben wir es auf und verbrachten die Zeit mit angenehmeren Dingen, da wir ohnehin nicht schlafen konnten.

Erschrocken fuhr ich auf. »Wie spät ist es?« Das wurde in der letzten Zeit anscheinend zur wichtigsten Frage für mich.

Penny hatte sich schon angekleidet. »Kurz nach drei Uhr morgens.« Demnach blieben uns bis zur Morgendämmerung noch weniger als drei Stunden. Ich wollte beginnen, sobald der Himmel hell genug war, damit die Männer etwas erkennen konnten.

So stand ich auf und zog mich ebenfalls an. »Ob so früh schon jemand das Frühstück zubereiten kann?«

Sie lachte. »Dorian hat den größten Teil der Dienerschaft bereits um zwei Uhr geweckt. Sie sind sowieso alle sehr nervös. Ich bin sicher, dass sie uns jederzeit etwas servieren können.«

Wir gingen nach unten und frühstückten zusammen mit den anderen. In dem Raum herrschte eine seltsame Stimmung, eine Mischung aus verdrossenem Schweigen und nervösem Lachen, da manche die Anspannung abzubauen suchten, indem sie Witze erzählten. Ich aß schnell, obwohl ich keinen Appetit hatte. Das Essen lag mir wie ein Stein im Magen.

Ehe wir gingen, suchte ich noch einmal den Kartentisch auf und holte drei kleine Beutel hervor. Sorgfältig klaubte ich zu den Straßenabschnitten, die ich zerstören wollte, die passenden Glasperlen heraus. In dem größten Beutel bewahrte ich die Steine auf, mit denen ich die Bomben längs der Straße auslösen konnte. Der zweite Satz würde Arundel zerstören, im dritten war alles, was den Feind überzeugen sollte, in die Richtung zu fliehen, die wir dafür vorgesehen hatten. Ich arbeitete mechanisch und dachte nicht über mein Tun nach, zumal ich es mir nicht erlauben konnte, mir auszumalen, was meine Taten bewirken mochten.

Auf dem Weg zur Scheune machte ich einen Abstecher zu der dunklen Schmiede meines Vaters. Seit seinem Tod war ich der Einzige gewesen, der dort ein Feuer entfacht hatte, und dies war selten genug geschehen. Heute wirkte alles nur dunkel und kalt. Ich brauchte kein Licht, als ich mich durch den finsteren Arbeitsraum bewegte. Auch ohne Magierblick hätte ich mich dort gut zurechtfinden können, weil mir der Ort so vertraut war.

Ich nahm seinen Lieblingshammer aus dem Werkzeugregal. Es war ein mittelschwerer Schlosserhammer, den er wegen seiner Vielseitigkeit bevorzugt hatte. Bei der Vorstellung, das Werkzeug für mein Vorhaben zu verwenden, bekam ich zwar Gewissensbisse, aber es konnte nun einmal nur dieses Stück sein, kein anderes. Ich war sicher, er hätte mir helfen wollen, selbst wenn es um eine so hässliche Aufgabe wie diese ging.

Mit dem Hammer in der Hand ging ich zur Scheune und begrüßte die Männer, die dort Wache hielten. »Guten Morgen, meine Herren«, sagte ich, obwohl es genau genommen keine Herren waren.

»Guten Morgen, Euer Lordschaft«, antwortete Sam Turner. Er war der einzige Mann unter ihnen, den ich erkannte. Ich lächelte einen Augenblick, als ich mich erinnerte, wie er geholfen hatte, mich mit Schlamm zu bedecken. Die Begegnung mit ihm bestärkte mich in meiner Entschlossenheit. Für ihn, für seine Familie und für andere Menschen wie ihn tat ich dies alles.

»Heute kommt es drauf an, Sam. Wir sind bald zurück, aber Ihr werdet die Explosionen hören, ehe wir hier sind. Sorgt dafür, dass mich die Männer nicht erschießen, wenn wir auftauchen«, erklärte ich ihm ernst.

»Wir würden doch nie auf eine Lady schießen, Sir«, erwiderte er.

Zuerst dachte ich, er scherze, aber dann verneigte er sich vor Penny. Lächelnd nahm ich meinen Platz in dem Kreis ein, der uns zum nächsten Beobachtungspunkt bringen sollte. Bevor wir sprangen, tätschelte ich mein Pferd, um es zu beruhigen. Manchmal scheuten die Tiere, wenn die Umgebung abrupt wechselte. Gleich darauf standen wir mitten in einer Wiese auf halbem Wege zwischen Arundel und Washbrook ein Stück abseits der Straße im Tal.

Diesen Platz hatte ich sorgfältig ausgewählt. Er war fast eine Meile von der Straße entfernt und mit hohem Gras bewachsen. Die Späher hatten ihn bisher nicht bemerkt. Für zwei Reiter reichte die Deckung jedoch nicht aus. Sobald die Sonne aufging, konnten uns die Feinde von der Straße aus leicht wahrnehmen. Allerdings war ich überzeugt, dass sie uns zu diesem Zeitpunkt nicht besonders viel Aufmerksamkeit schenken würden.

Penny und ich stiegen ab und legten den größten Beutel in

der Nähe auf einen flachen Stein. Ursprünglich hatte er nicht hier gelegen, doch da ich diese Stelle ausgewählt hatte, um das Resultat meiner Arbeit zu begutachten, hatte ich beschlossen, es mir möglichst einfach zu machen. *Vielleicht hätte ich mir einen Krug Bier mitbringen sollen, um das Schauspiel zu genießen,* dachte ich verächtlich. Dann legte ich den Hammer neben mir bereit und setzte mich, um auf die Morgendämmerung zu warten.

Penny ließ sich neben mir nieder. »Was meinst du, wie lange es noch dauert?«, fragte sie leise.

»Sobald wir sie von hier aus deutlich sehen können, geht es los. Ich will sicher sein, dass sie genug Licht haben, um in die richtige Richtung zu laufen«, erwiderte ich.

»Und wenn sie das nicht tun?«

»Ich glaube, danach werden so oder so nicht mehr genug von ihnen übrig sein, um Lothion zu bedrohen. Wir dagegen könnten große Schwierigkeiten bekommen. Ich weiß nicht, wie viele überleben werden, aber ein kleiner Bruchteil dieser Armee wäre schon genug, um uns auszulöschen«, antwortete ich.

»Wenn sie die Hälfte der Truppe verlieren und in Lothion nicht mehr siegen können, werden sie sich doch zurückziehen, oder?«, meinte sie.

»Kann sein, sofern ihr Kommandant ein klar denkender Mann ist. Ich sehe drei Möglichkeiten. Erstens: Ihr Kommandant ist ein Fanatiker, was bedeutet, dass er bis auf den letzten Mann Krieg führt, und sei es nur aus Rachsucht gegen uns. Zweitens: Er ist zwar ein vernünftiger Mann, dreht jedoch durch, wenn er die Hälfte seiner Kämpfer verliert, und greift uns aus Rache an. Drittens: Er ist vernünftig und behält einen kühlen Kopf, was bedeutet, dass er sich zurückzieht. Dann ist es vorbei«, erwiderte ich.

»Also eins zu drei«, überlegte sie.

Ich seufzte. »Ehrlich gesagt, ich weiß es nicht. Ich werde

einfach nur eine Menge Menschen töten und sehen, was dann geschieht.«

Sie spürte meine Verbitterung und schwieg danach. Eine Stunde verging, während der Himmel allmählich heller wurde. Zuerst waren die Feinde nicht mehr als graue Umrisse auf der Ebene und nur sichtbar, wenn sie sich bewegten. Schließlich schälten sich die Gestalten heraus, und wir konnten sie deutlicher erkennen. Es wurde Zeit … wenn wir jetzt noch länger warteten, würden sie vorbeikommen und uns fragen, warum wir sie beobachteten.

Ich hob den Hammer und wog ihn in der Hand. Ehe ich zuschlagen konnte, hielt Penny mich auf. »Lass mich das tun. Du solltest das nicht allein tragen.«

Ich schüttelte den Kopf. »Du hast danach noch ein ganzes Leben vor dir.« Damit hob ich den Hammer und ließ ihn fest niedersausen, um das Glas in dem Beutel zu zerschmettern. Einen Sekundenbruchteil lang geschah gar nichts, und ich fragte mich schon, ob ich irgendwo einen Fehler gemacht hatte. Dann sah ich auf ihrem Gesicht den Widerschein der Lichtblitze. Penny öffnete ein wenig den Mund und atmete scharf ein. In diesem Augenblick erreichte uns auch der Donner. Es war, als wären ganz in der Nähe tausend Blitze gleichzeitig eingeschlagen. Das Drohnen übertönte alles andere.

Als ich den Kopf wieder hob, sah ich ein Zerstörungswerk, dessen Ausmaß ich kaum begreifen konnte. Auf einer Strecke von vier Meilen stiegen an tausend Stellen längs der Straße Flammen und Rauch empor. Ich hatte die Bomben im Abstand von etwa zehn bis fünfzehn Schritten am Straßenrand vergraben. Nach allem, was ich jetzt sehen konnte, war das deutlich übertrieben gewesen. Der Explosionsdonner klang binnen weniger Sekunden ab, und in der darauf folgenden Stille war nur noch das Kreischen der sterbenden Pferde und Männer zu hören. Wer nicht auf der Stelle tot war, musste grässlich verstümmelt sein und hatte gewiss Arme und Beine verloren. Die meisten Überlebenden würden binnen Minuten ebenfalls sterben. Nur diejenigen, die das Glück gehabt hatten, sich weiter als zwanzig oder dreißig Schritt von der Straße entfernt zu befinden, würden länger am Leben bleiben. Doch auch unter ihnen waren viele, die schwere Verbrennungen oder andere Verletzungen erlitten hatten.

Rauch und Staub behinderten unseren Blick, doch ich konnte viele Überlebende erkennen, die von der Straße weg auf uns zurannten. Wahrscheinlich liefen zahlreiche auch in die entgegengesetzte Richtung. Daher legte ich den zweiten Beutel auf den Stein und wiederholte den Vorgang. Abermals gab es ein gewaltiges Getöse, beinahe so laut wie das erste, und die Explosionen zerstörten nun auch die andere Seite der Straße. Nur diejenigen, die zum Fluss rannten, blieben verschont. Ich holte den dritten Beutel, doch Penny legte mir eine Hand auf den Arm.

»Genug, Mort, bitte ... nicht mehr.« Ihre Augen waren feucht. Ich hätte so fühlen sollen wie sie, aber mein Herz war ohne Empfindung, und geblieben war nur eine kalte Leere. Ich schob ihre Hand weg und zerschmetterte auch den Inhalt des dritten Beutels. Es war zu weit entfernt, um es sehen zu können, doch nun wurde Arundel von einer Reihe von Explosionen vernichtet, die ebenso schlimm sein mochten wie die auf der Straße. Ich konnte nicht sicher sein, ob die Feinde dort wirklich Krieger zurückgelassen hatten, aber es war besser, auf Nummer sicher zu gehen. Einige Sekunden später hallten die Explosionen durch das Tal.

Nun war es Zeit zu gehen. Die Überlebenden stolperten auf dem Gras in unsere Richtung. Auf einmal bemerkte ich, dass einige Glassteine in dem ersten Beutel noch heil waren. Ich wollte das Werk vollenden, legte den Beutel wieder auf den Stein und zerstörte sie nacheinander. An verschiedenen Punkten der Straße waren vereinzelte Explosionen zu sehen. Nach mehreren Schlägen waren sicherlich alle Glasperlen zerstört, aber ich hämmerte noch weiter und schlug auf den Felsblock ein, bis die Splitter in alle Richtungen flogen. Irgendjemand rief etwas, aber ich hörte nicht darauf, bis Penny mein Handgelenk ergriff und den Hammer mitten in der Bewegung aufhielt.

Das war ein Beweis für ihre Körperkraft, denn der Hammer wog mehr als zehn Pfund, und sie hatte meinen Arm ganz mühelos festgehalten. Mit der anderen Hand nahm sie mir sanft den Hammer ab, während ich sie anstarrte. Nach einer Weile schloss ich den Mund. Ich hatte geschrien und es nicht einmal bemerkt. »Wir müssen jetzt gehen. Sie sind fast hier«, erklärte sie mir ruhig.

Ich nickte und stand auf. Ein paar Schritte und ein Augenblick der Konzentration, dann waren wir wieder zu Hause. Im Burghof herrschte eine eigenartige Stille, als wir zwischen den Menschen, die dort beschäftigt waren, hindurchliefen. Alle beobachteten mich genau, während ich zur Haupttür ging. Auf diesen Gesichtern sah ich überall die gleiche Frage, bis endlich jemand laut zu fragen wagte: »Wie ist es gelaufen, Mylord?«

Ich riss mich zusammen, da ich ihnen nicht die Qualen zeigen wollte, die ich innerlich litt. Sie brauchten Hoffnung und keinen Anführer, der von Schuldgefühlen und Selbstzweifeln zerfressen war. So holte ich tief Luft und sprach laut zu allen, die mich hören konnten: »Es ging besser als erwartet. Die meisten Feinde sind tot. Diejenigen, die überlebt haben, werden in der kurzen Zeit, die ihnen noch bleibt, ihre Toten betrauern.«

Als ich innehielt, stieß jemand einen Ruf aus. Ich wartete, doch andere fielen noch viel lauter mit ein. Alle Menschen im Hof und alle im Bergfried scharten sich um mich. Der Jubel schwoll an, und dann wiederholten sie im Singsang immer wieder meinen Namen. Ich ertrank fast in ihrer Bewunderung. Sie bejubelten einen Schlächter. Ich hatte einen harten

Kloß in der Kehle und wusste, ich würde die Fassung verlieren, wenn sie nicht bald aufhörten.

Mit erhobenen Händen bat ich um Schweigen, und endlich hatten sie ein Einsehen. Sobald sie sich so weit beruhigt hatten, dass sie mich wieder hören konnten, sorgte ich mit zusätzlichen Rufen für Ruhe, bis es schließlich still war. »Wir haben den ersten Schritt getan, aber wir haben heute noch viel vor uns, und es wird nicht leicht. Lord Dorian und Master Cyhan werden gleich kommen, um euch einzuteilen. Die meisten von euch sollen ausgesandt werden, um die Feinde zu beobachten. Auf vier Meilen liegen Tote an der Straße. Unter ihnen sind auch Verletzte, die noch eine lange Zeit brauchen werden, um zu sterben. Eure Aufgabe ist es, ihnen Gnade zu erweisen. Ihr werdet auch dafür sorgen, dass sich der Feind ins Tal zurückzieht, um sich neu aufzustellen. Dankt mir noch nicht, solange ihr nicht die blutige Arbeit seht, die dort vor euch liegt.«

Damit drehte ich mich um und ließ sie stehen. Ich musste mich so dringend zurückziehen, wie ein Verdurstender das Wasser braucht. Allerdings schaffte ich es nicht bis in mein Quartier. Dorian hielt mich im Korridor auf. »Mordecai! Warte! Wir müssen reden!«

Ich konnte sehen, wie Penny ihm etwas zuflüsterte, vermutlich eine Warnung in Bezug auf meine Gemütsverfassung. Ich tat so, als hätte ich es nicht bemerkt. »Wir haben doch gestern schon darüber gesprochen«, antwortete ich müde.

Voller Sorge sah er mich an. »Das war gestern. Du hast uns noch keine Einzelheiten des Plans genannt. Pläne ändern sich, wenn sich die Lage ändert.«

Ich seufzte. »Es ging besser als erwartet. Wenn alles vorbei ist, müssen wir vier Meilen Straße neu bauen. Arundel liegt in Trümmern.«

»Aber was ist aus ihrem Heer geworden? Wie viele Krieger haben überlebt?«, drängte er.

Es fiel mir schwer, ihn nicht anzuschreien. So ruhig wie möglich antwortete ich ihm. »Weniger als ein Viertel. Mehr weiß ich auch nicht. Diejenigen, die neben der Straße auf dem Abhang gelagert haben, sind weitgehend unversehrt geblieben. Achte darauf, von ihnen nicht in einen Kampf verwickelt zu werden. Wenn du Gruppen von Feinden siehst, die noch gut organisiert sind, weiche ihnen aus. Setze ihnen nur zu und töte die Verletzten, die du findest.« Nun drehte ich mich endgültig um.

»Aber, Mort …«, setzte er noch an.

Ich kehrte ihm weiter den Rücken zu. »Tu es einfach, Dorian. Räum mein verdammtes Gemetzel auf! Ich will dich und die anderen erst wiedersehen, wenn es Zeit ist, auch den Rest zu töten.« Ich ging, ohne mich umzusehen, konnte aber mit dem Magierblick erkennen, dass er mich schockiert anstarrte. Das war mir im Augenblick egal. Ich suchte meine Gemächer auf und verschloss die äußere Tür. Penny war noch draußen. Sie hatte natürlich einen Schlüssel, aber im Grunde wollte ich nicht einmal sie sehen.

Im vorderen Raum stand eine Flasche Wein auf dem Tisch. *Das wäre eine ausgezeichnete Idee*, dachte ich. Gleich darauf hatte ich sie schon entkorkt und setzte mich, um zu trinken. Die Welt da draußen konnte mich mal. Ich betrachtete meine Hände, die irgendwann angefangen haben mussten zu zittern, und fragte mich, wie viele Gläser ich brauchen würde, damit es wieder aufhörte.

35

Zwei Stunden später war die Flasche leer. Ich hätte mir gern eine neue geholt, wagte es aber nicht, meine Räume zu verlassen. Ein Klopfen an der Tür nahm mir die Entscheidung ab.

»Geht weg!«, rief ich.

Der Schlüssel wurde im Schloss herumgedreht, und Penny trat ein. »Jemand will dich sprechen.« Es klang sehr ernst.

»Wer denn?« Ich achtete peinlich genau darauf, nicht zu nuscheln.

»Ein Gesandter von Vendraccus. Er ist mit der Parlamentärsflagge gekommen. Hast du etwa getrunken?«, fragte sie missbilligend.

»Kann schon sein«, gab ich zurück. »Irgendwie regt es mich an. Sag Dorian, er soll die Kapitulation akzeptieren, und dann sollen sie sich verziehen.«

»Er will nicht kapitulieren, und er will mit niemandem außer dir sprechen«, erwiderte sie. Die Falten auf ihrer Stirn vertieften sich.

»Na gut«, grollte ich. »Räumt die Halle und setzt ihn an die große Tafel. Dort spreche ich mit ihm. Dorian soll sein Schwert tragen. Außer euch beiden will ich niemanden dort sehen.«

Ihr Blick sprach Bände. Ich ging nicht darauf ein, sondern spielte mit der leeren Flasche. »Kommst du jetzt?«, fragte sie.

»Ich bin gleich da«, erwiderte ich abwesend.

»Was heißt gleich?«, bohrte sie nach. »Gleich in einer Minute oder gleich in einer halben Stunde, wenn du wieder nüchtern bist?«

Voll verletzter Unschuld sah ich sie an. »Wenn du es unbedingt wissen musst … gleich, nachdem ich meine überlastete

Blase entleert habe. Der Inhalt der Flasche muss ja irgendwo geblieben sein.« Ich wirbelte die Flasche in den Händen herum, zerstörte aber die Wirkung, als ich sie fallen ließ. Penny knallte die Tür hinter sich zu.

Drinnen blieb ich stehen und prüfte meinen Gleichgewichtssinn. Es sah ganz gut aus … ich konnte gehen, ohne mich irgendwo abstützen zu müssen. Dann dachte ich über meine Möglichkeiten nach und beschloss, dass der Balkon eine schlechte Idee war, schließlich konnte unten jemand stehen. Den Abtritt wollte ich nicht aufsuchen. Mit einem erleichterten Seufzen fand ich das Nachtgeschirr. Ich kicherte, als ich daran dachte, was Penny später dazu sagen würde.

Kurz danach betrat ich die große Halle und ging zur Haupttafel. Dort saß unser Gast bereits. Dorian hielt in der Nähe Wache und erweckte den Eindruck, als stünde er kurz davor, gegen alle Gebote der Gastfreundschaft zu verstoßen. Penelope wartete an der Tür. Anscheinend wollte sie mich stützen, damit ich wohlbehalten den Tisch erreichte. Mit einer unwirschen Geste wehrte ich die angebotene Hilfe jedoch ab und ging allein zur Tafel.

Dabei fasste ich unseren Besucher genau ins Auge. Der Bote hatte eine dunkle Aura, ganz ähnlich dem Mann, der meinen Teleportkreis benutzt hatte, um Truppen in den Burghof einzuschleusen. Da ich der einzige bekannte Magier war, musste ich annehmen, dass er – so ähnlich wie Marc – ein Heiliger war, der allerdings einem anderen Gott diente. Ich hielt kurz inne, um Penny mit einem Schild zu schützen. Sie keuchte leise auf, als sie spürte, wie sich die Barriere um sie legte.

Gleich darauf suchte sie meinen Blick, und ich gab ihr wortlos zu verstehen, dass ich mir Sorgen machte. Dann setzte ich mich gegenüber von dem Mann hin, der so kühn gewesen war herzukommen, um mit uns zu verhandeln. »Habt Ihr schon etwas gegessen? Ihr müsst nach der langen Reise hungrig sein«, fragte ich etwas spöttisch.

»Ich bin recht zufrieden mit dem, was Ihr mir bereits gegeben habt«, antwortete er. Seine Stimme klang unnatürlich tief, was mein Misstrauen verstärkte.

»Ich kann mich nicht erinnern, dich gespeist zu haben, Mal'goroth. Du bist es doch, oder?«, gab ich äußerlich freundlich zurück.

»Jedenfalls so viel von mir, wie dieses bescheidene menschliche Vehikel aufnehmen kann«, erwiderte der Gesandte und deutete abfällig auf seinen Körper. »Ich bin gekommen, um dir für die Arbeit zu danken, die du in meinem Namen verrichtet hast.«

Sein Tonfall reizte mich, und die Wut verbrannte die Dunstschwaden des Weins. »Lieber hätte ich zwei Schwestern im Hurenhaus, als irgendetwas für dich zu tun. Versuche nicht, mich mit hilflosen Beleidigungen zu erzürnen. Du hast bereits verloren.«

Lachend wiederholte er seine Behauptung: »Aber nein, du hast mein Werk vollbracht. Dir ist doch sicher bekannt, wie diejenigen vorgehen, die ihr die Nachtgötter nennt? Wir können uns nicht direkt von menschlichen Gläubigen nähren. Wir benötigen Opfer. Heute hat das größte Opfer in der Geschichte deines elenden Volks stattgefunden.«

Ich ließ mir mein Entsetzen nicht anmerken. »Deine Männer haben ihre Entscheidung getroffen, als sie einwilligten, dir zu dienen. Für sie empfinde ich kein Mitleid.«

»Einige schon, ja. Andere mussten allerdings erst überzeugt werden, sich der Armee anzuschließen.« Er lächelte mich breit an.

»Das ist mir egal«, antwortete ich.

»Wirklich? Und wenn ich dir nun sage, dass die Kinder dieser Männer in meinen Tempeln in Gododdin als Geiseln festgehalten werden?« Ob es der Wein war oder der Schreck, ich wusste es nicht zu sagen. Auf jeden Fall schwankte der Raum, als der Gesandte sprach.

»Wenn du deinen Angriff hier fortsetzt, bleiben dir nicht mehr viele Anhänger«, erklärte ich. Etwas Besseres fiel mir nicht ein, in mir drehte sich alles.

»Narr! Es ist mir egal, ob du sie alle tötest. Es war nie mein Ziel, dein Volk zu retten. Du tötest die Männer, ich töte die Kinder. So oder so werde ich stärker«, verkündete er drohend.

»Deine Männer werden dir nicht mehr folgen, wenn du die Geiseln tötest«, widersprach ich.

»Deshalb töte ich auch nur die Kinder derjenigen, die in der Schlacht fallen. Heute habe ich zwei Ernten eingefahren«, entgegnete er mit einem widerlichen Grinsen.

Mir war übel, aber ich gab nicht nach. »Wenn du meine Entschlossenheit zu erschüttern hoffst, dann muss ich dich enttäuschen.«

»Ganz im Gegenteil. Ich bin lediglich hier, um dich ins Bild zu setzen. Es missfällt mir, einen unwissenden Feind zu vernichten. Du solltest geehrt werden. Seit deinem Ahnen Tirion hat niemand von deiner Art so viele an einem einzigen Tag getötet«, erwiderte er selbstgefällig.

»Wer?«

»Wie schnell ihr Sterblichen doch vergesst. Tirion Illeniel war der Begründer deines Geschlechts. Der Mann, der die Elentirberge wachsen ließ. Der Mann, der mein Volk vernichtete und mich auf den Weg drängte, der mich jetzt zu dir geführt hat, seinem so viel später geborenen Nachkömmling. Glaubst du wirklich, du stammst aus einem edlen Geschlecht? Der Mann war ein tausendfacher Mörder, der fast ebenso viele Angehörige seines eigenen Volks erschlug, während er die Meinen bekämpfte. Völkermord ist ein Verbrechen, das nicht ungesühnt bleibt.«

»Warum erzählst du mir das?«, fragte ich.

Einen Moment lang strahlten seine Augen vor Freude. »Um dir eine letzte Illusion zu rauben. Hältst du dich nicht für einen Helden? Du bist aber nicht mehr als ein gewöhnlicher

Verbrecher. Glaubst du, du könntest unschuldige Seelen retten? Du vernichtest sie. Denkst du, ich sei ein verrückter Gott aus einem vergangenen Zeitalter? Das ist schon richtig, aber ich habe zehntausend Jahre und mehr gekämpft, um die Ermordung meines Volks zu rächen. Dein verehrter Urahn brach den Waffenstillstand, der seit Generationen zwischen den She'har und den Menschen existiert hatte. Der Stolz war sein einziger Grund, sie zu ermorden. Ich sage dir dies, damit du weißt, dass du nicht besser bist als er. Am Ende, wenn dich die Verzweiflung übermannt, wirst du erkennen, dass du für nichts und wieder nichts gekämpft hast. Und wenn du tot bist, werde ich meinen Krieg fortsetzen, bis jeder Angehörige deiner wertlosen Rasse vernichtet ist.«

Ich erbleichte, während er sprach. Wie Hammerschläge trafen mich seine Worte und zeigten mir, wie närrisch meine Träume gewesen waren. Was er sagte, konnte ich nicht als Wahrheit anerkennen, denn das hätte mich zerstört. Ich bemühte mich also, eine einleuchtende Antwort zu finden, doch mir fiel keine ein. Schließlich wurde mir die Mühsal erspart, denn Penelope erschien und schlug blitzschnell mit dem Schwert zu. Ihre magisch verstärkte Klinge glitt durch den Schild des Gesandten, als existierte er nicht, und gleich darauf fiel sein Kopf, immer noch mit dem höhnischen Grinsen im Gesicht, auf den Boden. Dorian und ich starrten sie erschrocken an.

Penny erwiderte ungerührt meinen Blick. »Er hat zu viel geredet«, sagte sie und säuberte die Klinge an der Kleidung des Toten.

Ihre Gelassenheit vertrieb die Finsternis, die mein Herz verhüllt hatte, und ich musste lachen. Dorian fand es dagegen überhaupt nicht lustig. »Der Mann ist unter der Parlamentärsflagge hergekommen! Du kannst nicht … das kannst du doch nicht tun!«

Penelope lächelte ihn an. »Du bist nur neidisch, weil ich als

Erste daran gedacht habe.« Ehe Dorian antworten konnte, klopfte es an der Tür. Um mich von dem abzulenken, was der Gesandte gerade gesagt hatte, stand ich auf und öffnete selbst.

Marc wartete draußen. Mit einem Tablett voller Essen und mehreren Krügen Ale sah er ganz wie ein Diener aus. »Ich dachte, ihr wollt dem Gast vielleicht etwas …«, begann er. Dann blickte er über meine Schulter. Offensichtlich war er vor allem neugierig, weil ich auch ihn von dem Treffen ausgeschlossen hatte. Er machte große Augen, als er den enthaupteten Toten bemerkte.

»Unser Gast fühlt sich gerade nicht so wohl«, antwortete ich ungerührt. »Aber da du anscheinend bereit bist, hier den Diener zu spielen, wäre es freundlich von dir, wenn du den Dreck da wegräumen könntest.« Ich deutete auf den Toten und schob mich an ihm vorbei. Penny kam und nahm ihm einen Bierkrug ab.

»Das ist wirklich nett von dir, Marcus.« Dann folgte sie mir den Flur hinunter.

Er starrte uns lange nach, ehe er mit seinem Tablett in die Küche zurückkehrte. Dorian blieb allein in der großen Halle und betrachtete den Toten. »Verdammt auch«, sagte er zu sich selbst.

Einige Stunden später stand ich im Burghof und sah, wie Cyhans Gruppe zurückkehrte. Er zügelte neben mir sein Pferd und stieg ab. »Du hast deine Arbeit gut gemacht«, lobte er mich. Das war aber nicht die Art von Lob, die ich gern hörte.

»Wie sieht es da draußen aus?«, fragte ich.

»Meiner Schätzung nach haben sie beinahe vier Fünftel ihrer Krieger verloren. Deine Magie war äußerst wirkungsvoll. Wir haben die Straße nach Überlebenden abgesucht, aber nur sehr wenige gefunden. Die meisten waren schon tot«, berichtete er.

»Konntest du bis nach Arundel vorstoßen?«

»Nein, dort haben einige Kavallerieabteilungen aufgepasst. Wir mussten uns zurückziehen, sonst wären wir in einen Kampf verwickelt worden, den wir nicht hätten gewinnen können. Sie sind uns immer noch deutlich überlegen«, unterrichtete er mich. »Nach allem, was ich sehen konnte, formieren sie sich im Tal, wie wir es gehofft haben.«

Ich erinnerte mich an das, was Mal'goroth behauptet hatte, und zuckte innerlich zusammen. Es war schwer zu beurteilen, wie viel von dem, was er mir gesagt hatte, der Wahrheit entsprechen mochte, und das machte es mir umso schwerer. »Wie lange brauchen sie, bis sie wieder eine schlagkräftige Truppe haben?«

Nachdenklich runzelte Cyhan die Stirn. »Mindestens eine Woche. Ihr Heer hat eine große Zahl von Verwundeten zu versorgen. Sie müssen alles neu organisieren und die Kampfunfähigen nach Gododdin zurückschicken. Einige Leichtverletzte werden wohl bleiben, wenn sie in ein paar Tagen wieder kämpfen können.«

»Es wundert mich, dass sie überhaupt noch den Mumm haben, den Kampf zu suchen.«

»Was Vendraccus auch einsetzt, um sie zu motivieren, es verfehlt seine Wirkung nicht. Jede gewöhnliche Armee hätte nach dem heutigen Tag aufgegeben.« Cyhan drehte sich um und führte sein Pferd in den Stall.

Ich sah ihm nach. *Also heute Abend*, dachte ich. Ich konnte nicht warten, bis sie sich neu formiert hatten. Nun benötigte ich Dorians Rat.

»Noch mehr Leichen, die beseitigt werden müssen?«, fragte er sarkastisch, als ich ihn aufgespürt hatte. Er inspizierte gerade eine Gruppe von Kriegern, die als Kundschafter ausreiten sollten.

Trotz meiner düsteren Stimmung musste ich kichern. »Nicht dieses Mal, aber da draußen sind noch viele, die deine fachkundige Hilfe brauchen könnten.« Ich deutete zum Tor und auf die Straße, die ins Tal führte. »Ich will wissen, wie viele Männer wir noch haben. Bald werde ich den Damm zerstören, deshalb musst du ab morgen früh für einen Ausfall bereit sein.«

»Siebenhundertzwölf«, antwortete er sofort. Ich staunte, weil er die Zahl so genau nennen konnte, aber andererseits war es gar nicht sonderlich überraschend. Dorian war schon immer sehr gewissenhaft gewesen, und dies vor allem, wenn er sich Sorgen machte, was eigentlich ständig der Fall war. »Unsere Krieger sind im Morgengrauen bereit«, versprach er mir.

Ich nickte. »Welches Gebiet willst du jetzt als Nächstes erkunden?«

»Wir stoßen durch den Wald nach Osten in Richtung Lancaster vor. Dann werden wir so weit wie möglich die Straße kontrollieren«, antwortete er.

»In dieser Richtung sollten keine Feinde sein«, erwiderte ich.

»Das Wort ›sollte‹ ist der springende Punkt«, gab er aufgebracht zurück. »Das Wort höre ich nicht gern, wenn es um eine Schlacht geht. Dieses Wort hat, höchstens mit einer einzigen Ausnahme, mehr Menschen den Tod gebracht als jedes andere.« Er wartete auf die unvermeidliche Frage.

Ich seufzte und tat ihm den Gefallen. »Welches Wort wäre das?«

»Angriff«, antwortete er lächelnd.

Kurz danach brach Dorian auf und nahm fünfzig Reiter mit. Ich hoffte, sie würden nichts finden.

36

Der Tag schleppte sich dahin. Ich hatte damit gerechnet, dass Dorian und seine Männer schon nach wenigen Stunden zurückkehrten, doch er ließ sich nicht blicken. Mit jeder Stunde, um die sich seine erwartete Rückkehr verzögerte, nahmen meine Ängste zu. Er hätte sich nicht verspätet, wenn ihn nicht etwas Wichtiges aufgehalten hätte … oder war er sogar schon tot?

Joe stand neben mir auf dem Wall und wartete ebenfalls auf ihre Rückkehr. »Etwas Schreckliches muss geschehen sein«, sagte er.

Ich bewunderte die Beharrlichkeit dieses Mannes, aber seine Neigung, das Offensichtliche zu verkünden, ging mir manchmal auf die Nerven. »Er wird schon noch zurückkommen«, widersprach ich.

»Woher wisst Ihr das?«

»Weil er zurückkommen muss«, erwiderte ich düster. Trotz meiner zuversichtlichen Worte hatte ich ebenfalls das deutliche Gefühl, dass etwas Schreckliches geschehen war. Zäh verging eine weitere Stunde, der Sonnenuntergang näherte sich schon. Ich wollte gerade die sinnlose Warterei aufgeben und nach drinnen gehen, da bemerkte ich einige Reiter auf der Straße.

Sie waren zu weit entfernt, um sie mit bloßem Auge zu erkennen, aber ich spürte Dorians Geist unter ihnen und atmete erleichtert auf. Sie ritten schnell, als hetzte sie das ganze Heer von Gododdin, obwohl ich sonst niemanden auf der Straße ausmachen konnte.

Ein paar Minuten später empfing ich ihn im Hof. »Was ist passiert?«, fragte ich ungeduldig.

»Sie ziehen nach Lancaster!«, rief Dorian, noch ehe ich die Frage ganz ausgesprochen hatte.

»Was? Wie viele?«

»Alle, soweit ich das sagen kann«, erwiderte er.

»Aber die anderen Späher berichten, dass sie ihr Lager im Tal aufgeschlagen haben«, widersprach ich.

»Das sind wohl nur die Verwundeten. Auf der Straße sind uns fast fünftausend Soldaten begegnet. Wir konnten ihnen nur mit knapper Not entkommen, nachdem sie uns entdeckt hatten. Sie haben uns eine Kavallerieabteilung hinterhergeschickt und uns den halben Weg bis hierher verfolgt. Ich nehme an, sie wollten nicht, dass wir herausfinden, wohin sie ziehen. Dort sind nur Frauen und Kinder! Wir müssen alle Männer sofort aussenden, um sie zum Rückzug zu zwingen!«, drängte Dorian aufgeregt. So nahe an einer ausgemachten Panik hatte ich ihn noch nie erlebt.

»Warte, lass mich nachdenken«, entgegnete ich.

»Wir haben keine Zeit zum Nachdenken! Wir müssen sofort handeln! Mit jeder Sekunde kommen sie näher an Lancaster heran! Dort stehen keine Verteidiger, und sobald sie die Burg umzingelt haben, können wir den Belagerungsring nicht mehr aufbrechen. Nicht, dass sie lange draußen stehen würden. Sie schleppen Belagerungswaffen herbei, Mort!« Er schrie jetzt fast.

Belagerungswaffen? Wo, zum Teufel, konnten sie die herbekommen haben? Bis jetzt hatten wir keine einzige bemerkt. Möglicherweise hatten sie die Einzelteile in dem Tross mitgeführt, der meinen Angriff größtenteils unversehrt überstanden hatte. Andererseits vermochte ich mir nicht vorzustellen, wie sie das schwere Gerät so schnell bewegt hatten. Ich schloss die Augen, dachte angestrengt nach und versuchte, meine eigene Panik zu unterdrücken.

»Mort! Wir müssen jetzt sofort aufbrechen!« Dorian schrie schon wieder.

»Halt den Mund! Lass mir doch etwas Zeit!«, rief ich zurück. Dann hatte ich eine Idee. Zwar war es eine verzweifelte Idee, aber der Feind hatte ohnehin schon eine Vorstellung von meinen Plänen. Dieses Wissen konnten wir vielleicht ausnutzen, um ihnen den Eindruck zu vermitteln, wir hätten weitaus mehr Fallen gestellt, als es tatsächlich der Fall war. »Wie lange dauert es noch, bis sie die Burg des Herzogs erreichen?«, fragte ich.

Dorian runzelte die Stirn. Offenbar war auch sein Denkvermögen durch starke Gefühle getrübt. Endlich ergriff er das Wort: »Ausgehend von der Stelle, wo wir sie zuletzt gesehen haben ... sie müssten in ein oder zwei Stunden am Ziel sein. Die Wagen und Onager behindern sie.«

Vielleicht hatten wir gerade noch genug Zeit. »Hol die Männer herein und mach Platz. Bald werden sich hier noch viel mehr Menschen drängen. Ich brauche zwanzig Mann, die bereit sind, sofort mit mir aufzubrechen!« Dann rannte ich los, um Penny zu suchen. »Sie sollen da drüben auf mich warten!«, rief ich noch. »Ich bin gleich wieder da.«

Gleich darauf standen wir in dem großen Kreis, mit dem ich die Zivilisten nach Lancaster befördert hatte, und eine Sekunde später erschien ich in einer ähnlich ausgestatteten Scheune in der Burg Lancaster. Rasch lief ich los und suchte Genevieve. Den ersten Menschen, den ich sah – es war eine Frau, die im Hof Wasser holte –, wies ich an: »Ihr da! Holt sofort alle Leute heraus. Sagt allen, die Ihr seht, dass sie rasch herkommen sollen.«

Sie starrte mich einen Augenblick lang fassungslos an, ehe sie mich erkannte. »Ja, Euer Lordschaft.« Dann ging sie mit dem schweren Eimer zum Bergfried.

»Sofort, verdammt! Lasst den Eimer stehen und lauft los! Wir haben keine Zeit zu verlieren!« Mit gerunzelter Stirn sah ich ihr nach, als sie zum Bergfried rannte. In der Nähe, nämlich in den Ställen, fand ich eine zweite Frau, die dort arbeitete. Ein ähnlicher Ausbruch, und dann schoss auch diese Frau los.

Wenige Minuten später hatten sich schon die ersten Bewohner im Hof versammelt, nur Genevieve war noch nicht erschienen. »Holt die Kinder her! Ich werde jetzt gleich alle zurück nach Washbrook bringen. Die Feinde sind bald hier«, rief ich. Penny und ich nahmen die erste Gruppe Kinder und brachten sie nach Cameron. Dorian und die zwanzig Männer, die ich angefordert hatte, warteten dort schon auf uns.

Ich entließ die Kinder und kehrte mit Dorian und seinen Kriegern zurück. Inzwischen war auch Genevieve da und empfing mich am Scheunentor. »Was heißt das … der Feind kommt?«, fragte sie mich besorgt.

»Binnen ein oder spätestens zwei Stunden sind sie da. Ich transportiere jetzt alle zurück nach Washbrook«, erklärte ich ihr.

»Aber was ist mit dem Essen? Die Hälfte unserer Vorräte ist doch hier! Und bei Euch gibt es nicht genug Platz für so viele Menschen«, wandte sie ein.

»Das muss warten. Wenn wir sie nicht schnell nach Washbrook bringen, dann hat sich die Frage des Verhungerns sowieso erledigt«, erklärte ich ihr.

»Beruhigt Euch, Mordecai. Wir können die Tore schließen. Dann haben wir Stunden, um alle zu befördern, auch wenn keine Soldaten die Mauern bewachen. Lasst es mich organisieren, und wir können obendrein den größten Teil unserer Vorräte retten«, erwiderte sie ruhig.

»Wir werden das Tor nicht schließen«, sagte ich.

»Was?«, gab sie entsetzt zurück.

»Vertraut mir. Helft mir, die Leute einzuteilen. Sie müssen in einer Stunde alle in Washbrook sein. Lasst alles hier zurück.« Ich wandte mich an Dorian, ohne ihre Antwort abzuwarten. »Nimm deine Männer und lass sie die Tore weit öffnen. Es soll einladend aussehen. Dann musst du mir hier beim

Transport der Einwohner helfen. Außerdem darf niemand auf den Mauern stehen. Die Burg soll verlassen wirken, falls sie hier eintreffen, ehe wir fertig sind.«

»Aber, Mort …«, wollte er einwenden.

»Tu es einfach, Dorian! Verdammt, ich habe jetzt keine Zeit, alles zu erklären«, sagte ich scharf. Er zuckte zusammen, nahm aber meine Männer mit und machte sich mit ihnen tatsächlich zum Tor auf.

»Mort, es könnte helfen, wenn du uns verrätst, was du vorhast«, drängte mich Penny, als wir die nächste Gruppe zum Kreis führten.

»Ich erkläre es dir unterwegs.« Im nächsten Moment waren wir schon wieder in Washbrook. »Vendraccus … oder Mal'goroth … wer immer dieses Heer da draußen auch befehligt … sie wissen, dass ich ihnen eine Falle stellen will.« Die Leute, die wir herübergebracht hatten, befanden sich inzwischen außerhalb des Kreises. Wir teleportierten zurück nach Lancaster und stellten die nächste Gruppe zusammen, während ich es ihr darlegte. »Sie glauben anscheinend, die nächste Falle sei die Burg Cameron. Deshalb marschieren sie hierher. Sie wollen uns umgehen.« Wir beförderten die nächsten Einwohner, und ich sprach zwischen den Sprüngen einfach weiter.

»Wenn sie Lancaster belagern, müssen wir reagieren, aber das brächte uns in eine sehr ungünstige Position. Das Einzige, was wir auf unserer Seite haben, ist ihre Unsicherheit. Sie wissen nicht, wo genau unsere nächste Falle lauert und wie sie beschaffen ist.«

»Aber du hast doch nur noch eine einzige Falle«, wandte Penny ein. »Den Damm.«

»Eigentlich sind es zwei, aber du hast schon recht«, antwortete ich.

»Warum glaubst du, dass sie nicht längst ahnen, wo die Fallen sind? Von dem Damm wissen sie ja offensichtlich schon.«

»Nicht unbedingt. Sie haben die Verwundeten im Tal gelassen, um uns abzulenken. Das könnte ein Köder sein, aber ich glaube nicht, dass sie so viele Leute opfern werden, nur um mich zu täuschen.«

Penny runzelte die Stirn. »Inwiefern hilft es uns denn, Lancaster zu räumen und die Tore offen zu lassen?«

Ich grinste böse. »Arundel.«

»Was?«, fauchte sie. Von einsilbigen Erklärungen hatte sie noch nie viel gehalten.

»Ich habe Arundel in die Luft gejagt, als sie ihr Hauptlager dort eingerichtet hatten. Wer sagt denn, dass nicht auch Lancaster eine riesige Bombe ist?« Immer noch lächelnd transportierte ich uns erneut.

Penny warf mir einen seltsamen Blick zu. »In Lancaster gibt es doch gar keine magischen Fallen, oder?«

»Nein«, erwiderte ich selbstzufrieden. »Aber das wissen sie nicht.«

Wir brauchten etwas über eine Stunde, bis alle Leute nach Washbrook gebracht waren. Sobald wir sie sicher befördert hatten, kehrten wir nach Lancaster zurück. Ich überließ es Marcus und Cyhan, die Menschenmenge zu dirigieren, und nahm Dorian und Penny mit. Zu dritt warteten wir in Lancaster in der Scheune und beobachteten den Burghof durch die halb geöffnete Tür.

Eine weitere Stunde verging, bis die ersten Reiter auftauchten und vorsichtig durch das offene Haupttor ritten. Ihre Haltung verriet uns, dass sie damit rechneten, jeden Augenblick angegriffen zu werden. Ich beneidete sie nicht gerade um ihren Auftrag. Die offenen Tore und die leere Burg nährten ihre Befürchtungen, in eine Falle zu laufen, was genau meinem Plan entsprach.

»Was tun wir, wenn sie die Scheune durchsuchen?«, flüsterte Dorian nervös.

»Dann teleportieren wir zurück, ehe sie uns sehen«, erwiderte ich. Allerdings hoffte ich, dass sie die Burg nicht gründlich erforschten. Wenn wir gezwungen waren, mit einem Sprung zu fliehen, mussten wir anschließend den Kreis in Washbrook zerstören. Das hätte den weiteren Verlauf deutlich erschwert.

Die Reiter ritten im Hof rundherum und schickten einen aus ihren Reihen zurück, um Bericht zu erstatten. Die anderen saßen ab und erkundeten den verlassenen Bergfried. Ein weiterer überprüfte das Torhaus. Die ganze Zeit über sahen wir schweigend zu und wagten kaum zu atmen, obwohl sie sich dem Gebäude, in dem wir uns befanden, nicht einmal bis auf fünfzig Schritt näherten. Schließlich zogen sie wieder ab.

»Was jetzt?«, fragte Penny.

»Jetzt kommt der schwierige Teil«, erklärte ich »Wir müssen warten und sehen, ob sie zurückkommen.«

»Wenn wir hier drinnen bleiben, werden wir nie erfahren, ob sie fort sind«, nörgelte Dorian.

Seine Gereiztheit belustigte mich, was ein gutes Zeichen war, denn ich hatte in der letzten Zeit wenig Grund zur Freude gehabt. »Immer mit der Ruhe. Ich kann sie in einem Umkreis von ungefähr fünfhundert Schritten spüren. Wenn sie außer Reichweite sind, husche ich hinaus und beobachte sie von der Mauer aus.«

Mehr als eine Stunde lang behielt ich die Männer vor den Mauern im Auge. Sie schickten mehrere Patrouillen in verschiedene Richtungen, umkreisten die Außenmauern und erkundeten die Straße in beiden Richtungen. Ich konnte mir gut vorstellen, wie beunruhigt ihr Anführer war. Das letzte verlassene Anwesen, das sie vorgefunden hatten, war ihnen buchstäblich um die Ohren geflogen.

Der Abend kam, und immer noch harrten sie aus. Ich nahm an, dass sie die Nacht über lagern wollten. Wir mussten bis zum Morgen warten, um zu erkennen, ob mein Trick funktioniert hatte. Schließlich schickte ich Dorian zurück, um über unsere Situation zu berichten. Marc und Cyhan warteten schon voller Anspannung in Washbrook und fragten sich, was da vor sich gehen mochte.

Penny und ich verbrachten die Nacht in trauter Zweisamkeit. Damit meine ich, dass sie mich als Kopfkissen benutzte, während ich das zweifelhafte Vergnügen hatte, meinen Kopf mit einem zusammengerollten Sack zu polstern. Das Stück, das wir in einer Ecke gefunden hatten, roch nach Staub und Hafer. Während wir ruhten, ließ ich meinen Geist bis an die Grenzen wandern, konnte aber nichts weiter über die Feinde in Erfahrung bringen.

Die Nacht war stockfinster und zog ein schwarzes Tuch über die Männer an der Talstraße. Die meisten waren tot, zwischen den Leichen verteilt lagen jedoch noch einige Lebende, die verletzt und verstümmelt waren und sich nicht mehr bewegen konnten. Auch sie wären bald gestorben, wären nicht die Lumpensammler gekommen, um sich bei ihnen zu bedienen. Wesen, die zwar auf zwei Beinen liefen wie Menschen, innerlich aber leer waren.

Die Shiggreth suchten zwischen den Toten, und der Lebensfunke in jenen, die noch lebten, zog sie an wie das Licht die Motten. Im Laufe der Nacht nahm ihre Zahl zu, denn auch wenn die meisten Soldaten tot waren, gab es immer noch Hunderte, die sich an das Leben klammerten. Vor den Wesen, die in der Nacht kamen, um sich von ihnen zu nähren, konnten sie sich nicht schützen.

Als wir erwachten, drang das Sonnenlicht durch die Spalten in den Holzwänden. Ich fuhr erschrocken auf, worauf Penelopes Kopf mit einem vernehmlichen Knall auf den Boden prallte.

»Aua!« Jetzt richtete auch sie sich auf. »Wie spät ist es?«

»Spät«, antwortete ich. »Nach dem Sonnenlicht zu urteilen müsste es nach neun Uhr sein.«

»Sind sie noch da?«, fragte sie.

»Ja und nein. Draußen lagert eine kleinere Gruppe, etwa zwanzig Männer. Andere spüre ich nicht. Es dürfte ungefährlich sein, nach draußen zu gehen. Vielleicht ist es möglich, von der Mauer aus mehr zu erkennen.«

»Ich kann gar nicht glauben, dass wir so lange geschlafen haben«, sagte sie, als wir leise die Treppe zur Außenmauer der Burg erklommen.

»Ich habe mich seit mehreren Tagen nicht mehr richtig ausgeruht. Aber es ist schon seltsam, dass wir den Schlaf nachholen, während wir uns vor einer Armee verstecken«, antwortete ich. »Oh, schau!« Gerade hatten wir den Wehrgang erreicht und spähten zwischen den Zinnen hindurch nach draußen. In der Ferne konnten wir die langsameren Abteilungen der verbliebenen Invasoren erkennen, die sich nun wieder in die Richtung der Burg Cameron bewegten.

»Sie sind nicht alle fort«, erinnerte mich Penny. »Da sind noch die zwanzig, die du erwähnt hast. Sie wollen wohl dafür sorgen, dass wir uns nicht wieder hierher schleichen.«

Ich nickte. »Wahrscheinlich haben sie Befehl, es sofort zu melden, sobald sie jemanden zurückkommen sehen. Sie befürchten wohl, wir könnten mit einer weiteren Überraschung aufwarten.«

»Dann können die Frauen und Kinder nicht zurückkehren«, meinte Penny.

»Noch nicht. Wenn wir diese Männer töten, wird der Feind misstrauisch. Ich weiß nicht, ob sie in festgelegten Abständen Meldung machen, aber ich würde es erwarten. Lass uns nach Washbrook springen. Wir müssen uns vorbereiten.«

Bald standen wir in Cameron mitten im Chaos. Washbrook und die Burg waren überfüllt. Wohin der Blick im Hof auch fiel, überall drängten sich die Menschen. Ich konnte mir kaum ausmalen, wie die Nacht für sie verlaufen sein mochte. Die meisten hatten vermutlich auf dem nackten Boden geschlafen. Wir bahnten uns vorsichtig einen Weg und hofften, in der Burg Neuigkeiten zu erfahren. Genevieve bemerkte uns als Erste.

»Mordecai!«, rief sie, um meine Aufmerksamkeit zu erregen. Automatisch machten ihr die Leute Platz, als sie sich uns näherte. »So geht es nicht. Hier sind zu viele Menschen. Die letzte Nacht war ganz entsetzlich.«

»Es tut mir leid, Durchlaucht«, erwiderte ich so höflich wie möglich. »Ich hoffe, wir können die Leute bald wieder zurückschicken. Im Augenblick müsst Ihr dies aber noch ertragen. Wie geht es James?«

Ihr Mann humpelte noch, nachdem er sich in der Hauptstadt eine Verletzung durch einen Pfeil zugezogen hatte. Anscheinend heilte Marcs Göttin die Kranken doch nicht immer ganz vollständig. Genevieve runzelte die Stirn. »Es geht ihm gut, das solltet Ihr doch wissen. Er begleitet Cyhan auf einem Patrouillenritt.«

Das überraschte mich nun doch. Ich war so sehr mit anderen Dingen beschäftigt gewesen, dass ich nicht weiter auf ihn geachtet hatte. Und so war mir auch entgangen, dass er sich an den Patrouillen beteiligte. Da ich den Mann kannte, hätte ich es mir eigentlich aber auch denken können. James konnte nie lange still sitzen. »Die Feinde kommen jetzt hierher. Wenn sie eintreffen und mit der Belagerung beginnen, bringe ich die Zivilisten nach Lancaster. Ihr müsst James mitnehmen, wenn Ihr zurückkehrt.«

»Der störrische Mann ist noch nie einer Schlacht ausgewichen«, lachte sie. »Ihr werdet ihn gewiss nicht dazu bewegen können, sich herauszuhalten.«

»In Lancaster bewacht eine kleine Abteilung die Burg. Jemand muss sie beseitigen, ehe die Bewohner zurückkehren können. Ich hoffe doch, er wird dies übernehmen«, erwiderte ich lächelnd.

»Dann aber bald, Neffe. Diese Leute können nicht mehr lange auf diese Weise hier hausen, ehe sie krank werden.«

Ich überlegte. »Ich hoffe, es wird heute Abend schon geschehen. Ich möchte niemanden nach Lancaster schicken, solange ich nicht sicher bin, dass Vendraccus all seine Kräfte hier gegen uns einsetzt.«

37

Am späten Nachmittag mussten sich fünf unserer Patrouillen in die Burg Cameron zurückziehen. Der Feind hatte uns erreicht und verschanzte sich für eine möglicherweise längere Belagerung. Ich spielte mit dem Gedanken, Männer auszuschicken, um sie beim Aufbau des Lagers zu stören, doch Cyhan überzeugte mich, dass dies eine schlechte Idee sei. Sie hatten mindestens fünftausend kampffähige Männer, von denen ein großer Teil jederzeit bereitstand, um unsere Ausfälle zurückzuschlagen.

Die Zahl der Gegner war groß genug, um uns zu ängstigen. Sie waren uns fast in einem Verhältnis von zehn zu eins überlegen. Die größten Sorgen bereiteten mir allerdings die Belagerungswaffen. Im Hintergrund konnte ich eine ganze Reihe von Geräten entdecken. Manche der Maschinen hatte ich in Büchern gesehen, doch nie hätte ich gedacht, dass sie eines Tages gegen mich gerichtet werden würden. Es gab kleine Onager und Ballisten, die auf Radsätze montiert waren und von Pferden gezogen wurden. Die Onager waren recht einfach gebaut, lediglich ein Wurfarm und ein kleiner Eimer, in den man verschiedene Geschosse wie Steine oder Brandsätze legen konnte. Die Ballisten waren im Grunde riesige Armbrüste und wurden mit Bolzen geladen, die an große Speere erinnerten.

Weitaus erschreckender war die hohe Konstruktion, die ganz hinten stand. Wenn ich mich nicht irrte, entstand dort gerade eine riesige Blide. Diese Waffe besaß einen viel größeren Wurfarm mit einer Schlinge, in die man das Geschoss legte. An dem kurzen Ende in der Nähe der Achse befand sich ein schweres Gegengewicht. Dieses Gerät konnte man nicht so leicht bewegen, deshalb hatten sie die Einzelteile herangeschafft und bauten es jetzt zusammen, während wir zusahen. Die Größe ließ vermuten, dass man damit Geschosse, die mehrere Hundert Pfund schwer waren, über Hunderte von Schritten schleudern konnte. Sobald die Reichweite richtig eingestellt war, konnten unsere Mauern einem solchen Angriff keinesfalls standhalten.

Dorian und Mark waren bei mir auf dem Wall und beobachteten die Fortschritte der Feinde. »Ich fühle mich ein bisschen nackt«, gab Marc zu.

Dorian lachte. »Das sieht sehr danach aus, als würden wir bald mit hässlichen Belagerungswaffen beschossen werden. Kannst du nicht etwas gegen diese Dinger tun, Mort?«

»Nicht solange sie so weit entfernt sind. Wie weit können sie schießen?«, fragte ich.

Dorian überlegte. »Die Ballisten und die Blide könnten bis zu fünfhundert Schritt schaffen. Sogar noch weiter, wenn es denen, die sie bedienen, nichts ausmacht, öfter mal zu verfehlen. Die Onager müssten bis auf höchstens dreihundert Schritt herankommen.«

Diese Einschätzung gefiel mir überhaupt nicht. Seit Penny und ich die Bindung vollzogen hatten, konnte ich meine zerstörerische Magie nur noch in einem Umkreis von knapp fünfhundert Schritt wirken. Die Onager waren vermutlich kein Problem, aber ich glaubte nicht, dass ich fähig war, auf diese Entfernung die Blide auszuschalten. Also musste ich meine Pläne ändern. »Wann werden sie angreifen?«, fragte ich.

Dorian antwortete, ohne nachzudenken. »Morgen«, sagte er.

»Bist du sicher?«

»Wenn sie erst einmal ihre Stellung befestigt und die Belagerungswaffen aufgebaut haben, rücken sie nicht weiter vor. Außerdem müssen sie befürchten, dass der König Entsatztruppen schickt. Deshalb dürfen sie keine Zeit verschwenden.

Wäre ich ihr Kommandant, ich würde so bald wie möglich beginnen. Das dürfte morgen früh zu Beginn der Dämmerung sein.« Es war deutlich zu hören, dass sich mein Freund seiner Sache sicher war.

»Marc ... bringst du heute Nacht die Frauen und Kinder nach Lancaster zurück? Du weißt doch noch, wie man die Kreise benutzt, oder?«

Er seufzte. »Das hast du mich schon ein Dutzend Mal gefragt. Ja, ich kann mich ganz gut erinnern, und selbst wenn nicht, meine Göttin könnte mir das notwendige Wissen schenken. Schließlich nutze ich ja ihre Macht. Aber warum ich?«

»Es erfordert viele Sprünge hin und her«, sagte ich. »Ich will an dem Abend, bevor der Angriff beginnt, meine Kräfte möglichst schonen. Übrigens, ich werde deinen Vater mit einer kleinen Truppe losschicken, um die Abteilung der Belagerer zu erledigen, die sie vor eurer Burg zurückgelassen hatten. Deine Mutter verlangt, dass du ihn nicht wieder mit hierher bringst.«

»Ich fürchte, das wird er überhaupt nicht mögen.« Marc lachte. »Du hast mir eine wirklich unangenehme Aufgabe zugeteilt.«

Ich schnitt eine Grimasse. »Hier gibt es überhaupt keine angenehmen Aufgaben«, erwiderte ich verbittert.

In dieser Nacht verlief alles so reibungslos, wie ich es mir erhofft hatte. Marc brachte seinen Vater und eine Gruppe von etwa fünfzig Männern nach Lancaster. Ich begleitete sie nicht, aber sie waren anscheinend auch allein ohne große Schwierigkeiten fähig, die feindlichen Späher auszuschalten. Zwar wurden fünf Männer dabei verletzt, doch Marcs Göttin hatte sie schon wieder geheilt, bevor die Schlacht richtig vorbei war.

Danach versperrten sie die Tore, und Marc beförderte die Frauen und Kinder, so schnell es möglich war. Es war anstrengend für ihn, obwohl ihm seine Göttin die nötige Kraft gab.

Später erklärte er mir, dass die Energie seiner Herrin zwar grenzenlos sei, die Grenzen dessen, was er selbst tun konnte, jedoch durch seinen Körper gesetzt wurden. Je mehr von ihrer Kraft er durch sich hindurchleitete, desto höher wurde der Preis, den er in Form von Müdigkeit und Erschöpfung zahlen musste. Ich prägte mir dieses Detail ein, weil es mir später nützlich sein konnte. Immerhin hatte ich bereits mit zwei Heiligen des Mal'Goroth zu tun gehabt, und es mochten noch mehr kommen.

Penny und ich zogen uns früh zurück. Wir waren beide nicht müde, aber je mehr Zeit wir uns ließen, wenn wir so taten, als wollten wir schlafen, desto besser wurden die Aussichten, dass es uns tatsächlich gelang. Wir schlummerten unruhig, fanden aber immerhin fünf oder sechs Stunden Ruhe. Ich war sicher, am kommenden Tag alle meine Kräfte zu brauchen.

Als die Dämmerung kam, waren wir schon seit mehreren Stunden auf den Beinen. Zusammen mit Penny beobachtete ich, wie im Osten die Sonne aufging. Wir standen auf der Außenmauer und versuchten, die Vorkehrungen der Feinde zu erkennen, deren Stellung sich langsam aus der Dunkelheit herausschälte. Die meisten unserer Krieger standen hinter der Holzpalisade, die noch einmal hundert Schritt vor der Außenmauer errichtet worden war. Wir hatten die Absicht, den Feind dort so lange wie möglich aufzuhalten, ehe wir uns hinter die besser zu verteidigenden Steinmauern zurückzogen. Das war wenigstens die Version, die ich ihnen mitgeteilt hatte. Was ich allerdings wirklich vorhatte, wusste bislang noch niemand.

Penny riss die Augen weit auf, als wir das umliegende Land besser sehen konnten. Ihr Blick wanderte hin und her, von unserem Erdwall bis zu den feindlichen Linien und den Belagerungsmaschinen dahinter. Sie stieß sogar ein fast unhörbares

Keuchen aus. Ich drehte mich nach ihr um, aber sie kehrte mir den Rücken zu, um ihre Miene zu verbergen.

»Heute wird es geschehen, nicht wahr?«, fragte ich ruhig. Eine innere Stimme hatte mir verraten, warum sie so reagierte.

Sie antwortete nicht sofort, sondern wandte mir weiter den Rücken zu und schlang die Arme um sich. Ich bedrängte sie nicht, sondern wartete, bis sie von selbst zu sprechen begann. Nach einer ganzen Weile drehte sie sich wieder um. »Ja«, antwortete sie nur. Ihre Augen waren feucht.

»Woher weißt du das?«

»Seit wir heute Morgen hierheraus gekommen sind, habe ich das Gefühl, diese ganze Szene schon einmal gesehen zu haben.« Sie deutete auf das feindliche Lager. »Es sieht fast genauso aus wie in meiner Vision. Es kann ... es sind ... höchstens noch ein paar Stunden, bis ...« Ihre Stimme brach, sie konnte nichts mehr sagen. Sanft zog ich sie an mich. Sie bebte, als ich sie hielt, schmiegte sich an meine Schulter und weinte leise.

Bei alledem blieb ich seltsam ruhig. Die Ereignisse der vergangenen Wochen hatten ein wildes Durcheinander von Gefühlen ausgelöst, aber jetzt fühlte ich mich wie betäubt. Mir blieb nichts mehr zu tun, als das zu Ende zu bringen, was ich begonnen hatte. Schließlich hörte sie zu weinen auf, und ich hielt sie auf Armeslänge vor mir fest und blickte ihr ernst in die Augen. »Wenn es heute geschehen soll, dann muss ich dir mehrere Dinge sagen. Es gibt Verschiedenes, was du für mich vollenden sollst«, begann ich langsam.

Sie kniff die Augen zusammen. »Du hast schon wieder Geheimnisse.«

»Nur ein paar ... nichts Schlimmes, aber du musst meine Rolle übernehmen, sollte ich sterben, bevor der richtige Augenblick gekommen ist.«

»Worum geht es denn?«, fragte sie.

»Jetzt noch nicht. Erst müssen wir noch etwas anderes erledigen.«

»Wir müssen das noch nicht tun«, protestierte sie. »Es sind immer noch ein paar Stunden Zeit.«

»Doch, wir müssen es sogar sofort tun. Ich weiß nicht, was von jetzt an geschehen wird. Vielleicht haben wir später, wenn das Chaos herrscht, keine Gelegenheit mehr. Wir tun es jetzt gleich, und dann sage ich dir, was du wissen musst«, erklärte ich fest.

»Du hütest deine Geheimnisse wie einen Tauschgegenstand für einen Handel«, sagte sie scharf.

Das traf zwar zu, und es hätte keinen Grund gegeben, sie nicht in meine letzten Pläne einzuweihen, es sei denn, ich wollte sicherstellen, dass sie am Ende auch tatsächlich mitwirkte. »Nicht absichtlich«, log ich, »aber da der Zeitpunkt jetzt gekommen ist, bin ich froh, dass ich es getan habe.«

»Manchmal bist du ein richtiger Dreckskerl«, antwortete sie liebenswürdig. »Na gut, wie gehen wir jetzt vor?«

Als Cyhan sie eingewiesen hatte, hatte ich auf einen ganz bestimmten Teil der Bindungszeremonie besonders genau geachtet. »Zuerst nimmst du dein Schwert. Wir halten es zwischen uns. Dann bittest du mich einfach förmlich und ernst, dich freizugeben. Du musst es aber ganz ernst meinen. Ich antworte ebenso förmlich, und dann lassen wir einander los … hier drinnen.« Ich deutete auf meine Brust. Als ich auf mein Herz zeigte, schossen ihr die Tränen in die Augen.

»Einverstanden.« Mit hängendem Kopf zog sie das Schwert und hielt es quer vor mir auf den Handflächen. Als ich meine Hände auf ihre gelegt hatte, sagte sie: »Ich, Penelope Illeniel, breche nun meinen Eid und bitte dich, mich aus dieser gemeinsamen Bindung zu entlassen.« Ihre Haare waren vorn herabgefallen, sodass ich ihr Gesicht nicht sehen konnte. Allerdings entstanden auf dem Stein zwischen ihren Füßen kleine feuchte Flecken.

Ich holte tief Luft und antwortete ihr. »Ich, Mordecai Ardeth'Illeniel, entlasse dich aus unserer Bindung.« Ich legte meine Kraft hinter die Worte und spürte innerlich, wie sich unsere Geister trennten. Ein Teil von mir, der mir gar nicht bewusst gewesen war, hatte zu ihr gehört und verließ mich nun. Mir blieb das Gefühl einer furchtbaren inneren Leere, und zum ersten Mal seit Monaten war ich wieder ganz ich selbst und vollkommen allein. Das Schwert, das wir hielten, glühte einen Moment heller, und dann zerbarst es wie sprödes Glas.

Wir blieben noch eine Minute schweigend stehen, keiner von uns wagte zu sprechen. Beide wussten wir, dass die Distanz zwischen uns erheblich größer geworden war als die paar Handbreit, die uns körperlich trennten. Schließlich brach ich das Schweigen. »Wie fühlst du dich?«, fragte ich.

»Viel schwächer«, erklärte sie wehmütig. »Ich hatte vergessen, wie es ist, ganz … normal zu sein. Und du?«

»Ich fühle mich leer. Wie ein Mann, der in einem Haus lebt, das für ihn allein zu groß geworden ist«, antwortete ich wahrheitsgemäß.

Sie sah mich ernst an, suchte meinen Blick. Trotz der gerade vollzogenen Trennung erkannte ich immer noch ihre unglaubliche seelische Stärke. Jedes Mal, wenn ich sie ansah, war es so, als hätte ich mich noch einmal neu in sie verliebt. »Deine Augen sind wieder blau«, meinte sie wehmütig.

»Ich glaube, du siehst mit deinen alten braunen Augen viel besser aus«, erwiderte ich.

Sie wechselte das Thema. »Und welche Geheimnisse hast du mir jetzt zu offenbaren?«

Ich öffnete die schwere Ledertasche, die ich am Gürtel trug. Darin befand sich der Edelstein, den ich bei der Erschaffung unserer Bindung benutzt hatte. Er glühte nicht mehr. Ich ließ den Stein in Ruhe und holte zwei Tuchbeutel hervor, die ich mit Tinte markiert hatte. »In diesem Beutel sind die Steine, die den Damm sprengen«, sagte ich. »Wenn der richtige Augenblick gekommen ist, zerstörst du sie. Ich hatte gehofft, die Feinde zuerst in das Tal zurückzutreiben, aber du musst dies nun selbst beurteilen, da ich nicht mehr da sein werde.«

»Und der zweite Beutel?«, fragte sie.

»Den halte ich vorerst noch fest, aber wenn ich sterbe, bevor ich ihn einsetzen kann, musst du ihn schnell an dich nehmen. Er enthält die Zünder für die Bomben da draußen.« Ich deutete auf den Boden vor uns zwischen der Außenmauer und der Palisade.

»Aber das ist doch schon innerhalb unserer Linien, oder?« Sie war sichtlich verwirrt.

»Die Palisade ist nur eine Falle. Ich hatte kein Eisen, aber ich habe die Männer vor und hinter der Palisade große Steine vergraben lassen. Den Grund habe ich ihnen aber nicht genannt. Von unserem Erdwall aus sind sie auf einer Fläche verteilt, die etwa hundert Schritte weit ist. Die nächsten liegen rund sechzig Meter vor der Mauer. Ich befürchtete unsere eigenen Wälle zu zerstören, wenn ich sie näher gelegt hätte.«

Sie schüttelte den Kopf. »Das verstehe ich immer noch nicht. Warum hast du sie nicht weiter draußen vergraben?«

»Uns war das Eisen ausgegangen. Die Steine sind viel größer und schwerer. Ich hatte einfach nicht genug Zeit, um die Männer überall Löcher graben und Steine hineinwerfen zu lassen. Je weiter draußen man so etwas baut, desto mehr Raum muss man abdecken. Der einzige Punkt, wo sicher mit dem Feind zu rechnen war, ist die unmittelbare Umgebung.« Ich deutete nach unten und vor uns.

»Aber warum dann überhaupt die Mühe, eine Palisade zu errichten?«

»Das ist ein Teil der Täuschung. Die Feinde werden keinen Frontalangriff unternehmen, solange unsere Mauern noch intakt sind. Der Erdwall vermittelt ihnen den Eindruck, dass wir es mit der Verteidigung der Burg ernst meinen. Sobald sie dort durchbrechen, werden sie natürlich direkt angreifen. Falls sie aber warten, bis sie das Tor oder eine Mauer zerstört haben, müssen wir sie aufhalten, bis ihre gesamte Truppe nachgerückt ist«, erklärte ich eindringlich.

»Warum?«, fragte sie.

»Ich habe die Absicht, unsere Trumpfkarte erst dann auszuspielen, wenn sie alle ihre Krieger nach vorn geworfen haben. Wir müssen warten, bis der größte Teil der Angreifer direkt vor den Mauern steht, sonst verschenken wir unseren einzigen Vorteil. Wenn sie die Außenmauer schon vorher zerstören, müssen wir die Stellung halten, bis sie alle Männer in den Kampf schicken.«

»Du solltest mir den Beutel jetzt schon geben«, schlug sie vor.

»Ich hätte gern noch die Gelegenheit, ihnen ins Gesicht zu spucken und sie selbst in die Hölle zu schicken. Wenn ich schon sterben muss, dann mit einem großen Knall.« Ich lächelte böse. »Du kannst sie mir ja dann aus den kalten, toten Händen nehmen, falls ich sie bis dahin nicht selbst eingesetzt habe.«

»Ich wünschte wirklich, du würdest nicht so sprechen«, beklagte sie sich.

Mir dagegen war so leicht ums Herz wie seit Monaten nicht mehr. Trotz der Leere hatte ich das Gefühl, mir sei eine große Last von den Schultern genommen worden. »Worüber soll ich denn sonst scherzen, wenn nicht über meinen bevorstehenden Tod? Wäre es dir lieber, ich liefe wie ein Trauerkloß herum?«

Sie lachte ein wenig, bis die Tränen wieder strömten und sie mich umarmte. Ich bekam Schuldgefühle. Es war tatsächlich einfacher, derjenige zu sein, der sterben musste. Meine Reise war fast vorbei, aber sie hatte noch einen langen, einsamen Weg vor sich … ohne mich. Zum ersten Mal, seit Marc mich auf die Idee gebracht hatte, sie in Bezug auf ihren Zustand anzulügen, bekam ich ein schlechtes Gewissen. Ich hoffte, sie konnte es mir eines Tages verzeihen, wenn die Wahrheit ans Licht kam.

Die Bombardierung begann, sobald die Sonne über den Horizont gestiegen war. Da ich jetzt von der Bindung befreit war, spürte ich wieder zahlreiche Dinge, die weiter entfernt waren. Als sie die ersten Steine auf uns schleuderten, erfasste ich die Geschosse lange bevor sie uns erreichten. Einer Laune folgend sprach ich ein Wort und machte eine Handbewegung, um einen der großen Brocken aus dem Himmel zu wischen, ehe er bei uns einschlug. Ich staunte, wie klar meine Sinne waren. Nachdem ich monatelang halb blind gewesen war, fiel es mir leichter denn je, meine Kräfte einzusetzen.

»Hast du das gesehen?« Marc knuffte mich in die Seite. »Einer der Steine ist gerade zur Seite weggeflogen. Warst du das?«

Ich lächelte. »Mal sehen, wie es ihnen gefällt, wenn ich jetzt die Samthandschuhe ausziehe«, erwiderte ich etwas selbstgefällig.

»Deine Augen sind wieder blau. Bedeutet es das, was ich glaube?«, fragte er.

»Deine Idee hat wundervoll funktioniert. Ganz egal, was sonst geschieht, dafür bin ich dir in jedem Fall dankbar«, sagte ich.

»Das dachte ich mir schon«, antwortete er. »Hat sie dir mitgeteilt, was ich ihr gesagt habe?«

»Ja, und ich bin dir dankbar. Es muss dir schwergefallen sein, es auszusprechen.«

Er runzelte die Stirn. »Es hat mich gar nichts gekostet. Herzlichen Glückwunsch jedenfalls.«

Es kam mir seltsam vor, dass er mich am Tag meines Todes beglückwünschte, aber ich tat es als einen seiner erstaunlichen Scherze ab. »Versprich mir nur, dass du dich um sie kümmern wirst, damit es ihr gut geht, wenn ich fort bin.«

Er machte eine ernste Miene. »Darum musst du nicht erst bitten, Mort. Dorian und ich werden alles für sie tun, was wir können. Das weißt du doch.«

Wieder kamen Steine geflogen, prallten gegen die Palisade und hüpften dahinter über den Boden. Bisher war zwar keiner unserer Männer getroffen wurden, aber unser Glück würde gewiss nicht ewig halten. Die feindlichen Truppen rückten jetzt vor und hatten sich schon bis auf zweihundert Schritt genähert. Hinter ihnen folgten die Onager, mit denen sie die Palisade leichter treffen konnten. Einige unserer Bogenschützen schossen, obwohl wir ihnen befohlen hatten, mit den Pfeilen sparsam umzugehen. Die meisten Schüsse trafen zu kurz, und wenn nicht, dann verfehlten sie die Ziele.

Ich hob den Stab, lenkte mit einem Wort die Energie hindurch und traf mit einer Feuerlanze einen Onager. Er ging sofort in Flammen auf. Nacheinander zerstörte ich auch die anderen, bis keiner mehr übrig war. Ich spielte mit dem Gedanken, die Männer auf dem Schlachtfeld auf die gleiche Weise anzugreifen, hielt mich jedoch zurück, weil es mich erschöpft haben würde, ehe ich ihre Zahl merklich vermindert hätte. Ich dachte an den letzten Beutel an meinem Gürtel, von dem ich Penny noch nichts erzählt hatte, verwarf die Idee aber sofort wieder. So weit waren wir noch nicht.

Sobald die Onager zerstört waren, zogen sich die Feinde bis auf vierhundert Schritt zurück. Auch auf diese Entfernung konnte ich sie noch erreichen, es schien mir jedoch ratsam, ihnen dies noch nicht zu offenbaren. Dann warteten beide Seiten erst einmal ab. Ich hatte gehofft, sie könnten sich zu einem voreiligen Sturm auf unsere Stellung entschließen, doch sie schienen damit zufrieden zu sein, einfach abzuwarten, während die Blide ihre Arbeit tat. In der Zwischenzeit geschah nichts weiter als ein gelegentlicher Schuss aus einer Balliste. Jene, die sie bedienten, waren unangenehm treffsicher. Sobald sie die Entfernung richtig eingeschätzt hatten, suchten sie sich die Ziele sorgfältig aus. Aus fünfhundert Schritt Entfernung verfehlten sie ebenso oft, wie sie trafen, aber wenn sie eben doch trafen, dann war das Ergebnis grauenhaft. Mehrere unserer Männer wurden gepfählt, ehe die anderen überhaupt begriffen, dass sie sich nicht blicken lassen durften.

So entstand ein tödliches Patt, das alle paar Minuten von dem Dröhnen der Blide unterbrochen wurde. Jedes Mal, wenn sie sie drüben auslösten, flog ein mehrere Hundert Pfund schwerer Felsblock in unsere Richtung. Die ersten Schüsse lagen zu kurz, doch sie stellten die Maschine systematisch nach, bis die Steine die Außenmauer trafen.

Dorian fand mich, als ich die gleichmäßige Zerstörung der Mauer vom Boden aus und innerhalb unserer Palisade beobachtete. »Kannst du denn nichts gegen diese verdammte Maschine tun?«, fragte er.

»Sie ist zu weit entfernt«, antwortete ich ruhig. »Ich könnte die Steine ablenken, aber das würde gar nicht meinem Ziel entsprechen.«

»Sollen sie etwa die Mauer zerstören?«, fragte er ungläubig.

»Ganz genau. Einen Großangriff werden sie erst befehlen, wenn es einen offenen Zugang gibt«, erwiderte ich.

Misstrauisch beäugte er mich. »Was hast du vor?«

»Etwas Großes«, antwortete ich. »Sorg dafür, dass sich die Männer rasch zurückziehen, nachdem sie an der Palisade zum Schein etwas Widerstand geleistet haben. Außerdem … gibt es eine Möglichkeit, die Angreifer daran zu hindern, durch die Bresche einzudringen, nachdem sie einen Teil der Mauer eingerissen haben?«

Er grunzte. »Schon, aber dabei würden viele Leute sterben. Ich habe schon Anweisung gegeben, dass hinter dem Bereich, den die höllische Maschine bearbeitet, eine provisorische Barrikade errichtet wird.«

Wieder traf ein riesiger Brocken die Mauer. Steinsplitter flogen in alle Richtungen. »Wenn sie dann endlich angreifen, sollen die Bogenschützen so lange schießen, bis die Gegner den Erdwall fast erreicht haben. Sobald sie auf fünfzig Schritt oder so heran sind, sollen sie zum Tor rennen«, wies ich ihn an.

»Die Palisade kann aber länger halten«, wandte er ein. »Wir sollten sie teuer dafür bezahlen lassen. Sobald wir einmal drinnen sind, können wir die Lücke in der Mauer nicht länger als für ein paar Stunden sperren.«

Ernst sah ich ihn an. »Wäre es verdächtig, wenn wir früher zum Tor rennen?« Ich wollte so viele Menschen wie möglich retten, aber nun musste ich meinen Plan wohl erst noch überdenken.

»Verdächtig?«, fragte er. »Aber natürlich!« Wenn wir einfach so unsere äußere Verteidigungslinie aufgeben und sie zum Durchbruch vorstoßen lassen, dann sieht das seltsam aus. Wäre ich der gegnerische Kommandant, so würde ich entweder annehmen, dass hier ein Narr das Kommando führt, oder mit einer Falle rechnen.«

Ich holte tief Luft. »Na gut. Dann pack es so an, wie du es für richtig hältst. Sorg aber dafür, dass so viele Menschen wie möglich überleben.« Mir gefiel nicht, dass die Männer auf dem Grund sterben sollten, den ich ohnehin nicht halten wollte.

Dorian warf mir einen seltsamen Blick zu. »Was genau hast du mir jetzt verschwiegen?«

»Vertrau mir«, erwiderte ich lächelnd.

»O nein! Auf gar keinen Fall. Das hast du schon viel zu oft gesagt. Wenn ich diese Burg verteidigen soll, dann muss ich auch wissen, was du planst.« Dorian stemmte die Hände in die Hüften und zeigte sich ausgesprochen störrisch.

»Wir müssen so viele Gegner wie möglich direkt vor der Mauer haben. Ich glaube, ich kann die meisten von ihnen ausschalten, wenn sie mit voller Kraft angreifen«, erwiderte ich.

»Wie denn?«

»So ähnlich wie auf der Straße«, antwortete ich.

»Willst du mir damit sagen, dass meine Männer auf deinen Bomben herumlaufen?«, schrie er.

Ich versuchte, ihn zu beruhigen. »Ja. Aber sprich leise. Wenn du die Männer verschreckst, sind wir erledigt.«

Auf einmal schloss er den Mund, da ihm bewusst wurde, wie laut er gesprochen hatte. Erheblich leiser fuhr er schließlich fort: »Ich gehe jetzt da raus, Mort. Wenn da etwas in die Luft fliegen soll, dann will ich bei ihnen sein. Hast du das verstanden?«

Ich nickte. »Sorg nur dafür, dass es auch echt aussieht. Davon hängt alles ab, Dorian. Wenn sie nicht darauf hereinfallen, haben wir verloren. Ich habe keine anderen Tricks mehr im Ärmel.«

»Keine Sorge. Es wird so wirklich erscheinen, dass du glauben musst, wir sterben da draußen. Das Blut, das fließt, wird nicht nur ihres sein.« Damit drehte er sich um und verschwand.

38

Langsam verstrich der Morgen. Die Blide hatte in der Nähe des Zwingers den oberen Teil der Außenmauer zu Schutt zerlegt. Was noch stand, lehnte sich nach innen und sah aus, als würden ein oder zwei gute Treffer ausreichen, um alles zusammenbrechen zu lassen. Normalerweise hätten wir versucht, die Steine von innen abzustützen, aber nun ignorierten wir den Schaden. Je eher die Mauer zusammenbrach, desto besser.

Die Männer hinter der Palisade wurden immer nervöser. Sie spürten, dass der Ansturm kommen würde, sobald die Mauer durchbrochen war. Dorian und Cyhan liefen ständig zwischen ihnen hin und her und taten alles, um ihr Selbstvertrauen zu stärken.

Penny folgte mir wie ein Schatten und entfernte sich nie weiter als zehn Schritte. *Allmählich erinnert sie mich an einen Geier*, dachte ich wenig freundlich. Ich konnte ihr kaum noch in die Augen sehen. Jeder wissende Blick entlockte ihr neue Tränen.

Die größten Sorgen machte ich mir, weil es die ganze Zeit über keinen einzigen magischen Angriff der Gegner gab. Ich hatte bereits zwei von Mal'goroths Heiligen getroffen und musste annehmen, dass es noch mehr gab. Immer wieder suchte ich mit dem geistigen Auge die Reihen der Feinde nach der dunklen Aura ab, an der ich sie hätte erkennen können. Doch ich fand absolut nichts. Selbst mit ihren begrenzten Fähigkeiten hätten sie einige unserer Männer ausschalten können, wenn sie es nur ernsthaft versucht hätten. Aber das war bisher nicht geschehen. Dies beunruhigte mich, weil es nur bedeuten konnte, dass der Feind etwas im Schilde führte.

Über uns sauste wieder ein großer Stein hinweg. Er traf punktgenau den unteren Teil des geschwächten Bereichs in der Außenmauer. Eine Sekunde lang geschah gar nichts, dann brach die Wand nach innen zusammen. Damit hatte sich eine Bresche geöffnet, die mehr als sieben Schritt breit war, und ein Schutthaufen war alles, was die Feinde davon abhielt, in die Burg einzudringen. »Das müsste es dann sein«, sagte ich zu mir.

Penny zupfte mich am Ärmel. »Wag dich ja nicht zu weit vor.«

»Das ist auch gar nicht meine Absicht«, antwortete ich. »Glaubst du, das könnte mich retten?«

»Sei einfach vorsichtig. Vielleicht habe ich mich geirrt, vielleicht …« Vor Angst riss sie die Augen weit auf.

»Ich werde mich bemühen, aber ich habe gelernt, deinen Visionen zu vertrauen. Was geschehen muss, wird eben geschehen«, antwortete ich ihr.

Die Männer an der Palisade riefen etwas. Die Feinde hatten mit dem Vorstoß begonnen. Ich ließ Penny stehen und ging zu ihnen hinüber. Gemeinsam beobachteten wir den Ansturm der Krieger aus Gododdin. »Hört auf zu schießen, verdammt!«, schrie Dorian. Einige Männer hatten bereits mehrere Pfeile vergeudet. »Wartet, bis ich den Befehl gebe!«

Die Fußsoldaten rannten über das Schlachtfeld auf uns zu und näherten sich rasch. Die Anspannung der Männer in meiner Umgebung war fast unerträglich. Alle hatten längst schon die Pfeile auf die Sehnen gelegt und warteten nur noch auf den Befehl. Nach einer scheinbar endlos langen Zeit gab ihn Dorian endlich. »Feuer frei!«

Fünfhundert Männer richteten sich auf und ließen die Pfeile fliegen. Die Feinde waren nur noch hundert Schritt entfernt, und die Stahlspitzen der Geschosse waren tödlich. Wer stürzte und noch lebte, wurde von den Kameraden totgetrampelt. Wieder flogen die Pfeile, und nach wie vor stürzten die Gegner, aber die Männer aus Gododdin rückten weiter vor. Auf fünfzig Schritt Entfernung verfehlten nur noch wenige Pfeile ihre Ziele, und wir hörten die Schreie der Gefallenen. Unbeirrt stürmten sie weiter und erreichten nach einer letzten Salve endlich die Palisade.

Sie mussten zuerst bergab in den Graben laufen, wobei viele stolperten und Mühe hatten, sich wieder aufzurichten. Unsere Pfeile trafen immer noch mit tödlicher Wirkung. Wenige Augenblicke später kletterten die Ersten empor, um an den zugespitzten Pfählen auf dem Erdwall vorbeizukommen und uns zu erreichen. Nun schossen auch wieder die feindlichen Ballisten und jagten die grausamen langen Bolzen in unsere Reihen.

Schon stürmten die Angreifer mit aller Macht gegen die niedrige Palisade und kippten sie stellenweise allein durch ihr Körpergewicht um. Unterdessen hatten die Verteidiger von Washbrook zu den Speeren gegriffen und erstachen diejenigen, die an dem Wall vorbei eindringen wollten. Am Ende war es jedoch vergebens. Verzweifelte Kämpfe brachen an verschiedenen Stellen aus, als die dünne Barrikade zusammenbrach und die Feinde hereinströmten.

»Rückzug! In die Burg!«, überbrüllte Dorian die Kampfgeräusche.

Ich hob den Stab und deckte die Feinde in der Nähe mit Feuerlanzen ein. So räumte ich in der unmittelbaren Umgebung einen Bereich von acht Schritten frei. Dann sprang ich auf den Erdwall und überblickte das Schlachtfeld, griff in die Tasche und zog eine Handvoll kleiner Eisenkugeln hervor. Sie waren nicht größer als das letzte Daumenglied eines Mannes. Mit einem Wort und einem Pusten schickte ich sie los, damit sie verschiedene Stellen an der Außenseite der halb zertrümmerten Palisade trafen. Sobald sie ihre Ziele erreicht hatten, sprach ich wieder und gab die Energie frei, die in ihnen aufgestaut war. Als die Kugeln explodierten, entstanden kleine

Feuerbälle, die jeden im Umkreis von drei Schritten töteten. Hoffentlich gewannen unsere Soldaten dadurch genug Zeit für den Rückzug.

Ringsherum schlugen Pfeile ein, einige trafen auch meinen Schild, richteten jedoch keinen Schaden an. Es gab nicht viel, was sie tun konnten, um mich aufzuhalten. Ein böses Lachen stieg in mir empor, als ich die Feinde zu Dutzenden tötete. Ich bemerkte kaum das purpurne Glühen, als die Heiligen in den Reihen der Feinde eingriffen.

Penelope Illeniel beobachtete die Krieger, die in ihre Richtung strömten, als die Wehranlage in Trümmer ging. Sie hatte nur Augen für einen einzelnen Mann, der wie ein Irrer auf einem Erdhügel stand und Feuer und Tod aussandte, um die Feinde zu begrüßen. *Du Idiot!*, dachte sie. *Ich habe dir doch gesagt, du sollst dich bedeckt halten.* Sie wollte schon zu ihm rennen und ihn herabziehen, als blitzartig eine neue Vision über sie kam.

Wie gebannt stand sie da und konnte sich nicht bewegen, während ihre Gabe ihr die Zukunft zeigte. Das Bild entsprach dem vorherigen, doch nun erkannte sie einen neuen Weg und eine Entscheidungsmöglichkeit, wo vorher nichts als das unausweichliche Schicksal gedroht hatte. Es war ein Weg, der zu einem ganz anderen Abschluss führen würde. Ohne jedes Zögern entschied sie sich, blinzelte, nahm die Szene in sich auf und rannte auf Mordecai zu. *Ich muss mich beeilen!*, dachte sie. Jemand legte ihr eine Hand auf den Arm und hielt sie fest.

»Du läufst in die falsche Richtung!«, schrie Cyhan sie an. Sein Griff war unglaublich stark, zumal sie jetzt nicht mehr über die Kräfte der Bindung verfügte.

Sie schüttelte den Kopf. »Nein! Ich muss ihm etwas sagen! Lass mich los!« Sie wehrte sich gegen den Griff des großen Mannes. Dabei erwiderte sie seinen Blick, und als er sie ansah, war ihm das Entsetzen deutlich anzumerken.

»Deine Augen!«, sagte er. »Was hast du getan?«

»Was ich tun musste!«, schrie sie ihn an. Mit einem Ruck entzog sie sich und wich zurück, um zu Mordecai zu eilen.

Cyhan hatte schon das Schwert gezogen, in seinen Augen lag ein gefährlicher Glanz. »Du hast deinen Eid gebrochen, Mädchen.« Er machte einen Schritt auf sie zu und schlug mit dem Schwert nach ihrem Kopf.

Penelopes alte Waffe war zerstört, aber sie hatte eine neue Klinge und wehrte seinen Hieb ab. Natürlich besaß sie nicht mehr die Kraft und Geschwindigkeit, die ihr die Bindung verliehen hatte, doch alles, was sie über den Schwertkampf hatte lernen können, wusste sie noch. »Was tust du da?«, fragte sie.

»Was du selbst hättest tun sollen«, antwortete Cyhan tonlos. Wieder schlug er zu und fegte ihre eilig aufgebaute Abwehr beinahe vollständig weg. Ehe sie sich wieder fangen konnte, trat er blitzschnell zu und brachte sie aus dem Gleichgewicht. Dann sprang er an ihr vorbei und rannte auf den ahnungslosen Mordecai zu, der ihr den Rücken zukehrte.

Mit der Kraft der Verzweiflung streckte sich Penny und erwischte Cyhan am Fußgelenk. Er stolperte und stürzte. Im gleichen Moment zog sie sich hoch und versetzte ihm einen Tritt in die Nieren. Der Veteran keuchte und wand sich, um einen schlecht gezielten Schlag auf ihr Kinn loszulassen. Wie eine Irre warf sie sich auf ihn und kämpfte mit aller Kraft, die sie noch besaß.

Sekunden später war der Kampf vorbei. Der große Krieger packte sie an den Haaren und drosch ihr eine Faust in den Bauch. Sie krümmte sich vor Schmerzen, als die Luft aus ihren Lungen entwich. Während sie noch um Atem rang, richtete er sich wieder auf und spuckte aus. »Ich dachte, du wärst klüger.« Er wollte noch einmal zuschlagen, hielt aber abrupt inne, als er hinter sich eine Stimme hörte.

»Auf wessen Seite stehst du?«, fragte Dorian. Kalte Wut sprach aus seinen Worten.

»Aus dem Weg, Thornbear. Euer Magier hat die Grenze

überschritten«, warnte ihn Cyhan. Flammen loderten empor, eine Explosion in der Nähe untermalte seine Worte.

Cyhan schlug sofort zu, als Dorians Augen abirrten. Das Schwert kam herum und sollte den jüngeren Mann treffen, ehe dieser sich überhaupt verteidigen konnte. Doch der erfahrene Krieger hatte nicht mit der Wendigkeit seines Gegners gerechnet. Dorian wich zur Seite aus und brachte die eigene Klinge ins Spiel. Der Stahl blitzte, als die beiden Männer erbittert kämpften.

Penny richtete sich auf und wollte zu Mordecai hinüberlaufen. Dabei behielt sie das tödliche Schauspiel in der Umgebung genau im Auge. Für den ungeübten Beobachter mochten die beiden Krieger einander ebenbürtig sein. Cyhan verfügte über eine große Geschicklichkeit und Anmut, die er sich durch lebenslanges Üben erworben hatte. Dorian besaß eine natürliche Begabung, dazu seine Jugend und sein Tempo und machte damit anscheinend wett, was ihm an Erfahrung fehlte. Penny wusste es jedoch besser. Dank ihrer eigenen Ausbildung konnte sie den Verlauf des Zweikampfs genau einschätzen. Dorian war kurz davor zu verlieren. Bei jedem Schlagabtausch verlor er ein wenig mehr das Gleichgewicht und hatte schon Mühe, das Schwert rechtzeitig zu heben, um Cyhans Klinge abzufangen.

Die beiden Männer hatten zusammen trainiert, doch nun zeigten ihre Mienen jeweils tödliche Entschlossenheit. Dies war kein Übungskampf. Schweigen breitete sich auf dem Schlachtfeld aus, während sie kämpften, als hätte der ganze Krieg aus Achtung vor ihrem persönlichen Zwist innegehalten. Dann aber erkannte Penny, was tatsächlich geschehen war. Die Explosionen hatten aufgehört. Sie blickte hoch und konnte erkennen, dass sich Mordecai nicht mehr bewegte. Der ganze Körper war angespannt, als kämpfte er gegen eine gewaltige Kraft an, während er – für den Feind deutlich sichtbar – auf dem Wall stand. Mit einem Aufschrei rannte sie los und versuchte, ihn zu erreichen, ehe es zu spät war.

Inzwischen geriet Dorian immer weiter ins Hintertreffen. Der Mann, gegen den er kämpfte, war geschickter als jeder andere, dem er je begegnet war. Und trotz seiner Bemühungen musste er damit rechnen, dass ihn Cyhans Klinge früher oder später traf. Noch ein Schlagabtausch, und die Funken flogen, als die Klinge des älteren Mannes an Dorians Arm entlangglitt und das Kettenhemd traf, das Mordecai für ihn verzaubert hatte. In diesem Augenblick erkannte Dorian, was er zu tun hatte. *Hoffentlich liegst du mit dieser Rüstung richtig, Mort*, dachte er bei sich. Dorian rutschte aus und verlor fast das Gleichgewicht. Seine linke Flanke war nun völlig ungeschützt. Rascher, als das Auge folgen konnte, traf Cyhans Klinge die Gegend von Dorians Magen. Die Wucht des Stoßes war groß genug, um jede Rüstung zu durchbohren, doch der Zauber hielt auch jetzt noch. Dorian spürte lediglich einen Stoß, als hätte er einen Fausthieb abbekommen. Aber darauf war er vorbereitet. Er packte die Schwertspitze mit der gepanzerten Hand und ließ das eigene Schwert auf die gefangene Klinge niedersausen. Der verzauberte Stahl glitt mühelos hindurch, und der ältere Krieger hatte nur noch einen kleinen Stummel seiner Waffe in der Hand.

Überrascht verzog Cyhan das Gesicht. In diesem Moment schlug Dorian schon wieder zu. Hätte er getroffen, so hätte er dem Mann den Kopf abgehackt. Der erfahrene Krieger sprang jedoch beizeiten zurück, sodass es bei einer tiefen Schnittwunde quer über die Wange und die Nase blieb. Er knirschte vor Schmerzen mit den Zähnen und sah sich fieberhaft nach einer Waffe um, als Dorian erneut vorstieß. Den schweren Pfosten, der ihn von hinten traf, sah Cyhan nicht einmal. Lautlos brach er zusammen.

Marcus ließ den Balken fallen, den er aus der umgestürzten Palisade genommen hatte, und lächelte Dorian an. »Das war ich ihm schuldig.« Das Lächeln verging ihm jedoch, als er sah, was gerade auf dem Erdwall geschah.

39

Meine Aufmerksamkeit verlagerte sich, sobald ich bemerkte, dass ich nicht der einzige mit Magie begabte Kämpfer auf dem Schlachtfeld war. Dunkle, violette Auren umgaben nicht weniger als fünf Männer und breiteten sich zwischen den vorrückenden Soldaten aus. Der nächste Heilige war höchstens fünfzig Schritte von mir entfernt. Ehe ich reagieren konnte, schossen aus verschiedenen Richtungen amethystfarbene Strahlen herbei und hüllten mich ein.

Hinter mir hörte ich Kampfgeräusche, hatte aber keine Zeit, mich darum zu kümmern. Die lavendelfarbenen Strahlen wanderten über meinen Schild und drückten ihn mit großer Kraft zusammen. Einzeln wären die Heiligen kein Problem gewesen, denn sie waren nicht sonderlich stark. Zusammen konnten sie jedoch mehr Kraft aufbieten, als ich abzuwehren vermochte. Der Schweiß stand mir auf der Stirn, als ich versuchte, trotz der dunklen Energien meine Abschirmung zu halten.

In der Ferne hörte ich einen Singsang und ein dumpfes Pochen, das an ein riesiges Herz erinnerte. Ich spürte sofort, dass es das Herz der Erde war. Verzweifelt rief ich es an: *Hilf mir!* Sofort entstand unter meinen Füßen eine große Kraft, die mich durchflutete. Mit einem Jubelschrei zertrümmerte ich die Kraftlinien, die mich festhielten. Ich fühlte mehr, als dass ich sah, wie ein mächtiger Ballistapfeil vorbeiflog. Er hatte mich höchstens um eine Handbreit verfehlt, als ich gelähmt dort stand und meine eigene Schlacht ums Überleben kämpfte.

Ich hob den Stab und zielte auf den nächsten Heiligen. Die Flammen schossen auf ihn zu. Dies war keine scharf gebündelte Linie, sondern ein weiter Flammenkegel, der den Heiligen einäscherte – und ebenso alles andere in einem Umkreis von zehn Schritt. Die Machtfülle überkam mich wie ein Rausch, und so wandte ich mich dem zweiten Heiligen zu, um auch ihn zu verbrennen. Die anderen drei verdoppelten ihre Anstrengungen, waren jedoch nicht stark genug, um mich aufzuhalten. Ich richtete die Kraft meines Stabes neu aus und verbrannte auch sie einen nach dem anderen mit einem gebündelten Lichtstrahl.

Ehe ich den nächsten Schritt tun konnte, traf mich jedoch etwas Hartes, und ich stürzte rückwärts den Erdhügel hinunter. Penny richtete sich dort auf, wo ich gerade noch gestanden hatte. Sie war es gewesen, die mich gestoßen hatte. Jetzt rief sie mir etwas zu, das ich nicht verstehen konnte. Als sie einen Schritt auf mich zu machte, traf sie der Ballistenbolzen von hinten.

Die Zeit stand still, als die Spitze des riesigen Pfeils vorne aus ihrer Brust herausplatzte. Das Blut spritzte hervor, Penny stolperte und stürzte mit schockiertem, vor Schmerz verzerrtem Gesicht. Ich hatte den Mund zu einem wortlosen, stummen Schrei geöffnet und rannte sofort zu ihr. Als ein wirrer Haufen lag sie da, der dicke Holzschaft hatte sich in den Boden gebohrt, und sie rutschte daran entlang nach unten.

Mit einer Kraft, über die ich selbst staunte, zog ich sie hoch und riss die Speerspitze aus dem Boden. Ihr Herz schlug noch, aber das Blut strömte als ein roter Schwall aus der Wunde. Aus irgendeinem Grund war sie sogar noch bei Bewusstsein und suchte meinen Blick, während die Lippen lautlos hauchten: »Es tut mir leid.« Ein zweiter mächtiger Bolzen raste vorbei, als ich sie ungeschickt hob und zur Burg rannte.

Dorian und Marc liefen neben mir und schleppten den offenbar bewusstlosen Cyhan mit. Die Feinde schwärmten jetzt überall durch unsere unzulänglichen Verteidigungsanlagen und drangen in die Burg vor. Die Pfeile der Verteidiger auf den Mauern töteten einige derjenigen, die uns abfangen wollten. Überall drohte der Tod, doch ich hatte keine Zeit für irgendetwas anderes. Ich verlangte meinen Beinen alles ab und brachte Penny so schnell ich konnte durch das Burgtor in Sicherheit.

Eine Ewigkeit später, in Wirklichkeit waren es nur Sekunden, rannten wir durch den steinernen Torbogen. In der Burg nahmen gerade die Bewaffneten Aufstellung und hoben die Speere, um die Eindringlinge so lange abzuhalten, bis alle unsere Leute drinnen angelangt waren. Gleich darauf schlossen sich die schweren Türen, und dahinter rasselte mit großem Getöse das Fallgatter herunter. Ich wagte es nicht weiterzulaufen und legte Penny zu Boden, um mich zu konzentrieren und ihre Verletzung zu untersuchen.

Der innere Schaden war entsetzlich. Die Wirbelsäule war halb durchtrennt, ein großes Blutgefäß im Bauch blutete stark. Irgendwie hatte der Bolzen ihr Herz verfehlt, aber ein Lungenflügel war kollabiert und der andere verletzt. Als Erstes versiegelte ich das Blutgefäß, um den Blutverlust einzudämmen, aber das konnte nur eine vorübergehende Maßnahme sein. Die Organe, die es versorgte, würden bald versagen, wenn ich nicht rasch den normalen Blutkreislauf wieder in Gang brachte.

Marc stand neben mir. Voller Hoffnung sah ich ihn an. Mein Vater war in seiner Abwesenheit gestorben, aber vielleicht konnte er in der jetzigen Lage Penny retten. »Bitte hilf ihr«, flehte ich ihn an. Er nickte, kehrte den Blick nach innen und bat seine Lady um Hilfe für Penny.

Die kalte Stimme, die einen Augenblick später aus seiner Kehle drang, erschreckte mich bis ins Mark. »Du hast uns verraten, Magier. Deine Bindung ist gebrochen.«

Entsetzt starrte ich ihn an. »Dafür hat sie keine Zeit mehr. Bitte … du musst sie retten!«

»Sie stirbt an deiner Stelle. Das ist die gerechte Strafe für die Eidbrüchigen. Eigentlich solltest du ebenfalls tot sein.« Millicenths Stimme war ohne jedes Mitgefühl. Marcs Miene konnte ich jedoch entnehmen, dass er sich innerlich gegen sie sträubte.

»Verdammt sollst du sein, Millicenth! Wenn du ihr nicht hilfst, dann werde ich dafür sorgen, dass du und deinesgleichen durch meine eigene Hand sterben!«, rief ich. Es mochte zwar eine leere Drohung sein, doch zu vernünftigen Erwägungen war ich ohnehin nicht mehr fähig.

»Du hast dich für dein Schicksal entschieden«, antwortete sie. »Wir können nur hoffen, dass du den Tod findest, ehe dich Mal'goroth in Besitz nimmt.« Marc schnitt gequälte Grimassen, während er sich gegen den Willen der Göttin sträubte. Angespannte Sekunden vergingen, bis ich eher fühlte als sah, dass sie ihn verließ. Er sackte neben mir auf die Knie und sah sich verzweifelt um.

»Sie hat uns verlassen«, stöhnte er hoffnungslos.

Ich achtete nicht weiter auf ihn, sondern konzentrierte mich wieder auf Penelope. Wie bei meinem Vater stand ich vor einer unlösbaren Aufgabe. Der Schaft musste herausgezogen werden, gleichzeitig sollte ich aber auch ihr Blutgefäß und die beschädigten Organe reparieren. Das konnte ich nicht von außen tun. Ich wandte mich an Dorian. »Schneide die Spitze des Schafts ab.« Ich deutete auf die breite Stahlklinge des Ballistenbolzens.

Er zog das Schwert und durchschlug den Schaft mit einem einzigen Hieb. »Was hast du vor?«, fragte er.

»Etwas Dummes, und wenn es nicht klappt, werden wir beide sterben. Zähl bis dreißig. Dann ziehst du den Schaft heraus.« Ich wandte mich an Marc. »Halte sie für mich. Ich muss loslassen.« Er nickte und umarmte sie, während ich sie freigab. »Leg sie neben mich, damit ich ihr Gesicht sehen kann«, fügte ich hinzu. Er gehorchte, und Dorian hockte sich hinter sie, die Hände auf den dicken Bolzen gelegt. Als ich neben ihr lag, konnte ich ihr in das bleiche Gesicht blicken und die letzte Anweisung geben. »Zähl jetzt, Dorian.« Ich fügte noch einige lycianische Worte hinzu, und dann verschwand die Welt, während mein Bewusstsein den Körper verließ und spiralförmig in den Leib der sterbenden Frau eindrang, die ich liebte.

Die Schmerzen überwältigten mich beinahe, sobald ich die Signale wahrnahm, die von Pennys zerfetzter Wirbelsäule ausgingen. Fast brachten mich die Qualen aus dem Gleichgewicht. Es war schwer, einen ruhigen Ort in ihr zu finden. Das Herz schlug mühsam und stockend und hielt den Blutstrom in Gang, so gut es noch möglich war. Zuerst blockierte ich die Schmerzen, die von den zerfransten Nerven und der beschädigten Wirbelsäule ausgingen, was auch mir selbst die Arbeit erleichterte. Dann konzentrierte ich mich auf den hölzernen Schaft, der durch ihren Körper ging. Er hatte sogar die Leber durchbohrt, und der stählerne Kopf hatte das Blutgefäß zerrissen, das sie versorgte. Außerdem war eine Lunge geöffnet, und mehrere andere innere Organe schienen ebenfalls beschädigt.

Die Arterie hatte ich bereits verschlossen, damit Penny nicht verblutete, doch ich musste die Verbindung bald wiederherstellen. Das konnte ich aber nicht tun, solange der Bolzen noch in ihrem Körper steckte. Während ich wartete, drängte ich das Blut aus den verletzten Lungen und flickte die große Schnittwunde. Dann spürte ich den Zug, als der Holzschaft herausglitt. Neue Schmerzen schossen durch ihren Körper, beinahe wäre auch ich ohnmächtig geworden. Wenn ich jetzt die Kontrolle verlor, konnten wir beide sterben.

Ich nahm meine ganze Willenskraft zusammen, ignorierte die Schmerzen und verschloss die Wunde, die zurückblieb, nachdem der Bolzen verschwunden war. Die Behandlung der Leber war recht einfach, nur die große Arterie machte mir Schwierigkeiten. Sobald ich die beiden verletzten Teile zusammengefügt hatte, schoss das Blut hervor. Die Panik untergrub meine Zuversicht, doch ich ließ nicht locker, bis das Blutgefäß wieder in Ordnung war.

Danach kümmerte ich mich um die zahlreichen weniger gefährlichen Verletzungen im Bauch und heilte kleinere Blutgefäße und die inneren Organe. Erstaunlicherweise war ihr Unterleib völlig unversehrt geblieben. Als ich mich konzentrierte, erschrak ich, denn ich spürte einen zweiten Herzschlag. Sie war schwanger. Meine vorsätzliche Lüge war unvermutet zu einer Wahrheit geworden.

Das Leben in ihr war zwar winzig, aber stark. Ich spürte etwas, das Furcht ähnelte. Mit dem Geist berührte ich es und bemühte mich, es zu beruhigen. *Du bist sicher, dein Vater ist hier*, dachte ich. Das ungeborene Kind schien zu antworten. Gefühle, die ich nie in mir vermutet hätte, durchströmten mich, und ich beschloss, alles nur Menschenmögliche zu tun, um sie beide zu retten.

Die einzige Aufgabe, die jetzt noch blieb, war zugleich die schwierigste. Wenn Penny jemals wieder so leben sollte wie früher, musste ich ihr Rückgrat in Ordnung bringen. Die unzähligen fein verästelten Nerven stellten mich jedoch vor unlösbare Schwierigkeiten. Langsam sortierte ich die losen Enden und versuchte, die passenden Gegenstücke zu finden. Doch es waren einfach zu viele. Die Furcht lähmte mich. Diesen Schaden konnte ich nicht beheben.

Ich hielt inne und konzentrierte mich auf ihr Herz, das wieder ruhiger schlug. Als ich lauschte, hörte ich tief unter uns den dumpferen Herzschlag der Erde. Es war ein tiefer, urtümlicher Laut, der gewiss schon existiert hatte, ehe irgendeiner von uns geboren worden war. Ich tastete mit dem Geist danach und rief ihn abermals an: *Bitte hilf mir, ich kann dies nicht heilen*. Doch auch wenn mich die Erde hörte, sie antwortete nicht. Es war dumm gewesen anzunehmen, etwas so Fremdartiges könnte bei der Heilung eines Menschenwesens mitwirken.

Ich höre dich, Mordecai, antwortete die Stimme auf einmal. Es war die Stimme der Steinfrau, auch wenn ich sie nicht mit meinen Augen sah.

Jetzt kenne ich deinen Namen, gab ich im Geiste zurück. *Du bist Moira Centyr gewesen.*

Ja!, antwortete sie triumphierend. *Ich hatte nicht gehofft, mich noch einmal an den Namen erinnern zu dürfen.*

Kannst du mir helfen? Ich weiß nicht, wie ich dies in Ordnung bringen soll.

Nein. Du musst es selbst tun, aber ich kann dir den Weg zeigen. Entspanne deinen Geist. Dein Bewusstsein kann etwas so Kompliziertes nicht heilen, du musst es fühlen. Schick dein Gefühl durch ihren Körper, und du wirst erkennen, wohin die Nerven führen müssen. Benutze das Gefühl, um alles wieder so einzurichten, wie es vorher war. Das Denken stört nur deine Bemühungen.

Ich folgte der Anleitung und tastete mich durch die Kanäle in Penelopes Wirbelsäule. Sobald ich mich entspannte, wallte etwas in mir empor, und die Gefühle strömten wieder von ihren Füßen bis zum Gehirn. Eine Ewigkeit verging, während ich neben ihr lag, im Licht badete und mich durch alle Nerven in ihrem Körper tastete. Dabei fand ich mehr Schäden, als ich anfangs bemerkt hatte, viele Dinge, die mir vorher entgangen waren. Auch dies brachte ich in Ordnung.

Endlich war ich fertig und ruhte erschöpft in ihrem Körper. Meine Sinne hatten sich verdunkelt, und ich konnte nichts mehr spüren, was sich außerhalb ihres Körpers befand. Mein Bewusstsein irrte ab, ich wollte nichts mehr als mich entspannen und schlafen. Auf einmal zog ein kühler Wind meinen Geist fort … er rief mich zu einem anderen Ort.

Hör auf!, rief Moira in meinen Gedanken. *Du musst sie verlassen, du bist schon viel zu lange in ihrem Körper gewesen.*

Ich bin müde. Ich weiß nicht, wie ich meinen Körper finden kann. Lass mich einfach schlafen, antwortete ich.

Benutze ihre Augen, weck sie auf!

Grollend gehorchte ich und schickte Reize in Penelopes Gehirn, um sie aus der Ohnmacht zu wecken. Zuerst war sie verwirrt, als sie mich in sich spürte. Sobald sie aber die Augen öffnete, konnten wir meinen erschlafften Körper neben ihr sehen. Einen Moment lang hielten wir das liebevolle Gefühl fest, und dann warf ich mich hinüber und suchte meinen eigenen Körper. Die Dunkelheit umfing mich. Ich wurde ohnmächtig, ohne überhaupt zu wissen, ob ich den richtigen Ort gefunden hatte oder nicht.

40

Allmählich wachte ich auf. Als ich die Augen öffnete, erkannte ich, dass ich mich in meinem eigenen Bett befand. Penny lag wach neben mir und sah mich an. Einige Minuten lang sprachen wir nicht und waren einfach damit zufrieden, dass der andere noch lebte.

»Ich habe dich gefühlt«, sagte sie leise. »Ich lag im Sterben, aber du wolltest mich nicht gehen lassen.«

Ein Kloß entstand in meiner Kehle. »Das konnte ich nicht.«

»Du wärst fast zusammen mit mir gestorben«, meinte sie.

»Besser das als die Alternative«, antwortete ich. »Übrigens bist du wirklich schwanger.«

»Das hast du mir doch schon gesagt.« Sie machte ein verwirrtes Gesicht. »Geht es dem Baby gut?«

»Ja, es geht ihm gut«, bestätigte ich lächelnd.

Wie immer war Penny rasch von Begriff. »Du hast mich vorher angelogen, was? Du hast gar nicht gewusst, ob ich wirklich schwanger bin.«

Ich seufzte. »Ja, aber es hat doch funktioniert, oder?«

»Manchmal bist du wirklich ein Dreckskerl.« Sie küsste mich, um ihre Einschätzung zu bekräftigen.

Ich zog mich kurz zurück. »Du solltest mir dankbar sein.«

»Ich glaube, wir sind jetzt quitt«, erwiderte sie. »Zuerst habe ich dich gerettet.«

»Nein, das meinte ich nicht. Ich habe bei deiner Heilung einige Verbesserungen vorgenommen«, erklärte ich grinsend.

»Was denn?«

»Fühlen sich deine Brüste nicht etwas anders an?«

Da richtete sie sich plötzlich auf und hob die Hände. Der

Anblick, als sie aufgeregt ihre Brüste betastete, war köstlich. »Was hast du getan?«, fragte sie drohend.

»Na ja, ich dachte schon immer, sie könnten eine Spur größer sein, also habe ich etwas nachgeholfen«, log ich. Ihr schockiertes Gesicht war unbezahlbar. Sofort zog sie das Kettenhemd aus und wand sich, um sich aus dem schweren Metall und dem gefütterten Hemd zu befreien, das sie darunter trug. Manchmal glückten meine Scherze viel besser als erwartet.

»Sie sehen doch so aus wie immer! Was spielst du da für ein Spielchen?«, fragte sie, sobald sie sich entblößt hatte.

Ich konnte nicht mehr an mich halten und platzte lauthals heraus. »Immer mit der Ruhe. Ich habe gar nichts verändert. Sie waren vollkommen, wie sie waren«, versicherte ich ihr.

»Warum sagst du dann so was?«, fragte sie. Mein Blick wanderte über ihre Schultern und ihre wundervollen Rundungen. Ohne Kettenhemd und das mit Blut getränkte Hemd machte sie einen wesentlich attraktiveren Eindruck. Mein Blick verriet ihr alles, was sie wissen musste. »Du bist unglaublich!« Sie hob das Kettenhemd auf und warf es mir ins Gesicht.

»Au!« Ich schob das blutige Bündel weg und verließ stolpernd das Bett. »Jetzt übertreibst du aber!«

Doch sie dachte längst an etwas anderes. »Was glaubst du, wie lange wir schon hier oben liegen?«, fragte sie unvermittelt.

»Ich weiß nicht einmal, wie wir hergekommen sind. Wahrscheinlich haben uns die Männer hochgetragen.« Ich trat ans Fenster. Ein Blick hinaus sollte die meisten unserer Fragen besser beantworten als jede Spekulation.

Abrupt holte mich die Wirklichkeit ein. Da draußen kämpften Männer ums Überleben. Wie eine große Woge, die gegen einen Fels anbrandet, stürmte das Heer aus Gododdin in die Burg hinein. Die meisten feindlichen Krieger drängten sich vor der Außenmauer und wollten an den Verteidigern vorbei durch die Bresche eindringen. Ich konzentrierte mich auf das Gedränge auf dem Schutthaufen, wo der Kampf besonders heftig tobte.

Das Sonnenlicht schimmerte auf Dorians silberner Rüstung. Wie ein Löwe zwischen Lämmern machte er jeden nieder, der in seine Nähe kam. Das Schwert trennte Köpfe und Gliedmaßen so leicht ab, wie eine Sichel die Grashalme schneidet. Unter den Gefallenen neben ihm glaubte ich Marcs auffällig gefärbten Übermantel zu erkennen. Falls er es tatsächlich war, dann bewegte er sich nicht mehr.

Penny stand schon neben mir und zog sich gerade wieder die ramponierte blutige Rüstung an. Stolz hob sie den Kopf, doch ich konnte erkennen, wie ihre Arme und Beine zitterten, als sie sich mühsam ankleidete. »Du gehst da nicht mehr raus«, sagte ich. »Deine Verletzungen sind noch nicht ausgeheilt. Es wird Wochen dauern, bis du wieder ganz bei Kräften bist.«

Enttäuscht zog sie das Kettenhemd an, musste sich schließlich aber vor Schwäche auf den Diwan setzen. Innerlich zuckte ich zusammen. Das Blut auf ihrer Rüstung beschmutzte das Möbelstück. Sie bemerkte meinen Blick und funkelte mich an. »Sag jetzt kein Wort«, warnte sie mich.

Ich holte den Beutel mit den Glasperlen hervor, die mit der Falle rings um die Burg verbunden waren. Wir durften nicht länger zögern. Der Hammer meines Vaters lag in der Schmiede, und hier im Zimmer hatte ich nichts Passendes zur Hand. Deshalb konzentrierte ich meine Willenskraft und formte mit einem Wort einen festen harten Schild um den kleinen Beutel. Mit zusammengebissenen Zähnen zerquetschte ich das Glas im Innern. Dann bebte der Boden unter unseren Füßen.

Draußen vor den Mauern von Cameron explodierte die Erde. Dreck und Steine flogen Hunderte Schritte weit durch die Luft, überall brachen Brände aus. Tausende kamen im Handumdrehen zu Tode, einige verbrannten zu Schlacke, während andere, die weiter von den Explosionsherden entfernt waren, mit gebrochenen, zermalmten Gliedmaßen durch die Luft geschleudert wurden. Dorian und die anderen Kämpfer in der Bresche wurden zurückgeworfen und gingen stolpernd zu Boden, ebenso wie die Männer, gegen die sie gekämpft hatten.

Ich trat zur Tür. Penny rief mir nach: »Warte, ich komme mit.« Sie stand auf, doch ich konnte schon sehen, wie sie schwankte.

»Nein, du kommst nicht mit.« Ich kehrte zu ihr zurück und hob sie hoch. Mit der Rüstung war sie fast zu schwer für mich, aber ich schaffte es schließlich doch und trug sie zum Bett. Sie sträubte sich und wollte aufstehen, doch ich stieß sie sanft zurück und griff nach dem verzauberten Anhänger an ihrem Hals. Ein Ruck, und die Kette zerriss. »*Shibal*«, sagte ich und ließ Penny schlafend zurück.

Als ich die Treppe hinuntersprang, wäre ich vor Müdigkeit beinahe gestürzt und griff mit dem Geist hinaus, um abermals die Erde anzurufen. Dort draußen spürte ich eine Macht, die über alles hinausging, was ich mir je vorzustellen vermocht hatte. Ein kleiner Teil von ihr ging auf mich über, stärkte meinen Körper und schenkte mir neue Lebensenergie. Ich war ziemlich sicher, dass die Wirkung nicht lange anhalten werde, aber ich hatte keine Zeit, mich richtig auszuruhen.

Unten im Hof erholten sich die Männer noch von dem Schreck. Ich erinnerte mich an Dorians Ansprache – und vor allem an den einen Ausdruck, der möglicherweise noch mehr Menschen getötet hatte als das Wort »sollte«. »Jetzt ist der Augenblick gekommen! Lasst uns diesen Hundesöhnen zeigen, aus welchem Holz die Männer Lothions geschnitzt sind!«, rief ich. »Für Lothion!«

»Für Lothion!«, wiederholten sie.

»Für Cameron!«, schrie ich.

Sie griffen den Ruf auf und wiederholten ihn immer wieder, bis ich ihre Herzen im Takt mit meinem schlagen spürte.

Ich öffnete den Mund und schrie aus Leibeskräften: »Angriff!« Wie ein großes Raubtier rannten wir los und legten eilig den Raum zwischen uns und dem Feind zurück.

Zuerst versuchte einer der gegnerischen Hauptleute noch, die Truppen zu formieren. Er stellte sich in den Steigbügeln auf und bemühte sich, eine Aufstellung für seine Leute zu finden, die unseren Angriff abfangen sollte. »*Lyet Bierek!*«, rief ich im Rennen. Über seinem Kopf flammte ein Licht auf, dann ertönte ein lauter Knall, und sein Pferd stieg hoch und warf ihn ab. Die Männer in seiner Nähe waren geblendet und rannten verwirrt umher. Binnen Sekunden brach die Kampfmoral völlig zusammen, und das Heer von Gododdin war besiegt.

Von diesem Punkt an verwandelte sich der Angriff in eine ausgedehnte Jagd. Weder wir noch die Männer, die wir verfolgten, konnten lange Zeit laufen. Bald schritten wir nur noch hinter ihnen her. Einige stolperten und stürzten, und diejenigen, die wir fingen, starben schnell. Wer in den Reihen der Verteidiger keine Kraft mehr hatte, blieb einfach stehen und ruhte sich aus oder folgte später nach. Stunden vergingen, bis wir das Lager an der Talstraße erreichten. Der verstreute Überrest von Gododdins Heer vereinigte sich mit den Verletzten, die sie dort zurückgelassen hatten.

Ich litt unter starken Schuldgefühlen, als ich den letzten Beutel mit Steinen hervorholte. Der Sieg war unser, aber wir mussten ganz sichergehen. Wenn die Feinde, die irgendwie überlebt hatten, am folgenden Tag doch noch einmal einen Angriff auf die Beine stellten, waren wir verloren. Ich knirschte mit den Zähnen und unterdrückte mein Mitgefühl. Hier gab es keinen Raum für Gnade. Ein Wort und eine kurze Willensanstrengung, und ich zerquetschte den Beutel in meiner Hand.

Der Boden erbebte, die Männer sanken auf die Knie. Später sollte ich erfahren, dass die Erschütterung sogar noch in der Hauptstadt Albamarl zu spüren gewesen war. Am Ende des Tals, dort, wo mein Vater den Damm errichtet hatte, stieg eine gewaltige Wolke aus Rauch und Wasserdampf auf. Felsen und große Eisbrocken flogen meilenweit. Einer landete sogar in Lancaster im Burghof und zerschmetterte einen Karren. Sekunden später erreichte uns auch der Lärm, der aus dieser Entfernung nur als ein dumpfes Grollen zu hören war.

Schon wenige Minuten später kam auch das Wasser, ein breiter, tosender Strom, der die Feinde und die Verwundeten aus dem improvisierten Lager spülte. Die Männer schrien vor Angst, als das Wasser sie erreichte, und viele starben in dem Augenblick, als die Woge sie gegen Felsen und Bäume warf. Die anderen ertranken, ehe der Wasserspiegel wieder sank. Eine Stunde später war nur noch ein Durcheinander von Treibgut zu sehen. Die toten Menschen und Pferde waren vom Eingang des Tals bis zum westlichen Ende verstreut.

Noch nie zuvor in der ganzen Geschichte waren an einem Tag so viele Menschen gestorben, und ich war der Hauptverantwortliche.

Epilog

Ein voller Monat war seit unserem Sieg vergangen, und noch immer fanden wir Leichen. Es waren so viele, dass wir die meisten liegen ließen, wo sie waren. Wir hatten nicht genügend Arbeitskräfte, um all die Toten einzusammeln, geschweige denn, sie zu begraben. Am Ende begnügten wir uns damit, uns um diejenigen zu kümmern, die in der Nähe von Washbrook lagen. Wir schichteten sie übereinander und äscherten sie ein. Der Geruch hielt sich noch tagelang. Wer es erlebt hatte, würde den üblen Gestank vermutlich sein Lebtag nicht mehr vergessen.

Trotz der großen Zahl von Leichen, die wir verbrannt hatten, und der anderen, die wir verstreut im Tal fanden, war ich sicher, dass eine ansehnliche Anzahl nie entdeckt werden würde. Wir konnten ganz gewiss keine genaue Zählung vornehmen, doch es schien so, als seien sehr viele Tote verschwunden. Ich hoffte, dass sie bis zum Formbysumpf geschwemmt worden waren, hatte aber ein ungutes Gefühl. Außerdem hatten in der letzten Zeit einige Patrouillen Männer beobachtet, die nachts die Gegend unsicher machten. Daher holten wir nach wie vor die Leute über Nacht in die Burg. Der Krieg war zwar vorbei, aber es gab immer noch vieles, das wir fürchten mussten. Zu meinen wichtigsten Vorhaben gehörte es nun, die Palisade zu reparieren und einen größeren und dauerhaften Wall rings um Washbrook zu errichten.

Dorian wurde lebendig und unversehrt im Burghof gefunden. Die Explosionswelle vor der Burg hatte ihn gegen einen Stein geschleudert, neben dem er besinnungslos liegen geblieben war. Er war gar nicht sehr erbaut darüber, dass er unseren letzten Angriff versäumt hatte.

Marcus wurde zwischen den toten Verteidigern der Mauer entdeckt. Er war zwar schwer verletzt, aber bei Bewusstsein. Ein Schwert hatte sein Bein durchbohrt, in der Schulter steckte ein Pfeil. Später heilte ich seine Wunden, doch von diesem Tag an klagte er immer wieder über Schmerzen im Bein. Ich war sicher, gut gearbeitet zu haben, und hegte den Verdacht, dass er nur jammerte, um mich zu ärgern. Nachdem seine Göttin uns verlassen hatte, veränderte sich auch sein Verhalten. Er war jetzt düsterer, lachte nicht mehr so oft und blieb häufig still. Ich machte mir Sorgen, dass er sich nie wieder richtig erholen werde.

Mehr als einhundert unserer Männer waren bei der Verteidigung der Mauerbresche gefallen. Männer aus Lancaster und Washbrook. Männer, die mein Land erst seit Kurzem als ihre Heimat betrachtet hatten. Wenigstens hatten ihre Angehörigen überlebt. Mit der Zeit würde unsere Gemeinschaft aufblühen und gedeihen.

Cyhan wurde in eine Zelle in Lancaster gesperrt, da ich auf Cameron immer noch keine Möglichkeit hatte, Gefangene festzuhalten. Seine Gemütsverfassung stimmte alle traurig, die ihn achteten und als einen zuverlässigen Gefährten schätzen gelernt hatten. Ich hegte immer noch die Hoffnung, wir könnten ihn freilassen, aber bisher hatte ich noch nicht die Zeit gefunden, mich um ihn zu kümmern. Letzten Endes wollte ich ihm einen Platz bei uns oder die Möglichkeit anbieten, nach Albamarl zurückzukehren.

Vom König waren keine Botschaften gekommen, doch seine Späher waren in der Nähe von Lancaster gesichtet worden. Deshalb hatte ich angenommen, er wisse über den Ausgang unserer Schlacht Bescheid. Ich hatte keine Ahnung, was ich in Zukunft von ihm erwarten konnte, war aber sicher, dass es nichts Angenehmes sein würde.

An einem warmen Frühlingstag besuchten Penny und ich wieder einmal die Burg Lancaster. James und Genevieve begrüßten uns in der Eingangshalle. Ich verzichtete auf jede Förmlichkeit, umarmte sie beide, trat einen Schritt zurück und erklärte mit gespieltem Ernst: »Ihr erinnert Euch ja sicher an Penelope. Erlaubt mir, sie Euch noch einmal vorzustellen, jetzt allerdings als meine Frau und Gräfin di'Cameron. Penelope Illeniel, hiermit stelle ich dir Durchlaucht James und Durchlaucht Genevieve vor, den Herzog und die Herzogin von Lancaster.« Anschließend verneigte ich mich und hielt ihre Hand hoch, damit James sie nehmen konnte.

James lachte, denn sie hatten beide längst erfahren, dass wir schon vor einem Monat geheiratet hatten. »Mordecai, ich hoffe, Ihr wisst auch, wie man eine Dame behandelt.« Er beugte sich vor und küsste Pennys Hand.

»Nun necke ihn nicht so, James«, schalt Genevieve ihn. »Manche Dinge muss man wirklich auf die richtige Art tun.« Sie nahm Penelopes Hand und sah sie lange an, dann umarmte sie sie. »Ich habe gehört, dass Ihr ein Kind erwartet«, sagte sie, als sie sich wieder voneinander lösten.

Penny lächelte schüchtern. »Das hat man mir gesagt, und mein Körper scheint der gleichen Meinung zu sein.« Unwillkürlich legte sie die Hand auf den Bauch, der endlich eine kleine Wölbung aufwies.

»Habt Ihr Euch schon überlegt, wie Ihr das Kinderzimmer einrichten wollt?«, fragte Genevieve mit großem Interesse. Natürlich hatte Penny bereits mit mir darüber gesprochen. Diese Faszination konnte ich nicht verstehen. Ich selbst hatte zu dieser Angelegenheit ganz einfach überhaupt keine Ideen. Meiner Ansicht nach sollte alles ausreichen, was besser als eine mit Stroh gefüllte Kiste war. Diese Einschätzung behielt ich freilich tunlichst für mich.

Die beiden redeten angeregt über die verschiedenen Möglichkeiten, sodass ich mit James allein zurückblieb. »Dieses

Thema ist anscheinend niemals ausgeschöpft«, bemerkte er, als sie außer Hörweite waren.

»Wirklich?« Die Einsichten des erfahrenen Vaters waren sicherlich wertvoll für mich.

»Bei jedem unserer drei Kinder hat Ginny das Kinderzimmer neu dekoriert«, weihte er mich ein.

»Warum hat sie es nach dem ersten Kind nicht einfach so gelassen, wie es war?«, fragte ich.

»Das werde ich nie begreifen«, kicherte er. »Eins kann ich Euch sagen, es ist besser, nicht zu widersprechen. Wenn sie das Zimmer bei Eurem zweiten Kind neu einrichten will, dann lächelt bloß und nickt dazu. Die Frage, warum sich ihr Geschmack geändert hat, wird Euch nichts als Ärger bescheren.«

Ich schüttelte den Kopf. Die Geheimnisse der Frauen waren unergründlich, aber ich beschloss, mich an seinen Rat zu halten. »Das werde ich tun«, versprach ich.

»Im Grunde ist es sowieso egal«, erklärte er.

»Warum?«, fragte ich.

»Ihr werdet mühelos einen anderen Weg finden, sie gegen Euch aufzubringen. Ich habe ja gesehen, wie Ihr miteinander zankt. Dazu habt Ihr eine echte Begabung, und die sollte man pflegen«, grinste er.

Ich stimmte in sein Lachen ein. Danach redeten wir noch über verschiedene Dinge, um die wir uns kümmern mussten. Die Lebensmittel waren ein großes Problem. Die Flutwelle hatte einen Teil der Frühjahrsaussaat beschädigt, und die Ernte, die wir noch einbringen konnten, würde kaum ausreichen, um unsere Einwohner bis zur nächsten Ernte zu ernähren. Ich dachte aber noch an etwas anderes und brachte es nach einer Weile auch zur Sprache.

»Erinnert Ihr Euch an den Tag, als mein Vater starb?«, fragte ich ihn.

Er wurde ernst. »Natürlich. Schließlich wäre ich nicht hier, wenn mich die starken Arme Eures Vaters nicht in Sicherheit gebracht hätten.«

»Kurz vor seinem Tod erwähnte er den Lüster, den er für Euch angefertigt hat«, sagte ich.

»Ich erinnere mich. Ich hätte schon längst daran denken sollen. Lasst uns gehen und ihn ansehen. Die Halle müsste im Augenblick ohnehin verlassen sein. Also lieber jetzt als später, wenn sie das Abendessen vorbereiten. Ihr wollt Euch sicher ungestört dort umsehen.« Sein Blick war voller Mitgefühl.

Zusammen gingen wir hinaus. Wieder dachte ich daran, wie wichtig mir die Freundschaft des Herzogs war. »Euer Vater ist sehr gut zu mir gewesen«, sagte er unterwegs. »Er hatte viele verborgene Fähigkeiten.«

Ich nickte und wusste nicht recht, was ich dazu sagen sollte.

»Die meisten Menschen haben es nie bemerkt, weil er nicht viel geredet hat, aber mir ist es schon beim ersten Mal aufgefallen, als er für mich arbeiten sollte«, fuhr er fort.

»Worum ging es denn?«

James kicherte. »An einem unserer Wagen war eine Achse gebrochen. Sie war einen Monat zuvor auf einer Fahrt nach Arundel schon einmal entzweigegangen. Ich hatte sie dort von dem Schmied reparieren lassen, aber es hielt nicht lange. Euer Vater wusste dazu einige recht drastische Dinge zu sagen.«

Das konnte ich mir lebhaft vorstellen. Schlampige Arbeit hatte er noch nie ausstehen können. »Wahrscheinlich hat er sich geweigert, die Achse abermals zu schweißen.«

James' Augen blitzten. »Richtig. Er sagte, ich brauchte eine neu geschmiedete Achse, und die alte sollte einfach auf den Abfallhaufen geworfen werden. Ich wollte sie lieber noch einmal flicken lassen, aber er wollte nichts davon wissen. Zuerst dachte ich, er wolle mich nur dazu bringen, mehr zu bezahlen, also stritt ich mit ihm. Wisst Ihr, was er mir darauf sagte?«

Ich hatte gute Vorstellungen davon, wie die Antwort ausgefallen sein mochte, wollte ihm aber nicht die Geschichte verderben. »Nein, Sir«, antwortete ich.

»Er sagte, wenn ich eine beschissene Arbeit haben wollte, dann sollte ich mir dafür jemand anders suchen. Dabei hätte er fast Feuer gespien.«

Ich musste lachen. »Was habt Ihr daraufhin getan?«

»Ich ließ die Achse zu einem anderen Schmied bringen. Damals war ich recht wütend auf Euren Vater. Ihr müsst verstehen, dass ich als junger Herzog nicht daran gewöhnt war, dass jemand so mit mir sprach. Ich spielte sogar ernsthaft mit dem Gedanken, ihn für seine Aufsässigkeit bestrafen zu lassen, beherrschte mich aber. Zwei Monate später brach die Achse erneut.« Er hielt kurz inne, als wir durch die Tür der großen Halle traten.

Der gusseiserne Leuchter hing mitten über der Haupttafel. »Was habt Ihr dann getan?«, drängte ich meinen Gastgeber.

»Ich schluckte den Stolz hinunter und brachte das Ding wieder zu ihm. Er verlor kein Wort darüber, aber seine Augen verrieten mir, was er über meine Dummheit dachte. Als er fertig war, bezahlte ich ihm das Doppelte von dem, was er verlangte. Danach habe ich nie wieder einen anderen Schmied beschäftigt.« Er lächelte, als die Erinnerungen kamen.

»Diese Geschichte kannte ich noch nicht, aber was Ihr sagt, sieht ihm wirklich ähnlich«, stimmte ich zu. Als ich nach oben blickte, verstand ich, warum mich mein Vater auf den Lüster aufmerksam gemacht hatte.

Die meisten Menschen denken nicht an Kunst, wenn sie es mit Eisenarbeiten zu tun haben, und Royce war tatsächlich nie ein Künstler gewesen, oder jedenfalls nicht im engeren Sinne. Er hatte einfach nur sehr gute Arbeit geleistet. Der Lüster war sogar recht einfach konstruiert. Lange, elegant geschwungene Speichen gingen vom Mittelpunkt aus und trugen einen Ring für die Lampen. Ich kannte seine Arbeitsweise gut genug, um zu wissen, wo sich die Schweißnähte befanden, doch mit dem bloßen Auge konnte man sie nicht erkennen. Er hatte das Metall geschmirgelt und nachbearbeitet, bis alle Unebenheiten an den Nahtstellen verschwunden waren.

Für ein ungeschultes Auge mochte dies einfach ein schöner Leuchter sein, aber ich konnte erkennen, wie gewissenhaft Royce gearbeitet hatte. Das Ergebnis war in jeder Hinsicht vollkommen. Lange starrte ich das Stück an, bis es mir vor den Augen verschwamm und ich die Tränen wegwischen musste.

Er hatte ihn nicht für mich oder für sonst jemanden hervorgebracht. Wie alles andere hatte er auch dieses Stück ausschließlich aus der Freude am Erschaffen selbst geschmiedet. Seine Botschaft war mir sofort klar. Wieder hörte ich die Worte, die er mir so oft gesagt hatte: *Wenn es eine Sache wert ist, getan zu werden, dann ist sie es auch wert, richtig getan zu werden.*

Mein Vater hatte nicht immer Erfolg gehabt, denn er war ebenso unvollkommen gewesen, wie ich es war, aber er hatte es wenigstens immer und überall versucht. Ich konnte nur hoffen, seinem Vorbild gerecht zu werden.

Nachwort

An dieser Stelle möchte ich darauf hinweisen, dass mein eigener Vater gestorben ist, als ich mit der Arbeit an diesem Buch begann. Sein Tod hatte großen Einfluss auf die Stimmung der Erzählung. Vieles von dem, was ich über Royce Eldridge schrieb, beruht auf den Erinnerungen an ihn und auf den Dingen, die er mir in meiner eigenen Kindheit erzählte. Natürlich musste ich Anpassungen vornehmen, aber dem Geiste nach entspricht es ihm durchaus. Sein letzter Auftritt in dem Buch und der Epilog wurden unmittelbar durch meine eigenen Erfahrungen während seiner letzten Tage angeregt. Ich kann nur hoffen, dass es ihm gefallen hätte.

ENTDECKE
NEUE WELTEN
MIT PIPER FANTASY
Mach mit und gestalte deine
eigene Welt!
PIPER
www.piper-fantasy.de